HEYNE <

CONN IGGULDEN

DREI KÖNIGE

DIE ROSENKRIEGE 3

ROMAN

Aus dem Englischen
von Christine Naegele

WILHELM HEYNE VERLAG
MÜNCHEN

Die Originalausgabe
WARS OF THE ROSES: BLOODLINE
erschien 2015 bei Penguin Random House UK

FSC www.fsc.org
MIX
Papier aus verantwortungsvollen Quellen
FSC® C014496

Verlagsgruppe Random House FSC® N001967

Vollständige deutsche Erstausgabe 09 /2016

Redaktion: Heiko Arntz
Printed in Germany
Umschlagillustration: Nele Schütz Design, München,
Verwendung eines Motivs von shutterstock / Galushko Sergey
Satz: Schaber Datentechnik, Austria
Druck und Bindung: GGP Media GmbH, Pößneck

ISBN: 978-3-453-41862-2

www.heyne.de

Gewidmet meinem Vater,
für seine Geduld und seinen Humor

England zurzeit der Rosenkriege

Königliche Linien von England

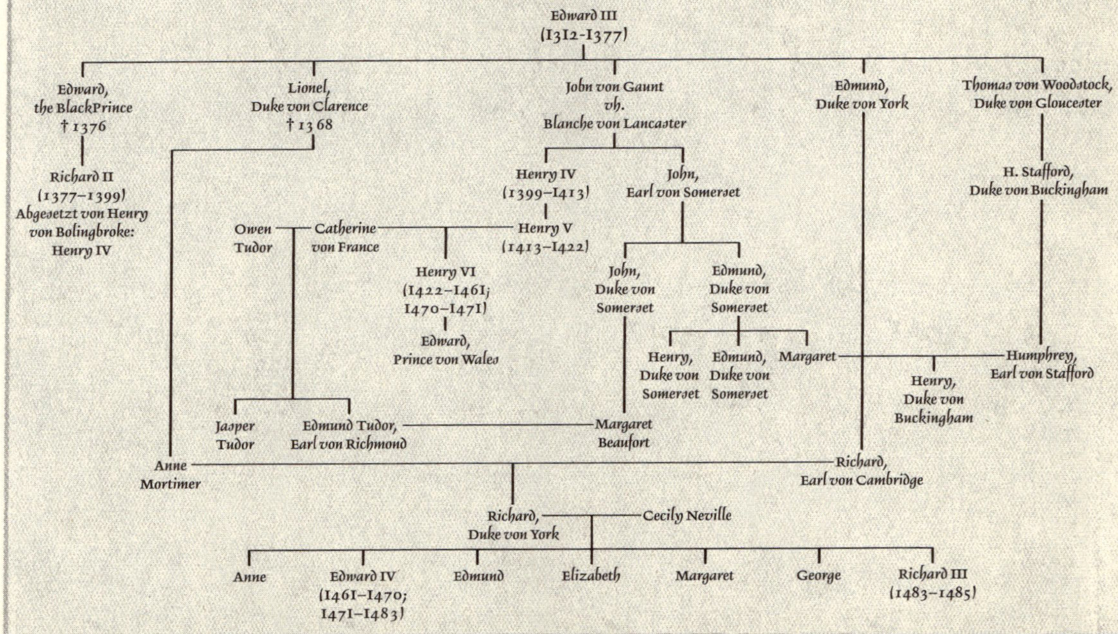

Haus Lancaster

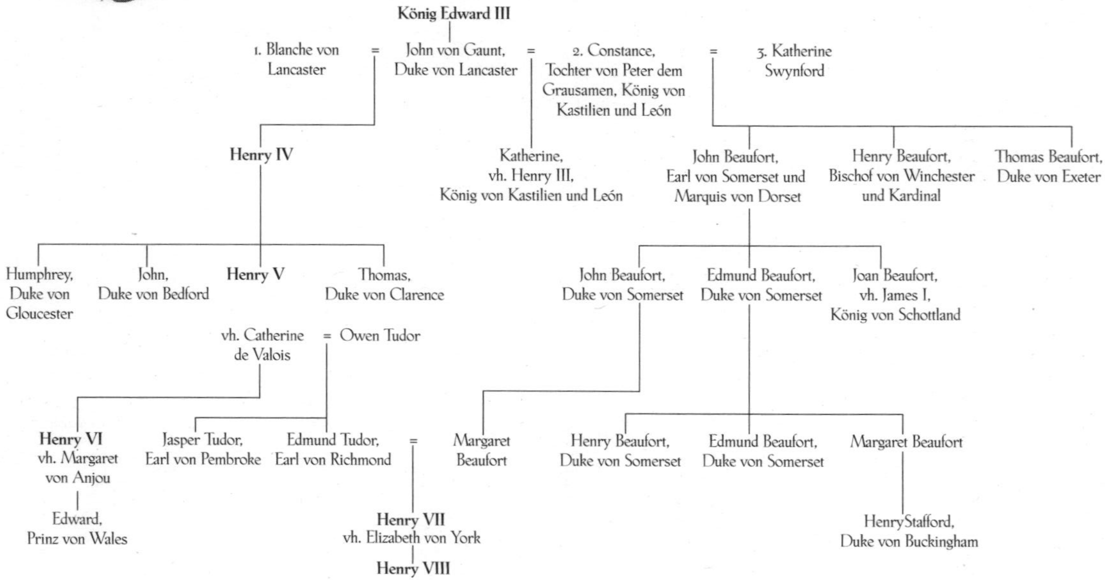

Haus York

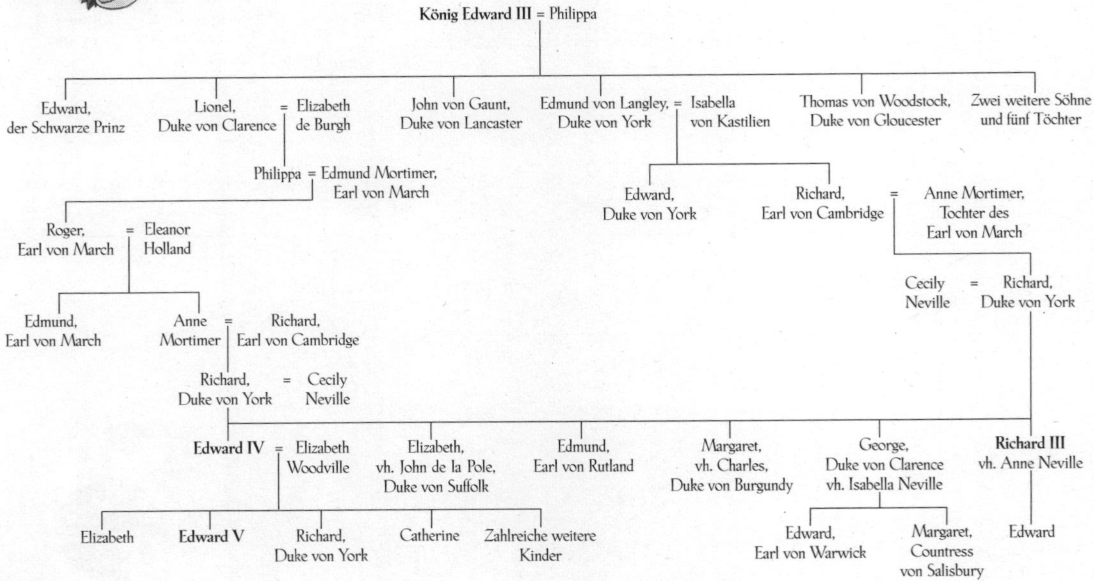
König Edward III = Philippa
Edward, der Schwarze Prinz
Lionel, Duke von Clarence = Elizabeth de Burgh
John von Gaunt, Duke von Lancaster
Edmund von Langley, Duke von York = Isabella von Kastilien
Thomas von Woodstock, Duke von Gloucester
Zwei weitere Söhne und fünf Töchter
Philippa = Edmund Mortimer, Earl von March
Edward, Duke von York
Richard, Earl von Cambridge = Anne Mortimer, Tochter des Earl von March
Roger, Earl von March = Eleanor Holland
Cecily Neville = Richard, Duke von York
Edmund, Earl von March
Anne Mortimer = Richard, Earl von Cambridge
Richard, Duke von York = Cecily Neville
Edward IV = Elizabeth Woodville
Elizabeth, vh. John de la Pole, Duke von Suffolk
Edmund, Earl von Rutland
Margaret, vh. Charles, Duke von Burgundy
George, Duke von Clarence vh. Isabella Neville
Richard III vh. Anne Neville
Elizabeth
Edward V
Richard, Duke von York
Catherine
Zahlreiche weitere Kinder
Edward, Earl von Warwick
Margaret, Countress von Salisbury
Edward

Haus Neville

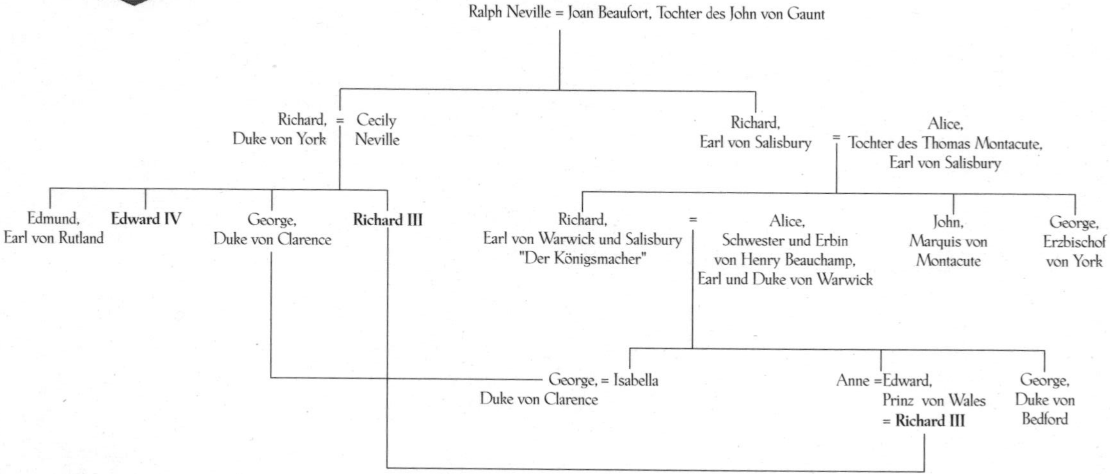

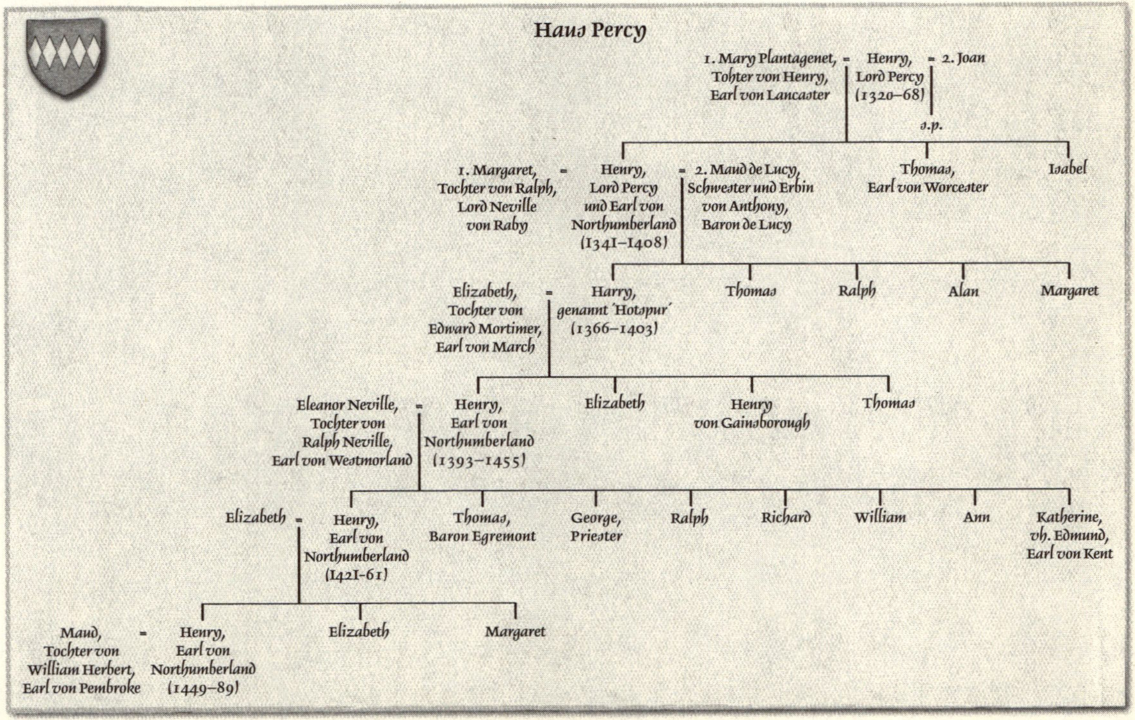

Haus Percy
1. Mary Plantagenet, Tohter von Henry, Earl von Lancaster
=
Henry, Lord Percy (1320–68)
= 2. Joan
s.p.
1. Margaret, Tochter von Ralph, Lord Neville von Raby
=
Henry, Lord Percy und Earl von Northumberland (1341–1408)
= 2. Maud de Lucy, Schwester und Erbin von Anthony, Baron de Lucy
Thomas, Earl von Worcester
Isabel
Elizabeth, Tochter von Edward Mortimer, Earl von March
=
Harry, genannt 'Hotspur' (1366–1403)
Thomas
Ralph
Alan
Margaret
Eleanor Neville, Tochter von Ralph Neville, Earl von Westmorland
=
Henry, Earl von Northumberland (1393–1455)
Elizabeth
Henry von Gainsborough
Thomas
Elizabeth
=
Henry, Earl von Northumberland (1421–61)
Thomas, Baron Egremont
George, Priester
Ralph
Richard
William
Ann
Katherine, vh. Edmund, Earl von Kent
Maud, Tochter von William Herbert, Earl von Pembroke
=
Henry, Earl von Northumberland (1449–89)
Elizabeth
Margaret

Haus Tudor

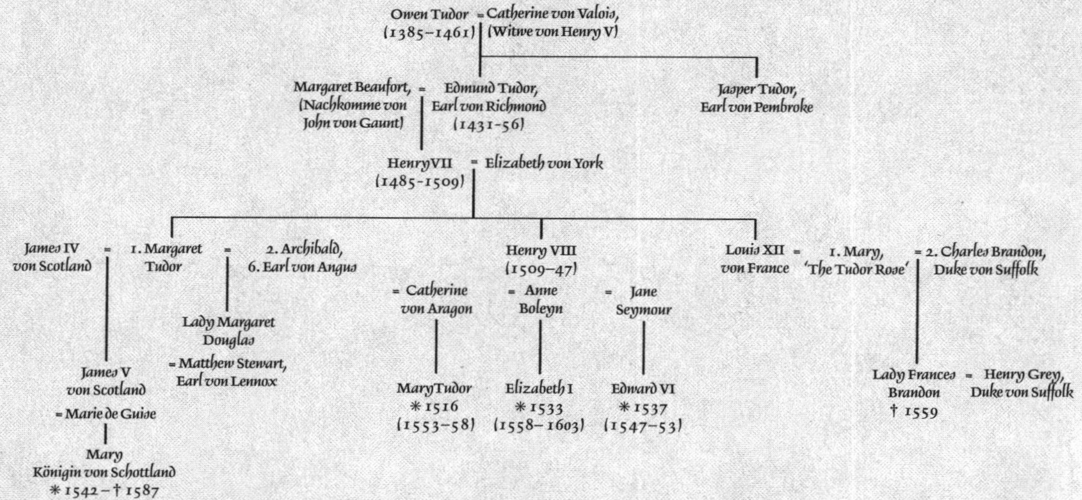
Owen Tudor (1385–1461)
= Catherine von Valois, (Witwe von Henry V)
Margaret Beaufort, (Nachkomme von John von Gaunt)
= Edmund Tudor, Earl von Richmond (1431–56)
Jasper Tudor, Earl von Pembroke
Henry VII (1485–1509)
= Elizabeth von York
James IV von Scotland
= 1. Margaret Tudor
= 2. Archibald, 6. Earl von Angus
Henry VIII (1509–47)
= Catherine von Aragon
= Anne Boleyn
= Jane Seymour
Louis XII von France
= 1. Mary, 'The Tudor Rose'
= 2. Charles Brandon, Duke von Suffolk
Lady Margaret Douglas
= Matthew Stewart, Earl von Lennox
James V von Scotland
= Marie de Guise
Mary Königin von Schottland ∗ 1542 – † 1587
Mary Tudor ∗ 1516 (1553–58)
Elizabeth I ∗ 1533 (1558–1603)
Edward VI ∗ 1537 (1547–53)
Lady Frances Brandon † 1559
= Henry Grey, Duke von Suffolk

PROLOG

Der Wind zerrte an ihnen, wild und tückisch. Plötzliche Böen nahmen ihnen den Atem, und die beißende Kälte schmerzte im Gesicht. Die beiden Männer wurden vom Sturm gebeutelt, aber sie kletterten weiter auf den eisernen Sprossen in die Höhe. Sie blickten nicht hinunter, aber sie wussten, dass die Menge dort unten sie beobachtete.

Beide waren im Süden Englands aufgewachsen, im selben Dorf in Middlesex. Jetzt waren sie weit von der Heimat entfernt, aber zusammen mit ihrem Herrn hatten sie ihren Auftrag von Königin Margaret persönlich erhalten, und allein darauf kam es an. Sie waren von der Festung Sandal weiter nach Norden geritten, hatten die blutgetränkte Erde mit den geplünderten Leichen hinter sich gelassen. Zwei Säcke hatten sie nach York mitgebracht, und der Sturm wurde immer stärker.

Sir Stephen Reddes sah zu ihnen hinauf, er hatte eine Hand erhoben, um sich vor den Eisnadeln zu schützen, die der Wind ihm ins Gesicht trieb. Es war kein Zufall, dass man das Micklegate-Tor gewählt hatte. Die englischen Könige hatten stets dieses Tor benutzt, wenn sie von Süden her in die Stadt York eingezogen waren. Sie hatten ihren Auftrag, ihren Befehl – und den führten sie aus.

Jetzt hatten Godwin Halywell und Ted Kerch einen schmalen hölzernen Vorsprung hoch über der Menge erreicht. Vorsichtig schoben sie sich darauf, doch immer wieder mussten sie sich zurücklehnen, wenn eine Bö kam und sie herunterzufegen drohte. Die Menschenmenge unter ihnen wurde dichter, Hagelkörner glitzerten auf dunklem Haar. Noch immer schlurften weitere Gestalten aus Haustüren und Wirtshäusern herbei, einige fragten die einheimischen Wachen auf der Mauer, was hier vor sich gehe. Aber sie bekamen keine Antwort, denn die Wachen waren nicht eingeweiht worden.

Etwa zwölf Fuß über dem Boden hatte man kurze, spitze Eisenstangen eingelassen, zu hoch, als dass Freunde der Hingerichteten sie hätten erreichen können. Insgesamt sechs, alle tief und fest in römischem Mörtel verankert. Vier von ihnen trugen verweste Köpfe, die in die Dunkelheit starrten.

»Was sollen wir mit diesen hier machen?«, rief Halywell. Mit einer ratlosen Handbewegung deutete er auf die Reihe der Köpfe zwischen ihnen. Sie hatten keine Anweisungen bekommen, wie sie mit den Überresten der zur Schau gestellten Verbrecher verfahren sollten. Halywell stieß einen kaum hörbaren Fluch aus. Seine Laune wurde zusehends schlechter durch den immer stärker werdenden Hagel, der ihm ins Gesicht peitschte.

In seiner Wut schaffte er es, seine Abscheu zu überwinden, und streckte die Hand nach dem ersten Kopf aus. Der Mund war voll weißer Eiskristalle. Halywell wusste zwar, wie unsinnig es war, aber plötzlich stellte er sich vor, dass er gebissen werden könnte, und er konnte sich nicht entschließen, zwischen die Kiefer zu greifen. Stattdessen hakte er die Finger unter den Unterkiefer und drückte kräftig nach oben, worauf der Kopf von der Stange rutschte und in der Dunkelheit verschwand. Fast hätte dieser Kraftakt Godwin Halywell gleich mitgerissen. Schwer atmend und mit weißen Fingern klammerte er sich an die Steine. Unten hörte man Schreie, und die Menge wich erschrocken zurück, als plötzlich gefährliche Gegenstände vom Turm des Torhauses geflogen kamen.

Halywell blickte an der Mauer entlang zu Kerch, und sie tauschten einen grimmig-resignierten Blick. Sie waren einfach nur zwei Männer, die gezwungen waren, die Drecksarbeit zu erledigen, während andere sie aus relativer Sicherheit angafften und kritisierten. Es dauerte etwas, bis sie auch die anderen Köpfe entfernt und nach unten geworfen hatten. Einer von ihnen zerbarst auf dem Pflaster, das Geräusch erinnerte an ein zerbrechendes Tongefäß.

Halywell ging davon aus, dass es gar nicht nötig gewesen wäre, alle Eisenstangen freizumachen. Sie hatten in ihren beiden Säcken nur drei Köpfe mitgebracht, aber irgendwie erschien es ihm pietätlos, die ihnen anvertrauten Köpfe neben gewöhnlichen Verbrechern zur Schau zu stellen. Zwar kam ihm plötzlich der Gedanke, dass Christus bei der Stätte Golgatha ja auch neben zwei Dieben gehangen hatte, aber darüber schüttelte er nur unwillig den Kopf. Er musste sich auf seine Arbeit konzentrieren.

Der Wind heulte, als Halywell seinen Sack an die rechte Schulter hob und darin suchte, bis er ein paar Haarsträhnen fühlte, die er um seine Finger wickelte. Die Köpfe klebten durch das geronnene Blut so fest am Sack, dass er ihn fast nach außen stülpen musste und dabei abermals Gefahr lief, vor Anstrengung von der Mauer zu stürzen. Doch obwohl er vor Angst und Erschöpfung keuchte, schaffte er es schließlich, den Sack ruhig genug zu halten, um den Kopf von Richard Neville, Earl von Salisbury, herauszuziehen.

Das Haar, das er um seine Finger gewickelt hatte, war eisengrau und die Augen waren nicht nach oben verdreht, sodass es schien, als sehe ihn das schlaffe Gesicht im Fackelschein an. Halywell murmelte ein fast vergessenes Gebet und wollte sich bekreuzigen oder ihm wenigstens die Augen schließen. Er hatte gedacht, er sei gegen Derartiges abgehärtet, aber es war doch etwas Ungewohntes, sich von einem Toten beobachtet zu fühlen.

Und einen Kopf auf einer spitzen Eisenstange zu befestigen war alles andere als eine leichte Übung. Niemand hatte es Halywell gezeigt, gerade so, als wisse jeder vernünftige Mensch schon von allein, wie man das mache. Zufällig hatte er in seiner Kindheit einen Sommer zusammen mit anderen Jungen damit verbracht, beim Schlachten von Schweinen und Schafen zu helfen und dafür den einen oder anderen Penny oder ein Stück Leber mit nach Hause gebracht. Er hatte eine ungefähre Vorstellung davon, dass es an der Schädelbasis einen Hohlraum gab, den er aber in der Dunkelheit nicht finden konnte. Er war fast den Tränen nahe, als er den Kopf hin und her drehte, wobei seine Hände immer wieder abrutschten und seine Zähne aufeinanderschlugen. Unter ihm stand die Menge, in der man sich jetzt Namen zuflüsterte.

Plötzlich fand die Eisenspitze ihren Weg, sie durchbohrte das Gehirn und stieß nach oben bis an die Schädeldecke. Halywell seufzte erleichtert auf. Unten bekreuzigten sich viele, es war eine Bewegung wie von einem aufflatternden Vogelschwarm.

Den zweiten Kopf packte er an seinem kräftigen, dunklen Haar, viel dichter als die grauen Locken des ersten. Richard, Duke von York, war im Augenblick seines Todes sauber rasiert gewesen, doch Halywell hatte gehört, dass die Bartstoppeln nach dem Tod noch eine Weile weiterwachsen. Richtig, er spürte ein unangenehmes Kratzen am Kinn. Er versuchte, das Gesicht nicht anzusehen, und schloss die Augen, als er den Kopf auf die eiserne Spitze rammte.

Mit blutverschmierten Händen bekreuzigte Halywell sich. In einiger Entfernung hatte Kerch den dritten Kopf neben York aufgespießt. Es war der eines Jungen. Ein schlimme Sache, wie jedermann wusste. Man erzählte sich, dass Yorks Sohn Edmund vom Schlachtfeld geflohen war, doch Baron Clifford hatte ihn aufgespürt und den Jungen umgebracht, nur aus Gehässigkeit gegen den Vater.

Alle Köpfe waren frisch, ihre Münder standen offen. Halywell hatte von Leichenbestattern gehört, dass sie den Unterkiefer an der Wange festnähten oder ihn mit einem Mundvoll Teer festklebten. Er fand, dass es egal sei, tot war tot.

Er sah, dass Kerch zu den Eisensprossen in der Mauer zurückkehrte. Ihre Arbeit war getan. Halywell wollte gerade dasselbe tun, als er hörte, wie Sir Stephen ihm etwas zurief. Bei dem starken Wind konnte er die Worte kaum verstehen, aber jetzt erinnerte er sich und fluchte laut.

Ganz unten im Sack war noch eine Papierkrone, steif und dunkel von getrocknetem Blut. Halywell entfaltete sie und sah Yorks Kopf von der Seite an. An seinem Gürtel hing ein Beutel mit einer Handvoll kleiner Klammern, aus trockenem Schilf geschnitzt. Er murmelte etwas von Blödsinn, aber er beugte sich vor und befestigte die Krone in dem dunklen, lockigen Haar. Im Schutz des Turmes mochte sie womöglich eine Weile halten, vielleicht würde sie der Wind aber auch schon durch die Stadt fegen, noch ehe er wieder festen Boden unter den Füßen hatte. Ihm war auch das egal. Tot war tot.

Und deshalb war es den himmlischen Heerscharen auch egal, ob man eine Krone aus Gold oder aus Papier getragen hatte. Was immer mit dieser Beleidigung zum Ausdruck kommen sollte – Halywell verstand es nicht.

Vorsichtig schwang er sich auf die Leiter und nahm die beiden ersten Sprossen abwärts. Als seine Augen auf gleicher Höhe mit den aufgespießten Köpfen waren, hielt er inne. York war ein tüchtiger Mann gewesen, ein tapferer Mann, wie er gehört hatte. Und Salisbury ebenfalls. Gemeinsam hatten sie nach dem Thron gegriffen und waren gescheitert. Halywell dachte daran, wie er seinen Enkeln erzählen würde, dass er es war, der Yorks Kopf auf der Stadtmauer aufgespießt hatte.

Der Wind schien sich zu legen. Und einen Moment war ihm, als stünde jemand neben ihm, er meinte den Atem an seinem Hals zu spüren. Stumm blickte er auf die drei schmachvoll getöteten Männer.

»Gott sei mit euch«, flüsterte er. »Möge er euch eure Sünden vergeben, falls ihr keine Zeit mehr hattet, ihn darum zu bitten. Möge er euch gnädig aufnehmen. Gott segne euch. Amen.«

Damit verließ Halywell diesen beklemmenden Ort und stieg hinab in die wimmelnde Menschenmenge.

TEIL EINS

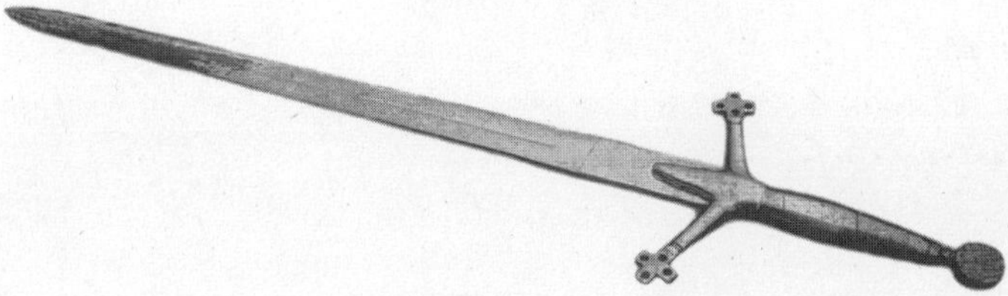

1461

Der Lächler mit dem Messer im Gewand.

GEOFFREY CHAUCER, CANTERBURY TALES

1

»Ihr übertreibt, Brewer!«, fuhr Somerset ihn an, der beim Reiten sein Gesicht in den Wind hielt. »›Der Herr zog in einer Wolkensäule vor ihnen her‹, richtig? *Columna nubis*, wenn Ihr mit dem Buch Exodus vertraut seid. Schwarze Rußflocken in der Luft, Brewer! Das versetzt doch gerade diejenigen in Angst und Schrecken, die sonst immer noch gegen uns sein könnten. Und dagegen habe ich *gar nichts* einzuwenden.« Der junge Duke blickte zurück auf die dichten Qualmwolken, die immer noch hinter ihnen aufstiegen. »Die Männer müssen essen, das ist der langen Rede kurzer Sinn. Was sind denn schon ein paar Dörfer, nach allem, was wir erreicht haben? Ich würde sogar den Himmel in Brand setzen, wenn ich dadurch meine Männer satt kriege. Oder? Und überhaupt, bei dieser Kälte sollte man annehmen, dass die Menschen ein schönes Feuer zu schätzen wissen.«

»Aber die Nachricht davon wird uns vorauseilen, Mylord«, sagte Derry Brewer, der auf den Sarkasmus des Duke nicht einging. Er bemühte sich, höflich zu bleiben, obwohl auch ihm der Magen vor Hunger entsetzlich knurrte. In solchen Situationen vermisste er Somersets Vater, er vermisste dessen Scharfsinn und Verstand. Der Sohn war gewiss recht pfiffig und aufgeweckt, aber ihm fehlte ein gewisser Ernst. Mit seinen fünfundzwanzig Jahren hatte Henry Beaufort schon eine gute Portion jener militärischen Autorität, der sich die Leute gern unterordneten. Er hätte einen anständigen Hauptmann abgegeben. Doch leider war er der alleinige Befehlshaber sämtlicher Truppen der Königin. Daran dachte Derry, als er abermals versuchte, seinen Standpunkt klarzumachen.

»Mylord, es ist schlimm genug, dass Boten mit der Nachricht von Yorks Tod nach Süden unterwegs sind, während wir uns in jeder Stadt um Verpflegung bemühen müssen. Unsere Vorhut plündert und mordet, und die Leute brauchen den ganzen Tag, um mit ihnen Schritt zu halten – und inzwischen rennen die einheimischen Jungen ins nächste Dorf und warnen die Bewohner vor uns. Es dürfte immer schwerer werden, Verpflegung aufzutreiben, Mylord, wenn die Bauern ihre Vorräte verstecken. Und natürlich wisst Ihr auch, warum die Männer Feuer legen. Aber wenn sie in jedem Dorf, durch das wir kommen, ihre Untaten auf diese Weise zu vertuschen suchen, bringen wir das ganze Land gegen uns auf, noch ehe wir London erreicht haben. Ich kann mir nicht vorstellen, dass das in Eurem Sinne ist, Mylord.«

»Ich bin überzeugt, Ihr könntet mit Eurem Gerede einen Mann dazu bringen, Euch seine Kinder zu verkaufen, Brewer«, erwiderte Somerset. »Ihr redet zu viel, Brewer. Ihr wart einfach zu lange im Dienste einer *Königin*.« Somerset war sich seines Ranges und seiner Macht so sicher, dass er kein Problem damit hatte, seine Worte auf diese beleidigende Weise zu betonen. »Ja, ich denke, das ist das Problem. Aber alles hat seine Zeit, Brewer. Eure gründliche, um nicht zu sagen, langwierige, Art zu planen, das ganze … französische Getuschel, Brewer, das mag angebracht sein, wenn wir in London sind. Aber hier? Wenn es nach Euch ginge, sollten wir wohl auf den Märkten um eine Schüssel Suppe oder ein paar

Hühner betteln, oder wie?« Seine Stimme wurde lauter, damit die Männer, die in den Kolonnen um sie herum marschierten, ihn hörten. »Der heutige Tag gehört diesen Männern, versteht Ihr? Seht Euch diese Leute an, diesen mächtigen Zug, der hier durch unser Land marschiert – meilenweit Bogenschützen und Soldaten, die gerade einen Sieg errungen haben. Und sie halten ihre Waffen bereit! Ihr braucht sie nur anzusehen, sie haben eine herrliche Schlacht geschlagen! Seht Ihr nicht, wie stolz sie sind?«

Das Anschwellen seiner Stimme verlangte eine Erwiderung, und die Männer um ihn jubelten bei seinen Worten. Selbstgefällig betrachtete Somerset Derry Brewer.

»Sie haben Blut vergossen, Brewer. Aber sie haben den Feind bezwungen. Jetzt bekommen sie Rindfleisch und Hammelbraten, und dann lassen wir sie auf London los, versteht Ihr? Wir werden dafür sorgen, dass Earl Warwick König Henry herausgibt und demütig um Vergebung bittet für die Scherereien, die er uns bereitet hat.«

Somerset musste lachen, seine Fantasie war mit ihm durchgegangen. »Ich sage Euch, wir werden die Welt wieder zurechtrücken. Versteht Ihr, Brewer? Und wenn die Männer sich in Grantham und Stamford, in Peterborough oder Luton ein bisschen wild aufgeführt haben, wen kümmert es? Und wenn sie die Schinken mitnehmen, die sie gefunden haben – nun ja, vielleicht hätten die Männer, denen sie gehörten, auch lieber mit uns kommen sollen, um York unschädlich zu machen!« Vorsichtshalber senkte er die Stimme, ehe er weiter sprach. »Und wenn sie dabei ein paar Kehlen durchschneiden oder wenn ein paar Landmädchen ihre Unschuld verlieren, dann feuert sie das wahrscheinlich nur noch mehr an. Wir sind die Sieger, Brewer, und Ihr seid kein Geringer unter uns. Seid also ruhig wütend, aber verschont uns wenigstens diesmal mit Euren Bedenken und Sorgen.«

Derry blickte sich nach dem jungen Duke um, er konnte seinen Ärger nur schlecht verbergen. Henry Beaufort war charmant und sah gut aus – und er konnte reden wie mit Engelszungen, wenn es galt, jemanden zu überzeugen. Doch er war noch so entsetzlich jung! Somerset hatte sich ausgeruht und gut gespeist, während die Städte, die dem Duke von York gehört hatten, in Schutt und Asche gelegt wurden. Grantham und Stamford waren dem Erdboden gleichgemacht worden, und Derry hatte auf den Straßen Gräueltaten mit ansehen müssen, nicht weniger grausam als die, die er in Frankreich erlebt hatte. Es ärgerte ihn, sich hier von diesem schnippischen jungen Adligen anhören zu müssen, die Männer hätten dies als Belohnung verdient.

Derry blickte zu Königin Margaret, die, in einen dunkelblauen Mantel gehüllt, an der Spitze ritt. Sie unterhielt sich offenbar mit Earl Percy und hatte ihm den Kopf zugewandt. Auf ihrer anderen Seite trabte ihr siebenjähriger Sohn Edward auf einem Pony, die blonden Locken des Jungen hingen schlaff herunter.

Somerset bemerkte den Blick des Meisterspions und grinste selbstsicher, als er sich mit dem älteren Mann verglich.

»Königin Margaret will ihren Mann zurückhaben, Master Brewer, und nicht Eure weibischen Bedenken über das Verhalten der Leute hören. Vielleicht solltet Ihr ihr ausnahmsweise einmal zugestehen, dass sie die Königin ist. Nur dieses eine Mal.«

Somerset holte tief Luft, warf den Kopf zurück und lachte laut über seinen Scherz. Im selben Moment streckte Derry die Hand nach dessen Stiefel aus, ergriff den Sporn und zog ihn ruckartig hoch. Mit einem Schrei verschwand der Duke über die Seite seines Pferdes, das wild tänzelte, weil die Zügel ihm am Maul rissen. Ein Bein Somersets zeigte fast senkrecht gen Himmel, und er kämpfte verzweifelt, um wieder in den Sattel zu kommen. Ein paar schreckliche Augenblicke lang hatte er die ledrigen Genitalien seines Pferdes im Blick, die neben seinem Kopf baumelten.

»Vorsicht, Mylord«, rief Derry, indem er sein Pferd etwas zurückhielt, um Abstand zu bekommen. »Die Straße hier ist sehr uneben.«

Obwohl seine Reizbarkeit hauptsächlich darauf zurückzuführen war, dass er die Fassung verloren hatte, war er doch auch wütend über den Duke. Margarets Kraftquelle und die Ursache eines großen Teils ihrer Autorität lag darin, dass sie *recht hatte*. Das ganze Land wusste doch, dass König Henry ein Gefangener der York-Anhänger war, alle samt und sonders Verräter. Es gab viel Sympathie für die Königin und ihren kleinen Sohn, die gezwungen waren, im Land umherzuziehen, um sich der nötigen Unterstützung zu vergewissern. Dem Unternehmen mochte etwas Rührseliges anhaften, aber immerhin hatte es ehrbare Männer wie Owen Tudor überzeugt und Armeen mobilisiert, die sonst zu Hause geblieben wären. Und es hatte ihnen schließlich den Sieg beschert, sodass das Haus Lancaster, das so lange unterdrückt gewesen war, sich wieder erheben konnte.

Aber es würde weder Margaret von Nutzen sein, noch würden sie einen einzigen weiteren Menschen für sich gewinnen, wenn man jetzt dieser Armee aus dem Norden gestattete, auf dem Weg nach London zu morden, zu notzüchtigen und zu plündern. Ihr hart errungener Sieg steckte ihnen noch in den Knochen, und sie waren wie trunken. Sie alle hatten miterlebt, wie Richard Plantagenet, Duke von York, in die Knie gezwungen und getötet worden war. Sie hatten mit angesehen, wie die Köpfe ihrer mächtigsten Feinde fortgetragen wurden, um auf der Stadtmauer von York zur Schau gestellt zu werden. Nach der Raserei und dem Wüten der Schlacht war der Sieg für diese fünfzehntausend Mann so viel wie klingende Münze in der Tasche. Zehn Jahre Kampf waren zu Ende, und York war tot auf dem Schlachtfeld geblieben, ein Opfer seines Ehrgeizes. Dieser Sieg bedeutete *alles*, und er war schwer verdient. Die Männer, die Yorks Kopf unter das Schwert gebracht hatten, erwarteten eine Belohnung – gutes Essen, Wein oder auch goldene Kelche von Altären, wie es sich gerade ergab.

Hinter Brewer zog sich die Kolonne hin und verschwand im Dunst, weiter, als das Auge an diesem Wintertag sehen konnte. Schotten mit nackten Beinen neben kleinen walisischen Bogenschützen und hochgewachsenen englischen Schwertkämpfern, alle abgemagert und mit zerfetzten Mänteln, aber noch marschierten sie, noch waren sie stolzerfüllt.

Etwa vierzig Yards weiter hinten war der junge Duke von Somerset mit hochrotem Kopf und mithilfe eines seiner Männer wieder in den Sattel gekommen. Beide funkelten Derry Brewer böse an, der gespielt respektvoll seine Stirn mit der Hand berührte. Ritter in Rüstung pflegten, wenn ihre Lords vorbeiritten, ihr Visier hochzuklappen, um ihr Gesicht zu zeigen. Diese Geste war zu einer Art Gruß geworden. Derry bemerkte allerdings, dass es die Empörung des jungen Mannes, den er aus dem Sattel geworfen hatte, nicht milderte. Wieder verfluchte Derry seine eigene Unbeherrschtheit. Wenn er Rot sah, schlug er zu, ohne nachzudenken. Das war immer seine Schwäche gewesen, obwohl es auch sehr befreiend sein konnte, wenn man ab und zu alle Vorsicht fahren ließ. Doch inzwischen war er zu alt dafür, fand er. Wenn er nicht vorsichtiger war, würde ihn einer dieser jungen Heißsporne umbringen.

Fast erwartete Derry, dass Somerset angeprescht kommen würde, um Satisfaktion zu verlangen, doch er sah, wie sein Begleiter flüsternd und offenbar dringlich auf ihn einsprach. Diese kleinen Streitereien waren eines Mannes von Somersets Rang nicht würdig. Derry seufzte, er würde sich die nächsten Nächte gut überlegen müssen, wo er schlief – und nie irgendwo allein hingehen. Sein ganzes Leben lang hatte er mit der Arroganz der Lords zu tun gehabt und wusste nur zu gut, dass sie es als ihr gutes Recht ansahen, nein, es fast für ihre wichtigste Pflicht hielten, Satisfaktion für Beleidigungen zu verlangen, entweder offen oder heimlich. Irgendwie wurde erwartet, dass diejenigen, die sie beleidigt hatten, dabei mitspielten, sich unsichtbar machten und ihnen auswichen, so gut sie konnten, bis die natürliche Ordnung wiederhergestellt war und man sie irgendwo fand, bewusstlos geschlagen und vielleicht mit abgeschnittenen Fingern oder Ohren.

Es hatte wohl etwas mit dem Altern zu tun, dass Derry für diese Art von Spielchen keine Geduld mehr aufbrachte. Er wusste genau, sollte Somerset ihm einen Trupp Schläger schicken, um ihn einzuschüchtern, würde er als Antwort dem Duke nachts die Kehle durchschneiden. Wenn die Kriegsjahre Derry Brewer etwas gelehrt hatten, dann dies, dass Dukes und Earls genauso leicht starben wie gewöhnliche Menschen.

Dieser Gedanke erinnerte ihn wieder an Somersets Vater, der auf einer Straße in St. Albans sein Leben verloren hatte.

Der alte Duke war ein wahrer Löwe gewesen. Man hatte ihn töten müssen, er hätte nie aufgegeben.

»Gott sei mit dir, mein Alter«, murmelte Derry. »Verdammt noch mal. *Also gut,* er soll sicher sein vor mir, aber nur um deinetwillen. Aber würdest du mir den eitlen Gockel bitte vom Hals halten?« Er blickte zum Himmel, holte tief Luft und hoffte, dass sein alter Kumpel ihn hörte.

Derry nahm den Geruch von verkohltem Holz und Asche wahr, der seinen Hals reizte und ihn würgte. Die Vorhut sorgte schon wieder für Feuer und Chaos, sie zerrten Fleischteile und gepökelte Tierköpfe aus den Vorratsräumen und trieben Ochsen auf die Straßen, um sie zu schlachten. Am Ende eines jeden Tages erreichte die Kolonne der Königin die Spitze der Vorhut. Dann waren die Männer meist um die achtzehn oder zwanzig Meilen marschiert, und um den Preis eines Huhns, das sie braten und bis auf die Knochen abnagen konnten, verschlossen sie die Augen vor den abgebrannten Herrenhäusern und den verheerten Dörfern, die ihren Weg säumten. Fünfzehntausend Mann wollten essen, das wusste auch Derry, sonst würde die Armee der Königin sich bald in nichts auflösen, weil die Leute desertierten oder in den Straßengräben starben. Dennoch, es war nur schwer zu ertragen.

Der Meisterspion runzelte die Stirn und streckte die Hand aus, um *Vergeltung* den Hals zu tätscheln, dem ersten und einzigen Pferd, das er je besessen hatte. Das alte Ross wandte den Kopf und blickte hoch zu ihm, vielleicht hatte er ja eine Karotte. Doch Derry zeigte ihm seine leeren Hände, und *Vergeltung* verlor augenblicklich das Interesse. Vor ihm ritten die Königin und ihr Sohn, umgeben von einem Dutzend Lords, die immer noch stolzgeschwellt waren, obwohl es schon Wochen her war, seit York bei Wakefield gefallen war. Die Rückkehr nach Süden war kein Rachefeldzug, sondern ein gut geplantes Vorrücken der Streitkräfte, mit Boten, die jeden Morgen Briefe an Freund und Feind gleichermaßen beförderten. Vor ihnen lag London, und Margaret wollte nicht, dass ihr Mann doch noch umgebracht wurde, während sie schon auf dem Rückweg war.

Es würde nicht einfach sein, den König lebend zurückzubekommen, das wusste Derry. Earl Warwick hatte seinen Vater bei der Festung von Sandal verloren. Noch immer waren der Boden gefroren und die Nächte lang, und Warwick würde noch immer genauso verzweifelt sein über seinen Verlust wie Edward, Yorks Sohn. Zwei zornige junge Männer hatten in derselben Schlacht ihre Väter verloren – und König Henrys Schicksal lag in ihren Händen.

Derry erschauerte, als er sich an Yorks Worte kurz vor seiner Enthauptung erinnerte: dass sie sich damit nur den Hass der Söhne zuziehen würden. Er schüttelte den Kopf und wischte sich den Rotz weg, der auf der Oberlippe festgefroren war. Die alte Garde verließ diese Welt, einer nach dem anderen. Und die, die an ihre Stelle traten, taugten nicht viel, soweit Derry Brewer das beurteilen konnte. Die besten Männer waren alle unter der Erde.

Ein böiger Wind beutelte die Wände des Zeltes, als Warwick seine Brüder ansah und den Becher erhob.

»Auf unseren Vater«, sagte er.

John Neville und Bischof George Neville wiederholten die Worte und tranken, obwohl der Wein zu kalt war und der Tag noch viel kälter. Warwick schloss kurz die Augen und sprach ein Gebet für die Seele seines Vaters. Rundum zerrte der Wind an den Zeltplanen und ließ sie knattern, als befänden sie sich im Zentrum des Sturms und würden von allen Seiten gleichzeitig angegriffen.

»Welcher Wahnsinnige zieht auch im Winter in den Krieg?«, sagte Warwick. »Dieser Wein ist ein schreckliches Gesöff, aber alles andere ist leer getrunken. Aber wenigstens freue ich mich, dass ich mit euch zusammen sein kann und mich nicht zu verstellen brauche. Ich vermisse den Alten schrecklich …«

Er wollte weitersprechen, aber eine Welle des Schmerzes schnürte ihm die Kehle zu, und seine Stimme versagte. Sein Atem kam stoßweise, bis er keine Luft mehr hatte und seine Augen blind vor Tränen waren. Mit großer Anstrengung holte Warwick schließlich Luft, dann noch einmal, bis er endlich weitersprechen konnte. Seine Brüder hatten kein Wort gesagt.

»Mir fehlt sein Rat und seine Liebe«, fuhr Warwick fort. »Ich vermisse seinen Stolz und sogar seine tadelnden Worte. Wie gern würde ich mich jetzt von ihm tadeln lassen.« Die beiden anderen lachten leise, denn sie empfanden ebenso. »Jetzt ist es so, wie es ist, und alles ist gesagt. Wie gern würde ich manches Wort zurücknehmen oder ihm davon berichten, was ich in seinem Namen unterdessen getan habe …«

»Gott hört deine Gebete, Richard«, sagte sein Bruder George. »Alles Weitere ist ein heiliges Geheimnis. Du würdest dich der Sünde des Stolzes schuldig machen, wenn du denkst, du könntest seine Pläne durchschauen. Wir wissen nicht, was der Herr mit uns vorhat. Sein Wege sind unergründlich, Bruder. Und du sollst nicht um die trauern, für die es jetzt nur noch Freude gibt.«

Warwick umfasste liebevoll den Nacken des Bruders. Zu seiner Überraschung hatten die Worte ihn ein wenig getröstet, und er war stolz auf seinen jüngeren Bruder.

»Gibt es Neuigkeiten von York?«, fuhr George Neville mit ruhiger Stimme fort.

Von den drei Söhnen Nevilles schien der Bischof über den Tod des Vaters am wenigsten verstört, bei ihm gab es keinerlei Anzeichen von jenem Zorn, der John von innen aufzufressen drohte, von den Rachegefühlen, mit denen Warwick jeden Morgen erwachte. Ganz gleich, was kommen mochte, es galt noch eine Schuld zu begleichen für alle Kränkungen, die sie erlitten hatten.

»Edward schreibt nichts«, sagte Warwick sichtlich enttäuscht. »Ich wüsste nicht einmal, dass er die Tudors besiegt hat, wenn ihre zerlumpten Flüchtlinge nicht von meinen Leuten festgenommen und befragt worden wären. Das Letzte, was ich hörte, war, dass Edward von York auf einem Haufen toter walisischer Bogenschützen gethront und den Schmerz über den Tod von Vater und Bruder mit Wein ertränkt haben soll. Er hat auf meine Nachricht, wie sehr er hier gebraucht wird, nicht reagiert. Natürlich ist er erst achtzehn, aber in seinem Alter …«

Warwick seufzte. »Manchmal denke ich, dass seine Körpergröße darüber hinwegtäuscht, was für ein Junge er doch noch ist. Ich verstehe nicht, wie er sich in Wales herumtreiben und Trübsal blasen kann, während Königin Margaret uns immer näher kommt! Er ist nur mit sich selbst beschäftigt, mit seinem edlen Schmerz und Zorn. Ich habe das Gefühl, dass wir ihm ganz gleichgültig sind, samt unserem Vater. Aber bitte – das sage ich nur zu euch, und sonst zu niemandem …«

John Neville war mit dem Tod seines Vaters Baron Montagu geworden. Diese Würde zeigte sich in dem kostbaren neuen Mantel, der warm gefütterten Hose und den teuren Stiefeln, angefertigt auf Kredit von Schneidern und Schustern, die einem Lord Summen stundeten, die sie einem einfachen Ritter nie gewährt hätten. Doch trotz seiner warmen Kleider blickte Montagu auf die geblähten Zeltwände und fröstelte. Es war schwer vorstellbar, dass ein Spion sie bei dem brüllenden Wind belauschen könnte, aber es kostete nichts, vorsichtig zu sein.

»Wenn dieser Sturm noch schlimmer wird, wird das Zelt abheben und wie ein Falke davonfliegen«, sagte Montagu. »Bruder, wir brauchen diesen Sohn von York, auch wenn er noch so grün hinter den Ohren ist. Ich war heute früh bei König Henry, als er unter einer Eiche fromme Lieder sang. Wusstest du, dass ihm ein Schmied einen Strick ums Bein gelegt hat?« Warwick schreckte aus seinen Gedanken auf und blickte ihn an. »Es ist keine Fessel, Bruder. Nur ein geknotetes Seil, um unser königliches Unschuldslamm am Davonlaufen zu hindern. Du sprichst davon, dass Edward noch ein Junge ist, aber wenigstens ist er ein gut geratener, kräftiger Junge, der einen Willen hat und zuschlagen kann! Dagegen ist dieser Henry nichts als ein greinendes Kind. Ihm könnte ich mich niemals unterordnen.«

»Still, John«, sagte Warwick. »Henry ist der gesalbte König, ob er nun blind, taub, verkrüppelt oder … einfältig ist. An ihm ist nichts Böses. Er ist wie Adam vor dem Sündenfall, nein – wie Abel, ehe Kain ihn aus Neid umbrachte. Und es bringt Schande über uns alle, wenn wir ihn festbinden. Ich werde dafür sorgen, dass man den Strick löst.«

Warwick trat an die Verschnürung des Zeltes und zog an den Bändern, bis eine Bahn sich öffnete und den Wind hereinließ. Die Papiere, die in einer Ecke unter Bleibeschwerern gelegen hatten, wurden aufgewirbelt und flogen durch die Luft.

Der Eingang zum Zelt stand offen, und als die Brüder hinausblickten, bot sich ihnen ein Anblick, als hätte sich ihnen das Tor zur Hölle aufgetan. Südlich von ihnen lag St. Albans. Vor der Stadt, beleuchtet von Fackelschein, waren zehntausend Männer, geteilt in drei große bewaffnete Bataillone, damit beschäftigt, Befestigungen und Verteidigungslinien zu errichten. Überall flackerten Feuer, jede Schmiede war erleuchtet, doch sie gaben ebenso wenig Licht wie die Sterne am Himmel. Der Regen fiel erbarmungslos auf die arbeitenden Menschen, er fegte in böigen Sturzbächen über sie hinweg, als wollte er ihr Elend noch vergrößern. Man hörte die Rufe der Menschen, die Balken und andere Lasten trugen und brüllende Ochsen vor den Karren antrieben.

Warwick merkte, dass seine Brüder an seine Seite getreten waren und ebenfalls hinausstarrten. Das Herz des Lagers bestand aus etwa zweihundert Rundzelten, die alle nach Norden gerichtet waren, von wo man Königin Margaret mit ihrer Armee erwartete.

Warwick war gerade aus Kent zurückgekommen, als er vom Tod seines Vaters bei Sandal erfuhr. Seit diesem schweren Tag hatte er anderthalb Monate gehabt, um sich auf die Armee der Königin vorzubereiten. Sie wollte ihren Mann zurück, das wusste Warwick sehr gut. Denn auch wenn Henry körperlich schwach und sein Blick leer war – er war immer noch der König. Es gab nur eine Krone und einen Mann, der regierte, selbst wenn er sich dessen nicht bewusst war.

»Bei jedem Sonnenaufgang sehe ich neue Reihen von spitzen Pfählen und Gräben und …«

Bischof George Neville machte eine müde Handbewegung, ihm fehlten die Begriffe für die Werkzeuge und Todesmaschinen, die sein Bruder um sich versammelt hatte. Die Reihen der Kanonen waren nur ein Teil davon. Warwick hatte die Arsenale Londons durchsucht und jede grauenvolle Erfindung mitgenommen, die sich jemals in einem Krieg bewährt hatte – bis zurück zu den sieben angelsächsischen Königreichen und den römischen Invasoren. Ihre Blicke schweiften über mit Stacheln gespickte Netze, Krähenfüße, Fallgruben und Belagerungstürme. Es war ein Feld des Todes, bereit für den anrückenden Feind.

2

Margaret stand vor dem Eingang ihres Zeltes und sah zu, wie sich ihr Sohn mit einem einheimischen Jungen einen Kampf lieferte. Niemand wusste, woher der Bengel mit den dunklen Augen gekommen war, aber er hatte sich Edward angeschlossen, und jetzt wälzten sie sich mit ihren Stöcken, die sie wie Schwerter aufeinanderkrachen ließen, keuchend am feuchten Boden. Das kämpfende Paar rollte gegen einen Ständer mit Waffen und Schilden, an dem die farbenfrohen Banner von einem Dutzend Lords im Wind flatterten.

Margaret sah Derry Brewer durchs hohe Gras näher kommen. Sie hatten das heutige Lager auf einer Wiese aufgeschlagen, in der Nähe eines Flusses und mit Blick auf eine Hügelkette in der Ferne. Fünfzehntausend Mann, es war eine ganze Stadt, mit all den Pferden, Wagen und der Ausrüstung, die eine gewaltige Fläche einnahmen. Wäre jetzt Spätsommer gewesen, hätten sie Obst- und Gemüsegärten geplündert, aber Anfang Februar gab es wenig zu stehlen. Die Felder lagen brach, nirgendwo regte sich Leben. Die Männer sahen langsam wie Bettler aus, ihre Kleider hingen in Fetzen am Leib, und sie magerten immer mehr ab. Niemand kämpfte im Winter, außer es ging darum, dass man einen König zu retten hatte.

Derry Brewer hatte das Zelt der Königin erreicht und verbeugte sich. Margaret hob die Hand, er solle warten, also drehte er sich um und sah, wie der junge Prinz von Wales gerade seinen Gegner besiegte, indem er den schwächeren Jungen zu Boden warf. Der andere kreischte, es klang, als erwürge man eine Katze.

Weder Derry noch die Königin sagten etwas, und Prinz Edward rammte seine Waffe, der Verteidigung des Jungen geschickt ausweichend, fest gegen dessen Brust. Der Junge rollte sich zusammen und gab auf, während der Prinz seinen Stock wie eine Lanze erhob, die Hand an den Mund hielt und ein Triumphgeheul ausstieß. Derry grinste, amüsiert, aber auch überrascht. Der königliche Vater des Jungen hatte sein Leben lang nicht das geringste Interesse an kriegerischer Betätigung gehabt, und dennoch zeigte sein Sohn hier eine Begeisterung, die man nur empfindet, wenn man einen Gegner bezwungen hat. Derry erinnerte sich gut an dieses Gefühl. Edward streckte die Hand aus, um dem anderen Jungen auf die Füße zu helfen, als Derry sich einmischte.

»Prinz Edward, vielleicht solltet Ihr ihn allein aufstehen lassen.« Derry hatte an die Boxringe in London gedacht und gesprochen, ohne nachzudenken.

»Master Brewer?«, sagte Margaret, deren Augen vor Stolz leuchteten.

»Ach, Mylady, Männer sehen das anders. Manche nennen es ehrenhaft, wenn man denen Gnade zeigt, die man besiegt hat. Ich selbst halte es nur für eine andere Art von Stolz.«

»Ich verstehe. Aber manche Männer wären dafür, dass mein Sohn diesem Jungen wieder auf die Beine hilft? *Du* bleib, wo du bist.«

Letzteres hatte sie mit ausgestrecktem Finger an den Straßenjungen gerichtet, der gerade aufstehen wollte, hochrot im

Gesicht, weil er von einer so edlen Dame angesprochen wurde. Verwirrt ließ er sich wieder zu Boden fallen.

Derry sah sie lächelnd an.

»Ja, Mylady. Sie würden den Arm ihres Feindes umklammern, ihm alles vergeben und damit zeigen, wie großherzig sie sind. Der Vater Eures Gemahls pflegte das zu tun, Mylady. Und es ist richtig, seine Männer liebten ihn dafür. Es zeugt von Größe, die allerdings nur die wenigsten besitzen.«

»Und wie haltet Ihr es, Derry? Was würdet Ihr tun?«, fragte Margaret leise.

»Ach, ich bin kein großer Mann, Mylady. Ich würde ihm vielleicht etwas brechen oder ihn ein bisschen mit dem Messer kitzeln. Es gibt viele Möglichkeiten. Das bringt einen Mann nicht um, aber man kann ihm damit eine Weile das Leben schwer machen.« Er schmunzelte über seinen eigenen Scherz, doch das Lächeln erstarb ihm auf den Lippen, als er den kühlen Blick der Königin gewahrte. Er zuckte die Schultern. »Wenn ich gewonnen habe, Mylady, dann will ich nicht, dass mein Feind wieder auf die Beine kommt, womöglich noch wütender als vorher. Nach meiner Erfahrung ist es am besten, wenn man dafür sorgt, dass sie liegen bleiben.«

Margaret neigte den Kopf, erfreut über seine Ehrlichkeit.

»Ich glaube, das ist der Grund, warum ich Euch vertraue, Master Brewer. Ihr versteht zweifellos etwas von diesen Dingen. Ich werde gegen meine Feinde *niemals* verlieren, sondern meine Ehre verteidigen, wenn sie auf dem Spiel steht. Ich würde immer den Sieg wählen und den Preis dafür bezahlen.«

Derry schloss einen Moment die Augen und nickte langsam, als er verstand. Er hatte Margaret schon als junges Mädchen gekannt, aber Verschwörungen, Schlachten und Verhandlungen hatten eine raffinierte und rachedurstige Frau aus ihr gemacht.

»Ich nehme an, Ihr habt mit Lord Somerset gesprochen, Mylady.«

»Das habe ich, Derry! Ich habe ihm die Führung meiner Armee anvertraut – und damit keinen Dummkopf gewählt. Ja, ich weiß, er fragt mich nicht gern um Rat, aber er wird es tun, wenn Ihr ihn dazu zwingt. Der junge Somerset ist ein Heißsporn, glaube ich, mit starkem Arm und starkem Herzen. Seine Männer lieben ihn, wenn er herumbrüllt. Aber kann er bei diesem Vater ein Dummkopf sein? Nein. Er sagt, Eurer Meinung nach hätten wir erst einmal im Norden bleiben und Vorräte anschaffen sollen, statt sie uns unterwegs zu beschaffen, was Euch anscheinend ein Problem bereitet. Doch Mylord Somerset hat nur ein Ziel, nämlich seine Leute bei Kräften zu erhalten und so schnell wie möglich London zu erreichen. Und es ist nichts dagegen einzuwenden, dass ihm in erster Linie das Wohl meiner Armee am Herzen liegt, Derry.«

Derry ließ sich seine Überraschung nicht anmerken. Er hatte nicht damit gerechnet, dass der junge Somerset seinen Stolz überwinden und wegen dieser Sache den Rat der Königin einholen würde. Das wies auf eine gewisse Reife und vor allem auf eine Loyalität hin, die Derry Hoffnung gab.

»Mylady, Warwick ist im Süden am stärksten. Seine Anhänger sind überwiegend Leute aus Kent und Sussex, diesen gottverlassenen, rebellischen Grafschaften. Wir müssen sie niedermachen und entweder Euren Gemahl befreien oder …«

Er sah zu den beiden Jungen hin, deren Stöcke jetzt wieder aneinanderkrachten. Sollte König Henry nicht überleben, dann bestand das ganze Haus Lancaster nur noch aus diesem Siebenjährigen mit der Beule an der Stirn, ein Junge, der im Moment gerade versuchte, seinen Gegner zu erwürgen.

Dann fing er Margarets fragenden Blick auf.

»Einerlei, wie es ausgeht«, sagte Derry, »von dem Tag an wird der König England in Frieden regieren müssen, Mylady. Man braucht nur ein paar passende Geschichten zu verbreiten, und König Henry könnte … ein neuer Arthur sein, zurückgekehrt aus Avalon, oder ein neuer Richard Löwenherz. Er könnte der wiederhergestellte gesalbte König sein – oder aber ein weiterer König Johann Ohneland, Mylady, dem auf Schritt und Tritt zweifelhafte Gerüchte folgen. Wir haben eine Schneise der Verwüstung durch halb England gezogen. Auf Hunderten von Meilen nichts als Tod und Verwüstung, und alle, die uns dafür verfluchten, werden jetzt verhungern. Kinder wie dieser Junge dort werden sterben, weil unsere Leute ihnen die Tiere und das Saatgut geraubt haben. Wie sollen sie im Frühjahr säen?«

Er hatte beim Sprechen die Jungen beobachtet, die sich immer noch im Dreck wälzten. Er wollte die Königin nicht direkt anblicken. Doch er unterbrach seinen tadelnden Vortrag, als er den Druck ihrer Hand auf dem Arm spürte. Er sah sie an, in ihrem Gesicht lag Resignation, aber auch Entschlossenheit.

»Ich … kann die Leute nicht bezahlen, Derry. So ist die Lage, bis wir London erreichen, und vielleicht auch noch danach. Und sie werden ganz bestimmt noch einmal kämpfen müssen, ehe ich genug Geld habe, um sie auszuzahlen, und wer weiß, wie das ausgehen wird. Und solange sie nicht bezahlt sind, das wisst Ihr genau, erwarten sie, dass man ihnen Freiheiten lässt, wie Jagdhunden. Statt ihres Lohns erwarten sie, dass sie plündern dürfen.«

»Hat Somerset das gesagt?«, erwiderte Derry mit kalter Stimme. »Wenn er wirklich so ein großartiger Anführer ist, dann sollte er diese Hunde beim Genick packen …«

»Nein, Derry. Ihr seid mein Ratgeber, dem ich wie keinem anderen vertraue, das wisst Ihr. Doch diesmal verlangt Ihr zu viel. Ich trage im Moment Scheuklappen, Derry. Ich sehe nur ein Ziel, nämlich London, und sonst nichts.«

»Dann riecht Ihr also den Rauch nicht und hört nicht die Schreie der Frauen?«, fragte Derry.

Es war unvorsichtig, sie derartig herauszufordern, trotz ihres langjährigen Vertrauensverhältnisses. Er sah, dass sich auf ihren Wangen rote Flecken bildeten, die sich rasch bis zum Hals ausbreiteten, während sie ihm unverwandt in die Augen blickte, als stünden dort die Antworten auf alle ihre Fragen.

»Es ist ein harter Winter, Master Brewer, und er dauert immer noch an. Und wenn ich die Augen vor allem Elend verschließen muss, um meinen Mann und seinen Thron zurückzubekommen, dann werde ich blind und taub sein. Und Ihr werdet stumm sein.«

Derry holte tief Luft.

»Mylady, ich werde alt. Manchmal denke ich, dass ich meine Arbeit einem Jüngeren überlassen sollte.«

»Derry, bitte. Ich wollte Euch nicht beleidigen.«

Der Meisterspion hob die Hand.

»Das habt Ihr nicht, und ich würde Euch auch nicht ohne mein Netz von Informanten zurücklassen, das ich über so viele Jahre geknüpft habe. Mylady, ich bin durch meine Dienste manchmal in großer Gefahr. Das sage ich nicht, um zu prahlen, sondern einfach, weil es so ist. Ich treffe mich mit rauen Gesellen, an finsteren Orten, und das jeden Tag. Falls ich einmal nicht zurückkomme, dann sollt Ihr wissen, dass ich für meinen Nachfolger gesorgt habe.«

Margaret sah ihn mit ihren großen, dunklen Augen an, erschreckt und fasziniert von seinen Worten. Er stand vor ihr wie ein verlegener Junge und verschränkte die Hände.

»Es könnte sein, dass Ihr selbst in Gefahr seid, Mylady, wenn ich gefasst würde. Dann wird jemand anders zu Euch kommen und Euch etwas sagen, woran Ihr ihn erkennen werdet.«

»Wie sieht er denn aus, dieser Mann?«, flüsterte Margaret.

»Das kann ich noch nicht sagen, Mylady. Es sind nämlich drei. Jung und voller Elan und Eurer Hoheit treu ergeben. Aber nur einer von ihnen wird die beiden anderen überleben und die Zügel in die Hand nehmen, wenn ich sie fallen lasse.«

»Sie sollen sich gegenseitig umbringen, damit einer mir beistehen kann?«, fragte Margaret ungläubig.

»Natürlich, Mylady. Nichts ist von Wert, wenn es nicht hart erkämpft wurde.«

»Also gut. Und woran werde ich erkennen, dass ich Eurem Mann vertrauen kann?«

Derry lächelte darüber, wie schnell sie begriffen hatte.

»Ein paar Worte, Mylady, die für mich von Bedeutung sind.«

Er schwieg, es war, als blicke er durch sie hindurch in die Vergangenheit – und in die Zukunft und seinen eigenen Tod. Nachdenklich schüttelte er den Kopf.

»Alice, die Frau von William de la Pole, lebt noch, Mylady. Ihr Großvater war vielleicht Englands erster Gelehrter, obwohl ich nie die Gelegenheit hatte, den alten Chaucer persönlich kennenzulernen. Sie gebrauchte einst, im Zusammenhang mit mir, ein Zitat von ihm. Als ich sie fragte, wie sie das gemeint hatte, sagte sie, es sei nur ein dummer Einfall gewesen, und ich solle mir nichts dabei denken. Aber es blieb mir im Gedächtnis. Sie sagte, ich sei *›der Lächler mit dem Messer im Gewand‹*. Ich finde, das ist eine ziemlich genaue Beschreibung meiner Arbeit, Mylady.«

Margaret fröstelte und rieb sich die Arme.

»Euer Zitat macht mir eine Gänsehaut, Derry, aber es sei, wie Ihr gesagt habt. Wenn jemand zu mir kommt und diese Worte spricht, werde ich auf ihn hören.« Ihre Augen glänzten, und ihr Gesicht wurde hart. »Bei Eurer Ehre, Derry Brewer. Ihr habt Euch mein Vertrauen verdient, aber leicht schenke ich es nicht her.«

Derry neigte den Kopf, er dachte zurück an das junge Mädchen, das aus Frankreich über den Kanal gekommen war, um mit König Henry vermählt zu werden. Mit ihren dreißig Jahren war Margaret immer noch schlank und ihre Haut rein, das lange braune Haar war mit einem rotem Band zu einem dicken Zopf geflochten. Da sie nur eine Schwangerschaft hatte durchmachen müssen, war sie kein ausgemergeltes Arbeitspferd geworden, wie so viele Frauen ihres Alters. Sie hatte sich die biegsame Schlankheit ihrer Jugend bewahrt. Für jemanden, der so viele Verluste, so viel Schmerz erfahren hatte, hatte Margaret sich gut gehalten. Doch Derry hatte sechzehn Jahre an ihrer Seite verbracht und nahm die Veränderung wahr. Sie hatte eine gewisse Härte angenommen, und Derry wusste nicht, ob er das bedauern oder darüber froh sein sollte. Der Verlust der Unschuld wog schwer, besonders für eine Frau. Doch danach trugen sie immer einen kostbareren Stoff, trotz der Blutflecken. Derry wusste, dass Frauen jeden Monat diese Dinge vor der Welt verbargen. Vielleicht war das der Schlüssel zu ihrem Wesen. Sie mussten Blut verbergen – und sie verstanden sich darauf.

3

Der gewürzte Wein wärmte Derry Brewer innerlich und linderte seine Schmerzen. Der Ritter, der ihm gegenübersaß, nickte bedeutsam und lehnte sich auf seinem Schemel leicht zurück, er war sich der Wichtigkeit seiner Nachricht voll bewusst. Sie saßen in der Ecke einer lärmigen Schenke, in der sich die Soldaten drängten. Es gab nur noch saures Bier, und selbst beim Bier war man am Bodensatz angekommen, aber noch immer warteten draußen Männer und reckten voller Hoffnung die Hälse.

Derry hatte das öffentliche Wirtshaus für sein Treffen gewählt, weil er wusste, dass die braven Besitzer keine Ahnung von seiner Tätigkeit hatten. Ihnen kam es wahrscheinlich gar nicht in den Sinn, dass ein Angehöriger einer Armee zur feindlichen Gegenseite reiten könnte, um dort lebenswichtige Einzelheiten zu verraten. Derry lehnte sich an die Täfelung aus Eichenholz und betrachtete Sir Arthur Lovelace, der mit Sicherheit sein stolzester Informant war. Der prüfende Blick veranlasste den kleinen Mann, sich den prächtigen Schnurrbart glatt zu streichen, der ihm über die Lippen hing und vermutlich dazu beitrug, dass er mit jedem Bissen eine gehörige Portion Haare in den Mund bekam. Sie hatten sich nach der Schlacht bei Sandal kennengelernt, wo Lovelace einer von den etwa hundert enttäuschten Rittern und Hauptleuten war, die Derry auf die Seite genommen hatte.

Denen, die kein Geld mehr hatten, hatte er ein paar Münzen gegeben, dazu ein paar gute Ratschläge für alle, die bereit waren, ihm zuzuhören. Dabei hatte es geholfen, dass der Meisterspion in König Henrys Diensten stand, denn so konnte niemand Brewers Loyalität infrage stellen – genauso wenig wie die Ernsthaftigkeit seines Anliegens, besonders nach diesem Sieg.

Das Ergebnis von Derrys Zuspruch war, dass nicht wenige der Männer bereit waren, sich in Sheffield der Armee der Königin anzuschließen, also eben den Truppen, gegen die sie zuvor gekämpft hatten. Es schien ein Irrsinn, aber die Männer wollten essen und brauchten Geld. Als sie schließlich merkten, dass man sie nicht bezahlte, wurde ihnen klar, dass es tatsächlich Irrsinn war. Und doch hatten dann Hunderte von Männern dieser Armee dabei geholfen, Städte auszuplündern, die loyal zu York gestanden hatten, nur um satt zu werden und ihre eigenen Beutel zu füllen.

Lovelace trug keine Farben, keinen Waffenrock oder Abzeichen, an denen man ihn hätte erkennen und verraten können, als er durchs Lager ging. Er hatte eine Parole bekommen und wusste, dass er nach Derry Brewer fragen sollte. Das hätte ausgereicht, um an den neugierigen Wachen vorbeizukommen, aber tatsächlich war er bis ins Innerste von Königin Margarets Armee vorgedrungen, ohne auch nur ein einziges Mal angehalten zu werden. An jedem anderen Tag wäre Derry Brewer darüber höchst ungehalten gewesen, und er hätte wieder einmal die Hauptleute zu sich rufen lassen, um ihnen klarzumachen, wie wichtig es war, zu verhindern, dass Spione und Attentäter hier unbemerkt Schaden anrichten konnten.

Lovelace beugte sich vor, die Stimme zu einem aufgeregten Flüstern gesenkt. Er schwitzte stark, und Derry konnte seinen Schweiß riechen. Der Ritter war galoppiert, um dem Meisterspion Bericht zu erstatten.

»Was ich Euch erzählt habe, ist von *höchster Wichtigkeit*, Master Brewer, versteht Ihr? Ich habe Euch Warwick ausgeliefert, fertig gerupft, geölt und verschnürt – bereit für den Drehspieß.«

»Der Seefahrer«, sagte Derry geistesabwesend, während er nachdachte. Warwick war jahrelang Captain von Calais gewesen, und man sagte, dass er das Meer und die Schiffe über alles liebe. Lovelace hatte versprochen, keine Namen zu nennen, aber natürlich vergaß er es immer wieder. In solchen Momenten verhielt Derry sich vorsichtshalber, als stünde sein ärgster Feind direkt hinter ihm, um alles weiterzutragen, was er gehört hatte.

Die Stimmung im Wirtshaus wurde gereizt, als die Getränke jetzt zur Neige gingen. In dem Gedränge und Gezerre strauchelte plötzlich ein rothaariger Fremder und stürzte quer über den kleinen Tisch, an dem Derry und Lovelace saßen, konnte sich aber mit ausgestreckten Armen gerade noch aufrecht halten. Er lachte schallend. Gerade wollte er sich umdrehen und bei dem Mann beschweren, der ihn gestoßen hatte, als er die kalte Klinge spürte, die Derry ihm an den Hals hielt und ihn damit zum Schweigen brachte.

»Sieh dich vor, Junge«, zischte Derry ihm ins Ohr. »Und jetzt verschwinde.«

Er gab dem Soldaten einen Stoß und sah lange hinter ihm her, wie er mit erschrocken aufgerissenen Augen in der Menge verschwand. Also war es nur ein Zufall. Wenn auch keiner dieser »Zufälle«, die tragisch zu enden pflegen. Und es ist natürlich schrecklich traurig, wenn man in eine Klinge fällt, oder wenn die Brewers dieser Welt in die kalte Grube fahren, aber das Leben muss schließlich weitergehen, und man wird gern und voller Liebe an ihn denken …

»Brewer?«, sagte Lovelace und schnippte mit den Fingern. Gereizt sah Derry ihn an.

»Was ist? Ihr habt Eure Nachricht übermittelt, und wenn sie wahr ist, dann ist sie mir sehr nützlich.«

Lovelace beugte sich noch weiter vor, und Derry konnte riechen, dass er Zwiebeln gegessen hatte.

»Ich habe den ›Seefahrer‹ nicht umsonst verraten, Master Brewer. Als wir uns in dem Wirtshaus in Sheffield trafen, wart Ihr sehr großzügig mit Silbermünzen und Versprechungen.« Lovelace holte tief Luft, als er voll Hoffnung und mit zitternder Stimme weitersprach. »Ich erinnere mich, dass Ihr von der Grafschaft Kent spracht, die noch immer vakant ist und wo ein loyaler Verwalter fehlt, um Steuern und den Zehnten für den König einzutreiben. Ihr sagtet damals, es sei sogar eine Belohnung dieser Art denkbar für jemanden, der Warwick ausliefere.«

»Aha«, erwiderte Derry. Um den anderen etwas zu ärgern, tat er so, als hätte er nicht richtig verstanden, vor allem auch deshalb, weil der Mann in seiner Gedankenlosigkeit schon wieder Warwicks Namen laut genannt hatte.

»Und genau das habe ich doch getan!«, sagte Lovelace und wurde rot. »Sind Eure Versprechungen denn nichts weiter als leere Worte?«

»Ich hatte Euch gesagt, Ihr solltet ohne Banner, ohne Waffenrock und ohne Schild in dieses Lager kommen, damit sich niemand an Euch erinnert. Ihr seid an zehntausend Menschen vorbeigegangen, als Ihr zu diesem Wirtshaus kamt. Hat einer von denen Euch festgehalten und gefragt, wer Ihr seid?«

Lovelace schüttelte den Kopf, verunsichert von dieser strengen Frage.

Derry fuhr ungerührt fort. »Und, mein guter Herr Ritter, habt Ihr jemals daran gedacht, dass ich, wenn Ihr so leicht zu mir kommen könnt, vielleicht auch ein paar Leute in Eurem Feldlager habe? Dass es dort im Süden ein paar Kerle gibt, die sich vielleicht als Wasserträger betätigen oder Rüstungen polieren – und nichts weiter tun als beobachten, zählen und sich an alles erinnern? Wie denn? Dachtet Ihr etwa, ich bin blind ohne Eure Hilfe?«

Derry sah, wie dem Ritter die Hoffnung schwand und er auf seinem Schemel zusammensackte. Zu einem Earl gemacht zu werden, zu einem Vertrauten des Königs, nun ja, das war für einen gemeinen Soldaten natürlich ein gänzlich unerfüllbarer Wunschtraum. Doch in Kriegszeiten passierten noch ganz andere Dinge. Derry stellte sich vor, dass Lovelace irgendwo Frau und Kinder hatte, deren Schicksal von seinem Einkommen, seinem Verstand und dem bisschen Glück abhing, das er vielleicht haben mochte.

Armut war ein harter Lehrmeister. Derry betrachtete den enttäuschten Ritter etwas genauer und bemerkte, wie abgetragen sein Rock war. Er fragte sich, ob dieser beeindruckende lange Bart nicht vielleicht nur damit zusammenhing, dass er kein Geld für einen Barbier hatte. Derry seufzte leise. Wäre er jung gewesen, dann wäre er jetzt aufgestanden, hätte Lovelace auf die Schulter geklopft und wäre gegangen.

Doch Derry stellte grimmig fest, dass das Alter ihn verweichlicht hatte, und so empfand er auch jetzt so etwas wie Mitleid mit seinem Informanten. Vielleicht war es wirklich Zeit, sich zur Ruhe zu setzen. Seine drei jungen Männer waren bereit, es unter sich auszufechten, wenn er eines Abends nicht mehr nach Hause kommen sollte. Theoretisch wusste keiner von ihnen die Namen der anderen, aber er würde sein letztes Silberstück darauf setzen, dass alle drei es längst herausgefunden hatten. Die beste Art, sich vor einem Angriff zu schützen, ist, den anderen, der die Klinge in der Hand hat, umzubringen. Männer in Derrys Berufszweig wussten, dass es am besten war, ihn umzubringen, noch ehe er überhaupt wusste, dass er einen Feind hatte.

Sein Gesicht verriet nichts von diesen Gedanken, als er Lovelace ansah, der immer noch zu begreifen versuchte, dass er Warwick gerade um den Preis für ein Glas Bier verkauft hatte. Der Meisterspion wagte es nicht, angesichts der vielen Soldaten im Wirtshaus eine Gold- oder Silbermünze auf den Tisch zu legen. Daher ergriff er die Hand von Lovelace und drückte sie, wobei er einen Goldnobel hineingleiten ließ. Er sah, wie der arme Ritter einerseits peinlich berührt, andererseits erleichtert die Augen zusammenkniff, als er die Hand öffnete. Die Münze war klein, aber sie würde für ein Dutzend Mahlzeiten reichen, oder vielleicht für einen neuen Mantel.

»Geht mit Gott, mein Freund«, sagte Derry und stand auf. »Vertraut auf den König, damit könnt Ihr nichts falsch machen.«

Die schmale Neumondsichel war hinter einer Wolke verborgen, doch Edward von York konnte seine Hände im schwachen Licht der Sterne sehen. Er drehte die Linke vor dem Gesicht hin und her und bewegte die Finger, es sah aus wie ein flatternder Vogel. York saß auf einem Felsen in Wales, nach dem Namen des Berges hatte er nicht gefragt. Seine Füße baumelten über der Tiefe, und wenn er einen Stein hinunterwarf, schien er ewig zu fallen, bevor er aufschlug. Unter ihm lag der Abgrund, doch die Dunkelheit war so undurchdringlich, dass sie ihm fast vorkam wie etwas Massives, auf das man treten konnte.

Er grinste trunken bei diesem Gedanken, versuchsweise streckte er den Fuß aus, als suche er im Dunkeln nach einer Brücke über das Tal. Er spürte, wie sich sein Gewicht über den Rand des Abgrunds verlagerte, und ein Gefühl von Panik überkam ihn. Er stieß sich krampfhaft ab, kroch zurück. Aber die Panik verschwand ebenso schnell, wie sie gekommen war. Er wusste, er würde *nicht* fallen. Zwar hatte er so viel getrunken, dass es einen schmächtigeren Mann umgebracht hätte, aber Gott würde ihn davor bewahren, hier in Wales von diesem Felsen zu stürzen. Nein, hier würde er nicht sterben, dazu hatte er noch zu viel zu tun. Edward nickte. Sein Kopf war so schwer, dass er lange nickte, ehe er wieder aufhören konnte.

Er hörte die Schritte und das Gemurmel zweier seiner Männer, die sich nicht weit von ihm unterhielten. Langsam hob Edward den Kopf, er merkte, dass sie ihn in der Dunkelheit, dort, wo er saß, nicht sehen konnten. Mit seinen weißen Gliedmaßen dachte er, er müsse einem Gespenst ähneln. Wäre er in einer anderen Verfassung gewesen, wäre er mit lautem Geheul aufgesprungen, nur um sie zu erschrecken, aber seine Stimmung war zu düster. Die Nacht um ihn wurde schwarz, sobald sie seine Arme berührte. Zweifellos schien seine Haut deshalb so weiß – weil sie die Dunkelheit anzog und ihn damit anfüllte, bis er aus allen Nähten platzte. Es war eine herrliche Vorstellung, und er saß da und dachte darüber nach, während die Männer hinter ihm redeten.

»Mir gefällt es hier nicht, Bron. Ich mag weder die Berge, noch den Regen noch die verdammten Waliser. So unfreundlich, wie sie aus ihren Hütten immer hinter einem hersehen. Und es sind elende Diebe, die alles mitnehmen, was nicht niet- und nagelfest ist. Der alte Ohnenase vermisst seit zwei Tagen seinen Sattel, und der ist bestimmt nicht von allein weggelaufen. Dies ist kein Ort für uns – und trotzdem sind wir immer noch hier.«

»Na ja, wenn du ein Duke wärst, Kumpel, dann könntest *du* uns vielleicht nach England zurückbringen. Bis dahin müssen wir halt warten, bis Master York sich dazu entschließt. Ich bin ganz zufrieden damit. Ich sitze lieber hier, als dass ich in England marschieren oder kämpfen muss. Soll der große Junge erst einmal seinen Kummer um Vater und Bruder ertränken. Der alte Duke war ein tüchtiger Mann. Wenn er mein Vater gewesen wäre, würde ich mich jetzt auch besaufen. Entweder er beruhigt sich irgendwann wieder, oder es bricht ihm das Herz. Aber es hat keinen Zweck, sich Gedanken darüber zu machen, was von beidem passieren wird.«

Edward von York schielte nach den beiden. Einer saß gegen einen Fels gelehnt, ein bloßer, schwarzer Schatten. Der andere stand daneben und blickte auf zu den vielen Sternen am Nachthimmel. York gefiel es nicht, dass einfachen Ritter und Soldaten seinen persönlichen Schmerz beschwatzten, als ginge es ums Wetter oder den Brotpreis. Er schickte sich an, aufzustehen und wäre beinahe doch noch über die Felskante gestürzt, doch schließlich stand er schwankend auf den Beinen. Mit seinen sechs Fuß und vier Zoll war York ein Riese, bei Weitem der größte Mann im ganzen Heer, und die beiden Männer erstarrten, als sie die stumme Gestalt sahen, die plötzlich in der Dunkelheit vor ihnen auftauchte, umgeben von Sternen.

»Wer seid ihr, dass ihr es wagt, mir zu sagen, was ich tun und lassen soll? Hä?«, fragte Edward mit schwerer Zunge.

Die Männer wichen erschrocken zurück, sie machten kehrt und verschwanden dann über den Kamm des Hügels und rutschten den Abhang auf der anderen Seite wieder hinunter. Edward brüllte unzusammenhängendes Zeug, stolperte ein paar Schritte hinter ihnen her, stieß gegen einen Felsbrocken und fiel hin. Er erbrach sich, ein Gemisch aus Wein, Schnaps und Magensäure, so scharf, dass es auf seiner verletzten Haut brannte.

»Ich werde euch finden! Ich finde euch, ihr unverschämten Hurensöhne …«

Er rollte auf den Rücken. Er war zu müde, um wieder aufzustehen. Und er wusste nur zu gut, dass er sie nicht wiedererkennen würde. Dann schlief er ein.

York schnarchte laut, unter sich einen walisischen Berg, der ihn auf der Erde verankerte, während über ihm die Sterne kreisten.

Es regnete, als Margarets Lords sich versammelten. Der Regen prasselte auf die Zeltleinwand, und die Pfosten knarrten unter dem Gewicht des nassen Stoffes. Derry Brewer verschränkte die Arme und musterte die Gesichter der obersten Befehlshaber seiner Königin. Henry Percy hatte mehr Verwandte verloren als alle anderen Anwesenden. Der Earl von Northumberland trug das Zeichen seiner Familienzugehörigkeit im Gesicht, man erkannte ihn überall an der wuchtigen Percy-Nase. Der Preis, den die Familie der Percys hatte zahlen müssen, verlieh dem jungen Earl ein gewisses Gewicht unter den Männern. Nach Derrys Meinung hatte der Verlust von Vater und Bruder ihn reifer gemacht, er sprach selten, ohne vorher gründlich nachzudenken. Er trug seine Würde wie einen schweren Mantel um die Schultern. Earl Percy hätte sie leicht gegen Warwick anführen können, aber es war der weniger erfahrene Somerset, der das Kommando hatte. Derry blickte zur Königin, die würdevoll in der Ecke saß, gertenschlank und mit rosigen Wangen. Wenn es stimmte, dass sie sich in den Monaten der geistigen Umnachtung ihres Mannes mit Somerset getröstet hatte, so war sie bemerkenswert diskret dabei vorgegangen. Somerset war mit seinen fünfundzwanzig Jahren immer noch unverheiratet. Das allein war außergewöhnlich genug, um die Augenbrauen in die Höhe fahren zu lassen. Derry wusste, er müsste dem Duke den Rat geben, irgendeine willige junge Zuchtkuh zu heiraten und ein paar Bälger in die Welt zu setzen, ehe die Gerüchte aus dem Ruder liefen.

Ein halbes Dutzend kleinerer Barone waren dem Ruf der Königin gefolgt. Es bereitete Derry eine große Befriedigung, dass Lord Clifford unter ihnen auf den Bänken saß, wo sie hockten wie Schuljungen, die auf den Lehrer warteten. Clifford hatte in Wakefield Yorks Sohn getötet und dann den blutigen Dolch gehässig dem Vater unter die Nase gehalten. Es wäre schwer gewesen, den Mann danach noch sympathisch zu finden, selbst wenn er ein Ausbund an Tugend gewesen wäre. Doch Derry hielt Clifford für einen aufgeblasenen, schwachen Hohlkopf.

Es war seltsam, wie schnell und weit die Nachricht, dass Yorks Sohn getötet worden war, sich verbreitet hatte – Derrys Informanten berichteten, dass sie immer wieder davon gehört hatten. Auch, dass die Königin mit einer Armee von blutrünstigen Soldaten aus dem Norden und bemalten Wilden aus dem schottischen Hochland nach Süden unterwegs sei. Es hieß, sie habe Köpfe rollen lassen und das Blut der Yorks vergossen, vor allem sei es ihr eine besondere Freude gewesen, unschuldige Knaben umzubringen. Derry fragte sich, ob diese Gerücht wohl jemand gezielt gestreut hatte, oder ob es sich tatsächlich nur um gedankenlos aufgebauschte Berichte handelte.

Derrys Schreiber war fertig mit dem Verlesen der langen Beschreibung von Warwicks Streitkräften, die aus den Informationen von etwa einem Dutzend Spionen wie Lovelace zusammengetragen worden war und ein Bild ergaben, das Derry für ziemlich zutreffend hielt. Stellungen konnten sich verändern und den Ausgang einer ganzen Schlacht bestimmen, ehe sie überhaupt angefangen hatte, aber diesmal war er zuversichtlich. Warwick hatte sich eingegraben. Er *konnte* seine Stellung nicht verändern. Der Meisterspion nickte dem Schreiber seinen Dank zu und wartete ab, ob man seine Schlussfolgerung gutheißen oder kritisieren würde.

Baron Clifford war der Erste, der sich zu Wort meldete. Seine Stimme erinnerte an das Geschrei eines Esels und verursachte Derry Zahnschmerzen.

»Ihr wollt also, dass wir die Armee wie Schachfiguren hin und her schieben, Brewer? Denkt Ihr, dass man so einen Krieg führt?«

Derry fiel auf, dass er »wir« sagte. Sechs Jahre lang versuchte Clifford bereits, zu den Adligen gerechnet zu werden, die ihre Väter verloren hatten – zusammen mit Somerset und Earl Percy von Northumberland. Diese beiden schienen auch nichts gegen ihn zu haben, allerdings brachten sie ihm, soweit Derry es beurteilen konnte, auch keine besondere Sympathie entgegen.

Clifford sah in die Runde. »Also? Soll man es Spionen und gemeinen Taschendieben überlassen, wie eine königliche Armee aufs Schlachtfeld zieht?«, fuhr er fort. »So etwas habe ich noch nie gehört! Nach allem, was Ihr sagt, scheint es eher, dass Warwick noch weiß, was Ehrgefühl ist, auch wenn Ihr es nicht wisst! Ihr sagt, er hat die Straße nach London blockiert, um uns aufzuhalten. Na also! So führen Ehrenmänner einen Krieg, Brewer – ohne heimliche Tricks, ohne Lügen und Hinterhältigkeiten. Ich bin entsetzt über das, was ich hier höre, wirklich!«

Derry sah zu Margaret, doch zu seinem nicht geringen Ärger sah diese sich nicht genötigt, etwas dazu zu sagen. Sie hatte im hohen Norden die Freuden und Leiden der direkten Befehlsgewalt kennengelernt und gemerkt, dass ihr das nicht lag. Darüber hinaus hatte er den Eindruck, dass Somerset auf sie eingewirkt hatte, um ihm mehr Autorität zu übertragen. Somerset war derjenige, den er überzeugen musste, nicht Clifford, auch Earl Percy nicht, obwohl es einfacher wäre, wenn einer von ihnen die Strategie gutheißen würde, die Derry vorgeschlagen hatte.

»Mylord Clifford«, fing Derry an. Leider durfte er nicht sagen, dass der Mann ein aufgeblasener Dummkopf war, aber er sprach langsam, damit er ihn verstand. »Eure Ausbildung und Erfahrung hat Euch gelehrt, dass Schlachten auch dadurch gewonnen werden können, dass eine Seite sich aus einer Position herausmanövriert, ehe es zum Waffeneinsatz kommt. Es sind schon Festungen von der Flanke aus eingenommen worden, Mylord. Das ist alles, was ich vorgeschlagen habe. Meine Aufgabe ist es, Euch Herren alle Informationen zukommen zu lassen, die Euch nützlich sein könnten.«

Clifford wollte etwas sagen, aber Derry sprach weiter, ohne ihn zu Wort kommen zu lassen.

»Mylord, Warwick hat die Straße nach London in eine Festung verwandelt, mit Kanonen und Stachelnetzen, mit Gräben und Wällen und vielen anderen Hindernissen, die die Männer überwinden müssten, um an ihm vorbeizukommen. Sämtliche Berichte, die mir vorliegen …« Er unterbrach sich, als Clifford verächtlich schnaubte, dann fuhr er fort: »Aus allen meinen Berichten höre ich, dass er nach Norden orientiert ist, Mylords. Dass er seine Speere und Kanonen ausgerichtet hat, um einen Feind zu vernichten, der von Norden kommt. Ich wage zu behaupten, dass die Vernunft es gebietet, ihn seitlich zu umgehen und dem gefährlichsten Teil seiner Verteidigungslinie auszuweichen.«

»Und damit zu zeigen, dass wir uns vor dieser kleinen Streitmacht fürchten!«, rief Clifford empört. »Den Kerlen zeigen, dass wir die Nevilles, diese Hunde, ernst nehmen, dass wir Verräter respektieren und sie wie unseresgleichen behandeln, statt sie wie tote Wespen zusammenzufegen und zu verbrennen. Aus den gleichen Berichten wissen wir doch auch, dass wir um fünftausend Mann stärker sind! Wollt Ihr das abstreiten? Unsere Männer haben York besiegt! Wir sind Warwicks Bauern aus Kent und seinen Londoner Bettlern zahlenmäßig haushoch überlegen, und Ihr wollt, dass wir uns an ihnen vorbeischleichen wie Diebsgesindel?« Er sah wieder in die Runde, bevor er fortfuhr. »Ich frage Euch – wo bleibt da unsere Ehre?«

»Wohl gesprochen, Mylord Clifford«, erwiderte Derry, wobei seine Stimme und sein Lächeln etwas angestrengt wirkten, »aber hier haben wir die Gelegenheit, das Leben dieser Männer, die Ihr befehligt, zu schützen. Wir können Warwick Schaden zufügen oder ihn sogar vernichten, ohne dass Eure Leute vor seinen Verteidigungsanlagen verbluten. Mylord, ich halte dies nicht für eine Frage der Ehre, sondern …«

»Ich glaube, das reicht, Master Brewer«, unterbrach ihn Somerset und hob die Hand. »Euer Argument wird nicht überzeugender dadurch, dass Ihr es wiederholt. Ich bin sicher, wir alle haben verstanden, worum es geht.«

»Sehr wohl, Mylord«, sagte Derry. »Ich danke Euch.«

Er setzte sich auf einen wackeligen Stuhl und zuckte zusammen, weil ein Schmerz durch sein Knie schoss und er fürchtete, einen Krampf zu bekommen. Ihm war kalt, alles tat ihm weh und er hatte es satt, mit Dummköpfen und Jünglingen zu streiten. Er war schon so lange von König Henry getrennt, dass er seine Autorität eingebüßt hatte. Es hatte mal eine Zeit gegeben, da hatten alle Respekt vor Derry Brewer, vor seinen Beziehungen zu mächtigen Männern – bis hin zur Machtquelle selbst. Heutzutage musste er mit Eseln wie Clifford um seine Überzeugung streiten, mit Männern, die die Nase so hoch trugen, dass sie über den kleinsten Stein stolperten.

»Ich fürchte mich nicht vor Warwicks Armee«, sagte Somerset.

»Natürlich nicht!«, murmelte Clifford, doch ein warnender Blick brachte ihn zum Schweigen.

»Gewiss, es ist richtig, sie hatten über einen Monat Zeit, ihre Verteidigung vorzubereiten, während wir so langsam nach Süden vorangekommen sind wie eine träge Ochsenherde.« Somerset hob die Hand, um das Protestgemurmel, das sich jetzt erhob, zu ersticken. »Nichts für ungut, meine Herren. Ich weiß ja, dass die Leute verpflegt werden mussten, aber das Ergebnis ist nun mal, dass Warwick dadurch

Zeit gewonnen hat. Und da es ihm nicht an Geld mangelt, zweifle ich nicht daran, dass er die Reserven aus London anzapfen konnte. Darüber hinaus hat er König Henry und dadurch … einen gewissen Einfluss. Zwar ist der König ein Gefangener, aber ich denke, wir sind uns alle einig, dass er keine Widerstand leistet oder gar zu fliehen versucht. Und trotzdem – Warwicks Armee aus Kent und London plus ein paar Burschen aus Sussex und Essex ist einfach zu klein. *Diese* Armee fürchte ich nicht. Aber es gibt da natürlich noch eine andere.«

Somersets Blick schweifte in die Runde und blieb kurz an Margaret hängen, aber sie hielt den Kopf gesenkt und blickte nicht auf.

»Yorks Sohn Edward, oder sollte ich *ihn* jetzt York nennen? Er, der frühere Earl von March, der nicht mehr als ein paar Tausend Männer in Wales hatte und dennoch die Streitmacht von drei Tudors bezwang, den Vater tötete und die Söhne in alle Winde zerstreute. Vielleicht hat er nach diesem Sieg noch keine weiteren Leute rekrutiert, aber es dürften genug zornige junge Männer im Land sein, die ihm zur Hilfe eilen würden, wenn er sie riefe. In York fließt königliches Blut. *Er* könnte eine Bedrohung für uns sein. Wenn er sich mit Warwick zusammentut, sind sie fast so viele wie wir. Ganz bestimmt wären sie dann stark genug, dass wir sie fürchten müssen.« Er schüttelte den Kopf. »Genau wie Warwick wäre es mir natürlich lieber, der Feind käme von vorn, bereit zu kämpfen und zu sterben, aber Yorks Sohn wird bestimmt dazustoßen – und er könnte uns in der Flanke angreifen.«

Somerset unterbrach sich, holte tief Luft und blickte die Männer an.

»Mylords, Mylady, Master Brewer, wir können uns nicht auf einen Tanz mit Warwick einlassen und es riskieren, zwischen den beiden eingekeilt zu werden. Wir dürfen nicht nach seiner Pfeife tanzen. Wenn Master Brewers Informanten uns die Nachricht gebracht haben, dass diese Festung eine weiche Flanke hat, dann werde ich befehlen, dass wir jede Gelegenheit nutzen, die sich uns bietet. Es ist in der Tat nichts Ehrenhaftes, Tausende von Männern an einem stark befestigten Hindernis zu opfern, Lord Clifford. Caesar hat sich auf dem Schlachtfeld auf ähnliche Weise herauslaviert, soviel ich weiß. Vielleicht sogar auf genau diesem Schlachtfeld, John.«

Derry sah, wie Clifford lächelte und gnädig den Kopf neigte. Aus irgendeinem Grund fand er es plötzlich unerträglich, dass der Mann so gelassen in dieser Runde saß. Vielleicht war es nur ein weiterer Aspekt des Älterwerdens, aber er konnte sich die Gelegenheit nicht entgehen lassen.

»Wenn ich es Baron Clifford vielleicht erklären dürfte, Mylord, es ist nämlich ein Unterschied, ob man einen verwundeten Jungen auf der Flucht umbringt, oder ob man eine solide Verteidigungsstellung angreift, die …«

»Brewer! *Haltet den Mund!*«, fuhr Somerset ihn an, während Clifford nichts weiter tun konnte, als ihn schockiert anzustarren. »Nein, verlasst den Raum! Wie könnt Ihr es wagen, in meiner Anwesenheit so etwas zu sagen! Über Eure Bestrafung werde ich nachdenken. Hinaus!«

Derry machte eine tiefe Verbeugung vor Margaret. Er empfand eine gewisse grimmige Befriedigung darüber, dass er Cliffords schändliche Tat zur Sprache gebracht hatte. Yorks Sohn war siebzehn Jahre alt gewesen und für niemanden eine Bedrohung, als er versucht hatte, bei Sandal zu fliehen. Derry wusste nicht, ob er verwundet gewesen war, aber er hatte dieses Detail hinzugefügt, um Clifford als den hinterhältigen Schuft hinzustellen, der er war. So entstehen Legenden.

Hoch erhobenen Hauptes verließ Derry das Zelt. Er wusste, er war zu weit gegangen. Draußen in der Kälte, wo seine Wut langsam verrauchte, fühlte er sich alt und müde. Clifford könnte ihn herausfordern, aber Derry vermutete, dass der Mann sich nicht dazu herablassen würde, außerdem würde er das Risiko eines Duells vor Zeugen nicht eingehen wollen. Nein, es würde wohl eher der heimliche Dolch im Dunkeln sein oder der kleingehackte Katzenschnurrbart im Essen, sodass er Blut kotzen würde.

Trübsinnig sah Derry hoch zum Kirchturm der Dorfkirche, die auf dem Grund und Boden der Familie Stokker von Wyboston stand. Er war nicht hoch genug, um sich dort vor Schlägern zu verstecken, die ihn bei Nacht suchen würden. Er musste einfach wach bleiben und dafür sorgen, dass er nie allein war. Er bedauerte es nicht, Clifford oder selbst Somerset gegen sich aufgebracht zu haben. Um Margaret gab es jetzt, wo York tot war, ein Machtvakuum. Seit ihr mächtigster Feind tot war, dazu mit einem Mann, der noch immer in Gefangenschaft war, hatte sie etwas von ihrer leidenschaftlichen Tatkraft eingebüßt, die sie jahrelang angetrieben hatte. Fast schien es, als wisse sie nicht, wie es weitergehen solle. Und in dieser Situation waren Männer wie Somerset aufgetreten, intelligente und ehrgeizige junge Leute, die voller Hoffnungen und Pläne für die Zukunft waren. Schwächlinge wie Clifford hingegen suchten nichts weiter als die Nähe zur Macht.

Natürlich gab es gute Gründe, sich Hoffnungen zu machen, das wusste Derry. York war tot, Salisbury ebenfalls. Nach all den Jahren, in denen sie am Thron festgehalten hatten, als hätten sie ein verdammtes Recht darauf. Der Verlust von König Henry war die einzige Wunde, die noch unangenehm juckte – ein armer Unschuldiger, von Männern festgehalten, die allen Grund hatten, ihn zu hassen. Und die traurige Wahrheit war, dass, falls man Henry umbringen würde, seine Königin gewiss nicht allzu lange um ihn trauern würde. Derry sah sehr wohl, wie ihre Augen aufleuchteten, wenn sie Somerset ansah. Es war schwer zu übersehen, wenn man darauf achtete.

4

Bei Anbruch der Nacht erhob sich ein eisiger Wind, und es wurde noch kälter, als es am Tag ohnehin schon gewesen war. Geduckt und mit eingezogenen Köpfen schwenkte die Armee der Königin auf Somersets Befehl von der gut gepflasterten Heerstraße, die nach London führte, ab und marschierte in Richtung Westen. Unter den Stiefeln der Männer knirschte der gefrorene Boden. Berittene Späher schwenkten Fackeln, um ihnen den Weg zu zeigen, der dicht an Dunstable vorbeiführte. Es war Derrys Vorschlag gewesen, die fünfzehntausend Mann über Nacht verschwinden zu lassen und auf der Straße nach Süden Warwicks Späher vergeblich auf sie warten zu lassen.

Seit dem Tag, an dem Clifford frustriert und mit rotem Kopf im Zelt der Königin gesessen hatte, war niemand dem Meisterspion zu nahe gekommen oder hatte ihn bedroht. Er war deshalb nicht weniger wachsam, denn er war mit hinterhältigen Männern wie Clifford vertraut. Von Somerset hatte er ebenfalls nichts gehört, fast war es, als wolle der junge Duke die Beleidigung, deren Zeuge er gewesen war, lieber vergessen. Derry wusste, wenn Somerset es sich anders überlegte, würde es zu einer öffentlichen Auspeitschung kommen, die ohne große Umstände und im Beisein aller stattfinden würde. Clifford war weder befugt dazu noch mutig genug, um etwas Derartiges anzuordnen. Das machte ihn nicht weniger gefährlich. Folglich machte Derry sich Gedanken darüber, wie man diesen Mann auf unauffällige Weise beiseiteschaffen könnte. Doch selbst für einen Meisterspion war es keine leichte Aufgabe, einen königlichen Baron verschwinden zu lassen.

Die Kolonnen der marschierenden Männer weckten die erschreckten Bewohner von Dunstable mit ihren Fackeln und der inzwischen wohlbekannten Aufforderung: »Bringt uns etwas zu essen, gebt eure Tiere heraus.« Die Menschen in der Stadt hatten jetzt, am Ende des Winters, ohnehin nicht mehr viel. Die meisten Vorräte waren in den kalten Wintermonaten aufgebraucht worden.

Ausnahmsweise waren Königin Margaret und ihr Sohn ebenfalls zu Pferde dabei, um den Zug durch die Stadt zu überwachen. Wo sie anwesend waren, würde es keine Gewalt geben, zumindest nicht, soweit die Fackeln die Umgebung erhellten. Derry zweifelte nicht daran, dass deshalb die Ausbeute deutlich geringer ausfallen würde. Als er aus einer Nebenstraße Schreie hörte, wollte er ein paar Leute mit Knüppeln hinschicken, doch Somerset kam ihm zuvor. Ein Dutzend Männer wurden mit Schlägen und Tritten auf die Hauptstraße getrieben. Einige wollten aufbegehren, bis einer der Hauptleute ihn wütend anfuhr und fragte, ob sie wohl alle wie Deserteure behandelt werden wollten, was sie schnell zum Schweigen brachte. Die Strafe für Deserteure sollte die Männer abschrecken, die vielleicht sonst daran gedacht hätten, in einer kalten dunklen Winternacht zu verschwinden. In diesem Zusammenhang hörte man Geschichten von Feuer und glühendem Eisen, weitererzählt von Männern, die weder lesen noch schreiben konnten.

Doch die Februarnächte waren lang genug, um viele Sünden in ihnen zu verbergen. Als die Armee Dunstable verließ, war alles Essbare aus Häusern und Scheunen verschwunden. Man hörte lautes Wehklagen, als die letzten Soldaten aus der Stadt abzogen. Sie hielten dem eisigen Wind ihre gesenkten Köpfe entgegen, die Hände, in denen sie ihre Waffen hielten, starr vor Kälte.

Hinter der Stadt hellte sich der Himmel langsam auf. Sie kamen in einen uralten Wald aus Eichen, Stechpalmen und Silberbirken, der groß genug war, um selbst dieses große Heer darin verschwinden zu lassen. Im Schutz der Bäume durften die Männer sich ausruhen und essen. Sie alle wussten, dass sie für den kommenden Kampf Kräfte sammeln mussten. Klingen wurden geschärft, Leder geölt. Hier und da zog der Schmied mit seiner schwarzen Zange noch schnell einen schmerzenden Zahn. Sergeants und Bedienstete setzten große Kochkessel mit Zwiebeln und zähem, faserigem Fleisch von dem Wild auf, das sie erlegt hatten. Für die meisten bestand die Ration aber lediglich aus einer dünnen, fettigen Brühe. Trotzdem wachte jeder mit Argusaugen über seinen vollen Becher, um ihn schmatzend bis auf den letzten Tropfen zu leeren.

Diejenigen, die sich aufs Jagen verstanden, zogen los, um ein Moorhuhn oder ein Kaninchen zu erwischen, vielleicht auch einen Fuchs oder einen Igel im Winterschlaf, alles war ihnen recht. Anfangs wurden die Jäger für ihren Beitrag zur Verpflegung noch bezahlt, doch als das Geld ausging, setzten sie zwar ihre Arbeit fort, beanspruchten aber eine größere Portion für sich. Einer der Jäger pflegte, nachdem es kein Geld mehr gab, alles Erlegte für sich zu behalten. Eines Abends verspeiste er vor den Augen der anderen einen ganzen Hasen, den er über dem Feuer gebraten hatte. Am nächsten Morgen hing er an einem Baum. Niemand hatte etwas gehört oder gesehen. Auf einem so langen Marsch konnte ein Mann nun mal sterben, so war das eben. Sie brachen zusammen oder taumelten ziellos davon, mit vor Hunger und Erschöpfung leeren Augen. Manche wurden mit Schlägen wieder zurückgebracht, andere ließ man liegen und sterben.

Nachdem die Soldaten der Königin ihre Ration Suppe im Magen hatten, brach man wieder auf und marschierte auf den Horizont zu, während die Sonne aufging. Noch waren sie stark genug, entschlossen genug. Sie hatten in der Nacht einen Bogen um St. Albans gemacht, sodass sie jetzt aus Südwesten kamen. Einige zeigten grimmig die Zähne, als sie auf der Straße marschierten. Sie stellten sich die Überraschung vor, das Entsetzen von Warwicks Leuten, wenn sie merkten, dass ein ganzes Heer hinter ihnen auftauchte.

Warwick saß auf einem edlen schwarzen Wallach und starrte die Straße entlang nach Norden. Am klaren Himmel ging die Sonne auf, aber der Wind war kalt und drang ihm durch Mark und Bein. Der Hügel mit der Stadt St. Albans lag hinter ihm, alles überragt von der Abtei. Er verspürte eine leichte Gereiztheit, als er sich daran erinnerte, wie Abt Whethamstede in seiner Prachtrobe ihm kluge Ratschläge geben wollte, als jemand, der sechs Jahre zuvor die Schlacht auf dem Hügel miterlebt hatte. Da Warwick damals selbst eine Schlüsselrolle bei Yorks Sieg gespielt hatte, konnte er es kaum ertragen, dass dieser ältere Mann es für angebracht hielt, ihm nochmals einen Vortrag darüber zu halten. Der Abt hatte einen guten Teil des vergangenen Abends mit seinen schaurigen Schilderungen verbracht, was ihm ein sichtliches Vergnügen bereitet hatte.

Warwick schüttelte den Kopf, um diese Gedanken zu verscheuchen. Seine Aufmerksamkeit galt allein der Königin und ihrer Armee, die nach Süden zogen und hier durchkommen mussten. Er wunderte sich nur, dass sie nicht schon längst da waren. Margaret hatte ihm viel Zeit gegeben, und er hatte sie genutzt, indem er seine Wut und seine Trauer in Gräben und Wällen verwandelt hatte. Es gab keine Straße nach London mehr. Seine Armee hatte tiefe Gänge durch das Land gezogen und jeden Kavallerieangriff unmöglich gemacht. Londoner Schmiede hatten mit Eisenspitzen bewehrte Netze geliefert, jede der aufrecht stehenden Klingen war von Hand hineingeknotet worden. Es war keineswegs so, dass diese Verteidigungslinie nicht bezwungen werden konnte, aber es würde die Truppen gewiss demoralisieren und entscheidend schwächen. Warwicks Plan war, die zahlenmäßig überlegene Armee der Königin zu dezimieren, Reihe um Reihe, bis der Rest erschöpft und ausgeblutet war. Erst dann würde er seine drei Bataillone hineinschicken, zehntausend Mann, um den Willen und die letzte Hoffnung der Lancasters zu brechen. Er runzelte die Stirn und dachte daran, wie wenig Willenskraft König Henry selbst noch hatte.

Henry saß nicht weit entfernt von Warwick, der über das große Lager hinwegblickte. Der König saß im Schatten einer kahlen Eiche und starrte nach oben durch die Äste, die sich über seinem Kopf in unregelmäßigen Mustern kreuzten. Der König schien wie gebannt. Er war nicht mehr gefesselt, aber dazu bestand auch keine Notwendigkeit.

Als Warwick den König zum ersten Mal erlebt hatte, hatte er sich unwillkürlich gefragt, ob der Mann ihm nicht etwas vorspiele. Er hatte gehört, dass der junge König, als er fünf Jahre zuvor aus seiner Abwesenheit erwacht war, zumindest noch etwas von seiner männlichen Energie gehabt hatte. Warwick zuckte die Schultern. Vielleicht war es damals so gewesen, aber jetzt schien es damit vorbei. Ein Geräusch ließ den König aufhorchen, der bisher nach oben gestarrt hatte. Henry grub die Finger in den Boden und beobachtete fasziniert die Geschäftigkeit um ihn herum. Warwick wusste, wenn er sich näherte, würde Henry ihm Fragen stellen und die Antworten scheinbar auch verstehen, aber keine Macht der Welt würde ihn bewegen können, aufzustehen, wenn er sich irgendwo niedergelassen hatte. Warwick hätte Mitleid mit ihm empfunden, wenn Henry nicht der Grund für den Tod seines Vaters gewesen wäre. So empfand er nichts als kalte Verachtung für ihn. Das Haus Lancaster verdiente den Thron nicht, wenn Henry der Einzige war, den sie daraufsetzen konnten.

Mit leisem Schnalzen und einem kurzen Ruck am Zügel wendete Warwick sein Pferd. Er hatte drei Gestalten entdeckt, die am Rande des Lagers entlangritten, jetzt trabte er hin, um sie aufzuhalten. Zwei davon waren sein Bruder John und ihr Onkel Fauconberg, beides Nevilles und der Sache treu ergeben. Der dritte war nicht ganz so verlässlich, wie Warwick es sich gewünscht hätte, obwohl Mowbray, der Duke von Norfolk, ihm keinen Grund zum Misstrauen gegeben hatte. Trotzdem, der Mann stand im Rang über ihm und war zehn Jahre älter. Zwar war Norfolks Mutter eine Neville, aber dasselbe traf auch auf die Percy-Brüder zu, und die hatten sich für König Henry entschieden. Warwick seufzte. Der Krieg bescherte einem seltsame Verbündete. Er hatte Norfolk aufgrund seines Ranges und seiner Erfahrung den repräsentativen rechten Flügel gegeben, der ein Stück vor dem restlichen Herr in der langen gestaffelten Reihe von Karrees stand. Natürlich war es ein Zufall, dass Norfolk der erste sein würde, der in der Vorhut auf den Feind traf. Doch sollte der Duke tatsächlich irgendeine Teufelei planen, würde er dort den geringsten Schaden anrichten, und Warwick könnte von weiter hinten immer noch eine verzweifelte Verteidigung versuchen.

Warwick schüttelte unwillkürlich den Kopf, als die drei Männer jetzt anhielten. Der Tod seines Vaters hatte ihn verbittern lassen, und er musste sich eingestehen, dass er Freunde und Verbündete, selbst Brüder und Onkel nur noch unter einem Aspekt sah, nämlich ob und wie sie ihn vielleicht verraten könnten.

Er neigte höflich den Kopf gegen William, Lord Fauconberg, aber der Mann kam näher und streckte den Arm aus, bis Warwick gezwungen war, ihn zu ergreifen, worauf sie sich einander noch weiter näherten, bis es zu einer steifen Umarmung reichte. Warwick empfand keine Freude darüber, dass sein Onkel seinem Vater ähnlich sah, und er empfand immer eine heimlich Abneigung, wenn Fauconberg so vertraulich von seinem älteren Bruder sprach, den er natürlich viel länger gekannt hatte. Als Versuch, die Söhne zu trösten, hatte Fauconberg ihnen viele Begebenheiten aus der Kindheit ihres Vaters erzählt, aber keiner von ihnen traute ihm und seinen Geschichten.

Jetzt spürte Warwick den Blick der dunklen Augen auf sich. Die feuchten Augen des Onkels, seine Rührseligkeit und seine verdammten Umarmungen konnten Warwick jedes Mal zur Weißglut bringen.

John Neville sah die Donnerwolken im Gesicht seines Bruders, und kam zu ihm geritten, um ihm beizustehen, wie die Brüder es stets taten, wenn einer von ihnen in die Fänge des alten Mannes geraten war.

Warwick lächelte John an, aber seine Augen blieben kalt. Jetzt, wo er Montagu hieß, hatte John wenigstens den Titel bekommen, nach dem er sich so lange gesehnt hatte und der ihm mit dem Tod des Vaters zugefallen war. Warwick hatte die Grafschaft Salisbury geerbt, zusammen mit einigen Dutzend Gutshöfen, Burgen und Herrenhäusern, wozu auch der Ort seiner Kindheit gehörte, Middleham, wo seine Mutter, jetzt schwarz gekleidet, noch immer lebte. Warwick bedeutete das alles nichts, obwohl er wusste, dass John ihn um diese Ländereien beneidete, die ihn zum reichsten Mann Englands gemacht hatten. Selbst das Haus York kam nicht mehr an ihn heran. Doch das alles war nebensächlich – zumindest solange die Mörder seines Vaters lebten, solange sie tranken, hurten und lachten. Es war unerträglich, dass der abgeschlagene Kopf Salisburys von der Stadtmauer in York herabstarrte, während seine Feinde frei herumliefen. Warwick wagte es nicht auszusprechen, aber es schmerzte ihn wie eine offene Wunde. Und jeder Versuch, den Kopf seines Vaters zurückzuholen, würde für sie alle den sicheren Tod bedeuten. Er musste dort bleiben, in Wind und Regen, und seine Söhne mussten weitermachen.

Warwicks Blick wanderte wieder zu der einsamen Gestalt König Henrys, der unter seinem Baum saß und den kurzen Wintertag verträumte. John hatte natürlich seinen Tod verlangt, für den jüngeren Bruder gab es nur das Prinzip Auge um Auge, Zahn und Zahn, und den einen Vater für den anderen Vater. Doch in Henrys Fall vermutete Warwick, dass der König auch von seinen eigenen Leuten nicht mehr sehr geliebt wurde. Solange er am Leben war, bedeutete Henry eine Verpflichtung für die Königin und ihre treuen Lords. Henry war der Köder in der Wolfsfalle, und seine Anhänger konnten diesen kostbaren königlichen Köder nicht einfach ignorieren. Warwick wusste, dass der Tod des Königs für die Königin eine Befreiung wäre, sie würde den Sohn großziehen und es dann erneut versuchen.

Der Sturm fuhr Warwick in den Mund, sodass er nach Luft schnappen musste. Er blickte in das bleiche Gesicht des Duke von Norfolk und merkte, dass der Mann ihn nachdenklich angestarrt hatte, ohne ein Wort zu sagen. Sie hatten sich zusammengefunden, als Warwick fassungslos vor Schmerz und Trauer gewesen war, doch niemand konnte behaupten, dass sie Freunde waren. Allerdings hatte Norfolk ihm auch kein Unrecht getan – und das wollte etwas heißen, nach der Niedertracht so vieler anderer.

Der Duke war untersetzt, sein Kopf eher eckig als rund und vom Scheitel bis zur Spitze des Kinns rasiert, aber stoppelig. Mit seinen fünfundvierzig Jahren trug er die Spuren und Narben vieler Schlachten im Gesicht. Warwick wusste, dieser Mann war sowohl mit dem Haus York als auch mit dem Haus Lancaster verwandt. Es gab einfach zu viele Vettern auf beiden Seiten, dachte er. Als er die kräftige Gestalt seines Onkels betrachtete, der so gelassen auf dem Pferd saß, dankte Warwick Gott, dass Norfolk sich für die Seite der Nevilles entschieden hatte.

»Es ist gut, Euch zu sehen, Mylord«, sagte Warwick zu Norfolk.

Der Ältere neigte den Kopf und lächelte.

»Ich dachte, es könne nicht schaden, mal zu Euch herüberzureiten, Richard«, sagte Norfolk. »Euer Onkel macht sich Sorgen um Euch.«

Norfolks Blick hellte sich auf, und Fauconberg nickte ernst. Warwick schnaubte leise.

»Gibt es Neuigkeiten von den Spähern?«, fragte er, um das Thema zu wechseln.

Norfolk schüttelte den Kopf, und sein Gesicht wurde sofort ernst.

»Nichts. Kein Wort, außer, was die paar Enteigneten erzählen, die jetzt nach Südengland kommen und allen ihr Leid klagen.« Er merkte, dass Warwick etwas sagen wollte, doch er kam dem jungen Mann zuvor. »Ja, wie Ihr befohlen habt, Richard. Sie werden verpflegt und müssen nicht erfrieren, wir geben ihnen etwas Geld und schicken sie weiter nach London. Starke junge Kerle behalten wir natürlich hier, aber es gibt auch genug alte Männer und Kinder, die sich nach London durchschlagen wollen und Schauermärchen erzählen. Wenn sich das herumspricht, wird die Königin im Süden nicht willkommen sein.«

»Das will etwas heißen«, bemerkte Warwicks Bruder John. »Also hat man endlich begriffen, wie sie wirklich ist? Ich wünschte, das ganze Land könnte sie so sehen, wie wir sie kennengelernt haben. Als eine treulose, gotteslästerliche Hure.«

Warwick zuckte leicht zusammen. Es war nicht so, als stimme er nicht jedem Wort zu, aber sein jüngerer Bruder konnte auf seine Art genauso unbesonnen sein wie Edward von York. Beiden fehlte ein gewisses Talent, sich diplomatisch auszudrücken, wenn es darauf ankam. Für sie schien ein Mann nichts weiter zu brauchen als eine laute Stimme und einen starken Arm. Warwick musste an Derry Brewer denken und fragte sich, ob er wohl noch lebte.

»John«, sagte Warwick an seinen Bruder gewandt, doch dann fügte er, da es sich um eine Formalität handelte, den Titel hinzu, »Lord Montagu – vielleicht solltet Ihr bei Euren Männern die Ausbildung mit den Handbüchsen überwachen.

Es sind weitere achtzig angekommen, und ich habe keine Lehrmeister, um es ihnen zu zeigen. Es dauert nach jedem Schuss immer noch zu lange, bis sie nachgeladen haben.«

Sein Bruder zog voll Interesse die Augenbrauen hoch. Der junge Mann war fasziniert von den unglaublichen neuen Waffen, die aus der Hauptstadt kamen. Warwick hatte ein Vermögen ausgegeben, und die Hälfte aller Schmiede und Eisengießereien in London arbeiteten rund um die Uhr, um seine Armee zu versorgen. Die Ergebnisse flößten den Männern jeden Morgen aufs neue Achtung ein, wenn Dutzende von Wagen ankamen, oftmals mit einer neuen Art von Klingen oder gar Erfindungen mit Schießpulver. Jeden Morgen, ehe es hell wurde, marschierten Truppen neu ernannter »Schützen« hinaus, über der Schulter lange Waffen aus Eisen oder Holz. Die Männer standen in einer Reihe, gaben grobkörniges Schwarzpulver in die Rohre, schickten eine Kugel oder Bleischrot hinterher und stopften dann das Ganze mit einem Pfropf aus Werg, damit es nicht wieder herausfiel. Die Männer lernten schnell, aber diese Waffen hatten weiß Gott nicht die Reichweite eines Langbogens. Die Rotröcke, Warwicks Bogenschützen, waren unter den Ersten, die sich meldeten und die neuen Handbüchsen ausprobieren wollten, aber am Ende des ersten Tages hatten sie sie allesamt zurückgegeben und waren zu ihren alten Waffen zurückgekehrt. Es war der lange Zeitabstand zwischen den Schüssen, der ihnen Unbehagen bereitete, verglichen mit dem Anlegen von Pfeilen, was nicht länger als einen Atemzug dauerte. Doch Warwick setzte zur Verteidigung auf diese Feuerwaffen, etwa um Massenangriffe abzuwehren oder eine Gruppe von Offizieren vom Pferd zu werfen. Sie hatten durchaus ihre Möglichkeiten, wenn man sie im richtigen Moment einsetzte. Der Lärm, den sie machten, war aus der Nähe einfach unglaublich. Die ersten Männer, die versuchsweise damit geschossen hatten, hatten ihre Büchsen entsetzt fallen gelassen und sich vor dem Donner und dem Rauch in Sicherheit gebracht. Das allein, dachte er, würde die Waffen auf dem Schlachtfeld nützlich machen.

John, Lord Montagu, führte die Hand an die Stirn. Zur Antwort neigte Warwick den Kopf. Er wünschte sich, er könnte dieselbe Begeisterung empfinden wie sein Bruder. Es stand außer Frage, seit dem Tod des Vaters hatte er eine engere Bindung zu John entwickelt. Je frostiger die Beziehung zu ihrem Onkel wurde, desto inniger wurde die Freundschaft unter den drei Brüdern Richard, John und George, dem Bischof. Schließlich hatten sie ein gemeinsames Ziel.

In diesem Moment erklang hinter ihnen ein Trompetenstoß hoch oben auf dem Hügel von St. Albans. Norfolk drehte den Kopf, um mit seinem besseren Ohr hören zu können, dann erstarrte er, als die Glocke der Peterskirche über der Stadt erschallte.

»Was hat das zu bedeuten?«, fragte John Neville seinen Onkel. Er war noch nicht erfahren genug, um den Schock der anderen zu verstehen. Fauconberg schüttelte den Kopf, er war sprachlos. Es war Warwick, der antwortete. Er versuchte, seine Panik niederzukämpfen, um ruhig sprechen zu können.

»Ein Angriff. Sonst würde die Glocke nicht läuten. John, deine Männer sind am nächsten. Schick ein Dutzend Ritter und hundert von deinen Jungs, um in der Stadt nachzusehen. Ich habe nur ein paar Bogenschützen oben bei der Abtei, alles Verwundete, die ihre Verletzungen auskurieren müssen. Lauf, John! Die Glocke läutet nicht umsonst. Sie kommen.

Bevor wir nicht ihre Anzahl und Position kennen, können wir nichts unternehmen.«

Warwicks Gesicht war einen Moment ratlos, als John losrannte. Einen Monat hatte er damit verbracht, die Straße nach Norden in einen Todesstreifen zu verwandeln – und jetzt kamen diese Mistkerle von der anderen Seite. Sein Gesicht brannte, während Norfolk und sein Onkel auf seinen Befehl warteten.

»Gentlemen, kehrt auf Eure Positionen zurück«, sagte Warwick. »Ich gebe Euch Nachricht, sobald ich mehr weiß.«

Zu seinem Ärger rückte sein Onkel mit seinem Pferd wieder dicht an ihn heran und schlug ihm ermutigend auf die Schulter. Er sah, dass der ältere Mann Tränen in den Augen hatte.

»Für deinen Vater, Richard«, sagte Fauconberg. »Wir werden es schaffen.«

5

In dichten Reihen stürmte das Heer der Königin den Berg hinauf zur Abtei. Befriedigt stellte Derry fest, dass weder Somerset noch Percy zögerten, wenn es darum ging, sich die Berichte seiner Spione zunutze zu machen. Die Soldaten waren voll Tatendrang und hatten alle Müdigkeit vergessen bei der Aussicht, eine Armee von hinten anzugreifen und über sie herzufallen wie ein Falke, der sich auf eine Maus stürzt. Viele von ihnen kannten das befriedigende Gefühl, wenn man jemandem einen Faustschlag versetzt, etwa einem Gauner oder einem betrügerischen Händler, wenn er es am wenigsten erwartet. Es mochte nicht sehr ehrenhaft sein, aber das Überraschungsmoment war ein Hauptfaktor in der Kriegführung und fast ebenso wichtig wie die Waffenstärke. Derry spürte, wie sein Herz klopfte, während er auf *Vergeltung* die Straße entlangritt. Er sah die aufgehende Sonne und blickte hinab auf Warwicks Lager, das sich in drei riesigen Karrees quer über die Straße von Norden zog.

Die Männer an seiner Seite hatten keine Zeit, die Aussicht zu genießen. Ihre Aufgabe war es, dem letzten Bataillon, das unter dem Banner von Lord Montagu stand, in den Rücken zu fallen. Diese Soldaten waren bekanntlich in jedem Heer die schwächsten. Das linke Bataillon kämpfte meist als letztes, wenn überhaupt. Auf die Männer, die jetzt durch die leeren Straßen von St. Albans stürmten, wirkte dieser Trupp von

Soldaten wie ein lahmer Rehbock, den die Herde zurückgelassen hatte.

Derry verspürte keine besondere Lust, den Leuten nach unten zu folgen. Was ihn anbetraf, so war seine Arbeit getan, sobald das Kämpfen begann. Er hatte Lord Somerset und Earl Percy in die richtige Position gebracht, jetzt war es an ihnen, die Sache zu Ende zu bringen. Er überlegte, ob er eine Zeichnung anfertigen sollte von den großen Truppenkarrees, die sich von St. Albans aus durchs Gelände zogen, oder wenigstens von den Gräben und den wichtigsten Gruppen, aber er verwarf den Gedanken sofort wieder, weil in der Nähe ein panisches Geschrei ertönte, das von den Mauern der Abtei widerhallte.

»Pass doch auf, du Trottel! Dort drüben!«, hörte Derry, der sein Pferd umwandte, um herauszufinden, woher die Stimmen kamen. Bekannt kamen sie ihm nicht vor.

»Bogenschützen! Vorsicht, Bogenschützen!«, schrie eine andere Stimme, die höher und noch ängstlicher klang.

Derry schluckte nervös und merkte plötzlich, dass er selbst eine gute Zielscheibe für einen Bogenschützen abgeben würde, der zufällig seinen Weg kreuzte. Er duckte sich im Sattel und bereitete sich innerlich darauf vor, dem Pferd die Sporen zu geben, falls es nötig sein sollte.

In der Abtei öffnete sich knarrend eine Seitentür, aus der eine leichenblasse Gestalt mit dichtem, dunklem Haarschopf gerannt kam – ein Mann, der sich nach allen Seiten umblickte. Er sah Derry Brewer, der ihn anstarrte, doch es schien ihn nicht zu beunruhigen. Er stieß einen leisen Pfiff aus. Derry beobachtete, wie etwa ein Dutzend weiterer Männer herauskam, einige humpelten stark, aber alle hatten blanke Messer und gespannte Eibenbögen. Jeder von ihnen hatte irgendeine vernähte Wunde oder trug einen blutgetränkten Verband. Sie schienen auch Fieber zu haben, denn die roten Gesichter mit den unnatürlich glänzenden Augen waren bestimmt nicht nur ein Anzeichen ihrer starken Erregung. Sie blickten Derry Brewer an, der plötzlich ein flaues Gefühl im Magen hatte. Er wusste, dass es zu spät war, davonzureiten. Die Bogenschützen waren einfach zu nah.

Derry wurde klar, dass Abt Whethamstede verwundete Männer in der Abtei aufgenommen hatte, um sie von den Mönchen behandeln und pflegen zu lassen. Es gab immer Unfälle, wenn Männer mit Feuer und Stahlklingen hantierten. Während sein Gehirn fieberhaft überlegte, fiel ihm ein, dass sein alter Freund William de la Pole immer zu sagen pflegte, die Dummheit sei der fünfte Reiter der Apokalypse. Es überlief ihn kalt.

Die Gruppe der Verwundeten war jetzt komplett, es waren nur dreizehn Mann, acht davon Bogenschützen, von denen einer jedoch ein Auge verloren und somit an Zielgenauigkeit eingebüßt hatte. Derry neigte dazu, auf solche Nebensächlichkeiten zu achten, wenn er Angst hatte. Tatsache war, dass diese Männer ihn ohne zu zögern töten würden, sobald sie merkten, auf welcher Seite er stand.

»Ihr Jungs kämpft nicht«, sagte er plötzlich entschieden. »Ihr solltet ausruhen und euch pflegen lassen. Was nützt ihr uns mit euren Verwundungen?«

»Mehr, als wenn sie uns in unseren Betten umbringen«, sagte einer von ihnen misstrauisch. »Wer seid Ihr überhaupt?«

»Master Peter Ambrose, Berater von Lord Norfolk«, sagte Derry und versuchte, würdevoll zu klingen. »Ich kenne mich in der Heilkunde ein wenig aus und soll den Barmherzigen Brüdern bei der Arbeit zusehen, um vielleicht eine neue Salbe oder einen weiteren Heiltrank kennenzulernen.«

Er schwieg, denn ihm fiel ein, dass Lügner sich oft durch Schwatzhaftigkeit verrieten. In ihm zog sich alles zusammen, wenn er daran dachte, dass er sich diesen Männern nützlich machen würde. Trotzdem, sie hätten keinen Grund, ihn zu töten, wenn er beim Verbinden ihrer Wunden helfen könnte.

»Dann kommt Ihr jetzt mit uns den Berg hinunter«, sagte der Mann und sah ihn finster an.

Er balancierte seinen Eibenbogen zwischen zwei Fingern und ließ ihn lässig hin und her schaukeln. Sein Daumen rieb dabei über das Holz, und Derry merkte, dass dies offenbar eine alte Angewohnheit sein musste, denn dort hatte sich eine weiße Stelle gebildet. Plötzlich wurde Derry klar, dass der Bogenschütze nur darauf wartete, dass er die Flucht ergriff. Wenn er sich jetzt umwandte, hätte er einen Pfeil im Rücken. Mit kaltem Blick starrten sie einander an.

»Runter, Brewer!«, ertönte in diesem Moment eine Stimme von rechts.

Derry schwang sich aus dem Sattel und ließ sich schlaff wie ein Toter einfach zu Boden gleiten. Er hörte *Vergeltung* schnauben und benutzte den großen Pferdekörper als Deckung, während er in wilder Hast davonrobbte. Die dumpfen Schläge und Schreie hinter ihm ließen langsam nach, sie wurden brutal zum Schweigen gebracht. Mit gesenktem Kopf robbte Derry weiter, als er hörte, wie jemand hinter ihm angerannt kam.

Heimlich zog er seinen Dolch aus dem Mantel und stand auf, um sich auf den Verfolger zu stürzen. Doch er merkte, wie schwerfällig er geworden war. Bewegungen, die er in seiner Jugend mit katzenartiger Gewandtheit ausführen konnte, bereiteten ihm jetzt Mühe. Für jemanden wie ihn, der einst so stolz auf seine Kraft und seine Geschicktheit gewesen war, war diese Erkenntnis deprimierend.

Der Soldat, der neben ihm stand, hatte die Hände erhoben, in der einen hielt er ein blutiges Beil. Er war unglaublich jung und sichtlich amüsiert über Derrys atemlosen Zorn.

»Nur mit der Ruhe, Master Brewer! Wir kommen in Pax, oder wie Ihr es nennt. Ich bin auf Eurer Seite.«

Derrys Blick wanderte an ihm vorbei zu dem Haufen Leichen, in denen neue Pfeile steckten, alle mit guten weißen Federn versehen. Der eine oder andere zuckte noch, die Beine arbeiteten auf den Steinplatten, als versuchten sie, aufzustehen. Somersets Bogenschützen waren bereits dabei, ihnen gnadenlos die Pfeile herauszuschneiden. Jeder dieser Pfeile war von einem Fachmann angefertigt und viel zu wertvoll, um ihn zurückzulassen. Derry empfand ein leises Bedauern beim Anblick dieser getöteten Männer. Oft war es reine Glückssache, ob man überlebte oder nicht. Er wusste nicht, ob diese Erkenntnis ihm das eigene Leben wertvoller machte oder nicht. Wenn einen der Tod ereilte, nur weil man zur falschen Tür in die Sonne hinaustrat, dann war es vielleicht wirklich alles sinnlos. Das war wahrscheinlich der fünfte Reiter. Er zuckte die Schultern und schob den Gedanken von sich. Dennoch, einen Aspekt seines Lebens genoss er sehr: Es gab immer jemanden, den er vor sich sterben sehen wollte. Egal, was sonst passierte, Derry Brewer wollte *als Letzter* sterben. Das war seine Vorstellung von Glück – länger zu leben als auch der Letzte dieser elenden Mistkerle.

Vergeltung, sein Pferd, hatte einen Streifen Fell verloren. Ein Pfeil hatte ein Stück aus seiner Kruppe gerissen. Er hing immer noch an dem Hautstück, von dem das Blut tropfte. Derry biss unwillkürlich die Zähne zusammen, als er sich anschickte, den Pfeil herauszuziehen. Als es ihm geglückt war, drückte er den losen Hautstreifen wieder auf die Wunde und sprach beruhigend auf das Pferd ein. Wenigstens gab es im Winter keine Fliegen, die sich darauf stürzen konnten.

Endlose Reihen von Bogenschützen und Schwertkämpfern marschierten an ihm vorbei, um zu der Schar derer zu stoßen, die bergab auf die Karrees von Warwicks Soldaten zuhielten. Am Fuß des Berges, dort, wo er einst auf Yorks wesentlich kleinere Armee hinabgeblickt hatte, hörte er jetzt Waffenlärm und gebrüllte Befehle. Derry hörte Warwicks Trommler, die den Männern der Königin den Tod verkündeten – jetzt wie auch vor sechs Jahren, die Szenen vermischten sich in seiner Erinnerung. Der Wind war so eisig, dass es ihm vorkam, als müssten seine Augenlider festfrieren.

Die Trommler konnten den Angriff nicht aufhalten. Derry sah, wie im Karree ganz links eine Lücke entstand, als es angegriffen und dezimiert wurde. Eine wendigere Armee hätte kehrtgemacht und den Truppen der Königin die Stirn geboten – und vielleicht hatten einige der Männer es auch getan. Doch die Hälfte von Warwicks Männern standen in Gräben und waren nach Norden orientiert, es war ihnen einfach nicht möglich, sich so schnell neu zu formieren.

Duke Somerset, Earl Percy von Northumberland, selbst Lord Clifford und die anderen Barone erkannten ihre Chance und ließen ihre Männer mit großer Geschwindigkeit vorrücken. Denn Warwicks Karrees würden sich sehr wohl umdrehen, seine Bogenschützen würden kommen und die Armee der Königin aufhalten. Der Ausgang der Schlacht hing davon ab, wie viel Schaden man diesem letzten Karree zufügen konnte, ehe Warwicks Truppen sich neu formiert hatten und angriffen.

Derry legte seine Wange an das weiche, stoppelige Maul von *Vergeltung* und starrte über Meilen von Ackerland hinweg, froh darüber, dass er sich aus diesem Chaos heraushalten konnte. Es wäre ein schöner, ruhiger Augenblick gewesen, wenn sich dort auf offenem Feld nicht gerade zwei Armeen zerfleischt hätten. Aus dieser Entfernung konnte Derry die Banner kaum erkennen. Er war auch viel zu weit entfernt, um einzelne Personen auszumachen. Man sah lediglich hier und da ein Vorrücken und Zurückweichen – wie zwei große Tierherden, die hin und her zogen.

Er selbst hatte als junger Mann an so mancher Schlacht teilgenommen. Derry schüttelte unwillkürlich den Kopf und merkte, wie es ihm kalt über den Rücken lief, als löse sich seine Haut ab. Dort hinten fand wieder einmal ein schreckliches Gemetzel statt, das letzte atemlose Aufbäumen, wenn es darauf hinauflief, dass Mann gegen Mann mit Keule oder Klinge aufeinander losging, wieder zurückwich und wieder zuschlug, bis einer von ihnen fiel. Und dann tat man dasselbe mit dem nächsten Mann, und immer wieder, bis man kaum noch das Schwert heben konnte, obwohl wieder so ein junger Kerl auftauchte, lächelnd und kein bisschen müde.

Warwick hielt die Zügel mit tauben Händen fest, seine Finger waren halb erfroren und spürten das Leder kaum. Sein Atem stieg in Dampfwölkchen vor ihm auf, aber mit dem dicken Wollmantel unter seiner Rüstung fror er nicht, im Gegenteil, ihm war heiß vor Zorn und Scham. Er hörte seine Hauptleute, die Befehle brüllten, sie sollten sich umdrehen und dem Feind entgegenstellen, aber hoch über ihnen und gut sichtbar für alle hatten sich die Straßen von St. Albans in reißende Ströme von Soldaten verwandelt, die sich in die Ebene ergossen und wie eine ätzende Säure Lücken in Montagus Reihen fraßen. Warwick schüttelte den Kopf, er war so wütend über sich selbst und diese Männer, dass er kaum klar denken konnte, um Befehle zu geben. Doch er musste es tun. Sein Pferd und seine Leibgarde wurden zum Mittelpunkt für die galoppierenden Boten, die kamen, um ihre Befehle entgegenzunehmen, und sofort wieder lospreschten. Seine Hauptleute wussten, was zu tun war, aber die Soldaten aus Kent und London waren zu unerfahren, um schnelle Manöver auf dem Schlachtfeld auszuführen. Das war einer der Gründe gewesen, weshalb Warwick sich so sehr auf eine befestigte Stellung verlassen hatte, angesichts der besser ausgebildeten Armee der Königin. Keine Frage, seine Männer waren mutig, aber man musste ihnen sagen, wann sie die Stellung halten und wann sie sich zurückziehen sollten, wann sie die Flanke verstärken und wann sie angreifen sollten. Die strategischen Entscheidungen waren Sache der erfahrenen Offiziere, während das Fußvolk und die Krieger mit ihren großen Fäusten und scharfen Klingen sich um die Einzelheiten kümmerten.

Warwick schickte sämtliche Bogenschützen in zwei Gruppen an die Flanken. Er ballte die Faust, als sie begannen, den Soldaten, die immer noch den Berg herabströmten, Salven von Pfeilen entgegenzuschicken. Weniger als einer von zwanzig würde aus dieser Entfernung treffen, aber unter diesem flirrenden, zischenden Ansturm müssten die Truppen der Königin sich vorsichtiger nähern.

Warwick schickte einen Jungen zu Norfolk, um ihm sein Kompliment auszusprechen. Ohne ihre Schuld war die Vorhut des Duke jetzt so weit vom Geschehen entfernt wie nur möglich. Norfolk hatte sich überhaupt nicht bewegt, seit er zu seinen Leuten zurückgekehrt war. Warwick wusste nicht, ob sein Waffenbruder vor Schreck erstarrt war oder ob er einfach darauf wartete, seine Truppen so effektiv wie möglich einzusetzen. Der Bote nahm keinen Befehl für ihn mit, Warwick hoffte lediglich, dass er ein erklärendes Wort des Duke zurückbrächte.

Nachdem das erledigt war, schüttelte Warwick den Rest der Lethargie ab, die sein Denken so gelähmt hatte. Sein eigenes Karree von dreitausend Mann hatte sich umgewandt, so gut es ging. Die Männer kletterten aus den Gräben und verließen die Palisaden. Es brach ihm fast das Herz, es mit anzusehen, aber die Hälfte der Hindernisse, die er gegen den Feind hatte errichten lassen, behinderten jetzt seine eigenen Leute, die sie überwinden mussten. Krähenfüße, die sie verstreut hatten, waren zum Teil in die Erde eingesunken und unsichtbar geworden. Dort, wo sie im Gelände lagen, mussten die Pferde in großem Bogen herumgeführt werden, weil diese Waffe, die einfach aus zwei zusammengebundenen Eisennägeln bestand, ein wertvolles Pferd tödlich verwunden konnte. Es ging langsam voran, und Warwick hörte nicht auf, seine Offiziere anzutreiben. Sein Bruder John war mitten im dichtesten Gefecht, noch schienen seine Banner die Flut zurückzuhalten, die ihn zu überschwemmen drohte.

Warwick dachte an König Henry. Er konnte noch immer den Baum sehen, unter dem er saß, ohne jede Fessel. Der König war nahe genug, um zu den Truppen seiner Frau einfach hinüberzuschlendern, wenn er den Willen dazu aufgebracht hätte. Warwick hob einen Panzerhandschuh an seine Stirn, schloss die Augen und drückte so fest, dass ein Abdruck des Schuppenmusters zurückblieb. Seine Schützen mit den Handbüchsen hatten gerade angefangen, sich etwas unbeholfen in Reihen zu formieren. Die Bogenschützen hatten dafür gesorgt, dass der Feind etwas langsamer näher rückte. Seine Soldaten waren bereit, loszumarschieren.

Warwick schickte einen einfachen Befehl zu Norfolk, um ihn rufen zu lassen. Er wusste nicht, ob Norfolk seinen Bruder John würde retten können oder ob er überhaupt den Flügel verlassen hatte, aber er konnte die Schlacht noch immer zu ihre Gunsten beeinflussen und verhindern, dass sie eine verheerende Niederlage erlitten. Warwick murmelte in wachsender Verzweiflung vor sich hin.

6

König Henry erhob sich vom Boden, während die Menschenmassen an ihm vorbeiströmten. Seine Knie schmerzten, aber er wollte zu Abt Whethamstede, er wollte beichten. Der Alte hörte sich im Rahmen einer prunkvollen Zeremonie jeden Morgen seine Sünden an, bei der Henry ihm flüsternd seine Verfehlungen anvertraute. Er war sich bewusst, dass er durch seine Schwäche und seine Krankheit viele tüchtige Männer verloren hatte, Männer wie William de la Pole, den Duke von Suffolk, Männer wie Richard, den Duke von York, und Earl Salisbury. Jeder Tod vermehrte das Gewicht, das seit so vielen Jahren auf seinen Schultern lastete und ihn so niederdrückte. Er hatte Richard von York sehr gern gehabt und die Gespräche mit ihm geschätzt. Doch dieser brave Mann hatte nicht bedacht, wie gefährlich es war, sich gegen den König aufzulehnen. Der Himmel bestrafte eine derartige Gotteslästerung, und Henry wusste, dass York ein Opfer seines eigenen Hochmuts geworden war – und doch hatte auch der König gesündigt, weil er es nicht geschafft hatte, York dies deutlich zu machen. Wenn es Henry gelungen wäre, York dies zu vermitteln, dann wäre der Mann jetzt vielleicht noch am Leben.

Der König hatte gehört, wie man im Lager darüber redete, er wusste vom Schicksal Salisburys und Yorks und Edmunds, Yorks Sohn. Er hatte den Schmerz und die kalte Wut erlebt, die diese Todesfälle ausgelöst hatten, das unbändige Verlangen nach Vergeltung, das alles nur noch schlimmer machte, weil sich die Spirale des Hasses immer schneller drehte und in ihrem Sog alles mit sich riss. Unter der Last dieser Schuld war Henry nichts weiter als ein schwaches, flackerndes Flämmchen in der Dunkelheit.

Um seine Eiche drängten sich die Soldaten der Königin jetzt zu Tausenden, unter Geklirr und Hufgetrappel strömten sie aus der Stadt, die Gesichter noch immer hochrot, da sie den Berg hinabgerannt waren. Nachdem die Truppen der Nevilles sich zurückgezogen hatten, waren zwei Ritter beim König zurückgeblieben, und zusammen bildeten sie eine kleine, friedlich Oase. Der Ältere, Sir Thomas Kyriell, war ein wahrer Hüne, ein grauhaariger Veteran mit zwei Dutzend Jahren Kriegserfahrung. Sowohl der mächtige Schnurrbart als auch sein Backenbart waren sorgfältig geölt und passten zu seinem düsteren Gesicht.

Henry überlegte, ob er einen der vorbeiziehenden Soldaten bitten sollte, ihn hinauf zum Abt zu begleiten. Er atmete tief die kalte Luft ein, um klarer denken zu können. Viele der Männer drehten sich nach der einsamen Gestalt um, die dort stand, die Hand an den uralten Baum gestützt, und sie anlächelte, während sie sich zum tödlichen Kampf bereit machten. Gelegentlich machte einer eine aggressive Geste, gereizt, weil dieser Mann so friedlich und gelassen dastand und hier völlig deplatziert wirkte. Sie fuhren sich mit der Handkante über die Kehle, schüttelten die Fäuste oder zeigten der kleinen Gruppe den Mittelfinger. Es erinnerte Henry an seinen Musiklehrer in Windsor, der eine bestimmte Geste mit den Händen zu machen pflegte, wenn er für Ruhe sorgen wollte. Es war eine frohe Erinnerung, und Henry fing an ein Lied zu summen, schließlich sang er es, fast im Takt mit den marschierenden Männern.

Sir Kyriell räusperte sich und lief rot an.

»Euer Gnaden, obgleich es ein hübsches Lied ist, ist es doch vielleicht für den heutigen Tag nicht ganz passend …«

Der Ritter fing an zu schwitzen, als der König lachte und weitersang.

»Und wenn die Erde wieder grün und die Lerche grüßt den Mai …«

Ein Ritter in voller Rüstung wandte sich auf seinem Pferd um, überrascht, dass hier jemand so fröhlich singen konnte. Nicht weit von hier wurde gekämpft, man hörte Schreie, das Sirren von Pfeilen und das Klirren von Metall vermischte sich mit den barschen Stimmen der Männer. Sie alle kannten dieses Lied gut. Die hohe Stimme, die hier den Frühling besang, veranlasste den Ritter, das Pferd anzuhalten und sein Visier hochzuklappen.

Sir Edwin de Lise merkte, wie sein Herz unter dem Brustpanzer anfing zu hämmern, als er zu der alten Eiche hinüberstarrte. Der mächtige Baum wirkte tot, aber seine Äste ragten mindestens fünfzig Fuß weit in alle Richtungen und warteten darauf, wieder grün zu werden. Und neben dem mächtigen Stamm zwei Ritter, die einen Mann bewachten, ihre blanken Schwerter vor sich am Boden. Reglos und würdevoll wie Statuen standen sie da.

Sir Edwin hatte König Henry schon einmal gesehen, in Kenilworth, aber nur aus weiter Entfernung. Vorsichtig stieg er ab und hob die Zügel über den Kopf des Pferdes nach vorn, um es zu führen. Als er bei der Eiche ankam, nahm er seinen Helm ab. Es erschien ein jugendliches Gesicht, in dem sich ungläubiges Staunen zeigte. Sir Edwin war blond und sein Bart lang und verfilzt, weil er auf diesem Feldzug seit Ewigkeiten nicht mehr gestutzt worden war. Er nahm den Helm unter den Arm und trat näher. Er sah die Anspannung der beiden Männer, die zu beiden Seiten ihres wehrlosen Schutzbefohlenen standen. Sir Edwin sah, dass dessen Kleider kostbar, aber völlig verdreckt waren.

»König Henry …?«, flüsterte er überrascht. »Eure Majestät?«

Henry hörte auf zu singen. Er sah ihn an, sein Blick war arglos wie der eines Kindes.

»Ja? Seid Ihr gekommen, um mich zu meinem Beichtvater zu bringen?«

»Euer Gnaden, wenn Ihr gestattet, so werde ich Euch zu Eurer Gemahlin, Königin Margaret bringen – und zu Eurem Sohn.«

Falls der Ritter überschwängliche Dankbarkeit erwartet hatte, so wurde er enttäuscht. Henry legte den Kopf auf die Seite und runzelte die Stirn.

»Und Abt Whethamstede? Wegen meiner Beichte.«

»Natürlich, Euer Gnaden, was immer Ihr wünscht«, erwiderte Sir Edwin. Er blickte auf, denn er hatte eine fast unmerkliche Bewegung des älteren Ritters wahrgenommen.

Sir Kyriell schüttelte langsam den Kopf.

»Ich kann nicht dulden, dass Ihr ihn mitnehmt.«

Sir Edwin war zweiundzwanzig Jahre alt und sich seiner Kräfte bewusst, außerdem fühlte er sich im Recht.

»Seid kein Narr, Sir. Blickt doch um Euch«, sagte er. »Ich bin Sir Edwin de Lise von Bristol. Wer seid Ihr?«

»Sir Thomas Kyriell. Mein Gefährte ist Sir William Bonville.«

»Und seid Ihr Ehrenmänner?«

Bei der Frage blitzten Sir Kyriells Augen unwillig auf, aber trotzdem lächelte er.

»Ja, mein Junge, das pflegt man uns nachzusagen.«

»Aha. Und doch haltet Ihr den rechtmäßigen König Englands gefangen. Gebt seine Gnaden in meine Obhut, und ich sorge dafür, dass er zu seiner Familie und seinen treuen Lords zurückkehrt. Andernfalls muss ich Euch töten.«

Sir Kyriell seufzte, er fühlte sich alt angesichts dieser törichten Rede des Jüngeren.

»Ich habe mein Wort darauf gegeben, dass ich ihn nicht gehen lasse. Ich kann nicht tun, was Ihr verlangt.«

Er wusste, dass der Hieb kommen würde. Ein erfahrenerer Kämpfer als dieser junge Mann hätte ein paar Soldaten herbeigerufen, vielleicht sogar ein paar Bogenschützen, um kein Risiko einzugehen. Doch mit seinem jugendlichen Ungestüm kam es Sir Edmund de Lise gar nicht in den Sinn, dass er scheitern könnte.

Als er sein Schwert zog, tat Kyriell blitzschnell einen Schritt nach vorn und stieß ihm eine schmale Klinge in den Hals. Sein Gesicht war tieftraurig, als er zurücktrat. Das Schwert des jungen Mannes fuhr klirrend zurück in die Scheide. Die beiden starrten sich an, und Sir Edwin riss erschrocken die Augen auf, als er spürte, wie bei jedem Atemzug warmes Blut aus seinem Hals sprühte.

»Es tut mir leid, Sir Edwin de Lise von Bristol«, sagte Kyriell leise. »Ich werde für Euer Seelenheil beten.«

Der Vorfall war nicht unbemerkt geblieben. Als Sir Edwin zu Boden fiel, hörte man wütende Stimmen. Die Männer, die vorbeikamen, waren kampfbereit, mit roten Gesichtern und rasendem Puls. Sie waren wie wilde Hunde, die Blut gewittert hatten, doch sie griffen den grauhaarigen Mann nicht an, der in seiner Rüstung dastand und sie alle warnend anstarrte. Nicht wenige wandten den Blick ab und zogen es vor, die Sache ihren Gefährten zu überlassen. Davon gab es noch genug. Soldaten, mit Stielhippen bewaffnet, verließen die Reihen und rannten zum Baum, wo dieser Ritter in der silbernen Rüstung einen der Ihren getötet hatte. Jetzt fing es auch noch an zu regnen und in kürzester Zeit waren sie nass bis auf die Haut und froren.

Sir Thomas Kyriell erhob nicht einmal sein Schwert. Wehmütig drehte er lediglich den Kopf etwas zur Seite und bot seinen Hals dar, sodass der erste Hieb ihn tötete. Sein Gefährte bot mehr Widerstand, er brüllte und kämpfte, bis er zu Boden ging und man seinen Kehlkopf mit einem Axtgriff zertrümmerte, worauf Sir William Bonville in seiner Rüstung erstickte.

König Henry, die Schulter an die Eiche gelehnt, fröstelte, aber es lag an Regen und Kälte, dass er eine Haut wie eine Weihnachtsgans hatte. Das Töten seiner zwei Bewacher löste in ihm ebenso wenig Entsetzen oder Überraschung aus wie das Rupfen eines solchen Vogels für die Festtafel. Als es getan war und die Männer sich ihm zuwandten, bat er lediglich noch einmal mit leiser Stimme, man möge ihn zum Abt bringen, damit er beichten könne. In diesem Moment kamen einige ranghöhere Männer und führten ihn fort. Sie waren gekommen, um den König zu retten, und jetzt war er ihnen einfach so, in den ersten Momenten der Schlacht, in die Hände gefallen. Wenn es jemals ein Zeichen gegeben hatte, dass Gott auf Seiten des Hauses Lancaster war, dann war es dies.

John Neville, Lord Montagu, taumelte und keuchte, seine Lunge schien zu brennen. Über seine Rüstung sickerte Blut, das sich mit dem schmierigen Öl vermischte. Verwirrt blickte er auf die roten Rinnsale, und langsam erinnerte er sich wieder an einen gewaltigen Hieb, der ihn hatte Sterne sehen lassen. Weiße Blitze zuckten am Rand seines Gesichtsfeldes, die aber langsam verblassten, als der Schlachtenlärm wiederkehrte. Einer seiner Leibwächter deutete auf sein Auge.

»Könnt Ihr sehen, Mylord?«, fragte der Mann, seine Stimme klang merkwürdig gedämpft.

John nickte gereizt. Natürlich konnte er sehen! Er schüttelte sich wieder und merkte, dass sein Schild zu Boden gefallen war. Der Regen verwandelte alles in Schlamm, aber das Kämpfen ging weiter. Montagu blinzelte, seine getrübte Wahrnehmung schien sich langsam zu normalisieren, Geschrei und Geklirr waren wieder deutlich zu hören. Ihm wurde bewusst, dass er einen Schlag auf den Helm bekommen hatte, der jetzt mit einer tiefen Delle im Scheitel am Boden lag. Ein Bote machte schlitternd vor ihm halt, und Montagu blickte auf. Der Junge hatte sich durch die Reihen der Marschierenden geschlängelt, um seinem Lord einen neuen Helm zu bringen.

Der Junge verbeugte sich, dann hielt er schwer atmend den glänzenden Helm in die Höhe.

»Ich danke dir«, brachte Montagu heraus.

Als er ihn auf seinen Kopf rammte, merkte er, dass seine verklebte Wange wieder anfing zu bluten, außerdem durchzuckte ihn ein scharfer Schmerz. Er zog sein Schwert und betrachtete die Klinge. Noch immer stand er still, während sich ringsum die Armee der Königin vorbeidrängte.

»Mylord, *bitte*, folgt mir. Wir müssen uns eine Zeit lang zurückziehen.«

Der Ritter hatte ihn am Ellbogen gepackt und versuchte, ihn mitzuziehen. Montagu schüttelte ihn ab, er fühlte sich zwar geschwächt, aber sein Kampfesmut war ungebrochen. Er schluckte Erbrochenes, fast wäre er daran erstickt, als es plötzlich in seiner Kehle hochstieg und scharf in seiner Nase brannte. Kopfverletzungen waren merkwürdig. Er hatte einen Mann gekannt, der nach einem solchen Schlag seinen Geruchssinn verloren hatte. Ein anderer war unleidlich geworden und hatte für niemanden mehr ein freundliches Wort, selbst für seine Familie nicht.

Als gebildeter junger Mann wusste John Neville seit Jahren, dass man im Furor die unglaublichsten Dinge tat. Es machte ihm nichts aus, bewaffneten Truppen gegenüberzustehen. In dieser Situation war er schon früher in St. Albans gewesen, wo Lord Somerset und Lord Percy gefallen waren. Deren Söhne hatten nicht denselben Ruf wie ihre Väter – die würden ihm keine Angst einjagen. Zwar war das plötzliche Auftauchen des königlichen Heers eine Überraschung, aber der Monat des Abwartens, in dem sie nur Befestigungen gebaut hatten, hatte ihm schwer zugesetzt. Fast war es eine Erlösung, als er endlich die Glocken läuten hörte, trotz des Schreckens, als sie merkten, dass der Angriff von Süden her kam. John Neville packte den Ledergriff seines Schwerts und merkte, dass seine Kräfte zurückgekehrt waren. Er bestand immer noch die Möglichkeit, einem dieser Feinde den Kopf zu spalten, vielleicht sogar demjenigen, der seinen Vater umgebracht hatte. Er wandte sich um und brüllte seine Befehle und schickte Boten nach hinten, um Unterstützung zu holen. Er schmeckte Blut, seine Lippen waren klebrig. Die gegnerische Seite hatte sich inzwischen mit Geheul auf seine unordentlichen Reihen geworfen und sie zerschlagen.

Tausende von Männern waren den Hügel herabgestürmt gekommen, auf ihn zu, eine wahre Flut königlicher Soldaten mit Äxten, Schwertern und Langbögen. Seine Wut war in Angst umgeschlagen, als die dicht gedrängten Reihen seine Flanke durchbrochen hatten. Er erinnerte sich, wie ein sterbender Ritter noch versucht hatte, ihn vom Pferd zu zerren, und wie er brüllend gekämpft hatte, um den Mann loszuwerden. Ein weiterer war angerannt gekommen und hatte, auf seine Geschwindigkeit und Kraft bauend, die Schilde durchschlagen, die man ihm entgegenhielt. John Nevilles Ritter waren ins Straucheln geraten, aber sie hatten seinen Angreifer schließlich in den Boden gerammt. Zwei weitere Kerle mit Hippen waren erschienen, und dann hatte es angefangen zu regnen.

Montagu erinnerte sich wieder ganz genau an den Moment, als der Himmel sich öffnete und der Regen so dicht wurde, dass man den Hügel von St. Albans fast nicht mehr sehen konnte. In dem Schlamm rutschten die Männer aus und fielen hin, mit verrenkten und gebrochenen Gliedern und einem Schmerzgeheul, das schlimmer war als die Todesschreie.

Wieder schüttelte John Neville den Kopf. Er merkte, dass er zu lange untätig dagestanden hatte, wie ein blutiges Standbild. In seinem Schädel pochte der Schmerz, aber seine wirren Gedanken kamen langsam zur Ruhe und wurden klarer. Er war John Neville. Er war Lord Montagu. Er konnte sich immer noch bewegen. Hinter ihm ertönten Hornsignale, und er wusste, sein Bruder Warwick wendete die Armee um und brachte das Hauptkarree neu in Position. Norfolk würde an den offenen Flanken entlangreiten und sich vor den Fußangeln vorsehen müssen, mit denen das Gelände übersät war, um dorthin zu kommen, wo vorher das Lager gewesen war, der sicherste Ort im Feld.

John Neville blinzelte, um die Augen von Regen und Blut zu befreien. Seine Leibgardisten schienen fort zu sein, er stand allein da. Er wandte sich um, um nach dem Feind Ausschau zu halten, und im selben Moment wurde er vom Pferd gerissen und auf den Rücken in den Schlamm geworfen. In seiner Brustplatte steckte eine Axt, und ein schwerer Fuß drückte ihm den Kopf nieder.

»Pax! Ich bin Montagu!«, rief er unter Schmerzen, wobei er Schlamm und etwas anderes, Ekelhaftes ausspuckte. »John Neville. Pax!«

Er war sich nicht sicher, ob er den Ruf nach Gnade laut ausgestoßen hatte oder ob es nur der Hall in seinem Helm war. Er verdrehte die Augen und merkte schon nicht mehr, wie sein Körper von der Axt hochgehoben wurde und klirrend wieder in den Schlamm fiel, als die Klinge sich aus dem Metall löste.

7

Warwick stand in den Steigbügeln und beobachtete mit Entsetzen, wie sein Bruder eingekesselt wurde. Sein Flügel, der am weitesten entfernt war, war überrannt worden, und Warwick sah, dass John jetzt allein dastand. Der Kampf konnte nicht länger als ein paar Wimpernschläge gedauert haben, doch Warwick kam es vor, als sei es eine Ewigkeit gewesen.

Alle Leibgardisten seines Bruder waren geflüchtet oder abgeschlachtet worden, die Banner der Montagus in den Schlamm gezerrt und zertrampelt. Warwicks Atem ging flach, er ergriff die Zügel, konnte den Blick jedoch nicht abwenden, er wusste, dass sie seinen jüngeren Bruder umbringen würden. Es schien still um ihn zu werden, er hatte weder Ohren für den Lärm noch die Fragen, die seine Boten und Hauptleute ihm zuriefen. Er rang nach Luft, als er sah, wie eine Rotte brüllender Axtkämpfer John zu Boden warfen. Er war nur sechshundert Yards von ihm entfernt, aber getrennt durch Tausende von Soldaten, durch Gräben, Wagen und Kanonen. Was danach passierte, konnte er nicht mehr sehen.

Warwick kniff die Augen fest zusammen und öffnete sie wieder. Sie waren blutunterlaufen, seine Lippen waren zu einer schmalen Linie zusammengepresst. Der Regen hatte noch zugenommen, und sein Mantel wurde schwer und triefte vor Nässe. Sein Pferd schnaubte und blies Wassertropfen aus den Nüstern.

Er wandte sich um nach seinen Hauptleuten und sah, dass sein Onkel Fauconberg in der Nähe war, dessen Gesicht rot war vor Zorn. Warwick musste sich zusammenreißen, man wartete auf seine Befehle. Im Geiste hatte er den Lageplan des Schlachtfeldes vor sich, und mit seinen Kommandos an die verschiedenen Einheiten wollte er erreichen, dass sie die Stellung hielten. Immer noch kamen Soldaten der Königin den Hügel herabgestürmt. Wenn es ihm gelänge, Johns durchbrochene Ränge wieder zu schließen, ließen sie sich vielleicht aufhalten, denn bald würden Margarets Horden wie orientierungslose Schafe ihren Schlächtern in die Arme laufen. Dann wäre es gleichgültig, wie viele sie mitgebracht hatte, er würde sie alle vernichten, Reihe für Reihe – denn er hatte die Waffen dazu.

»Onkel, ich brauche dich! Lass die Kanonen kommen!«, rief er Fauconberg zu. »Und sorge dafür, dass meine Schützen mit den Armbrüsten und den Handbüchsen sich bereithalten. Zeig ihnen den günstigsten Platz, wo sie sich aufstellen sollen, verstehst du? Außerdem Kohlebecken und Nachschub. Orgelgeschütze, Bombarden, Feldschlangen. Wenn ich den Befehl zum Schießen gebe, will ich, dass sie das Feuer so lange fortsetzen, bis wir sie zermürbt und zurückgedrängt haben.«

»Sie werden nicht weiter kommen als bis hierher, Richard«, sagte sein Onkel, »das schwöre ich dir.«

Warwick starrte ihn ausdruckslos an, bis Fauconberg sein Pferd mit elegantem Schwung gewendet hatte und davongaloppierte, um die Sergeants und sonstigen Bewaffneten zusammenzurufen, die nötig waren, um die Befehle auszuführen.

Links von Warwick setzten sich die Kämpfe fort, wo Johns Männer, über die Leichen ihrer eigenen Gefährten stolpernd, versuchten, sich zurückzuziehen. Wahrlich kein erbaulicher Anblick. Denn diese Männer wussten, dass sie das schwächste Glied in Warwicks Armee waren – alte Männer, halbe Kinder, Krüppel, gemeine Strauchdiebe. Feige waren sie nicht, aber kein Befehlshaber würde sich zu seiner Verteidigung auf solche Männer verlassen. Sie besaßen nicht viel Stolz – und gerade darauf kam es an.

Warwick hörte Langbögen klappern und blickte auf. Er atmete erleichtert auf, als er sah, dass seine Rotröcke immer noch gut sichtbar in geschlossenen Rängen bereitstanden. Er wusste, dass sie diesen Regen verfluchten, weil sich ihre Bögen durch die Feuchtigkeit verzogen, die die Sehnen dehnten und schlaff werden ließ. Diesen Männern mangelte es nicht an Stolz. In gerechtem Zorn würden sie nicht aufhören gegen die zu kämpfen, die ihnen diesen Krieg aufgezwungen hatten. Befriedigt nickte er, das Schwirren der Pfeile gab ihm neuen Mut.

Der Ansturm wurde langsamer, kam ins Stocken und verschaffte seinen Hauptleuten die Zeit, die sie brauchten, um die Kanonen in Stellung zu bringen. Ob aus Eisen oder Bronze, alle waren entsetzlich schwer. Einige waren auf Lafetten mit Rädern montiert, aber andere wurden von schnaufenden Ochsen auf hölzernen Schlitten mit spitzen Kielen herangeschafft. Für die Bedienung dieser Waffen brauchte man eine große Zahl von Soldaten, manchmal waren zum Transport, zum Laden und zum Abfeuern nur einer dieser Kanonen bis zu zwanzig Mann erforderlich – Männer, die sonst in den Rängen der anderen gestanden hätten. Doch die Kanonen waren Warwicks Stolz und seine ganze Freude.

Er wischte sich Regen und Schweiß von der Stirn. Trotz all seiner zur Schau gestellten Zuversicht sah er die Katastrophe kommen. Er verbot sich, an Johns Tod zu denken. So unmittelbar nach dem Verlust des Vaters war das einfach zu viel.

Es war ein Jammer, mit ansehen zu müssen, wie mühsam die Kanonen jetzt übers Feld gezerrt wurden, dachte Warwick. Sie hatten fest und sicher auf ihren sorgsam errichteten Fundamenten geruht, kleinen Aufbauten aus Ziegeln und Grassoden, die sie stützten und auf denen sie ausgerichtet waren, darüber ein Zeltdach, um das kostbare Schießpulver und die Kugeln vor Nässe zu schützen. Das alles hatte man jetzt einreißen müssen. Die dicken schwarzen und bronzenen Rohre glänzten im Regen, notdürftig mit Zeltplanen zugedeckt, um das Zündloch zu schützen. Die Planen drohten jedoch immer wieder unter die Räder zu kommen und heruntergerissen zu werden. Trotzdem, wenn ein Dutzend dieser großen Bombarden erst an Ort und Stelle waren, nebeneinander aufgestellt, dazwischen die kleineren Feldschlangen, war das schon ein angsteinflößender Anblick. Die Kohlebecken wurden von jeweils vier Männern auf Stangen getragen, zwischen denen das eiserne Gefäß voll glühender Kohlen hing. Der Regen wurde stärker, und Warwick hörte, wie es im Feuer zischte und spuckte. Einige der Kohlebecken kippten in der Eile um und verursachten große Dampfwolken auf dem nassen Boden.

Auf die Kanonenmannschaften folgten Hunderte von Schützen mit Stangenbüchsen. Mit besorgten Gesichtern marschierten sie auf, ihre in Stoff gewickelten Waffen über der Schulter. Einige von ihnen hatten sie schon geladen, jetzt schütteten sie Schießpulver hinein und zündeten die Lunte an, die an die Zündpfanne gehalten wurde. Diese Büchsen waren viel billiger als Armbrüste, und die Männer brauchten nur einen Tag, um ihren Gebrauch zu erlernen. Warwick schüttelte verzagt den Kopf, als der Regen zunahm und die dunklen Wolken sich immer stärker zusammenballten. Die neuen Büchsen würden Wunder wirken, vorausgesetzt, sie feuerten tatsächlich. Rang um Rang wandte sich Warwicks Armee in Richtung der Eisengeschütze um. Die Rotröcke mit ihren Langbögen verschafften den Flügeln etwas Zeit, zwar fiel Montagus linker Flügel ohne seinen Befehlshaber zunächst zurück, doch schließlich hatten alle die Kanonen hinter sich und blieben keuchend, fluchend und blutend stehen.

Jetzt kamen die Reihen der Schützen mit den Handbüchsen heraus und traten dem Feind gegenüber, wegen des Regens hielten sie die Köpfe gesenkt, rutschten im Schlamm herum und fluchten, während sie anlegten und zielten.

»Feuer«, sagte Warwick mit gepresster Stimme.

Seine Sergeants wiederholten brüllend den Befehl, und man sah eine Serie kleiner Rauchwölkchen, als die Männer die Lunten an das nasse Pulver hielten. Aber die Soldaten der Königin schreckten nicht zurück, sondern rückten in geordneten Reihen näher. Sie sahen in dem Aufgebot, das ihnen dort gegenüberstand, keine Bedrohung.

Die kurz aufeinanderfolgenden Explosionen klangen eher wie ein Zischen als ein Donner. Trotzdem erschreckte der dichte, beißende Rauch die Soldaten der Königin, und sie blieben stehen. Es entstanden Lücken, wo Männer getroffen worden waren und sterbend am Boden lagen. Noch ehe die Gegner reagieren konnten, hatten Warwicks Schützen kehrtgemacht und rannten an der Reihe schwerer Geschütze vorbei nach hinten, um neu zu laden. Im Heer der Königin herrschte Verwirrung – und die nächste Salve der Kanonen ließ nicht lange auf sich warten. Bei dieser geringen Entfernung konnte ein Schuss, selbst wenn die Leistung durch das feuchte Pulver beeinträchtigt war, eine Schneise der Verwüstung in die Reihen schlagen. Da der Feind so dicht vor ihnen stand, mussten Warwicks Schützen lediglich die Lunte ans Zündloch halten und dann rennen, während die Erde erbebte.

Warwick klopfte das Herz zum Zerspringen, als er durch den Rauch und Schmutz hindurch im königlichen Heer etwas golden aufblitzen sah, was jedoch sofort wieder hinter Rauchschwaden verschwand. In Panik warfen sich die Männer zu Boden und hielten sich schützend mit den Händen die Ohren zu, weil der Luftdruck und der Lärm des Kanonenfeuers sie taub machten. Einige, die in der Nähe der Kanonen gewesen und unverwundet waren, rannten nun brüllend los, auf die Kanoniere zu, und schwangen ihre Waffen.

Nachdem die Geschütze abgefeuert waren, wurden ihre Reihen überrollt. Noch ein letzter Schuss ertönte, vielleicht hatte es an einer längeren Zündschnur oder an feuchtem Pulver gelegen. Er fand hinter den Linien der Königin ein Ziel und traf ein paar flüchtende Männer. Aber alle anderen Kanonen waren verstummt. Warwick ballte die Fäuste, als seine Schützen niedergemetzelt wurden, deren Waffen jetzt nicht viel mehr als nutzlose Stöcke waren. Etwa dreißig von ihnen wollten den Rückzug decken, und Warwick beobachtete, wie sie sich formierten und ihre Büchsen anlegten. Sein Mut sank, als sie zielten und zündeten, denn meist quoll lediglich ein Wölkchen feuchten Rauchs heraus, manchmal auch gar nichts.

Der Regen hatte ihnen einen Strich durch die Rechnung gemacht, und die Armee der Königin wusste, dass Bogen- und Armbrustschützen schnell überwältigt werden mussten. Es ging um die alte Frage, welche Waffe wirksamer war, ein Spieß, ein Pfeil oder ein Bolzen – doch immer noch galt die uralte Weisheit, dass, solange man dicht genug herankam, eine scharfe Hippe die beste Antwort war.

Aus den Rängen der Königin ertönte nun ein Siegesgeheul, ein furchterregender Lärm für die Schützen, die noch immer mit dem feuchtem Schießpulver kämpften, das sie mit den Fingern aus dem Rohr kratzten, in der Hoffnung, in ihren Säcken oder Pulverhörnern eine trockenere Ladung zu finden. Die Männer, die ihnen jetzt entgegenkamen, hatten Äxte und Sax-Schwerter, die im Regen nicht versagen würden. Vereinzelt hörte man noch Schüsse, die ein paar Soldaten trafen, aber der Rest der Schützen wurde mit scharfen Klingen im Nahkampf erledigt.

Montagus gesamtes Bataillon war vernichtet, die Reste rannten zurück, um sich dem stärkeren Mittelblock anzuschließen. Dies waren Warwicks beste Männer, die meisten von ihnen Veteranen und Hauptleute aus Kent.

Warwick war umgeben von Bannerträgern und einem Dutzend Leibgardisten, die nur die Aufgabe hatten, ihn zu schützen. Er blickte sich um, weil er zornige Stimmen hinter sich vernahm, aber er befahl seinen Leuten, den Duke von Norfolk zu ihm durchzulassen.

Norfolk brachte seinen eigenen, dicht gedrängten Trupp von Rittern mit. Wieder einmal trug ihr Herr keinen Helm. Unter seinen buschigen Brauen starrte er Warwick an, sein Kopf wirkte auf dem dicken Hals wie ein Klotz.

Warwick winkte ihn näher heran. Mit seinen vierzig Jahren war Norfolk im besten Mannesalter, doch er war merkwürdig bleich. Wie schon so oft wünschte Warwick sich, er könne dem Älteren vertrauen. In der Vergangenheit hatte es Verrat zwischen den Häusern York und Lancaster gegeben.

Jetzt, wo alle wichtigen Männer auf Königin Margarets Seite waren, konnte er es sich nicht leisten, sich in seinem Urteil zu irren.

»Mylord Norfolk«, rief Warwick, als er näher kam. Er sprach zuerst, um damit seinen niedrigeren Rang anzudeuten. »Trotz dieses schlimmen Anfangs glaube ich, dass wir sie aufhalten können.«

Norfolk antwortete nicht gleich, anscheinend zog er es vor, sich sein eigenes Urteil zu bilden. Sein Blick schweifte über den vernichteten Flügel, die verlassenen Kanonen und die dicht gedrängten Reihen der Männer, die immer noch aus der Stadt kamen. Dann legte er den Kopf in den Nacken, sodass der Regen ihm über das Gesicht lief.

»Ich würde Euch zustimmen«, sagte er schließlich, »wenn der Regen nicht alle Feuerwaffen zunichtegemacht hätte. Mylord, hat man den König wieder festgenommen?«

Warwick drehte sich um und blickte hinüber zu der Eiche, wo die Ränge der Königin standen.

»Der Teufel selbst hat ihnen Henry in die Hände gespielt«, sagte er. »Ich war felsenfest davon überzeugt, dass er dort hinten sicher sei …«

Norfolk zuckte die Schultern und hustete diskret.

»Dann hat die Königin ja, was sie wollte. Damit dürfte die Schlacht zu Ende sein. Das Vernünftigste, was wir jetzt tun können, ist, den Rückzug anzutreten. Unsere Verluste halten sich in Grenzen – weniger als sechshundert Mann, würde ich denken.«

»Darunter auch mein Bruder John«, sagte Warwick.

Er selbst schätzte die Verluste höher ein, aber Norfolk wollte die Katastrophe offenbar herunterspielen. Warwick konnte sich nicht zu der Entrüstung aufraffen, die er bei Norfolks

Vorschlag eigentlich hätte empfinden müssen. Es regnete in Strömen, sie waren alle nass und durchgefroren während sie hier auf ihren Pferden saßen und sich anstarrten. Norfolk hatte recht, König Henrys Befreiung gleich in den ersten Momenten bedeutete, dass die Schlacht verloren war, noch ehe sie richtig begonnen hatte. Zornig verfluchte Warwick den Regen, und Norfolk lachte bitter.

»Wenn Ihr Euch jetzt zurückzieht, Mylord Warwick, dann bleiben Eure Armee und Eure Ehre weitgehend intakt. Edward von York wird bald zu uns stoßen, und dann … nun ja, dann werden wir weitersehen.«

Norfolk wirkte überzeugend, aber trotz seiner deprimierten Stimmung spürte Warwick auch eine gewisse Gereiztheit. Edward von York würde ein brüllender, dickköpfiger, unberechenbarer Befehlshaber sein, das war ihm klar. Doch er hatte königliches Blut in den Adern, was ihm ein Anrecht auf den Thron gab. Was zählte, war die Abstammung, das war die einfache Wahrheit. Warwick unterdrückte seinen Ärger. Wenn man Lancaster vom Thron stieß, konnte nur York ihn übernehmen, ob er ihn verdiente oder nicht.

Doch im Moment hatte Warwick andere Sorgen. Er warf einen Blick auf das Schlachtfeld und krümmte sich innerlich bei dem Gedanken, dass ein Rückzug nach Norden ihn an all den nutzlosen Verteidigungseinrichtungen vorbeiführen würde, die er hatte errichten lassen.

Sein Blick verharrte an der Stelle, wo sein Bruder gefallen war. Wenn er wider alles Erwarten noch am Leben sein sollte, würde man ihn festhalten und Lösegeld verlangen. Das war eine kleine Hoffnung. Warwick atmete tief ein und spürte plötzlich mit großer Erleichterung, dass die Entscheidung richtig war.

»Geordneter Rückzug!«, brüllte er und wartete, dass seine Hauptleute den Befehl weitergaben. Er stöhnte auf bei dem Gedanken, dass er seine kostbaren Kanonen zurücklassen müsste, aber dieser Teil des Schlachtfeldes war bereits verloren. Es gab kein Zurück, nicht einmal, um Metallspitzen in die Rohre zu treiben, damit sie für andere unbrauchbar würden. Warwick wusste, er musste in den Eisengießereien im Norden neue Kanonen anfertigen lassen, größere, mit regensicheren Deckeln über den Zündlöchern.

Sein Befehl hallte hundertfach über das Feld. An jedem anderen Tag hätten sich die feindlichen Reihen als Antwort darauf prompt weiter vorgeschoben. Doch bei diesem Regen und in diesem zähen Schlamm blieben auch sie sofort stehen. Sie wischten sich das Wasser aus Gesicht und Haaren, während Warwicks Armee ihnen den Rücken kehrte und davonmarschierte.

Margaret saß am Kamin eines Wirtshauses und wärmte sich am Feuer, das der Wirt mit besonders trockenem Holz in Gang hielt. Er hatte zu Ehren der Königin einen ganzen Schweinskopf herausgerückt, der jetzt zusammen mit Bohnen und anderem Gemüse im Suppenkessel köchelte. Ab und zu erschien ein Teil des weißen Rüssels oder eines Ohrs an der Oberfläche, ehe er wieder in der brodelnden Flüssigkeit verschwand. Es war eigenartig faszinierend, und Margarets Blick blieb daran hängen, während ihre Leute ringsum im Schankraum sich rege unterhielten. Nur ihr Sohn Edward saß schmollend in einer Ecke, nachdem sie ihm verboten hatte, mit einem Stock an dem Schweinskopf herumzustochern.

Wegen des hohen Besuchs war das Wirtshaus für die normalen Besucher heute gesperrt. Margaret hatte gehört, dass es draußen Raufereien gegeben hatte, weil einige der jungen Männer aus der Gegend sich nicht damit abfinden wollten. Doch ihre englischen und schottischen Leibgardisten hatten sie schnell verjagt und hier und da auch mit gezielten Stiefeltritten nachgeholfen. Rund um das Wirtshaus war es still, man hörte nichts weiter als den Regen, der aufs Dach trommelte, das Geplauder der Männer und das Prasseln des Feuers. Sie rieb ihre kalten Hände und fing an, mit den Fingernägeln der einen Hand die Nägel der anderen zu reinigen.

Margaret hatte schon viele Schlachten miterlebt, zu viele. Es lief ihr kalt über den Rücken bei der Erinnerung an jämmerlich weinende Männer, an markerschütternd schreiende Männer. In jeder anderen Situation im Leben würden Menschen bei einem derartigen Schmerzgeschrei irgendetwas unternehmen, damit es aufhörte. Eine Frau würde ihrem Mann zu Hilfe eilen, wenn er sich mit der Axt verletzt hätte. Eltern würden zu ihrem Kind rennen, wenn es im Fieber weinte oder sich etwas gebrochen hätte. Doch auf dem Schlachtfeld blieben auch die schlimmsten Schmerzensschreie ohne Folgen oder, noch schlimmer, sie waren ein Zeichen von Schwäche, das die Gegner erst recht antrieb. Margaret starrte auf den Schweinskopf, der immer wieder an die Oberfläche stieg, und sie bekam eine Gänsehaut.

Draußen hörte sie Pferdegetrappel und Männerstimmen, die den Wachen die Parole des Tages zuriefen. Darauf hatte Derry Brewer bestanden. Er meinte, er würde sich ziemlich dumm vorkommen, wenn man es durch die Vernachlässigung einiger einfacher Sicherheitsmaßnahmen riskierte, dass womöglich auch noch die Königin gefangen genommen würde. Margaret runzelte die Stirn, als sie jetzt seine

Stimme hörte, sie fragte sich, warum ihr Meisterspion aus St. Albans hierhergekommen war. Es war doch wohl kaum möglich, dass die Schlacht nach so kurzer Zeit schon gewonnen war?

Ihr Sohn stand auf und rannte zur offenen Tür, wo er jemandem zuwinkte und eine Begrüßung rief. Margaret wandte überrascht den Kopf, als er plötzlich verstummte und die Augen aufriss. Auch sie war schon halb aufgestanden, da hörte sie, wie Männer in ihren Rüstungen klirrend auf dem Kopfsteinpflaster auf die Knie fielen. Jetzt vernahm sie wieder Derrys Stimme, lauter als zuvor.

»Gentlemen – Seine Gnaden, König Henry von England, Lord von Irland, König von Frankreich und Duke von Lancaster«, verkündete er.

Margaret hörte, wie zufrieden er klang. Sie schritt zur Tür und drängte sich an ihrem Sohn vorbei, der immer noch mit offenem Mund dastand. Bei ihrer Berührung schien Edward zu erwachen und rannte hinaus in den Regen.

Margaret hatte ihren Mann seit acht Monaten nicht gesehen, seit sie, um ihren Sohn und sich selbst zu retten, in Northampton geflohen war und Henry in seinem Zelt zurückgelassen hatte. Sie merkte, wie sie errötete, weil sie eine Zurechtweisung erwartete, hob aber trotzdem den Kopf etwas höher. Damals hatten Warwick und York triumphiert und hatten kurz davor gestanden, den Lancaster-König gefangen zu nehmen. Seit diesem Tiefpunkt war es Margaret gelungen, das Schicksal zu wenden. York und Salisbury waren jetzt tot, und Warwick war in die Enge getrieben. Und ihr Mann hatte überlebt. Das war das Wichtigste.

Henry war vom Pferd gestiegen und geriet etwas ins Taumeln unter der stürmischen Begrüßung seines Sohnes.

»Edward«, sagte er. »Junge! Wie du gewachsen bist. Ist deine Mutter hier? Ach, Margaret, da bist du ja. Willst du mich nicht umarmen? Wir haben uns so lange nicht gesehen.«

Margaret trat hinaus, fast hätte der Wind sie umgerissen. Sie beugte den Kopf, und Henry wirkte überrascht, als er ihre feuchte Wange berührte. Sie bemerkte, dass er stark abgemagert war und sein Gesicht so blass war wie der Schweinskopf im Suppenkessel hinter ihr. Sie wusste, er aß kaum etwas, wenn man ihn nicht dazu drängte. Er sah entkräftet aus, und sein Gesichtsausdruck war so arglos und unbeteiligt wie eh und je.

»Du bist eine Madonna, Margaret«, sagte er leise. »Eine wunderschöne Mutter.«

Margaret holte tief Luft. Sie spürte, wie sie errötete. Sie war dreißig Jahre alt, und in dem Alter gab es Matronen mit einem Dutzend Kindern und so breiten Hüften, als hätten sie sie in Würfen zur Welt gebracht. Sie war sich ihrer Eitelkeit bewusst, aber das war eine kleine Sünde, verglichen mit anderen.

»Mein Herz ist voll Freude, dich wiederzusehen, Henry«, sagte sie. »Jetzt bist du in Sicherheit, und wir können die Verräter verfolgen und vernichten.«

Sie wusste, dass sie kein Lob erwarten durfte, trotzdem sehnte sie sich nach einem Wort der Anerkennung.

»Ich bin mit einer Armee in den Süden gekommen, Henry«, fuhr sie fort, weil sie es einfach sagen musste. »Einige der Soldaten stammen sogar aus Schottland.«

Ihr Mann legte den Kopf schräg und blickte sie verständnislos an, wie ein Hund, der die Wünsche seiner Herrin zu ergründen versucht. Margarets Herz zog sich zusammen, als er sie so ansah. Sie merkte, wie ihre Augen sich mit Tränen füllten, und sie reckte das Kinn, um sie zurückzuhalten.

»Komm, mein Gemahl«, sagte sie und nahm ihn sanft beim Arm. »Du wirst Hunger haben, und dir ist sicher kalt. Dort drinnen ist ein warmes Feuer, und es gibt Suppe. Beides wird dir guttun, Henry.«

»Wie du meinst, Margaret. Ich möchte auch Abt Whethamstede sehen, um zu beichten. Ist er in der Nähe?«

Margaret stieß ein glucksendes Geräusch aus, fast wie ein Lachen, als sie in das warme Wirtshaus gingen.

»Ach, Henry, was für Sünden kannst du denn schon während deiner Gefangenschaft begangen haben?«

Zu ihrer Überraschung wurde sein Arm unter ihrem Griff starr. Mit gerunzelter Stirn wandte er ihr sein bleiches Gesicht zu.

»Margaret, wir sind sündige Kreaturen. Selbst unsere verborgensten Gedanken kennen Lug und Trug. Unser Geist ist schwach, die Sünde hat mit ihr leichtes Spiel. Unser Körper ist hinfällig, er wird dahingerafft in einem Augenblick. Und dann ist es vorbei mit uns! Unsere Seele ist verurteilt zu ewiger Verdammnis, wenn wir nicht zuvor unsere Sünden gebeichtet haben! Willst du, dass ich ohne Vergebung hier sitze, während die Ewigkeit auf meinen Schultern lastet? Und wofür? Für einen warmen Raum und eine Schale Suppe?«

Sein Gesicht war leidenschaftlich gerötet. Margaret zog ihn an ihre Schulter und sprach tröstend und beruhigend auf ihn ein, wie mit einem Kind, bis er wieder ruhiger atmete.

»Ich werde den Abt rufen lassen, Henry. Und wenn er wegen der Schlacht verhindert ist und nicht kommen kann, lasse ich einen Priester kommen. Ist dir das recht?«

Er nickte, sichtlich erleichtert.

»Bis dahin, Henry, wäre ich froh, wenn du etwas essen und dich dann ausruhen würdest.«

»Ganz wie du meinst«, erwiderte Henry.

Margaret sah, dass Derry Brewer ungeduldig von einem Fuß auf den anderen trat und etwas sagen wollte. Sie gab ihren Mann in die Obhut des Haushofmeisters und eines englischen Leibgardisten, wobei sie sich überzeugte, dass beide wussten, wie man mit einem König spricht. Nachdem Henry mit einer Wolldecke über den Knien am Tisch saß, ging sie zu ihrem Meisterspion, der am anderen Ende des Raumes wartete.

»Ich danke Euch, dass Ihr mir meinen Mann zurückgebracht habt, Derry. Was gibt es Neues von der Schlacht?«

»Sie ist noch nicht gewonnen, Mylady, obwohl wir einen guten Anfang gemacht haben. Es war Glückssache, dass sie den König praktisch allein zurückgelassen hatten. Die Hälfte unserer Jungs sind direkt an ihm vorbeigelaufen. Allerdings habe ich die Erfahrung gemacht, dass Glück auch erarbeitet werden will und nicht nur wie ein Geschenk vom Himmel fällt, wie viele glauben.«

»Ja, auch ich habe die Erfahrung gemacht, dass meine Gebete eher erhört werden, wenn ich mit Geld oder den richtigen Plänen und mit guten Leuten nachhelfe. Hilf dir selbst, dann hilft dir Gott, das scheint die Devise zu sein. Der Herr mag keine faulen Menschen.«

Margaret schloss die Augen und drückte ihre Fingerknöchel darauf. Derry wartete geduldig. Ihm war die Wärme in diesem Raum und der Duft nach Suppe wesentlich lieber als alles, was er dort draußen vorfinden würde.

»Mir schwirrt der Kopf, Derry, es ist alles so schnell gegangen. Mein Mann in Sicherheit, unverletzt und gesund … nun ja, jedenfalls nicht weniger gesund als vorher. Ich habe meinen Sohn bei mir, und Lord Somerset und Lord Percy zahlen es denen heim, die sich immer noch gegen uns auflehnen wollen. Wir sitzen wieder im Sattel, Master Brewer! Der König ist … wie viel – vielleicht ein Dutzend Meilen von London entfernt? Morgen sind wir dort, und das ganze Land wird sehen, dass Lancaster lebt. Und sie werden meinen Sohn sehen und wissen, dass es einen gesunden Erben gibt. Ich kann es einfach nicht glauben, Derry! Wir haben so viel erreicht.«

»Mylady, heute Abend wissen wir mehr. Bis dahin sorgt dafür, dass Euer Gemahl hier in der warmen Stube bleibt und es gut hat. Er war immer der Schlüssel zu allem, Mylady. Und ich glaube, er ist es noch immer.«

Aus der Ferne erklang jetzt Pferdegetrappel – mindestens sechzig eisenbeschlagene Pferde, die auf dem Kopfsteinpflaster trabten. Derry runzelte die Stirn. Dunstable war knapp zehn Meilen vom Schlachtfeld entfernt, und er war langsam geritten, als er König Henry in Sicherheit gebracht hatte. Es war möglich, dass der Feind ihn gesehen und jetzt einen Trupp Reiter oder Bewaffnete geschickt hatte, um ihn zurückzuholen.

»Mylady, macht Euch bereit, den König in Sicherheit zu bringen, falls das nicht unsere Leute sind«, sagte er.

Derry trat in die Tür, die er hinter sich offen stehen ließ. In dem Regen und Nebel konnte er die Schilde der ankommenden Reiter nicht erkennen. Alle waren über und über mit Schlamm bespritzt. Hinter Derry machten sich dreißig bewaffnete Ritter bereit, die königliche Familie notfalls bis zum Tod zu verteidigen.

»Pax! Anhalten! Somerset!«, rief jetzt der erste Reiter. Er war genauso bespritzt wie die anderen, aber er wischte mit der einen Hand seinen Brustpanzer ab und klappte sein Visier hoch, als er ein paar Fuß vor denen stehen blieb, die ihm mit Schwertern und Äxten auf der Straße entgegentraten.

»Somerset! Ich sagte es bereits. Mein Name ist so gut wie jede Parole, und wer mir mit der Klinge entgegentritt, hat sein Leben verwirkt. Ist das klar? Wo ist die Königin?«

»Er ist es wirklich, Jungs«, rief Derry. »Lasst Mylord Somerset durch.«

»Brewer? Würdet Ihr mir mal helfen?«

Derry hatte keine Wahl, er musste gehorchen und seine Hand aufhalten, auf die Somerset seinen gespornten Stiefel setzte. Der Duke schwang sich so schnell vom Pferd, dass Derry taumelte und fast gestürzt wäre. Als der Jüngere jetzt vor ihm stand, wusste Derry, dass Somerset sich daran erinnerte, wie Derry ihn einmal fast vom Pferd geworfen hatte. Der Duke bedachte ihn mit einem kalten Blick, er war sich bewusst, welche Macht er in diesem Moment hatte.

»Führt mich zu Königin Margaret, Brewer«, sagte er.

»Und zu ihrem Gemahl, König Henry«, erwiderte Brewer.

Der Duke, der gerade einem Diener die Zügel zuwarf, zögerte einen Augenblick. Es würde für sie alle eine Veränderung bedeuten, dass der König zurück war, dachte Derry.

8

So leise wie möglich ließ Edward von York sich vom Pferd gleiten und band die Zügel an einen niedrig hängenden Ast. Das Klirren seiner Rüstung konnte er nicht verhindern, auch nicht das Rascheln seines großen Mantels aus Wolfspelz, den er seit Neuestem trug, doch der Wind trug die Geräusche davon, und der dichte Wald verschluckte sie, sodass er sich keine großen Gedanken darüber machte. Trotzdem wusste er, dass er das Wolfsrudel nicht würde täuschen können. Es waren Raubtiere, und auch wenn sie gerade etwas anderes jagten, wussten sie genau, dass er in der Nähe war.

Edward vernahm ihr feindseliges Knurren, als er vorsichtig zwischen die Granitfelsen trat. Die Landschaft um Northampton war rau, voller Felsen, alt wie die Zeit selbst, die mit dunkelgrünem Moos bewachsen waren. Seit zwei Tagen hatte er in diesem Jagdgebiet keinen Menschen mehr gesehen, und deshalb fürchtete er nicht, überfallen zu werden, auch wenn der Pfad immer enger wurde, bis der Himmel über ihm nur noch ein schmaler Streifen von Grau war. Seine Schultern berührten die Felswände, und das Knurren und Bellen wurde immer lauter, das typische Gemisch aus Wut und Angst, Kennzeichen eines jeden Rudels. Es ging ihm durch den Kopf, dass es vielleicht nicht klug war, hier so unvorbereitet in ein ganzes Rudel wilder Wölfe hineinzuplatzen, ohne zu wissen, ob es einen zweiten Weg hinaus gab. Wenn er ihnen den Fluchtweg abschnitt, würden sie ihn mit Sicherheit anfallen, genauso wie jedes andere Beutetier.

Bei dem Gedanken musste er lächeln, denn er war sich seiner Kraft und Geschwindigkeit sicher. Ein bewusst eingegangenes Risiko war eine saubere Sache, das wusste er aus Erfahrung. Es war ein Aspekt in seinem Leben, der ihm noch immer Freude bereitete, auch wenn alles andere nur noch Elend und Trauer war. In solch einer Gefahrensituation fühlte er sich, als bestünde er nur aus Knochen, ohne das verwundbare Fleisch. Er liebte dieses Gefühl.

Es war so dunkel zwischen den Felswänden, dass das Licht am Ende des Pfades fast taghell erschien. Edward schritt aus, so schnell er konnte, das Bellen und Knurren der kämpfenden Tiere klang jetzt fast wie Schlachtengetümmel. Der Pfad wurde breiter, und er fing an zu laufen, bis er schließlich stehen blieb, als er merkte, dass er sich in einer Bodenvertiefung von etwa vierzig Yards Durchmesser befand. Ein schneller Blick nach oben zeigte ihm, dass es keine geeignete Stelle gab, um hinauszuklettern. Nur wenige Schritte vor ihm war ein riesiges Rudel von Wölfen, die sich heulend und zähnebleckend um einen Hund scharten, den sie eingekreist hatten. Auch er bellte und knurrte, aber sein Protest ging im allgemeinen Lärm unter. Die Wölfe hatten das Tier an die Felswand auf der Rückseite der Grube gedrängt, von wo es kein Entkommen gab.

Sie wussten inzwischen, dass ein Mensch hinter ihnen stand. Edward sah es an den flüchtigen Blicken, die sie ihm zuwarfen. Die weniger bedeutenden Mitglieder des Rudels duckten sich furchtsam, als sie den menschlichen Schweißgeruch wahrnahmen. Drei junge männliche Tiere stellten sich ihm entgegen, in einem wahren Rausch aus Bellen, Knurren und

Geifern standen sie ihm gegenüber, rückten steifbeinig vor und wichen ängstlich wieder zurück.

Edward spürte, wie ihm der Schweiß übers Gesicht lief. Er hatte ein kleines Rudel erwartet, sechs vielleicht, oder höchstens ein Dutzend. Stattdessen waren hier mehr als dreißig Wölfe, allesamt abgemagert und mordlustig, mit scharfen, gelben Zähnen. Er stand erst wenige Herzschläge lang hier in der Kälte, und noch immer erschienen weitere Mitglieder des Rudels, die ihn ebenfalls wahrgenommen hatten.

Der Hund, den sie eingekreist hatten, war ein schwarzweiß geflecktes Ungetüm, so viel konnte Edward erkennen, wohl ein Mastiff, wie man sie zum Jagen einsetzte. Er war schlau genug, sich weiterhin dicht an die Felswand zu drücken. Doch er war gefangen, und das Rudel hätte ihn mit Sicherheit getötet, wenn Edward jetzt nicht dazugekommen wäre.

Edward blickte auf, als er oben am Rand der Schlucht eine Bewegung wahrnahm. Die Grube, in der er sich befand, war nicht mehr als vielleicht zwanzig Fuß tief. Sie wirkte wie von Menschenhand ausgehoben, um ein altes Flussbett handelte es sich jedenfalls nicht. In diesem Wald fand man immer noch alte Steinkreise und römische Hinterlassenschaften, er hatte sie selbst gesehen, und diese Senke fühlte sich ganz nach so etwas an.

Edward erwartete, dass es ein Hirte wäre. Oder ein Bauer aus der Region – einerlei, solange es nur kein Soldat war. Doch er glaubte seinen Augen kaum zu trauen, als plötzlich eine junge Frau im hohen Farnkraut erschien. Mit offenem Mund stand er da, während sie sich an einer kleinen Eberesche festhielt und in die Grube spähte. Sie hob den rechten Arm, und Edward sah, dass sie einen Stein von der Größe eines Apfels in der Hand hielt. Sie bemerkte seinen Blick und schien erstaunt über den bärtigen Krieger, der dort in Rüstung und einem Mantel aus Wolfspelz in der Grube stand.

»Geht aus dem Weg!«, rief sie, während sie den Stein mit aller Kraft mitten in das Rudel schleuderte. Er traf eine der kleineren Wölfinnen, die zusammenzuckte und laut aufjaulend herumfuhr.

Edward rutschte das Herz in die Hose, als er sah, dass die Frau abermals den Arm hob. Offenbar war sie entschlossen, ihren Hund zu retten, aber die Folge davon … Er merkte, wie die Wut in ihm aufstieg. Er trug seine Rüstung, er hatte seinen Mantel und das Schwert, das sein Vater ihm geschenkt hatte. Er zog die lange Klinge, als es immer mehr Steine auf die Wölfe hagelte, die jetzt laut aufjaulend von ihrem Opfer abließen und die Flucht ergriffen. Sie wollten nur noch weg von hier.

Doch der Weg hinaus wurde ihnen von einem Menschen versperrt. Edward merkte, wie die Stimmung kippte, als ein paar der größten Tiere sich drohend vor ihm aufbauten und ihn anknurrten. Ein kräftiger Rüde kam näher, mit dichtem Fell und breiten Schultern. Edward schluckte, aber er war achtzehn Jahre alt und ebenfalls in Kampflaune. Sein Schwert war extra für ihn angefertigt worden, mit einer drei Fuß langen Stahlklinge. Für die meisten Männer wäre es zu schwer gewesen, aber um Edwards Hiebe auszuhalten, musste es schon eine starke Klinge sein. Er hielt es in der Hand, als sei es federleicht.

»Na, komm schon, Junge«, sagte er laut. »Du wirst schon sehen, was ich hier für dich habe.«

Edward hatte schon oft Wölfe gejagt, aber er hatte noch nie gesehen, wie sich ein Rudel verhielt, wenn es in die Enge getrieben wurde. Ohne zu zögern und vor Wut schäumend, warfen sich die Tiere auf ihn. Trotz seiner beachtlichen Körpergröße wurde Edward gegen die Felswand geschleudert, fast hätte ihr Gewicht ihn umgerissen. Doch seine Rüstung rettete ihn, das ramponierte Metall widerstand Klauen und Zähnen. Die Wölfe schnappten nach seinem Mantel, sie zerrten daran, warfen die Köpfe hin und her und rissen ihn schließlich um. Edward stieß seinen Schlachtruf aus. Er schwang sein Schwert wie eine Sense, aber auch sein Metallhandschuh leistete ihm gute Dienste.

Es dauerte nur ein paar Atemzüge. Sowie die Leittiere sahen, dass der Fluchtweg frei war, ließen sie von ihm ab. Keuchend stützte Edward seine Hände auf die Knie. Vier Wölfe lagen am Boden, zwei lebten noch, die beiden anderen waren tot.

Das restliche Rudel war längst über alle Berge, auch von der Frau, die das alles verursacht hatte, war nichts mehr zu sehen. Langsam, das Gesicht schmerzverzerrt von Kratzern und neuen Prellungen, ging Edward in die Hocke und berührte eins der verletzten Tiere. Er sah, dass das Rückgrat gebrochen war, die Hinterbeine schleiften kraftlos am Boden, als es aufzustehen versuchte. Die Wölfin zog die Lefzen hoch und riss ängstlich die Augen auf, als seine Hand sich näherte, dann versetzte er ihr einen festen Hieb auf die Schnauze. Sie jaulte kurz auf, dann kroch sie winselnd davon.

Edward richtete sich vorsichtig auf, als der riesige Mastiff näher kam, der immer noch drohend knurrte, sobald einer der Wölfe sich bewegte. Sie stellten keine Bedrohung mehr dar, und der schwarz-weiße Hund hatte keine Angst vor ihnen. Zerzaust und verdreckt hinkte er jetzt auf Edward zu, eine seiner Pfoten blutete. Edward beugte sich hinunter, als der

Hund ihn sanft mit dem Kopf anstieß und die Schnauze in den Falten seines Mantels verschwinden ließ. Edward hatte noch nie einen so großen Hund gesehen.

»Na, du bist wirklich ein stattlicher Bursche, was?«, sagte Edward. »Genau wie ich. War das deine Herrin dort oben? Die, die das ganze Rudel auf mich gehetzt hat? Ja, das hat sie gut hingekriegt. War das deine Herrin, Junge?«

Der Hund wedelte mit dem Schwanz und peitschte Edwards Umhang. Amüsiert stellte Edward fest, dass dieses Tier mit dem riesigen Kopf zu grinsen schien, als er es zwischen den Schulterblättern kraulte. Trotz aller Verletzungen war der Hund offensichtlich froh, von einer freundlichen Hand gestreichelt zu werden.

Edward sah hoch, als ein Regen aus kleinen Steinen und Blättern auf ihn niederprasselte. Die Frau, die er gesehen hatte, kletterte jetzt durch Felsen und Gestrüpp den Abhang herunter, wobei sie sich an Wurzeln und Steinen festklammerte, immer wieder blieb ihr Kleid hängen, sodass ihre Beine bis zum Oberschenkel entblößt waren.

Edward konnte den Atem der Frau hören, der hier zwischen den Felswänden lauter klang. Er wartete auf sie und kraulte weiter den Hund, wobei sein eigener Atem sich langsam wieder normalisierte. Die verletzten Wölfe in seiner Nähe winselten, und er überlegte, ob er ihr Leiden mit dem Messer beenden sollte, doch dann entschied er sich dagegen. Sie hatten ihn angegriffen und ihm Angst eingejagt, obwohl er das einem anderen gegenüber nie zugegeben hätte. Auch wenn er durch die Rüstung geschützt war, ein erwachsener Wolf war schwer und konnte blitzschnell sein. Wenn er auf den Rücken gefallen wäre, hätten sie ihm die Kehle durchgebissen. Noch immer sah er ihre gelben Zähne, die so dicht vor seinem Gesicht zugeschnappt hatten, dass er jedes Mal einen schmerzlichen Biss erwartet hatte.

Die Frau hatte den Abstieg vielleicht zur Hälfte geschafft und stand jetzt auf einem moosbedeckten Felsvorsprung in etwa zwölf Fuß Höhe. Es war noch zu hoch, um zu springen, und er merkte, wie sie unruhig nach einem Halt suchte, aber keinen fand.

In diesem Moment geriet der Untergrund, auf dem sie stand, in Bewegung, Steine lösten sich, Geröll rieselte herab. Die junge Frau taumelte, schaffte es aber, sich in letzter Sekunde von der Felswand abzustoßen, sodass sie in seine Richtung fiel. Er hätte nur aufstehen und einen Schritt vorwärts machen müssen, um sie aufzufangen.

Edward beobachtete sie und kraulte immer noch den Hund, als sie in seiner Nähe im Gras landete und nach Luft schnappend liegen blieb. Der Hund sprang auf und rannte wild wedelnd zu ihr, winselnd und jaulend leckte er ihr das Gesicht und drückte die Schnauze in ihre offenen Hände. Edward nahm eine Leine, die er um die Hüfte geschlungen hatte, und fing an, daraus ein Hundehalsband zu knüpfen.

»Du wirst einen Namen brauchen, mein Alter«, sagte er. Er sah die Frau an, die noch immer keuchend dort lag, wo sie gelandet war.

Jetzt setzte sie sich stöhnend auf, ihr Gesicht und die Hände waren zerkratzt und von Erde und Gras verschmutzt. Auch in ihrem langen Haar hingen Blätter. Unter anderen Umständen, hätte man sie vielleicht als eine schöne Frau bezeichnet. Und selbst jetzt, als sie ihn wütend anfunkelte, waren ihre Augen ganz bemerkenswert, groß und vor Zorn blitzend.

»Der Hund gehört mir, wer immer Ihr auch sein mögt«, sagte sie. »Und meine Brüder sind auf dem Weg hierher, also kommt mir nicht zu nahe.«

Edward machte eine vage Handbewegung in Richtung des Weges.

»Und ich habe hier irgendwo eine ganze Armee stehen, dazu eine Jagdgesellschaft von vierzig Mann ... Ich habe keine Angst vor Euren Brüdern. Auch nicht vor Euch. Aber der Hund gehört mir.«

»Ihr wollt ihn mir *stehlen*?«, sagte sie und schüttelte ungläubig den Kopf. »Ihr habt mir nicht geholfen, als ich gestürzt bin, und jetzt wollt Ihr auch noch meinen Hund stehlen?«

Edward sah sie an. Ihr Haar war rotblond und am Hinterkopf zu einem Knoten geschlungen. Ein Teil davon hatte sich gelöst und stand ab wie ein Pinsel. Er zuckte die Schultern.

»Ihr habt mir mit Euren Wölfen auch nicht gerade geholfen.«

»Was heißt hier *meine* Wölfe! Ich wollte nur Bede retten.«

Der Mastiff spitzte die Ohren, als er seinen Namen hörte. Er stand immer noch neben ihr und lehnte sich an sie, bis sie ihm den Rücken kraulte. Der Hund knurrte vor Wonne. Edward empfand ein sonderbares Gefühl von Eifersucht.

»Bede, der Gelehrte? Das ist doch kein Name für einen Hund. Vielleicht werde ich ihn Brutus nennen.«

»Wie lächerlich. Erst tut ihr nichts, um mir zu helfen, und dann fällt Euch kein besserer Hundename ein als jedem Kind. Ausgerechnet *Brutus*!«

Edward wurde rot und verkniff ärgerlich den Mund.

»Vielleicht auch Moses. Oder Stromer, wegen seiner Zeichnung. Willst du so heißen, Junge? Stromer? Gefällt dir das? Ja, ich denke, das wäre ein guter Name.«

Die Frau betrachtete den jungen Mann, der da neben ihr hockte. Er wirkte kühler, während er zu dem Hund sprach. Seine Augen schienen sich zu verdunkeln, er beugte sich vor, und während er sich bisher freundlich gegeben hatte, ging jetzt eine Bedrohung von ihm aus. Die Frau wagte keinen weiteren Protest. Aufgrund seiner Größe hatte sie ihn falsch eingeschätzt. Jetzt merkte sie, dass er wesentlich jünger war, als sie gedacht hatte. Der schwarze Bart, der sein Gesicht bedeckte, war kaum mehr als ein weicher Flaum. Sein Mantel war zwar von den Wölfen zerrissen worden, aber er ließ ihn in dieser engen Schlucht noch größer und stattlicher erscheinen. Sie stand auf, noch wusste sie nicht, ob er ihr gefährlich werden könnte. Eins war klar, ihr Hund wäre keine große Hilfe. Sie verzog das Gesicht – von dem Sturz taten ihr alle Knochen weh.

»Wenn ihr ein Ehrenmann seid, werdet Ihr keinen Hund stehlen. Wenn Ihr ihn haben wollt, dann kauft ihn gefälligst, und zwar zu einem anständigen Preis.«

Edward stand ebenfalls auf, er überragte die junge Frau um mehrere Köpfe. Sein Bart war wirr und sein Haar lang und verfilzt, aber sein Blick war ruhig und entschlossen. Sie spürte ein Kribbeln im Bauch, als er den Kopf schüttelte.

»Ihr redet gut, liebe Frau. Aber mich beschwatzt ihr nicht. Hierher, Stromer. Komm zu mir.«

Der riesige Mastiff sprang auf die Beine und stand mit einem erwartungsvollen Hundegrinsen hechelnd da. Edward legte ihm das frisch geknüpfte Halsband um und schlang das andere Ende der Leine um seine linke Hand.

»Ihr solltet wieder zurückklettern, wenn Ihr könnt«, rief er ihr über die Schulter zu. »Meine Leute werden mich suchen, und es wäre nicht gut, wenn sie Euch hier fänden. Der

Hund ist das Schmerzensgeld für meine Verletzungen, Mylady. Ich wünsche Euch einen guten Tag.«

Elizabeth Grey blickte hinter ihm her. Etwas Finsteres ging von diesem jungen Riesen aus, aber auch eine große Kraft. Eine Mischung, die ein eigentümliches Verlangen in ihr auslöste, nachdem er gegangen war. Sie besann sich aber darauf, dass sie eine verheiratete Frau war, mit zwei prächtigen Söhnen und einem Mann in Lord Somersets Diensten. Sie beschloss, diese merkwürdige Begegnung Sir John Grey gegenüber besser nicht zu erwähnen. Ihr Mann konnte ziemlich eifersüchtig sein. Sie seufzte. Sie würde einfach sagen, der Hund sei tot.

St. Albans war keine zwanzig Meilen von London entfernt, also nicht einmal einen Tagesmarsch. Wer heute Vormittag zusammen mit dem König und der Königin aufbrach, wusste, dass er noch vor dem Dunkelwerden an der Themse stehen würde. Diese Aussicht hob die allgemeine Stimmung. London bedeutete Wirtshäuser und Bier. Es bedeutete, dass sie endlich bezahlt würden – und all die Annehmlichkeiten, die damit verbunden waren. In ihrer Vorfreude begannen die Männer sogar, sich so gut es ging vom Schmutz zu reinigen und ihre Äußeres ein wenig herzurichten. Dann packten sie unter Lachen und Scherzen ihre Ausrüstung und verstauten sie auf den Wagen.

Nachdem Warwick und Norfolk sich nach Norden zurückgezogen hatten, hatte sich die Nachricht von der Befreiung des Königs wie ein Lauffeuer verbreitet. Was das bedeutete, war allen klar, die dafür gekämpft hatten, und ihre Erleichterung und die Freude darüber kannten keine Grenzen. Die Männer riefen und scherzten lauthals, bis sie schier heiser waren, nur um erneut in Jubelrufe auszubrechen, als die königliche Familie am Abend zu ihnen stieß.

Viele dieser Männer waren schon seit Schottland mitmarschiert und hatten sich bis in den Süden durchgekämpft. Sie waren durch Wälder und Sümpfe gestapft und hatten zweimal für ihren König gegen dessen mächtige Feinde gekämpft – und sie hatten gesiegt, sowohl in Sandal als auch in St. Albans. Und jetzt ging die Sonne auf, und endlich lag London vor ihnen, das Zentrum der Macht und des Geldes – das ihnen hoffentlich bald ausbezahlt wurde –, die Hauptstadt mit ihren Gerichten, dem Palast von Westminster und dem Tower. London bedeutete Sicherheit und nicht zuletzt gutes Essen und wohlverdiente Ruhe.

Ausnahmsweise verzichtete Margaret heute auf ihre Beratungsrunde mit Somerset. Sowie der Morgen dämmerte, gab sie den Befehl, nach Süden zu marschieren. Sie hatte ihren Gemahl und ihren Sohn an ihrer Seite, und die Lords verneigten sich, tief, respektvoll und mit einem zufriedenen Lächeln.

Die Anwesenheit König Henrys war wie ein Talisman, das spürte Margaret deutlich. Männer, die nur noch mürrisch und widerwillig auf ihre Befehle reagiert hatten, waren jetzt botmäßig und willig. Andere, die in ihrer Gegenwart etwas zu vertraulich geworden waren, hielten jetzt wieder respektvollen Abstand. Die Trommler rührten ihre Trommeln, und die Männer schmetterten ihre Marschlieder, die Hand auf dem Herzen. Doch trotz der freudigen Stimmung herrschte auch eine gewisse Anspannung; sie hatten gesiegt und überlebt, aber sie hatten auch vieles durchgemacht, und ihre Belohnung stand noch aus.

Es tat nichts weiter zur Sache, dass Henry von all dem nichts mitbekam. Wichtig war allein, dass der König und die

Königin von England zusammen mit dem Prinzen von Wales in die Hauptstadt einzogen. Die Armee zog in einer meilenweiten Kolonne die Straße entlang, und die schweren Kanonen, die sie bei St. Albans erobert hatten, blieben weit zurück.

Die königliche Familie ritt nebeneinander, Somerset und Earl Percy ein Stück vor ihnen. Auch wenn sie gesiegt hatten, die obersten Befehlshaber wussten sehr wohl, dass Warwicks Armee noch in der Nähe war. Unter diesen Umständen verbot sich ein Triumphzug, ebenso wenig konnten sie Margaret und König Henry in der ersten Reihe reiten lassen, wo Bogenschützen sie im Nu aus einem Hinterhalt hätten erledigen können. Somerset hatte dafür gesorgt, dass König und Königin auf allen Seiten von schwerbewaffneten Soldaten umgeben waren. Was die Schotten anbetraf, so hatte er noch keinerlei Pläne, aber auch sie marschierten mit, mit nackten Beinen und einem Sammelsurium von Waffen. Mit unverhohlener Neugier starrten diese bärtigen Männer den bleichen König an, den sie befreit hatten, und tauschten in ihrer merkwürdigen Sprache Bemerkungen aus. Die Stimmung war heiter, als die Männer lachend und singend die letzten Meilen nach London zurücklegten.

9

Der Aufmarsch der Armee auf der befestigten Heerstraße wirkte fast wie eine Parade oder ein königlicher Umzug. Kaufleute und andere Reisende mussten mit ihren Wagen auf das sumpfige Gelände neben der Straße ausweichen, weil gepanzerte Ritter zu viert nebeneinander angeritten kamen, an langen Piken flatterten stolz die Banner über ihren Köpfen. Bauern und Händler standen gebeugt da und drückten ihre Mützen an die Brust, als sie hörten, dass ihr König und ihre Königin endlich zurückkehrten. Trotz Wind und Kälte hörte man hier und da Jubelrufe, und alle starrten Henry und Margaret an, als gelte es, sich ihr Bild für immer ins Gedächtnis einzuprägen.

Es war nicht zu leugnen, die königlichen Banner waren verschlissen und schlammbespritzt. Und die Männer, die sie trugen, wirkten nach der langen Zeit auf den Straßen ebenfalls nicht mehr ganz frisch, aber beim Anblick der mächtigen Londoner Stadtmauern erhoben sie die Köpfe, und Hornsignale verkündeten ihre Ankunft, sodass es in der ganzen Stadt zu hören war. London hatte im Laufe der letzten Jahre Aufstände und Invasionen erlebt, man war in den Tower eingedrungen und hatte auf den Straßen Kanonen gegen die eigenen Leute eingesetzt. Seit mehr als zehn Jahren wurde der rechtmäßige König vom Hause York bedroht, das alles unternahm, um die Krone an sich zu reißen.

Doch das alles war jetzt vorbei. Margaret spürte es förmlich in der kalten, klaren Winterluft. Mochte die Stadt während der warmen Monate auch nach Fäulnis und offenen Klärgruben stinken, jetzt führte der Wind, der ihr ins Gesicht blies, den Geruch von Holz und sauberem Putz, von Ziegeln, Rauch und gepökeltem Fleisch mit sich. Wieder musste sie daran denken, wie sie die Stadt zum ersten Mal gesehen hatte, als sie aus Frankreich eingetroffen war. Damals hatte man sie in einer Sänfte getragen und auf der Brücke von London angehalten, wo die Stadt ihr zujubelte und die Ratsherren in ihren prächtigen Roben sich vor ihr verneigten. Sie war ganz überwältigt gewesen. Mit ihren fünfzehn Jahren hatte sie nicht geahnt, dass es so viele Menschen in einer einzigen Stadt geben konnte.

Margarets Herz schlug schneller, als Somerset jetzt an ihrer Seite erschien. Sie hatten seit Henrys Rückkehr noch nicht miteinander gesprochen, aber der junge Duke war stets in ihrer Nähe, falls sie einen Rat brauchte oder einen Befehl zu erteilen hatte. Hinter der Königin ritt Henry Percy, Earl von Northumberland, neben Edward, dem Prinzen von Wales. Margaret fragte sich, ob Lord Percy an seinen Vater und seinen Bruder dachte, die zu Opfern dieser vielen Jahre des Blutvergießens geworden waren. Vielleicht hatten sie alle jetzt endlich die Möglichkeit, diese Familientragödien hinter sich zu lassen. Schließlich hatte sie gesiegt. Und trotz aller Mühen und Schwierigkeiten war ihr Gatte immer noch der gesalbte König Englands, er lebte und war hier, in ihren Händen. Margaret hatte, seit sie London zum ersten Mal gesehen hatte, sehr viel gelernt.

Die Straße von St. Albans führte direkt zum Bishops Gate und verlief parallel zu einer zweiten Straße, die zum Moorgate führte, nur wenige Hundert Yards entfernt an der Stadtmauer entlang. Es war König Henrys einziger Beitrag während des gesamten Ritts gewesen. Als Somerset die Königin fragte, durch welches Tor sie in die Stadt einziehen sollten, schien der König für einen Moment zu sich zu kommen. Er blickte auf und sagte schüchtern: »Ich würde durch das Tor meines Vaters einziehen.«

Das war Moorgate, das man in die wuchtige römische Mauer eingefügt hatte, lange ehe Henry geboren war, weil die Straßen nach Norden mit jedem Jahr stärker von Wagen und Menschen verstopft waren. Ohne Kommentar hatte Somerset neue Befehle nach vorn geschickt, und die Reihen an der Spitze waren auf die Straße nach Moorgate hinübergeschwenkt. Diese Straße war mit Londoner Steuergeldern gebaut worden, sie wurde in gutem Zustand gehalten und war selbst im Winter trocken und fest. Sie kamen gut voran, und bald konnte man in der Ferne das Stadttor sehen.

Die Londoner Stadtmauer war mit Soldaten der Garnison besetzt. Margaret erkannte ihre dunklen Umrisse schon aus einer halben Meile Entfernung. Sie war im Laufe der Jahre, auf ihrem Weg von und nach Kenilworth – ihrer privaten Zufluchtsstätte in schweren Zeiten – viele Male durch die Londoner Tore geritten. Aber sie konnte sich nicht erinnern, dass diese jemals schon vor Sonnenuntergang geschlossen gewesen waren, was jetzt der Fall war. Sie runzelte die Stirn und blickte zu den Lords an ihrer Seite, denn sie wartete darauf, dass einer von ihnen sich dazu äußern würde.

Somerset hatte ihren fragenden Blick aufgefangen, und er nickt nur stumm. Dann schickte er einige Männer voraus und ließ alle anderen langsamer reiten. Diejenigen, die er vorausgeschickt hatte, nahmen seine wütende Frage mit, welcher Dummkopf die Stadttore vor dem König verschlossen hatte, zusammen mit dem Befehl, sie unverzüglich zu öffnen. Margaret reckte den Hals und beobachtete, wie die Boten im Schatten der Stadtmauer gestikulierten. Die Männer über ihnen beugten sich herab, und sie zog verwirrt die Augenbrauen zusammen, denn das schwere Tor aus Eichenholz und Eisen blieb weiterhin geschlossen. Die königliche Armee konnte ihr Tempo kaum noch weiter drosseln. Mit wachsender Empörung sah Margaret, wie Somersets Boten zurückkamen und jetzt mit ihrer Botschaft herausplatzten. Sie waren hochrot im Gesicht, und Somerset nahm eine ähnliche Farbe an, nachdem er vernommen hatte, was sie zu sagen hatten, und auf dem Pferd angetrabt kam. Ehe er die Königin erreichte, gab der Duke den allgemeinen Befehl zum Anhalten.

Zwischen den ersten Reihen und der Stadtmauer lagen nur noch hundert Yards, aber die Tore blieben geschlossen.

Edward von York, hoch zu Ross, zog den Mantel fester um sich. Er war wütend. Offenbar erwartete man von ihm, dass er endlich seinen Verpflichtungen nachkam, was sich anfühlte, als legte man ihm eine Schlinge um den Hals. Zum ersten Mal hatte er dieses Gefühl gehabt, nachdem der Truchsess seines Vaters ihn in Wales ausfindig gemacht hatte. Drei Tage hatte er geduldig abgewartet, während Edward gebrüllt und getobt und ihn zur Hölle gewünscht hatte. Hugh Poucher war ein weißhaariger Mann aus Lincolnshire, der vermutlich die sechzig bereits überschritten hatte. Poucher hatte Edwards Wüten mit verächtlichem Schweigen pariert, bis der junge Riese schließlich bereit war, ihn anzuhören.

Mit dem Titel seines Vaters waren Dutzende von Ländereien und Anwesen auf Edward übergegangen, mit Hunderten, vielleicht sogar Tausenden von Bedienten und Pächtern. Sein Vater hatte diese Besitztümer immer gut geführt, und die Verwalter kannten die Grenzen ihrer Befugnisse und wagten nicht, sie zu übertreten, aus Angst, ihre Stellung zu verlieren. Das war eine Aufgabe, zu der Edward aber weder Lust noch Veranlagung hatte. Den Beutel mit Goldmünzen allerdings schätzte er sehr, den Poucher ihm mitgebracht hatte.

Der Truchsess seines Vaters erinnerte ihn an seine Pflichten, doch sie schnürten ihm die Luft ab mit den vielen Gesetzen und Vorschriften, vor allem, weil sie es erforderlich machten, nüchtern zu bleiben. Natürlich hätte Edward den alten Mann zum Teufel schicken können. Doch es stellte sich heraus, dass der Mann von den Gütern in der Nähe einen Stab von Schreibern zusammengetrommelt hatte, die ihrem jungen Herrn helfen sollten, das Nötigste zu lernen. Dieser Rattenschwanz von Schreibern begleitete Edward nun auf Schritt und Tritt mit Tintenfingern und ihren mit Leder und Wachs geschützten Schriftrollen. Immer gab es etwas zu lesen und zu unterzeichnen, und oft gerade dann, wenn er mit seinem Mastiff und ein paar wilden Rittern davonstürmen wollte, um ein paar Tage zu jagen. Und wenn er sich tatsächlich der Schreibarbeit widmete, dann schweiften seine Gedanken ab, meist zu seinem Vater und Bruder Edmund.

Edward hatte schon oft Köpfe auf Pfählen gesehen. Er brauchte nicht viel Fantasie, um sich den Kopf seines Vaters auf der Stadtmauer von York vorzustellen, wo er langsam verweste. Edward verfügte über fast dreitausend Mann, und York war in Reichweite. Auf der Jagd gab es oft Momente, wo er feststellte, dass er dem Stadtgebiet ziemlich nahe war, und er fragte sich, ob er nicht einfach versuchen sollte, die Mauern zu stürmen. Insgeheim wünschte er sich manchmal,

Richard Neville wäre da. Auch der hatte seinen Vater verloren. Warwick würde wissen, was zu tun sei.

Durch den Tod seines Vaters hatte Edward viel von seinem Draufgängertum verloren, auch wenn er es durch Grobheiten und seine Launen zu kaschieren suchte. Er wusste, dass die Männer in seiner Nähe sich vorsichtig benahmen und dass es seine eigene Furcht war, die die Ursache für sein Verhalten war. Und mit jedem seiner verzweifelten Versuche, neue Freundschaften zu knüpfen, wurde es schlimmer, denn sie endeten meist damit, dass er Tische umwarf und in seinem betrunkenen Zustand den anderen mit einem Hieb zu Boden streckte …

Der Weg zum Gutshof war lang, deshalb bildeten Edwards Ritter eine solide Kolonne und ritten zu dritt nebeneinander. Das Grundstück wirkte gepflegt, und alles war für den Winter zurückgeschnitten worden, an jedem Baum und jedem Busch sah man frische weiße Schnittstellen. Im Geist hörte er die Stimme seines Vaters, der immer gesagt hatte: »Ein kräftiger Schnitt, ein kräftiger Wuchs.« Edward fragte sich, ob sie überhaupt da war, oder ob sie dieses Haus vielleicht gar nicht mehr bewohnte.

Edward hatte immer wieder an die junge Frau in der Wolfsgrube denken müssen. Wenn er sich jetzt ihr Zusammentreffen vorstellte, sah er sich selbst, wie er aufsprang und die fallende Frau im letzten Moment auffing. Er führte sich die Szene so oft vor Augen, dass er schließlich fast glaubte, es habe sich wirklich so zugetragen.

Das Haus sah solide aus mit seinen Holzbalken. Es war das Heim eines ehrbaren Ritters, der außer seinem guten Namen wahrscheinlich keine großen Güter besaß. Es hatte lange genug gedauert, es zu finden, obwohl er vorgegeben hatte, er wolle diesem Herrn nur seinen Hund wiederbringen. Edward saß ab. Auf dem gepflasterten Hof vor dem Tor wirbelte der Wind trockene Blätter im Kreis. Einige seiner Männer saßen ebenfalls ab, andere inspizierten zu Pferde das Grundstück.

Das Haupttor führte in einen Innenhof, den man durch das Gittertor sehen konnte. Edward musste erst mit dem Panzerhandschuh kräftig an das Holztor schlagen, ehe ein Diener angeschlurft kam. Der alte Mann warf einen Blick auf den Schild mit der weißen Rose der Yorks und verfiel in hektische Betriebsamkeit. Er rief nach seiner Herrin und mühte sich mit den schweren Eisenriegeln ab, um das Tor zu öffnen.

Nachdem der zitternde Alte endlich alle Riegel zurückgeschoben hatte, war auch die Frau da. Ihr Haar war nicht mehr wirr, es hingen weder Laub noch Spinnweben darin. Die Veränderung stand ihr gut, und Edward stellte fest, dass ihr dunkelblondes Haar tatsächlich einen Rotschimmer hatte. Es schien mehr Farben zu haben, als er benennen konnte, und auch ihre Augen waren fast rotbraun. Ihre Figur war üppig, und ihre Taille …

»Ihr bringt mir meinen Hund zurück?«, sagte sie, weil sie es müde war, von ihm angestarrt zu werden. »Den Ihr mir gestohlen habt?«

Der Torflügel hatte sich geöffnet, sodass sie nichts mehr voneinander trennte. Edward trat auf sie zu und legte ohne zu zögern seinen Arm um ihre Taille. In allen seinen Tagträumen hatte er sich diesen Augenblick vorgestellt. Er riss sie an sich, drückte seine andere Hand zwischen ihre Schulterblätter und bog sie zurück. Sie fühlte sich stocksteif an, als er sie küsste, und ihre Zähne stießen so heftig aufeinander, dass beide zusammenzuckten. Edward ließ sie los, und Elizabeth Grey stand vor ihm mit funkelndem Blick. Sie berührte mit den Fingern ihre Lippen, als erwartete sie, dass sie bluteten.

»Ihr seid … der größte Rüpel, der mir je begegnet ist«, rief sie aus.

Er sah, dass ihre Augen glänzten. Er hatte gespürt, wie weich ihr Mund war, und mit großer Befriedigung stellte er fest, dass ihr Blick, trotz aller Wut, mit einer gewissen Faszination auf ihm ruhte. Das war etwas, was schwache Männer niemals erleben würden, dachte er. Und ohne diese Erfahrung würden sie eine schöne Frau niemals richtig verstehen können. Die Frauen mochten jammern und sich beklagen, sie mochten ihn einen Halunken oder einen Teufel nennen, aber Edward sah, dass ihr Interesse geweckt war. Und er wusste, dieses Interesse war echt. Er stand da und konnte sich nicht sattsehen an ihr.

Als er nicht antwortete, blickte Elizabeth schließlich an ihm vorbei zu ihrem Hund, den einer der Männer an der Leine führte. Sie pfiff, und der Hund hätte seinen Halter fast umgerissen, um zu ihr zu kommen. Edward blickte auf den kräftigen, gehorsamen Mastiff, dann sah er sie an.

»Wenn er so folgsam ist, warum habt Ihr es neulich geduldet, dass ich ihn mitnahm?«

»Ich war benommen. Weil ich gestürzt war. Vielleicht erinnert Ihr Euch, dass dieser große, unhöfliche Flegel dort keinen Finger gerührt hat, um mich aufzufangen.«

»Weil Ihr mich wiedersehen wolltet«, sagte er mit unverschämtem Grinsen.

Elizabeth rollte mit den Augen.

»Bildet Euch nur nichts ein.«

Edward schnaubte amüsiert. Er machte keinerlei Versuch, seine Gefühle zu verbergen, sondern zeigte sie, entwaffnend ehrlich, wie ein Kind.

»Ich bin es gewohnt, mir zu nehmen, was ich haben möchte, Mylady.«

»Das habe ich schon begriffen, Edward von York. Aber in diesem Fall wird Euch das nichts nützen.«

Verwirrt sah er sie an, er suchte nach Worten.

»Nichts nützen … ich verstehe nicht?«

Ein Kind fing an zu weinen, und das spöttische, etwas schiefe Lächeln verschwand aus ihrem Gesicht.

»Ich werde gerufen, Edward von York.« Sie wollte sich abwenden.

»Elizabeth …«

»Ja, so heiße ich. Elizabeth Grey, Ehefrau und Mutter.«

Sie blickte ihn lange unverwandt an, ihre Augen waren ganz ruhig, und ohne Hast fasste sie ihren Entschluss. Ihr Mann war ein braver Kerl, aber er hatte sie noch nie vor Verlangen erbeben lassen, wie es dieser große Ochse gerade mit einer einzigen ungeschickten Umarmung fertiggebracht hatte. Sie errötete tief, weil sie auf sein Werben einging.

»Kommt mich wieder besuchen, Edward. Aber vielleicht besser ohne Eure Männer.«

Ehe er noch etwas sagen konnte, hatte sie kehrtgemacht und lief ins Haus. Der alte Mann, der das Tor geöffnet hatte, blickte Edward in ehrfürchtiger Bewunderung an

»Soll ich, äh … den Hund mitnehmen, Mylord?«

»Was? Ach so.«

Edward blickte auf den schwarz-weiß gefleckten Mastiff, der sich auf den Rücken gelegt hatte, mit einem Hinterbein in der Luft strampelte und offensichtlich gekrault werden wollte.

Edward seufzte. Als sich die Tür hinter Elizabeth geschlossen hatte, war eine Veränderung mit ihm vorgegangen. Die Verantwortung, die er von seinem Vater übernehmen musste, war ihm immer eine Last gewesen. Jetzt war in ihm etwas besiegelt worden, und das Gefühl der Last war weg. Es gab Dinge, die er tun musste und die kein anderer für ihn tun konnte. Es war seine Pflicht, und er empfand sie nicht als Last, er merkte nur, welche Kraft es ihn kostete, sie zu tragen. Plötzlich verstand er, dass die Kraft mit der Last wuchs. Es war wie eine Offenbarung.

Zum ersten Mal, seit er sich erinnern konnte, empfand er so etwas wie Scham für etwas, das er getan hatte. Dass Elizabeth nicht abgeneigt gewesen zu sein schien, änderte nichts an der Sache. Sich einer verheirateten Frau aufzudrängen gehörte in dieselbe Kategorie wie sich zu besaufen oder mit bloßen Fäusten mit Hufschmieden zu kämpfen, so lange, bis keiner mehr aufstehen konnte. Edward stöhnte laut auf, er hob den Kopf und atmete schwer. Er kam sich vor wie ein Kind, das vor einer Aufgabe davongelaufen war, was das Gefühl der Scham nur noch verstärkte.

Er blickte an Haus und Bäumen vorbei nach Süden und stellte sich vor, wie Königin Margaret und ihre edlen Lords die Weinkelche erhoben und sich zu ihrem Sieg beglückwünschten. Edward war hin- und hergerissen, einerseits zog es ihn nach Süden, um dort abzurechnen, andererseits hielt ihn die Demütigung seines Vaters im Norden fest. Der Frühling würde bald kommen. Wie konnte er den Norden verlassen, solange der Kopf seines Vaters dort auf der Stadtmauer prangte? Andererseits, wie konnte er hierbleiben, solange seine Feinde noch am Leben waren?

»Ja, behaltet ihn hier«, sagte er zu dem Alten, der immer nervöser geworden war, weil der große Mann noch immer schwieg. »Ich werde eine Zeit lang fortgehen, und er sollte bei seiner Herrin sein. Gebt ihm einen schönen Hammelknochen, das mag er.«

»Ihr werdet uns bald wieder besuchen, Mylord?«

Edward lächelte. Zwar hatte seine Trauer sich keineswegs in nichts aufgelöst, aber neuer Lebensmut erfüllte ihn. Er wusste, dass sein Vater ihn sah und dass er etwas gutzumachen hatte.

»Vielleicht, wenn ich am Leben bleibe.«

Der Alte wusste nicht, was er darauf entgegnen sollte, als Edward sich auch schon umwandte und zu seinem Pferd ging. Seine Hauptleute hatten alles mit angehört und sahen ihn verwundert an.

»Mylord?«, rief einer der Männer.

»Lasst die Leute das Lager aufheben«, erwiderte Edward. »Ich bin jetzt bereit. Ich werde für York sprechen. Und man wird mich anhören.«

Einer der Männer in Edwards Nähe bekreuzigte sich, andere sahen sich erschrocken an. Sie zogen also wieder einmal in den Krieg. Alle diese Männer hatten die Schlacht von Mortimer's Cross miterlebt, als die Sonne an drei Stellen gleichzeitig aufgegangen war und unheimliche Schatten geworfen hatte. Sie hatten gesehen, wie Edward mit dem Schwert über ein Totenfeld geschritten war, barhäuptig und in roter Rüstung, halb wahnsinnig vor Schmerz. Alle seine Hauptleute und Ritter wussten, wozu er fähig war, und sie blickten ihn mit einem ehrfurchtsvollen Schauer an.

10

Im Lager der Königin waren die Essensvorräte restlos verbraucht, es gab nicht einmal den kleinsten Aal oder ein mageres Stück Hund, nichts, um fünfzehntausend Mann satt zu bekommen, und für ihre trockenen Kehlen stand nichts weiter zur Verfügung als schlammiges Wasser. Die letzten Vorräte waren zum größten Teil vor den Ereignissen in St. Albans aufgezehrt worden, der Rest dann, als die Stadtmauer von London in Sichtweite war. Mit knurrenden Mägen starrten die Männer auf ihre Hauptstadt und dachten an nahrhafte Wintereintöpfe, an Suppen, Aufläufe und Bratenspieße, die sich in Wirtshäusern drehten.

Stundenlang hatten die Männer, die mit Margaret nach Süden gezogen waren, verwirrt und untereinander flüsternd dagestanden oder auf ihren Pferden gesessen, fassungslos bei dem Gedanken, dass man den König warten ließ wie einen Bittsteller. Margaret hatte keinen Befehl gegeben, dass sie es sich bequem machen sollten, also wurden vom Tross am Ende des Zuges auch keine Zelte geholt und aufgestellt, es war den Männern nicht einmal gestattet, sich hinzusetzen. Einige, die es trotzdem gewagt hatten, wurden von rotgesichtigen Sergeants angebrüllt und wieder auf die Füße gezerrt.

Erst als die Sonne den Horizont erreicht hatte und die Stadtmauer in goldenes Licht tauchte, ging Margaret auf die

Vorschläge der Hauptleute ein, die Männer auf die Jagd gehen zu lassen oder sich auch in Dörfern bis zu einem Tagesritt entfernt mit Nahrung zu versorgen. Sie achtete darauf, dass sie nur kleine Gruppen bildeten, nicht mehr als ein halbes Dutzend Männer gleichzeitig. Es war nicht zu leugnen, ihre Lage war verzweifelt. Wenn die Stadttore geschlossen blieben, wäre sie gezwungen, abzuziehen, sonst würde ihre Armee verhungern. Sie wusste nicht, wie es weitergehen sollte, wenn man dem königlichen Gefolge weiterhin den Zutritt zur Stadt verweigerte. Etwas Derartiges hatte es noch nicht gegeben.

Derry Brewer war, seitdem sie angekommen, unermüdlich tätig gewesen. Er arbeitete eng mit Somerset zusammen. Angesichts der Notlage hatten beide Männer ihre gegenseitige Abneigung überwinden müssen. Gemeinsam hatten sie eine offizielle Abordnung an die Stadttore geschickt und verlangt, den König hineinzulassen. Das königliche Siegel hatten sie nicht finden können, aber Somerset schrieb ein Dutzend Briefe mit seinem eigenen Siegel, in denen er seinem Ärger Luft machte. Derry schickte andere Botschaften, teils schriftlich, teils mündlich. Er verließ sich auf weniger bekannte Wege der Zustellung, seine Mitteilungen wurden von Straßenjungen in die Stadt geschmuggelt, die wussten, welche Wachen ihre Aufgabe nicht ganz so ernst nahmen.

Es war nicht so, als ob niemand in London etwas von der Armee gewusst hätte, die dort außerhalb der Stadtmauern kampierte. Weder Margaret noch ihre Lords konnten es verstehen. Schließlich hatten sie doch gegen York gesiegt. Sie waren das wiedererstandene Haus Lancaster. Und trotzdem konnten sie es nicht wagen, auch nur einen Schritt in die Stadt zu tun, solange nervöse Soldaten mit Armbrüsten auf der Schulter sie erwarteten, gerade so, als handle es sich um eine feindliche Invasion oder Jack Cades Rebellen.

Die offizielle Forderung, eingelassen zu werden, wurde an Seilen hochgezogen und verschwand irgendwo in der Stadt. Somerset saß wieder auf seinem Pferd und wartete in der vordersten Reihe, noch immer davon überzeugt, dass sich die Tore öffnen würden. Hinter ihm ging langsam die Wintersonne unter. Sein Pferd scharrte mit dem Huf auf dem Pflaster, aber er blieb stehen. Henrys Hauptstadt konnte doch unmöglich untätig zusehen, dass der König und die Königin hier im Freien erfroren. Der junge Duke wartete zusammen mit seinen Bannerträgern, die für alle gut sichtbar waren, bereit, ihren Pferden die Sporen zu geben und als Vorhut in die Stadt zu reiten, sobald sich die Tore öffneten. Es wurde schnell dunkel, und als der Mond tief am Himmel erschien, wurde es bitterkalt.

Somerset begann in seiner Rüstung zu zittern. Er musste sich bewegen. Es quietschte, als er sich vorbeugte, um seine schmerzenden Muskeln zu entspannen. Dann sah er sich um.

»Sucht einen Schlafplatz«, wies er seine Leute an. »Nachts werden sie die Tore nicht mehr öffnen. Ich wünsche denen die Pest an den Hals!«

Er wandte sein Pferd um und trabte dorthin, wo mitten auf der Straße ein provisorisches Lager errichtet worden war. Der Boden zu beiden Seiten der Straße war sumpfig und nass, und wenn man länger auf der Stelle stand, sammelte sich grünliches Wasser um die Stiefel der Soldaten. Deswegen waren sie gezwungen, jeden trockenen Fleck auf der Straße zu nutzen, sodass sich das Lager über Meilen dahinzog.

Wie Derry es erwartet hatte, wurde er zu König Henry gerufen, nachdem Somerset seinen letzten Versuch vor dem

Stadttor aufgegeben hatte. Derry war sich nicht sicher, ob der König überhaupt wusste, warum sie hier haltgemacht hatten, aber Margaret bebte vor Zorn und lief aufgebracht zwischen den Wagen hin und her, die man als dürftigen Schutz zu beiden Seiten aufgestellt hatte. Zwischen ihnen hatte man ein Zeltdach aufgespannt, für den Fall, dass es anfangen sollte zu regnen. Man hatte Fackeln aus dem Gepäck gezerrt und von den Kanonieren ein Kohlebecken beschafft, sodass sie etwas Licht hatten. Derry duckte sich unter einer Zeltbahn hindurch und wartete darauf, dass ihn die Wache erkannte, ehe er weiterging. Heute Abend waren alle reichlich nervös, und Derry wollte keinen unnötigen Ärger, nur weil man eine Wache ignoriert hatte. Derry sah einen Jungen, der ihn offenbar suchte, und er schnalzte mit der Zunge, um auf sich aufmerksam zu machen, doch eine der Wachen war schneller und hielt den Jungen fest, als er zu Derry laufen wollte. Sofort stand der Meisterspion vor ihm.

»Das ist meiner«, sagte er leise. »Er will zu mir. Hände weg.«

»Ach, Ihr mögt kleine Jungen?«, erwiderte der Mann mit einem dreckigen Grinsen.

Zwanzig Jahre früher hätte Derry den Mann umgebracht. Aber er war über fünfzig Jahre alt, und er war müde, also packte er den Mann lediglich und ließ einen Hagel schneller Faustschläge auf ihn niederprasseln. Für kurze Zeit hatte Derry alles um sich herum vergessen, während er den Mann bearbeitete. Keiner der Umstehenden hielt ihn auf, und als Derry schließlich von dem Mann abließ, sackte dieser leblos zu Boden. Derry drehte sich um und erblickte Clifford und Somerset, die ihn beobachtet hatten. Lord Clifford wirkte verunsichert, doch Somerset lachte leise und schüttelte amüsiert den Kopf.

Der Botenjunge holte Luft, als wollte er etwas sagen, als er merkte, dass Königin Margaret ihn schweigend betrachtete. An ihrer Seite in diesem provisorischen Zelt saß ihr Mann, den Kopf gebeugt, vielleicht schlief er, oder er betete. Der Straßenjunge aus London machte den Mund wieder zu und starrte stumm zu Boden.

»Hinaus, Junge«, sagte Derry schwer atmend und versetzte ihm mit seiner schmerzenden Hand einen leichten Klaps. Seine Fingerknöchel würden am nächsten Morgen blau und geschwollen sein, das war klar. Aber bei Gott, es hatte gutgetan. Er sah den Mann nicht weiter an, als er über ihn stieg und den Jungen mit nach draußen zog, wo es dunkel war.

»Hoffentlich bringst du mir wenigstens gute Neuigkeiten«, sagte Derry und beugte sich zu ihm herab. »Nun? Was hast du herausgefunden?«

Der Junge grinste den Meisterspion bewundernd an.

»Ich hab mit Jemmy gesprochen. Der hat mir geholfen, reinzukommen.«

Derry versetzte dem Jungen einen leichten Schlag gegen den Hinterkopf. Er war nicht in Stimmung, sich Geschichten anzuhören, und er wusste genau, dass es an die hundert Stellen gab, an denen ein wendiger Bursche in die Stadt hineinkommen konnte. Er hatte selbst ein paar davon benutzt, als er jünger war und seine Knie noch keine Schwierigkeiten machten.

»Warum sind die Tore geschlossen?«

Der Junge rieb mürrisch seinen Hinterkopf, seine gute Laune war verschwunden.

»Weil alle Angst haben vor den Hunden aus dem Norden, weil sie Wilde sind und kleine Kinder fressen.«

»Wilde?«, sagte Derry.

»Ja genau. Der Bürgermeister und seine Rotzherren.«

»Ratsherren«, murmelte Derry, als der Junge schon weitersprach.

»Ja, die. Da war so'n Haufen Leute, alles Kaufleute und Reiche und so. Die haben zum Bürgermeister gesagt, sie würden ihm den Hals abschneiden, wenn er auch nur daran denken würde, die Tore aufzumachen. Also rührt er sich nicht und macht gar nichts.«

»Hast du den Bürgermeister *gesehen*?«, fragte Derry. »Könnte ich ihm auf die Schulter klopfen?«

Dem Jungen war dieser Ausdruck geläufig, den man gebrauchte, wenn man jemanden kaltmachen wollte. Er zuckte die mageren Schultern.

»Vielleicht, aber die ganze Stadt hat Angst vor Euren wilden Hunden. Die haben einen Monat immer nur Geschichten gehört, von Morden und Vergewaltigungen. Wisst Ihr …« Der Junge wusste, dass Derry nicht hören wollte, was er zu sagen hatte. Derry sah, wie er den Rotz hochzog, seine Nase rieb und offenbar allen Mut zusammennahm, um weiterzusprechen. »Wisst Ihr … die haben alle Angst. Und jeder, der ans Tor geht und es aufmachen will, kriegt ein Messer zwischen die Rippen.«

»Der König von England …«, sagte Derry und hob ungläubig die Hand.

Der Junge duckte sich.

»Sogar wenn Gott und alle seine Heiligen da draußen wären. Niemand kommt rein. *Niemand.* Bis zum Frühling.«

Der Junge sah, wie der Meisterspion in die Luft starrte, und hielt die Hand auf. Derry griff in seine Tasche und zählte kleine silberne Viertelpennys ab. Er gab dem Jungen ein paar davon auf die Hand, ohne auf dessen Grinsen zu achten, weil es eigentlich zu viel war.

»Was ist das?«, fragte der Junge im nächsten Moment und hielt eine Münze hoch. »Ein komisches Bild drauf.«

Derry sah es sich genauer an, es war ein schottischer Penny. Der Junge hatte einen gesunden Instinkt, denn die Münze bestand nur zu zwei Dritteln aus Silber. Er fragte sich, welcher von Margarets schottischen Soldaten sie seinem Kameraden beim Würfelspiel untergejubelt hatte.

»Nimm den hier«, sagte er und hielt einen englischen Penny hoch. »Und jetzt hau ab«, sagte Derry und kehrte wieder zurück in den Mief aus Rauch und Schweiß und zu vielen Menschen, die eng gedrängt auf kleinem Raum zusammen waren.

Die Wache war durch einen anderen Mann ersetzt worden, der ihn feindselig anstarrte. Das Gemurmel erstarb, als alle aufsahen und sich daran erinnerten, dass Derry Brewer womöglich etwas Neues erfahren hatte. Somerset zog die Augenbrauen hoch, und selbst Clifford hielt einen Moment lang den Mund.

»Nun, Brewer?«, sagte Somerset. »Was gibt's Neues? Sind das wirklich alles Verräter dort hinter den Toren? Soll ich die Kanone von Warwick holen und auf die Mauern unserer geliebten Hauptstadt richten lassen?«

Derry quittierte diese spöttischen Worte mit einem bitteren Lachen und schüttelte den Kopf. Er hatte mittlerweile mit einem halben Dutzend Straßenjungen gesprochen und mehrere Briefe gelesen, die man zu ihm herausgeschmuggelt hatte. Alle sagten dasselbe. Doch es machte keine Freude, sich bestätigt zu finden, wenn es bedeutete, dass London ihnen versperrt blieb.

»Eure Majestät, Königin Margaret, Mylords. Nach allem, was ich erfahren habe, sind die Bürger von London durchaus keine Verräter oder Verbündete von York. Sondern die Bürger von London haben einfach Angst. Sie fürchten sich davor, dass diese Armee in ihren Straßen losgelassen wird. Die Menschen haben Geschichten gehört, und sie haben die *columna nubis* gesehen – die Rauchsäulen, Mylord Somerset.« Derry machte eine Pause, um seinen Worten Nachdruck zu verleihen, und Somerset schlug einen Moment die Augen nieder. »Der Bürgermeister sieht ein Heer vor sich, das lärmend und tobend verlangt, eingelassen zu werden. Aber er hat zu viele Geschichten gehört, von wilden Männern aus dem Norden, von Schotten mit nackten Beinen. Er ist ein Feigling, da bin ich mir sicher, aber er ist kein Verräter, der sich mit Warwick verbündet hat.«

»Kann man diesen Bürgermeister denn nicht beschwichtigen?«, fragte Margaret. Somerset wollte etwas sagen, doch er überließ der Königin das Wort. »Was schlagt Ihr vor, Master Brewer?«

»Die Stadt fürchtet sich vor unseren Soldaten, Mylady. Ich würde die Armee eine oder zwei Meilen zurückmarschieren lassen und nur eine kleine Anzahl von Leibgardisten und Lords bei König Henry belassen. Dann besteht die Möglichkeit, dass der Bürgermeister die Tore öffnet.«

»Dieser fette Kleinkrämer?«, unterbrach Lord Clifford. »Der Bürgermeister hat bereits die Unverschämtheit besessen, sich König Henrys Befehlen zu widersetzen. Er hat doch die königlichen Banner gesehen! Wir sollten lieber die Kanonen nach vorn bringen. Soll er doch sehen, welche Folgen sein schändlicher Verrat hat!«

Ein zustimmendes Gebrumm erhob sich. Die Vorstellung, Moorgate in Schutt und Asche zu legen, hatte etwas Befriedigendes. Schließlich hatten sie die Kanonen, die Warwicks Streitkräfte zurückgelassen hatten.

Derry räusperte sich, um erneut das Wort zu ergreifen. Er warf einen kurzen Blick auf König Henry, um sich zu überzeugen, dass dieser der Unterredung nicht folgte. Henry saß schweigend da, nur seine Finger zuckten ab und zu.

»Mylady, Lord Clifford hat gewiss nicht bedacht, wie es im Land aufgenommen werden würde, wenn wir die Mauern von London beschießen«, sagte Derry, der seinen Blick auf die Königin gerichtet hielt. »Zweifellos würde es die Autorität König Henrys mehr schwächen als stärken. In jedem Fall wäre es höchstens ein letzter Ausweg, denn diese Mauern sind zwölf Fuß dick, und die Tore sind mit Eisen verstärkt.«

Clifford schnaubte, und Derry sprach schnell weiter, ehe der Mann ihn unterbrechen konnte.

»Ich sage nicht, dass sie nicht fallen würden. Nur, dass es lange dauern würde. Und wenn eine Kanone in Stellung gebracht würde, würde man in der Stadt gewiss Bogenschützen aufbieten und Feuerwaffen dazu. Die kommen schließlich aus Londoner Eisengießereien. Von dort oben könnten sie es leicht mit unserer Reichweite aufnehmen und sie sogar übertreffen.«

Derry schwieg und beobachtete die Reaktion der Leute. Seine Worte schienen ihren Zorn etwas gedämpft zu haben.

»Deshalb sollten wir, ehe wir wie ein Betrunkener an die Tore donnern, über andere Möglichkeiten nachdenken. Der Bürgermeister befürchtet offenbar eine Falle oder einen üblen Trick oder einfach auch nur eine Strafe, wenn er jetzt die

Tore öffnen und uns hereinlassen würde. Er wird die Sache verzögern und verhandeln und Briefe hin und her schicken.« Derry beugte den Kopf in Margarets Richtung. »Ich nehme an, ihm wird daran gelegen sein, dass ihr ihm Unversehrtheit garantiert, Mylady. Mylord Clifford hat recht. Nach allem, was ich weiß, ist Bürgermeister Richard Lee kein Kämpfer. Bestimmt schwitzt er im Moment Blut und Wasser vor Angst. Wir müssen ihm einfach einen Ausweg zeigen, dann wird er schon einlenken.«

Derry brauchte die Anwesenden nicht daran zu erinnern, in welcher Gefahr sie außerdem noch immer schwebten. Sie hatten Warwick zwar in einer Schlacht besiegt, aber seine Armee war nicht vernichtet worden. Der Mann war noch immer irgendwo dort draußen in den Wäldern und leckte seine Wunden. Warwick hatte erwartet, dass sie sofort nach London marschieren würden. Wie lange würde es dauern, bis der Earl entdeckte, dass sie noch immer auf der Straße standen, die gesamte königliche Familie, schutzlos und demoralisiert?

Und neben dieser ernüchternden Tatsache gab es dort draußen in der Dunkelheit noch eine weitere Armee und einen zweiten wütenden Sohn. Derry hatte gehofft, er würde den König und die Königin hinter den Londoner Stadtmauern in Sicherheit wissen, ehe Edward von York und Warwick sich zusammentun würden. Der Meisterspion hatte sich keinen trügerischen Siegestaumel gestattet, solange man nicht wusste, wo diese beiden mächtigen Söhne jetzt waren. Auf dem Tor von Micklegate waren noch immer zwei leere Eisenpfähle. Und solange auf denen nicht ihre Köpfe prangten, das wusste Derry, würde er niemals Ruhe finden.

Die Sonne ging auf und brachte eine neue Flut von Briefen und wütenden Aufforderungen, die der Bürgermeister und seine Ratsherren allesamt ignorierten. Als höchster Amtsträger der Stadt war der Bürgermeister bestens vertraut mit Recht und Gesetz. Allerdings stand es ihm keinesfalls zu, dem König den Zutritt zur Stadt zu verweigern, und Derry ging davon aus, dass der Mann es bereits bereute, eine derart unmögliche Situation heraufbeschworen zu haben.

Am Nachmittag ritten königliche Herolde ans Tor und hämmerten mit Eisenstangen dagegen, nur um wieder umzukehren, als sich innen nichts rührte. Man hatte in Chelsea und anderen Dörfern etwas Essbares aufgetrieben. Doch selbst das war zu wenig und reichte gerade für ein paar hundert Mann. Für die Mehrheit der fünfzehntausend Soldaten war es nun schon der zweite Tag ohne Verpflegung, und sie waren ohnehin nur noch Haut und Knochen. Als die Sonne zum zweiten Mal unterging, war die Situation verzweifelt. Sie würden alle verhungern.

Am zweiten Abend ging es während der Beratung mit der Königin schon wesentlich weniger turbulent zu als am Abend zuvor. Der Hunger machte ihnen allen zu schaffen, nur Clifford schien gut gegessen zu haben, vermutlich hatte er noch private Vorräte, die er mit niemandem teilte. Derry hätte schwören können, dass sein Kinn fettig glänzte, und er hätte ihn am liebsten umgebracht. Alle waren in äußerst gereizter Stimmung.

Margaret ging auf und ab in ihrem beengten Unterstand, während sie ihre Möglichkeiten erwog. Ihr Haar streifte das niedrige Zeltdach, und es klang wie ein Flüstern. Immerhin regnete es nicht. Das war der einzige Trost im Moment.

»Gentlemen, Mylords. Wer hungert, hat keine große Wahl«, sagte Margaret.

Derry sah, wie sie im langen Ärmel ihres Kleides die Faust ballte. Der Stoff war genauso fleckig und staubig wie die Kleidung der Soldaten, und die Königin zitterte, vor Kälte und wohl auch vor Wut.

Plötzlich blieb Margaret stehen und sah alle an. Ihr Mann war anwesend, das sichtbare Symbol ihrer Macht, aber doch waren alle Augen auf sie gerichtet. Von dem bärtigen, düsteren schottischen Laird Andrew Douglas in seiner Tunika und dem *brat*, das er eng um sich gezogen hatte, bis hin zu Somerset, Earl Percy, Clifford, Derry Brewer und allen anderen, die zusammengedrängt draußen in der Dunkelheit standen – *sie* war es, die alle hierher gebracht hatte, auf dieses Feld und diese Landstraße. Jetzt musste sie entscheiden, und Derry fand es interessant, dass die Männer sie alle ansahen, als sei sie ein Feuer, an dem sie ihre Hände wärmten. Natürlich hatte es etwas mit ihrem Äußeren zu tun. Männer fielen leicht auf ein schönes Gesicht herein. Doch gab es auch einige, die Margaret schon ihr halbes Leben lang kannten – und während dieser ganzen Zeit hatte es nicht ein Jahr Frieden gegeben. Der Kampf hatte Margaret im Laufe der Jahre härter gemacht, aber das galt für sie alle.

»Die Leute, die sich dort hinter den Stadttoren verstecken, sind entweder Verräter oder Dummköpfe«, sagte Margaret. Ihre dunkle Stimme klang leise unter dem Zeltdach, und die Lords streckten die Köpfe vor, um sie hören zu können. »Doch was immer sie auch sind, wir können nicht hierbleiben. Die Leute werden krank, sie sind abgemagert und haben nichts zu essen, um wieder zu Kräften zu kommen. Es wird nicht mehr lange dauern, und wir haben die ersten

Toten. Und über kurz oder lang werden Warwick und York uns hier finden, und sie werden mit Feuer und Schwert auf uns losgehen.« Die Königin warf einen Blick auf ihren Mann, bevor sie fortfuhr. »Deshalb gibt mein Mann den Befehl, dass wir nach Norden marschieren, nach Kenilworth, in eine sicherere Gegend. Aber zuerst werden wir in Städte ziehen, um Nahrung zu finden und wieder zu Kräften kommen.«

Niemand hatte etwas gegen den Entschluss des Königs, den die Königin vortrug. Margarets Augen glänzten fast wie im Fieber, aber vielleicht waren es auch Tränen. Derry konnte ihre Verzweiflung nur zu gut nachempfinden. Sie hatten gesiegt! Sie waren dem Ziel so nahe gewesen, und jetzt standen sie hier, in Kälte und Dunkelheit.

Im Februar waren die Tage noch kurz. Die Zeltplane über ihren Köpfen flatterte, man hörte die ersten Regentropfen, und alle blickten auf. Derry sah, dass es langsam dunkel wurde, was zur Stimmung dieser gedemütigten und verzweifelten Männer passte. Es wurde Befehl gegeben, alles für den Aufbruch im Morgengrauen bereit zu machen. Ein weiterer Tag, den sie hungrig beginnen würden.

11

Für Warwick war es nicht einfach, das Bild, das er von Edward in Erinnerung hatte, mit dem bärtigen jungen Riesen in Einklang zu bringen, der jetzt in einer reich verzierten Tunika, einer dicken Hose aus Wollstoff und gepanzerten Stiefeln vor ihm stand. Rau, aber herzlich streckte Edward die Hand aus und schlug Warwick mit seinem gewaltigen Handschuh auf die Schulter, er war von Kopf bis Fuß verdreckt und roch nach Rosshaar und einem langen Ritt.

Der junge Duke wirkte wahrlich nicht besonders ritterlich, als er anhielt und mit einer Leichtigkeit vom Pferd sprang, dass Warwick sich mit seinen zweiunddreißig Jahren entsetzlich alt fühlte. Als sie am Boden standen, umarmten sie sich – kurz, aber innig. Beide Männer wussten, was der jeweils andere empfinden musste. Als sie sich das letzte Mal gesehen hatten, waren ihre beiden Väter noch am Leben gewesen.

Yorks kleinere Armee schlug für ihren vornehmen Hauptmann ein Lager auf, eine Rolle, die Edward zu genießen schien, wobei er pfiff und Befehle erteilte. Warwick fand, dass der schwarze Bart und die tief liegenden Augen gut zu einem Briganten oder dem Anführer einer Räuberbande gepasst hätten. Es gab keinen Zweifel daran, der junge Duke war zu Grausamkeiten fähig. Die Geschichten über den kriegerischen Sohn Yorks machten bereits die Runde. Natürlich wurden sie im Laufe der Zeit immer mehr aufgebauscht, aber Warwicks Blick wanderte unwillkürlich zu dem Schwert, das an Edwards Seite hing und mit dem er wahre Wunder vollbracht haben sollte. Angeblich sollte es bei einem Kampf der Länge nach gespalten worden sein.

»Es tut gut, Euch zu sehen«, sagte Warwick mit finsterer Genugtuung. »Ich danke Gott, dass Ihr den Tudors entkommen seid.«

Das war nicht nur so dahingesagt. Warwick hatte bei der Niederlage von St. Albans an Selbstvertrauen eingebüßt. Seine Armee von achttausend Mann schien plötzlich für die Aufgabe nicht mehr ausreichend. Er war besiegt worden, aber, was noch viel schlimmer war, man hatte ihn überrumpelt und wie einen Trottel aussehen lassen. Das schmerzte Warwick immer noch, und deshalb tat es ihm gut, dass sein Heer jetzt durch Edwards dreitausend Mann verstärkt wurde.

Zwar war Edward jünger und weniger erfahren als er, doch im Rang stand er über ihm. Der junge Duke würde nicht erwarten, die größere Armee zu führen. Von Rechts wegen stand zwar Edward diese Ehre gleich nach dem Duke von Norfolk zu, aber Warwick würde sich hüten, ihn auf diese Weise in Verlegenheit zu bringen. Er war entschlossen, den Sohn Yorks in alle seine Pläne mit einzubeziehen, aus Respekt vor Edwards Vater, aber auch, um den jungen, weniger erfahrenen Mann anzuleiten.

Natürlich spielte bei seinen Überlegungen auch eine Rolle, dass Edwards Leute ihre Schlacht gewonnen hatten. Das drückte sich schon in ihrer Haltung und den verächtlichen Blicken aus, mit denen sie die Männer aus Kent bedachten. Bald kam es auch zu Rangeleien, als Beleidigungen hin und her flogen und empört beantwortet wurden. Warwick zeigte keinerlei Reaktion, als seine Hauptleute mit Knüppeln eingriffen, um in den Reihen wieder Ordnung herzustellen. Er merkte, dass er beobachtet wurde, und wandte sich Edward von York zu.

»Ich gebe Euch keine Schuld für das, was bei Sandal passiert ist«, sagte Edward. Seine Stimme klang merkwürdig laut, sodass Warwick ihn überrascht ansah. »Ihr konntet Euren Männern ja keine Flügel verleihen, um schneller zur Hilfe zu kommen, und ich weiß, dass Ihr einen ebenso großen Verlust erlitten habt wie ich. Euer Vater und meiner sind zusammen gestorben, für dieselbe Sache und auf demselben Schlachtfeld. Hat man Euch gesagt, was die letzten Worte meines Vaters waren?«

»Er sagte zu der Königin, dass es kein Sieg für sie sei«, sagte Warwick fast flüsternd. Er hatte Edward als dreizehnjährigen Jungen kennengelernt, als er in der englischen Garnison in Calais das Kämpfen und das Saufen gelernt hatte. Es ging etwas Unheimliches aus von diesem riesigen, muskulösen Krieger, der ihn jetzt mit seinen blauen Augen so durchdringend anblickte. »Er sagte, sie würde damit nur den Hass der Söhne entfesseln.«

York nickte. »Das habe ich auch von anderen Männern gehört, die in Sandal dabei waren. Bestimmt hat mein Vater gewusst, dass ich von seinen Worten erfahren würde. Er wusste, ich würde hören, was er mir zu sagen hatte.« Edward holte tief Luft, sodass seine Brust anschwoll, und ließ sie durch die Nase wieder ausströmen. »Dann wollen wir sie unseren Hass spüren lassen, Richard. Zusammen mit diesen Männern hier, die uns folgen werden. Wir werden keine Zügel, keine Ketten, keine Fesseln dulden, bis wir uns genommen haben, was uns zusteht, und zwar von allen, die uns etwas schulden.«

Edward hoffte, seine Worte würden Eindruck auf Warwick machen. Sein Zorn zumindest war echt. Doch er wusste, dass ihm große Worte nicht lagen, und selbst Befehle zu erteilen fiel ihm nicht leicht. Stets dachte er, seine Leute müssten es doch merken, dass er den Anführer nur spielte. Diese Bedenken nahmen ihn so gefangen, dass er gar nicht bemerkte, mit welchem Stolz sie auf ihren jungen Riesen blickten.

Unter seinem eindringlichen Blick nickte Warwick schließlich. Edward atmete erleichtert auf.

»Wir haben … wie viel Mann? Zusammen zwölftausend?«, sagte Warwick und rieb sein stoppeliges Kinn. »Die Königin, Somerset und Percy haben mehr, aber vielleicht nicht viel mehr.«

»Ich bin der Duke von York«, sagte Edward und wunderte sich einmal mehr darüber, wie sonderbar dies klang. »Und Ihr seid jetzt der Earl von Salisbury. In diesen Städten hier wimmelt es von kräftigen Schmieden und Bauern, von jungen, stolzen Burschen. Sie werden sich uns anschließen, Richard, wenn ich sie im Namen meines Vaters darum bitte. Und Ihr im Namen Eures Vaters. Sie werden uns helfen, sie zu rächen. Sie folgen – wegen der verdammten Pfähle auf der Stadtmauer von York.«

Warwick sah, wie der junge Mann erschauerte. Edward schloss bei der grauenhaften Vorstellung kurz die Augen, doch als er sie wieder öffnete, blitzten sie noch wilder und entschlossener als vorher.

»Die Königin wird in London sein«, sagte Warwick. Er errötete leicht, als er an seine Niederlage dachte, ein Thema, das er um jeden Preis vermeiden wollte.

Edward merkte es nicht, er hieb mit der Hand durch die Luft.

»Dann werde ich dort hingehen. Versteht Ihr? Es ist ganz einfach. Wo immer unsere Feinde stehen oder gehen, da werden wir sein. Wie weit ist es nach London?«

»Höchstens vierzig Meilen. Zwei Tagesmärsche vielleicht, wenn die Männer gut genährt und bei Kräften sind.«

Edward lachte leise.

»Meine werden nicht schlapp machen. Sie sind den ganzen Weg von Wales hierher marschiert, ja, manchmal fast gerannt, und sie haben Hunderte von Schafen mitgenommen, als wir aufbrachen. Wir haben so viel Hammelfleisch gegessen, dass ich es schon nicht mehr sehen kann. Eure Männer können die paar Dutzend, die noch übrig sind, gern haben.«

»Für dieses Geschenk werden meine Männer dankbarer sein, als Ihr ahnt«, sagte Warwick. Ihm wurde der Mund schon bei dem Gedanken wässerig.

Edward schüttelte gleichgültig den Kopf. Seine Stimme klang kalt, als er weitersprach.

»Für mich müssen sie jetzt stark sein, Richard. Ich habe gesehen, wie viel Respekt mein Vater König Henry und dessen Verbündeten entgegengebracht hat. Und das Ergebnis war, dass sie ihn geköpft haben. Erinnert Ihr Euch, wie Ihr mir letztes Jahr im Zelt des Königs in den Arm gefallen seid, als Henry unbewaffnet und hilflos dasaß? Wenn ich die Zeit zurückdrehen könnte zu diesem Morgen, würde ich ihm die Kehle durchschneiden und vielleicht …« Seine Stimme war schrill geworden, und eine Weile konnte er nicht weiterreden. Warwick wartete, während Edward die Augen zukniff. Tränen liefen über seine Wangen und verschwanden im schwarzen Bart. »Vielleicht hätte ich meinen Vater damals retten können. Vielleicht wäre er jetzt noch am Leben, wenn ich dieses wimmernde Kind erledigt hätte, als ich …

Ach zum Teufel! Es gibt kein Zurück, Richard. Ich mag mich nicht mehr an diese Tage und an meine Fehler erinnern. Ich sah drei Sonnen aufgehen, habe ich Euch das schon erzählt? So wahr ich hier stehe, ich schwöre es. In Wales. Und ich konnte nicht einmal *eine* davon auf ihren ordnungsgemäßen Lauf zurückschicken. Nicht einmal für meinen Vater, mögen Gott und Christus seiner Seele gnädig sein.«

Warwick hatte stumm dabeigestanden, während York immer mehr in Furor geriet. Jetzt wagte er, erneut das Wort zu ergreifen.

»Vielleicht würde ein Gespräch mit meinem Bruder George Euch gut tun«, sagte Warwick.

Er wusste, dass Edward ohne seine Familie in Wales gewesen war. Er hatte lediglich seine Soldaten bei sich gehabt, raue, mitleidlose Gesellen, die auf jedes Zeichen von Schwäche mit Verachtung reagierten. Edward von York hatte einen jüngeren Bruder verloren, den er geliebt hatte, und einen Vater, den er für unverwundbar gehalten hatte. Warwick sah ihm an, dass er noch immer nicht glauben konnte, was geschehen war.

»Nein, ich brauche keinen Trost«, erwiderte Edward. »Mir genügt es, Königin Margaret sterben zu sehen. Ich werde dieser Harpyie nie vergeben, Richard. Vielleicht bedeutet das, dass ich kein guter Mensch bin, ich weiß es nicht. Aber ich will ein guter *Sohn* sein, und ich werde meinem Hass keine Fesseln anlegen.«

Die Armee der Königin marschiert fast schweigend nach Norden. Männer, die gelacht und geschwatzt hatten, als London vor ihnen aufgetaucht war, schleppten sich jetzt mit hängenden Köpfen dahin, müde, erschöpft und zerlumpt.

Auf Beschluss ihrer Lords hin war die Armee nach Westen ausgewichen und hatte einen großen Bogen um die abgebrannten Höfe und Städte gemacht, die sie auf ihrem ersten Marsch geplündert hatten. Immerhin hatten sie jetzt den König bei sich – ein sichtbares Symbol für die Rechtmäßigkeit ihres Anliegens. Sie waren nach Süden gezogen, um ihren von Gott gesalbten König zu befreien, und hier ritt er nun, auf dem Rücken einer Stute, und nickte und lächelte den Menschenmengen zu, die gelaufen kamen, um ihn zu sehen.

Auch wenn sie das königliche Siegel nicht mit sich führten, die wohlhabenden Marktstädte versteckten ihre Vorräte nicht länger vor ihnen. Es dachte auch niemand daran, ihnen den Weg, zu versperren oder sich gar auf einen Kampf einzulassen. Die Geldverleiher drängten sich geradezu, um ihnen Münzen nach Gewicht statt nach Anzahl zu leihen. Allerdings wischten viele sich den Angstschweiß von der Stirn, als der König und die Königin mit ihrem gesamten Vermögen weiterzogen. Mit diesen Geldmitteln und den guten Handwerkern, die es in den Midlands gab, konnte die Armee endlich hinreichend verpflegt und ihre Ausrüstung wieder ergänzt werden. Jetzt floss wieder Geld, und auch wenn die Stunde der Abrechnung kommen würde, wenn der Zins fällig wäre, so schien Margaret sich im Moment keine Sorgen darum zu machen. Sie hatte Derry mit hundert Mann ausgeschickt, um Proviant einzukaufen, und sie kamen mit blökenden Schafen und zischenden Gänsen zurück, weit mehr, als sie zu hoffen gewagt hatte. Für jemanden, der über das nötige Geld verfügte, war England eine gefüllte Vorratskammer, die alle ernähren konnte. Zum ersten Mal seit Monaten konnten Margarets Leute ihre Zähne wieder in saftige

Fleischstücke vom Spieß schlagen, während sie vor Wonne stöhnten und ihre Gürtel sich spannten. Nach nur wenigen Tagen mit gebratenem Fleisch, Fisch und nahrhaften Eintöpfen spürten die Menschen, wie sich die alten Lebensgeister regten und sie wieder zu Kräften kamen. Es war ein gutes Gefühl, solche Soldaten anzuführen.

Vor ihrer Burg in Kenilworth ließ Margaret die Armee anhalten und befahl, das Beste an Essen und Ausrüstung herausbringen zu lassen. Die Männer standen Schlange, um ihren Lohn zu empfangen, der immer noch ausstand und ihnen jetzt von Sergeants aus großen Zedernholztruhen ausgezahlt wurde. Die Frauen aus den Nachbardörfern tauchten auf, um sich auf die eine oder andere Weise ein paar Münzen zu verdienen. Einige nähten auch und besserten Kleidung aus.

Noch immer waren die Tage kurz und die Nächte kalt. Der Winter war hart und vom Frühling noch keine Spur. Jeden Morgen glitzerte das Gras vom Reif, und an manchen Tagen verschwand der Frost überhaupt nicht.

Margaret stand an einem der Fenster und blickte hinaus auf ihre eigene kleine Stadt rund um Kenilworth mit den Hunderten von Kochfeuern. Hier und da hörte sie die Männer trotz der Kälte singen. Die Worte verstand sie nicht, aber die Melodie hob und senkte sich wie das Summen eines Bienenschwarms. Sie überlegte, ob das Fensterglas, wenn sie die Hand darauflegte, von dem Gesang wohl vibrieren würde.

»Manchmal fühle ich mich ihnen gegenüber fast wie eine Mutter«, sagte sie.

Sie wusste, dass Somerset sie ansah. Sie spürte seinen Blick fast körperlich. Er war einige Jahre jünger als Margaret, rank und schlank und so kräftig, wie es ihr Mann nie gewesen war. Sie fragte sich, ob ältere Männer und Frauen ihre runzeligen

Körper immer noch anziehend fanden, oder ob feste junge Glieder, starke Schultern und eine frische Farbe immer das Wichtigste sein würden. Sie spielte mit einer Haarsträhne und neigte in Gedanken versunken den Kopf.

Somerset wusste nicht, wie er auf ihre Bemerkung reagieren sollte, dass sie für diese rauen, fluchenden Soldaten und die Schotten in ihren Kilts mütterliche Gefühle hegte. Schließlich räusperte er sich und öffnete eine Lederhülle, die ein Bündel Briefe enthielt.

»Ich bin sicher, sie … schätzen Eure Fürsorge, Margaret. Wie sollten sie es auch nicht tun? Also, ich habe hier eine Aufforderung für Männer, die zum Kriegsdienst verpflichtet sind. Wir haben zwar das Großsiegel nicht, was ärgerlich ist, aber nun einmal nicht zu ändern. Ich vermute, es ist noch in London, vielleicht auch im persönlichen Gepäck von Lord Warwick. Vorerst muss ich mein eigenes Siegel auf das Dokument drücken, dazu König Henrys Ring, zusammen mit der Zusicherung der königlichen Unterstützung. Trotzdem wird man bemerken, dass das Siegel fehlt. Margaret, seid Ihr sicher, dass König Henry …« Somerset brach ab. Er fuhr sich unsicher mit der Hand übers Gesicht. Er hasste es, mit der Königin über die Gedanken und Beschlüsse des Königs zu reden, als sei der Mann nichts weiter als eine Figur auf einem Schachbrett. »Seid Ihr sicher, dass er die Dokumente unterschreiben wird? Ohne das königliche Siegel würde auch seine Unterschrift ausreichen, wenn er so gnädig wäre, sie zu leisten.«

»Das glaube ich schon. Ich habe Henry gefragt, und natürlich hat er zugesagt.« Sie tauschten einen kurzen Blick. Beide wussten, dass Henry allem zustimmen würde. Gerade das war ja seine Schwäche. »Notfalls unterschreibe ich selbst mit seinem Namen.«

Somerset wirkte bestürzt, und Margaret trat näher an ihn heran. Sie lächelte ihn an.

»Nur ein Scherz, Mylord! Natürlich werde ich das *nicht* tun. Ich möchte nicht als Fälscherin überführt werden und meinen Feinden in die Hände spielen.« Sie spürte Somersets Unbehagen und schüttelte den Kopf. »Obwohl eigentlich nichts dagegenspräche. Ich würde ja nur verordnen, was Henry verordnen würde – wenn er dazu imstande wäre. Nicht wahr? Mein Sohn ist der Prinz von Wales und wird eines Tages regieren. Das einzige Hindernis ist, dass die Hauptstadt meinen Mann ausgesperrt hat und dem rechtmäßigen König den Zutritt verwehrt! Und das einzige *Ärgernis* ist das Verhalten von Warwick und York mit ihrer Armee, die die rechtmäßige Autorität des Königs von England nicht anerkennen!«

Sie streckte die Hand aus und strich Somerset über die Wange. Der wagte es nicht, den Blick abzuwenden, als sie ihn fast flehentlich anblickte.

»Ich würde *alles* tun, Mylord, um diesen Thron zu sichern. Versteht Ihr? Ich bin nicht diesen weiten Weg gegangen, um jetzt, beim letzten Schritt, zu stolpern. Ich brauche mehr Leute als die, die hier um die Burg versammelt sind. Ich brauche zwanzigtausend, fünfzigtausend, einerlei, so viele wie nötig sind, um dieses Land von denen zu befreien, die eine Bedrohung für meinen Mann und meinen Sohn darstellen – und für mich. Das ist das Einzige, worauf es jetzt ankommt. Und dafür werde ich alles tun, was Ihr verlangt.«

Somerset spürte, dass er rot geworden war, als sie jetzt ihre Hand von seiner Wange nahm und sich von ihm abwandte.

Die Tore von London standen weit offen für die Armee, die sich unter Yorks Bannern näherte. Edward und Warwick ritten an der Spitze des Zuges, und als sie durch Moorgate kamen, war bei den Menschen, die zusammengelaufen waren, um sie zu sehen, keinerlei Anzeichen von Furcht zu spüren. Allerdings kam das Leben in der Stadt praktisch zum Erliegen, als sich die Nachricht bis in die Armenviertel verbreitete. Männer und Frauen verließen Heim und Herd, man wickelte sich in Schals und Umhänge und stürzte sich ins Getümmel.

Der Himmel über der Stadt war dunkelblau, klar und frostig. Es hieß, es gebe Eis auf der Themse, als Warwicks und Edwards Leute durch die überfüllten Straßen ritten, ein langer Zug, mit flatternden Bannern. Edward und Warwick hatten für diesen Einzug volle Rüstung angelegt und trugen das Wappen ihrer Häuser auf ihren Schilden. Warwicks Leute hatten sich alle Mühe gegeben, ihr Erscheinungsbild mit Fett und Farbe etwas aufzufrischen, aber nach monatelangem Gebrauch war das Metall zerkratzt und verbeult, und alles Leder war hart und brüchig geworden.

Als sie an den Ratsherren in ihren prächtigen blauen und roten Roben vorbeiritten, senkten sie die Banner. Zusammen mit dem Bürgermeister waren sie aus der Zunfthalle getreten, um die Armee gebührend zu begrüßen. Die Gesichter der Männer waren rot, als seien sie gerannt, aber sie verneigten sich tief vor Warwicks Wappen, dem Bären mit dem Stab, während die weiße Rose von York hoch über ihnen flatterte.

Warwick lächelte und schüttelte den Kopf beim Anblick der kleinen Gruppe. Dem Haus Lancaster hatten sie den Zutritt verwehrt, dem König und der Königin von England. Damit hatten sie ihre Wahl getroffen, es gab kein Zurück. Deshalb war es auch nicht überraschend, dass sie jetzt ihr

Morgenmahl unterbrachen und herauskamen, um Edward Plantagenet ihren Segen zu geben. Sie hatten sich mit ihrem Leben und Schicksal dem Hause York verschrieben.

Warwick blickte im Vorbeireiten über seine Schulter zurück. Der Bürgermeister sah wirklich aus wie ein Mastschwein mit seinen großen rosigen Pranken und dem Gesicht, das in den Fettpolstern fast verschwand. Warwick empfand eine gewisse Verärgerung darüber, dass so einer sich derart mästen konnte, während die Soldaten fast vom Fleisch fielen. Er knurrte gereizt, denn er wusste, dass das eine nicht unbedingt durch das andere wettzumachen war. Es sei denn, er verfütterte den Bürgermeister an die Soldaten. Ein Gedanke, den er äußerst erheiternd fand.

Die Straße hinunter zum Fluss füllte sich mit immer mehr Menschen, was bei Warwick Erinnerungen an Jack Cades Überfall auf die Stadt weckte. Die Straßenkämpfe waren grauenvoll gewesen. Er fröstelte, doch er schob es auf die Kälte. Er hoffte nur, dass er Edward auf den richtigen Weg gebracht hatte. Der junge Duke von York war entschlossen gewesen, die Armee der Königin ein zweites Mal anzugreifen. Mit dieser Absicht waren sie nach Süden gezogen, aber auf dem Weg dorthin hatten sie die entscheidende Nachricht erhalten. Der König und die Königin seien vor den Mauern Londons aufgehalten worden, man habe ihnen den Zutritt zur Hauptstadt von England verweigert. Das veränderte alles, und Warwick und York hatten sich bis tief in die Nacht darüber beraten.

Warwick betete darum, dass er die richtige Entscheidung getroffen hatte. Die Armee der Königin war zweifellos demoralisiert, denn man hatte ihre Legitimität infrage gestellt. Ein günstiger Zeitpunkt, um zuzuschlagen.

Doch Warwick hatte sich dagegen ausgesprochen. Er hatte vielmehr vorgeschlagen, dass er und Edward in die Stadt einmarschieren sollten, die dem König den Zutritt verweigert hatte. Zuerst war der junge Duke außer sich gewesen und hatte Warwick Vorhaltungen gemacht. Er erinnerte ihn daran, wie dieser ihn schon einmal zurückgehalten hatte, als König Henry ihnen hilflos ausgeliefert war. Immer und immer wieder kam Edward auf die Schlacht bei Northampton zurück, sein Schmerz und seine Trauer standen ihm ins Gesicht geschrieben. Doch er war kein Kind. Auch wenn man deutlich merkte, welche fast übermenschliche Kraft es ihn kostete, sich wieder in den Griff zu bekommen – am Ende hatte er auf Warwick gehört.

Als er endlich begriffen hatte, was es bedeuten würde, wenn sie London für sich gewinnen könnten, war seine Wut schlagartig vergessen, und er war in Gelächter ausgebrochen und sprach von der Unternehmung mit einer Begeisterung, als sei alles seine eigene Idee gewesen.

Warwick war nach ihrer Unterredung schweißgebadet gewesen. Zwar hatte Edward sich überreden lassen, aber es war ein hartes Stück Arbeit gewesen, und für seine Zukunft als Berater des Duke sah Warwick schwarz.

Er erinnerte sich daran, dass Edwards Vater der einzige Mensch gewesen war, vor dem der junge Duke Respekt gehabt hatte. Und jetzt, wo Richard von York nicht mehr war, wer sollte den Sohn künftig im Zaum halten?

So groß London auch war, es stand außer Frage, dass sie nicht ihre gesamte Armee in die Stadt bringen konnten. Acht- oder neuntausend Mann kampierten noch immer eine Meile vor der Stadt auf trockenem Boden. Sie warteten, dass die dreitausend, die Warwick und York begleitet hatten, sich einquartierten und dann Verpflegung und Vorräte herausbringen würden. Die übliche Anzahl von Hauptleuten, die mit in die Stadt ritten, hatte sich auf magische Weise verdoppelt, sodass die Männer schließlich von knapp achtzig altgedienten Offizieren befehligt wurden. Unter deren Kommando schwärmten die Soldaten auf den Straßen aus, um unter der Bevölkerung für Ruhe und Ordnung zu sorgen, während die Soldaten an den Häusern vorbeimarschierten – und an den Wirthäusern haltmachten. Bier war etwas, was sie auf ihren langen Märschen nur selten bekamen. Einige der Männer hatten monatelang nichts als Wasser getrunken. York hatte dafür gesorgt, dass sie bezahlt worden waren, also würden viele vermutlich bis zum Morgengrauen saufen, was das Zeug hielt. Sie hatten so lange wachsam und nüchtern sein müssen, immer auf der Hut vor einem Angriff – es würde nicht schaden, wenn sie eine Nacht lang ihre Sorgen ertränkten.

Nur etwa hundert Mann begleiteten Richard von Warwick und Edward von York auf ihrem Ritt durch die Stadt. Warwick wusste nicht, ob die Männer sich dies als Ehre anrechneten, oder ob sie unmutig waren, weil sie das Gelage dieser Nacht versäumten. Sie ritten jedenfalls hoch erhobenen Hauptes südlich in Richtung Themse, dorthin, wo sich der Sitz der Yorks befand, eine Festung, die auch als Schloss Baynard bekannt war. Hoch und stattlich, aus rotem Backstein erbaut, stand es direkt am Flussufer, bis hinauf zu den Zinnen mit Efeu bewachsen. Die Nachricht von ihrer Ankunft war ihnen vorausgeeilt, und die Tore waren bereits für den Reitertrupp geöffnet. Als Edward den Innenhof erblickte, gab er dem Pferd übermütig die Sporen und riss alle mit, sodass sie mit halsbrecherischer Geschwindigkeit ankamen und die Pferde auf dem glatten Pflaster ins Rutschen kamen.

Keuchend und lachend blieben sie endlich stehen. Warwick betrachtete den Jüngeren, noch immer unsicher. Die Würfel waren gefallen, das wusste er. Nichts konnte mehr ungeschehen gemacht werden. Und mit jeder Stunde, die sie in London waren, gewann die Königin mehr Zeit – sei es, um ihre Soldaten zusammenzutrommeln, sei es um weiterzumarschieren. Doch jetzt waren sie in einer Hochburg der Yorks, an deren Mauern die Themse vorbeifloss. Es fühlte sich merkwürdig an, an einem solchen Ort in Sicherheit zu sein, in einer Stadt, die Lancaster abgewiesen hatte. Warwick spürte, wie seine Muskeln sich langsam entspannten, als Edward nach Wein und Bier und einem warmen Feuer rief. Sie hatten dreitausend Mann über die Stadt verteilt und sie in jedem Gasthof und jedem größeren Haus einquartiert. Unter denen, die mit Warwick und Edward hierhergekommen waren, befanden sich auch der Duke von Norfolk und dessen erfahrenste Ratgeber, außerdem Bischof George Neville und sein zahlloses Gefolge von Bediensteten. Eine Nacht lang würden sich alle wichtigen Männer unter einem Dach befinden. Warwick bekreuzigte sich, als er daran dachte, welche Wende die Geschehnisse noch vor dem nächsten Sonnenaufgang nehmen würden.

12

»Ich bin der Thronerbe«, sagte Edward zu den Versammelten im Saal. »Vor weniger als einem Jahr wurde mein Vater durch einen Beschluss dieses Parlaments zum Nachfolger König Henrys erklärt.« Ein leichtes Zittern in seiner Stimme verriet seine Nervosität, als er sich räusperte und fortfuhr. »Und ich bin der älteste Sohn Yorks. Der Titel steht mir zu.«

Der Saal war bis zum letzten Platz gefüllt, und nicht mit Männern, die mit Warwick und Edward in die Stadt gekommen waren. Im Laufe des Abends waren immer mehr hohe Herren gekommen, die hören wollten, was Edward zu sagen hatte. An der Seite des Saales konnte man den mächtigen Schädel des Bürgermeisters erkennen, der zusammen mit drei Ratsherren erschienen war. Außerdem waren Abgeordnete des Parlaments gekommen, um sich alles anzuhören und später zu berichten. Doch was vielleicht noch wichtiger war, Warwick erkannte auch die Vorsteher zweier Handelszünfte und den Prior des Dreifaltigkeitsklosters. Von diesen Männern könnte man sich die nötigen Gelder leihen, falls sie mit dem, was sie hier hörten, einverstanden waren.

Außer Edwards Stimme hörte man keinen Laut, bis auf das Knistern im Kamin. Der große Saal von Schloss Baynard war an diesem Abend wahrscheinlich der wärmste Ort in ganz London. Immer wieder warfen schwitzende Diener Holzscheite ins Feuer, um sogleich erneut loszulaufen und weitere zu holen, während Küchenjungen eiserne Schütten mit großen Klumpen Kohle herbeischleppten. Explodierendes Harz ließ die Flammen emporschießen, und die Männer knöpften die Jacken auf und wischten sich den Schweiß von der Stirn. Doch nach dem monatelangen Winter mit eiskalten Füßen ertrugen sie es gern und empfanden das Feuer, das für Licht und Wärme sorgte, als einen wahren Segen.

Warwick hielt sich fern von der ständig wechselnden Gruppe, die sich vor dem Kamin drängte. Die geballte Demonstration von Macht und Wohlstand hier in London verwirrte ihn, und sie waren von diesen Leuten abhängig. Warwick beruhigte sich mit dem Gedanken, dass den Londonern gar nichts anderes übrig blieb, als York zu unterstützen, nachdem sie den König und die Königin abgewiesen hatten.

Warwick sah zu Edward. Yorks Sohn lehnte an einem der mächtigen Pfeiler, ein Bestandteil des Kamins, der über ihnen aufragte. Hinter ihm knackte und zischte das Feuer, sodass er, wenn er sich bewegte, bald im Schatten stand und dann wieder in goldenes Licht getaucht war. Er war ein imposanter Auftritt und verfehlte seine Wirkung nicht. Warwick beobachtete, wie der grobknochige Norfolk, der mehr als doppelt so alt war wie York, mit leicht gebeugtem Kopf dastand und unter seinen Augenbrauen zu Edward geradezu ehrfürchtig emporsah, während dieser sprach. Das war ein gutes Zeichen. Seine Soldaten und seine Waffen würden gebraucht werden.

»Ich habe gesehen, wie mein Vater mit schrecklichen Widersprüchen zu kämpfen hatte«, fuhr Edward unterdessen mit lauter Stimme fort. »Ich habe erlebt, wie er sich zu dem Respekt zwingen musste, den er dem englischen König entgegenbrachte, und mit der *Verzweiflung*, die ihn gleichzeitig packte angesichts dieses Königs. Mein Vater ehrte den Thron und beugte das Knie vor ihm. Wie es sich gehört. Und wozu ihn sein Eid verpflichtete.«

Zustimmendes Gemurmel lief durch die Reihen. Edwards Blick schweifte über sie hinweg und blieb zuletzt bei Warwick hängen, dem er zunickte.

»Andererseits sah er dort ein bartloses Unschuldslamm sitzen, das England durch seine Unfähigkeit Schande brachte. Und das Frankreich verlor. Die Adelshäuser entzweite. Zuließ, dass London von aufständischem Pöbel überfallen wurde, der bis in den Tower vordrang. Zuließ, dass sich Unfrieden und bewaffneter Aufstand im Land breitmachten, ohne ihm Einhalt zu gebieten. König Henry hat mit seiner Unentschlossenheit das Land ins Chaos gestürzt. Ich glaube, es hat noch nie einen König gegeben, der weniger würdig war, die Krone zu tragen.«

Edward schwieg. Er nahm einen Schluck aus seinem Kelch mit gewürztem Wein und gab den Zuhörern Gelegenheit durchzuatmen. Es bestand kein Zweifel mehr, was sie hier hörten, war Hochverrat. Eine Erkenntnis, die sie alle bis ins Mark traf.

Edward nahm er einen weiteren Schluck und stellte den Kelch dann auf die Ziegel des Kaminsims zurück, damit er warm blieb. Er schien kein bisschen nervös, jedenfalls konnte Warwick keinerlei Anzeichen dafür feststellen. Der junge Duke stand da, das Feuer im Rücken, und sprach jetzt so ruhig, als plane er einen Jagdausflug. Sie warteten schweigend ab, was er weiter zu sagen hatte, alle waren sich der Wichtigkeit seiner Ausführungen bewusst.

»Das Haus Lancaster stand über dem Haus York«, sagte Edward. »Der Abstand war durch einen einzelnen Sohn zustande gekommen – John von Gaunt, den großen Duke, der in der Thronfolge über Edmund von York stand, meinem Vorfahr. Das Haus Lancaster hat uns zwei große Könige beschert und dann einen schwachen. Eine starke Linie, die ihre Kraft einbüßte. Wie oft haben wir schon Jahrgänge guten Weins erlebt, auf die plötzlich Jahre mit schlechtem Wein folgten? Genauso ist es mit dem Blut der Menschen. Und deshalb hatten die Männer im Parlament beschlossen, meinen Vater zum Thronfolger zu erklären. Wie sorgsame Gärtner hatten sie sich den letzten guten Trieb gesucht, die Stelle, ehe die Rebe schwach wurde – und hatten die verkümmerten Triebe abgeschnitten.«

Einige der Männer lachten leise, andere murmelten »Sehr wahr« in ihre Bärte und senkten die Köpfe oder stießen mit ihren Weinbechern an Metall, sodass hier und da ein dumpfer Glockenton entstand.

»Ich bin von demselben Rebstock«, sagte Edward.

Warwick gehörte zu denen, die als Reaktion darauf laut »Jawohl!« riefen.

»Ich bin der Duke von York. Ich bin der Thronerbe.«

»Jawohl! Richtig!«, wurde gerufen. Einige lachten.

»Ich werde König sein«, sagte Edward, und seine Stimme wurde lauter. »Und ich werde noch *heute Nacht* König werden.«

Der Lärm und das Gelächter verstummten, als sei eine Tür zugeschlagen worden. Die Menge stand ganz still, nur einige zuckten, weil der Schweiß, der ihnen über den Rücken lief, sie juckte. Warwick gehörte zu den wenigen, die vorher gewusst hatten, was Edward sagen würde. Deshalb konnte er jetzt alle anderen ruhig beobachten und sehen, ob es irgendeinen Widerstand gab. Sein Blick ruhte auf den Mächtigsten unter den Anwesenden, aber niemand wandte sich ab von dem jungen Riesen dort am Feuer. Sie blickten auf Edward, als ginge ein Licht von ihm aus.

Der Moment des ersten Erschreckens war vorbei. Jetzt fingen sie an zu trampeln und zu jubeln, lauter und immer lauter wurde es, als Edward einen Schritt vortrat und stolz und aufrecht vor ihnen stand. Mit großem Schwung nahm er seinen Kelch, um ihnen zuzutrinken. Edward trank in vollen Zügen. Die Männer um ihn herum taten es ihm gleich und riefen nach den Dienern, um ihre Kelche erneut füllen zu lassen.

»Einen Kelch oder zwei, mehr nicht, Mylords und Gentlemen!«, rief Edward lachend.

Er lächelte, doch sein Lächeln wirkte angestrengt. Er suchte Warwick in der Menge und sah ihn erwartungsvoll an. Sie hatten abgemacht, dass er nach ihm sprechen würde, aber Warwick brauchte noch einen Moment. Er spürte die Last der Verantwortung, die auf ihm ruhte. Er wusste, wenn er erst den Mund aufgemacht hatte, würden die Dinge ihren Lauf nehmen wie eine Feuerwalze, die nichts mehr aufhalten konnte. Er tat einen tiefen Atemzug, um ruhiger zu werden.

»Mylord York!«, rief Warwick über die Köpfe hinweg. »Wenn Ihr *heute Nacht* noch König werden wollt, braucht Ihr eine Krone und müsst einen Eid ablegen, außerdem braucht Ihr einen Bischof als Vertreter der Heiligen Kirche. Wenn wir wenigstens einen Gottesmann hätten, Mylord.«

Neben Warwick stand sein Bruder in vollem Ornat, die Hände wie zum Gebet gefaltet. Bischof George Neville wusste, was man jetzt von ihm erwartete, er hob den Kopf und ergriff das Wort, so wie sie es besprochen hatten. In diesem großen Saal mit dem prasselnden Feuer klang seine Stimme mächtiger als je zuvor.

»Mylord York, Ihr seid von königlicher Abstammung. Nach dem Gesetz seid Ihr der Thronerbe, das kann niemand leugnen. Doch Tatsache ist, dass es bereits einen Menschen gibt, der auf dem Thron sitzt. Was habt Ihr dazu zu sagen, Mylord?«

Mehr als hundert Köpfe drehten sich zu Edward um. Sie waren gebannt wie in einer Gauklerkomödie, deren Höhepunkt jetzt bevorstand, und die Frage war, ob die Hauptperson scheitern oder siegen würde. Doch die Hauptperson war gut vorbereitet, aufrecht und selbstbewusst stand Edward da. Eben diese Frage hatte er selbst Warwick in der Nacht zuvor gestellt. Wie konnte er König werden, solange Henry lebte? Er war gewillt, Henry auf dem Schlachtfeld gegenüberzutreten, aber er konnte ihm kaum den Thron streitig machen, solange er friedlich darauf saß.

»Dann muss es eben für eine gewisse Zeit zwei Könige in England geben«, hatte Warwick ihm auf der finsteren Straße erklärt. »Als König Edward werdet Ihr die Männer mobilisieren können, die wir brauchen. Ritter und Lords werden in Scharen zu einem König der Plantagenets geströmt kommen und ihre Soldaten mitbringen. Egal, was passiert, Ihr dürft London nicht verlassen, ehe Ihr nicht die Krone auf dem Kopf tragt. Denn erst dann werdet Ihr wirklich regieren können. Ohne sie, Edward, wird man Euer Ziel und Eure Rache mit Füßen treten, zusammen mit Euren Bannern. Ihr müsst Euer Ziel laut bekannt geben und dafür sorgen, dass Ihr es erreicht. Sollte es Euch allerdings an Mut dazu fehlen, dann müsst Ihr schweigen.«

»An Mut fehlt es mir nicht«, hatte Edward gesagt. »Ich würde alles wagen. Beschafft mir eine Krone. Euer Bruder soll sie mir auf den Kopf setzen, ich werde sie tragen. Und ich werde Euch allen zeigen, wie man eine Krone trägt!«

Im großen Saal von Schloss Baynard in London, an dem die Themse vorbeirauschte, verkündete Edward jetzt seine Antwort. Seine Stimme klang fest, ohne jede Unsicherheit.

»Meiner Ansicht nach, Euer Gnaden, ist der Thron von England jetzt verwaist, auch wenn ein Henry von Lancaster ihn als Stuhl benutzt.« Ein Kichern lief durch die Reihen. »Ich beanspruche den Thron, wozu mich das Gesetz, meine Abstammung, mein Schwert und mein Recht auf Vergeltung berechtigen. Ich beanspruche ihn heute Nacht, und ich werde heute Nacht gekrönt werden – in Westminster, wie so viele andere vor mir. Noch vor dem Morgengrauen werde ich zur Bruderschaft der Könige gehören, Gentlemen.« Er sah erwartungsvoll in die Runde. »Wer von Euch will mit mir dorthin reiten und sehen, wie ich mich auf den Thron setze? Ich will hier in London nicht viel Zeit vergeuden. Ich habe Wichtiges zu erledigen, und deshalb wird es eine kurze, schlichte Zeremonie werden. Wer von Euch ist bereit, mein Zeuge zu sein? Ich werde nicht noch einmal fragen.«

Warwick bekreuzigte sich und sah, dass er nicht der Einzige war. Sie alle spürten den Hauch der Gotteslästerung und des Hochverrats, aber Edward *hatte* einen Anspruch auf den Thron, man durfte sich nur nicht zu sehr in Details verlieren. Er war der Erbe, und er hatte die Unterstützung einer Armee vor den Stadttoren. Warwick dachte daran, dass William der Eroberer auch keinen stichhaltigeren Anspruch gehabt hatte, als er sich im Jahre des Herrn 1066 am Weihnachtstag in der Abtei von Westminster krönen ließ. Man hatte es schon einmal so gemacht. Und man konnte es wieder machen. Es gab kein Gesetz, das nicht mit Waffengewalt geändert werden konnte.

Falls die Anwesenden etwa von Unentschlossenheit oder Misstrauen geplagt waren, oder von Furcht, weil sie ihren von Gott gesalbten König verrieten, so ließen sie es sich nicht anmerken. Stattdessen schwenkten sie jetzt ihre Weinkelche, leerten sie und warfen sie übermütig ins Feuer.

Einige der Männer sprachen Gebete, andere rezitierten die Lehnseide ihrer Familien oder kindliche Beschwörungsformeln. Als Edward zum Hauptportal schritt, folgten alle seinem Vorbild.

Die Nacht war dunkel, und alles war weiß bereift. Mit Begeisterungsrufen liefen die Menschen in den Schlosshof hinaus, Edward mitten unter ihnen. Doch das wilde Geschrei verstummte schnell. Die Eiseskälte ließ sie so still werden wie die ausgestorbenen Straßen. Diener rannten hin und her und brachten Pferde, aber die Stimmung war gedämpft, und die Bedeutung dessen, was sie vorhatten, wurde allen erneut klar. Die Diener brachten die Banner von York, große dunkle Stoffbahnen mit der weißen Rose, andere trugen den Falken in dem goldenen Fesselschloss. Knatternd und mit einer Staubwolke wurden die Banner entrollt, bis Edward etwa ein Dutzend von ihnen bleich im Mondlicht hängen sah. Sie waren das Symbol seines edlen Hauses, und er beugte den Kopf und flüsterte ein Gebet für das Seelenheil seines Vaters, ehe er die Stimme abermals erhob.

»Einige von Euch waren mit mir in Wales«, sagte er. »Vor der Schlacht bei Mortimer's Cross sahen wir die Sonne an drei Stellen gleichzeitig aufgehen, was so merkwürdige Schatten warf, wie man sie noch nie vorher gesehen hatte. Drei Sonnen, die auf das Haus York schienen. Ich werde die weiße Rose bis an mein Lebensende segnen, aber in meinem eigenen Wappen werde ich eine Sonne führen. Sie wärmt die,

die sie lieben, aber sie kann auch versengen. Leben oder Zerstörung, je nachdem, was ich wählen werde.«

Edward lächelte, er genoss seine Autorität, aber Warwick schluckte trocken, weil er auch den Zorn des jungen Duke wahrnahm.

Es konnte keine zwei Könige in England geben. Wenn sie Edward in dieser Nacht im Palast von Westminster krönten, bedeutete das einen neuen Krieg, ohne Atempause oder Ausruhen, bis es am Ende nur noch einen König gab. Wie schwärmende Bienen aus verschiedenen Körben konnten die Mitglieder der Völker nicht dulden, dass die anderen am Leben blieben. Das war ihr Anliegen, ihr Ziel. Das war der Weg, den er vorgeschlagen hatte und dem York folgen wollte. Die Banner mit den weißen Rosen und den weißen Falken flatterten, als sie im Schlosshof von Baynard aufbrachen und auf dem Weg, der am Fluss entlangführte, zum Palast von Westminster ritten.

Margaret saß in der Ecke des eleganten, warmen Zimmers, das nach poliertem Holz und getrockneten Blumen duftete. Sie beobachtete ihre Lords, die sich in Gegenwart von König Henry nur leise murmelnd zu unterhalten wagten. Es war traurig, dachte sie, wie sie immer noch auf ihn blickten und eine Reaktion oder ein Zeichen der Teilnahme erwarteten, aber da war nur eine Leere in seinem lächelnden Kindergesicht, die besser als alles andere zum Ausdruck brachte, wie es um den Thron stand. Margaret konnte sich nicht daran erinnern, wann sie das letzte Mal Mitleid mit ihm empfunden hatte. Seine Schwäche gefährdete ihren Sohn, Prinz Edward. Es brach ihr fast das Herz, wenn sie diesen prächtigen Jungen anblickte, und seit sie sich entschlossen hatte, sich ganz ihm zu widmen, fühlten sich Henrys leere Augen und sein einfältiges Lächeln wie Dornen in ihrem Fleisch an.

Die Lords Somerset und Percy waren ins Gespräch vertieft, und Margaret konnte alles mit anhören, an dem Platz, wo sie mit ihrer Gobelinstickerei saß. Sie achtete kaum auf ihre Arbeit, aber sie erlaubte ihr, still dazusitzen und zuzuhören, bis man sie vergessen hatte, sodass sie alles erfuhr, was sie wissen wollte. Seit der Rückkehr ihres Mannes waren solche kleinen Tricks notwendig geworden, seit ihre Lords sich wieder daran erinnerten, welche Rolle sie spielte.

Bei diesem Gedanken musste Margaret lächeln. Männer sorgten sich schrecklich um ihren Rang und ihre Stellung. Sie mussten immer genau wissen, wer über ihnen stand und wen sie ungestraft verachten konnten. Frauen unterschieden da nicht, musste Margaret denken. Frauen verachteten *alle* ihre Schwestern, denn in jeder erkannten sie die Konkurrentin.

Die Wände in der Zunfthalle der Tuchhändler von York waren, wie zu erwarten, mit kostbaren Gobelins geschmückt, von denen jeder in jahrelanger Arbeit entstanden war. Wenn sie sie betrachtete, verstand Margaret den Wunsch, für die Zukunft zu planen, eine Arbeit zu beginnen, die nicht in einem Jahr fertig werden würde. Das war ja das Wesen von Staat und Politik, dachte sie mit einer Spur Selbstgefälligkeit. Durch ihre Anstrengungen und ihre Geduld waren ihre mächtigsten Feinde besiegt worden. Auch das hatte Jahre gedauert. Aber das komplizierte Gewebe, das sie damit geschaffen hatte, würde seine Leuchtkraft noch tausend Jahre behalten, wenn alle von ihnen schon längst zu Staub geworden waren.

Wut hatte sie erfasst, als London sie und ihren Mann abgewiesen hatte. Damals hatte sie noch nicht gewusst, welche Entrüstung diese Tatsache im ganzen Land hervorrufen würde. In York hatte man die Stadttore weit für ihre Lords geöffnet und war dem König schon Stunden vorher entgegengeritten, um ihm das Geleit zu geben.

Zum Teil hatte sie das Derry Brewer zu verdanken, das war ihr wohlbewusst. Derry wusste, welche Geschichte man erzählen musste, und er hatte dafür gesorgt, dass sie in jedem Wirtshaus und jeder Zunfthalle zwischen Portsmouth und Carlisle von Mund zu Mund gingen. Die Königin hatte ein paar tapfere Männer gefunden, und sie hatte ihr Leben riskiert, um Schotten aus den Bergen zur Hilfe zu holen. Aus den rauen nordischen Städten hatte sie einen Trupp tapferer Männer zusammengerufen, um den König zu retten, und sie hatte Henry aus dem Würgegriff der Verräter befreit, hatte ihnen den König entrissen und den Feind in die Flucht geschlagen. Und am Ende war sie von den Londonern verraten worden, einer ehrlosen Stadt voller Schacher und Huren, einer wahnsinnig gewordenen Stadt, in der ein Fieber wütete. Eine Stadt, die man mit heißen Eisen zur Vernunft bringen müsse.

Die Verzweiflung war in Hoffnung umgeschlagen, als ihre Armee sich wieder vergrößerte. Aus jeder Stadt, an der sie vorbeiritten, kamen Männer, um sich ihnen anzuschließen und dem entehrten König beizustehen. Die Nachricht erreichte jedes Dorf, jeden Marktflecken, jede Burg – dafür sorgten Derry Brewers Boten und der Geldbeutel des Königs. In tausend Wirtshäusern wurde das Bier vom Geld des Königs bezahlt, während ein junger Sergeant die Geschichte vom Verrat am König erzählte.

Margaret beobachtete die Männer. Sie stellte fest, dass die einflussreichen Männer stets am gleichen Platz stehen blieben, während die Übrigen von einer Gruppe zur nächsten wanderten. Doch dann kam ihr der Gedanke, ob es nicht eher umgekehrt war, besonders weil Derry Brewer wie eine Biene war, die ihre Nase in Dutzende von Blüten steckte. Margaret wusste nicht genau, ob Bienen Nasen hatten. Aber wenn, dann würden sie der Nase von Lord Percy ähneln, dachte sie. Dessen großer Zinken ragte so weit hervor, dass man an nichts anderes denken konnte, wenn er sich abgewandt hatte. Sie sah Percy mit einem Burschen aus Irland sprechen, auf dessen Namen sie nicht gleich kam ... Courtenay, Earl von Devon. Es gab jetzt so viele neue Hauptleute, Ritter und hohe Lords, als hätten sie alle nur auf die Gelegenheit gewartet.

Margaret schüttelte unmutig den Kopf. Sie waren ihr nicht zu Hilfe gekommen, als das Haus York ihren Mann in Ketten gelegt hatte und ihre Chancen gleich null waren. Nein, diese Männer handelten pragmatisch. Das wurde ihr klar, und dafür verachtete sie sie. Dennoch musste sie dankbar sein, dass man nach kühlem Abwägen ihre Seite als die erfolgversprechendere ansah.

Ihre Hände schmerzten von der Stickarbeit, und sie ließ sie in den Schoß sinken. Die Zunfthalle der Tuchhändler war ein prächtiges Gebäude. Es mussten mindestens dreihundert Menschen hier sein, die aßen und tranken und lachten, die Gruppen bildeten und sich wieder auflösten. Die Lords Dacre, Welles, Clifford, Roos und Courtenay, ihre Hauptleute, die laut lachend den Kopf zurückwarfen, aber trotzdem Wölfe waren, mit Namen wie Moleyns, Hungerford und Willoughby. Margaret schüttelte den Kopf und schloss die

Augen. Sie würde nicht alle Namen lernen, das war unmöglich. Wichtig war nur, dass sie gekommen waren, um an ihrer Seite zu kämpfen. Und dass sie Tausende von Leuten mitgebracht hatten, mehr als sie jemals auf einem Haufen gesehen hatte. Ihre fünfzehntausend waren untergegangen in einem Meer von Bediensteten und Rittern, Partisanen und Bogenschützen, und – sie lächelte verträumt – York war das neue London. Nein, ein neues Rom, wenn Warwick und Edward Plantagenet von den Armeen, die hier lagen, besiegt sein würden.

Sie dachte an die inzwischen schwarzen Gesichter, die sie sich am Micklegate-Tor angesehen hatte. Die Köpfe von Salisbury und York hatten sich in dem Regen und der bitteren Kälte nicht gut gehalten. Irgendwer hatte sie mit Teer eingeschmiert, um sie vor der Witterung zu schützen. In ihrer Vorstellung sah Margaret sie deutlich vor sich. Richard von York, Richard von Salisbury. Yorks Papierkrone war schon lange verschwunden, nur ein paar Fetzen klebten noch am Teer. Sie rieb sich die Schläfen, sie merkte, wie sich der Kopfschmerz ausbreitete, und stöhnte leise, während am Rande ihres Gesichtsfeldes Blitze zuckten. Diese Art von Schmerz hatte sie im Laufe der letzten Jahre immer öfter, und dagegen half nichts als ein verdunkeltes Zimmer und viel Schlaf.

Sie erhob sich, und sofort waren alle Augen auf sie gerichtet. Bedienstete eilten herbei, um ihr zu helfen. Margaret errötete angesichts dieser Aufmerksamkeit. Sie sah, dass ihr Gemahl sie mit einem Ausdruck betrachtete, den man fast als liebevoll hätte bezeichnen können. Sie knickste vor ihm und überließ die Männer dem Pläneschmieden, sie würde zu gegebener Zeit schon alles erfahren. Es spielte keine Rolle, ob sie aus Loyalität gekommen waren oder aus rein persönlichen Interessen. Es scherte sie auch nicht, wenn man sie für eine französische Intrigantin hielt. Ihr Selbstbewusstsein war größer denn je. Sie hatte ihren Mann befreit und die Köpfe ihrer mächtigsten Feinde rollen lassen. Bei dem Gedanken lächelte sie, er war ein nie versiegender Quell der Genugtuung für sie.

Natürlich gab es immer noch viel zu tun. Edward von York und die Nevilles mussten zu Fall gebracht werden. Beide Häuser hatten das Land in zwei Lager gespalten, und nach den Jahren des Krieges waren die Menschen voller Hass und Abscheu. Doch die Schuld lag eindeutig bei York und Warwick – und egal, wie viele Leute ihnen folgten oder wie viel Vermögen sie angehäuft hatten, sie würden sich nicht gegen ein Land als Ganzes behaupten können. Und wenn diese beiden Häuser erst unterworfen und ihre Besitzungen eingenommen waren, wenn ihre Schlösser niedergebrannt und ihre Nachkommen für immer ausgeschaltet waren, erst dann würde Margaret frei sein. Dann könnte sie ihren Sohn aufwachsen sehen, und ihr Mann hätte Ruhe und könnte sich seinen Gebeten widmen. Vielleicht würde sie sogar noch mit weiteren Kindern gesegnet werden, ehe es zu spät für sie war.

Die Diener schlossen die Tür, als sie ging, und im Saal wurden die Gespräche wiederaufgenommen. Margaret hob den Saum ihres Kleides und blinzelte schmerzverzerrt, denn das Winterlicht blendete sie.

Draußen ballten sich die Wolken über der Stadt York, und der Himmel wurde grau wie eine Bleiplatte.

13

Es waren noch Stunden bis zum Morgengrauen. Diener hatten mit langen Stangen sämtliche Kerzen angezündet. Die Menschen standen in der eiskalten Halle von Westminster und stießen dichte Atemwolken aus.

Über seiner Rüstung trug Edward von York eine gegürtete Robe in Dunkelblau und Gold, an der Seite sein langes Schwert in der Scheide, die an einem weiteren breiten Gürtel hing. Warwick sah, wie der junge Mann sich heftig im Bart kratzte, wo ihn etwas zu jucken schien, und auch seine Stiefel waren noch völlig verdreckt. Er fragte sich, ob Edward wohl die steinerne Grabkapelle von König Henry V. in der Abtei gegenüber schon gesehen hatte. Der Schlachtenkönig, der »Hammer der Gallier«, wie es auf seiner Grabplatte hieß, dessen steinernes Ebenbild allerdings geistliche Roben trug – weniger das Abbild eines Kriegers als eines Heiligen.

Edward überragte Bischof George Neville um mehr als einen Kopf, und da er keinen Helm trug, der gewöhnlich sein Haar bändigte, stand es jetzt wild nach allen Seiten ab. Der junge Duke von York konnte die große Halle vollständig überblicken, die von Hunderten von Kerzen erhellt war, sodass der ganze Raum golden erglänzte.

Der Königsstuhl war eine einfache Marmorbank, die man vor den königlichen Tisch gezerrt hatte, der so lang wie zwei Männer war. Edward stand leicht vorgebeugt hinter der massiven hölzernen Tischplatte, sodass seine Handschuhstulpen auf dem schwarzen Eichenholz ruhten und seine Schultern an die Flügel eines Greifvogels erinnerten.

Die Nachricht sprach sich schnell herum. Die Mitglieder des Parlaments hatten bereits ihre angestammten Plätze an den Wänden eingenommen, aber an den Türen drängten sich noch immer Rechtsgelehrte und Sheriffs, Kaufleute und andere wichtige Männer, die man in aller Frühe geweckt hatte. Hinter ihnen sah man fröstelnde Menschen, Bäcker, Mönche, Kinder, die sich hereindrängten, weil sie sich das Schauspiel nicht entgehen lassen wollten. Die Halle des Palasts von Westminster konnte Tausende aufnehmen.

Edward ließ sich auf der Bank nieder. Bischof George Neville reichte ihm ein goldenes Zepter, das man aus der Schatzkammer im Tower geholt hatte. Ein befriedigtes Raunen ging durch die fröstelnde Menge, die in der kalten Halle die Hälse reckte. Man hatte sie also nicht belogen. Das Haus York beanspruchte die Krone, obwohl König Henry von Lancaster noch am Leben war.

Warwick fiel auf, dass der Tisch wie geschaffen war für jemanden von Edwards Körpergröße. Der königliche Tisch war bereits Hunderte von Jahren alt, lediglich der Krönungsstuhl in der Abtei war noch wichtiger als er. Doch der würde später gebraucht werden. Die Halle von Westminster war der Ort, an dem die Ernennung stattfand. Edwards Lächeln zeigte, dass er zufrieden war. Es war nicht zu leugnen, er sah wahrhaft königlich aus auf dem Podest dort vorn, ein Mann in goldenem Licht unter einer mächtigen Stichbalkendecke, die weit oben im Dunkel verschwand.

Bischof Neville, in vollem Ornat, den Bischofsstab in der Rechten, legte jetzt seine linke Hand auf Edwards Schulter.

Die Botschaft war klar: Die Kirche stand hinter York. Der junge Duke und Thronerbe beugte den Kopf, und der Bischof sprach den Segen. Er rief alle Heiligen an und bat sie, die Anwesenden zu erleuchten und zu führen. Danach schlugen alle das Kreuzzeichen und blickten auf.

Der Bischoff hatte in der vorherigen Nacht Edward den Eid erklärt, den er würde ablegen müssen. Edward hatte nicht viel Geduld bewiesen, was das Protokoll anging, aber er verstand, dass es sein musste. Er brauchte Leute, die für ihn kämpfen würden, er brauchte ein Heer. Und nur ein König von England konnte ein solches Heer zusammenrufen. Nur ein König konnte die jungen Männer und die Bogenschützen aus jedem Dorf einziehen.

»Mylords, Gentlemen«, ergriff Edward das Wort. »Ich bin Edward Plantagenet, Earl von March, Duke von York. Durch Gottes Gnade bin ich der wahrhafte und rechtmäßige Thronerbe von England, Wales, Frankreich und Irland. Ich beanspruche mein Recht, hier an diesem Ort, an diesem Tisch. Ich beanspruche es aufgrund der Abstammung von meinem Vater, Richard, Duke von York, der von König Edward dem Ersten abstammte und durch ihn von William von der Normandie. Und durch die Abstammung meiner Mutter, die ihrerseits von Lionel, dem Duke von Clarence abstammte, dem zweiten Sohn König Edwards des Dritten und dem älteren Bruder von John von Gaunt. Dies sind zwei goldene Linien, die mir zusammen einen höheren Anspruch geben als jedem anderen, auf diesen Thron und auf dieses Land. Ich spreche Henry von Lancaster das Recht auf mein Erbe ab. Und deshalb beanspruche ich dieses Land, mit Gottes Hilfe. Ich bin König Edward – der vierte, der diesen Namen trägt. Es gibt keine höhere Abstammung, und ich erkenne niemanden über mir an.«

Er schwieg, und Warwick sah, wie ihm der Schweiß übers Gesicht lief. Bei seiner Größe und diesem großen schwarzen Bart konnte man leicht vergessen, dass Edward erst vor zwei Monaten seinen Vater verloren hatte und erst achtzehn Jahre alt war. Doch seine Stimme hatte in der großen Halle von Westminster stark, selbstbewusst und erstaunlich laut geklungen.

Warwick blickte hinter sich, um zu sehen, was die Unruhe zu bedeuten hatten, die er schon seit einiger Zeit bemerkt hatte. Er erstarrte als er in ein Heer von Gesichtern blickte, Tausende von Menschen, die die Halle bis auf den letzten Platz füllten. Sie standen vor jedem Fenster, in jeder Nische, auf jedem Vorsprung. Männer und Frauen hielten Kinder hoch, damit sie sehen konnten, oder trugen verschlafene, gähnende kleine Jungen und Mädchen auf den Schultern. Die meisten lächelten, und das Kerzenlicht spiegelte sich in ihren Augen, während sie sich bemühten, kein Wort zu verpassen.

Neben Warwick stand die schmächtige Gestalt von Edwards Truchsess, Hugh Poucher. Warwick grinste, weil dem Mann vor Überraschung über das, was er gesehen hatte, der Mund offen stand. Er beugte sich zu ihm hinüber.

»Wie es aussieht, hatte Euer Herr Euch seine Pläne nicht mitgeteilt, Poucher?«

Der Mann aus Lincolnshire schüttelte den Kopf und machte den Mund zu, während er sich mühsam wieder sammelte. Zu Warwicks Verwunderung wischte er sich eine Träne aus dem Auge und schniefte vernehmlich.

»Nein, aber er wird sich immer auf mich verlassen können, Mylord.«

Warwick blickte ihn an, mehr denn je war er sich der Verantwortung bewusst, die er auf sich geladen hatte, indem er Edward zum König gemacht hatte. Natürlich musste noch die formelle Krönung in der Abtei von Westminster folgen, eine Zeremonie, die zu wichtig war, um sie an diesem kalten, grauen Wintermorgen abzuhalten. Am Tag der Krönung würde die Stadt auf den Beinen sein, und in jedem Haus, in jedem Raum, auf jeder Straße und auf jedem Schiffsdeck auf der Themse und auch draußen auf dem Meer würde man Edward hochleben lassen. Und in jedem Kirchturm des Landes würden die Glocken läuten.

»Ich bin König Edward Plantagenet«, hörte Warwick jetzt erneut. Erschrocken blickte er auf, plötzlich in äußerster Sorge, dass alles, was sie geplant hatten, von diesem großen Tollpatsch zunichtegemacht werden könnte, weil er seinen Mund nicht halten konnte.

»Ihr werdet Euch fragen, wie es zwei Könige von England geben kann«, sagte Edward, während die Menge verstummte und an seinen Lippen hing. »Ich sage Euch, das kann es nicht geben. Es gibt nur einen. Darum fordere ich als Euer König alle ehrbaren Männer auf, die Banner von Lancaster, diesem Usurpator, herunterzureißen und sich hinter mich zu stellen, wenn ich meinem Feind den Krieg erkläre.«

Warwick riss die Augen auf, als Edward aufstand und seinen Mantel abwarf. Er streckte die Hand aus und ließ sich von einem seiner Männer einen Helm aus Stahl reichen. Von seinem Rand hing ein Kragen aus rasselnden Eisenringen herab, in Stirnhöhe war ein goldener Reif eingearbeitet. Warwick holte tief Luft, Panik ergriff ihn. Was, wenn Edward sich womöglich selbst krönte? Es wäre eine unverzeihliche Verhöhnung der Kirche, ein blasphemischer Akt. Eine solche Handlung würde dazu führen, dass sie alle verstoßen und verdammt werden würden.

Was immer Edward auch beabsichtigt haben mochte, Bischof Neville war schneller. Er nahm Edward den Helm aus der Hand. Der junge Mann hatte kaum Zeit, sich umzuwenden, da hatte er den Helm auch schon auf dem Kopf, der Kragen aus Eisenringen reichte ihm bis auf die Schultern.

Die Versammelten brüllten vor Begeisterung, als er sich ihnen wieder zuwandte. Sie wussten, sie waren Zeugen einer Begebenheit, die sie nie vergessen würden. Zusammen mit der Geburt ihres ersten Kindes und ihrem Hochzeitstag würde es ihnen im Gedächtnis bleiben, bis nichts weiter davon übrig blieb als ein goldener Schimmer, wenn sie alt und dem Tode nahe wären. Sie hatten gesehen, wie ein Mann zum König gekrönt wurde, und sie waren Zeugen gewesen, wie ein Krieg begann.

Sie jubelten Edward zu, dass die Deckenbalken erzitterten, ihre Stimmen hallten durch den Saal und wurde immer lauter. Wie zur Antwort fing die alte Bronzeglocke von Westminster an zu läuten. Ihr Klang wurde weitergetragen, und bald erschallte das Echo von der Abtei und von anderen Kirchen, bis die gesamte Stadt von Glockengeläut erfüllt war. Wer noch nicht aufgewacht war, erwachte spätestens jetzt, und endlich zeigte sich auch die Sonne am Horizont.

Warwick beobachtete, wie die Stadtoberen Edward gratulierten, darunter auch sein ehrwürdiger Onkel Fauconberg. Er erinnerte sich an eine Geschichte, die man sich von der Krönung Williams des Eroberers erzählte. Die Männer des Eroberers stammten von Wikingern ab, sie sprachen nur Französisch und die nordische Sprache und verstanden kein Englisch. Die Engländer wiederum sprachen kein Wort Französisch. Beide Seiten fingen an, ihre Glückwünsche zu brüllen und in ihrem Bestreben, die jeweils andere Seite an Lautstärke zu übertreffen, wurden sie immer lauter und wütender. Schließlich dachten die königlichen Wachen vor der Abtei, drinnen sei ein Kampf ausgebrochen. Sie fingen an, Häuser in Brand zu setzen, weil sie glaubten, die dichten Rauchwolken würden die Leute verunsichern, auf dass sie aufhörten zu kämpfen. Darauf geriet jedoch die Bevölkerung in Panik, und es kam in ganz London zu Krawallen.

Diesmal kam es offensichtlich nicht zu Unruhen, doch das Blutvergießen würde noch früh genug anfangen. Edward wollte es so. Der junge Krieger fürchtete sich nicht vor Schlachtfeld. Er brauchte nur noch genügend Leute, die ihm folgten.

Warwick sah seinen Bruder durch die lachende, jubelnde Menge schreiten.

»Gut gemacht, Bruder«, rief er ihm über den Lärm hinweg zu.

Der Bischof nickte und applaudierte zusammen mit den anderen.

»Ich hoffe, wir haben die Situation richtig beurteilt, Richard. Denn ich bin mir sicher, dass ich meinen Eid verletzt habe, indem ich Edward gesegnet habe.«

Warwick blickte in das Gesicht seines jüngeren Bruders und sah, dass aufrichtiger Schmerz darin stand. Für einen Bischof war es keine Kleinigkeit. Dass er es laut ausgesprochen hatte, war ein Zeichen der tiefen Sorge, die sich hinter seinem mühsamen Lächeln verbarg.

»George, *ich* habe dich dazu gezwungen«, sagte Warwick so dicht an seinem Ohr, dass seine Lippen es fast berührten. »Wenn es ein Irrtum gewesen sein sollte, dann liegt die Verantwortung allein bei mir, nicht bei dir.«

Sein Bruder trat etwas zurück und schüttelte den Kopf.

»Du kannst mich nicht von meinen Sünden befreien. Ich habe mein Wort gebrochen, und ich werde es beichten und dafür Buße tun.« Er sah das sorgenvolle Gesicht seines Bruders und wollte ihn trösten, deshalb zwang er sich erneut zu einem Lächeln. »Ja, ich bin ein Bischof, aber ich bin nun einmal in erster Linie ein Neville.«

Warwick lachte leise, doch die Miene des Bischofs verdüsterte sich.

»Und, Bruder, ich bin auch ein Sohn unseres Vaters, genau wie du. Und auch ich möchte, dass seine Mörder so schnell wie möglich Tod und Verdammnis ereilt.«

York war die zweite Stadt in England, in der sich durch blühenden Handel eine Schicht von Kaufleuten gebildet hatte, die miteinander wetteiferten, immer größere Häuser zu bauen, und die immer mehr bewaffnete Wachen brauchten, um ihre Besitztümer zu schützen. Mit jedem Tag wuchs die Armee rings um die Stadt. Nur um das Leprakrankenhaus, das ebenfalls außerhalb der Stadtmauern lag, machte man einen großen Bogen. Mit Pfählen und Seilen war der Weg dorthin abgetrennt, und man achtete streng darauf, dass die Insassen mit ihren langsam verfaulenden Gliedmaßen den gesunden Soldaten nicht zu nahe kamen.

Derry Brewer trank sein Bier aus, holte tief Luft und wischte sich die Lippen und den Bart ab, den er sich seit Neuestem stehen ließ. Er war grau, was Derry nicht besonders gefiel. Andererseits konnte er es nicht leugnen, er war in den Fünfzigern, zweiundfünfzig, dreiundfünfzig, auf ein Jahr mehr oder weniger kam es nicht an. Seine Knie taten ihm weh, und seine Arme wurden langsam zu kurz, wenn er etwas lesen wollte, aber abgesehen davon war er guter Dinge.

Der einzige andere Mensch im Raum war an die Wand angekettet, wenn auch nur leicht. Die eisernen Handfesseln hatten keine Spitzen, die seine Gelenke hätten verletzen können. Als Warwicks Bruder und als Adliger mit eigenem Titel war Lord John Neville von Montagu zu wertvoll, als dass man seine Gesundheit aufs Spiel setzte. Derry reinigte sich die Fingernägel mit einem kleinen Messer, das immer besonders scharf war. Er merkte, dass Warwicks jüngerer Bruder ihn immer dann anblickte, wenn er dachte, der Meisterspion sei gerade durch etwas anderes abgelenkt. Nicht, dass es in der kleinen Zelle unter der Zunfthalle von York viel zu sehen gegeben hätte. Das einzige Licht kam durch einen Schlitz, der auf einen Innenhof hinausging, wo es keine Vorübergehenden gab, die hätten hineinsehen können. Es war ein ruhiger Ort, wo niemand einen hörte oder sah.

Derry warf einen Blick in den Bierkrug, der noch fast voll war. John Nevilles Lippen waren vor Trockenheit aufgesprungen und wund. Das Bier war eigentlich für ihn bestimmt gewesen, aber Derry hatte Durst gehabt. Und Bier wurde nicht verschwendet, solange es getrunken wurde, das wusste jeder.

»Seid Ihr wach, Mylord? Die Wachen sagten, Ihr hättet wieder herumgeschrien und auf Eurem Recht bestanden, mit einem Priester zu sprechen. Das Lösegeld für Euch hat bisher noch niemand bezahlt, John. Bis es so weit ist, werdet Ihr am Leben bleiben und es einigermaßen erträglich haben, wie es einem Mann Eures Standes zukommt. Ich könnte unserer Königin ja auch dieses kleine Messerchen geben und Euch mit ihr allein lassen, dass sie Euch damit ein bisschen an Eurer empfindlichsten Stelle kitzelt, was meint Ihr? Vielleicht könnte sie dieses kleine, schrumpelige Säckchen ja gut für ihre Stecknadeln gebrauchen, das ginge ganz schnell. Dazu würde sie bestimmt nicht Nein sagen, was meint Ihr?«

Der Gefangene richtete sich in seinen Ketten hoch auf und blickte Derry Brewer mit dem Selbstbewusstsein eines Menschen an, der sich immer auf seine körperliche Kraft hatte verlassen können. Bei diesem verächtlichen Blick überlegte Derry kurz, ob er er ihn kurzerhand zum Krüppel machen sollte. Eine Sehne am Fußknöchel – nur eine, durchtrennt –, und die Familie Neville würde sich bis zum Jüngsten Tag an den Namen Derry Brewer erinnern.

»Oder möchtet Ihr vielleicht König Henry doch anerkennen?«, fragte er den jungen Lord aus dem Hause Neville. »Gott ist auf Seiten Lancasters, mein Junge, das ist doch wohl offensichtlich! Also, ich erinnere mich noch daran, wie wir Euren Vater geköpft haben. Damals sagte ich …«

Er brach ab, als Montagu sich auf ihn stürzen wollte, seine wunden Lippen fingen an zu bluten, als er wütend die Zähne bleckte und an seinen Ketten zerrte, als könne er sie aus der Mauer reißen, doch unter Derrys kühlem Blick gab er es bald auf und trat einen Schritt zurück, wobei er die Kette wütend hinschleuderte.

»Euer Vater war ein Dummkopf, John«, sagte Derry. »Ihm war seine Fehde mit Earl Percy so wichtig, dass er darüber beinahe den König gestürzt hätte.«

»Wenn er das getan hätte, wäre York jetzt auf dem Thron«, sagte Montagu in diesem Moment. »Ihr seid nur ein bezahlter Mann, Brewer, trotz Eurer Großspurigkeit. Ihr versteht nichts von Ehre. Ich frage mich, ob Ihr wenigstens für die, die Euch Euren Lohn in die Hand drücken, so etwas wie Loyalität empfindet. Was seid Ihr, Brewer? Ein Diener?«

»Das bin ich nicht … mehr«, sagte Brewer mit merkwürdig glänzenden Augen.

»Was wollt Ihr damit sagen? Soll das heißen, dass Ihr *mehr* als ein Diener seid? Oder dass Ihr *jetzt* kein Diener mehr seid? Ihr seid erbärmlich. Wenn mein Mund nicht so trocken wäre, würde ich vor Euch ausspucken.«

Der Lord wandte sich ab, und Derry trat näher an ihn heran, in die Reichweite seiner Ketten. Montagu fuhr herum, aber Derry ließ blitzschnell seinen Knüppel auf seinen Kopf niederfahren, sodass der junge Mann auf dem schmutzigen Stroh zusammenbrach. Keuchend blickte Derry auf ihn nieder, überrascht, dass ihn diese geringe Anstrengung so außer Atem gebracht hatte. Wie er es bedauerte, nicht mehr jung, stark und sich seiner Sache sicher zu sein.

Sein Problem an diesem eiskalten Wintermorgen war, dass Warwick zwar unverzüglich das Lösegeld für seinen Bruder geschickt hatte, jedoch ohne ein einziges Wort. Die Kiste mit Goldmünzen war auf einem Wagen in York angekommen, bewacht von Dutzenden schwer bewaffneter Soldaten, was bei der riesigen Armee, die rings um die Stadt lagerte, fast zu einem Scharmützel geführt hätte. Der Name Lord Montagus stellte keinerlei Schutz für diese Soldaten dar. Für Derry bedeutete es, dass er John Neville verlieren würde. Für die Lords um König Henry und Königin Margaret war dies nicht nur eine Ehrensache, sondern auch ein Gebot der Vernunft. Wenn sie ihre adligen Feinde nicht freiließen, konnten sie nicht erwarten, in einem ähnlichen Fall selbst freigelassen zu werden. Noch vor Sonnenuntergang würde man Lord Montagu ein Pferd geben, und er würde in Richtung Süden davonreiten.

Derry hatte schon vor langer Zeit begriffen, dass man als Meisterspion des Königs mit den Ehrvorstellungen der noblen Herren nicht weit kam. Wenn er sich herausgefordert fühlte oder eine Gefahr witterte, war Derry zu allem fähig. Fünfzehn Jahre lang war er vor den Yorks, den Salisburys und den Nevilles davongerannt, hatte sich versteckt und oft vor Angst geschwitzt. Zwar war er jetzt auf der Seite der Sieger, aber sein Hass war dadurch nicht kleiner geworden.

»Master Brewer?«

Eine Stimme von oben unterbrach seine Grübelei. Am oberen Ende der Treppe stand einer der Sheriffs von York, ein Junge, dem kaum der erste Bart wuchs, aber im vollen Bewusstsein seiner neuen Verantwortung.

»Habt Ihr Lord Montagu freigelassen? Hier ist ein Pferd für ihn … ich habe …«

Die Stimme erstarb, und ohne ihn anzusehen, wusste Derry, dass er den Gefangenen auf dem Stroh bemerkt hatte.

»Ist er krank?«, fragte der junge Sheriff.

»Nein, nein, es ist alles in Ordnung mit ihm«, sagte Derry, der noch immer fieberhaft nachdachte. »Lasst mich noch ein Weilchen mit ihm allein. Ich möchte erst noch mit ihm sprechen.«

Er war überrascht, als der junge Mann zögerte.

»Sieht aus, als sei er bewusstlos, Master Brewer. Habt Ihr ihn geschlagen?«

»Ob ich *was*?«, fuhr Derry den Milchbart an. »Geh und warte beim Pferd. Lord Montagu könnte Hilfe beim Aufsitzen benötigen. Herrgott noch mal.«

Der junge Mann errötete und wandte sich ab. Seufzend sagte Derry sich, dass er jetzt sicher losrennen würde, um den Kerkermeister zu holen. Ihm blieben nur wenige Augenblicke, er hatte keine Zeit, lange nachzudenken.

Er nahm Montagus ausgestreckte Hand, drehte sie mit der Handfläche nach unten und schloss sie zu einer Faust. Mit schnellen, tiefen Schnitten schlitzte er ein V für »Verräter« in den Handrücken. Dunkles Blut quoll hervor, lief über die Hand und tropfte zu Boden. Montagu öffnete die Augen und riss seine Hand weg, doch Derry war schon fertig. Der Lord war noch immer benommen und keine Gefahr für ihn, als er jetzt die Handschellen aufschloss. Derry versetzte ihm erneut einen Schlag mit dem Stock, sodass er mit dem Gesicht ins Stroh fiel.

»Master Brewer?«, kam eine brummende Stimme von oben. »Ihr werdet den Gefangenen jetzt mir übergeben.«

Der Sheriff von York war kein junger Mann mehr. Derry vermutete, dass der dürre, weißhaarige Alte im Laufe seiner Dienstjahre wohl schon alles gesehen hatte, was Menschen einander antun konnten. Er schien daher auch nicht weiter überrascht über das Blut, das von Montagus Hand und aus seiner Nase tropfte, als Derry ihm jetzt die Handschellen abnahm und den jungen Lord über den Boden schleifte. Der Sheriff sah sich das Zeichen an, das er ihm eingeritzt hatte.

»Gut gemacht«, sagte der alte Mann und schniefte kurz. »Habt Ihr ihm eine ordentliche Abreibung verpasst?«

»Ich habe versucht, mich zurückzuhalten«, sagte Derry, froh darüber, mit einem verständigen Mann zu reden.

Zu seiner Überraschung holte der alte Sheriff jetzt aus und versetzte dem Mann, der in Derrys Armen hing, einen heftigen Faustschlag in die Magengrube. Montagu stöhnte auf, und sein Kopf sank wieder schlaff herab.

»Er hat sich gegen den König gestellt. Eigentlich sollte man ihm die Eier abschneiden«, sagte der Sheriff.

»Ganz Eurer Meinung«, sagte Derry sofort.

Er sah, wie der Alte nachdachte, während Montagu stöhnend wieder zu Bewusstsein kam. Derry hielt seinen Knüppel bereit, um ihn, wenn nötig, wieder ruhig zu stellen.

»Nein, vielleicht doch nicht«, sagte der Sheriff schließlich. »Wenn ich es zuließe, wäre ich vielleicht irgendwann als Nächster dran. Ich lasse ihn aufs Pferd binden, damit er nicht runterfällt. Aber erst muss er noch etwas wacher werden und unterschreiben, sonst kann ich ihn nicht gehen lassen.«

Derry nickte, dann zerrten sie Montagu die Treppe hoch ins Abendlicht, um ihn in die Freiheit zu entlassen. Von der Hand des Lords tropfte eine Blutspur auf den Boden.

Margaret erschauerte, als der Trupp von Schotten ihr gegenüberstand. Nicht aus Furcht, denn diese bärtigen Burschen waren loyal gewesen. Nein, es war die unerbittliche Kälte, die mit jedem Tag nur noch schlimmer wurde. Margaret hatte sich bereits in mehrere Umhänge gehüllt und trug darunter mehrere Schichten aus Wolle und Leinen. Der März war da, und noch immer gab es kein Anzeichen von Frühling, die gepflügten Felder waren immer noch steinhart gefroren. In der Stadt York drängte man sich um die Feuer und ernährte sich inzwischen von Eintöpfen aus Bohnen jener Sorte, die sich jahrelang halten und erst hervorgeholt werden, wenn alles andere aufgegessen ist. Winter bedeutete Tod, und Margaret konnte es kaum fassen, dass diese jungen Männer mit ihren nackten Beinen jetzt nach Norden aufbrechen wollten. Sie erschauerte bei dem Gedanken, viertausend Männer ihrer Armee zu verlieren, aber sie hatte ihnen alles angeboten, was sie hatte. Nichts konnte sie mehr halten.

»Mylady, es war diesen jungen Männern eine Ehre, für eine hohe Dame, wie Ihr es seid, zu kämpfen«, sagte Laird Andrew Douglas durch die schwarze Hecke seines Bartes. »Ich werde unserer Königin Nachricht davon überbringen – von der Vernichtung Eurer mächtigsten Feinde, und wie Ihr König Henry aus den Klauen jener befreit habt, die ihm nach dem Leben trachteten.«

Douglas nickte zufrieden, und viele der Männer zu Fuß und zu Pferde lächelten und nickten ebenfalls, stolz auf das, was sie vollbracht hatten.

»Niemand könnte behaupten, dass wir unser Versprechen nicht eingehalten haben, Mylady. Meine Jungs haben für dieses Land ihr Blut vergossen, und im Gegenzug habt Ihr uns Berwick versprochen, und die Vermählung mit Edward, Eurem kleinen Sohn.«

»Haltet mir keinen Vortrag, Andrew«, sagte Margaret ungeduldig. »Ich weiß, was ich versprochen habe.« Sie wartete einen Augenblick, um dem schottischen Laird Zeit zu geben, vor Verlegenheit rot zu werden, dann fuhr sie fort. »Und ich werde meine Versprechen halten. Ich würde sogar noch mehr versprechen, Mylord, wenn ich Euch damit halten könnte. Eure Männer haben Loyalität und Stärke bewiesen.«

Fast hätte sie sich auf die Zunge gebissen, denn die Loyalität galt eher ihrer eigenen Königin, aber es war richtig, sie hatten ihren Teil der Abmachung gehalten und ihr geholfen, alles zurückzugewinnen, was sie verloren hatte.

»Meine Leute müssen im Frühjahr ihre Felder bestellen, Mylady. Doch es ist gut zu wissen, dass wir auch tief im Süden in hohem Ansehen stehen.«

Margaret blickte überrascht auf bei der Vorstellung, dass York für einen Schotten eine Stadt im Süden war.

»Und dennoch würden wir nicht gehen, wenn wir nicht wüssten, dass halb England jetzt für Euch die Waffen ergreift.«

Douglas deutete auf das riesige Lager rund um die Stadt, auf Lords und Krieger, die aus Norden, Westen und Süden herbeigeströmt waren, selbst aus den Dörfern an der Küste waren sie gekommen, wo Schiffe anlegten und immer mehr Männer brachten. Als Henry noch gefangen war und Margaret wie ein Hase gejagt wurde, hatte man wenig von dieser Unterstützung gemerkt. Jetzt war alles anders. Sie neigte den Kopf, um dem Laird ihren Respekt zu erweisen, der abermals pflichtschuldigst errötete. Margaret streckte die Hand aus und ergriff die seine.

»Ihr habt meine Briefe für Königin Mary. Sie enthalten meinen Dank, und ich werde nicht vergessen, welche Rolle Ihr dabei gespielt habt, Andrew Douglas. Ihr seid gekommen, als ich verloren war, als es dunkel um mich war und kein einziges Licht mir den Weg wies. Möge Gottes Segen mit Euch sein und Euch auf Eurem Weg behüten.«

Der Laird hob den Kopf und die Hauptleute, die er mitgebracht hatte, jubelten und schwenkten ihre Mützen und Speere. Margaret wandte sich halb um zu Derry Brewer, der gekommen war, um bei ihrem Abzug dabei zu sein.

»Mir kommen die Tränen, wenn ich das sehe …«, sagte Derry. Überrascht blickte Margaret ihn an, und er zog die Brauen in die Höhe. »Wenn ich an die vielen Dinge denke, die sie geklaut haben, Mylady, und die sie jetzt mitnehmen, eingewickelt in ihre Lendenschurze.«

Margaret sah ihn ungläubig an, und Derry fuhr vor Vergnügen grinsend fort: »Es klirrt doch bei jedem Schritt, Mylady. Ich glaube sogar, dieser bärtige Laird hat Somersets

Dolch und Lord Cliffords Stiefel bei sich, obwohl ich ihm die nicht missgönne.«

»Ihr seid unmöglich, Derry Brewer. Sie sind mir zur Hilfe geeilt, als ich sie dringend brauchte.«

»Das sind sie, aber jetzt können wir sie gut entbehren«, sagte er. Ihre Armee aus ursprünglich fünfzehntausend Mann hatte sich zahlenmäßig verdoppelt, und immer noch kamen mehr dazu. Sie konnte es sich leisten, die Schotten ziehen zu lassen.

Schweigend und zufrieden sahen Derry und Margaret dem Zug hinterher, der in der Ferne verschwand, bis das abnehmende Tageslicht und die Kälte sie beide frösteln ließ und sie es nicht länger draußen aushielten.

Die Kirchenglocken läuteten, die Menschen jubelten und brüllten ihre Begeisterung heraus, und Edward strahlte. Die Londoner liefen wie aufgescheuchte Hühner zwischen der Abtei und dem großen Palast von Westminster hin und her, jedes noch so kleine Plätzchen war belegt, sogar auf die Unterbauten der Säulen waren sie geklettert, um einen Blick auf den neuen König werfen zu können. Edward wusste, dass sie König Henry und seine französische Frau abgelehnt hatten. Vielleicht hatten sie wirklich nur Angst gehabt, dass die Stadt geplündert werden könnte, aber das Ergebnis war, dass sie sich jetzt für York entschieden hatten. Er war sich nicht sicher gewesen, ob die Bewohner von London die neue Situation ganz verstanden, aber ihr Jubel beruhigte ihn.

Edward schritt den Mittelgang entlang, die vorwärts drängenden Menschenmassen wurden von seinen Leuten zurückgehalten. Hinter ihm wurde es enger, weil die Soldaten zur

Mitte hin drängten. Wer nur irgend konnte, streckte die Hand aus, um Edwards Mantel oder seine Rüstung zu berühren.

In der Menschenmenge, die Edward nach draußen folgte, waren Warwick und sein Bruder, der Bischof, an die Seite geschoben worden. Das Glockengeläut der Kirchen hallte von den Gebäuden wider, und das Echo vermischte sich zu einem ohrenbetäubenden Lärm. Warwick fluchte, als ein mächtiger Kaufmann mit rotem Gesicht ihm erst gegen das Schienbein und dann auf den Fuß trat, als er versuchte, über die Köpfe der anderen hinweg einen Blick auf den König zu werfen. Warwick versetzte ihm einen Stoß, sodass der Mann zu Boden ging, dann stieg er über ihn hinweg und brüllte, man solle ihm Platz machen. Norfolk und seine Bewacher gingen ebenfalls nicht zimperlich mit der Menge um, und hier und da hörte man Schmerzensschreie.

Noch immer konnte man Edwards Kopf und Schultern sehen, die alle anderen überragten. Inzwischen war die Sonne aufgegangen, und Warwick blieb einen Augenblick stehen, als Edward endlich durch das Tor nach draußen trat. Die Morgensonne ließ den Goldreif seines Metallhelms aufblitzen. Warwick blieb einen Moment wie angewurzelt stehen, weil draußen ein noch lauteres Freudengebrüll ertönte. Dann drängte er sich noch entschlossener hindurch und ignorierte die ärgerlichen Beschwerden derer, denen er wehtat oder die er rücksichtslos umwarf.

Endlich stand Warwick draußen, schwer atmend und mit rotem Gesicht, auf dem der Schweiß sofort trocknete. Edward sah ihn an und lachte.

»Seht doch nur, Richard!«, brüllte Edward ihm über den Lärm hinweg zu. »Sie alle haben diesen Moment genauso sehnlich erwartet wie ich!«

Mit Schwung zog Edward sein Schwert und hielt jetzt die blanke Klinge in der Hand, und Warwick sah, dass sie nicht gespalten war, wie man sich erzählte.

Die Menschen reckten die Arme in die Höhe und schrien sich heiser, sie sahen einen König von England vor sich – kein verängstigtes Lamm, sondern einen Krieger von solcher Kraft und Körpergröße, dass er allein äußerlich schon wahrlich majestätisch wirkte. Menschen knieten auf den eiskalten Steinen nieder, einige Mönche hatten damit begonnen, aber andere folgten ihnen, und dann setzte es sich über den ganzen Platz hinweg fort. Nun waren die Abgeordneten des Parlaments deutlich zu sehen, sie standen immer noch aufrecht da und bestaunten das Schauspiel, das sich ihnen bot.

Edward fing ihre Blicke auf, ohne Scheu. Ruhig blieb er stehen und wartete, bis auch sie schließlich niederknieten. Sie hatten seinen Vater zum Thronerben erklärt und verfügten über eine gewisse Macht, aber es gab niemanden, der an diesem Morgen die neue Lage nicht begriff. Wenn Edward mit seinem Schwert auf sie gezeigt hätte, hätte die Menge sie aus Loyalität dem neuen König gegenüber zerrissen.

»London ist eine große Festung an einem großen Fluss«, sagte Edward plötzlich. Seine Stimme war laut und klar, sodass sie von den Mauern ringsum widerhallte. Er sprach wie ein Caesar. Zum ersten Mal seit dem Tode seines Vaters tat Warwicks Herz einen hoffnungsvollen Sprung, als er den jungen Mann betrachtete.

»Mit diesem Tag bin ich König Edward der Vierte, König von England, Wales und Frankreich, Lord Lieutenant von Irland. Durch die Gnade Gottes und in Gegenwart Seiner Heiligen Kirche, im Namen Jesu Christi, Amen.«

Die kniende Menschenmenge wiederholte die letzten Worte und bekreuzigte sich. Niemand erhob sich, obwohl sie in dem eisigen Wind vor Kälte zitterten. Edward blickte auf sie nieder.

»Ich rufe Euch nun, als Euer Lehnsherr. Edelmänner und Bürger, ich rufe euch an meine Seite. Ergreift eure Schwerter, Äxte, Messer, Stangen und Bögen. Ich bin Edward Plantagenet, König von England. Sagt es weiter. Ich rufe euch. Folgt mir.«

14

Edward wog die eine Hälfte eines großen silbernen Siegels in der Hand. Mit dem Daumennagel kratzte er einen Wachsrest ab und schnippte ihn fort. Rings um ihn stand ein Dutzend langer Tische mit Einberufungsbefehlen, die an Ritter und Lords gerichtet waren. Zweiunddreißig Grafschaften und zwölf Städte würden diese Schreiben aus Pergament erhalten, in denen ihre am besten mit Waffen ausgerüsteten Männer aufgefordert wurden, dem Ruf ihres neuen Königs zu folgen.

Edward lächelte, als die vier Großsiegelbewahrer eifrig an die Arbeit gingen. Die Kohlebecken verbreiteten eine Hitze im Raum, dass alle schwitzten. Ein Mann rührte in einem großen Kessel mit blutrotem Wachs, während zwei andere mit kleineren Töpfen beschäftigt waren, in denen Tonkrüge im kochenden Wasserbad standen. Als das Wachs sich verflüssigt hatte, hoben sie die Krüge an den mit Lumpen umwickelten Griffen heraus und deuteten durch ein Neigen ihrer Köpfe an, dass sie bereit waren.

Edward klatschte in die Hände.

»Also dann los!«, sagte er.

»Eure Hoheit brauchen nicht zu … Wir haben, äh …«

Einer der Männer errötete und senkte den Blick.

Edward lächelte. »Nein, ich will es selbst machen. Mein erstes königliches Siegel verdient es, dass ich es mit eigener Hand daruntersetze.«

Der Beamte schluckte, und zusammen mit seinem Kollegen trat er an den ersten der Tische. Edward legte das Siegel hin, und die Männer traten in Aktion. Einer goss die richtige Menge Wachs in die silberne Form, während der andere ein goldenes Band bereitlegte und eine Schicht Wachs auf das Pergament strich, um die Oberfläche vorzubereiten. Es war eine Arbeit, zu der geschickte Hände und ein präzises Auge nötig waren, und Edward war fasziniert, als er das erstarrende Siegel umdrehte, ehe das Wachs zu fest geworden war. Dann wartete er eine kleine Ewigkeit, während die Siegelbewahrer die Arbeit verrichteten, die ihre Lebensaufgabe war.

Endlich entfernte einer von ihnen die silbernen Hälften, und jetzt erschien ein perfektes Abbild Edwards, das ihn auf dem Thron und mit dem Zepter in der Hand zeigte. Das Siegel war in der vorigen Nacht vom Silberschmied der königlichen Münze im Tower für ihn gegossen worden, und er konnte es nur bestaunen, als der Siegelreiniger es jetzt von den Wachsresten befreite und in einen Eimer mit kaltem Wasser legte, damit die Reste sich leichter ablösen ließen.

»Und jetzt das Ganze von vorn«, sagte Edward und blickte auf die Tische mit den Dokumenten.

»Mit Eurer Erlaubnis, Hoheit, werde ich das fertige Dokument an mich nehmen«, sagte Warwick, der hinter ihm stand.

Lächelnd wandte Edward sich um und bedeutete dem Siegelreiniger, es ihm zu reichen.

»Es ist merkwürdig, sich selbst als Wachsabdruck zu sehen«, sagte Edward. »Ich kann es noch immer kaum glauben. Es ist alles so schnell gegangen.«

»Und das ist erst der Anfang«, erwiderte Warwick. »Ich habe achtzig Reiter, die nur darauf warten, Euren Aufruf überall im Land zu verbreiten. Norfolk ist auch schon unterwegs. Er trommelt Ritter zusammen und verkündet allen, dass ein neuer König des Hauses York auf dem Thron sitzt.«

Edward nickte, während er gleichzeitig auf die Siegelbewahrer achtete und die silberne Form wieder umdrehte. Er starrte auf das Abbild im Wachs und schüttelte abermals ungläubig den Kopf.

»Gut. Ich glaube, das reicht fürs Erste, Gentlemen. Ihr könnt jetzt allein weitermachen, bis alles gesiegelt ist. Mylord Warwick wird die Dokumente dann mitnehmen.«

Die vier Beamten drückten ihre Krüge und Silberhälften an die Brust und verbeugten sich ehrfürchtig. Edward schob einen Tisch zur Seite, um aus dem Kreis zu treten, er bewegte das massive Möbelstück mühelos mit einer Hand.

»Es sind erst zwei Nächte, seit ich zum König gekrönt wurde«, sagte er. »Und das Ergebnis scheint zu sein, dass alle mit tausend Dingen beschäftigt sind, nur ich sitze untätig herum und spiele mit Wachs. Oder seht Ihr das anders?«

Warwick lachte leise, doch er wurde sofort ernst, weil Edwards Augen gefährlich blitzten. Hier, wo er nicht mehr von Tischen und Fackeln umgeben war, schien der König noch größer.

»Wollte Ihr Euch vielleicht mit der Verproviantierung beschäftigen?«, fragte Warwick. »Es kommen die ersten Leute zu uns, aber wir brauchen Waffen und Verpflegung – und eine Unmenge weiterer Dinge, um sie ins Feld schicken zu können. Ich habe mir heute in Eurem Namen viertausend Pfund geliehen, und aus den Häusern der Kirche kommt noch mehr dazu.«

Edward stieß einen leisen Pfiff aus, dann zuckte er die Schultern.

»Und wird das reichen? Ich will natürlich die besten Bogenschützen, aber ich brauche auch Männer aus der Stadt. Die, die nicht mit Bögen umgehen können, müssen gute Streitäxte bekommen, außerdem Hippen, Dolche, Schilde und Kettenpanzer.«

»Wir haben die königliche Münze«, sagte Warwick. »Ich dachte, wir leihen uns das, was wir brauchen, aber wenn es zum Äußersten kommt und wir keine Konsequenzen fürchten müssen, könnten wir auch die Barren dafür nehmen.«

Edward hob die Hand, diese Details langweilten ihn bereits.

»Das lassen wir uns als letzte Möglichkeit. Ich will nicht als Dieb dastehen. Tut, was Ihr zu tun habt, Mylord Warwick. Zieht meinetwegen in meinem Namen die Ersparnisse aller Juden in London ein, wenn Ihr wollt. Wenn ich nur die Männer hätte, ich würde am liebsten heute noch nach Norden aufbrechen. Aber Ihr behauptet immer wieder, wir müssten noch warten. Ihr haltet uns auf.«

Warwick schloss ärgerlich die Augen, und Edward runzelte die Stirn, doch er zeigte, dass er es einsah, als er antwortete.

»Ihr habt ja recht. Natürlich muss ich abwarten, denn mein Vater stürzte übereilt nach Norden – zusammen mit Eurem Vater. Die beiden Freunde hatten es zu eilig, ihre Feinde zu stürzen. Ja, Ihr habt recht.«

Er hob einen Moment den Kopf und kämpfte mit der Trauer, die ihn trocken aufschluchzen ließ. Er vertraute seiner Stimme nicht, deshalb schlug er Warwick nur auf die Schulter, sodass dieser schwankte.

»Diese Einberufungsbefehle werden der zündende Funke sein, Edward«, sagte Warwick leise. »Damit werden wir ein großes Feuer im Land entfachen – ein Freudenfeuer auf allen

Bergen, das die Männer zusammenrufen wird. Zweiunddreißig Grafschaften, von der Südküste bis zum Trent.«

»Weiter nicht?«

»Jenseits von Lincolnshire? Die Mühe habe ich mir gar nicht gemacht. Dort im Norden hat die Königin ihre Lords, und dort wird sie unterstützt. Die haben bereits gewählt, auf welcher Seite sie stehen.«

Edward schüttelte nachdenklich den Kopf.

»Dann schickt aber wenigstens einen Befehl nach Northumberland. Schickt ihn an die Sheriffs dort. Tut einfach so, als hätte die Familie Percy nicht beschlossen, einen einfältigen, schwachen König und seine französische Gattin zu unterstützen.«

»Die Percys werden sich nie und nimmer auf unsere Seite schlagen«, sagte Warwick.

»Nein, aber es wird ihnen eine Warnung sein. Sie haben diesen Krieg angefangen. Und ich werde ihn gewinnen, das schwöre ich beim heiligen Kreuz. Lasst sie wissen, dass ich komme und dass ich mich nicht vor ihnen fürchte.« Edward legte die Hände auf dem Rücken zusammen und beugte sich zu Warwick hinunter. »Ihr habt noch eine Woche, eine Armee aufzustellen. Danach hält mich nichts mehr, ich werde reiten. Allein, wenn es sein muss. Aber besser wäre es natürlich mit dreißig- bis vierzigtausend Mann, nicht wahr? Um diese Wölfin ein für alle Mal zu erledigen. Ich will diese Köpfe vom Micklegate-Tor herunterhaben, dort in York. Ich werde sie persönlich herunterholen … und ja, ich werde sie durch andere auswechseln. Darauf könnt Ihr Euch verlassen.«

Margaret ritt eine graue Mähre. An ihrer Seite trabte ihr Sohn auf einem müden, alten Streitross. Die Anhänger König Henrys hatten sich im Umkreis von York verteilt und sich in jedem Dorf und jeder Kleinstadt einquartiert. Das eigentliche Lager jedoch lag etwas weiter südlich, dort, wo die Straße nach London das Dorf Tadcaster durchschnitt. Das war der Sammelplatz, zu dem die Männer über gepflügte Felder gingen oder ritten, um dem Haus Lancaster im Krieg zu dienen. Buchhalter und Schreiber registrierten die Namen für die Lohnzahlung, und wer keine Waffe hatte, bekam eine Streitaxt oder eine grausam scharfe Stielhippe.

Margaret ritt mit ihrem Sohn durch das Lager mit seinen Bannern und Zelten, den Bogenschützen und Axtkämpfern, und Hunderte von ihnen knieten nieder, bis sie vorbei waren. Sechs Ritter auf Wallachen, ebenfalls in Rüstung, trabten neben Mutter und Sohn. Die Banner über ihnen zeigten drei königliche Löwen, zusammen mit Henrys Antilope und der roten Rose des Hauses Lancaster. Margaret wollte, dass ihre Symbole gesehen wurden.

Wie ihr schien, war jeder ihrer Lords mit zahllosen wichtigen Dingen beschäftigt. Es hätte sich gut gemacht, wenn ihr Mann mit ihr geritten wäre, um sich den Leuten zu zeigen. Sein Vater hätte es bestimmt getan, er wäre in sämtliche Lager gestürmt und hätte mit den Hauptleuten und den Männern gesprochen, die für ihn kämpfen und sterben wollten. So hatte man es ihr erzählt. Stattdessen hatte ihr Mann sich in seine eigene friedliche Welt des Gebets und der Kontemplation zurückgezogen, weitab von den Gefahren, die sie um seinetwillen auf sich nahm. Wenn er einen guten Tag hatte, war es ihm durchaus möglich, um mit dem Bischof von Bath und Wells das eine oder andere schwerwiegende religiöse Problem zu erörtern. Mitunter konnte Henry den armen Alten mit seiner Gelehrsamkeit sogar verblüffen. Doch er konnte nicht draußen bei den Soldaten sein, die Zelte aufbauten und ihre Waffen schärften, und ihnen ein paar aufmunternde Worte zurufen.

Statt des Königs zeigte Margaret ihrem Sohn Edward das Lager. Mit seinen sieben Jahren wirkte er wie verloren auf dem breiten Rücken des alten Schlachtrosses. Doch er hielt sich tapfer, und er reckte den Kopf, da sein kühler Blick über die Lager schweifte.

»Wie viele es sind, Mutter!«, rief er ihr zu, und sein Stolz tat ihrem Herzen gut.

Somerset und Derry Brewer waren beide der Meinung, bei ihm mache sich das Blut seines Großvaters bemerkbar, des Kriegerkönigs und Siegers von Azincourt.

»Sie sind gekommen, um gegen die Verräter zu kämpfen, Edward, um die bösen Männer von London zu bestrafen.«

»Die, die die Tore nicht aufgemacht haben?«, fragte er und guckte grimmig.

»Genau die. Sie werden jetzt zornig sein und voller Ingrimm auf uns losgehen, aber wir haben ein so großes Heer, wie ich es noch nie gesehen habe. Vielleicht ist es sogar die größte Armee, die es je gegeben hat.«

Sie zog leicht die Zügel an, und als das Pferd stehen blieb, wandte sie sich zu ihrem Sohn um.

»Du solltest dir die Banner einprägen, damit du sie wiedererkennst, Edward. Diese Männer werden für dich kämpfen, wenn du groß bist. Wenn du es ihnen befiehlst. Wenn du durch Gottes Gnade König geworden bist.«

Ihr Sohn strahlte bei diesen Worten, und einen Augenblick lang konnte auch sie unbeschwert lachen. Sie streckte den Arm aus und strich ihm durchs blonde Haar. Edward verzog unwillig das Gesicht und schob ihre Hand weg.

»Nicht vor den Lords, Mutter«, murrte er, rot vor Verlegenheit.

Margaret war ein wenig gekränkt, empfand aber doch auch Freude über seinen Stolz, und ihre Hand blieb auf halbem Weg stehen.

»Wie du wünschst, Edward«, sagte sie.

»Sie sollen mir doch folgen, wenn ich groß bin«, sagte er wie zur Erklärung, denn er merkte, dass er sie verletzt hatte. »Sie sollen mich nicht als kleinen Jungen betrachten.«

»Aber du *bist* ein Junge. Und ein süßer Bengel dazu, den ich vor Liebe auffressen könnte. Am liebsten würde ich dir die Ohren abbeißen, *Édouard*.« Der Junge konnte sich bei diesen Worten ein Lächeln nicht verkneifen. Als er die französische Aussprache seines Namens hörte, schüttelte er allerdings den Kopf.

»Mama, so heiße ich nicht. Ich bin Edward von Westminster, der Prinz von Wales. Ich werde König von England sein. Aber ich bin ein *englischer* Junge, mit dem Staub der grünen Hügel und … und Bier in den Adern.«

Margaret sah ihn unwillig an.

»Es ist zwar deine Stimme, die da spricht, Edward, aber die Worte sind von Derry Brewer, stimmt's?«

Ihr Sohn wurde rot und wandte seinen Blick ab, als sich sein Gesichtsausdruck veränderte. Sie blickte in dieselbe Richtung. *Wenn man vom Teufel spricht*, dachte Margaret, als Derry Brewer auf seinem alten Klepper auf sie zugetrabt kam, Reiter und Pferd schienen hauptsächlich aus Hufen und spitzen Ellbogen zu bestehen. Der Mann war ein katastrophaler Reiter.

»Master Brewer! Mein Sohn erzählt mir gerade, dass er den Staub englischer Hügel in den Adern hat.«

Erfreut strahlte Derry den Prinzen von Wales an.

»So ist es, Mylady. Und das Wasser englischer Flüsse ebenfalls. Wir werden alle noch stolz auf ihn sein. Ich habe keinen Zweifel …« Seine Stimme erstarb, als er sah, dass Margaret diese Idee nicht besonders originell fand. Derry zuckte die Schultern. »Sein Vater ist der König, Mylady. Und sein Großvater war vielleicht der größte Kriegerkönig, den wir jemals hatten. Manche sagen ja, Edward der Dritte war größer. Aber nein, jeder, der den wahren Wert der Tugend kennt, muss anerkennen, das Henry von Azincourt unser aller Vorbild ist.«

»Aha. Und französisches Blut hat mein Sohn wohl gar nicht in den Adern?«, fragte Margaret.

Derry kratzte etwas getrockneten Schlamm vom Ohr seines Pferdes, ehe er antwortete.

»Mylady, ich habe genug Kinder auf die Welt kommen sehen, um zu wissen, dass die Mutter nicht nur ein Gefäß ist, ein Garten, in den man den Samen streut, wie manche Menschen es ausdrücken. Ich habe rothaarige Mütter gesehen, deren Kinder ebenfalls einen fuchsroten Kopf hatten. Der mütterliche Leib wird das Kind sicher beeinflussen, das kann man nicht abstreiten. Doch Edward ist ein Prinz von England. Und so Gott will, wird er eines Tages König sein. England hat ihn ernährt und hat ihn englische Sitten gelehrt. Er hat englisches Bier und englisches Wasser getrunken, und Wein von Trauben, die auf diesem Boden gewachsen sind. Es gibt Menschen, für die das von großer Bedeutung ist. Aber es gibt natürlich auch andere, die das anders sehen. Vor allem Franzosen.«

Er grinste sie an, und Margaret schnalzte empört mit der Zunge. Dann blickte sie hinüber zu dem riesigen Feldlager.

»Aber Ihr seid bestimmt nicht gekommen, um mit mir darüber zu sprechen, was es heißt, Engländer zu sein, Master Brewer.«

Er neigte den Kopf, froh darüber, dass sie das Thema wechselte.

»Jungs, wollt ihr dem Prinzen nicht mal die großen Kanonen zeigen? Ich habe gehört, Captain Howard will heute zwei Kanonen auf Rädern ausprobieren, mit Kugeln so groß wie meine Faust …«

Er unterbrach sich, weil er merkte, dass Margaret ungeduldig wurde. Sie machte eine Handbewegung, um ihre Einwilligung anzudeuten, und ihr Sohn ritt mit zwei Bannerträgern davon, die des Prinzen Hoheitszeichen trugen, den englischen Löwen und die französische Lilie.

Liebevoll blickte Derry hinter ihm her, sein Gesicht war noch immer leicht gerötet.

»Er ist ein großartiger Junge, Mylady. Ihr solltet Euch seinetwegen keine Gedanken machen. Ich wünschte nur, er hätte ein Dutzend Brüder und Schwestern, damit die Thronfolge gesichert ist.«

Jetzt war es an Margaret, zu erröten. Schnell wechselte sie das Thema.

»Was gibt es Neues, Master Brewer?«

»Ich wollte nicht, dass Euer Sohn es hört, Mylady. Aber Ihr müsst es wissen. Edward von York hat sich in London zum König erklärt.«

Margaret sah ihn an, vor Schreck blieb ihr der Mund offen stehen.

»Was sagt Ihr da, Derry? Wie kann er sich …? Mein *Mann* ist der König!«

Derry zuckte zusammen, aber er zwang sich, fortzufahren.

»Sein Vater war zum offiziellen Thronerben erklärt worden, Mylady. Das hätten wir mit der Zeit berichtigen können, aber wie es aussieht, hat der Sohn sich an diese Tatsache erinnert und sie für sich genutzt. Er hat … nun ja, wie es aussieht, hat er viele Anhänger, Mylady. Die Londoner haben eine Wahl getroffen, als sie die Stadttore vor uns verschlossen. Jetzt müssen sie sich natürlich hinter Edward stellen, und zwar mit Gold, mit Leuten und mit der Macht, die von Westminster Hall und der Abtei ausgeht. Und mit dem Thron, dem Zepter und der königlichen Münze.«

»Aber … Derry, er *ist* nicht der König. Er ist ein Verräter und Usurpator … Und er ist noch ein Junge!«

»Mein Bote sagt, er sei ein Hüne von Mann, Mylady. Ein Hüne, der jetzt eine Krone trägt und im Namen des Königs Soldaten zum Kriegsdienst auffordert.«

Aus Margarets Gesicht war das Blut gewichen. Zusammengesunken saß sie auf ihrem Pferd. Derry empfand Mitleid mit ihr. Er fürchtete dieser Schlag könne einer zu viel gewesen sein.

»Das einzig Gute an der Sache ist, Mylady, dass jetzt mit offenen Karten gespielt wird. Es gibt keine Verstellungen mehr. Viele Männer, die vielleicht noch abgewartet hätten, werden jetzt zu Euch kommen. Die Armee ist schon jetzt die größte, die ich je gesehen habe. Und sie wird noch weiter anwachsen, wenn die Leute aus dem Norden dazukommen, um ihren König vor den Verrätern zu schützen.«

»Und werden wir sie besiegen?«, fragte Margaret verzagt.

Derry nickte. Er streckte die Hand aus, ließ sie aber fallen, ohne sie zu berühren.

»Wir haben fast vierzigtausend Mann, Mylady, mit einem guten, soliden Kern von Bogenschützen und gut ausgebildeten Kriegern.«

»Ich habe gesehen, wie Armeen auseinandergerissen wurden, Master Brewer«, sagte Margaret leise. »Wenn erst die Hornsignale ertönen, ist auf nichts mehr Verlass.«

Derry spürte, wie ihn Ungeduld ergriff. Er hatte Wichtigeres zu tun, als eine verängstigte Königin zu trösten. Wenngleich diese verängstigte Königin ein überaus hübscher Anblick war, wie er sich eingestehen musste. Er überlegte, wie es sich anfühlen musste, sie auf die Lippen zu küssen … Doch sofort schüttelte er diesen Gedanken ab.

»Mylady, ich muss an meine Arbeit. Es kann keine zwei Könige geben. Edward hat uns aneinandergekettet, bis es wieder nur einen König gibt.«

15

Vierzehn Tage nachdem Edward sich in der Halle von Westminster zum König erklärt hatte, brach er mit einem gewaltigen Heer nach Norden auf. Die Iden des März waren vor drei Tagen gewesen. Er dachte an die Cäsaren, als er im Schritttempo auf der Londoner Straße entlangritt, zur Stadt hinaus. Der Winter hatte das Land noch immer in seinem eisigen Griff, und entlang der Straße, auf der Margaret mit ihren Männern aus dem Norden gekommen war, würde es ohnehin nichts zu plündern geben. Edward und seine Hauptleute kamen an niedergebrannten Herrenhäusern vorbei, und in den Dörfern verschwanden die Bewohner in den Wäldern, sobald sie die marschierenden Soldaten in der Ferne erblickten.

Noch schlimmer war, dass es für eine so große Armee unmöglich war, die gepflasterte Straße zu benutzen. Edward hatte unzählige Streitgespräche mit Warwick und Fauconberg über sich ergehen lassen müssen, die ihm mühsam erklärt hatten, dass sie auf der Straße einen Zug bilden würden, der sich über Tage erstreckte, sodass die Vorhut, falls sie der Armee der Königin in die Arme laufen sollte, von der Versorgung abgeschnitten werden könnte. Also mussten sie, statt einen endlos langen Zug zu bilden, sich breiter formieren. Die Männer marschierten in jeweils drei Karrees nebeneinander und bildeten Reihen von der Breite einer Meile. Die vorrückenden

Linien arbeiteten sich durch Wälder hindurch, Hügel hinauf und wieder hinunter, sie durchquerten Flüsse und wateten durch Lehm und Schlamm, der so zäh war, dass die Männer kaum von der Stelle kamen. Die Stadt York lag zweihundert Meilen entfernt im kalten Norden, und Edward hatte sich damit abgefunden, dass der Marsch neun oder zehn Tage dauern würde. Doch wenigstens waren seine Leute bestens ausgerüstet, was er dem Wohlwollen und dem Reichtum der Stadt London zu verdanken hatte. Mit Handelsschiffen waren die nötigen Vorräte die Themse heraufgeschafft worden, und auch die Geldverleiher der Stadt schienen begriffen zu haben, dass ihre Zukunft vom Schicksal des frisch gekrönten Königs abhing.

Stolz ritt Edward in der Mitte der ersten Reihe, umgeben von Bannern, die eine flammende Sonne, die Falken seines Vaters und die weiße Rose von York trugen. Dem Duke von Norfolk, als dem ältesten der anwesenden Lords, hatte er das Kommando über den rechten Flügel übertragen. Warwick und Fauconberg befehligten den linken Flügel, und falls die beiden Nevilles sich dadurch beleidigt fühlen sollten, zeigten sie es jedenfalls nicht. Und tatsächlich hatte Edward es auch nicht als Kritik an den Truppen gemeint, die bei St. Albans überrollt und besiegt worden waren, obwohl sie den größten Teil dieses Karrees bildeten. Wenn auch nur die Hälfte der Berichte stimmte, die nach Süden gelangten, dann war das Heer der Königin mindestens ebenso groß wie das seine. Zwar neigten Späher und Kaufleute zur Übertreibung, aber Edward hatte das Gefühl, dass er keine Zeit verlieren durfte. Schlachten mochte man verlieren, aber Kriege konnten immer noch gewonnen werden. Jeder weitere Tag, den er auf der Straße zubrachte, war ein weiterer Tag, an dem die Königin und ihr schwachsinniger Mann ihre Armee vergrößern konnten.

Da seine Lords sich um ihre eigenen Karrees zu kümmern hatten, brauchte Edward sich auch nicht mit ihnen zu unterhalten, worüber er sehr froh war. Sie waren nicht einmal in Sichtweite für ihn, und er verbrachte die Tage in der Gesellschaft der walisischen Hauptleute und Bogenschützen. Wieder einmal hatte er das Gefühl, dass er sich besser zum Oberhaupt eines Clans geeignet hätte als zu einem König. Doch bis zu seinem neunzehnten Geburtstag war es immer noch ein Monat, und er genoss es, seinen Körper zu spüren und seine Muskeln spielen zu lassen. Er wollte kämpfen. Seine Armee war ein Durcheinander von farbigen Wappenröcken, von tausend verschiedenen Familienwappen, aufgestickt oder auf Stoff und auf Schilde gemalt. Außer den ausgebildeten Soldaten im Dienst von Rittern und Baronen folgten ihm auch einfache Bürger, die die katastrophalen Verhältnisse unter Lancaster satt hatten und sich an Vorfälle erinnerten wie damals, als Lord Scales griechisches Feuer gegen die Bewohner von London eingesetzt hatte, und das im Namen von König Henry. Sie trugen ihre Streitäxte und Stielhippen, dass sie hochstanden wie Borsten auf einem Schwein, die Griffe aus Buchenholz über der Schulter oder als Stab in der Hand – aber überall saß ein Kopf aus Eisen darauf. Die Streitäxte waren teils Axt, teils Spieß, teils Hammer, während die Hippen eine schwerere Klinge hatten. Selbst in einer ungeschickten Hand waren sie noch solide Schneidewerkzeuge, aber wenn jemand damit umzugehen verstand, konnten sie einen Panzer durchdringen, sodass ein einfacher Soldat es sogar mit einem Ritter in voller Rüstung aufnehmen konnte.

Edward war überrascht, wie viele der mürrischen Burschen, die mit ihm marschierten, einen persönlichen Groll gegen das Haus Lancaster zu hegen schienen. Für viele seiner Leute aus Kent und Sussex war der Name Jack Cades wie eine flammende Parole, und sie erzählten jedem, der es hören wollte, wie die Königin damals ihr Versprechen einer Amnestie gebrochen hatte. Sie hatten ihren Eid gegenüber York geleistet, weil sie sich betrogen fühlten und wütend waren. Keine Frage, dass Edward für jeden Fehler, den Margaret gemacht hatte, nur dankbar sein konnte.

Die Kälte wurde schlimmer, je weiter sie nach Norden kamen. Zitternd hauchten die Männer in ihre Hände, aber immerhin kamen sie jetzt, auf dem harten Boden, besser voran. Die Wagen mit Verpflegung und Ausrüstung konnten auf der Straße mit den marschierenden Männern Schritt halten, und Edward bekam jeden Abend eine Liste der Verletzten vorgelegt, wenn seine Diener das Zelt aufschlugen und eine Mahlzeit vorbereiteten. Die Stunden, ehe er sich zum Schlafen niederlegte, verbrachte er bei Waffenübungen mit seinen Rittern. Anfangs hatten sich die gewöhnlichen Soldaten um den von Fackeln erhellten Platz gedrängt, um dem Riesen zuzusehen, der sie anführte. Aber ihre Neugier hatte Edward abgelenkt, und er hatte sie weggeschickt und ihnen befohlen, sich ebenfalls zu üben. Seitdem waren die Abende vom Waffengeklirr und den Rufen der Hauptleute erfüllt.

An der Art und Weise, wie man ihn jetzt betrachtete, merkte Edward, welche Macht ein König besaß. Er merkte es auch daran, wie eifrig die Ritter jetzt übten. Jeder wollte seine Tüchtigkeit unter Beweis stellen. Es ging um mehr als die kleinen Gefälligkeiten oder die Titel, die er verleihen konnte.

Nach den Jahren des Chaos und des Niedergangs verkörperte er für die jungen Ritter ein neues England.

»Sie hängen an jedem Eurer Worte«, hatte Warwick in London gesagt. »Sie werden Euch schmeicheln, aber sie werden auch für Euch kämpfen, und zwar auch dann noch, wenn sie schon längst hätten wegrennen müssen – nur weil Ihr der König seid. Wenn Ihr ein paar Worte mit ihnen wechselt, wird es in ihrer Erinnerung der kostbarste Augenblick ihres Lebens bleiben. Wenn Ihr ein Mann seid, dem sie folgen können, wird das Eure Krone in ihren Augen immer mehr vergolden und Ihr werdet … nun ja, ein Gigant, ein zweiter König Artus in silberner Rüstung sein. Allerdings … solltet Ihr etwa die Hand gegen eine Frau erheben oder sie notzüchtigen … oder wenn Ihr Feigheit an den Tag legt, wenn Ihr nur einen kläffenden Hund tötet oder Euch als reizbar und launenhaft zeigt, dann wäre das, als zerspränge ein Spiegel.«

Das saß. Edward hatte zwar nur die Schultern gezuckt, aber er hatte es sich gemerkt und beschlossen, danach zu leben. Er hatte sogar aufgehört, abends zu saufen, die Männer sollten sehen, dass er nüchtern war, wenn er schweißüberströmt mit der Waffe übte. Er trank Wasser, aß Hammelfleisch und Stockfisch und strotzte förmlich vor Gesundheit. Er schlief wie ein Murmeltier und war schon vor Tagesanbruch wieder auf den Beinen.

Vier Tage nachdem sie London verlassen hatten, trafen sie John Neville auf seinem Weg nach Süden. Er ritt auf der alten Römerstraße in Richtung London. Warwick hatte seinen Bruder mit überschwänglicher Freude begrüßt, bis er die blauen Flecken und die eiternde Wunde auf dem Handrücken sah. Warwicks Gesicht war grimmig geworden. Er hatte seine Leute zur Eile angetrieben, seinen Bruder aber hatte er aufgefordert, mit ihm zurück nach Norden zu reiten.

John Neville selbst war hocherfreut und völlig überwältigt von dem riesigen Heer. Auf einem ausgeruhten Pferd und mit nahrhaften Fleischmahlzeiten – den ersten seit vielen Wochen – erholte er sich im Laufe der nächsten Tage zusehends. Er berichtete alles, was er im feindlichen Lager erfahren hatte, allerdings hatte Derry Brewer ihm stets die Augen verbunden, wenn er herumgeführt wurde. Trotzdem war Warwick froh und dankbar, dass sein Bruder wieder frei war. Auch wenn er voll und ganz hinter Edward stand, der neue König war kein leichter Umgang. Er war wie ein freigelassener Wolf, der bei der geringsten Provokation in Zorn geriet. Warwick hatte das unkomplizierte Vertrauensverhältnis vermisst, das er zu seinem jüngsten Bruder hatte, bei dem er nicht jedes Wort auf die Goldwaage legen musste.

König Edwards Heer war seit neun Tagen unterwegs, als die Späher der Vorhut auf die ersten Anzeichen des Gegners trafen. Die Londoner Straße führte durch das Dorf Ferrybridge, wo es immer eine solide gebaute Brücke aus Eichenpfeilern mit Fichtenbeplankung über die Aire gegeben hatte. Jetzt war die Brücke zerstört, und das Wasser schäumte und rauschte an den zertrümmerten und zersplitterten Holzbohlen vorbei. Edwards Reihen waren eine Meile weiter östlich, und er befahl Warwicks und Fauconbergs Karrees, vorauszureiten und die Brücke zu reparieren oder, besser, Bäume zu fällen und eine neue zu bauen, damit die Armee den Fluss überqueren und ihren Weg nach Norden fortsetzen konnte. Bis nach York waren es keine zwanzig Meilen mehr, und Edward war entschlossen, dort die Mauer zu stürmen und die sterblichen Überreste seines Vaters und Bruders zu bergen. Jeder verlorene Tag war ein weiterer Tag der Demütigung, und damit wollte er sich nicht abfinden.

Warwick beobachtete die Zimmerleute bei der Arbeit. Unter der Aufsicht zweier Sergeants, die etwas vom Bauen mit Holzdübeln verstanden, hatten sie sich ans Werk gemacht. Für die Männer war es geradezu ein Vergnügen, diese Brücke zu bauen, es war ein Stück gutes, solides Handwerk, bei dem man am Schluss mit Befriedigung sehen konnte, was man getan hatte. Frohgemut schlugen sie Keile in Birkenstämme, um sie zu spalten, während ihre Kollegen mit Zimmeraxt, Hippe und Hobel beschäftigt waren.

Die Brückenpfeiler waren natürlich noch vorhanden, sie saßen zu fest, als dass man sie hätte beseitigen können, und da sie nass waren, konnte man sie auch nicht verbrennen. Sie würden noch hundert Jahre ihren Dienst tun. Die Männer brauchten nur neue Bohlen und Planken darüberzulegen und mit gewaltigen Hammerschlägen zu befestigen. Das Ergebnis sah zwar nicht besonders hübsch aus, aber es brauchte auch nicht für Generationen zu halten, lediglich für ein paar Wochen.

Der alte Fauconberg näherte sich mit bedächtigen Schritten, einen runzligen Apfel in der Hand, in den er beherzt hineinbiss. Warwick hörte ihn und wandte sich um.

»Ach du bist es, Onkel William«, sagte er. »Es dauert nicht mehr lange. Die Hälfte ist schon fertig, morgen früh können wir weitermarschieren.«

»Ich wollte dich nicht überwachen, Junge. Nein, aber diese Gegend hier kenne ich gut. Keine zehn Meilen von hier habe ich mit deinem Vater gejagt, als wir noch jung waren.«

Warwick lächelte gequält. Die Geschichten seines Onkels kamen oft zur Unzeit.

»Vielleicht kannst du mir ein andermal davon erzählen, Onkel. Ich habe noch verschiedene Dokumente zu lesen und muss Briefe schreiben …«

Er sah zum Himmel auf, die Sonne war nur noch ein schwacher Schimmer hinter grauen Wolken. In seinem Zelt würde man bereits die Lampen anzünden, und es war bitterkalt.

»Natürlich«, sagte Fauconberg. »Geh nur an deine Arbeit, Richard, ich will dich nicht aufhalten. Es ist noch keine Stunde her, dass dein Bruder John hier stand, er konnte es gar nicht erwarten, auf die andere Seite zu kommen. Du sollst wissen, dass ich stolz bin auf Euch. Und Euer Vater wäre auch stolz auf Euch.«

Warwick wurde eng um die Brust, was ihn ärgerte. Er neigte den Kopf.

»Danke, Onkel. Das hoffe ich auch.« Er deutete auf den Fluss, der so reißend war, dass der Lehm am Ufer abbröckelte und braune Wirbel bildete. »Die Arbeit kommt gut voran. Bei Sonnenaufgang ziehen wir weiter.«

Lord Clifford war nicht gerade bester Laune. Warum hatte man ausgerechnet ihm befohlen, die Brücke über den Fluss einzureißen? Er war sich ziemlich sicher, dass Derry Brewer dahintersteckte. Es war eine Aufgabe, die man ohne Weiteres einem Sergeanten oder einem Trupp einfacher Arbeiter hätte überlassen können. Weswegen sollte jemand wie er die zweihundert Bogenschützen und die Handwerker mit ihren Äxten und Hippen überwachen, die jetzt an ihm vorbei, zurück zur restlichen Armee, trotteten und ihm verärgerte Blicke zuwarfen. Somerset und Earl Percy von Northumberland hätten sich das nicht bieten lassen, so viel stand fest. Nun ja, aber jetzt war es erledigt. Die Brücke war zerstört, und die

Trümmer waren von der Strömung so schnell davongetragen worden, als hätte es sie nie gegeben.

Clifford hatte den Leutnant gefragt, ob man die Brückenpfeiler nicht auch abreißen solle. Seine Antwort war nur ein unverschämtes Grinsen gewesen, was dem Mann zehn Peitschenhiebe eingetragen hatte. Aber er war unter seinen Kameraden offenbar beliebt gewesen, deshalb hielten sie es für gerechtfertigt, Clifford jetzt auf ihrem Rückweg ins Lager wütend anzustarren.

»Mylord! Lord Clifford!«, hörte er jemanden rufen.

Mit einem unguten Gefühl im Bauch wandte Clifford sich um, er wusste, wenn die Stimme des jungen Spähers so angespannt klang, brachte er keine gute Nachricht.

»Sprich«, befahl er und wartete, bis der Späher abgesessen und sich verbeugt hatte, wie es sich gehörte.

»Bei der Brücke ist ein Trupp von Soldaten, Mylord. Sie schneiden schon wieder Holz zu und bauen sie wieder auf.«

Clifford spürte, wie ihn Erregung ergriff. Noch war die Brücke nicht passierbar – und er hatte Bogenschützen. Wenn das die Vorhut von Yorks Armee war, dann konnte er einen verheerenden Schaden unter ihnen anrichten. Mit dem Vorteil des Überraschungsmoments könnte er vielleicht sogar Warwick oder Edward selbst einen Pfeil durch die Brust jagen, diesem falschen König, dessen schändliche Tat zum Himmel schrie. Und er selbst würde als Held zu König Henry und Königin Margaret zurückkehren …

»Mylord Clifford?« Der Späher besaß die Unverschämtheit, seine herrlichen Träume zu unterbrechen. »Um Vergebung, Mylord, aber habt Ihr Befehle, die ich weitergeben soll? Sie benutzen die alten Pfeiler, die noch im Fluss stehen, und es wird nicht lange dauern, bis sie hinter uns sind.«

Clifford schob seinen Unmut über die Fragen des jungen Mannes beiseite. Er hatte doch gewusst, dass diese verdammten Pfeiler ihnen noch Probleme bereiten würden.

Die Sonne würde bald untergehen, und sie waren erst wenige Meilen von der zerstörten Brücke entfernt. Er blickte auf die Bogenschützen, die ebenfalls stehen geblieben waren, und plötzlich verstand er, warum Somerset darauf bestanden hatte, für eine so einfache Aufgabe so viele Bewaffnete mitzunehmen.

»Zurück zum Fluss, Gentlemen! Wir werden diese Verräter überraschen und ihnen zeigen, wozu gute Bogenschützen in der Lage sind.«

Die Männer machten kehrt, und ohne ein Wort setzten sie sich in Trab, um die wenigen Meilen zu schaffen, ehe die Sonne unterging.

Es wurde dunkel, und in seinem schwarzen Zelt hatte Warwick gerade eine frische Forelle verspeist, die er eigenhändig aus dem Fluss gezogen hatte. Es war noch kälter geworden, und er hatte Wams und Unterkleidung anbehalten und sich zusätzlich in mehrere Decken gehüllt. Warm und gesättigt war er gerade dabei, einzunicken, als er das Klirren bewaffneter Männer hörte, die aufzubrechen schienen. Warwick stützte sich auf den Ellbogen und starrte in die Dunkelheit.

Draußen, auf der anderen Seite des Flusses, hörte er Befehle. Deutlich hörte das Wort »Anlegen«.

Das waren Bogenschützen!

Warwick warf seine Decken beiseite. Er sprang auf und schrie nach Schilden, als er nach draußen stürzte.

Entsetzt stellte er fest, dass das Lager nicht in Dunkel gehüllt war. Er hatte angeordnet, die Männer sollten beim Schein trüber Laternen die Nacht über durcharbeiten, also waren sie jetzt auf der Brücke gut auszumachen und hörten beim Lärm ihres Hämmerns und Sägens nichts von der Ankunft der Gegner.

»Schilde! Geht in Deckung! Bogenschützen!«, brüllte Warwick.

Überall leuchteten noch helle Gluthaufen, die Reste der vielen Kochfeuer für jeweils dreißig bis vierzig Mann.

»Löscht die Feuer!«, schrie Warwick. »Wasser drauf!«

Als Antwort hörte man verwirrte, erschrockene Aufschreie, während auf der anderen Seite nur ein einziger Befehl ertönte. Warwick zog scharf die eiskalte Luft ein, als er das Schwirren der Pfeile vernahm, ein Geräusch, das selbst das Tosen des Flusses übertönte. Er hörte, wie ringsum die Pfeile auftrafen, auf Holz, Metall und auf menschliche Körper. Sie zerfetzten Zelte, in denen er erstickte Schreie hörte. Immer mehr Pfeile bohrten sich vor ihnen in den Boden, man konnte sie an den weißen Federn deutlich erkennen.

Die Nacht war dunkel, die schmale Mondsichel verbreitete nur wenig Licht. Warwick sah undeutlich, wie Männer nur mit einem Hemd oder einer Jacke bekleidet sich Schilde oder Säcke griffen, irgendetwas, das sie gerade fanden. Manche hielten auch Planken aus Birkenholz vor sich, doch die Pfeile durchbohrten sie samt ihren Händen. Warwick schwitzte, auch er erwartete jeden Augenblick von einem Pfeil getroffen zu werden. Als sein Truchsess ihn am Arm packte, stieß er einen erschrockenen Fluch aus, ehe er verlegen dankend den schützenden Schild ergriff, den dieser ihm hinhielt.

Warwick sah sich um. Die Kochfeuer waren gelöscht, und im Lager war es dunkel geworden. Die Laternen über dem Fluss waren verschwunden, weil die Zimmerleute sie ins Wasser geworfen hatten. Warwicks Gedanken rasten. Er mahnte sich zur Ruhe. Er durfte nicht kopflos reagieren. Er sah vor sich auf den Fluss. Die feindlichen Bogenschützen konnten nicht näher kommen als bis ans Ufer, etwa hundert Fuß entfernt. Es gab nur eine Lösung.

»Dreihundert Yards zurückziehen! *Zurückziehen!* Na los!«, brüllte er.

Der Befehl wurde weitergegeben, über die Schmerzensschreie der Verletzten und Sterbenden hinweg. In einem Moment der Panik hatte er das Gefühl, dass die Pfeile ganz gezielt auf ihn gerichtet wurden. Warwick wandte sich um, auch wenn er so den Feinden den verwundbaren Rücken zukehrte. Manche der Männer nahmen den Schild oder ein Brett auf den Rücken, aber der einzig wirkliche Schutz war, außer Reichweite zu kommen. Bei dieser Flucht im Dunkeln ging es nicht mehr um Würde und Ehre. Warwick wurde von Männern geschubst und gestoßen, die gar nicht wussten, wer er war. Er stürzte zu Boden, rappelte sich wieder auf und drängte zusammen mit den anderen weiter, ständig im Kampf gegen die Angst vor dem plötzlichen Tod.

Er sah Edward, der im Fackelschein auf ihn zukam. Er war zu Fuß. Selbst in der Dunkelheit blitzten seine Banner im schwachen Mondlicht silbern auf. Die Anwesenheit des Königs wirkte wie ein kalter Guss Wasser auf die Männer. Die wilde, panische Angst aus ihren Gesichtern verschwand schlagartig. Plötzlich schämten sie sich und blieben stehen.

»Ich erwarte eine Erklärung!«, rief Edward. Er hatte seine Armee im Dunkeln dabei überrascht, wie sie floh, und war außer sich vor Zorn. Keiner wagte ihn anzusehen. »Nun? Warwick? Wo seid Ihr?«

»Hier, Euer Gnaden. Es war mein Befehl, ich wollte die Leute außer Reichweite der Bogenschützen bringen die sich auf der anderen Seite des Flusses befinden.«

»Aber ich muss über diesen Fluss«, fauchte Edward ihn an. »Und wie soll ich das schaffen, wenn es dort keine verdammte Brücke gibt?«

Warwick kochte innerlich vor Zorn, auf diese Art und Weise von einem Jüngling gemaßregelt zu werden, ob er sich nun König nannte oder nicht. Sein Onkel Fauconberg antwortete, ehe er etwas sagen konnte.

»Es gibt eine weitere Stelle, um hinüberzukommen, Euer Gnaden, etwa drei Meilen westlich von hier.«

»Castleford?«, erwiderte Edward versonnen. »Die Furt kenne ich. Ich habe als Junge hier gejagt, und erneut vor gar nicht so langer Zeit …«

Vor ihm stand das Bild von Elizabeth Grey, der hübschen jungen Frau mit dem Hund. Er fragte sich, ob sie noch an ihn dachte. Dann lächelte er. Natürlich tat sie das.

»Also gut, Lord Fauconberg«, sagte er und riss sich aus seinen Gedanken. »Nehmt Euch dreitausend geeignete Burschen, und marschiert so schnell wie möglich zu dieser Furt. Und sorgt dafür, dass Bogenschützen dabei sind. Versteht Ihr? Die Nacht ist noch nicht vorbei. Ihr solltet, wenn möglich, noch vor dem Morgengrauen am anderen Ufer sein. Wollen wir doch mal sehen, ob wir unsere tapferen Angreifer nicht auch überraschen können.« Edward winkte Fauconberg, er solle aufbrechen, dann wandte er sich dessen Neffen zu. »Warwick, seht zu, dass diese verdammte Brücke fertig wird. Und lasst die Zimmerleute mit Schilden schützen, wie Ihr es schon vorher hättet tun sollen. Unternehmt alles, was nötig ist. Ich will diese Brücke.«

Warwick verbeugte sich steif.

»Sehr wohl, Euer Gnaden«, sagte er.

Warwick machte auf dem Absatz kehrt und war froh, dass man in der Dunkelheit nicht sehen konnte, wie wütend er war. Er hatte Edward geholfen, König zu werden, einem achtzehnjährigen Knaben, der ihn jetzt herumkommandierte wie einen Schuhputzer.

Doch dann atmete er tief durch. Sollte der junge König toben. Das Einzige, was zählte, war, dass König Henry und Königin Margaret fielen. Und die Königin war noch wichtiger als ihr bedauernswerter Mann. Auf dem Tor von Micklegate in York steckten Köpfe. Und Warwick wusste, er würde jede Demütigung und jede Ungerechtigkeit schlucken, wenn nur die Köpfe dort herunterkämen.

Im ersten trüben Morgenlicht sah Lord Clifford, dass alles so war, wie er es sich erhofft hatte. Sobald er das gegenüberliegende Ufer erkennen konnte, ritt er vorsichtig so nahe heran, wie er es wagen konnte, ohne in Schussweite eines Bogens zu geraten. Vier seiner Hauptleute ritten mit ihm, und sie schlugen sich lachend auf die Schulter, als sie sahen, welches Blutbad sie angerichtet hatten.

»Da seht Ihr, Gentlemen, was man mit ein wenig Planung und Voraussicht erreichen kann!«, verkündete Clifford.

Jetzt im Tageslicht sah man die große Anzahl von Männern, die sie im Schlaf getötet hatten. Gegen die Kälte fest in Decken gewickelt, hatten sie wie Kokons dicht an dicht auf dem Boden gelegen. Als die Feuer langsam niederbrannten, waren sie immer näher herangerückt und hatten riskiert, sich die Haare zu versengen. Auf diesen Teppich von Menschen waren etwa dreitausend Pfeile niedergegangen – zweihundert Männer, jeder mit zwölf bis achtzehn Pfeilen ausgerüstet, die blind schossen, bis selbst ihre Schultern schmerzten.

Während Clifford vom Pferd aus zusah, wurden auf der anderen Seite Hunderte von Toten eingesammelt und aufgebahrt. Die meisten waren dort liegen geblieben, wo sie getroffen worden waren, um den Brückenkopf herum, dunkle Gestalten in einem Feld weiß befiederter Pfeile. Jungen rannten umher, um die Pfeile einzusammeln, zumindest die, die im weichen Boden steckten und geborgen werden konnten. Ganze Armvoll trugen sie fort, und die Widerhaken verfingen sich in den wollenen Wämsern, sodass sie aussahen wie von riesigen Bienen gestochen.

Hinter den umherflitzenden Jungen und den Toten erschien lautlos eine dunkle Reihe von Reitern, die immer breiter wurde, in der Mitte Edward. Cliffords Lächeln wurde starr, als zu Seiten eines hünenhaften Mannes die Banner von York erschienen. Kein Zweifel – es war Edward Plantagenet. Er saß auf seinem riesigen Schlachtross, einem nicht kastrierten Hengst. Der Reiter nahm weder Clifford noch seine Lords zur Kenntnis. Edward hielt lediglich die Zügel locker in der gepanzerten Hand, starrte vor sich hin und wartete ab. Der Himmel über ihnen war voll schwerer, grauer Wolken, der Wind ließ nach, und es wurde noch kälter.

16

Lord Cliffords vier Hauptleute ritten an seiner Seite, jeder von ihnen trug das Wappen mit dem roten geflügelten Drachen auf dem weißen Rock über der Rüstung. Trotz dieses stolzen Symbols fand Clifford, dass sie im Vergleich zu dem falschen König und seinen Rittern dort drüben am anderen Flussufer doch irgendwie kümmerlich aussahen. Er erkannte die Banner von York und die von Warwick, aber er sah keine Spur von Fauconberg oder dem Duke von Norfolk. Clifford spürte, wie sein wesentlich kleinerer Trupp ähnlich begutachtet wurde, und bemühte sich, so aufrecht wie möglich im Sattel zu sitzen.

Der älteste seiner Hauptleute zog Rotz hoch und spuckte aus. Corben war ein düster dreinblickender Kerl mit einem trockenen Humor. Um seinen Mund hatten sich tiefe Furchen gegraben, und man hätte ihn für griesgrämig halten können. Er war ein Veteran, der der Familie Clifford schon seit zwanzig Jahren diente und noch den Vater des Barons gekannt hatte.

»Mylord, jetzt, wo die Sonne aufgegangen ist, könnten wir doch versuchen, die letzten Pfeile mit Öl zu tränken und in Brand zu setzen. Das würde die Arbeit an der Brücke wieder etwas verzögern.«

Lord Clifford sah ihn herablassend an, er wusste genau, warum er nie vorgeschlagen hatte, dass der Mann zum Ritter geschlagen wurde.

»Wir *wollen* sie ja gar nicht weiter aufhalten, Captain Corben. Ich bin sicher, König Henry hat diese große Armee nicht zusammengerufen, um zu warten, bis es Frühling wird. Nein, ich habe mein Ziel erreicht – und noch viel mehr! Ich bin überzeugt, dass ich in diesem ›Krieg der zwei Könige‹ den ersten Schlag getan habe.«

Clifford lächelte selbstgefällig, er dachte an das Lob, das man ihm zollen würde. Er blickte am Flussufer entlang in seine eigene rosige Zukunft und sah als einer der Ersten, was da auf ihn zukam. Captain Corben blickte verwirrt auf seinen Herrn, der plötzlich kreidebleich geworden war.

»Mylord?«, fragte Corben, dann blickte er über die Schulter zurück und fing an zu fluchen.

Im Morgenlicht wirkten die Felder *auf ihrer Seite des Flussufers* plötzlich äußerst belebt – es wimmelte nur so von rennenden Männern und galoppierenden Pferden!

»Bogenschützen!«, rief Clifford sofort. »Bogenschützen nach vorn!«

»Sie haben keine Pfeile mehr, Mylord«, gab Corben kleinlaut zurück.

Der Baron warf seinem Hauptmann einen wütenden Blick zu. Dann wandte er sich um und brüllte wütend seine Männer an.

»Bogenschützen zurück! Rückzug nach Norden! In geschlossenen Reihen. *Rückzuuug!*«

Die Hauptleute und Sergeants wiederholten das letzte Kommando, wiesen einzeln umherirrende Bogenschützen in die richtige Richtung, weg von denen, die ihnen auf den Fersen waren. Unter dem Druck des anrückenden Feindes schien es eine Ewigkeit zu dauern. Cliffords Stimme überschlug sich, als er sie wieder anbrüllte.

»Captains, könnt Ihr Eure Leute nicht schneller in Bewegung setzen? Rückzug ins Hauptlager!«

Die sie verfolgenden Bogenschützen waren jetzt stehen geblieben, um ihre Bögen zu spannen. Sie schossen Pfeile ab, die zwar ihr Ziel nicht erreichten, doch für Cliffords Leute, die ihnen den Rücken gekehrt hatten und fortrannten, deutlich zu hören waren. Obwohl niemand verletzt war, verursachten das Geräusch der einschlagenden Bolzen im vereisten Boden Panik in den Reihen, sodass die Männer alle Disziplin vergaßen und sich nur noch drängelnd und schiebend vorwärtsbewegten.

Cliffords Bogenschützen, die weder durch Kettenhemden noch Rüstungen behindert waren, kamen am schnellsten voran. Sie fingen an, sich durch die anderen Reihen hindurchzudrängen, und gewannen einen Vorsprung vor den anderen. Zusammen mit Clifford waren nicht mehr als ein Dutzend Männer zu Pferde, und alle waren die ganze Nacht wach gewesen. Es war ein jammervoller Haufen, der jetzt klirrend davonstrebte, um den Fluss möglichst weit hinter sich zu lassen. Hinter ihnen ertönte ein gespenstisches Heulen aus mehr als dreitausend Kehlen, Eulenschreie und Wolfsgeheul, während sich der Abstand immer weiter verkleinerte.

Lord Clifford unterdrückte seine Angst und rief Corben an seine Seite.

»Schickt einen Reiter voraus, um Hilfe zu holen, jemand, der schnell ist. Ihr hättet Späher ausschicken sollen, dann wäre ich früher gewarnt worden, Corben.«

»Jawohl, Mylord«, sagte Corben und nahm den Tadel ausdruckslos zur Kenntnis, bis auf das übliche ärgerliche Aufblitzen seiner Augen. »Ich habe den jungen Anson bereits losgeschickt, Mylord. Er ist klein, und sein Pferd ist das schnellste, das wir haben.«

Einen Augenblick lang überlegte Clifford, ob er Corben mitnehmen solle. Der Mann hatte seiner Familie zwanzig Jahre gedient. Andererseits, ohne sich dabei besonders auszuzeichnen.

Clifford blickte an seinem Hauptmann vorbei in die Ferne und schüttelte besorgt den Kopf, weil der Feind schon so nahe heran war. »Es könnte sein, dass ich …« Sein Mund bewegte sich, er suchte die passenden Worte. »Ich kann schneller weiterkommen als diese Männer zu Fuß, Corben. Es könnte sein …«

»Ich verstehe, Mylord. Ich habe den Eid auf Euch geleistet – und auf Euren Vater. Ich nehme diese Dinge nicht leicht. Wenn Ihr hinter Anson herreitet, können wir sie vielleicht eine Weile hier aufhalten.«

Clifford nickte energisch. »Gut. Ich bin … wichtig … für den König.« Er spürte, dass das nicht alles sein konnte, was man einem Mann sagte, den man dem sicheren Tod überließ. Ein paar Augenblicke lang kaute er auf seiner Unterlippe.

Corben rutschte im Sattel umher, und sein Pferd tänzelte unruhig.

»Mylord, sie werden gleich da sein. Ich muss mich um die Männer kümmern.«

»Ja, ja, natürlich. Ich wollte nur sagen … ihr wart immer einer treuer Diener, Corben.«

»*Allerdings*, Mylord!«, fauchte Corben.

Clifford starrte verunsichert hinter ihm her, als der Hauptmann mit eiserner Miene sein Pferd umwandte und davongaloppierte. Der Baron wartete noch, bis die ersten Pfeile trafen und die hinteren Reihen seiner fliehenden Soldaten zu

Boden gingen wie Getreidehalme unter dem Schwung der Sense. Sie hatten auf ihrem Rückzug keinerlei Deckung, und Clifford wusste, dass nur sehr wenige von ihnen überleben würden. Er blickte an seinen Reihen vorbei auf die feindlichen Reiter, die an beiden Flanken angaloppiert kamen. Er schluckte, seine Innereien zogen sich vor Angst zusammen, und sein Herz raste. Diese heulende Meute waren Männer, die in der Nacht zuvor mit angesehen hatten, wie ihre Freunde und Hauptleute in einem Hagel sirrender Pfeile ihr Leben gelassen hatten. Sie würden kein Erbarmen kennen, und jeder seiner Leute wusste das.

Clifford hob den Kopf, als er etwas Kaltes im Gesicht spürte. Schnee. Es schneite, und auf die ersten vereinzelten Flocken folgten mehr und immer mehr, bis die Welt hinter einem weißen Schleier verschwand und er weder die dunklen Reiter auf der anderen Seite des Flusses sehen konnte noch die Reihen, die ihn auf dieser Seite verfolgten. Er wischte sich die Augen und gab dem Pferd die Sporen, dass es erschrocken losgaloppierte.

Edward von York runzelte die Stirn angesichts des Schauspiels, das sich ihm eine Viertelmeile entfernt auf der anderen Seite des Flusses bot. Sein Pferd spürte seine Anspannung, es schnaubte und warf den Kopf zurück, dass die Metallplatten, die seine Brust schützten, klirrten. Die anderen Pferde in seiner Reihe antworteten, sie wieherten und schnaubten, bis Edward seinem Tier den Hals klopfte und es sich beruhigte.

Er beugte sich im Sattel weit vor, um besser über das Wasser blicken zu können, wo die Zimmerleute letzte Hand an ihre Arbeit legten. Die ersten Holzplanken waren über die wackeligen Bohlen gelegt worden, gerade breit genug für ein Pferd oder zwei Mann nebeneinander. Die gesamte erste Reihe von Edwards Armee wartete darauf, diese enge Stelle zu passieren. Die Hauptleute gaben bereits ihre Befehle. Sie stellten Trupps mit Piken zusammen, die als Erste hinüberlaufen sollten, um die andere Seite zu sichern, danach Ritter auf Pferden, um die fliehenden Feinde zu verfolgen. Es würde schwierig und auch gefährlich sein, besonders weil es jetzt auch noch schneite, große Flocken, die lautlos in die Aire fielen.

Jeder, der in unmittelbarer Nähe des Königs war, spürte die Spannung und Nervosität, die in der Luft lag. Fauconberg ließ auf der anderen Seite in Jagdhörner blasen, seine Männer heulten wie eine Bande von Barbaren, während sie hinter einem Feind herjagten, der keine Pfeile mehr besaß, um sich die Verfolger vom Leib zu halten. Es würde ein herrliches Gemetzel geben – und Edwards Männer wollten dabei sein, bis zum letzten Mann.

Warwicks Aufmerksamkeit galt seinen Männern, die Dübel in das Holz trieben, um die Planken zu befestigen. Dann hämmerten sie auf große Eisennägel ein, die das Ganze mit den Brückenpfeilern verankerten. Der Fluss war tief und reißend. Wenn die Brücke nicht standhalten sollte, würde es für jeden, der ins Wasser fiel, den sicheren Tod bedeuten. Doch sie konnten alle Cliffords roten Drachen mit dem gekrümmten Schwanz sehen, der sich immer weiter entfernte. Edward hatte ihn auch gesehen, und er bebte vor Zorn, als er den Lord erkannte, der seinen Bruder auf dem Feld bei Sandal umgebracht hatte. Er wollte Clifford um jeden Preis haben und war kurz davor, sein Pferd in den Fluss zu treiben, um auf die andere Seite zu kommen.

Warwick fuhr aus seinen Gedanken auf, als Edward ihn ansprach. Er sprach mit lauter Stimme, sodass alle es hören konnten.

»Ihr wisst, dass es auf dem Schlachtfeld Sitte ist, alle gemeinen Soldaten zu töten und die Edelleute zu schonen, die sich ergeben oder Lösegeld anbieten.« Sein Blick verdüsterte sich. »Meinem Vater hat man diese Ehre verwehrt. Und seinem Freund, Earl Salisbury, ebenso. Und meinem Bruder Edmund. Mein Befehl lautet daher, alle Edelleute zu töten. Ich verlange in diesem Punkt absoluten Gehorsam.« Er holte Luft, und seine Rüstung knarrte. »Lasst euch nicht auf Versprechungen von Lösegeld ein. Überhört es, wenn sie sich ergeben wollen. Ich will, dass diese frevlerischen Banden, die mich bekämpfen, ausgelöscht werden – diese Northumberlands und Somersets.« Er sah in die Runde der Umstehenden, die alles mit anhörten. »Nur Clifford verschont, denn der gehört mir. Wenn er sich bei seinem Ritt nicht das Genick bricht, werde ich ihn noch heute umbringen.« Wieder machte Edward eine Pause, erfreut, dass niemand Einwände hatte und sie, wie es schien, kaum zu atmen wagten, während der Schnee immer dichter fiel. »Heute wird Blut fließen, ein Strom von Blut, reißend wie dieser Fluss, den ihr gleich überqueren werdet. Nur so können alte Wunden reingewaschen werden. Wir leiden schon lange an einem schrecklichen Fieber, aber heute wird der Eiterherd herausgeschnitten und ausbluten, hier, in diesem Schnee.«

Vor ihnen, bei der Brücke, hoben Warwicks Leute die Hände, um anzudeuten, dass sie mit ihrer Arbeit fertig waren. Dann eilten sie rasch zurück ans diesseitige Ufer, wo sie sich abwartend aufstellten. Weder von Cliffords Truppen noch von Lord Fauconberg, seinem Verfolger, war etwas zu sehen, aber das lag zum Teil auch daran, dass die Welt im Schneetreiben viel enger geworden war, man konnte nicht mehr sehr weit sehen. Edward blickte über den Fluss. Es gab keine Bedrohung mehr für seine Männer. Es war an der Zeit.

»Zum Teufel mit dieser Warterei«, brüllte er. »Wer mit mir ziehen will, der folge mir jetzt!«

Er setzte seinen Helm auf und drückte dem Pferd die Sporen in die Flanken, dass es einen Satz machte. Das große Schlachtross polterte über die provisorische Brücke, dass die Balken unter seinem Gewicht nur so ächzten. Dicht hinter ihm folgten Ritter und Bannerträger, die Edward in dem Schneetreiben nicht aus den Augen verlieren durften.

Der Rest folgte so zügig es ging, die Pferde dicht an dicht, dann die Männer zu Fuß in Zweierreihen. Wer die andere Seite erreicht hatte, eilte sofort weiter, um Platz für die Nachrückenden zu machen. Tausende von Männern überquerten die Brücke und bildeten Karrees, während der Schnee als dichte weiße Decke auf den Feldern liegen blieb.

Lord Clifford wusste, dass er von der Straße abgekommen war. Der helle, harte Hufschlag seines Pferdes war in einen dumpfen Ton übergegangen, offensichtlich ritt er jetzt über gepflügtes, gefrorenes Ackerland. Er wagte nicht anzuhalten, um die Straße zu suchen. Die Sicht in jeder Richtung war auf hundert Yards begrenzt.

Er galoppierte am Rande eines Tales entlang, doch als er zur anderen Seite hinüberblicken wollte, sah er nur den Abhang, der neben ihm in die Tiefe führte, alles andere war in dichtem Schneetreiben verhüllt. Sein einziger Trost war, dass Anson, der junge Bote, bereits weit voraus sein musste, vielleicht war er sogar schon im königlichen Lager. Wenn Anson wirklich so schnell war, wie Corben behauptet hatte, dann hatte er wahrscheinlich schon Bericht erstattet, und es war ein bewaffneter Trupp unterwegs, um seine Verfolger abzufangen. Der bissige Hund würde selbst gebissen werden! Er lachte leise bei diesem Gedanken.

Clifford fröstelte beim Reiten, er wischte sich die Augen, die vor Kälte tränten, und blickte alle paar Minuten über die Schulter zurück, ob er verfolgt wurde. Captain Corben und seine vierhundert Mann waren gewiss inzwischen überrannt und umgebracht worden.

Das würde im Lager des Königs nicht gut ankommen, und Clifford selbst bereute sein Handeln zutiefst. Wenn er doch nur vom Fluss zurückgekehrt wäre, solange es dunkel war! Da hatte es noch nicht geschneit, er wäre der Verfolgung entgangen und sicher ins Lager zurückgekehrt, und was für eine Geschichte hätte er erzählen können! Er verfluchte sein Schicksal. Jetzt würden Somerset und Percy lediglich hören, dass Clifford vierhundert Mann verloren hatte, darunter allein zweihundert wertvolle Bogenschützen. Es war zum Verzweifeln – und alles nur, weil er unbedingt bei Tageslicht sehen wollte, welche Verwüstung sie in der Nacht angerichtet hatten.

In diesem Moment geriet sein Pferd ins Stolpern und Schwanken. Clifford fluchte und riss am Zügel, um wieder ins Gleichgewicht zu kommen. Sein Herz klopfte wild bei dem Gedanken, dass sein Pferd stürzen könnte, denn dann wäre er so hilflos und angreifbar wie der einfachste Fußsoldat. Er drückte dem Pferd die Knie in die Flanken, das Tier schnaubte erschrocken auf und verfiel in Trab.

Cliffords drückte das Kinn gegen die Brust und blinzelte gegen die Schneeflocken an, die ihm in die Augen trieben. Er musste durchhalten. Das Hauptlager war nicht mehr als ein

Dutzend Meilen nördlich von Ferrybridge, doch jetzt schien es ihm am Ende der Welt. Somerset hatte doch sicher Späher ausgeschickt? Es würde nicht mehr lange dauern, dann säße Clifford wieder im Warmen und könnte beschreiben, welch wichtige Rolle er bei dem Angriff auf die Armee Edwards von York gespielt hatte, die dadurch eine wesentliche Verzögerung hatte in Kauf nehmen müssen. Clifford hatte gehört, dass es in Kent einen Grafentitel gebe, für den im Moment kein Anwärter da war. Einer seiner Hauptleute hatte mit Derry Brewer im Wirtshaus gesessen, und zu vorgerückter Stunde hatte der Meisterspion diesen interessanten Umstand erwähnt. Es war durchaus denkbar, dass dieser Titel an den Lord fiel, der Ferrybridge gegen Yorks Armee gehalten hatte. Cliffords geringfügiger Verlust an Männern würde angesichts dieser bedeutenden Tatsache bestimmt bald in Vergessenheit geraten.

Derry Brewer blieb auf *Vergeltung*, seinem Ross, stehen und beobachtete, wie ein junger Bote sich vergeblich gegen zwei Wachen wehrte, die ihn entschlossen festhielten.

»Lasst mich los, ihr Dummköpfe!«, schrie Anson, der immer verzweifelter kämpfte. »Ich habe eine wichtige Nachricht für Lord Clifford!«

Sein Gesicht war rot vor Zorn. Derry sah, dass der blonde Junge höchstens vierzehn oder fünfzehn Jahre alt war, und dazu nicht einmal besonders kräftig.

Mit einem Knurren saß Derry ab und warf einem der Wachsoldaten die Zügel zu, dann trat er zu dem anderen Mann, der den Jungen festhielt. In der Nähe stand ein graues Pferd, das mit hängendem Zügel unter dem Schnee nach Gras suchte. Der Junge hatte eine gerötete Wange, offensichtlich hatte man ihn geschlagen.

»Wie heißt du, Junge?«, fragte Derry ihn.

»Nathaniel Anson, Sir. Wenn Ihr diesen … *Leuten* bitte sagen würdet, dass sie mich loslassen sollen, ich bin in Diensten von Mylord John Clifford.«

»Clifford? Der ist unten bei Ferrybridge. Dort wirst du ihn finden.«

»*Nein.* Ich *komme* von dort, Sir! Ich habe eine Nachricht für Lord Somerset.«

»Somerset ist ein sehr beschäftigter Mann, Junge«, erwiderte Derry, dessen Neugier geweckt war. »Sag mir, was du ihm ausrichten sollst, ich werde dafür sorgen, dass er es erfährt.«

Der Junge sackte in den Händen, die ihn festhielten, etwas zusammen. Er wollte seine Nachricht loswerden, und ihm war klar, dass er an den Wachen nicht vorbeikommen würde, ohne Einzelheiten preiszugeben.

»Die Vorhut von Yorks Armee steht an der Aire, Sir. Einige seiner Leute haben den Fluss weiter unten überquert und verfolgen den kleinen Trupp meines Herrn. Versteht Ihr jetzt, dass es eilig ist, Sir?«

»Ja«, sagte Derry, »aber wir lassen nun mal nicht jeden dahergelaufenen Heißsporn bis ins Innerste des Lagers vor, nur weil er behauptet, er habe etwas Wichtiges mitzuteilen. Hier gibt es Regeln, die beachtet werden müssen, sonst könnte so ein junger Mann womöglich plötzlich feststellen, dass er einen Pfeil in der Brust hat, oder in seinem geschwollenen Auge. Hast du verstanden?«

Der junge Kerl murmelte etwas Zustimmendes.

Derry machte eine Kopfbewegung zu einem der Wachen hin.

»Na los, Walton. Nimm sein Pferd, und bring die Nachricht zu Lord Somerset und seinen Hauptleuten, auch zu Lord

Percy, wenn du ihn siehst. Sie sollen sich bereit machen, das Lager zu verteidigen, oder meinetwegen auch losmarschieren, das ist mir einerlei.«

Der Wachsoldat schwang sich auf Ansons Grauen, worauf das Pferd erschrocken den Kopf hochwarf und der Junge empört nach Luft schnappte. Derry hielt ihn am Wams fest, falls er doch noch fortlaufen sollte.

»Nun denn«, sagte er, nachdem der Wachsoldat im Schneegestöber verschwunden war. Er sah, dass Anson vor Kälte zitterte, weil er von seinem schnellen Ritt schweißnass war. Derry gefiel der Eifer des Jungen. »Du sagst, Lord Clifford ist in Gefahr?«, fragte er. »Was genau ist geschehen?«

»Als ich lostritt, kamen zwei-, vielleicht auch dreitausend Mann an unserer Seite des Flusses entlang. Sie haben vermutlich eine Furt gefunden …«

»Richtig, bei Castleford gibt es eine, keine drei Meilen westlich«, erwiderte Derry. »Und wie viele Krieger hatte Lord Clifford mitgenommen?«

»Ein paar Hundert, Sir. Nicht einmal ein Dutzend für jeden der feindlichen! Die Soldaten rannten wie die … also, jedenfalls sehr schnell. Und jetzt lasst mich bitte gehen. Wenn Ihr ein anderes Pferd für mich hättet … obwohl der Graue mir selbst gehört, er war ein Geschenk. Ich möchte wieder zu meinem Herrn zurück, selbst wenn ich mit ihm zusammen fallen müsste.«

»Na, na«, sagte Derry, »welch heiliger Eifer. Bist du vielleicht sein Bastard? Nein? Oder sein Lustknabe? Ich kann nicht behaupten, dass mir der Mann sympathisch ist, aber ich habe noch nie etwas davon gehört, dass er an Knaben …«

Die Ohrfeige überraschte ihn, vor allem von dieser Hand. Anson hatte sich hochgereckt und zugeschlagen, so fest er konnte. Derry sah ihn sprachlos an, dann breitete sich ein Lächeln auf seinem Gesicht aus.

»Wie könnt Ihr es *wagen*, Sir«, fauchte Anson ihn an.

Derry lachte. Er hob die Faust und sah, wie der Junge versuchte, nicht zurückzuzucken, sondern sich mit tapferer Verachtung dem zu stellen, was jetzt kommen würde. Doch Derry ließ ihn so plötzlich los, dass Anson rückwärts hinfiel und sich mühsam wieder aufsetzte.

»Junge, wenn ich deinen Herrn vor seiner eigenen Dummheit retten soll, dann muss ich jetzt eine große Anzahl tapferer Leute zusammenrufen und losreiten. Geh du zurück, immer die Straße entlang, ehe du in diesem Schneetreiben erfrierst. Geh schon! Du hast deine Nachricht überbracht. Ich bin Master Brewer, Kammerdiener des König. Ich werde dich nicht im Stich lassen.«

Der Junge rappelte sich vollends auf, wandte sich wortlos um und war bald im dichten Schneegestöber verschwunden.

Derry wartete eine Weile, bis er sicher war, dass der Junge weg war. Als die Welt wieder still geworden war, wandte er sich an den Wachsoldaten, der immer noch dastand und auf einen Befehl wartete.

»Und?«, sagte Derry.

Der Mann zuckte die Schultern und sagte nichts. Diese Antwort, die keine war, befriedigte Derry nicht, und er trat näher an den Mann heran.

»Wie geht es deiner Frau? Sie hieß … Ethel, nicht wahr? Eine geschickte Näherin. Eine hübsche Frau, gute Figur.«

Der Mann wurde rot und blickte zu Boden.

»Nein, Ethel heißt sie nicht. Aber Ihr braucht mir nicht zu drohen, Master Brewer. Ich hab nichts gesehen und nichts gehört.«

»So ist es. Und vielleicht gibt's dann für dich auch noch eine Belohnung, mein Junge. Ich drohe niemandem gern, aber manchmal muss man eben deutlicher werden. Hast du irgendwelche Fragen, was Lord Clifford betrifft?«

»Nein, Master Brewer, der interessiert mich nicht.«

»Das ist die richtige Einstellung, mein Freund. Der Herr gibt, und der Herr nimmt. Du musst nur zusehen, dass du da bist, wenn er gibt – und dass du irgendwo anders bist, wenn er nimmt.«

Der Meisterspion lachte leise und rieb sich das Gesicht, das von der Ohrfeige des Jungen brannte. In dieser Winterkälte war das Kämpfen eine einzige Quälerei, man wurde immer schwächer, Wunden schmerzten noch stärker als sonst, und die Beine wurden steif und taub vor Kälte. Es hatte seinen guten Grund, wenn Kriege im Frühjahr und im Sommer ausgetragen wurden. Alles war besser als dieser verfluchte Schnee.

Derry schob seine trüben Gedanken beiseite. Er hatte einen Entschluss gefasst, nämlich gar nichts zu tun. Einige Meilen weiter südlich kämpfte Lord Clifford sich mit wachsender Verzweiflung durch den Schnee und suchte das königliche Lager, wo alles unter einer dichten weißen Decke verschwunden war. Bei dem Gedanken musste Derry laut lachen. Der verdammte Clifford hatte nichts Besseres verdient.

17

Clifford zügelte abermals sein Ross, blieb stehen und lauschte angestrengt. Es war unglaublich, wie der fallende Schnee alle Geräusche dämpfte. Unter seinem Helm hörte er nichts weiter als seinen Atem, schließlich nahm er ihn ab und drehte den Kopf erst in die eine, dann in die andere Richtung, doch er hörte noch immer nichts. Der Schnee sorgte für absolute Stille, die das schwache Geräusch seines Pferdes oder das leise Knirschen der Rüstung noch zu verstärken schien. Es war, als befinde er sich in einem riesigen, leeren Tal, ohne jedes Anzeichen menschlichen Lebens. Er wusste, dass ganz in seiner Nähe zwei Armeen aufeinandertreffen würden, um zu kämpfen und sich gegenseitig umzubringen, aber hier, wo er war, spürte man nicht das geringste Anzeichen davon. Ihm kam plötzlich der Verdacht, dass er womöglich im Kreis geritten war. Die Straße lag weit hinter ihm, und die Spuren seines Pferdes waren längst vom Schnee verwischt. Vielleicht ritt er die ganze Zeit im Kreis und würde am Ende seinen Feinden in die Arme stolpern. Vielleicht würde er aber auch vorher erfrieren, was noch wahrscheinlicher war. Es war zum Verrücktwerden, und doch konnte er nichts weiter tun, als weiterreiten und nach einem Anzeichen für das königliche Lager Ausschau halten.

Plötzlich bemerkte er zu seiner Linken etwas Dunkles. Clifford reckte den Hals, er wischte sich die Schneeflocken aus dem Gesicht und blickte angestrengt über das Feld. Da, jetzt nahm er Bewegung wahr – mehrere Gestalten … Sein Herz begann heftig zu hämmern. Falls es sich bei diesen Männern um Soldaten aus dem königlichen Lager handelte, war er gerettet. Wenn nicht, war er ein toter Mann. Zornig schloss er die Fäuste um die Zügel. Er überlegte kurz, dann zog er sein Schwert und hielt es sich vor die Brust, um den roten Drachen zu verdecken. Er musste sich wohl oder übel auf einen Kampf einstellen, obwohl er am liebsten geflohen wäre.

»Hallo, wer da?«, rief er. »Wessen Banner?«

Wer immer diese Leute sein mochten, sie stapften weiter durch den Schnee. Also vermutlich nur neue Rekruten, gewöhnliche Soldaten mit Hippen und Buchenstecken, wie Jäger sie trugen. Hier im Schnee würden sie es nicht wagen, einen berittenen Lord anzugreifen, der schließlich auch von der eigenen Seite sein konnte. Clifford war froh, dass der rote Drachen auf weißen Untergrund gemalt war, so würden sie ihn nicht so schnell identifizieren können, und wenn es sich um Yorks Leute handeln sollte, könnte er davongaloppieren. Er setzte seinen Helm vor sich auf das Sattelhorn, während er schwer atmend im Schritttempo näher ritt.

Er hörte, dass sie laut rufend eine Antwort gaben, die er aber nicht verstehen konnte. Clifford verfluchte sie, weil sie keine Banner mit sich führten. Jetzt konnte er sie deutlicher erkennen. Er hörte auch Pferdegetrappel, und Panik ergriff ihn, denn plötzlich dachte er daran, dass es für Flucht jetzt zu spät war. Also wartete er ab, was weiter geschah, zähneklappernd vor Kälte.

»Hallo da! Wessen Banner?«, rief er wieder, indem er Zügel und Schwert fester packte. Jetzt konnte er endlich eine Fahnenstange ausmachen, doch er wurde bleich vor Schreck, als er dieselben Gevierte mit roten Rauten und aufgerichteten blauen Löwen erkannte, die ihn schon von der Aire vertrieben hatten. Schlagartig begriff er, dass er tatsächlich die falsche Richtung eingeschlagen hatte und diesen Leuten auf seiner eigenen Spur entgegengeritten war. Jetzt sah er auch, dass es sich um Hunderte von Bogenschützen handelte. Sie hatten ihn gesehen und in der Stille seine Rufe gehört.

Clifford riss sein Pferd herum, aber zu langsam, zu spät. Ein paar Dutzend der Männer hatten nur darauf gewartet, ihn endlich zu Gesicht zu bekommen. Jetzt reagierten sie: Sie zogen Pfeile aus den Köchern an ihrer Hüfte, legten an und spannten die Sehne – für sie ein so natürlicher Vorgang wie Atmen – und schossen in Richtung der schemenhaften Gestalt.

Sie trafen Clifford in die Seite und im Rücken, und er taumelte zusammen mit seinem Pferd, das vor Schmerzen schrill wieherte und sich aufbäumte. Ein weiterer Pfeil drang dem Baron durch den Hals, als er noch verzweifelt versuchte, von seinem Pferd loszukommen, ehe es stürzte und ihn erdrückte. Er war sofort tot, seine Rüstung knirschte, als das sterbende Pferd mit schlagenden Hufen über ihn hinwegrollte.

Die Männer, die die Pfeile abgeschossen hatten, durften ihre Position in den Rängen nicht verlassen, aber sie reckten jubelnd ihre Bögen in die Höhe und zeigten damit den anderen ihren Erfolg an. Ein weiterer Trupp stieß auf Cliffords Leiche und erkannte mit Befriedigung den roten Drachen auf weißem Grund. Ein Sergeant ließ drei Mann bei dem Toten zurück und schickte Boten, um Edward die Nachricht zu überbringen. Ein weiterer Bote wurde zu Warwick und Fauconberg geschickt, damit auch sie es erfuhren.

Es dauerte nicht lange, bis die Anführer von Yorks Armee eintrafen. Fauconberg war als Erster da. Grimmig blickte er auf Cliffords verrenkte Gestalt hinunter. Es hatte sich bereits herumgesprochen, dass Edward nicht erlaubte, Gefangene gegen Lösegeld zu nehmen, was etwas widerwillig aufgenommen worden war. Ein einfacher Soldat konnte, wenn er auf dem Schlachtfeld die richtigen Leute gefangen nahm, ein Vermögen verdienen. Jetzt warteten die Männer mit den Hippen darauf, dass Edward eintraf. Sie ließen sich aufs Knie nieder, als er endlich vor ihnen stand. Warwick und Fauconberg taten es ihnen gleich, sie wollten den Männern zeigen, dass auch sie Edward Ehre erwiesen.

Edward blickte auf die Leiche. Er beugte sich hinunter, packte Cliffords Haar und drehte den Kopf so, dass er das erstarrende Gesicht sehen konnte.

»Dies also ist der Feigling, der Edmund umgebracht hat?«

Warwick nickte, und Edward seufzte leise, dann ließ er den Kopf los, der mit dumpfem Aufschlag zu Boden fiel.

»Ich hätte mir gewünscht, er wäre durch meine Hand gestorben, aber die Hauptsache ist schließlich, dass er überhaupt tot ist. Jetzt kann mein Bruder in Frieden ruhen, und der hier kann nicht mehr herumkrakeelen wie ein Hahn auf dem Misthaufen. Also gut. Ziehen wir weiter, Mylords. Weiß übrigens jemand, wo Norfolk steckt? Ich habe seine Banner schon eine Ewigkeit nicht mehr gesehen. Nein? Dieser Schnee ist wirklich eine Katastrophe. Man sieht die Hand kaum vor Augen. Macht Euch bemerkbar, wenn Ihr auf den Feind stoßt – oder wenn Ihr unseren abhandengekommenen Flügel trefft.« Er atmete schwer und hatte Mühe, seine Gereiztheit und Nervosität im Zaum zu halten. »Die Männer, die wir gefangen genommen haben, haben ausgesagt, das Hauptlager sei bei Tadcaster. Das ist nicht mehr weit. Marschiert weiter, und gebt Hornsignale, wenn Ihr seht, wie sie anfangen zu schlottern und vor Angst ihre Waffen fallen lassen.«

Die Männer lachten leise, als sie sich umwandten.

»Euer Hoheit«, rief Fauconberg. »Ich stehe immer noch vor Eurem mittleren Karree. Ich weiß, dass eigentlich der Duke von Norfolk als Erster auf den Feind stoßen sollte, aber mir kam ein … Gedanke, bei diesem Schnee. Ich habe tausend Bogenschützen, Euer Hoheit. Mit Eurer Erlaubnis würde ich gern die, die dort auf uns warten, überraschen und vernichten. Es sei denn, der Duke von Norfolk würde es als Kränkung auffassen, wenn ich es täte.«

Edward wandte sich um. Seine Bedenken überspielte er mit einem Grinsen. Es gefiel ihm, dass Warwicks Onkel sein königlicher Titel so mühelos über die Lippen ging, so, als habe er ihn schon immer innegehabt.

»Wenn Mylord Norfolk hier wäre, dann wäre er vielleicht in der Tat gekränkt, aber wie es aussieht, ist mein stärkster Flügel schon weiter voraus, als mir lieb ist. Deshalb habt Ihr meine Genehmigung, Lord Fauconberg. Ich schicke Euch noch weitere tausend Bogenschützen, wenn Ihr die nächste Meile etwas langsamer angeht.«

Warwick war ebenfalls bei ihnen geblieben, und Edward lächelte.

»Werdet Ihr zusammen mit mir die Mitte halten, Richard?«, rief er ihm zu.

»Das werde ich, Hoheit«, sagte Warwick hocherfreut. In Augenblicken wie diesem konnte er über diesen frischgebackenen jungen König nur staunend den Kopf schütteln.

Edward wandte sich den Reihen der Bogenschützen zu. Die Männer hatten ihn aufmerksam beobachtet, und ihre Augen blitzten vor Aufregung. Er bemerkte es und verdrängte seine Sorge um Norfolk und die achttausend Mann, die mit ihm im Schneetreiben verschwunden waren, gerade jetzt, wo er sie am dringendsten gebraucht hätte.

»Vorwärts, Leute. Wir werden den König heute ebenfalls schlagen. Das hier war nur sein Hund.«

Sie jubelten und marschierten weiter, wobei sie fest aufstampften, weil ihre kalten Füße vom Herumstehen bereits wie abgestorben waren. Jetzt hatte sich zudem ein eisiger Wind erhoben, der ihnen schneidend ins Gesicht fuhr. Wer in der eigenen Reihe nach links oder rechts blickte, musste feststellen, dass er nur sehr wenige seiner Kameraden sehen konnte. Der Schneefall war so dicht, dass die Flocken fast waagerecht kamen und in jede Öffnung und jede Falte ihrer Kleider drangen. Blind vom Schnee konnten sie nichts weiter tun, als mit gebeugtem Kopf weitermarschieren.

William Neville, Lord Fauconberg, ließ sein linkes Karree vor den königlichen Mittelblock rücken. Entschlossen trieb er seine Hauptleute über die weißen Felder. Seine Späher waren weiter vorn im Schnee verschwunden, und er hatte nur ein Ziel, nämlich so schnell wie möglich in die Nähe von Lancasters Truppen zu kommen. Er und seine Männer hatten an diesem Tag bereits gekämpft, obwohl es eher ein bloßes Abschlachten gewesen war, als seine dreitausend über Cliffords vierhundert Mann herfielen – die Hälfte von ihnen mit nichts weiter als Bogenstäben und Messern bewaffnet. Das ungleiche Verhältnis hatte seinen Soldaten nicht davon abgehalten, mit äußerster Härte vorzugehen. Immer wieder hatte Fauconberg beobachtet, wie seine Männer bereits Gefallene noch weiter bearbeiteten und ihnen mit der Streitaxt zusätzlich fünf oder sechs Hiebe versetzten, um ihnen die Knochen zu brechen und ihr Blut in den Schnee spritzen zu sehen. Es waren brave Kerle, die ihre Aufgabe gewissenhaft erledigten.

Im Moment allerdings galt Fauconbergs ganze Aufmerksamkeit den Bogenschützen, die mit vollen Köchern, in denen jeweils zwei Dutzend Pfeile steckten, durch den Schnee stapften. Er ritt neben ihnen her und hob prüfend den Kopf. Der Wind hatte zugenommen, er kam in eisigen Böen aus Südwest. Hier und da sah man dunkle Schemen in der weißen Landschaft, wo der Schnee durch sein eigenes Gewicht von Büschen oder Bäumen herabgerutscht war, die jedoch sofort wieder eingeschneit wurden.

Sie waren nicht mehr weit entfernt vom königlichen Heer, das wusste er. Die wenigen Männer, die sie am Morgen gefangen genommen hatten, hatten ihnen alles erzählt, um ihr Leben zu retten. Fauconberg wusste nicht, ob man sie verschont oder hinterher doch umgebracht hatte. Jetzt interessierte ihn lediglich, dass sie sich in unmittelbarer Nähe zum Lager von Lancaster befanden. Sie waren den halben Morgen marschiert, obwohl sie wegen des Schneetreibens nur mühsam vorankamen. Das Gelände war uneben, und sie waren an abgelegenen Höfen und blökenden Schafen vorbeigekommen. Seine Männer waren klaglos die vielen Hügel und Böschungen hinauf- und wieder hinuntermarschiert und hatten ganze Täler durchquert. Er wusste nicht, ob sie es seinetwegen taten oder ob es eine neu erwachte Loyalität König Edward gegenüber war, die sie antrieb, und es war Fauconberg im Grunde auch egal. Er befahl den Reihen seiner Bogenschützen, sich zu einer breiten Front zu formieren. Ihre kostbaren Bögen waren zum Schutz gegen die

Nässe in geöltes Leder gewickelt. Ohne schützende Pikeniere vor sich wären sie einem Reiterangriff hilflos ausgeliefert, aber Fauconberg war bereit, dieses Risiko einzugehen. Der Wind, der von hinten kam, wurde immer stärker und schob sie förmlich dem Feind entgegen. Auch das konnte von Nutzen sein.

Sie marschierten gerade eine Böschung hinab, als zwei seiner Späher sie endlich fanden. Eins ihrer Pferde hatte sich auf dem unebenen Gelände verletzt und hinkte stark. Doch wenn man überleben wollte, musste man etwas riskieren, so war es in jedem Krieg. Fauconberg nickte dem jungen Mann kurz zu, der vor ihm absaß, dann seinem Gefährten, der angaloppiert kam, vom Pferd sprang und in seiner Eile kurz ins Taumeln geriet. Beide hatten vor Kälte gerötete Gesichter und deuteten auf den Weg zurück, den sie soeben gekommen waren.

»Vier- bis sechshundert Yards, Mylord«, keuchte der eine. »Lancasters Banner. Sie stehen dort und warten.«

»Ich habe Piken gesehen, Mylord«, fügte der andere hinzu. »Ein ganzes Heer von Pikenieren. Sie waren wegen des Schnees nicht sehr deutlich zu sehen, aber ich bin auf dem Bauch so nahe herangerobbt, dass ich sie atmen hörte. Die erwarten uns.«

Fauconberg erschauerte. Normalerweise wurde im Winter nicht gekämpft, und deshalb wusste niemand so recht, was passieren würde oder wie man sich diese außergewöhnlichen Umstände zunutze machen konnte, wenn zwei Armeen sich praktisch auf die Füße traten, ohne es zu wissen. Mit den Männern, die Edward ihm noch zusätzlich geschickt hatte, verfügte er jetzt über zweitausend Bogenschützen. Das Vertrauen des jungen Königs in ihn wog schwer auf seinen

Schultern, aber es war doch vor allem eine große Ehre. Er bekreuzigte sich und küsste das Familienwappen auf seinem Siegelring.

»Also dann, Jungs. Alles hängt jetzt von eurem Können ab. Der Schlüssel zu allem liegt darin, die Entfernung möglichst präzise abzuschätzen. Ich möchte, dass ihr zunächst die Strecke abschreitet und messt. Geht so nahe heran, wie ihr könnt, ohne gesehen zu werden, sonst ist alles verloren. Wenn wir alles richtig machen, hilfst uns der Schnee, sie vernichtend zu schlagen. Jetzt geht!«

Die Späher ließen ihre Pferde stehen und rannten los. Fauconberg pfiff seinen Hauptleuten. Der Schnee schluckte jedes ihrer Geräusche, deshalb konnte Fauconberg sich gut vorstellen, dass auch der Feind immer noch angestrengt lauschend auf sie wartete, ohne zu wissen, dass sie schon unmittelbar vor ihm standen.

Fauconberg gab seine Befehle und wartete darauf, dass die Späher zurückkamen. Er fürchtete, dass jeden Moment ein Lärmen ausbrechen könnte, was bedeuten würde, dass seine Männer entdeckt worden waren.

Doch die beiden waren innerhalb weniger Minuten wieder da.

»Fünfhundertzwanzig«, sagte der Erste.

Sein Kamerad machte ein verächtliches Gesicht.

»Fünfhundertsechzig«, sagte er.

»Schon gut, Gentlemen«, erwiderte Fauconberg. »Das ist genau genug. Jetzt geht wieder zu Euren Pferden und haltet Euch bereit.«

Er gab die Nachricht weiter, und die wartenden Hauptleute und Sergeants hinderten ihre Männer mit quer gehaltenen Piken am Weitergehen. Es war unmöglich, so viele Soldaten ohne einen Laut anhalten zu lassen, aber ihre Stimmen wurden vom Schnee verschluckt, bis alle stillstanden. Fauconbergs Bogenschützen ließen ihre Kameraden hinter sich und schlichen vorsichtig und lautlos weiter, bis alle zweitausend Mann im Schneegestöber verschwunden waren.

Der Duke von Somerset galoppierte die Linien entlang, vorbei an einer endlosen Reihe wartender Männer, auf die unermüdlich der Schnee fiel. Es war ein eindrucksvolles Bild. Neben Piken und Bogenschützen gab es eine riesige Anzahl von Kämpfern mit Stielhippen, Streitäxten und Schwertern. Sie waren teils zu Fuß oder standen als berittene, schlammverkrustete Trupps an beiden Flügeln. Neben den Trommlern und Wasserträgern tummelten sich mindestens ein Dutzend weiterer Laufburschen und Marketender in ihren Reihen, während die Soldaten sich um ihre Waffen und Ausrüstungen kümmerten und nochmals prüfend über die Klingen fuhren.

Der König und die Königin waren im acht oder neun Meilen entfernten York in Sicherheit. Somerset hatte das Kommando, Earl Percy war in der Mitte, daneben ein Dutzend Barone und viele alte Hauptleute, Veteranen aus früheren Schlachten. Bei der Nachricht, dass ein großes Heer im Anmarsch sei, hatte Somerset sie alle aus dem Lager beordert, und jetzt standen sie irgendwo zwischen den Dörfern Towton und Saxton und warteten. Auf seinen Befehl hin hatten sie auf einem weiten Stück Buschland haltgemacht, das vor ihnen nach Süden hin abfiel. Somerset schüttelte den Kopf, fassungslos über die Ausmaße, die diese Sache angenommen hatte. Vor nur sechs Jahren hatten Warwick, Salisbury und York den König bei St. Albans mit nicht mehr als dreitausend Mann herausgefordert – und hätten fast gesiegt. Jetzt blickte Somerset auf drei Karrees von je zwölftausend Mann. Er hatte eine günstige Position gefunden, auf der linken Seite waren die Flanken durch Marschland geschützt, auf der rechten war der Cock Beck, ein Bach, der durch den vielen Schnee zu einem reißenden Fluss angeschwollen war. Es berührte Somerset, mit welcher Hingabe und mit welchem Ernst diese Männer ihr Schicksal akzeptierten. Sie kämpften für König Henry. Sie waren loyal.

Einzig das Wetter machte dem jungen Duke zu schaffen. Somerset trug eine Rüstung aus polierten Panzerplatten, die dick mit Leder und Stoff gefüttert waren, um noch die grausamsten Stöße abzuwehren. Es war auch ein viel besserer Schutz gegen die Eiseskälte als die Schichten aus Wolle und fettigem Leinen, die seine Pikeniere trugen, mit ihren weiten Hosen und dem einfachen Wams. Keiner von ihnen hatte Erfahrung mit dem Kampf im Winter, und das war ein Problem. Selbst seine ältesten Hauptleute wussten nicht, ob es für die Soldaten besser war, zu hocken oder zu liegen – mit anderen Worten, ob sie eher am Boden oder durch langes Stillstehen erfrieren würden. Es schien vernünftig, dass sie in Bewegung blieben, aber das kostete sie Kraft und brachte Unordnung in die Reihen. Einige der alten Hasen meinten, der Schweiß sei ein unberechenbarer Feind, denn wenn man sich in der Kälte zu stark erhitzte, würde der Schweiß auf der Haut gefrieren, und man würde im Nu sterben. Während sie warteten, hatte der Wind an Stärke noch zugenommen und fegte ihnen schmerzhaft stechende Eiskristalle ins Gesicht. Die Männer hielten sich die Arme vors Gesicht oder kniffen die Augen zu schmalen Schlitzen zusammen.

Somerset schüttelte den Kopf. Hier stand er nun und wartete mit der größten Armee, die er jemals gesehen hatte, beinahe vierzigtausend Mann mit Hippen, Äxten und Schwertern. Darüber hinaus genoss er die Gunst des Königs und der Königin. Und doch sorgten die Kälte und der Schnee dafür, dass er am Erfolg des Unternehmens zu zweifeln begann.

»Anhalten!«, rief in diesem Moment eine Stimme irgendwo dort draußen im Schneetreiben. Alarmiert blickte Somerset auf. Sein Erschrecken übertrug sich auf das Pferd, das nervös zu tänzeln anfing.

»Bogenschützen, *anlegen und spannen*!«, ertönte dieselbe Stimme, die fast vor ihnen zu stehen schien. »Schießen! Schießen! Und anlegen und spannen! *Und anlegen und spannen!*«

Somerset riss sein Pferd herum in die Richtung, aus der die Befehle kamen. Angestrengt blickte er in das Schneegestöber, aber er konnte nichts sehen.

»Deckung!«, schrie er seinen fassungslosen Hauptleuten zu. »Schilde und Deckung! Bogenschützen vor, hierher! Bogenschützen! Bogenschützen zum Gegenangriff!«

Seine Pikeniere hatten keine Schilde. Für die langen Stangen, die so wirkungsvoll gegen eine Kavallerie eingesetzt werden konnten, brauchte man beide Hände, um sie mit der eisernen Spitze im Gleichgewicht zu halten. Die Männer mit Hippen und Äxten gebrauchten ihre Waffen ebenfalls mit beiden Händen, wie Holzfäller, wenn sie einem Stamm zu Leibe rückten. Sie standen wie vom Donner gerührt da. Dann packte sie das Entsetzen über diesen unerwarteten Angriff, und sie stoben in wilder Panik durcheinander, als das sirrende, pfeifende Geräusch über ihnen nicht abreißen wollte. Die Männer warfen sich zu Boden, die Hände über dem Kopf, oder duckten sich, um sich möglichst klein zu machen, doch Somersets Hauptleute zwangen sie, wieder aufzustehen, und brüllten, sie sollten gefälligst kämpfen wie Männer.

Somerset blickte auf zum weißen Himmel, er sah nichts, er hörte nur, wie die Pfeile flogen. Sie waren viel zu schnell, als dass man sie hätte sehen können. Somerset duckte sich im Sattel, während sie ihn trafen und von seinen Schultern abprallten. Alle Oberflächen seiner Rüstung waren leicht gerundet und poliert, um möglichst wenig Angriffsfläche zu bieten. Er dankte Gott dafür, doch im selben Augenblick spürte er einen Schmerz im Oberschenkel. Er blickte hinunter und schnappte erschrocken nach Luft, als er die weißen Gänsefedern sah. Ein Pfeil hatte das Metall glatt durchschlagen und das Bein fest an seinen Sattel aus Leder und Holz genagelt. Fluchend ergriff er den Schaft und zerrte stöhnend daran, bis die schwarze Spitze erschien und das Blut stärker hervorquoll. Eine Ahl-Spitze, glatt und scharf. Erleichtert atmete er auf, wenigstens war sie nicht mit Widerhaken versehen. Niemand hatte seinen Schmerzensschrei gehört, er war untergegangen in dem allgemeinen Rufen, dem Heulen und Wehklagen Hunderter von Menschen, die hier vor seinen Augen starben. Er sah sie, wie sie im Todeskampf zuckten, sich aufbäumten, immer schwächer, bis sie ganz still lagen.

»Zurückziehen!«, brüllte Somerset. »Bogenschützen zum Gegenangriff! Bogenschützen hierher!«

Die einzige Antwort auf die feindlichen Bogenschützen wären die eigenen Bogenschützen gewesen. Doch in kopfloser Panik versuchten die ersten Reihen zu fliehen, vor einem Tod, den sie nicht sehen und vor dem sie sich nicht schützen konnten.

Somerset wusste, dass nur wenige Minuten vergangen waren, seit die ersten Pfeile getroffen hatten. Während dieser Zeit war ununterbrochen geschossen worden, sodass die Luft über ihnen förmlich gezittert hatte. So konnte es nicht mehr lange weitergehen, das war die Hoffnung, an die sich alle klammerten. Die Köcher der Feinde würden sich leeren, und irgendwann würden ihre Hände vergeblich nach Pfeilen greifen, weil keine mehr da waren. Und wenn es so weit war, würden sie die Antwort erhalten.

Der Regen von Pfeilen ließ nach, es war wie das letzte Grollen eines Sommergewitters. Zurückblieben viele Hunderte von Männern, die vor Schmerzen schrien und stöhnten, und Gott allein wusste, wie viele von ihnen verbluten und für immer verstummen würden. Fluchende Bogenschützen kämpften sich an den Sterbenden vorbei, jetzt spannten sie ihre Bögen und rollten ihre Schultern, um sie zu lockern. Somerset jubelte innerlich, als er sah, wie viele es waren, das würde reichen, um es ihnen heimzuzahlen. Er betete darum, dass es York und Warwick erwischen würde, wie es ihn erwischt hatte, dass sie genauso ins Leere starren würden, wenn die eisernen Spitzen auf sie herabregneten.

Somerset wartete, bis die erste Salve abgeschossen war, Tausende von Pfeilen, dann wieder eine, und noch eine. Es waren mindestens ebenso viele Geschosse, wie auf sein Lager niedergegangen waren. Es würde ausreichen. Obwohl sein Bein sich taub anfühlte und Blut aus seinem eisernen Stiefel tropfte, reckte Somerset die Hände in die Höhe, um den Boten zu signalisieren, dass es neue Nachrichten zu überbringen gab. Er beobachtete, wie seine Bogenschützen ihre Bögen wieder zum Himmel hoben und die nächste Salve auf den Feind niedergehen ließen.

Fauconberg stand stumm da und horchte auf die Schreie in der Ferne. Ein Lächeln spielte um seine Lippen. Seine Bogenschützen hatten die schlagkräftigste Waffe des Schlachtfeldes eingesetzt und sich dann sofort zurückgezogen, so wie er es befohlen hatte. Sie hatten dreihundert Yards zwischen sich und die feindlichen Linien gelegt. Sie hatten keine Pfeile mehr, und die Wagen mit Nachschub waren irgendwo weit hinter ihnen oder womöglich zusammen mit Norfolks rechtem Flügel ganz verloren gegangen. Jedenfalls würde Fauconberg sie im Hintergrund lassen, bis sie irgendwie wieder an Pfeile gekommen waren.

Er brauchte nicht lange zu warten, bis die Bogenschützen von Lancaster den Angriff erwiderten. Fauconbergs Lächeln wurde noch breiter, seine Augen blitzten. Diese Männer schossen gegen den Wind statt mit ihm, wie seine Leute es getan hatten. Und was noch besser war – durch den dichten Schneefall hatten sie keine Ahnung, dass seine Männer sich zurückgezogen hatten. Tausende von Pfeilen gingen nieder, eine zischende, pfeifende Todessalve, die kurz vor ihnen still und nutzlos im Schnee stecken blieb, ohne jemanden zu treffen. Die Bogenschützen jubelten, weil sie in Sicherheit waren, und Fauconberg lachte, weil er eine neue Unverschämtheit plante. Er wartete, bis das Zischen der Pfeile verstummt war …

»Bogenschützen, Pfeile einsammeln!«, rief er ihnen zu.

Die Männer, die sich nur mit einem vollen Köcher sicher fühlten, rannten sofort los und rissen Schäfte aus dem Schnee. Einige waren zerbrochen oder gespalten, aber die meisten waren unbeschädigt. Sie verglichen die Qualität ihrer Funde miteinander und genossen ihre Freude darüber, wie Fauconberg den Feind übertölpelt hatte.

Als ihre Köcher wieder voll waren, gab Fauconberg seinen Hauptleuten den Befehl zum Angriff, und die Bogenschützen spannten erneut ihre Bögen. Und Lancasters Pfeile regneten jetzt auf dieselben Männer herab, die sie vorher auf sie abgeschickt hatten.

18

Edward von York ließ ein zufriedenes Brummen hören, als er die marschierenden Linien sah, die sich da auf ihn zubewegten. Auf diese Entfernung waren sie im Schneetreiben nur eine dunkle Masse, aus der sich die Stacheln der Piken erhoben. An beiden Flügeln hörte man Hornsignale, während die Armee König Henrys sich auf dem abschüssigen Gelände näherte. Noch immer fielen dicke Schneeflocken, und die glitzernden Schneedecke knirschte bei jedem Schritt und verwandelte sich unter den Füßen von Tausenden Soldaten überall in schmutzigen Schlamm. Aber er hatte seine zwanzigtausend Mann nicht zweihundert Meilen weit marschieren lassen, um jetzt noch lange zu warten. Er wollte die Sache zu Ende bringen.

»Ich habe meine Sünden gebeichtet und meine Seele Gott anbefohlen. Ich glaube, ich bin bereit, Mylord Warwick«, rief er. »Was ist mit Euch? Werdet Ihr mit mir kämpfen?«

»Ja, natürlich. Das werde ich«, erwiderte Warwick.

Edward grinste, und beide stiegen vom Pferd. Jetzt sahen sie auch die Banner Percys und Somersets und vernahmen Trommeln, Pfeifen und klagende Hörner.

Nachdem Warwick und König Edward abgesessen waren, hörten sie die Befehle der gegnerischen Hauptleute, worauf das mittlere Karree mit bemerkenswerter Disziplin zum Stillstand kam. Tausende von Augenpaaren wanderten hin und her zwischen dem jungen König und den Ankommenden, die nur ein Ziel hatten, nämlich sie zu vernichten. Es schienen unendlich viele.

Warwick tätschelte seinem Pferd den Hals, dann nahm er einem überraschten Soldaten die Streitaxt aus der Hand, holte weit aus und ließ sie mit einem schauerlichen Geräusch gegen die breite Stirn des Tieres krachen. Das Pferd brach zusammen, es war sofort tot. Die Umstehenden jubelten, und Edward stieß leise lachend vor Verblüffung einen Fluch aus.

»Eine noble Geste, Richard!«, rief er, damit alle es hören konnten. »Ihr werdet also nicht davonlaufen. Aber wenn ich dasselbe täte, würde ich so schnell kein neues Pferd finden, das stark genug wäre, mich zu tragen!«

Es freute ihn, dass die Männer in seiner Nähe lachten und seine Worte an die anderen weitergaben, die es nicht gehört hatten. Edwards riesiges Schlachtross wurde von seinen stolzen Stalljungen durch die Reihen nach hinten weggeführt. Andere eilten nach vorn, um allen, die durstig waren, Wasser zu reichen. Und noch immer marschierten die dunklen Reihen heran. Immer mehr Soldaten tauchten aus dem Schneegestöber auf.

Zu Fuß begaben Edward und Warwick sich auf ihre Positionen in der dritten Reihe. Rundum wurden ihre Banner hochgehalten, die ihre Anwesenheit auf dem Schlachtfeld verkündeten. Beide Männer versuchten ihre Nervosität zu überspielen, indem sie mit den Schultern rollten und nach ihren Hauptleuten pfiffen. Das gesamte mittlere Karree setzte sich wieder in Bewegung, doch diesmal war ein König unter ihnen. Das tote Pferd blieb hinter den Marschierenden zurück.

Edwards Helm ließ Augen und Nase frei, nur Unterkiefer und Kinn waren durch Metall geschützt. Er hatte es abgelehnt, einen Helm zu tragen, bei dem die Welt auf einen schmalen Spalt reduziert war, trotz der Gefahr, eventuell einen Pfeil ins Gesicht zu bekommen. Es war besser, wenn man alles überblicken konnte, hatte er argumentiert. Sein Blick war hart und grausam, als er die Reihen musterte, denen sie jetzt gegenüberstanden.

»Lasst uns diese Schwächlinge fertigmachen!«, rief er. »Kein Erbarmen! Keine Gefangenen! Kein Lösegeld!« Seine Stimme traf die Männer rings um ihn wie ein Hammerschlag.

»Für König Edward!«, brüllte Warwick.

Tausende von Kehlen wiederholten es, sie brüllten sich heiser und ließen ihre Klingen und Äxte aneinanderschlagen. Edward lachte mit fast kindlichem Stolz und hob salutierend sein Schwert.

Warwick merkte, wie ihn seine Blase drückte, außerdem wurde er kurzatmig, als arbeite seine Lunge nicht richtig. Er trug sein Familienwappen auf dem Rock, und auch Schwert und Schild waren mit dem Wappen der Nevilles geschmückt. Und bestimmt wussten alle, dass er seinen Beitrag dazu geleistet hatte, dass Edward König geworden war. Ein Frevel gegenüber König Henry und dem Thron der Lancaster.

»Euer Onkel hat seine Sache sehr gut gemacht, Richard«, unterbrach Edward Warwicks Gedanken dicht an seinem Ohr. »Ich glaube, er hat den Schnee besser ausgenutzt als wir.«

»Er ist eben ein guter Taktiker«, entgegnete Warwick schulterzuckend.

Inzwischen war das wütende Brüllen der Männer um sie herum zu einem wahren Donner angeschwollen. Die Erde schien zu erzittern, und Warwick wurde von einer mächtigen

Menschenwelle mitgerissen, der er sich nicht widersetzen konnte. Er konzentrierte sich auf die Kämpfer, die Edward kaum zu beachten schien, kräftige Pikeniere und Axtkämpfer, deren Gesichter glühten vor Verlangen, es dem falschen König endlich heimzuzahlen. Sie sahen die Banner mit der weißen Rose und stürmten darauf zu.

»Habt Ihr eine Ahnung, wo Norfolk steckt? Ich habe seit Tagesanbruch nichts mehr von ihm gehört oder gesehen.« Edward packte Warwick an der Schulter, sodass ihre Helme zusammenstießen. »Ich befürchte das Schlimmste.«

Erneut musste Warwick denken, wie jung Edward doch noch war. Dieser König kam geradewegs von seiner Krönung und marschierte jetzt gegen eine riesige Armee, knapp drei Monate nach dem Tod von Vater und Bruder.

Jeden Augenblick kamen mehr Leute von Lancasters Armee in Sichtweite. Und Edward war sich bewusst, dass sie ohne Norfolk zahlenmäßig unterlegen waren. Daher sein besorgtes Gesicht.

»Ihr könnt Euch auf Norfolk verlassen, Euer Hoheit«, rief Warwick ihm über den Tumult hinweg zu. Er hatte Edward absichtlich mit seinem Titel angesprochen, um ihn daran zu erinnern. Die Armee, die sie um sich geschart hatten, brauchte einen entschlossenen, draufgängerischen König, der nicht von Zweifeln befallen war. »Ich bin sicher, er hat letzte Nacht im Schnee und in der Dunkelheit die Orientierung verloren. Doch Norfolk kennt sich in dieser Gegend aus. Er kann nicht weit hinter uns sein. Und wenn er uns eingeholt hat, dann wird er es mit doppeltem Einsatz wiedergutmachen wollen.«

Edward nickte, aber Warwick bemerkte, dass ein Schatten auf seinem Gesicht lag.

Sie befanden sich inzwischen in der Reichweite der Bogenschützen, und dass noch keine Pfeile auf sie herabregneten, war das Verdienst von Lord Fauconberg, der den Bogenschützen Lancasters am Morgen ihre Schlagkraft genommen hatte. Warwick, der die Schrecken eines Angriffs durch Bogenschützen nur zu gut kannte, schickte ein stilles Dankgebet zum Himmel. Kein Geräusch auf der Welt war schrecklicher als das Schwirren eines Hagels von Pfeilen.

Jetzt waren die beiden Armeen keine zweihundert Yards mehr voneinander getrennt. Viele der Männer hatten bisher noch gelacht und gescherzt und sich alte Geschichten erzählt, über offene Rechnungen, die sie begleichen wollten. Jetzt wurde ihnen der Mund trocken, und sie wurden immer stiller. Die Trommeln lärmten indes immer noch, und die Hauptleute und Sergeants feuerten ihre Männer an, aber das Gelächter und das muntere Geplauder waren verstummt. Die riesigen Karrees erstreckten sich, so weit das Auge reichte, und noch immer schneite es.

Warwick wusste, dass es jeden Augenblick losgehen musste. Solange er denken konnte, hatte er sich im Kampf geübt, angefangen mit den Holzpfählen, die er als Kind mit dem Schwert bearbeitet hatte, bis hin zu den zahllosen Turnieren, die er als Erwachsener absolviert hatte. Er war voller Kraft und Tatendrang. Er atmete flach und hörte sein Keuchen im Helm widerhallen. Er wünschte sich nur, der Wind würde sich legen und es würde endlich aufhören zu schneien. Niemand kämpfte im Winter, es kostete ja schon Mühe, das Schlachtfeld zu erreichen, ehe sich die feindlichen Seiten überhaupt gegenüberstanden.

In diesem Moment gaben Hauptleute beider Seiten das Kommando zum Angriff. Wieder ertönten Hornsignale, ein harsches, blechernes Tuten, bei dem die Männer stolpernd losrannten.

Sie stürmten um die Wette und hielten ihre Klingen hoch, bereit, den ersten besten Hurensohn zu vernichten, der ihnen entgegenkam.

Derry Brewer trat aus dem Zelt, er war tief in Gedanken versunken. Der Wind, der hier hinter den Kampflinien durchs Lager pfiff, war eisig. Dass Cliffords kleiner Trupp verloren war, war nicht weiter schlimm, aber Derry konnte noch immer nicht fassen, wie viele Leute bei dem Überraschungsangriff der Bogenschützen im Schnee umgekommen waren. Eine Armee durfte ohne ein ausreichendes Kontingent an Bogenschützen einfach nicht ausrücken, wenn sie überleben wollte. Doch bei dem Angriff auf Somerset waren sechstausend Mann umgekommen oder so schwer verletzt worden, dass sie nicht mehr kämpfen konnten. Derry hatte noch nie erlebt, dass so viele Leute in so kurzer Zeit getötet worden waren. Natürlich hatte es vor allem an diesem verdammten Schneetreiben gelegen. Viele der Überlebenden würden noch im Laufe des Tages sterben, sie würden verbluten, weil niemand ihre Wunden verband. Die königlichen Leibärzte hatten zwar ein paar Burschen und Diener dabei, aber es waren einfach zu viele Verwundete. Und der Kampf hatte gerade erst begonnen.

Derry erschauerte, wenn er an die heulenden, stöhnenden Männer dachte, die er im Zelt gesehen hatte, mit schmerzverzerrten Gesichtern und schrecklichen Wunden. Er hatte schon so manche Schlacht mitgemacht – und sich am selben Abend trotzdem mit gutem Appetit zum Essen gesetzt. Aber es war doch etwas anderes, wenn man mit ansehen musste, wie der Chirurg des Königs jemandem ein durchschossenes

Auge entfernte. Es war dieser schreckliche Anblick gewesen, der Derry jetzt hinaus an die frische Luft getrieben hatte.

Natürlich musste er einen Boten zur Königin schicken, die gewiss schon ungeduldig auf Nachricht wartete. Wenigstens war sie dort in der Stadt sicher, samt Mann und Sohn. Mit diesem Heer von mehr als dreißigtausend Mann würde sie einen glorreichen Sieg erwarten, der auch das Ende der Kriege bedeuten würde.

Er ließ das Zelt mit seinen Schrecken hinter sich und wollte davongehen, als sich eine Hand auf seine Brust legte. Instinktiv griff er danach und blickte in das grimmige, unrasierte Gesicht eines Kerls, der in einer gegürteten, mit Nieten beschlagenen Tunika vor ihm stand und den animalischen Geruch eines Menschen verströmte, der sich längere Zeit nicht mehr gewaschen hatte. Derry drehte ihm die Hand um, merkte jedoch im selben Moment, dass weitere Männer hinter ihn traten. Insgesamt waren es vier, die ihn scharf fixierten, während der erste sich das schmerzende Handgelenk rieb.

Derry merkte, wie er ganz ruhig wurde. Er empfand nur eine große Müdigkeit.

»Ach, Jungs«, sagte er fast tadelnd. »Sagt mir nur eins – wer hat euch den Auftrag gegeben?«

»Mylord Clifford«, erwiderte einer von ihnen stolz. »Er hat einen Preis auf Euren Kopf ausgesetzt – wirksam mit der Nachricht von seinem Tode. Wir werden uns das Gold holen, Master Brewer, beim Zahlmeister. Und Ihr tätet gut daran, ohne Widerstand mitzukommen … Aber eigentlich ist es auch egal.«

Derry sah, dass sie sich auf einen Kampf vorbereitet hatten. Er sah sich um, ob ihm irgendwer zur Hilfe kommen konnte, doch im Lager gab es nur noch Verwundete und Huren. Eigentlich hätten Bedienstete und Händler da sein müssen, Ehefrauen und Näherinnen, aber die waren alle am Rande des Schlachtfeldes und verrenkten sich die Hälse, um nur ja nichts vom Kampfgeschehen zu verpassen. Und die Hauptleute und Sergeants waren natürlich alle in der Schlacht.

Derry war allein. Er schloss einen Moment die Augen und wunderte sich selbst, wie gelassen er blieb. Er war nicht mehr der Jüngste, so viel war klar. Er konnte sich aus der Gewalt von vier starken Soldaten nicht befreien, die bereit waren, ihm beim geringsten Widerstand ein Messer in die Rippen zu stoßen. Nein. Es war sein Ende. Das Einzige, was ihm noch übrig blieb, war ein Abgang in Würde.

»In Ordnung, Jungs«, sagte er leise und sah sie nacheinander an. »Hinterher wird zwar jemand herausfinden, was ihr getan habt. Und derjenige wird euch dann klarmachen, warum ihr besser daran getan hättet, den Befehl eines toten Lords zu ignorieren und wegzurennen, solange ihr es noch konntet …«

»Red nicht, alter Mann«, unterbrach ihn einer der Männer mit dreckigem Lachen und stieß ihn auf dem matschigen Weg vor sich her. »Setz dich lieber in Bewegung.« Er machte eine Kopfbewegung und sah die anderen drei an. »Wir erledigen ihn im Wald, wo man's nicht hört.« Er gab Derry einen weiteren Stoß, sodass er stolperte. »Wenn du still hältst, mach ich einen schnellen, sauberen Schnitt, wie bei einer Weihnachtsgans.«

Derry schüttelte den Kopf, während sie mit ihm davongingen. Es schneite noch immer. Es war schwer, auf die Entfernung Gesichter zu erkennen. Er wusste, wenn er um Hilfe rief, würden sie ihn an Ort und Stelle umbringen und verschwinden. Niemand würde vorbeikommen. Cliffords Männer hatten den richtigen Moment gewählt. Der konnte sich ein Lächeln nicht verkneifen. Das hätte er Clifford nicht zugetraut, diesem hinterhältigen Schurken.

Das Schlimmste war, dass seine Arbeit liegen blieb, Arbeit, die nur ein Derry Brewer erledigen konnte. Das jedenfalls hatte er bislang immer gedacht. Doch jetzt entspannte er sich und ließ innerlich alles los. Er hatte eine Entscheidung getroffen und spürte nur noch eine große Erleichterung, sodass er den Kopf wieder höher tragen konnte. Derry Brewer verließ mit den Männern das Lager in westlicher Richtung, während die Blicke aller anderen nach Süden gewandt waren, auf das blutige Feld in der Nähe von Towton.

Warwick hatte das Gefühl, ihm müsse das Herz im Leibe zerspringen. Er bekam kaum noch Luft, jeder Atemzug schmerzte. Das Laufen schmerzte. Nichts war kräftezehrender als ein Kampf im offenen Feld. Er sah bewundernd zu Edward hin, der einem Löwen glich, der auf Beute aus war. Es lag nicht nur an seiner Körpergröße, sondern vor allem daran, dass er für diese Arbeit wie geschaffen war. Er bewegte sich geschickt und ohne unnötigen Kraftaufwand, deshalb ermüdete er auch weniger als die meisten seine Soldaten. Kein Hieb war umsonst, keine Ausholbewegung zu weit. Er hatte mindestens ein Dutzend Männer umgebracht, und seine Rüstung war voller Dellen und Kratzer. Die Hippen in den Händen der Feinde bestanden aus zehn Zoll langem gehärtetem Eisen und endeten in einer gekrümmten Spitze, mit der man eine Rüstung durchschlagen konnte, zumindest wenn sie sich in der Hand eines starken Mannes befand. Edwards Brustplatte zeigte bereits drei dieser Schnitte, aus einem sickerte Blut.

Die drei Männer, die das geschafft hatten, lagen längst kalt und zertrampelt irgendwo im Schneematsch.

Warwick konnte nur staunend zusehen, wie der König kämpfte, stets mit perfekter Körperbeherrschung, unermüdlich. Während Warwick unter Schmerzen nach Atem rang, schien Edward sich völlig mühelos auf dem aufgewühlten Boden zu bewegen, immer auf der Suche nach jemandem, der sich ihm stellen würde. Doch wenn die Männer den großen Krieger in der glänzenden Rüstung sahen, wichen sie ihm aus, als könnten sie sich an ihm verbrennen. Er lachte laut, wenn sie dabei ausrutschten und stürzten, er schlug mit dem Schwert auf seinen Schild und zwang sie, sich eiligst davonzumachen.

Warwick fuhr zusammen, als er von links warnende Hornsignale hörte. Unter einem Helm konnte man diese Töne nur schwer orten, und er drehte den Kopf hin und her, während er mit Edward voranschritt, um seine Seite zu schützen, falls jemand sich auf ihn stürzen sollte. Tatsächlich kam jetzt ein junger Bauer, in Leder und Wolle gekleidet, von der Seite auf sie zu. Er schwang seine Hippe und hatte offenbar gehofft, Edward überraschen zu können. Warwick ließ sein eigenes Schwert auf den Arm des Mannes niedergehen und durchtrennte ihn, sodass der Arm nur noch an einigen Sehnen hing. Brüllend vor Schmerz, den Arm umklammernd, ging der Bauer zu Boden. Ein Stoß mit dem Schwert beendete sein Geschrei, aber die Hörner ertönten noch immer.

Warwick kniff die Augen zusammen und versuchte zu ergründen, woher sie kamen. Edwards mittleres Karree war tief in die Reihen Lancasters vorgedrungen und bildete eine breite, flache Speerspitze. Jeder Schritt war schwer erkämpft worden, aber Warwick glaubte, dass sie über die Leichen des

Feindes hinweg mindestens ein paar Hundert Yards vorgestoßen waren. Es war schwer festzustellen, wie gut sein Onkel am linken Flügel standhielt, aber die Mitte hatte durch Edwards entschlossenes Vorgehen sehr an Mut und Selbstvertrauen gewonnen, achttausend Mann, die Zeuge wurden, wie ihr junger König in der schimmernden Rüstung dem Feind beherzt entgegentrat.

Irgendwo zu seiner Linken hörte Warwick jetzt Pferde, wo eigentlich keine Pferde sein durften. Er schluckte mühsam, seine Kehle war so ausgetrocknet und wund, dass er kaum einen Ton herausbrachte.

»Euer Hoheit … *Edward.* Der linke Flügel!«

Irgendwo auf dieser Seite musste sein Onkel Fauconberg sein, zusammen mit seinem Bruder John, aber Warwick hatte sie seit dem Überfall mit den Pfeilen am Morgen nicht mehr gesehen. Er hasste diesen Schnee, weil er einen blind machte, hasste ihn noch mehr als die Kälte, die alle Verletzungen stärker schmerzen ließ und die Hände taub machte, sodass sie kaum noch den Schwertgriff festhalten konnten.

Er sah, wie Edward sich umwandte und nach links blickte, wohin er gezeigt hatte. Der König presste die Lippen zusammen, abschätzend blickte er in die Runde und überlegte, welche seiner Männer er dort einsetzen sollte.

»Dort kommen irgendwelche Reiter aus dem Wald«, rief er Warwick zu.

Der Lärm, der unmittelbar darauf folgte, war brutal, ein ohrenbetäubendes Krachen von Metall, gleichzeitig ertönten Schmerzensschreie, dass es wie Donner hallte. Hunderte Männer drehten die Köpfe, um zu sehen, was dort vor sich ging – eine Unaufmerksamkeit, die so manchem das Leben kostete.

»Wie viele?«, rief Warwick zurück. Jetzt bedauerte er, dass er sein Pferd getötet hatte, auch wenn dieser Vertrauensbeweis das Wohlgefallen des Königs gefunden hatte.

»Zu viele«, erwiderte Edward. Er legte die Hände an den Mund. »Mein Pferd hierher! Bringt mir mein Pferd!«

Er ließ die beiden vorderen Reihen vorbeimarschieren und schloss sich wieder der dritten Reihe an, wo er auf den mächtigen Hengst wartete, der allein ihn samt Panzer tragen konnte. Als Warwick verstand, was der König vorhatte, schickte er seine Läufer zu vier Hauptleuten in der Nähe und ließ ihnen sagen, der König brauche ihre Hilfe und sie sollten sich sofort an seine Seite begeben, worauf sie sich umgehend auf den Weg machten.

»Ihr müsst jetzt mit meinem Mittelblock weiterkämpfen, Warwick«, rief Edward. »Das sind meine besten Leute. Sie werden nicht zurückweichen.«

Warwick war überrascht, als er sah, dass Edward zufrieden grinste. Seine Rüstung war von Matsch und Blut völlig verdreckt, sein Wappenrock mit den roten Löwen ebenfalls mit Blut besudelt. Doch in diesem Moment, das wusste Warwick, empfand der junge Edward neben Trauer und Zorn auch eine so ungezügelte Freude wie er sie noch nie erlebt hatte. Er war trunken von der Gewalt. Das Schlachtfeld konnte Männer zerbrechen, das wusste Warwick. Aber es konnte Männer auch über sich hinauswachsen lassen, weil das Schlachtfeld ein Ort war, an dem es nur auf ihre Kraft und ihre geschickten Hände ankam und wo sie sich um nichts weiter zu kümmern brauchten.

Edwards Begeisterung zeigte sich in seinen blitzenden Augen und seiner Wildheit. Er setzte das Knie auf die Hände des Ritters, der ihm das Pferd gebracht hatte, glitt mühelos in seinen vertrauten Sattel. Das Streitross schlug ungeduldig aus und verfehlte nur knapp einen Mann, der hinter ihm vorbeimarschierte.

»Jetzt Druck auf die Mitte!«, rief Edward denen zu, die in der Nähe standen, aber eigentlich war die Aufforderung an Warwick gerichtet. »Lancasters Soldaten sind ein Haufen kleiner Jungen. Sie werden nicht standhalten.«

Der König trabte mit seinem Pferd durch das Karree und quer durch die Reihen, in denen die Männer stehen blieben und ihm zujubelten. Seine Ritter bildeten einen geschlossenen Kreis um ihn und hielten seine Banner hoch. Zusammen mit den vier Hauptleuten drängten noch Hunderte weiterer Männer heran und rannten stolz grinsend hinter dem König auf seinem Schlachtross her. Ihr Ziel war das Gewühl am linken Flügel, jetzt würden sie es denen zeigen, die dort aus dem Wald gekommen waren.

Fauconberg fluchte, als er einen Speer mit dem Schwert abwehrte. Das Wäldchen zu seiner Linken schien zu klein, als dass sich all die Reiter darin hätten verstecken können, die jetzt dort herausgaloppiert kamen. Seine Reihen ganz links waren stehend erwischt worden, ihre Aufmerksamkeit hatte den Kämpfen direkt vor ihnen gegolten. Nur vierzig Yards von ihm entfernt kämpften seine beste Soldaten noch immer ihren blutigen, verbissenen Kampf, während die Hauptleute und Sergeants beider Seiten sie bei jedem Schritt, den sie vorrückten, brüllend anfeuerten. Die Reihen wogten hin und her wie ein aufgewühltes Meer. Durch plötzliche Vorstöße und ständigen Druck hatte Fauconberg etwas an Boden gewonnen, aber der Preis war hoch gewesen. Der linke Flügel war normalerweise der schwächste, der letzte, der sich einschaltete. Doch die Kälte und der Schnee sowie das schiere Ausmaß dieser Schlacht machten auch hier ein Änderung der üblichen Regeln nötig. Wenn Norfolks rechter Flügel dabei gewesen wäre, hätte dieser zuerst angegriffen, unterstützt von Edward und Warwick in der Mitte und erst dann – wenn überhaupt – von Fauconbergs linkem Flügel. Stattdessen war die Schlachtenfront so breit, dass der linke Flügel und der mittlere Block gleichzeitig auf sie prallten – und Norfolk blieb nach wie vor im Schnee verschwunden.

Fauconberg marschierte in der zweiten oder dritten Reihe und beorderte mehr und mehr Männer zur Verstärkung nach vorn, wo sie bis zur Erschöpfung kämpften und fielen, um sofort durch neue ersetzt zu werden. Er stand Lancasters stärkstem Flügel gegenüber, in dem, nur hundert Yards entfernt, Somersets Banner flatterten.

Und nun also auch noch dieser Überfall aus dem Wald – eine zweihundert Mann starke Reitertruppe, die sich dort versteckt hatte, um seine Flanke anzugreifen. Sie hatten Lanzen und Speere und befanden sich bereits in vollem Galopp, als Fauconberg sie im Schnee bemerkte, als undeutliches Bild, aber mit einem Donner, der immer lauter wurde, bis ganze Reihen von Kämpfenden geschlossen zurückwichen, wie jemand, der einem wilden Hund ausweicht.

Sie waren in die Reihen der unermüdlich vorwärts marschierenden Männer geplatzt, die mit Geduld und Mut darauf gewartet hatten, in die vordersten Kampfreihen geschickt zu werden. Scherben und Splitter flogen durch die Luft, und die Soldaten versuchten sich duckend in Sicherheit zu bringen. Das gesamte linke Karree stockte, wodurch die Reihen sich ineinanderschoben, bis alles zum Stillstand kam, während am Rand viele Männer ziellos weiterliefen. Einige mit

Piken versuchten sich in Reihen zu formieren, wie sie es gelernt hatten, wenn man Reitern gegenüberstand. Aber es waren zu wenige, sie hatten keine Chance.

Fauconberg zog den Panzerhandschuh aus, um sich den Schweiß von der Stirn zu wischen. Der schlimmste Feind im Kampf war die Panik, wie immer. Zweihundert Reiter konnten keine Armee besiegen, auch nicht einen Flügel von achttausend Mann. Aber solange niemand den Reitern Einhalt gebot und sie ungestraft töten konnten, zogen sich die Ränge zurück und warteten darauf, dass jemand eingriff. Fauconberg sah, wie einer seiner Männer seine Pike wie einen Speer schleuderte und einen der Angreifer tatsächlich vom Pferd holte. Dann rannte der Mann zu dem Gestürzten, machte aber sofort wieder kehrt, als dessen Kameraden angaloppiert kamen. Sie hatten ihre Schwerter gezogen, als wollten sie alle Marschierenden niedermähen. Frustriert und voller Wut schickte Fauconberg einen Burschen ganz nach hinten, wo seine Bogenschützen waren. Ein paar Hundert Pfeile würden ausreichen, um der Sache ein Ende zu bereiten. Zwar hatten sie am Morgen die letzten Pfeile verschossen, aber vielleicht waren ja noch ein paar übrig geblieben.

Wieder griffen ein Dutzend Reiter seine Flanke an. Einige seiner Sergeants riefen nach Piken, und die Pikeniere gingen in Stellung, aber erst, nachdem die Reiter abermals mit frischem Blut an ihren Schwertern zurückgekehrt waren. Sie brüllten und pöbelten, während sie hin und herritten und ihre Schadenfreude über die kläglichen Reihen zeigten, die da an ihnen vorbeimarschierten.

Fauconberg warf Hilfe suchend einen Blick nach rechts, und sein Herz machte einen Freudensprung, als er jetzt Edwards Banner sah, die immer näher kamen.

»Jawohl!«, flüsterte Fauconberg erleichtert. »Ein guter Mann. Ein guter König.«

Er musste über seine eigenen Worte lachen, als Edward angeprescht kam. Die großen Karrees wurden langsamer, als er an ihnen vorbeikam. Die Männer blieben einfach stehen und starrten ihn an, während ihre Befehlshaber sie anbrüllten, sie sollten weitergehen. Nur einen Herzschlag lang in diesem stundenlangen Kampf blieben die Soldaten beider Seiten stehen, um zuzusehen, wie Edward einem geschwächten Flügel zur Hilfe kam.

»Macht Platz dort!«, rief Fauconberg den Umstehenden zu. »Lasst den König durch!« Mit seiner strahlenden Miene wirkte er in diesem Moment vielleicht etwas einfältig, das war ihm bewusst, aber die Banner taten ihm im Herzen gut – die weiße Rose, der Falke von York, die flammende Sonne, die königlichen Löwen.

Die Reiter, die den Flügel angegriffen hatten, konnten Edward ebenfalls sehen. Einige deuteten hinter sich auf die Wälder, sie wollten sich in Sicherheit bringen. Andere deuteten auf den König, der sich durch seine eigenen Reihen nach vorn drängte. Es war nicht schwer, sich vorzustellen, was sie sprachen. Falls es ihnen gelänge, Edward zu töten, würde das König Henrys Problem mit einem Schlag lösen.

Fauconberg merkte, wie ihm die Brust eng wurde, er bekam eine Gänsehaut. König Edward kam aus weniger als zwanzig Yards auf ihn zu, sein Pferd trabte ohne jede Anstrengung über das Schlachtfeld, die Bannerträger an seiner Seite, umgeben von grobschlächtigen, kräftigen Männern mit Hippen und Äxten.

Edward und seine Männer stürzten sich von der Seite her auf die Reiter, die auf sie gewartet hatten. In wenigen

Augenblicken hatte Edward die beiden Ersten, die sich ihm entgegenstellten, tödlich verwundet. Zweimal wurde er selbst von Speeren getroffen, die jedoch an seinem Panzer abprallten. Ein dritter Speer wurde mit aller Kraft von einem Mann geschleudert, der Edward im Weg stand. Er verfehlte sein Ziel, und Edward ritt direkt auf ihn zu, warf ihn mit einem mächtigen Schulterstoß von seinem kleinen Pferd. Allein beim Anblick des Aufpralls zuckte Fauconberg zusammen. Es war, als sähe man einen Falken, der sich auf eine Taube stürzt. Es hing alles von der Geschwindigkeit und dem Gewicht ab, und Fauconberg ahnte, wie schwer es sein musste, die Nerven zu behalten, wenn ein Riese wie Edward direkt auf einen zukam. Der König wich nicht aus und verlangsamte auch nicht die Geschwindigkeit. Er ritt jeden um, der ihm im Wege stand, er tötete sie mit dem Schwert oder rammte sie so hart, dass sie stürzten. Der König war geschickter und schneller als selbst die erfahrensten Männer. Mit einer Finte brachte er sie dazu, nach einer Seite auszuweichen, nur um sie aus dem Sattel zu werfen, wenn sie sich umwandten. Er, der in der Blüte seiner Jugend stand, ließ so manchen Veteranen aussehen wie ein tolpatschiges Kind.

Die Männer, die mit ihren Hippen den König begleiteten, waren in ihrem Element. Während die feindlichen Reiter verwirrt versuchten, die Stellung zu halten, traten diese kräftigen Burschen blitzschnell heran und trennten einem Pferd glatt ein Bein ab, oder sie durchbohrten die Reiter von unten, sodass sie blutspuckend vom Pferd stürzten. Die Männer, die am geschicktesten mit der Hippe umgehen konnten, waren Metzger und Schmiede, Gerber und Ziegelmacher, denen die Arbeit mit diesem Werkzeug wohlvertraut war.

Es dauerte nicht lange. Edward blickte auf die Leichen der Männer und die schrill wiehernden Pferde, die sterbend dalagen. Es war eine grausame Arbeit gewesen, aber er jubelte. Sein Jubel war so ungezügelt, dass er sich im Stillen fragte, ob er seine Gefühle nicht lieber etwas zurückhalten solle, ob es nicht doch irgendwie unschicklich war. Aber er konnte nicht anders. Also hob er sein Schwert hoch und schrie seinen Sieg hinaus. Rings um ihn jubelten und lachten Hunderte von Männern. Der Lärm setzte sich durch den gesamten linken Flügel fort, bis in die Mitte, wo Warwick lachend weiterkämpfte. Es war nur ein kleiner Nebenschauplatz, aber Edward hatte sich bewiesen. Alle hatten es gesehen, wie er an der Front entlanggeritten war. Mochte es zuvor noch Zweifler gegeben haben – spätestens jetzt waren ihre Zweifel beseitigt. Sie kämpften für den König von England, und diese Gewissheit gab ihnen neue Kraft.

19

Das Kämpfen nahm kein Ende. Stunden später waren die beiden riesigen Armeen ineinander verkeilt, und keine Seite wich zurück, und wenn, dann über die Leichen der eigenen Männer. Piken stießen vor, sobald ein Hauptmann eine Lücke entdeckt hatte und eine Reihe zu durchbrechen versuchte. Streitäxte und Hippen hoben und senkten sich, und zusammen mit den kurzen Fauchon-Schwertern erledigten sie unermüdlich ihre grausame Arbeit.

Hinter den Kampflinien drängten die Männer sich so dicht wie möglich zusammen, um sich vor der Kälte und dem eisigen Wind zu schützen, der sie kostbare Kraftreserven kostete. Sie stampften mit den Füßen und hauchten sich in die Hände, während sie unaufhaltsam immer weiter vorangeschoben wurden. Sie konnten sich weder zurückziehen noch sonst kaum bewegen, während das schwache Tageslicht langsam der Dämmerung wich und es um die Tausende von Männern immer dunkler wurde, die hier auf dem hartgefrorenen Feld standen und ihre Waffen umklammerten.

Gelegentlich trieb der Schnee in die andere Richtung und gab den Blick auf das Schlachtfeld frei. Für die Lords und die Soldaten, die mit Edward nach Norden gezogen waren, bot sich ein bestürzender Anblick. Lancasters Armee, nach wie vor ein großes Heer, eine dunkle Menschenmenge, erinnerte auf dem weißen Feld an einen riesigen Schwarm Stare.

Die erschöpften Männer aus dem Süden sahen sich an und schüttelten ratlos die Köpfe. Im schwindenden Tageslicht war es schwer, bei diesem Anblick nicht den Mut zu verlieren und zu verzweifeln, besonders wenn einem von Kopf bis Fuß alles wehtat und man vor Kälte fast erstarrt war.

Jungen rannten mit ledernen Wasserschläuchen durch die Reihen. Die Schläuche hatten ein Mundstück, an dem man saugen konnte wie an einer Mutterbrust. Die Jungen ließen die halb verdursteten Männer ein paar Schluck trinken und protestierten, wenn einer zu viel nahm oder sich das kostbare Nass in den Bart laufen ließ. Trotzdem wurde unermüdlich weitergekämpft, die Reihen wogten hin und her, und man hörte, wie die Männer die Namen ihrer Lieben riefen, wenn sie spürten, dass sie hier in dieser Dunkelheit sterben würden. Sie schrien, bis sie inmitten ihrer kämpfenden und keuchenden Kameraden zusammenbrachen und am Boden liegen blieben.

Als die Sonne unterging, schwand für viele auch der letzte Funke Hoffnung. Altgediente, erfahrene Krieger zogen die Köpfe ein, schlangen die Arme um die verfrorenen Leiber. Sie konnten nichts weiter tun als auszuharren. Niemand gab den Befehl, das Kämpfen zu unterbrechen, weder die Lords noch ihre Hauptleute. Sie schienen sich darin einig zu sein, dass sie im Dienste zweier Könige hierhergekommen waren und nicht eher weggehen durften, bis es nur noch einen gab.

Die Krieger, die schon den halben Tag kämpften, hatten den Punkt erreicht, wo bleierne Müdigkeit und eine Desorientierung einsetzte. Sie stolperten durch die Dunkelheit neben ihren Gefährten dahin, und wenn sie ihren noch relativ unverbrauchten Feinden in die Arme liefen, wurden sie niedergemäht wie Getreide.

In den Reihe von Yorks Armee breitete sich dumpfe Verzweiflung aus. Selbst in der Mitte, wo Edward weiterkämpfte, als kenne er keine Müdigkeit. Der junge König hatte sein Pferd nicht wieder nach hinten führen lassen. Er hatte Fauconberg zugenickt und war dann zu Warwick hinübergeritten, wo er mit Jubel begrüßt worden war. Es waren keine Pfeile oder Bolzen von Armbrüsten mehr geflogen, auch wenn er ein lohnendes Ziel war. Da es keine Kanonen im Feld gab, war Edward fast unbesiegbar – solange ihn seine Kraft nicht verließ. Ritter, die übermüdet waren, konnte man leicht zu Boden werfen und mit Dolchstößen zwischen die Panzerplatten töten, man konnte auch ihre Helme einschlagen. Aber wenn man einen Mann von Edwards Körpergröße kämpfen sah, konnte man sich kaum vorstellen, dass er jemals aufzuhalten war. Man müsste schon äußerst genau zielen, um seinen Panzer zu durchschlagen, und sowie jemand es versuchte, war Edward auch schon da und erledigte grinsend jeden Angreifer, noch ehe der zuschlagen konnte. Er hatte längst den Überblick verloren, wie viele er getötet hatte.

Es war bereits stockdunkel, als Edward rechts von sich eine Bewegung wahrnahm. Ohne den Schnee hätte er es nicht bemerkt, aber auf dem weißen Hintergrund sah er dunkel eine herangaloppierende Reiterfront. Von seinem hohen Schlachtross aus konnte er sie früher sehen als die anderen, aber auch er konnte zunächst nur ungläubig staunen. Die ersten Läufer scharten sich bereits um ihn, um möglichst als Erste seine Befehle entgegenzunehmen, wie immer sie lauten mochten. Mit erhobener Hand gebot Edward ihnen Einhalt, sie sollten abwarten, genau wie er. Sein Herz hämmerte so stark, dass ihm fast schwindelig wurde. Falls die Armee der Königin jetzt neue Verstärkung bekäme, wäre das sein sicherer Tod und die endgültige Schande für das Haus York. Er war mit seinen Leuten von Anfang an zahlenmäßig unterlegen gewesen, und die Soldaten, die jetzt ankamen, würden ihn erledigen.

Sie prallten auf Lancasters linke Flanke. Es war Norfolk, der sie in Schnee und Dunkelheit endlich gefunden hatte und jetzt mit Edwards gesamtem rechten Flügel auf Lancasters schwächste Reihen traf. Sie kamen angerannt, und ihr Gebrüll hallte über das gesamte Schlachtfeld. Norfolks flatternde Banner zeigten ihnen den Weg, und bei ihrem Anblick sahen Edward und Warwick sich an und brüllten zusammen mit allen anderen. Es hätte zu keinem passenderen Zeitpunkt geschehen können – denn wenn ein paar Stunden vorher zweihundert Reiter es beinahe geschafft hätten, Fauconbergs Flügel zu vernichten, dann konnten neuntausend neue Krieger jetzt den Flügel Lancasters erst recht zerschlagen und Tausende davon abschlachten. Natürlich waren Norfolks Leute nach einem halben Tag des Umherirrens im Schnee müde, doch verglichen mit ihren bedauernswerten, halbtoten Kameraden, die bis zum Umfallen gekämpft hatten, waren sie taufrisch und angriffslustig.

In den Reihen der Lancasters brach das Chaos aus. Ausgerechnet jetzt, wo es stockdunkel war, kam dieser unvorhergesehene Angriff, vor dem die Männer in blinder Panik davonrannten und nur hoffen konnten, dass in der Finsternis ihre Feigheit nicht bemerkt wurde. Unter dem Druck von Norfolks Leuten merkten Edward, Warwick und Fauconberg plötzlich, wie die Reihen vor ihnen nachgaben.

Männer, die bei Tageslicht standhaft geblieben wären, brachen im Dunkeln zusammen. Sie machten kehrt und rannten davon, auf allen Seiten verfolgt von brüllenden Gegnern mit klirrenden Waffen. Sie rutschten aus und stürzten, standen wieder auf und verbreiteten Panik, als sie durch die eigenen Reihen stürmten, wo die Männer zum Teil noch gar nicht ahnten, was passiert war. Man hielt sie fest und schrie ihnen Fragen entgegen, doch sie rissen sich los und stolperten weiter. Hunderte flohen, dann Tausende, mit vor Angst zugeschnürten Kehlen liefen sie ins Ungewisse, das abfallende Gelände zum Fluss hinab, wobei sie in ihren schweren Rüstungen immer wieder klirrend zu Boden stürzten.

Hinter ihnen waren die Reihen von Edward und Warwick auf die Männer von Norfolk gestoßen, die vor ihnen vorbeiströmten. Gemeinsam stimmten sie ein wildes Freudengeheul an und jagten hinter den Fliehenden her. Wenige Momente vorher hatten sie noch eine Armee von mindestens gleicher Größe vor sich gehabt. Daran mussten die Soldaten Yorks jetzt denken, als sie über das Feld stürmten. Wenn sie zu zweit oder zu dritt einen unglückseligen Ritter eingeholt hatten, brachten sie ihn mit einem Hieb gegen die Beine zu Fall oder ließen eine Streitaxt gegen seinen Rücken krachen, dass er stürzte. Wenn er am Boden war, holte jemand mit der Axt aus und ließ sie auf seinen Kopf oder den Hals niederkrachen. Doch selbst dann hatten sie nicht genug. Ihre Angst hatte sie grausam gemacht. Sie bearbeiteten ihre Opfer, bis sämtliche Knochen gebrochen waren und jeder Tote hundert Stichwunden hatte.

Ritter und Lords, die in der Dunkelheit zu Fall gebracht wurden, schrien ihren Angreifern, die sie nicht sehen konnten, »Pax! Lösegeld!« entgegen. Doch auch für sie gab es kein Entrinnen, die Stielhippen fuhren unbarmherzig hernieder.

Das Gemetzel dauerte an, bis die ersten schwachen Strahlen der aufgehenden Sonne am Horizont erschienen. Vom Schnee war nichts mehr zu sehen, nur brauner Schlamm, in dem die Toten lagen. Tausende gepanzerter Männer waren im Cock Beck ertrunken. Meilenweit nichts als Leichen, getötet von Männern, die bis vor Kurzem als verloren gegolten hatten. Als der Morgen graute, konnten sie sich nicht in die Augen sehen. Die Nacht hatte Grausamkeiten hervorgebracht, die sie noch jahrelang in ihren Albträumen verfolgen würden. Yorks Leute hatten gesiegt, aber sie waren mit den Kräften am Ende, mit Dreck und Blut besudelt, die Lippen blau vor Kälte und Augen, die sie vor Müdigkeit kaum aufhalten konnten.

Unter dem langsam heller werdenden Himmel formierten sie sich noch einmal zu Karrees. Fauconberg kam angeritten, um sich zu überzeugen, dass sein Neffe und sein König wirklich überlebt hatten. Norfolk war bereit gewesen, sein Versagen mit dem Leben zu bezahlen, aber Edward hatte abgewinkt. Es war offensichtlich, der Mann war am Ende, an seinen Lippen klebte Blut und immer wieder hustete er stark, was ihm offenbar Schmerzen bereitete. Zwar hätten sie durch sein verspätetes Eintreffen fast eine Niederlage erlitten, aber schließlich war er doch eingetroffen, als sie ihn am dringendsten brauchten. Er hatte es wiedergutgemacht, und Edward und Warwick wussten, was es für sie bedeutete.

Jetzt stand die Sonne über dem Horizont. Die Männer konnten endlich ihre Blasen entleeren, dabei zitterten sie vor Kälte und stampften mit den Füßen. Alles tat ihnen weh, und sie waren nach dem langen Tag des Kämpfens so ausgehungert, dass sie sogar die Toten nicht verschmäht hätten. König Henrys Lager befand sich nur zwei Meilen nördlich vom Schlachtfeld, in Tadcaster. Es war Edward eine große Genugtuung, seinen Hauptleuten zu eröffnen, dass sie dort essen würden. Er stellte sich vor, wie die Bediensteten im Lager jetzt darauf warteten, dass ihre Leute zurückkehrten, und er musste lachen. Stattdessen würden sie sehen, wie die stolzen Banner Yorks sich auf der Straße näherten.

Er hatte nicht einen Gefangenen, nicht einen Lord, um ihn gegen Lösegeld freizulassen. Er wollte die Spiele der anderen Seite nicht spielen, weder jetzt noch in Zukunft. Außer Lord Clifford war Henry Percy, der Lord von Northumberland, auf dem Schlachtfeld getötet worden, zusammen mit einer ganzen Anzahl kleinerer Lords und Hunderten, wenn nicht gar Tausenden von Rittern und wohlhabenden Adligen. Folglich gab es bei den Toten viel zu plündern. Edwards Hauptleute hatten keine Schwierigkeiten, Freiwillige zu finden, die bereit waren, auf dem Feld zu bleiben und die Wertsachen einzusammeln. Es war eine wichtige Arbeit, und man würde ihnen ihr Essen bringen. Sie würden auch die Gefallenen zählen. Die unbekannten Soldaten würde man in Massengräbern beisetzen, obwohl das Ausheben der gefrorenen Erde Schwerstarbeit war. Die Hauptleute würden ihre Schreiber Listen anfertigen lassen, so gut es ging, die Namen würden sie mithilfe von Siegelringen, Wappenröcken und Briefen feststellen, die manche der Toten bei sich trugen. Andere Männer würden mit Beilen über das Schlachtfeld gehen und nach denen suchen, die nur bewusstlos waren oder sich versteckt hatten, um unbemerkt zu entkommen. Eine Gruppe von Trägern würde die eigenen Verwundeten in ein nahes Herrenhaus bringen, um sie zu verarzten oder, was wahrscheinlicher war, um sie in Würde sterben zu lassen. Es waren Arbeiten, die noch einige Tage in Anspruch nehmen würden, aber Edward wollte damit nichts zu tun haben. Er hatte andere Aufgaben zu erledigen, und zusammen mit seinen blutbesudelten Überlebenden wandte er sich nach Norden, von wo jetzt ein noch kälterer Wind blies. König Henry und Königin Margaret würden bald erfahren, dass ihre Welt sich über Nacht verändert hatte.

Für Warwick hatte man einen herrenlosen Wallach aufgetrieben. Das Pferd war nervös, und er musste es erst ein paar enge Kreise ausführen lassen, ehe er es dazu bringen konnte, loszutraben. Er wusste, warum das Tier die Augen so weit aufriss. Obwohl der Wind den Geruch von Leichen und Blut davontrug, war er doch überall wahrzunehmen.

Als Warwick sich Edward und Norfolk, Fauconberg und seinem Bruder John näherte, blieb er stehen, nickte er zum Gruß. Die Männer sahen alle sehr mitgenommen aus, doch als Warwick sie näher betrachtete, merkte er, dass sich in Edward bereits ein neuer Lebensfunke regte. Sein Gesicht wirkte ernst, aber wild entschlossen.

Seine Entscheidung stand fest: Sie ließen etwa tausend Mann zurück, um die Toten zu zählen, zu plündern und sich um die Verletzten zu kümmern, der Rest marschierte mit König Edward nach Norden.

Margaret stand mit dem Rücken vor einem warmen Feuer in dem hohen Saal des Zunfthauses von York und beobachtete durchs Fenster, wie die Sonne aufging. Das Glas war von ihrem Atem beschlagen, und sie wischte es ab. Von diesem Fenster aus konnte man das südliche Stadttor sehen. Sie hatte keine Ruhe, solange ihre Armee für sie kämpfte, denn in ihrer Fantasie malte sie sich die schlimmsten Dinge aus.

In Momenten wie diesem hätte sie gern Derry Brewer bei sich gehabt. Sie wusste, dass ihr Meisterspion sich auf seinem alten Klepper ins Lager aufgemacht hatte. Doch er war in der Nacht nicht zurückgekommen, und sie saß hier und wartete und rang die Hände.

Ihr Sohn hatte den ganzen Morgen lärmend mit seinen Spielzeugsoldaten gespielt. Er ahnte nicht, was um ihn herum geschah. Schließlich hatte Margaret die Geduld verloren und den Siebenjährigen gescholten, er solle gefälligst aufhören und still sein. Wütend hatte er sie angefunkelt, und als Antwort hatte sie ihn stürmisch an sich gedrückt, worauf er sich protestierend aus ihren Armen befreit hatte. Als sie ihn losgelassen hatte, war er aus dem Zimmer gerannt und es war wieder still geworden. Ihr Mann döste am Feuer, er schlief nicht und er las auch nicht, er starrte nur teilnahmslos in die Flammen, die vor ihm flackerten und knisterten.

Margaret atmete unwillkürlich auf, als sie Hufgetrappel auf der Straße hörte. An der Außenseite der Fensterscheibe klebte Schnee. Sie konnte nur wenig erkennen, lediglich ein paar Reiter, die unten abstiegen. Sie wandte sich der Tür zu, als sie laute Stimmen hörte und ihre Diener etwas erwiderten.

Die Tür flog auf, und Somerset stand auf der Schwelle, er atmete schwer, während die kalte Luft, der Schnee und die Angst sich im warmen Zimmer verbreiteten.

»Mylady, ich bin untröstlich«, sagte er. »Die Schlacht ist verloren.«

Mit einem leisen Klagelaut trat Margaret auf ihn zu und ergriff seine Hände, sie erschrak, wie erschöpft er aussah. Sie sah auch, dass er hinkte, eines seiner Beine schien steif. Schneeflocken schmolzen auf ihrer Haut, und sie bebte.

»Wie ist das möglich?«, flüsterte sie.

Somersets Augen waren blutunterlaufen, sie hatten dunkle Ränder, auf seiner Stirn sah man die roten Druckstellen von seinem Helm.

»Wo werden sich die Leute wieder sammeln?«, wollte sie wissen. »Hier, vor der Stadt? Seid Ihr deshalb zurückgekommen?«

Somerset ließ die Schultern hängen, als er sich zur Antwort zwang.

»Es gibt … viele Tote, Margaret.« Es schmerzte ihn, ihr das sagen zu müssen, aber die Zeit drängte, und er sprach schnell. »Sie sind alle tot. Die Armee ist vernichtet. Es ist das Ende, und sie werden bald hier sein. Ich erwarte, dass König Edward etwa zur Mittagsstunde mit seinem Pferd durch das Micklegate-Tor in York einziehen wird.«

»*König* Edward? Wie könnt Ihr so etwas sagen?«, rief Margaret entsetzt.

Somerset schüttelte den Kopf.

»Es ist leider die Wahrheit. Ich habe ihn auf dem Schlachtfeld gesehen, Mylady. Ich muss ihm die Ehre lassen, auch wenn es schmerzt.«

Margarets Gesicht verhärtete sich. Wie leicht Männer sich doch zu solch großen Gesten hinreißen ließen! Sie träumten einfach zu gern von Helden und Tafelrunden. Es bedeutete aber auch, dass sie sich, wenn sie einen Leitwolf fanden, den Kopf verdrehen ließen wie ein junges Mädchen. Sie streckte die Hand aus und berührte seine Wange. Sie war eiskalt.

»Also seid Ihr gekommen, um mich zu töten?«

Somersets Gesicht wurden lebhaft. Er fasste sie beim Handgelenk.

»Wie? *Nein*, Mylady! Ich bin gekommen, um Euch samt Eurem Mann und Sohn von hier fortzubringen. Ich will Euch in Sicherheit bringen. Sagt mir nur, wo Ihr Zuflucht finden könnt, und ich führe Euch hin.«

Margaret dachte fieberhaft nach, sie versuchte sich zu konzentrieren, obwohl die Wut in ihr kochte. Noch vor einem halben Tag hatte sie über ein riesiges Heer verfügt, wie es England noch nicht gesehen hatte. Und doch war es unterlegen und vernichtet, und sie war *verloren* …

»Margaret? Mylady?«, sagte Somerset, der nervös wurde, weil sie immer noch ins Leere starrte.

»Ja. Bringt mich nach Schottland«, sagte sie. »Wenn es in England keinen Ort mehr für mich gibt, muss ich sehen, dass ich über die schottische Grenze komme. Dort hält Mary von Geldern den Thron für ihren Sohn bereit, und ich denke, sie wird mir Schutz gewähren. Ja, bei ihr werde ich sicher sein.«

Somerset wandte sich um und rief Befehle nach unten, wo seine Leute standen. Er hielt inne, als sie seinen Arm berührte.

»Wo ist Derry Brewer?«, fragte Margaret. »Habt Ihr ihn gesehen oder etwas von ihm gehört? Ich brauche ihn, er muss mitkommen.«

Der junge Duke schüttelte leicht gereizt den Kopf.

»Ich weiß es nicht, Mylady«, sagte er ungeduldig. »Lord Percy und Baron Clifford sind tot. Wenn Euer Derry Brewer am Leben ist, wird er uns schon finden. Jetzt sollten Eure Diener alles packen, was Ihr braucht.« Er biss sich auf die Lippen, plötzlich glänzten seine Augen feucht. »Mylady, Ihr solltet Euch darauf einstellen, dass Ihr nicht zurückkommt. Nehmt alles Gold und … Kleider, alles, was Ihr nicht zurücklassen wollt. Ich habe genug Pferde mitgebracht. Die können alles tragen.«

Margaret sah ihn streng an.

»Sehr gut. Aber so beruhigt Euch doch, Mylord Somerset. Ich brauche Euch bei klarem Verstand, und ich befürchte, Ihr seid zu erschöpft.«

Er lächelte verlegen.

»Verzeiht, Mylady, es ist in der Tat nur die Erschöpfung.« Er wischte die Tränen fort.

»Das will ich hoffen. Und jetzt lasst die Diener heraufkommen. Sie sollen die Sachen zusammenzupacken, die ich für die Reise brauche. Und im Übrigen möchte ich, dass Ihr bei mir bleibt, Mylord. Um mir mit meinem Mann zu helfen, außerdem muss ich erfahren, was genau geschehen ist.« Sie schwieg einen Augenblick, dann hob sie den Kopf, um gegen ihre Verzweiflung anzukämpfen. »Mein Gott, ich kann es nicht glauben. Das ist doch alles gar nicht *möglich* …«

Somerset blickte sie nicht an, er lief zur Treppe und rief nach den Dienern. Als er wiederkam, wartete sie immer noch auf eine Antwort. Er zuckte nur die Schultern.

»Schnee, Mylady. Schnee und etwas Kriegsglück, das ist alles. Ich weiß nicht, ob Gott oder der Teufel auf ihrer Seite war, aber … einer von beiden bestimmt. König Edward kämpfte in der Mitte, er führte seine Männer an, und sie kämpften wie besessen. Sie wollten ihm imponieren. Trotzdem hätten sie nicht gewinnen dürfen, hätten eigentlich nicht gewinnen *können* gegen die Stärke unserer Truppen … Gott oder der Teufel, oder beide … ich weiß es nicht.«

20

Begleitet von langen Bannern, die zu beiden Seiten flatterten, ritt Edward zum Lager der Lancasters. Sie stießen auf keinen bewaffneten Widerstand. Die wenigen Wachen, die noch geblieben waren, hatten sich eiligst davongemacht, als sie sahen, dass es Yorks Banner waren, die sich dort auf der Straße näherten. Angelockt durch den appetitlichen Essensduft, war Edward abgestiegen und hatte sich einen Teller Eintopf mit Hammelfleisch geben lassen, ein herrliches, warmes Gericht, das seinen knurrenden Magen besänftigte.

Dankbar löffelte der achtzehnjährige König zusammen mit Warwick, Montagu, Norfolk und Fauconberg den Eintopf, und alle starrten hinüber zum Lager. Das einzige Geräusch kam von Norfolk, der in ein Tuch hustete, es war ein rasselnder Husten, der gar kein Ende nehmen wollte, bis das Tuch sich rot färbte und er Blut auf den Boden spuckte.

Edwards Hauptleute erschienen und brachten mehrere Kerbhölzer mit feinen, eingeritzten Linien, aber er schickte sie mit einer ungeduldigen Handbewegung weg. Er interessierte sich nicht für die Arbeit der Schreiber, genauso wenig wie für Regierungsgeschäfte. Er wusste zwar genau, dass Poucher, der Truchsess seines Vaters, ihn irgendwann damit behelligen würde, aber zunächst hatte er wichtigere Dinge zu erledigen.

Die Diener der Lancasters eilten mit Essen und Wasser herbei, zwar noch immer entsetzt und verwirrt, aber doch bereits im Bewusstsein, dass dort drüben auf dem blutgetränkten Schlachtfeld eine neuen Ära angebrochen war. Sie wollten auch weiterhin essen und für ihre Arbeit bezahlt werden, auch wenn ihre Herren gefallen waren. Einige weinten leise, weil das Oberhaupt ihres Hauses nicht mehr zurückkehren würde. Aus den Vorratshäusern förderten sie große geräucherte Schinken zutage, die mit Klingen zerteilt wurden, die vor kurzer Zeit noch in menschlichen Körpern gesteckt hatten.

Während seine erschöpften Männer sich niedersetzten, um zu essen und sich auszuruhen, stieg Edward schon wieder aufs Pferd. Er zuckte schmerzhaft zusammen, weil sein Körper von seiner rechten Schulter abwärts bis in beide Beine von Blutergüssen übersät war. Seine Rüstung hatte Dutzende von Hieben ausgehalten, doch die Panzerplatten hatten den Aufprall verteilt, sodass er noch wochenlang blaue Flecken haben würde. Die eisernen Platten zeigten saubere Einstiche scharfer Waffen, und Edward zählte allein vier der charakteristischen Dreiecke, wie sie von Stielhippen verursacht waren. Sie befanden sich alle auf seiner Brust, worauf er stolz war. Jeder Einstich hatte einen Rand aus getrocknetem Blut, aber die Wunden darunter waren schnell verkrustet und klebten jetzt an den Kleidungsstücken aus Leder und dickem Leinen, die er am Körper trug. Er stöhnte, als er sich reckte, bevor er aufsaß, schrie auch einmal auf wie ein wütendes Tier, weil jedes seiner Gelenke schmerzhaft protestierte. Er ließ seinen Helm bei einem Diener zurück, schloss die Augen und hielt das schweißnasse Gesicht in den Wind, damit es trocknete. Er brauchte den Helm mit dem goldenen Reif nicht mehr, um zu zeigen, dass er der König war. Er hatte die Schlacht gewonnen, das war ein überzeugenderer Beweis als alle Banner und Wappen zusammen.

Es war kurz vor der Mittagsstunde, als seine sechshundert Reiter von den Mauern der Stadt York aus in Sichtweite kamen. Edward hatte sich schon gefragt, ob man die Stadttore vielleicht auch vor ihm verschließen würde, so wie man Margaret und Henry in London den Zutritt verweigert hatte. Er hatte sich bereits überlegt, dass er in diesem Falle Kanonen herbeischaffen und die Stadt in Schutt und Asche legen lassen würde. Seine düstere Laune hellte sich sofort auf, als er sah, dass das Micklegate-Tor offen stand. Es waren weder Wachen zu sehen, noch sonst irgendein Mensch auf dem Weg in die Stadt. Er zog leicht die Zügel an und ließ sein Schlachtross im Schritt gehen. Ein plötzliches Grauen erfasste ihn bei dem Gedanken, was er gleich sehen würde.

Warwick warf dem König einen neugierigen Blick zu, dann gab er seinem Pferd die Sporen und befahl seinen Rittern und Hauptleuten, zu folgen. In geschwindem Trab ritten sie in die Stadt, der Hufschlag hallte über das Pflaster, als sie unter dem steinernen Tor hindurchritten, an dessen Seiten das Wachhaus und die hohe Stadtmauer aufragten.

Erst als sie die Mauer passiert hatten, ließ Edward sein Ross wieder im Schritt gehen. Die Hände in seinen Panzerhandschuhen hatte er zu Fäusten geballt. Schließlich zog die Zügel an und blickte die schlammige Straße entlang.

Er sah die dicht gedrängten Häuser und die Kirchtürme. Hier hatten schon vor tausend Jahren Kochfeuer ihren Rauch in die Luft geschickt. Es war eine alte Stadt, aus alten Steinen gebaut.

Als er sich innerlich stark genug glaubte, wandte Edward sein Pferd zum Tor um und blickte nach oben. Er kniff die

Augen zusammen, und aus seiner Brust drang ein tiefer Seufzer, vielleicht war es auch ein Schluchzen, als er die Köpfe seines Vaters und seines Bruders Edmund anstarrte. Der dritte Kopf hatte sich auf seinem Pfahl gedreht und hing schief herunter. Edward wandte sich zu Warwick um, der vom Pferd stieg und auf die eisernen Leitern zuging, die sich zu beiden Seiten des Torturmes befanden.

Edward saß ebenfalls ab und war nur wenige Schritt hinter dem Earl, als sie gemeinsam hinaufstiegen. Der Schneesturm hatte sich am Vortag endlich gelegt, sodass selbst in dieser Höhe nur ein schwacher Wind ging. Der König von England tastete sich vorsichtig den Mauervorsprung entlang, bis er den Kopf seines Bruders erreichte. Er erschauerte, als er sah, dass er mit klebrigem Teer bedeckt war. Die Gesichtszüge waren kaum noch zu erkennen, und Edward war froh darum.

Die Köpfe waren in den Monaten seit Sandal stark verwest. Sie saßen nur lose auf den eisernen Stangen, und Edward konnte den ersten fast ohne Schwierigkeiten abnehmen und Fauconberg zuwerfen, der ihn auffing und in ein Tuch einwickelte. Man würde ihn christlich beerdigen. Edward sah, dass Warwick den Kopf seines Vaters ebenfalls abgenommen hatte, und mit einem erleichterten Aufatmen tat er dasselbe. Er murmelte ein Gebet, als er den geteerten Kopf in der Hand hielt und unter Erschauern spürte, wie die Haare über seinen Handrücken strichen.

Unten standen Fauconberg und Montagu mit ausgestreckten Händen. Mit ernster Miene fingen sie die Köpfe auf und reichten sie weiter, damit man sie in saubere Tücher wickelte. Edward Plantagenet und Richard Neville standen noch oben auf der Mauer, die Rücken an die kalten Steine gedrückt.

»Ihr habt mir gute Dienste geleistet, Richard«, sagte Edward. »Ihr und Eure Nevilles. Ich werde Euren Onkel zum neuen Duke von Kent ernennen – ein schöner Titel mit gutem Land und reichem Besitz. Er hat mehr als seine Pflicht getan. Habt Ihr gesehen, wie viele durch seine Pfeile getötet wurden? Tausende, Richard. Gut möglich, dass er damit die Schlacht für uns entschieden hat.« Der König sah Richard Neville fragend an. »Und Ihr, Warwick? Ihr besitzt schon jetzt so viele Schlösser und Städte wie ich, vielleicht sogar ein paar mehr. Was kann ich Euch geben, der Ihr so viel dazu beigetragen habt, dass ich König geworden bin?«

»Ich brauche nichts«, sagte Warwick leise und mit heiserer Stimme. »Und Ihr selbst habt den linken Flügel gehalten, der unter jedem anderen Befehlshaber geschlagen worden wäre. Ihr habt die Leute entflammt. Ich habe das Bild noch immer vor Augen. Und ich werde es nie vergessen. Ohne Euch könnte ich den Kopf meines Vaters nicht in geweihter Erde begraben. Das ist nicht wenig, jedenfalls nicht für mich.«

»Ihr müsst *irgendetwas* von mir bekommen, Warwick. Das lasse ich mir nicht nehmen, und ich werde auch nicht erlauben, dass Ihr Euch auf Eure Landsitze zurückzieht. Ich brauche Euch an meiner Seite, Warwick, jetzt, wo wir im Land den Frieden schaffen müssen.«

»Dann nennt mich Königlicher Rat oder Königlicher Adjutant. Mit einem solchen Titel bleibe ich immer an Eurer Seite. Bestimmt werdet auch Ihr fünfzig Jahre regieren, so wie der letzte König Edward.« Warwick zwang sich zu einem Lächeln, doch seine Augen waren feucht. »Vielleicht werdet Ihr sogar Frankreich zurückgewinnen.«

Er sah, wie Edward bei diesem Gedanken die Brauen hochzog, und musste lachen.

»Werdet Ihr Norfolk auch belohnen?«, fragte Warwick unvermittelt.

Der Mann, von dem er sprach, stand keine hundert Yards entfernt auf der Straße und wartete darauf, dass die beiden Jüngeren wieder herunterkletterten. Er wirkte eingefallen dort unten in der Kälte. Warwick sah, wie er von einem Hustenanfall geschüttelt wurde und nach Atem rang.

Edward zuckte unschlüssig die Schultern.

»Ich weiß, dass er mit Gottes Hilfe das Ende der Schlacht herbeigeführt hat. Vielleicht werde ich mich irgendwann dazu durchringen können, ihn dafür zu loben. Aber bisher habe ich noch keine Nacht schlafen können, weil ich ihn immer noch dafür verfluche, dass er diese Lücke in meine Armee gerissen hat. Aber Euer Bruder John hat gut gekämpft. Ich habe vor, die Nevilles zu belohnen, Richard. Der Platz Eures Vaters im Hosenbandorden ist noch frei.«

Warwick überlegte, wie sein Vater wohl auf dieses Angebot reagiert hätte. Er rollte eine klebrige Teerkugel zwischen den Fingern.

»Earl Percy ist auch gefallen, Euer Hoheit. Wenn Ihr meine und die Familie meines Vaters ehren wollt …«

Northumberland war eine immens große Grafschaft, Millionen Morgen unwegsames Land und ein Titel, der mit Macht verbunden war. Doch Edward wollte in dieser nordischen Bastion keine weiteren Unruhen. Warwick sah, wie er auf der Unterlippe kaute.

»Mein Bruder wird immer loyal sein, Edward.«

Der König neigte den Kopf, und sein Gesicht hellte sich auf, als er die Entscheidung getroffen hatte.

»In Ordnung. Ich werde ihm die Vollmacht erteilen und mein Siegel daruntersetzen. Dann werden wir ja sehen, wie schnell er dort im Norden die Ordnung wiederherstellen kann. Ich bin bereit, Northumberland einem Neville anzuvertrauen. Ich werde jetzt loyale Leute brauchen. Menschen mit Mut und Verstand! Schließlich muss ich ein Königreich regieren.«

Die beiden kletterten nach unten und sahen andächtig zu, wie die Köpfe in Stoff und Leder gewickelt, mit Gurten verschnürt und schließlich sicher an den Sätteln befestigt wurden. Norfolk trat auf Edward zu, er ging aufs Knie nieder, senkte den Kopf und wartete.

»Steht auf, Mylord«, sagte Edward leise.

»Man hat meine Jungs im Wirtshaus gefragt, Euer Hoheit. Die Bewohner der Stadt befürchten, dass Ihr sie bestrafen werdet, weil sie König Henry und Königin Margaret geschützt haben.«

»Und vielleicht werde ich das auch tun«, erwiderte Edward, aber ernst war es ihm damit nicht. Angesichts einer derart großen Armee, wie sie bei Tadcaster gelegen hatte, hatten die Bewohner Yorks wahrlich keine andere Wahl gehabt. Er wusste, dass sie unschuldig waren, und er würde keine Strafe verhängen, weder in Form von Zahlungen noch durch Hinrichtungen. Sein Vater hatte immer gesagt, dass man den Charakter eines Mannes daran erkenne, wie er sich verhält, wenn er zu Macht gelangt. Das war dem jungen König wichtig.

Norfolk beugte den Kopf noch tiefer, er war sich bewusst, dass man ihm die Schuld für sein spätes Eintreffen gab und dass er gleichzeitig von vielen gelobt und von anderen gehasst wurde. Er hatte keine Entschuldigung vorgebracht, obwohl die Stunden, die sie verzweifelt im Schnee herumgeirrt waren, vielleicht zu den schwersten seines Lebens gehört hatten. Er hatte schon gedacht, er würde nie aus dieser weißen Wüste herausfinden und das Königreich würde durch seine Schuld verloren gehen. Er dachte, er müsse an dem Blut ersticken, das in seinem Hals hochstieg.

»Euer Hoheit, man erzählt sich auch, dass Königin Margaret und ihr Mann bei Sonnenaufgang aus der Stadt geritten sind.«

»Hatten sie Wagen dabei?«, fragte Edward sofort. Es war höchstens zwei Stunden nach Mittag. Wenn Margaret einen schweren Wagen mitgenommen hatte, könnte man sie noch einholen.

»Die haben sie zurückgelassen, Euer Hoheit. Sie haben nur Pferde mitgenommen und alles in Satteltaschen verstaut. Ich könnte ein Dutzend Männer hinterherschicken, Mylord. Sie sind nach Osten geritten, vielleicht wollen sie zur Küste. In dem Punkt waren sich im Wirtshaus alle einig.«

»Ja, schickt Eure Männer hinterher«, sagte Edward. »Bringt sie zurück.«

»Sehr wohl, Euer Hoheit«, sagte der Duke mit einer tiefen Verbeugung.

Edward sah hinter Norfolk her, wie er zu seinen Reitern zurückging. Der junge König genoss es, dass Leute mit Fragen und Anliegen zu ihm kamen, und er wusste, dass das Auge seines Vater wohlwollend auf ihm ruhte. Das Haus York regierte England. Wohin Margaret auch flüchten mochte, sie und ihr Mann hatten auf dem Schlachtfeld alles verloren. Es war, als hätten sie die Krone fallen lassen und mit ansehen müssen, wie sie durch eine riesige Blutlache hindurch direkt auf ihn zugerollt war.

21

Margaret ließ sich ihre Bitterkeit nicht anmerken, sie hielt den Kopf stolz erhoben, und um ihre Lippen spielte ein kaum merkliches Lächeln. Inzwischen wusste sie, wie es sich anfühlte, wenn ein kostbares Bündnis zerrissen wurde. Jetzt blieb ihr nur noch ihr Stolz, und an den klammerte sie sich.

Als sie in Schottland angekommen war, hatte es sich zunächst angefühlt, als sei eine schwere Last von ihren Schultern genommen. Durch den anstrengenden Ritt nach Norden hatte ihre Familie sich Edwards Griff entziehen können, doch Königin Mary machte gleich bei ihrem ersten Zusammentreffen deutlich, dass sie mehr als enttäuscht war. Auch die Lairds begegneten ihr mit düsteren und verächtlichen Blicken.

Bisher war Margaret eine Frau gewesen, die gewohnt war, dass man ihr schmeichelte. Doch nach dem Blutbad von Towton stand sie mit leeren Händen da. Als sie jetzt im Mondschein durch den Hafen schritt, versuchte sie sich nicht anmerken zu lassen, wie verletzt sie war.

Sie fluchte, als sie auf dem Kopfsteinpflaster ausrutschte und schmerzhaft mit dem Fuß umknickte. Sie biss sich auf die Lippe und streckte den Arm nach Somerset aus, um sich wieder abzufangen. Es würde noch lange nicht hell werden. Laird Douglas hatte beschlossen, ihre kleine Reisegesellschaft im Schutz der Dunkelheit zum Schiff zu bringen, das auf sie wartete.

König Henry und ihr Sohn gingen in der Mitte, der Junge war ausnahmsweise einmal still in der dichten Gruppe von Kriegern, die jederzeit bereit waren, einzugreifen und sie zu verteidigen. Margaret konnte das Gesicht ihres Mannes nicht sehen, aber sie knirschte mit den Zähnen, als sie ihn vor sich hin summen hörte. Der Mann hatte keine Ahnung von der Gefahr, in der sie sich befanden. Es war nicht auszuschließen, dass hier im Hafen Bewaffnete auf sie warteten, entweder von Edward geschickt, um sie festzunehmen, oder ein paar schottische Verräter, die man vergessen hatte zu bestechen.

Margaret hatte die Anweisungen mitgehört, die Mary von Geldern Laird Andrew Douglas und seinen Soldaten gegeben hatte. Falls sie aufgehalten werden sollten, sollte Blut fließen. Auf alle Fälle aber sollte das Schiff noch vor Sonnenaufgang auslaufen. Margaret war sich darüber im klaren, dass die schottische Königinmutter sie so schnell wie möglich wieder loswerden wollte. Es war zwar nicht laut gesagt worden, aber jetzt würde die schottische Armee, die mit Margaret nach Süden gezogen war, die Stadt Berwick natürlich *nicht* als Geschenk erhalten, und genauso wenig würde ihr Sohn die schottische Prinzessin heiraten. Margaret hatte alles verloren, was sie als Gegengabe hatte anbieten können, und Mary von Geldern würde jetzt mit dem neuen König von England ihren Frieden schließen müssen.

Im Dunkeln betete Margaret darum, dass man sie nicht verraten würde. Sie wusste, dass sie von der Barmherzigkeit einer Frau abhing – und das war kein ermutigender Gedanke. Es war leicht, sich vorzustellen, dass das Schiff die Küste entlangsegeln und schließlich in die Themsemündung einbiegen könnte, wo die versammelten englischen Lords es mit Freuden in Empfang nehmen würden. Ein Gedanke, bei dem es ihr kalt über den Rücken lief.

Margaret sah die Handelskogge im Mondschein daliegen. Das Schiff schaukelte am Kai, und die Taue knarrten. Dunkle Gestalten kletterten in der Takelage umher und lösten die Leinen von den Segeln, die weiß in der Dunkelheit flatterten.

Als sie an den Rand des Kais kamen, sah Margaret den Laufsteg, der zum Schiff hinaufführte und breit genug für ein Pferd war. Laird Douglas räusperte sich und befahlt der kleinen Gruppe zu warten, während sechs seiner Männer an Bord gingen und alle Ladeluken und die kleinen Kabinen durchsuchten. Sie kamen zurück und stießen einen leisen Pfiff aus, worauf Douglas erleichtert aufatmete. Er klang nicht besonders gesund, sein Atem ging röchelnd, stellte Margaret fest, aber der Schotte hatte seine Aufgabe erfüllt. Er hatte auch nicht zu denen gezählt, die sie mit Verachtung ansahen, weil sie alles verloren hatte, und dafür war sie ihm dankbar. Aber auch er gehörte zu jener Welt, die sie jetzt zurückließ – eine Welt loyaler Menschen. Sie wurde von fünf Dienern begleitet, dazu hatte sie zwei Leibgardisten und drei Kammerzofen. Eine davon war ein kräftiges schottisches Mädchen, das Mary von Geldern ihr mitgegeben hatte. Bessamy hatte Arme wie Vorderschinken, und obwohl sie nur wenig Englisch sprach, war sie ein Segen für Margaret, weil sie es verstand, den Prinzen von Wales bei Laune zu halten.

Margaret merkte, dass ihr Lächeln mühsam und verkrampft war. Sobald sie diese Küste verlassen hatten, würde ihr Sohn einfach nur noch Edward von Westminster heißen, oder auch Edward Lancaster. Seine Titel waren ihm samt seinem Erbe genommen worden, obwohl er das Ausmaß dieses Verlustes noch nicht begriff.

Die schottischen Wachen hatten am Kai Posten bezogen. Die Diener waren mit Kisten und Säcken an Bord gegangen, und Bessamy hatte Edward an der Hand genommen und ihm versichert, er sei ein Täubchen und ein süßer Schatz. Margaret blieb mit Laird Douglas und Somerset bei ihrem Mann zurück, der aufgehört hatte zu summen und auf das Schiff und das Meer dahinter blickte.

»Mylord Douglas, ich danke Euch für alles, was Ihr für mich getan habt«, sagte Margaret. »Würdet Ihr mir erlauben, einen Moment allein mit Lord Somerset zu sprechen? Ich habe ihm etwas Wichtiges zu sagen.«

»Selbstverständlich, Mylady«, erwiderte Douglas mit einer tiefen Verbeugung, bei der sein rasselnder Atem wieder zu hören war. Er entfernte sich und nahm seine Männer mit.

Margaret wandte sich an Somerset. Sie ergriff seine Hände. Es kümmerte sie nicht mehr, ob es jemand sah. Seit Towton waren viele Wochen vergangen. Der Frühling war sogar bis an die Ostküste Schottlands vorgedrungen. Wenn nicht, könnten sie jetzt nicht segeln, aber selbst im Frühling musste die kleine Handelskogge lange in Küstennähe bleiben, bis sie Kurs auf Frankreich nehmen konnte. Man hatte Margaret mitgeteilt, bei gutem Wind würde es nicht länger als drei oder vier Tage dauern. Außerdem hatte sie Briefe vorausgeschickt, an Personen und Orte, an die sie ein halbes Leben lang nicht mehr gedacht hatte.

Sie atmete langsam aus. Es fiel ihr schwer, laut auszusprechen, wozu sie sich entschlossen hatte. Sie wollte Somersets Enttäuschung nicht mit ansehen.

»Margaret, was ist los?«, fragte er. »Habt Ihr etwas vergessen? Ich kann es Euch nachschicken lassen, wenn Ihr erst sicher in Frankreich angekommen seid.«

»Mylord Somerset, ich habe eine Bitte, die Euch vielleicht ungeheuerlich erscheinen mag, aber ich möchte, dass Ihr meinen Mann hierbehaltet«, sagte Margaret. Ihre Stimme klang heiser, als sie schnell weitersprach, ehe er etwas antworten konnte. »Ihr habt immer noch Freunde und Anhänger, Leute, die den wahren König von England verstecken würden. Ich habe nur noch ein paar Diener und kann Henry nicht schützen, dort, wo ich hingehe. Bitte. Er weiß doch nichts von Frankreich, in seinem jetzigen Zustand. Er würde schrecklich leiden, wenn er seine gewohnte Umgebung verlassen müsste.«

Verlegen sah sie Henry an, der wie verloren hinaus aufs Meer sah, das im Mondlicht glitzerte.

Schließlich wandte er sich zu ihr um.

»Margaret, er wäre ganz bestimmt sicherer in Frankreich. König Edward würde gewiss keine Invasion wagen, um ihn ausfindig zu machen. Aber wenn Ihr ihn hierlasst, besteht immer die Gefahr, dass er entdeckt oder verraten wird. Ich fürchte, ich kann Eurer Bitte nicht nachkommen, Mylady.«

Margarets Gesicht nahm einen entschlossenen Ausdruck an, sie biss die Zähne aufeinander. Sie hatte in den fünfzehn Jahren sehr viel erdulden müssen. England hatte ihr viel gegeben, ihr aber auch so viel genommen. Entsetzlich viel. Sie dachte an die glückliche Ehe ihrer Schwester und an die weniger glückliche ihrer Mutter. Sie wusste, dass ihr Vater noch lebte. Sie würde den alten Mann im Schloss von Saumur besuchen. Bei diesem Gedanken überkam sie ein Heimweh, wie sie es seit Jahren nicht mehr gefühlt hatte. Wieder blickte sie ihren Mann an, mehr Kind als Mann, mehr Narr als König. Ihr Vater würde ihn verspotten und demütigen. Wenn sie Henry nach Frankreich mitnähme, würde er zum Spielball der Politik werden. Man würde ihn an den Französischen Hof verkaufen und zur Schau stellen wie ein Meerwunder. Entschlossen hob sie den Kopf.

»Es ist mein Befehl, Mylord Somerset. Bringt meinen Mann in Sicherheit, auf Landsitze, die weitab von den Straßen liegen. Versorgt ihn mit Büchern, gebt ihm einen vertrauenswürdigen Priester an die Seite. Dann wird er zufrieden und glücklich sein. Mehr verlange ich nicht.«

»Sehr wohl, Mylady«, entgegnete Somerset.

Er wirkte verletzt, so wie sie es erwartet hatte. Er war genauso enttäuscht wie an jenem Tage, als sie ihm eröffnete, dass sie ohne ihn nach Frankreich gehen würde. Wahrscheinlich würde Somerset gejagt werden, er würde die Verunehrung erleiden und all seine Adelsprivilegien verlieren. Vielleicht gab es aber auch noch Leute, die sich hinter ihn stellen und ihn schützen würden. Aber in ihrem neuen Leben in Frankreich war kein Platz für ihn.

Sie hatte alles verloren, aber sie hatte es wenigstens ehrenhaft verloren. Sie hatte England ihr halbes Leben geopfert, das war genug.

»Ein Bote hier! He, holla! Ein Bote!«, tönte eine Stimme von den Hafengebäuden, wo die Kaufleute ihre Waren lagerten.

Der Laird und seine Soldaten waren sofort zur Stelle, mit gezogenen Schwertern und Dolchen rannten sie über den Platz, um sich zwischen Margaret und einen möglichen Angreifer zu werfen. Solange das Schiff hier im Hafen lag, trugen sie die Verantwortung für sie.

Der Bote war ein junger Mann. Er trug einen kostbaren Mantel, unter dem man bei besserem Licht wahrscheinlich ein buntes Wappen erkannt hätte, wie Margaret vermutete.

Douglas ließ Öllampen vom Schiff bringen. Im Schein der Lampen sah Margaret, wie der Mann, nachdem jemand einen Befehl gebellt hatte, mit den Schultern zuckte und sich bis zur Hüfte entblößte. Sein Oberkörper war über und über mit wulstigen Narben bedeckt, wie bei einem Faustkämpfer aus den Londoner Armenvierteln. Zwar hatten die schottischen Soldaten ihm seinen gut sichtbaren Dolch samt Scheide abgenommen, aber bei seinem Aussehen wurde es sowohl Douglas als auch Somerset leicht mulmig.

»Das gefällt mir gar nicht, Mylady«, murmelte Somerset. »Der Kerl ist zwar wie ein Bote gekleidet, aber ich würde ihm nicht zu nahe kommen.«

Margaret nickte, sie wusste nur zu gut, dass König Edward ein ganzes Dutzend Totschläger hinter ihr herschicken könnte. Solche gedungenen Mörder traf man viel in Frankreich und Italien an, aber es gab sie bis nach China, und sie verbrachten ihr Leben damit, zu erlernen, wie man spurlos Menschen beseitigte. Sie erschauerte.

»Sagt mir Eure Botschaft, und zwar laut und deutlich, Sir«, rief sie ihm zu. »Diese Männer hier haben mein Vertrauen, und sie werden Euch töten, wenn Ihr vorhaben solltet, mir etwas anzutun.«

Der junge Mann verbeugte sich mit ernster Miene.

»Mylady, mir wurde aufgetragen, Euch Folgendes zu sagen: *Ich bin der Lächler mit dem Messer im Gewand.* Und ich würde Euch dienen, bei meiner Ehre. Ich heiße Garrick Dyer.«

Margaret merkte, wie sie blass wurde, während Somerset und Douglas ärgerlich aufbegehren wollten. Doch Margaret ließ sie nicht zu Wort kommen.

»Ich glaube, ich kenne Master Dyer, Gentlemen«, sagte sie. »Es tut mir leid, dass ich ihn nicht … eher erkannt habe.«

Es war ein wehmütiger Moment, der zu ihrer Stimmung passte. Sie verließ ein Land, das sie zu lieben gelernt hatte – und zu hassen. Margaret wandte sich um, raffte ihre Röcke und schickte sich an, auf das wartende Schiff zu gehen. Niemand rührte sich, nur die Matrosen hingen noch in der Takelage.

Sie hörte das Geräusch einer Armbrust hinter sich, aber sie sah weder, wie Garrick Dyer getroffen wurde, noch wie er verwirrt die Hand hob, weil ein Zoll Eisen aus seinen Rippen ragte. Er brach zusammen und fiel auf das Pflaster. Margaret wollte sich gerade umdrehen, als Douglas Befehle brüllte und Somerset die Königin ergriff und zum Laufsteg drängte.

»Geht sofort an Bord, Margaret!«, rief der Duke dicht neben ihr.

Die Lampen waren erloschen, weil die Männer sie fallen gelassen hatten, als sie nach ihren Schwertern gegriffen hatten. Doch der Mondschein war hell genug. Im fahlen Licht kam eine gebeugte Gestalt zwischen den Lagerhäusern hervorgeschlurft. Somerset hätte Margaret am liebsten sofort über das Deck und bis in die Kabine gezerrt, aber sie löste sich aus seinem Griff. Sie wollte sehen, wer es war.

Stumm beobachtete sie, wie die Schotten die dunkle Gestalt umringten. Der Mann sprach mit ihnen, sie sah, wie er gestikulierte. Sie wollte sich abwenden, wenn sie ihn töteten. In ihren einunddreißig Jahren hatte sie zu viele Menschen sterben sehen. Doch sie töteten ihn nicht. Einer von ihnen rief den Laird, und Margaret runzelte die Stirn, als Douglas hinüberging, um sich anzuhören, was der Mann zu sagen hatte. Zu ihrer Überraschung nahm der alte Schotte den Mann beim Arm und kam mit ihm über den Kai auf sie zu. Einige der Männer hoben ihre Lampen wieder auf und zündeten sie an, bis alle den vermeintlichen Mörder sehen konnten.

Margaret schnappte nach Luft, ihre Hand fuhr zum Mund. Derry Brewers Gesicht war in schmutzige Stoffstreifen gewickelt, die dick von getrocknetem Blut verkrustet waren. Er blickte sie mit einem blitzenden Auge an, aber sie bemerkte, dass er noch weitere Verletzungen haben musste, denn er konnte nicht gerade stehen. Er hinkte stark, und sie wusste, dass sie ihn das letzte Mal in Tadcaster gesehen hatte, zweihundert Meilen weiter südlich. Sie schämte sich. Man hatte sie in Schottland aufgenommen und ihr Hilfe angeboten, und während dieser ganzen Zeit war dieser schwer verletzte Mann ihr gefolgt.

»Guten Abend, Mylady«, sagte Derry Brewer. »*Ich* bin der Lächler mit dem Messer im Gewand. Wer dieser Hundsfott da ist, weiß ich nicht.«

»Derry!«, rief Margaret, halb empört, halb erleichtert.

»Verzeiht meine Ausdrucksweise, Mylady.« Derry blickte auf den Toten und schüttelte den Kopf. »Zugegeben, er war einer von meinen Leuten. Jetzt, wo er tot ist, kann ich mich ja zu ihm bekennen, das ist das Mindeste, was ich für ihn tun kann.«

»Aber wenn er Euer Mann war, warum habt Ihr …?«

Margaret unterbrach sich, als ihr Meisterspion den Kopf hob und sie unter seinem schmutzigen Verband anblickte. Er hielt sich eine Hand vor den Leib, er war von oben bis unten verdreckt und mit getrocknetem Blut besudelt.

»Er hätte sich über meine Rückkehr gefreut, das stimmt wohl, und dann hätte er mich mit Gift oder mit dem Messer erledigt, oder ich wäre irgendwo hinuntergestürzt. Vielleicht habe ich mich ja in ihm geirrt. Auf jeden Fall habe ich gelernt, nichts zu bedauern, was sich nicht mehr ändern lässt. Ich bin zu Euch zurückgekehrt, Mylady.«

Derry schwankte leicht und wäre aufs Knie gefallen, wenn Douglas ihn nicht festgehalten hätte.

»Dann erlaubt Ihr, dass dieser Bursche an Bord kommt, Mylady?«, fragte der Schotte etwas skeptisch.

»Selbstverständlich, Mylord Douglas. Was immer er getan haben mag, Derry Brewer ist mein treuer Diener. Bitte geht mit ihm nach unten, und sorgt dafür, dass er sich waschen kann und zu essen bekommt.«

Margaret wartete, bis die Schotten Derry in die Obhut ihrer Diener entlassen hatten, dann wandte sie sich erneut Douglas und Somerset zu, die sich vor ihr verbeugten. Sie nickte ihnen zum Abschied zu und wandte sich dann an Henry.

»Lord Somerset wird gut auf dich aufpassen, Henry«, sagte sie.

Der König lächelte sie freundlich an.

»Wie du meinst, Margaret«, murmelte er.

In Henrys Blick lag nichts als Frieden. Margaret hatte sich gefragt, ob ihr wohl die Tränen kommen würden, aber auch die blieben aus. Alle Schlachten waren verloren. Die Hand hatte *»Mene, tekel, upharsin«* an die Wand geschrieben, diese alten Worte in einer Sprache, die niemand kannte. Kein Buchstabe davon konnte zurückgenommen werden, ihre Entscheidung war getroffen.

Ohne ein weiteres Wort ging sie zurück aufs Schiff und hielt sich an der Reling fest, als die Matrosen ablegten und hinter ihr an Bord sprangen. Der Wind und die Flut trugen Margaret fort – nach Frankreich, zum Schloss ihrer Kindheit, nach Saumur zu ihrem Vater. Sie zweifelte nicht daran, dass der alte Mann sie wegen ihres Scheiterns verachten würde, dabei war sie dem Sieg doch so nahe gewesen. Sie war die Königin von England gewesen, und Zehntausende waren für sie in den Krieg gezogen und gefallen, um ihren Namen und ihre Ehre zu verteidigen. Bei diesem Gedanken hob sie stolz den Kopf und verdrängte ihre Verzweiflung. Der Wind nahm zu.

Ihr Sohn Edward kam an Deck gelaufen, sobald er merkte, dass das Schiff sich bewegte. Er lehnte an der Reling und blickte ins dunkle Wasser, das der Bug schäumend zerschnitt, aufgeregt rief er nach seiner Mutter, sie solle kommen und es auch sehen. Der Frühling war nicht mehr fern, und daraus schöpfte Margaret Trost. Sie drehte sich nicht mehr zu den Männern um, die sie am Kai zurückgelassen hatte.

TEIL ZWEI

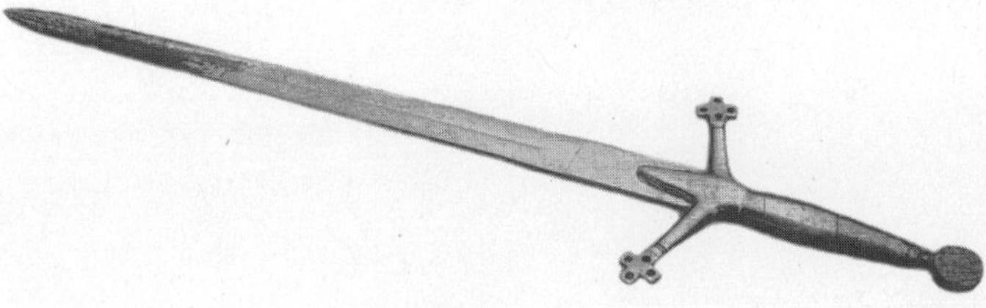

1464

22

»Wer *ist* diese Frau?«, fragte König Louis von Frankreich aufgebracht, während er mit seinem Fächer gegen die stehende Hitze im Palast ankämpfte. »Wer ist diese Person, dass sie mir dauernd schreibt und mich derart belästigt?«

»Margaret von Anjou ist Eure Cousine ersten Grades, Euer Majestät.« Sein Kanzler hatte sich vorgebeugt und flüsterte es seiner Hoheit ins Ohr. Mit einem verächtlichen Gesichtsausdruck blickte Louis ihn an.

»Ich weiß sehr wohl, wer sie ist, Lalonde! Das war eine rhetorische Frage, die mein Missfallen zum Ausdruck bringen sollte.«

Man munkelte am Hofe, Kanzler Albert Lalonde sei mindestens achtzig oder gar neunzig Jahre alt. Niemand wusste es genau. Lalonde bewegte sich langsam und sprach bedächtig, aber seine Haut war bemerkenswert glatt, außer wenn er die Stirn runzelte oder seine zwei letzten Backenzähne ihn quälten. Er selbst sprach davon, dass er im sechsten Lebensjahrzehnt stehe, obwohl die Freunde seiner Kindertage alle schon längst gestorben waren. Der König duldete ihn am Hof, weil Lalonde ihm viele Geschichten aus der Jugend seines Vaters erzählen konnte. Die Scharfsinnigkeit des Kanzlers war bestimmt nicht der Grund dafür.

Indigniert wandte Louis den Blick ab. Ein halbes Dutzend Edelherren standen zu seiner Verfügung. Gemeinsam verwalteten sie sein Vermögen und eine riesige Anzahl von Soldaten, wann immer es notwendig sein sollte. Er strich sich über den langen Rücken seiner Nase und rieb nachdenklich ihre Spitze mit Daumen und Zeigefinger.

»Margarets Vater, Duc René, ist kein Dummkopf, trotz seiner vielen vergeblichen Versuche, Jerusalem und Neapel unter seine Gewalt zu bringen. Nun ja, man sollte einen Menschen nicht dafür kritisieren, dass er ehrgeizig ist. Das bedeutet aber auch, dass seine Tochter ebenfalls nicht dumm sein wird. Ihr muss doch klar sein, dass ich keine Lust dazu habe, eine Heiratskandidatin für ihren Sohn zu finden, diesen Jungen ohne Land, ohne Titel, ohne Geld! Nein, da interessiert mich schon eher der *andere* Edward, der König von England. Warum sollte ich einen Bettelprinzen der Lancaster unterstützen? Warum sollte ich mir Edward Plantagenet zum Feind machen, noch dazu gleich zu Beginn seiner Regierungszeit? Dieser Edward hat die Zukunft im Blick, Lalonde. Er schickt mir seinen Freund Warwick, weil er eine Prinzessin heiraten möchte, dafür bietet er mir Geschenke und Inseln und schmeichelt mir mit seinem Gerede über einen hundertjährigen Frieden, der jetzt auf den hundertjährigen Krieg folgen soll. Natürlich alles Lügen, aber was für *herrliche* Lügen.«

Der König erhob sich von seinem Thron und begann, auf und ab zu gehen, wieder fächelte er sich Luft zu. Seine Edelherren und Diener traten eilig zurück, um ihn nicht versehentlich zu berühren, was sie eine Hand kosten konnte.

»Sollte ich einen solchen König meinen Feinden in die Arme treiben, Lalonde? Zweifellos wäre der Herzog von Burgund von seinem Interesse geschmeichelt, genau wie dieser Milord aus der Bretagne. Alle meine aufsässigen Herzöge haben unverheiratete Töchter oder Schwestern. Und dort drüben sitzt Edward, der König von England, und braucht dringend einen Erben.«

Sein Fächer brachte ihm nicht viel Kühlung, und er wischte sich den Schweiß mit einem Seidentuch von der Stirn.

»Natürlich weiß Cousine Margaret das alles genauso gut, und trotzdem, Lalonde … *trotzdem* fragt sie an! Als ob …« Er legte den Finger an den Mund und sprach dann leiser weiter. »Als wüsste sie, dass Edward niemals ein Freund dieses Hofes sein würde. Als *müsste* ich sie unterstützen, weil ich selbstverständlich keine andere Wahl habe … Das ist alles äußerst merkwürdig. Sie bittet nicht, obwohl sie von niemandem etwas zu erwarten hat und selbst auch kein Geld hat, außer den geringen Zuschüssen von ihrem Vater. Das Einzige, was sie anzubieten hat, ist ihr Sohn.« Des Königs Gesicht hellte sich plötzlich auf, er lächelte. »Es ist eine Art Glücksspiel, Lalonde. Sie sagt: ›Mein kleiner Edward ist der Sohn von König Henry von England. Suche eine Frau für ihn, Louis, dann wirst du vielleicht eines Tages dafür belohnt.‹ Schlechte Gewinnchancen, Lalonde, was?«

Der alte Kanzler blickte den König mit halb geschlossenen Augen an. Ehe er darauf antworten konnte, machte Louis eine ärgerliche Handbewegung.

»Für ihre Zukunft vertraut sie auf meine Abneigung gegen die englischen Könige. Nun ja, wenn ich ein Dutzend unverheirateter Schwestern hätte, würde ich vielleicht eine davon ihrem Sohn geben. Aber ich habe so viele sterben sehen, Lalonde! Ihr wisst es nur zu gut. Die Zwillinge … arme Isabella! Und ich selbst habe auch drei begraben. Eine unschöne Sache.«

Der König schwieg und starrte vor sich hin. Alle Anwesenden in dem großen Saal seines Schlosses, ob Mann oder Frau, schwiegen ebenfalls, um den Gedankengang des Königs nicht zu unterbrechen. Es schien eine Ewigkeit, bis er sich schließlich leicht räusperte.

»Genug davon, ich hänge wieder diesen alten, traurigen Geschichten nach. Es ist einfach zu heiß. Nein. Ich muss die werte Margaret enttäuschen, Lalonde. Setzt eine Antwort auf, versichert ihr, dass ich es zutiefst bedaure. Bietet ihr eine kleine Leibrente an. Vielleicht gibt sie dann Ruhe.«

Sein Kanzler ergriff seinen Stock und verbeugte sich.

»Was König Edward Plantagenet anbetrifft, der seine Krone von einem weiteren meiner Vetter gestohlen hat ... *mon Dieu*, Lalonde! Soll ich meine Tochter Anne, wenn sie erwachsen ist, wirklich einem solchen Wolf anvertrauen? Soll ich mein kleines Lamm diesem grobschlächtigen Riesen zum Fraß vorwerfen? Als mein Vater seinerzeit den Engländern eine seiner Schwestern gab, behauptete ihr König Henry, dass er damit fortan auch König von Frankreich sei! Ich erinnere mich noch sehr gut daran, wie die Engländer durch unsere französischen Städte stolziert sind, Lalonde, und alles für sich beanspruchten. Wenn ich diesem König Edward meine kleine Tochter verspreche, wie lange wird es dann dauern, bis sie wieder in die Hörner stoßen? Und wenn ich es nicht tue, wie lange dauert es dann, ehe Burgund und die Bretagne zum Krieg blasen? Es ist zum Verrücktwerden!«

Zu seiner Überraschung gab Kanzler Lalonde ihm tatsächlich eine Antwort.

»Die Engländer sind ausgeblutet, Majestät, durch die Schlacht von York Field, oder Towton, wie sie es nennen. Sie werden

Frankreich nicht wieder bedrohen, zumindest nicht, solange ich lebe.«

Skeptisch betrachtete Louis den alten Mann.

»Richtig, aber Ihr könnt von Glück sagen, wenn Ihr den nächsten Winter überlebt, Lalonde. Und dieser Edward ist ein Sohn von York. Ich erinnere mich noch an seinen Vater, ehe dieser riesige Welpe überhaupt geboren war. Duke Richard war … beeindruckend. Grausam und klug. Mein Vater mochte ihn, nun ja, soweit er überhaupt jemanden mochte. Ich kann mir seinen Sohn, diesen Riesen, der auf dem Schlachtfeld gegen ein Heer von dreißigtausend Mann gesiegt hat, nicht zum Feind machen! Nein, mein Entschluss ist gefasst. Von meinen Schwestern ist keine mehr ledig. Meine Tochter ist drei Jahre alt, und dann ist da noch das Neugeborene, gebe Gott, dass sie am Leben bleibt. Ich könnte Anne mit ihm verloben, dass sie ihn mit vierzehn heiratet, das wäre in elf Jahren. Soll seine Leidenschaft sich in den nächsten zehn Jahren ruhig etwas abkühlen! Er soll erst einmal zeigen, was für ein König er ist, ehe ich eine weitere Tochter Frankreichs über den Kanal schicke.«

»Euer Majestät …«, fing Lalonde an. Doch Louis hob die Hand.

»*Natürlich.* Ich bin mir im Klaren darüber, dass er *nicht* warten wird. Merkt Ihr nicht, dass ich nur laut denke, Kanzler Lalonde? Nun denn, ich werde eine Delegation zu König Edward schicken, Edelleute und Paradiesvögel, Schreiber und Spione samt Brieftauben, die mir sofort jede Neuigkeit übermitteln. Sie werden ihm meine Tochter anbieten, aber er wird zögern, wird es ablehnen! Unmöglich, so lange zu warten, besonders wo er noch keinen Erben hat! Dann werden wir ihm meine verwitwete Schwägerin Bona anbieten, oder eine von diesen Nichten, die immer Weihnachten hier auftauchen und darauf warten, dass ich sie beschenke. Er wird eine davon akzeptieren, und vielleicht können wir damit verhindern, dass der Riese mit einer Armee über den Ärmelkanal kommt, den sie den englischen nennen. Versteht Ihr mich, Lalonde? Oder muss ich es noch mal erklären?«

»Einmal ist genug, bei dieser Hitze«, erwiderte der Alte steif.

König Louis lachte leise.

»Beleidigt! In Eurem Alter! *Incroyable*, Monsieur. Aber bravo! Vielleicht solltet Ihr ein Mitglied dieser Delegation sein, was meint Ihr? Und in London den König kennenlernen? Nein, ich will keinen Dank, Lalonde. Geht jetzt einfach nur, und trefft Eure Vorbereitungen. Und zwar sofort.«

Es fühlte sich an, als dauerte der Sommer schon ein ganzes Leben lang, als habe es nie einen Winter gegeben. Das Land stöhnte unter der Hitze, die Menschen wirkten matt und lustlos. Die inneren Mauern von Schloss Windsor blieben zum Glück auch bei diesen Temperaturen angenehm kühl. Warwick sah, wie König Edward die Stirn gegen den glatten Kalkstein drückte und die Augen schloss. Aber es war nicht die Hitze, die Edward zu schaffen machte.

»Edward, solange Ihr noch keinen Erben habt, ist nichts in Stein gemeißelt!«, sagte Warwick verzweifelt. »Euch könnte morgen der Schlag treffen, oder Ihr werdet verletzt, und Euer Blut wird sauer …« Er nahm allen Mut zusammen, um das Wort auszusprechen gegenüber diesem großen Mann, der zum Fenster hinausblickte. »Wenn Ihr *sterben* würdet, Edward, was glaubt Ihr, würde passieren, so wie es jetzt steht? Ihr habt keinen Sohn, und Eure Brüder sind zu jung, um das Erbe anzutreten. George ist … wie alt, vierzehn? Und Richard ist erst elf. Es müsste ein Regent eingesetzt werden. Wie lange würde es dauern, bis Margaret, Henry *und ihr Sohn* wieder englischen Boden betreten würden? Es ist noch gar nicht lange her, seit praktisch jede Familie im Land jemanden bei Towton verloren hat, Edward. Wollt Ihr, dass alles wieder in Chaos versinkt?«

»Was redet Ihr denn da? Ich *werde* nicht sterben«, sagte der König und wandte sich unwillig ab. »Höchstens vor Langeweile, weil ich Euer Geschwafel nicht mehr hören kann«, fuhr er fort, halb zu sich selbst. »Was macht Richard? Hat er sich in Middleham eingelebt?«

»Ich versteh Euch nicht!« erwiderte Warwick und hob entnervt die Hände. »Jeden guten Rat, den ich Euch gebe, lehnt Ihr ab, aber im gleichen Atemzug erinnert Ihr mich daran, dass Ihr einen Eurer Brüder in meine Obhut gegeben habt! Wenn Ihr so viel Vertrauen in mich setzt, dann solltet Ihr auch auf mich hören!«

»Ich *höre* ja auf Euch«, erwiderte Edward. »Aber ich glaube, Ihr macht Euch zu viele Gedanken. Es wird nicht zum Schlimmsten kommen! Und was meinen Bruder Richard angeht, so ist er ungefähr so alt, wie ich war, als ich mit Euch nach Calais ging. Ihr wart mir ein guter Lehrer, und ich habe nicht vergessen, wie ich damals zu Euch aufblickte. Ich überlege, ob ich ihn ebenfalls in die dortige Garnison schicken soll, aber er ist … nun ja, nicht so robust, wie ich es in dem Alter war. Meine Mutter hat ihn leider verzärtelt. Was er braucht, sind Waffenübungen, und jeden Tag ein paar Stunden mit der Axt. Aber ihr werdet es schon richten.«

Warwick seufzte, er hatte die Rolle satt, die er hier spielen musste – eine Mischung aus älterem Bruder, Stiefvater und Berater. Anfangs hatte er es als eine große Ehre betrachtet, dass Edward ihm seinen jüngsten Bruder anvertraut hatte. Es war allgemein üblich, dass junge Männer in fremden Familien aufwuchsen. Es härtete sie ab und erlaubte ihnen, ihre letzten kindischen Fehler fernab von ihren Eltern zu begehen, die sie damit geärgert oder enttäuscht hätten. Außerdem entstanden auf diese Art und Weise Bündnisse, und Warwick war erfreut, dass Edward Wert darauf legte. Doch all das täuschte nicht darüber hinweg, dass Warwicks Rolle als königlicher Ratgeber keinerlei Einfluss hatte.

Die ersten Jahre hatte es keine Rolle gespielt, als er zusammen mit Edward im Norden die Aufstände der Lancasters niedergeschlagen hatte. Es war eine berauschende Zeit gewesen, immer wieder hatte es Scharmützel gegeben, und sie waren durchs Land geritten und hatten Spione und Verräter verfolgt. Hunderte von Herrenhäusern und Burgen standen seitdem leer, weil ihre Eigentümer entweder geflohen waren und sich versteckten, oder weil sie irgendwo an einem Baum hingen oder ihre Köpfe auf der Londoner Brücke zur Schau gestellt wurden. Es war für Edward eine große Befriedigung gewesen, die Adelshäuser, die Lancaster unterstützt hatten, zu enteignen und ihnen sämtliche Titel abzuerkennen. Er und Warwick waren unbarmherzig gewesen, aber schließlich hatten sie auch allen Grund dazu.

Es war eine aufregende und gefährliche Aufgabe gewesen, aber allmählich war im Land Ruhe eingekehrt, und es hatte den ganzen Sommer lang keinen Aufstand mehr gegeben, nicht ein einziges Herrenhaus hatte gebrannt, niemand hatte mehr gewagt, in König Henrys Namen zu rebellieren. Jetzt, in diesen drückend heißen Monaten, war Edward voll Unruhe. Er war wie ein Hund, der an den Türen kratzt und hinausgelassen werden will. Er sehnte sich danach, auf die Jagd zu gehen. Er fühlte sich ohnehin in der kalten Jahreszeit wohler, vor der Kälte konnte man sich mit dicken Pelzen schützen. Der Sommer raubte einem dagegen alle Kraft, und Edward fühlte sich wie Samson, nachdem man ihm das Haar abgeschnitten hatte.

Warwick betrachtete ihn und fragte sich nach dem Grund für diese Unruhe. Er hatte einen Verdacht, den er jetzt aussprach.

»Edward, ich ahne, was Euch auf den Nägeln brennt. Aber nach Towton sind wir noch nicht wieder stark genug, um den Kanal zu überqueren. Wir haben einfach noch keine Armee dafür.«

»In Azincourt waren es auch nur sechstausend«, fuhr Edward ihn an, wütend darüber, dass Warwick seine Gedanken erraten hatte. »Fünftausend davon waren Bogenschützen.«

»Aber diese Armee wurde von einem König angeführt, der bereits Vater eines Thronerben war«, rief Warwick aufgebracht aus. Dann fuhr er ruhiger fort. »Edward, Ihr seid zweiundzwanzig und König von England. Wir werden in den kommenden Jahren noch genug Feldzüge unternehmen können, aber bitte, sichert erst die Erbfolge. Es gibt keine Prinzessin, die Euch ablehnen würde.«

Warwick wartete, während Edward aus dem Fenster sah. Warwick vermutete, dass der junge Mann Pläne schmiedete. Am liebsten würde er jetzt wieder einmal alles stehen und liegen lassen und einfach verschwinden, um eine oder zwei Wochen später, nach Blut und Schweiß stinkend, wiederaufzutauchen, so als hätte er keine anderen Verpflichtungen. Es genügte ein Gerücht über ein wildes Tier, das irgendwo eine Herde angegriffen hatte, und schon rief Edward seine Ritter zusammen und ließ ins Jagdhorn stoßen.

Warwick merkte, dass der König abgelenkt war. Er schien draußen etwas bemerkt zu haben und ging dichter ans Fenster, das von seinem Atem beschlug. Hier, vom Turm aus, konnte man sogar die Themse sehen, wahrscheinlich hatte Edward einen Entenschwarm auf dem Wasser landen sehen. Das Jagen mit Hunden interessierte den König weniger, seine Leidenschaft war die Jagd mit dem Falken. Er schien eine besondere Gabe dafür zu haben, davon war man in den königlichen Stallungen überzeugt. An den wilden Greifvögeln war etwas, das Edward in Hochstimmung versetzte, und er war nie glücklicher, als wenn er mit seinem großen, gesprenkelten Jagdfalken auf dem Arm hinausreiten konnte und mit ein paar Tauben oder Enten über der Schulter wiederkam.

»Euer Hoheit?«, sagte Warwick leise.

Als er mit seinem Titel angesprochen wurde, sah Edward sich verwundert um. Durch lange Gewohnheit waren sie dabei geblieben, sich mit Vornamen anzureden. Edward wusste, dass Warwick die formelle Anrede nur benutzte, wenn es um etwas wirklich Wichtiges ging. Er nickte und stand da, die Hände auf dem Rücken verschränkt, und überlegte, ob er aussprechen sollte, was ihn wirklich umtrieb. Zum ersten Mal in seinem Leben war Edward verlegen. Doch bevor er reden konnte, fuhr Warwick bereits fort.

»Der französische König ist Margarets Vetter ersten Grades«, sagte er. »Jetzt, wo sie im Exil ist, hätte sie ihn um Land oder um Titel bitten können, aber stattdessen wendet sie sich an ihn mit der Bitte, eine Heirat für ihren Sohn zu arrangieren. Man sagt König Louis nach, er sei klug, Edward. Ich kann nicht behaupten, dass er unseren Antrag mit besonderer Wärme aufgenommen hat, ich weiß aber andererseits auch, dass jede Verbindung zwischen Margarets Jungen und dem französischen Thron uns gefährlich werden könnte.«

»Das würde alles keine Rolle spielen, wenn Margarets Schwachkopf von Ehemann Frankreich gar nicht erst verloren hätte!«, rief Edward gereizt.

Warwick zuckte die Schultern.

»Das ist Vergangenheit. Doch wenn wir ihrem Sohn gestatten, eine französische Prinzessin zu heiraten, dann könnte er eines Tages König von Frankreich werden – und dann England als sein Geburtsrecht beanspruchen. Seht Ihr nicht die Gefahr? Versteht Ihr jetzt, warum ich König Louis schon zwei Jahre lang umschmeichle und ihm in Eurem Namen Geschenke schicke? Warum ich ein Dutzend seiner Gesandten auf meinen Landsitzen bewirtet und unterhalten habe?«

»Ja, das verstehe ich ja alles. Ihr habt es mir ja oft genug erklärt«, erwiderte Edward und wandte sich erneut missmutig dem Fenster zu.

Warwick presste die Lippen zusammen, er verspürte einen ohnmächtigen Zorn. Er wusste genau, was der beste Weg war, doch er war machtlos, diese Entscheidung einem Mann aufzuzwingen, der in jeder Hinsicht weit über ihm stand. Edward war nicht dumm, das musste Warwick sich immer wieder sagen. Doch leider war er starrköpfig und rücksichtslos und stolz, und darin ähnelte er seinen Jagdfalken.

Earl Sir John Neville hatte allen Grund, mit seinem Leben zufrieden zu sein. Nach Towton hatte König Edward ihm den Hosenbandorden verliehen und ihn damit in den auserwählten Kreis der Ritter aufgenommen, die jederzeit zum König vorgelassen und von ihm angehört wurden. Im Orden nahm er jetzt den Platz seines Vaters ein, und John war überaus stolz, als er seinem Wappen das Motto des Ordens hinzufügen konnte: *»Honi soit qui mal y pense«* – »Beschämt sei, wer schlecht darüber denkt«. Außerdem wurde er zum Herrn von Schloss Alnwick ernannt, was alle anderen Auszeichnungen noch übertraf.

In alten Zeiten war der Earl von Northumberland stets einer der sieben Könige gewesen, ehe Athelstan sie alle zu einem gemeinsamen England vereint hatte. Es war eines der größten Besitztümer im Land, und es war über die Percys an die Nevilles gefallen. Es gab keinen anderen Titel, der für einen Mann mehr bedeuten konnte, der gegen den Vater und die Söhne der Percys gekämpft hatte. John Neville selbst hatte an seinem Hochzeitstag einen Angriff der Percys überlebt. Er hatte den älteren Earl bei St. Albans sterben sehen. Die Lords im Norden waren alle gefallen, einer nach dem anderen, und es war ihm eine unendliche Genugtuung, dass der letzte Erbe gefangen im Tower von London saß, während auf den Zinnen von Alnwick ein Neville stand und sich mit den Frauen der Familie vergnügte.

Keine Frage, er war nicht gerade zimperlich mit der Dienerschaft umgegangen. Die meisten von ihnen hatte er fortgeschickt, was für viele den Hungertod bedeutete. Es war grausam, wenn ein neuer Herr eine alteingesessene Familie verdrängte, gewiss, aber das bessere Geschlecht hatte nun einmal gesiegt, davon war er überzeugt.

In seiner Eigenschaft als neuer Earl von Northumberland war Sir John Neville drei Jahre lang durch seine Gebiete geritten, bis er auch das letzte Versteck der Anhänger Lancasters ausgehoben hatte. Er selbst war verantwortlich für die Hinrichtung von mehr als hundert Männern. Es war eine Arbeit, die ihm Freude bereitete. Mit seinem Trupp von sechzig bewaffneten Veteranen war der Earl jedem Gerücht und jedem Hinweis seiner bezahlten Informanten gefolgt, genauso, wie Derry Brewer es vermutlich vor ihm gemacht hatte.

Das war ein Mann, den er zu gern wiedergesehen hätte. Das »V«, das Brewer in seinen Handrücken geschnitten hatte, hatte eine wulstige rosa Narbe zurückgelassen. Der Schnitt war so tief gewesen, dass John Neville Schwierigkeiten hatte, ein Tischmesser zu halten, seine Finger öffneten sich beim leichtesten Schlag. Dennoch, wenn man ihm auch vieles genommen hatte, jetzt war ihm noch mehr dafür geschenkt worden. Er dachte nicht mehr daran, was ihn sein Wohlstand gekostet hatte.

Lord Somerset hatte seinen Kopf auf einem Baumstumpf verloren, man hatte ihn aus einem Kellerloch geholt, wo er sich vor den loyalen Männern Yorks versteckt hatte. John Neville musste grinsen, als er daran dachte, wie wütend der Mann gewesen war. Es war merkwürdig, wie diese Lords und Ritter Lancasters sich immer in der Erde verkrochen, um sich der gerechten Strafe zu entziehen. Sir William Tailboys hatte man in einer Kohlengrube entdeckt, aus der man ihn hustend und schwarz wie ein Kolkrabe herausgezogen hatte. Dutzende andere waren aufgespürt worden, oder sie wurden für Geld oder aus Rache verraten. Diese Arbeit nahm ihn völlig in Anspruch, und er wusste, es würde ihm etwas fehlen, wenn sie erledigt war. Frieden war für John Neville niemals so lohnend wie Krieg.

Er bedauerte lediglich, dass er König Henry noch immer nicht gefangen genommen hatte. Er war überzeugt, dass der König noch in England war. Es gab Gerüchte, er sei im Norden gesehen worden, in der Gegend um Lancashire. John Neville und seine Leute hatten erst vor zwei Wochen in einem verlassenen Schloss eine Mütze mit dem Wappen der Lancasters gefunden. Er hatte das Gefühl, er kam dem König immer näher … John Neville hätte diese letzte Aufgabe auch anderen überlassen können, aber er wollte bis zum Ende mit dabei sein. Tatsache war, dass er Menschen noch lieber jagte als Rehe, Wölfe oder Wildschweine. Es war viel aufregender, wenn man jemanden verfolgte, der wusste, was auf ihn zukam, und der womöglich kämpfen würde, statt nur davonzulaufen.

Der Earl versuchte seine Aufregung zu zügeln, als er die unebene Straße durch den Wald von Clitheroe entlangritt. Es war keine Frage, dass König Henry in Lancashire am sichersten war. Sein Name ging auf die alte Festung im Nordwesten zurück, eine der größten Festungen Englands. Lancashire war Henrys Heimat, vielleicht mehr als jede andere Grafschaft. Und doch hatte die Familie Tempest ihn jetzt verraten. John Neville wusste nicht, ob aus Loyalität gegenüber den Yorks oder aus Hoffnung auf eine Belohnung, und eigentlich war es ihm auch egal.

Als er am Herrenhaus der Tempests angekommen war, war König Henry aus seinen Räumen verschwunden gewesen. Drei seiner Diener waren mit ihm entkommen, zwei Kapläne und ein Knappe. Wie weit konnten sie innerhalb von einem Tag gekommen sein? John Neville hatte Männer, die wussten, wie man jemanden verfolgt, sie hatten für Sheriffs gearbeitet und waren geübte Spurenleser. Selbst auf der schlechten

Straße, die in der Sommerhitze steinhart geworden war, hatte es nicht lange gedauert, bis sie seine Spur aus allen anderen herausgelesen hatten. Eine Scherergruppe, und nur einer davon zu Pferde. Das musste Henry sein.

Der Earl von Northumberland blickte auf, als grüne Schatten auf sein Gesicht fielen. Er fühlte sich im dichten Wald nicht wohl, wo sich Räuber und Verräter verstecken konnten. Er liebte offene Flächen, wo der Wind einem um die Nase wehte. Dem Temperament nach passte er gut nach Northumberland – die Wildnis, die kahlen Hügeln, die weiten Täler, all das gefiel ihm. Doch jetzt war es seine Aufgabe, den Spuren zu folgen.

Leise flüsternd gab er seine Befehle, er brachte acht Armbrustschützen nach vorn und gruppierte ein halbes Dutzend weiterer Männer in Rüstungen dicht um sich, obwohl es schwierig war, in hohem Farn und zwischen dichten Brombeerhecken zügig vorwärts zu kommen. Als es dämmerte, schickte John Neville seine besten Fährtenleser voraus, zwei Brüder aus Suffolk, die weder lesen noch schreiben konnten und nur selten sprachen, selbst untereinander. Sie schnupperten beim Gehen in der Luft wie Hunde und schienen alle Finten ihrer Beute zu durchschauen. Nachts schliefen sie fest umschlungen, und ihr Herr hatte schon längst den Verdacht, dass die beiden gewisse unappetitliche Angewohnheiten hatten.

Die Brüder verschwanden in der grünen Wildnis, während seine Treiber sich mit Messern und Äxten durch das Unterholz arbeiteten. Gelegentlich fanden sie einen Wildwechsel, wo Rehe und Füchse sich seit Jahren ihren Weg gebahnt hatten, aber sie waren zu schmal für bewaffnete Reiter. John Neville biss wütend die Zähne zusammen. Es schien, als würde der Wald selbst ihn zurückhalten wollen. Aber er würde trotzdem weitermachen, und er würde schließlich auch ans Ziel kommen. Das war er König Edward schuldig. Schließlich hatte dieser ihn in einem Maße beschenkt, wie er es sich in seinen kühnsten Träumen nicht hatte vorstellen können.

Sein Fuß blieb in einer dornigen Ranke hängen. Er murmelte einen Fluch und riss daran. Weit voraus hörte er ein Käuzchen rufen, und sein Kopf fuhr hoch. Diesen Ruf imitierten die Brüder aus Suffolk nur, wenn sie etwas gesehen hatten, was sie nicht in die Flucht jagen wollten. John Neville zog seinen Dolch und befreite seinen Fuß. Er konnte das Rascheln der trockenen Blätter nicht verhindern, aber sie waren ja nicht hinter Wild her, das gewiss längst geflüchtet wäre. Seine Männer hieben das dichte Gebüsch zur Seite, und er setzte seinen Weg fort, bis er die Brüder eingeholt hatte. Die beiden lagen auf dem Bauch und blickten eine Böschung hinab.

Lord Neville hörte einen Fluss rauschen. Er stieg vom Pferd und schlich weiter, so leise er konnte. Die Brüder aus Suffolk grinsten ihn an und entblößten ihre verfaulten Zahnstummel. Er erwiderte das Lächeln nicht, sondern lugte durch das Geäst einer Birke, die am Abhang wuchs und deren Wurzeln zur Hälfte frei lagen. Der Stamm schwankte und drohte zu kippen, als er sich dagegenlehnte.

Keine vierzig Yards vor ihm überquerte König Henry den Fluss, er trat von einem Stein auf den nächsten, vor ihm und hinter ihm gingen zwei Geistliche mit ausgestreckten Armen, falls er ausrutschen sollte. Der König lächelte beseligt. Offensichtlich gefiel ihm die Sonne, die auf dem Wasser glitzerte. Fasziniert beobachtete Neville die Szene. Jetzt deutete

König Henry auf einen Fisch, der vor ihm im Wasser dahinschoss.

John Neville richtete sich auf und macht sich an den Abstieg. Im Nu war er am Fluss und watete ohne Zögern hinein, das Wasser reichte ihm kaum bis zu den Knien.

Als die Geistlichen ihn bemerkten, zuckten sie zusammen. Einer von ihnen griff nach dem Dolch an seinem Gürtel. Neville sprach nicht. Er berührte nur auf unmissverständliche Weise das Schwert an seiner Seite. Der junge Kaplan ließ die Hand sinken und stand da wie ein geprügelter Hund. Dann packte John Neville König Henry so fest am Arm, dass dieser einen Schmerzenslaut ausstieß.

»Ich nehme Euch fest, Henry von Lancaster. Ihr werdet jetzt mit mir kommen.«

Henry blickte seine beiden Begleiter an. Diese sahen, wie bewaffnete Männer erschienen und das Ufer säumten. Sie befanden sich weit weg von der Straße – weit weg von jeder Hilfe. Sie wussten, dass ihr Leben in diesem Moment keinen Strohhalm wert war. Beide Männer bekreuzigten sich und fingen an, lateinische Gebete zu murmeln. Sie hielten die Köpfe gebeugt und wagten es nicht, aufzublicken.

John Neville stieß einen angewiderten Laut aus und zog Henry mit sich durch das flache Wasser, zurück zum Ufer.

»Dies ist das dritte Mal, dass Ihr gefangen genommen werdet«, sagte der Lord, als er Henry die schlammige Böschung hochzerrte.

Der König sah ihn verwirrt an. Er war den Tränen nahe. Mit wütendem Knurren versetzte Neville ihm eine schallende Ohrfeige. Der König ging zu Boden und rieb sich die Wange. Dann sah er Neville mit großen Augen an, und sein Blick wurde etwas wacher.

»Warum habt Ihr mich geschlagen? Schändlicher! Wie könnt Ihr es wagen …? Wo ist Pater Geoffrey? Pater Elias?«

Niemand antwortete. Einer der Soldaten Nevilles half ihm aufs Pferd und band Henrys Füße an die Steigbügel. Dann führten sie das Pferd auf demselben Pfad zurück, den sie zuvor gekommen waren.

23

Warwick runzelte die Stirn und schüttelte unwillig den Kopf, als seine zwei Diener versuchten, seine Aufmerksamkeit auf sich zu lenken. Die beiden waren in der Lage, ihn in große Verlegenheit zu bringen, deshalb hatte er ihnen strengste Anweisungen erteilt, eher er sie nach London mitgenommen hatte. Beide trugen die rot-weiße Livree seines Hauses. Der Ältere der beiden war Henry Percy, der letzte überlebende Sohn des Earls von Northumberland. Der Junge hatte in den Kriegen seinen Vater, seinen Großvater und seinen Onkel verloren, dann war seine Familie enterbt worden, und den Titel, den er hätte erben sollen, hatte jetzt ein anderer inne. Tatsache war, dass Richard Neville, als er von Towton zurückgekommen war, es nicht übers Herz gebracht hatte, den schluchzenden Vierzehnjährigen dem Tower von London zu überantworten. Der Junge bewies dafür eine rührende Dankbarkeit und diente ihm mit Hingabe als Knappe.

Es war eine kluge Lösung, den Jungen gemeinsam mit Richard auszubilden, dem Duke von Gloucester, der für seinen Titel noch zu jung war. Warwick geriet ins Schwitzen, als er jetzt sah, wie der Kleinere der beiden sich vorbeugte, um seine Aufmerksamkeit auf sich zu lenken. Beide Jungen hatten Mühe, ihr Lachen zu unterdrücken, und ihre Augen blitzten. Warwick hatte seine liebe Mühe mit ihnen. Die beiden Heißsporne trieben viel Unfug auf Schloss Middleham mit ihren wilden Spielen, und jeden Morgen hallte das Haus von ihrem Lärmen wider. Nie würde Warwick den Tag vergessen, als man sie oben auf dem Dach entdeckte, wo sie sich einen Schwertkampf liefern wollten und fast zu Tode gestürzt wären. Die beiden Jungen konnten unglaubliche Mengen essen und liebten es, die Mägde mit gefangenen Füchsen und Hirschkäfern zu erschrecken, die sie ins Haus schmuggelten. Trotzdem bereute Warwick es nicht, die beiden zur Ausbildung bei sich aufgenommen zu haben. Er hatte keine eigenen Söhne. Wenn er zu Hause war und die beiden herumtollenden Jungen betrachtete, wurde er oft wehmütig. Und wenn seine Mutter oder seine Frau es bemerkten, pflegten auch sie feuchte Augen zu bekommen. Aber am Ende mussten sie doch alle über die ungestümen Bengel lachen.

Aber jetzt galt seine ganze Aufmerksamkeit der französischen Delegation, deshalb ignorierte er die beiden Jungen, die wie herumhüpfende Spatzen bald hier, bald da am Rande des Geschehens auftauchten. Was immer sie wollten, es musste jetzt warten. Es war höchste Zeit, dass sie lernten, sich in Geduld zu fassen. Er wandte ihnen den Rücken zu.

Er spürte, wie zahlreiche Augenpaare auf ihm ruhten, und er verbeugte sich erneut über seinen Weinkelch hinweg vor dem Anführer der Delegation, dem Botschafter Lalonde. Der Mann war uralt und ging gebeugt an einem silbernen Stock. Warwick hatte ihn schon die ganze Zeit fasziniert beobachtet. Der Mann reichte ab und zu einem Leibdiener seinen Weinkelch, dann nahm er ein Töpfchen mit einer Salbe aus dem Beutel an seinem Gürtel, steckte den Finger hinein und schmierte damit das blassgelbe künstliche Gebiss ein, das er – unübersehbar – im Munde hatte. Warwick konnte nicht erkennen, ob es sich um echte Zähne von Verstorbenen handelte – davon hatte er schon gehört –, oder ob sie aus Elfenbein geschnitzt waren. Es mochte ihm beim Essen gute Dienste leisten, beim Sprechen rutschte und klapperte es ihm jedenfalls unangenehm im Mund herum, sodass sein ohnehin schwer verständliches Französisch noch schwerer zu verstehen war.

Jetzt hatte der Alte seine falschen Zähne erneut eingefettet, sodass seine Lippen wieder glatt darüberrutschten. Als sein Diener ihm den Weinkelch zurückgab, merkte Warwick, dass ihn jemand am Ärmel zupfte. Er wandte sich um und blickte in Henry Percys Gesicht, das vor Aufregung gerötet war. Die französische Delegation beobachtete jede seiner Bewegungen, daher beschloss er zu lächeln und so zu tun, als habe er diese Unterbrechung erwartet.

»Ist es etwas Wichtiges?«

Der junge Mann nickte kurz, die Blicke der Fremden hatten ihn nervös gemacht. Warwick entspannte sich etwas, denn ihm fiel ein, dass seine französischen Gäste sicher nicht erwarten würden, dass ein einfacher Diener ihre Sprache verstand. Doch der Erbe der Percys war von einem französischen Hauslehrer unterrichtet worden und sprach fließend Französisch. Er überlegte, ob er den Jungen nicht in der Nähe des Botschafters postieren sollte, um seine privaten Gespräche mit anzuhören. Im Moment allerdings spürte er, dass der Junge etwas Wichtiges loswerden wollte, daher nahm Warwick Percy beim Arm und ging mit ihm in eine Ecke des Raumes. Gleichzeitig sah er, dass zwei Mitglieder der französischen Delegation mit ihren eigenen Dienern sprachen, die atemlos aufgetaucht waren, während jetzt ein dritter hereingestürzt kam und sich vor seinem Herrn verbeugte.

Irgendetwas war passiert. Warwick hatte keine Zweifel, dass unter der französischen Dienerschaft auch Spione waren, außerdem auch solche, die aus dem Gedächtnis Zeichnungen von Gesichtern und den landschaftlichen Gegebenheiten anfertigen konnten. So war es mit jeder Delegation aus Frankreich, und nicht anders machten es auch die Engländer, wenn sie den Kanal überquerten.

Der Gesandte Lalonde wandte jetzt seine Aufmerksamkeit von seinen Zähnen ab und den französischen Dienern zu. Warwick packte den Arm des jungen Percy fester.

»Was gibt's?«, zischte Warwick. »Na los, rede. Schnell!«

»Euer Bruder, Mylord«, sagte Henry Percy. »Earl Sir John. Er hat den König in seiner Gewalt, sie sind bei der Paulskathedrale, am Tor von Ludgate.«

»Was soll das heißen? Warum sollte mein Bruder …? Moment mal, meinst du etwa König Henry?«

»Als Gefangenen«, sagte der Junge, dessen Stimme sich vor Aufregung fast überschlug. »Ein Bote Eures Bruders ist gekommen, und wir haben versprochen, die Nachricht an Euch weiterzugeben. Er wartet draußen.«

»Ich verstehe. Das habt ihr gut gemacht«, sagte Warwick.

Er hatte Mühe, sich nichts anmerken zu lassen unter den neugierigen Blicken all der Männer, die so taten, als beobachteten sie ihn nicht. Er blickte sich um zu dem französischen Gesandten und den sechsunddreißig Mann, die vor zwei Tagen gelandet waren. König Edward wurde um die Mittagszeit erwartet, um sie zu begrüßen und ihnen zu zeigen, was für ein stattlicher, gesunder junger Mann er war, in der Blüte seiner Jugend und entschlossen, England das nächste halbe Jahrhundert zu regieren. König Louis sollte wissen, woran er war.

»Sag dem Boten meines Bruders, dass ich gleich komme«, sagte Warwick und schickte den Jungen mit einem Klaps auf den Weg. Der junge Richard folgte ihm, als Warwick ihn in Gedanken vertieft ebenfalls nach draußen schob. Er sah, wie die Nachricht sich in der Gruppe verbreitete. Er konnte nichts dagegen tun, außer, dass er sie hier im Saal zusammenhielt.

»Mylords, *Messieurs*«, rief Warwick mit erhobener Stimme. Es wurde still, und alles wandte sich ihm neugierig zu. »Ich bedaure, dass man mich fortgerufen hat. Ich muss zu Seiner Majestät, König Edward. Ich werde eine Stunde fort sein, vielleicht weniger.«

Warwick schnippte mit den Fingern nach drei Dienern und gab ihnen leise Anweisungen, ehe er seine Stimme noch einmal erhob.

»Bitte, lasst Euch diesen guten Rotwein und den kalten Braten schmecken. Es wird noch mehr davon gebracht werden. Danach wäre es dem Zeremonienmeister eine Ehre, Euch den Sitzungssaal des Parlaments zu zeigen, und vielleicht … den Fluss …«

Ihm fiel nichts weiter ein, deshalb machte er eine tiefe Verbeugung vor Lalonde und in die Runde und wandte sich der Tür zu. Dort blieb er nochmals stehen und trug dem Waffenmeister auf, niemanden weggehen zu lassen. Während er losrannte, brach hinter ihm ein wütender Streit aus, weil die französischen Diener feststellten, dass man ihnen nicht gestattete, ihm zu folgen.

Warwicks Pferd war noch von der Begrüßung der Franzosen herausgeputzt, es trug einen Kopfschmuck in Rot und Gold, der bis zum Hals herunterreichte und nur die Augen frei ließ. Das Tier liebte diesen Schmuck nicht besonders, es schnaubte und schüttelte gereizt den Kopf, als Warwick auf dem Weg am Fluss entlang in die Stadt ritt. Als Antwort trieb er es nur umso stärker zum Galopp an, sodass Dreckklumpen aufflogen und Mütter und Kinder auseinanderstoben und erschreckte Schreie ausstießen.

Als er die steinerne Brücke über den Fleet-Bach erreichte und das offene Tor von Ludgate vor sich sah, war Warwick von Kopf bis Fuß mit Schlamm bespritzt. Befriedigt stellte er fest, dass der Jagdtrupp seines Bruders noch nicht in die Stadt geritten war, sondern auf ihn wartete.

Schon aus der Ferne erkannte Warwick den dunklen Mantel, den sein Bruder John über der silbernen Rüstung trug. Nicht weit entfernt saß eine schmächtige, zusammengesunkene Gestalt auf einem Pferd. Warwick erkannte an der Haltung seines Bruders, wie stolz er war.

Warwick ließ sein Pferd das letzte kurze Stück im Schritt gehen, als er sich dem Trupp näherte und John Nevilles Männer beiseitetraten.

Jetzt sah er ihn, auf einem Pferd – Henry. Sie hatten den König nicht gut behandelt, das war deutlich zu sehen. Seine Beine waren an den Steigbügeln festgebunden, und sein lederner Sattel war dunkel von Urin. Henry schwankte leicht, seine Augen waren leer, als Warwick zu ihm trat. Einer der Männer hielt seine Zügel, aber der bedauernswerte König wäre gar nicht in der Lage gewesen, zu fliehen, das war offensichtlich.

Warwick merkte, wie schwer es war, einen solchen Mann zu hassen. In gewisser Weise trug Henry die Schuld am Tode seines Vaters, aber der Zorn darüber war in den Jahren seit

Towton verraucht. Warwick seufzte, er fühlte im Innern eine Leere. Sein Bruder John erwartete, dass man ihn beglückwünschte, aber er selbst empfand keine Freude darüber. Henry war, genau betrachtet, unschuldig. Es war nicht sehr befriedigend, einen solchen Mann gefangen zu nehmen, selbst wenn er in der Causa Lancaster die Hauptperson war.

»Überlass ihn mir, Bruder«, sagte Warwick. »Er wird mir nicht davonlaufen. Ich werde ihn zum Tower bringen.«

Er war überrascht, als sein Bruder unwillig die Stirn runzelte. John Neville zog die Zügel so fest an, dass sein Pferd anfing zu tänzeln und leise wieherte.

»Er ist mein Gefangener, Richard, nicht deiner. Willst du etwa das Lob ernten, das mir zusteht?« Er sah, wie Warwick zornrot wurde und fuhr fort. »Du hast ihn nicht über Moor und Heide verfolgt, Richard! Du hast keine Bestechungsgelder bezahlt und Dutzenden von Leuten zugehört, die sich ein paar Pennys damit verdienten, ihn zu verraten. Er gehört mir. Unserem Vater zu Ehren.«

Warwick war sich bewusst, dass sein Bruder Dutzende von Veteranen bei sich hatte, die jeden seiner Befehle ausführen würden. Es kam also nicht in Frage, ihm Henry mit Gewalt zu entreißen, aber Warwick war wütend über seine Undankbarkeit und die Unterstellung, dass er unehrliche Motive habe. Er hatte mehr als alle anderen dafür getan, dass John Neville, der Ritter, in den Adelsstand erhoben worden war. Sein Bruder verdankte ihm seinen Besitz und seine Titel, und Warwick hatte angenommen, dass er sich darüber im Klaren war und es zu schätzen wusste. Stattdessen benahm der jüngere Neville sich, als sei alles sein Verdienst.

»Bruder, ich will dich nicht an meine Stellung erinnern …«, fing Warwick an.

»*Du?* Wie auch? Bist du ein Duke? Oder sind wir beide Earls? Bruder, ich hätte dir niemals eine solche Arroganz zugetraut! Ich habe dich als Ersten rufen lassen, weil diese Sache in erster Linie die Nevilles angeht, und …«

»Und ich bin das *Oberhaupt* der Nevilles«, unterbrach Warwick ihn. »Und ich bin derjenige, der darum gebeten hat, dass man dich zum Earl von Northumberland ernennt, als König Edward mich fragte, wie er unsere Familie belohnen könne. Strapaziere also meinen guten Willen nicht, John. Ich erhoffe mir gar nichts dafür, aber ich werde Henry zum Tower bringen, genau wie ich es mit dem vierzehnjährigen Erben der Percys gemacht habe, der dort in einer Zelle sitzt, während du dich über seinen ehemaligen Besitz freust.«

Es wäre kein guter Moment gewesen, um zuzugeben, dass er den Jungen unter einem neuen Namen in seine Dienste genommen hatte. Warwick scheute nicht davor zurück, seinen Bruder zu manipulieren, wenn es unumgänglich war. So war es auch bei König Edward: Wenn die, die um ihn waren, nicht erkannten, was das Beste für ihn war, dann war es Warwicks Aufgabe, sie so zu beeinflussen, dass sie es schließlich doch einsahen. Und es war ihm egal, ob er es durch Schmeichelei, durch Bestechung oder mit Gewalt erreichte, Hauptsache, sie folgten ihm.

Earl Sir John Neville spürte, wie in seinem Mundwinkel ein Muskel zuckte, als er seinen älteren Bruder wütend anblickte. Als Kind hatte er ihn angebetet, aber damals hatte noch keiner von ihnen Titel oder Besitztümer gehabt. Doch später, als junger Mann, war John neidisch geworden, weil sein Bruder diese so äußerst ertragreiche Ehe eingegangen war. Mit einem Schlag war Richard Neville zu Macht und Besitz gekommen und saß gleichberechtigt mit den Höchsten des Landes an einem Tisch. Dadurch war Warwick zum engsten Vertrauten seines Vaters und Yorks wichtigster Mitstreiter geworden, der den Verlauf des Krieges zwischen ihnen bestimmte. Und während all dieser Zeit war John Neville nur ein bescheidener Ritter gewesen, nicht einmal Mitglied eines großen Ordens, wie etwa des Hosenband-Ordens. Durch den Tod seines Vaters war er Lord Montagu geworden. Die Schlacht von Towton und die Großzügigkeit des Königs hatten dann einen Earl aus ihm gemacht. Alles war ganz plötzlich gekommen. Sein Bruder Richard hingegen war in seine Ämter und Ehren allmählich hineingewachsen, er trug seine Macht daher wie einen bequemen, alten Mantel. Diese Selbstsicherheit des Earls von Warwick flößte John Respekt ein, selbst in Gegenwart seiner eigenen Männer.

Der jüngere Neville fragte sich, ob er jemals eine derartige Autorität ausstrahlen würde. Er schüttelte den Kopf, um diesen Gedanken zu verscheuchen. Er war der Earl von Northumberland und Begleiter des Königs. Auch er würde mit der Zeit in diesen Mantel hineinwachsen und niemandem mehr etwas beweisen müssen, und am wenigsten seinem Bruder. Trotzdem wollte er nicht hinnehmen, dass er ihm Henry aushändigen sollte. Denn obwohl John Neville sich immer wieder sagte, dass der Mann ja kein König mehr war – eine gewisse Ehrfurcht flößte er ihm immer noch ein. John bildete sich ein, auf seiner Handfläche immer noch die Ohrfeige zu spüren, die er Henry gegeben hatte. Er errötete, wenn er nur daran dachte, denn er wusste, wie Warwick reagieren würde, wenn er es erführe.

Warwick wartete eine Ewigkeit, während sein Bruder ihn stumm anstarrte. Richard Neville wusste, wann es Zeit war zu schweigen. Er gab seinem jüngeren Bruder Gelegenheit, darüber nachzudenken, was er ihm verdankte. Er sah, dass er verärgert war, was er nicht verstehen konnte, nach allem, was er für John getan hatte. Vermutlich war es ermüdend, immer nur Dankbarkeit empfinden zu müssen, aber das bedeutete nicht, dass sie nicht berechtigt war. Die schlichte Wahrheit war, dass sein Bruder eben nicht an ihn heranreichte. Warwick glaubte, dass John Neville dies auch nur zu gut wusste.

»Na gut«, sagte John schließlich mit heiserer Stimme. »Ich gebe Henry von Lancaster in deinen Gewahrsam. Ich überlasse dir ein Dutzend meiner Leute, damit ihr ungehindert durch die Stadt zum Tower gelangt. Die Menschen werden bestimmt zusammenlaufen, sobald jemand ihn entdeckt.«

Warwick neigte den Kopf. Er war berührt und erfreut, dass sein Bruder offenbar doch reifer geworden war. Er war noch immer ein ungestümer junger Mann, aber schließlich hatte er die Hinrichtung vieler Ritter, Hauptleute und Lords der Lancasters mit ansehen müssen. Vielleicht hatte das viele Blut Johns Rachedurst gemildert. Jedenfalls hoffte Warwick es.

Henry widersetzte sich nicht, als Warwick jetzt seine Zügel ergriff und mit ihm durch das Tor von Ludgate in die Stadt hineinritt. Die Straßen hier wurden von der St.-Pauls-Kathedrale überragt. Aus ihrem Inneren drang leiser Chorgesang.

Im Dunkeln war der Tower von London ein Furcht einflößendes Bauwerk. Das Haupttor wurde lediglich von zwei kleinen Kohlebecken auf eisernen Pfählen erhellt. Sie tauchten die Gegend um das Torhaus in ein gelbes Licht, das immer blasser wurde, je weiter man hineinging. Hochgestellte Personen durften Kerzen oder Lampen in ihren Räumen haben, je nachdem, was ihre Familien sich leisten konnten, während sie in Gefangenschaft waren. Doch der größte Teil der alten Festung war unbeleuchtet, die Mauern aus Stein hoben sich kaum von dem dunklen Fluss ab, der daran vorbeifloss.

Warwick hörte, wie Edward näher kam, lange ehe er ihn sehen konnte. Er schluckte nervös, denn er wusste nicht, was ihn in dieser Nacht noch erwartete. Der König hatte lediglich die Nachricht geschickt, er würde kommen, und in den Stunden vor seiner Ankunft waren die Wächter des Tower herumgerannt, hatten nach dem Rechten gesehen, alles kontrolliert und dem Konstabler des Tower Bericht erstattet, dessen Verantwortung mit der Anwesenheit des Königs begann und endete. Die ausgedehnte Anlage von Türmen, Gebäuden, Zellen und Burggräben gehörte dem König, einschließlich der königlichen Münze und der Menagerie, die sich ebenfalls innerhalb der Mauern befand. In seiner Abwesenheit verwaltete der Konstabler den Tower und sämtliche Schlüssel, außerdem hatte er alle Aktivitäten der Soldaten zu überwachen.

Das Tor wurde geöffnet, um Edward und seinen kleinen Trupp von drei bewaffneten Reitern hereinzulassen. Sie saßen ab und schritten hinter Edward und dem Konstabler her, der sie zu den Räumen führte, in denen Henry festgehalten wurde.

Warwick hörte, wie das metallische Klirren näher kam, bis Edward vor ihm stand, barhäuptig und mit ernstem Gesicht. Warwick ging aufs Knie und beugte den Kopf. Der junge

König genoss diese ehrerbietigen Gesten, doch war er so gnädig, die Männer stets schnell zu erlösen.

»Steht auf, Richard. Die kalten Steine sind nicht gut für Eure Knie.«

Warwick lächelte etwas betreten, denn es stimmte, die Gelenke schmerzten, auch wenn er erst sechsunddreißig Jahre alt war.

»Ihr kennt ja meinen Bruder George«, sagte Edward, als er an Warwick vorbei nach draußen in den Korridor blickte.

Warwick lächelte und verbeugte sich.

»Ja, natürlich. Guten Abend, Euer Gnaden.«

Der Fünfzehnjährige war drei Jahre vor Edwards offizieller Krönung zum Duke von Clarence ernannt und damit zu Reichtum und Macht gekommen. Nur drei von Yorks Söhnen hatten die Gefahren der Kindheit und die Grausamkeit des Krieges überlebt. In Warwicks Augen war es eine noble Geste von Edward, dass er beide Brüder in den höchsten Adelsstand erhoben hatte. Er fragte sich, ob diese Großzügigkeit vielleicht als eine Entschädigung für den Verlust ihres geliebten Vaters gedacht war. Während er den düsteren Gang zu Henrys Raum entlangschritt, dachte Warwick wieder an seinen Bruder John, der zum Earl von Northumberland ernannt worden war. Es hatte ihren Vater nicht wieder lebendig gemacht, aber Warwick wusste, wenn der alte Mann sie jetzt sehen könnte, wäre er stolz. Darauf kam es an. Seit dem Tod seines Vaters hatte er oft ein Gefühl, als blicke er auf ihn herab, als würde sein Vater ihn beobachten und jede seine Taten beurteilen. Obwohl er den Alten geliebt hatte, war es kein angenehmes Gefühl.

Allerdings konnte Warwick dem jungen König keinen Vorwurf machen. Edward war ein Mann der großen Gesten, er konnte jemanden zum Earl ernennen und im selben Atemzug einen anderen einsperren oder hinrichten lassen. Er war launenhaft, dachte Warwick, unberechenbar. Am klügsten war es, ihn zu ehren und zu respektieren. Edward schenkte übertriebenen Höflichkeitsbezeugungen zwar nicht viel Aufmerksamkeit, aber er bemerkte es, wenn sie unterblieben.

Der König dirigierte seinen Bruder George bis zur äußeren Tür von Henrys Räumen. Die Hand auf dem Arm des Bruders wirkte väterlich, und Warwick musste lächeln. Vielleicht ging es ihm bei diesem Besuch um nichts weiter, als dem jüngeren Bruder einen gefallenen König vorzuführen.

Edward schlug mit der Faust gegen die Eichentür. Sie warteten, während die Luke auf- und wieder zugeschoben und die Tür von einem der Wachsoldaten aufgeschlossen wurde, die stets bei Henry von Lancaster waren und sowohl als Diener wie auch als Kerkermeister fungierten. Edward nahm den Mann nicht zur Kenntnis, als er seinen alten Feind von einem zweiten Raum her erblickte, wo er auf dem Steinboden kniete, das Gesicht zu dem vergitterten Fenster aus Buntglas erhoben. Draußen brannte kein Licht, aber eine kleine Öllampe in einem Alkoven beleuchtete einen Teil von Henrys Gesicht. Er hatte die Augen geschlossen und seine Hände betend erhoben. Er schien völlig im Reinen mit sich selbst, und Edward verzog unwillkürlich gereizt das Gesicht.

Warwick wurde unruhig, als er daran dachte, wie er und Edward König Henry in einem Zelt vorgefunden und ohne

Widerstand festgenommen hatten. Edward hatte oft darüber nachgedacht, wie die folgenden Jahre verlaufen wären, wenn sie Henry damals getötet hätten.

Henry war völlig in Edwards Gewalt, ohne auch nur einen einzigen Freund oder Anhänger. Warwicks Blick ruhte auf Edward, was diesem bewusst war. Lächelnd wandte er sich um. Mit der einen Hand schob er seinen sprachlosen Bruder vorwärts, damit er sich den knienden König ansehe, gleichzeitig trat er näher an Warwick heran, weil er ihm etwas zuflüstern wollte.

»Keine Angst, Richard. Es wird keine Gewalt geben, heute nicht. Schließlich bin ich jetzt König, von der Kirche gesegnet und in der Schlacht bestätigt. Das kann dieser arme Kerl mir nicht mehr nehmen.«

Warwick nickte. Es war ihm peinlich, als Edward jetzt den Arm ausstreckte und seinen Hinterkopf umfasste, wie zu einer ungeschickten Umarmung. Vielleicht sollte es nur eine beruhigende Geste sein, aber schließlich war Warwick sechsunddreißig, verheiratet und Vater zweier Töchter. Er wollte nicht getätschelt werden wie ein treuer Hund. Er blieb steif stehen, bis Edward ihm zwei Klapse auf den Hinterkopf gab und seine Hand sinken ließ. Edward starrte ihn an, er spürte etwas wie Widerstand und missverstand es. Der König nahm Warwick am Arm und ging mit ihm zu einem der angrenzenden Räume.

»Ich empfinde nur Mitleid, wenn ich ihn sehe«, sagte Edward leise. »Ich schwöre Euch, Richard, er ist nicht in Gefahr.« Er lachte, leise und bitter. »Aus gutem Grund, denn solange Henry lebt, kann sein Sohn meinen Thron nicht beanspruchen. Glaubt mir, ich wünsche dem Trottel mindestens noch vierzig Jahre bei guter Gesundheit, damit niemand auf der anderen Seite des Kanals auf die Idee kommt, König werden zu wollen. Ihr braucht Euch also keine Sorgen um Henry von Lancaster zu machen, solange er in meiner Obhut ist.«

Warwick war beruhigt, aber fast hätte er den Fehler gemacht, seinen Arm zurückzuziehen, als Edward ihn wieder ergriff, um mit ihm zurück zum betenden Henry gehen. Es überraschte Warwick stets aufs Neue, dass der König so sehr die körperliche Nähe suchte, wahrscheinlich weil er jung und impulsiv war. Gewiss dachte er nicht weiter darüber nach.

Warwick seufzte leise, während sie an den neugierigen Wachen vorbeigingen. Jetzt erst sah er sich den knienden König genauer an. Henry war schrecklich abgemagert, seine Wangen waren eingefallen. Er hielt die Augen geschlossen, doch seine Hände zitterten leise vor Anstrengung, weil er sie immer noch betend zusammengelegt hatte. Das friedliche Bild trog, dachte Warwick, Henry wirkte vielmehr verzweifelt und traurig. Warwick schüttelte den Kopf, er hatte Mitleid mit diesem Mann, der alles verloren hatte.

George, der Duke von Clarence, war eine Weile neben Henry niedergekniet und hielt betend den Kopf gesenkt. Die Ritter und König Edward taten es ihm gleich, sie alle wollten nichts als Frieden und beteten um die Vergebung ihrer Sünden. Einer nach dem anderen machte das Kreuzeszeichen und verließ den Raum, in dem nur der Bewohner und sein Wärter zurückblieben. Von der Tür aus blickte Warwick hinüber zu dem schmalen Bett an der anderen Seite des Raumes. Auf einem Tisch dort lagen Bücher, außerdem sah er eine Flasche Wein und zwei kleine Äpfel. Es war nicht viel für einen Mann, der England regiert hatte. Andererseits war es mehr, als er hätte erhoffen können.

Draußen überschlug sich der Konstabler des Tower förmlich vor Eifer, Edward für seinen Besuch zu danken und ihnen gute Reise zu wünschen. Mit der kleinen Gruppe ritt Warwick durch das Tor und atmete tief durch. Es war eine wahre Wohltat nach der stickigen Luft und der Enge hinter den Mauern.

Alle waren nachdenklich geworden, und Warwick ließ sein Pferd dicht neben dem des Königs gehen.

»Euer Hoheit, Ihr habt mir noch nicht erzählt, wie Euer Treffen mit dem alten französischen Gesandten abgelaufen ist«, sagte er. »Ich werde gleich morgen früh mit ihm zusammentreffen, wenn wir darüber sprechen werden, welche der reizenden französischen Prinzessinnen die eure werden wird.«

Die Verhandlungen hatten gerade erst begonnen, und sie würden gewiss noch Wochen, wenn nicht Monate dauern. Der junge König blies verächtlich die Backen und stieß die Luft heraus. Er blickt unverwandt über die Themse.

»Edward?«, fragte Warwick. »Was ist los? Gibt es etwas, das ich wissen sollte?«

Er kannte den jungen Mann fast seit er auf der Welt war, doch diesen gequälten Gesichtsausdruck hatte er noch nie bei ihm gesehen. Warwick merkte, dass Edwards Bruder George sie beobachtete. Das Gesicht des jungen Duke errötete. Er wusste etwas.

»Euer Hoheit, wenn ich Euch in dieser Sache dienen soll, dann muss ich …«

»Ich bin verheiratet, Richard«, platzte Edward heraus. Er holte tief Luft. »So. Jetzt wisst Ihr es.« Er lächelte matt, als sei eine große Last von seinen Schultern genommen worden. »Ich wusste einfach nicht, wie ich es den Lords im Kronrat erklären sollte, da Ihr die ganze Zeit mit den Franzosen verhandelt habt. Dann kamen sie nach London, und ich dachte, ich *muss* einfach mit der Wahrheit herausrücken. Es ist alles schon viel zu weit gediehen …«

Der König plapperte kopflos weiter, während Warwick ihn entsetzt anstarrte. Er merkte, dass sein Mund vor Schreck offen stehen geblieben war, und er klappte ihn wieder zu.

»Das kann nicht … Ihr habt geheiratet? Edward, wer *ist* es? Und *wann*, um Himmels willen?«

»Elizabeth Grey, Richard. Oder Elizabeth Woodville, so hieß sie, ehe sie das erste Mal heiratete.« Edward wartete, bis auch diese Enthüllung bei Warwick angekommen war. Der starrte ihn nur stumm an, und Edward fuhr fort. »Ihr Mann fiel bei der zweiten Schlacht von St. Albans. Ein Ritter, Sir John Grey, der für Königin Margaret und König Henry kämpfte.« Edward lachte verlegen. »Eure Verteidigung brachte dem Mann den Tod, von dem mein Glück abhing. Ist das nicht eine merkwürdige Fügung des Schicksals? Unser Leben ist miteinander verflochten, wie …«

»Sie stammt nicht aus einer königlichen Familie?«, entfuhr es Warwick.

Jetzt funkelte ihn Edward wütend an. Wenn ihm die Sache auch mehr als unangenehm war, er duldete es nicht, dass man ihn unterbrach.

»Nein, verdammt«, rief er aus, »ihr Vater ist Baron Rivers. Sie hat zwei Söhne von ihrem ersten Mann. Nette Burschen …«

»Natürlich. Zwei Söhne. Und ich darf jetzt zur französischen Delegation gehen und ihnen mitteilen, sie sollten sich wieder auf ihr Schiff begeben und mit leeren Händen zu

König Louis zurückkehren. Sie müssen glauben, wir hätten sie zum Narren halten wollen.«

»Das bedaure ich sehr, Richard, glaubt mir. Ich wollte es Euch früher erzählen, aber ich wusste, dass es schrecklich schwierig sein würde.«

»*Schwierig?*«, wiederholte Warwick. »Noch nie hat ein König von England eine Frau geheiratet, die nicht aus einer königlichen Familie stammte. Seit Athelstan. Niemals. Und dazu noch eine Frau, die schon vorher verheiratet war und zwei kleine Kinder hat ...«

Edward nickte, dann verbesserte er ihn.

»Eigentlich sind es keine kleinen Kinder mehr. Der Ältere ist zehn.«

»*Was?* Und wie alt ist die Mutter?«, wollte Warwick wissen.

»Achtundzwanzig, glaube ich. Vielleicht auch dreißig. Genau will sie es mir nicht sagen.«

»Natürlich nicht. Also älter als Ihr. Sonst noch etwas? Ich vermute, der Botschafter wird mir Fragen stellen, wenn ich ihm zu erklären versuche, wie ein König von England sich heimlich verheiraten kann, ohne dass es ein Mensch erfährt! Wer waren Eure Trauzeugen, Edward? Und wo hat die Trauung stattgefunden?«

»In ihrer Familienkapelle, in Northamptonshire. Aber ich habe diese ganzen Fragen langsam satt, Richard. Ich bin kein Schuljunge, und Ihr seid nicht mein Lehrer. Ich habe alles gesagt. Und als mein Berater könnt Ihr den Franzosen jetzt sagen, dass sie heimfahren sollen.« Damit wandte er sich zu seinem Bruder um. »George, komm mit!«

Der König gab seinem Pferd die Sporen, und das Schlachtross verfiel auf dem Kopfsteinpflaster in Galopp. Seine beiden Ritter sprengten ebenfalls davon. George, der Duke von

Clarence, warf Warwick einen amüsierten Blick zu, dann trieb er das Pferd mit dem Zügel an und ritt hinter seinem älteren Bruder her.

Warwick blieb allein in der Dunkelheit zurück. Er hatte keine Ahnung, was er der französischen Delegation am nächsten Morgen sagen sollte.

24

Die Musiker zogen ab. Ihre Instrumente hielten sie hoch über ihre Köpfe, stolzgeschwellt über den Jubel der Gäste. Es war für ihre Darbietung sicher nicht von Nachteil, dass den ganzen Abend hindurch reichlich Wein und Bier geflossen waren, sodass kein Becher lange leer blieb. Dunkle Gestalten huschten im Schatten der Kerzen herein und hinaus, um immer wieder die Krüge zu füllen und leere Teller durch volle zu ersetzen. Die vierzig Gäste an König Edwards Tafel waren in bester Stimmung. Gebannt hörten sie zu, als jeder der Anwesenden eine Geschichte vortrug, die davon handelte, wie er einst besonders tapfer gewesen war – oder aber, wo er einmal das Hasenpanier ergriffen hatte und davongerannt war. Bei den Ersteren gab es markige Trinksprüche und Hochrufe für den bewiesenen Mut, und über die Letzteren wurde schallend gelacht. Die meisten der anwesenden Männer hatten an Schlachten oder Turnieren teilgenommen, und die Geschichten wollten gar kein Ende nehmen.

Zufrieden wischte König Edward sich das Hühnerfett mit einem Tuch vom Mund und strahlte seine Gäste vom Ende des Tisches her an. Seine Frau saß zu seiner Rechten und berührte zärtlich seine Hand, als er sie auf den Tisch niedersinken ließ. Es war eine intime Geste, mit der sie ihm zeigen wollte, dass sie auch in dieser ausgelassenen Stimmung und inmitten des Gelächters an ihn dachte.

»Bin ich dran?«, fragte ihr Vater die Tafelrunde und schwenkte seinen Weinkelch, dass die Tropfen nur so spritzten. »Also, so viel steht fest. Ich bin bisher vor keinem Mann davongelaufen, das schwöre ich, bei meiner Ehre!« Baron Rivers war aufgestanden und sprach mit lauter Stimme.

Elizabeth schüttelte amüsiert den Kopf, aber der Auftritt ihres Vater war ihr doch auch ein wenig unangenehm. Schon den ganzen Abend hatte er tapfer dem Wein zugesprochen, jetzt stand er schwankend da und zwinkerte verwirrt, während er sich daran zu erinnern versuchte, was er sagen wollte.

»Ach so, ja. Vor keinem Mann! Aber ich bin mal vor der Frau eines Fischers davongelaufen, einem Weib mit Unterarmen, so dick wie Schenkeln. Sie hatte mich mit ihrer Tochter entdeckt, wir lagen am Strand unter einem Boot und vögelten. Oh, wenn man noch mal jung wäre. Ich sage euch, der Fischgeruch war …«

»Vater!«, unterbrach ihn Elizabeth.

Baron Rivers sah sie mit verschwommenen Augen an, sein Gesicht war aufgedunsen.

»Bin ich zu weit gegangen? Für eine Mutter von zwei so prächtigen Söhnen ist meine Tochter ziemlich empfindlich. Ich trinke auf meine Enkel. Mögen sie Frauen kennenlernen, so geschei… so geschmeidig wie Aale.«

Es folgte lautes Gelächter, und wieder schüttelte Elizabeth den Kopf. Ihre beiden Jungen waren stolz, dass der Großvater sie erwähnt hatte. Sie ließen sich Becher mit Bier in die Hand drücken, blickten sich dann aber etwas betreten an, denn sie hatten sich schon ein Mal draußen im Garten erbrechen müssen. Dennoch, sie saßen mit dem König von England am Tisch und konnten sich nicht davor drücken, als er seinen Weinkelch erhob und ihnen zutrank.

Warwick bemühte sich nach Kräften, mit den anderen mitzulachen, und die stummen Blicke, die er gelegentlich mit seinem Bruder John wechselte, halfen ihm, die Fassung zu bewahren. Seit die Nachricht von der Heirat bekannt geworden war, war fast der komplette Hofstaat ausgewechselt worden. Innerhalb eines Monats waren nicht weniger als vierzehn Woodvilles in die wichtigsten Häuser der Hauptstadt eingezogen, von Schloss Baynard bis zum Tower – und selbst in den Palast von Westminster. Sie waren über die Stadt hergefallen wie ausgehungerte Ratten über einen Hundekadaver – so jedenfalls sah es Warwick, doch hätte er es nie laut ausgesprochen, selbst gegenüber seinem Bruder nicht.

Warwick ließ den Blick über die Brüder und Schwestern der neuen Königin schweifen. Die Hälfte von ihnen bekleideten jetzt gut bezahlte Posten. Ihre Schwester hatte Elizabeth zu ihrer Kammerzofe gemacht, für vierzig Pfund im Jahr.

Es waren Leute vom Lande, ungeschliffen und mit schlechten Manieren. Doch dieser Sommer hatte der Bevölkerung nicht nur eine überreiche Ernte an Obst und Feldfrüchten beschert, er hatte durch die neue Verbindung mit Edward auch der Familie Woodville eine reiche Ernte gebracht. Der König konnte Elizabeth nichts abschlagen, er erfüllte ihr jeden Wunsch, ganz gleich, wie offensichtlich er damit ihre Familie begünstigte. Natürlich war es auch nicht von Nachteil gewesen, dass sie so schnell schwanger geworden war. Die Rundung ihres Bauches war unter den neuen Kleidern, die für sie angefertigt worden waren, bereits deutlich zu sehen. Natürlich war Edward stolz wie ein Gockel, er betete seine Frau förmlich an. Warwick konnte nur wortlos und mit grimmigem Lächeln zur Kenntnis nehmen, wie ein wertvoller Titel nach dem anderen an Männer und Frauen vergeben wurden, die vorher nichts weiter als einfache Pächter gewesen waren.

Edward stützte seinen großen Kopf auf die Arme und lachte über etwas, das Elizabeth ihm zugeraunt hatte. Ihr offenes Haar hing ihr über die Schultern, es war rot und schien von Gold durchzogen, eine höchst außergewöhnliche Farbe. Warwick sah, wie der junge König mit einer ihrer Locken spielte und ihr zärtlich etwas zuflüsterte, worauf sie errötete und spielerisch nach seiner Hand schlug. Warwick dachte, die beiden würden seine Blicke nicht bemerken, doch Elizabeth fing seinen Blick auf. Während Edward sich zu einem Diener umwandte und mehr Wein verlangte, sah sie ihn ruhig und unverwandt an.

Er errötete, als hätte er etwas Unerlaubtes getan. Langsam hob er seinen Kelch in ihre Richtung. Ihr Gesichtsausdruck wirkt distanziert und kühl, doch dann lächelte sie, und wieder musste er feststellen, wie außergewöhnlich schön sie war. Ihre Haut war blass, und auf den Wangen sah man die kleinen runden Narben einer früheren Pockenerkrankung, die ihre vornehme Blässe nur zu unterstreichen schienen. Ihr Mund war etwas schmal, aber ihre Lippen waren rot, als hätte sie daraufgebissen. Doch es waren vor allem ihre Augen, die seine Aufmerksamkeit fesselten: mit schweren Lidern, die stets etwas müde wirkten – als müsse sie jeden Moment gähnen. Es lag etwas Verführerisches in diesem Blick, was bei Warwick auch sofort Gedanken an ihr Schlafgemach auslöste, als sie jetzt ebenfalls ihren Weinkelch hob und ihm zunickte, wie einem Gegner vor dem Turnier. Er tat einen langen Zug und sah, dass sie mithielt, wobei das Rot ihrer Lippen vom Wein noch intensiver wurde.

Nervös blickte Warwick jetzt Edward an, der stumme Austausch von Blicken mit Elizabeth kam ihm wie ein Vergehen vor. Doch der König hatte gerade den Kopf zurückgelegt und warf irgendetwas Essbares in die Luft, das er mit offenem Mund auffing. Warwick lachte leise – das jungenhafte Gebaren des Königs war entwaffnend. Und dennoch – trotz all seiner Angeberei und den fröhlichen Trinkgelagen hatte Edward eine Frau geheiratet, die ihm keinerlei Vorteile brachte. Bei einem älteren Mann hätte man es vielleicht noch bewundert, wenn er die Liebe über politische Verbindungen und Besitz stellte. Doch in Anbetracht von Edwards Jugend gab es Anlass zur Sorge.

Genauso wie er sich in die Schlacht von Towton gestürzt hatte – ja, und dort hatte er gesiegt –, so hatte er sich in diese Ehe gestürzt, mit einer Frau, die er kaum kannte. Er schien von der Anzahl der Woodvilles, die plötzlich die königlichen Paläste bevölkerten, genauso überrascht wie alle anderen, doch dann schüttelte er immer nur nachsichtig den Kopf und verschwand in seinen Privatgemächern, um sich mit seiner weitaus erfahreneren Frau zu amüsieren.

Warwick schwankte und verschüttete seinen Wein, weil ein jüngerer Gast mit ausladenden Bewegungen etwas rief oder sang und in seiner Trunkenheit einen ganzen Schinken samt Platte vom Tisch stieß. Er fluchte stumm, denn er merkte, dass Elizabeth ihn immer noch beobachtete. Vielleicht hatte sie darüber gerätselt, welche Rolle er im Leben ihres Mannes spielte. Sie sah keinerlei Notwendigkeit dafür, dass Edward sich regelmäßig mit ihm und ein paar anderen Männern zu privaten Gesprächen traf. Der Kronrat war zwar nicht aufgelöst worden, doch in den letzten drei Monaten hatte Edward nur ein Mal daran teilgenommen. Gab es irgendein

Anliegen juristischer oder sonstiger Natur, das seine persönliche Prüfung erforderte, dann musste man jetzt direkt bei ihm vorsprechen, wobei Elizabeth oft anwesend war, in die Papiere Einblick nahm und sie sich von ihrem Mann erklären ließ.

Warwick lehnte sich in seinem hohen Stuhl zurück und versuchte, eine Gewürznelke zu entfernen, die sich zwischen zwei Zähnen festgesetzt hatte. Natürlich verstand Edward vom Parlament und von der Gesetzgebung kaum mehr als seine Frau, sodass die Rechtsgelehrten und die Lords es der Königin erklären mussten. Dann pflegte sie atemlos, mit weit aufgerissenen Augen und ebenso weitem Dekolleté zuzuhören, sodass manch älterer Mann errötete und bei so viel Aufmerksamkeit seine liebe Not hatte, sich auf sein Thema zu konzentrieren.

Warwick trank seinen Wein aus und ließ seinen Kelch wieder füllen. Er merkte, dass ihm diese Frau zutiefst unsympathisch war – und dass er sie leider gleichzeitig begehrte. Es war eine unbefriedigende Situation, in der es für das eine wie das andere Problem keine zufriedenstellende Lösung gab. Elizabeth war zur Königin gekrönt worden und offensichtlich davon überzeugt, dass ihr großer, jungenhafter Mann keinen anderen Berater brauchte als sie selbst, zumindest, soweit es die Woodvilles betraf.

»Natürlich musst du für uns singen, Richard!«, hörte Warwick jetzt Elizabeth rufen. Er verschluckte sich an seinem Wein und musste heftig husten, während am Tisch anfeuernde Rufe ertönten und laut getrampelt wurde. Doch gemeint war Edwards Bruder, der jetzt aufstand und sich verbeugte. Er lächelte seine Schwägerin schüchtern an und nahm einen Schluck Wein, um seine Stimme zu schmieren.

Warwick konnte nur hoffen, dass Richard von Gloucester hier nicht verspottet werden sollte. Er kannte ihn inzwischen sehr gut und war stolz auf das, was der Junge gelernt hatte. Noch merkwürdiger war es, erinnerte Warwick sich, wie glücklich der Vater damals über die Geburt dieses Sohnes gewesen war. Es war erst zwölf Jahre her, und doch war es damals eine andere Welt gewesen, als sein eigener Vater noch lebte und versucht hatte, Henry auf irgendeine Weise dazu zu bringen, ein besserer König zu sein … Warwick merkte, wie sein Bruder John ihn anblickte, und verdrehte spöttisch die Augen. Man konnte die Zeit nicht zurückdrehen. Alte Fehler konnten nicht ungeschehen gemacht werden …

Der Bruder des Königs hatte eine angenehme, helle Stimme. Er sang ein harmloses Lied über die höfische Liebe. Warwick hörte kaum hin. Er musste an einen Gärtner denken, den er auf dem Landsitz von Middleham einst gekannt hatte. Der Mann hatte dreißig Jahre lang für seinen Vater gearbeitet, und seine Haut war vom Leben im Freien braun wie Leder. Wenn er jetzt daran zurückdachte, erkannte er, dass Charlie wohl ein wenig einfältig gewesen war. Die Frau, mit der er in seiner bescheidenen Hütte wohnte, war seine Mutter, nicht seine Frau, wie Warwick als Junge immer gedacht hatte. Charlie konnte sich nie an seinen Namen erinnern, er nannte ihn immer »Strubbelkopf«, obwohl er glattes Haar hatte. Mit leicht verschwommenem Blick sah Warwick in seinen Weinkelch und fragte sich, warum er sich ausgerechnet jetzt an diesen Mann erinnerte. Charlies Bein war in seiner Kindheit bei einem Unfall mit einem Wagen zertrümmert worden, seitdem war es verkrüppelt. Charlie litt seither unter ständigen Schmerzen.

»Ich habe mal Fieber gehabt«, hatte der junge Warwick ihm in seiner kindlichen Naivität erzählt. »Und einen verfaulten Zahn. Der hat ganz furchtbar wehgetan, aber dann ist er gezogen wurde. Wie kannst du die Schmerzen in deinem Bein aushalten? Hören die niemals auf? Auch nicht nachts? Und warum musst du nicht weinen?«

»Glaubst du denn, das tue ich nicht?«, hatte Charlie gemurmelt und in die Dunkelheit gestarrt. »Aber ich lass mich nicht unterkriegen, Strubbelkopf! Jeden Morgen geht die Sonne wieder auf, und auch ich muss aufstehen und an meine Arbeit gehen … So ist das.«

Warwick schüttelte den Kopf und rieb sich das Auge. Dieser verdammte Wein machte ihn wehmütig, und in dieser Gesellschaft mit all den heimlichen Seitenblicken und dem hämischen Grinsen kam es ihm vor, als sei er unter die Wölfe geraten.

Das Lied war zu Ende, und der junge Sänger errötete, als er von allen am Tisch laut gelobt wurde. Als Duke von Gloucester hatte Richard Plantagenet riesige Besitztümer erhalten, die vorläufig in der Hand von Verwaltern waren, bis er selbst alt genug war, um sich darum zu kümmern. König Edwards Großzügigkeit kannte anscheinend keine Grenzen, und an die Folgen schien er nicht zu denken.

Ohne es selbst recht zu merken, hatte Warwicks Blick schon eine ganze Weile auf Edward geruht. Jetzt sah dieser auf und erwiderte den Blick. Dann erhob er sich leicht schwankend, wobei er sich mit einer Hand zwischen den Krügen auf dem Tisch abstützte. Sein Bruder Richard setzte sich, und das Gelächter und die Gespräche verstummten, weil alle darauf warteten, was der König zu sagen hatte.

»Wir haben heute den Becher schon auf viele würdige Männer erhoben. Jetzt möchte ich jemandem zutrinken, der in mir früher als alle andere den neuen König sah, früher sogar noch als ich selbst. Earl Warwick, Richard Neville, dessen Vater mit meinem Vater kämpfte – und mit ihm starb. Dessen Onkel und Bruder bei Towton mit mir kämpften, als es so stark schneite, dass wir nichts sehen konnten. Glaubt mir, ohne seine Hilfe würde ich jetzt nicht hier stehen. Deshalb bringe ich jetzt meinen Trinkspruch aus. Auf Warwick.«

Mit lautem Scharren der Stuhlbeine standen alle anderen ebenfalls auf und riefen: »Auf Warwick.«

Warwick, der als Einziger sitzen geblieben war, konnte nicht umhin, den Bruder von Elizabeth zu bemerken, der seiner Schwester etwas zuflüsterte und lachte. Es war lächerlich, sich darüber zu ärgern. Es waren einfache, gewöhnliche Menschen von niederer Herkunft. Warwick sah in Edwards Richtung und nickte ihm seinen Dank zu.

Nachdem der betrunkene König wieder auf seinen Stuhl gesunken war, hörte Warwick, wie Elizabeth ihren Mann etwas fragte. Sie sprach leise, aber laut genug, dass er es hörte.

»Aber ohne dich säße es jetzt auch nicht hier, mein Liebster. War es nicht so?«

Edward schien nicht zu bemerken, dass auch andere die Worte hören konnten. Der König lachte nur leise in sich hinein und schüttelte den Kopf. Ein Diener erschien und stellte eine Platte mit frisch gebratenen Nieren vor Edward auf den Tisch, worauf er mit neuem Interesse die Augen aufriss und ein paar davon mit seinem Messer aufspießte, ehe man sie ihm servieren konnte. Der König war zu betrunken, um zu merken, dass die Gespräche am Tisch zu einem Flüstern geworden waren. Sämtliche Woodvilles warteten mit Vorfreude darauf, was er antworten würde, und blickten auf Elizabeth, wobei sie sich Tücher vor den Mund hielten und sich verstohlen anblickten.

»Wäre er ohne dich nicht verloren gewesen, bei St. Albert, Edward?«, fuhr Elizabeth nun fort. »Du sagtest, er hätte ohne dich nicht gewinnen können. Und bei Towton musstest du ihn auch anführen. Mein Bruder Anthony kämpfte auf der anderen Seite … aber du hast ihm ja längst verziehen, mein Liebster! Anthony berichtete, du seist ein wahrer Gigant gewesen auf dem Schlachtfeld, ein Löwe.«

Elizabeth suchte ihren Bruder am Tisch, ein bulliger Kerl, der gar nicht merkte, dass seine behaarten Unterarme in einer Pfütze aus Bier und verschütteter Soße lagen. »Hast du Mylord Warwick auf dem Schlachtfeld von Towton gesehen, Anthony? Es heißt, er habe in der Mitte gekämpft.«

»Ich hab ihn nicht gesehen«, erwiderte ihr Bruder und grinste in Warwicks Richtung.

Der Mann war ihm bisher nicht dumm erschienen. Vielleicht dachte er, seine Schwester meinte es nicht ernst, und wollte sich auf Warwicks Kosten nur ein wenig lustig machen. Doch Warwick merkte, dass es der kleinen Königin sehr ernst war, sie wollte ihn bloßstellen. Er lächelte sie an, erhob seinen Kelch und senkte ehrerbietig den Kopf.

Zu Warwicks Freude erwiderte Richard von Gloucester den Trinkspruch vom anderen Ende der Tafel her, er hob seinen Becher und strahlte ihn an. Warwick war höchst amüsiert und fragte sich, ob der Junge sich wohl bewusst war, dass er gerade eine sehr angespannte Situation entschärft hatte. Der Junge war klug, da waren seine Lehrer sich einig, aber er war immer noch sehr jung. Doch jetzt kniff Richard verschwörerisch ein Auge zu, und Warwick konnte ihn nur verblüfft anstarren. Man musste den kleinen Teufel einfach mögen.

Schloss Windsor war eine uralte Festung und gleichzeitig ein Familiensitz, aber warm war es dort noch nie gewesen. Wenn die Tage kürzer und kälter wurden, kamen bei denen, die dabei gewesen waren, die Erinnerungen an Towton zurück, wie in jedem Winter. Erinnerungen an Schnee, Eis und Blut.

Warwick fröstelte, als er zusammen mit seinem Bruder George an der kalten Mauer lehnte. Der Erzbischof von York hatte im Laufe des letzten Jahres ziemlich an Gewicht zugelegt, aber er konnte bei Kampfübungen mit seinen Brüdern – wenn sie denn die Zeit dazu fanden – durchaus noch mithalten.

»Es ist merkwürdig«, sagte George. »Im Sommer habe ich mich über die Hitze beklagt. Ich weiß noch, dass es unerträglich war, aber jetzt kommt die Erinnerung daran trügerisch vor. Mit dem Schnee am Boden und diesem Frost versuche ich mir weiszumachen, dass ich alles darum geben würde, wieder zu schwitzen – und wenn es so wäre, würde ich mich zweifellos wieder nach dieser Kälte sehnen. Was ist der Mensch doch für eine wankelmütige Kreatur, Richard. Und wenn nicht alle Menschen, dann zumindest die Bischöfe.«

Warwick lachte und sah seinen jüngeren Bruder liebevoll an. Als Erzbischof war George ein mächtiger und einflussreicher Mann. Nur die Kardinäle in Rom standen über ihm, aber George war noch immer jugendlich und sah seinen Bruder mit spitzbübischem Lächeln an. Der Grund dafür, dass sie fröstelten, war, dass man in den großen Sälen außerhalb der königlichen Gemächer kein Feuer gemacht hatte.

Warwick wartete schon eine Stunde, doch es kam ihm vor wie eine Ewigkeit. Während sein Bruder sehnsüchtig an den Sommer dachte, erinnerte sich Warwick an die Zeiten, als er unangemeldet zu Edward kommen konnte und nicht im Vorzimmer warten musste wie ein gewöhnlicher Diener.

Der Grund für diese Veränderung war kein Geheimnis. Es hatte etwas gedauert, aber schließlich hatte Warwick akzeptieren müssen, dass seine Befürchtungen begründet gewesen waren. Elizabeth Woodville hatte viel von Nevilles Einfluss auf ihren Mann an sich gerissen und beschlossen, Warwick zu verdrängen. Es gab keine andere Erklärung dafür, dass sie überall ihre Familie verteilte wie Schachfiguren auf einem Brett. Weniger als ein Jahr nach ihrer Ankunft am Hofe war ihr Vater zum Earl Rivers und königlichen Schatzmeister aufgestiegen. Zwei ihrer Schwestern hatten in mächtige Familien eingeheiratet. Warwick vermutete, dass die Königin ihre gesamte Zeit in den Archiven des Tower verbrachte und nach Familien suchte, über die ihre Sippe zu einem weiteren Titel kommen könnte. Ihre Schwestern würden zu Herrenhäusern und Landbesitz kommen, die sonst an die Krone zurückgegangen wären, oder, wie in einem Fall, an einen Vetter der Nevilles. Bei diesem Gedanken verzog Warwick das Gesicht, aber andererseits war er sich bewusst, dass er selbst es auch nicht anders gemacht hätte. Elisabeth hatte das offene Ohr ihres Mannes – und Edward belohnte sie ziemlich großzügig für die Spiele im Bett. Warwick und die Nevilles würden es ertragen müssen, sie hatten keine andere Wahl.

»Was machen deine Schützlinge?«, unterbrach George seine Gedanken. »Wollen sie immer noch reich werden?«

Warwick stöhnte bei der Erinnerung an den Tag, als man Richard von Gloucester und Henry Percy auf dem Markt von Middleham entdeckt hatte, wo sie mehrere Schinken und Wein aus Warwicks Kellern verkauften. Einer der anderen Händler hatte einen Boten zum Schloss geschickt, und man hatte die Jungen am Kragen gepackt und zurückgebracht.

»Ich fürchte, jetzt haben sie das Wetten entdeckt. Die Jungen aus dem Dorf sind natürlich nur zu bereit, ihnen damit ihr Geld abzunehmen. Und dann prügeln sie sich, und meine Frau oder Mutter müssen hinterher zu Gericht sitzen.«

Warwicks Bruder beugte sich vor, amüsiert über die offensichtliche Zuneigung, die aus diesen Worten sprach.

»Es tut mir leid, dass du keine eigenen Söhne hast«, sagte er. »Ich bin sicher, du hättest viel Spaß mit ihnen gehabt.«

Warwick nickte und kniff nachdenklich die Augen zusammen.

»Ich habe so viele Erinnerungen an die Zeit, als du und John und ich zusammen waren, mit den Vettern … Weißt du noch, wie wir diese Boote gebaut haben, die sofort sanken? Oder als wir das Pferd gefangen haben, das John eine halbe Meile mitgezerrt hat, weil er nicht loslassen wollte. Erinnerst du dich? Weiß Gott, ich liebe meine beiden Mädchen, aber es ist doch nicht dasselbe. Ohne uns war es dann lange Zeit viel zu ruhig in Middleham.«

»Mylord Warwick?«, sagte in diesem Moment ein Diener.

Warwick zwinkerte seinem Bruder zu und stieß sich von der Wand ab. Der Erzbischof klopfte ihm auf die Schulter, und er ging zu den großen Türen, die sich lautlos vor ihm öffneten.

Vorüber waren die Zeiten der leeren Räume und der lautlos huschenden Diener. Dutzende von Schreibern saßen entlang der Wände des Saales an kleinen Tischen und kopierten Schriftstücke. Andere standen in kleinen Gruppen herum und unterhielten sich angeregt über ihre Arbeit wie Händler, die über einen Preis feilschen. Es herrschte allgemein Geschäftigkeit.

In Warwicks Erinnerung stieg plötzlich das Bild des Königs auf, in eben diesem Saal, vor einem Jahr. Der König hatte volle Rüstung getragen, nur sein Helm hatte gefehlt und aus irgendeinem Grunde auch einer seiner Metallstiefel, sodass ein Fuß bloß war. So war der König durch das Schloss gehumpelt, in der einen Hand einen großen Krug Wein, in der anderen ein gebratenes Huhn. Diese Zeiten waren unter Elizabeths Einfluss endgültig vorbei, wie es schien. Zum ersten Mal hatte Edward einen Stab von Männern, die sich um die Regierungsgeschäfte kümmerten. Sein Truchsess, Hugh Poucher, war ein Mann, den Warwick zu schätzen gelernt hatte. Er war jederzeit erreichbar und hörte einem zu. Jetzt hielt er Ausschau nach ihm, doch er konnte ihn nirgendwo entdecken.

Warwick folgte dem Diener durch das Vorzimmer in Richtung einer langen Galerie aus hellem Kalkstein. Als sie näher kamen, hörte er das Sirren eines Pfeils. Instinktiv zuckte Warwick zusammen. Der Widerhall im geschlossenen Raum wirkte überlaut. Dem Diener war sein Erschrecken nicht entgangen, wie Warwick leicht verwundert feststellte. Als sie die Galerie betraten, meldete der Mann ihn und verschwand so schnell, als hätte er noch viele andere Dinge zu erledigen.

Umgeben von einigen Rittern, stand Edward da, mit gespanntem Bogen, neben sich einen großen Korb mit Pfeilen. Eine Zielscheibe aus Stroh und Stoff, etwa mannshoch, war am anderen Ende der Galerie aufgestellt, mindestens hundert

Yards entfernt. Für einen guten Bogenschützen war es keine große Entfernung, aber soweit Warwick wusste, hatte Edward sonst nie mit einem Bogen geschossen. Die meisten Männer hätten es nicht einmal geschafft, den Bogen zu spannen, aber der Schwertarm des Königs war kräftig genug. Edward hatte sich noch nicht zu dem Besucher umgesehen, er war ganz darauf konzentriert, den Bogen ruhig zu halten. Die Zielscheibe lehnte an der Eichentäfelung, und zwei Pfeile hatten die Strohscheibe völlig verfehlt. Mit der rosa Zungenspitze im Mundwinkel bot Edward ein Bild vollkommener Konzentration. Er öffnete seine Hand, und im nächsten Moment bohrt sich der Pfeil in den äußeren Rand der Zielscheibe. Edward lächelte zufrieden.

»Ach, Richard«, sagte er. »Ich habe mit Sir Anthony hier um hundert Mark gewettet. Wollt Ihr es auch mal probieren?«

Warwick warf einen kurzen Blick auf den Ritter mit den mächtigen Armen, der Sir Anthony sein musste. Vier Männer aus der Familie Woodville waren inzwischen in den Hosenbandorden aufgenommen worden, was ihnen das Recht gab, als loyale Gefährten des Königs jederzeit seine Gegenwart zu suchen. Warwick hatte gewusst, dass einer oder zwei davon bei ihm sein würden. Er fragte sich, ob Edward sich überhaupt bewusst war, dass er kaum noch eine wache Stunde ohne die Gesellschaft eines Woodville verbrachte – und nachts war natürlich Elizabeth bei ihm. Es beunruhigte Warwick, wie vollkommen diese Familie den jungen König in ihre Netze eingesponnen hatte. Er hatte mehr als einmal darüber nachgedacht, ob er etwas sagen sollte, aber es war höchst gefährlich, die Frau eines Mannes zu kritisieren. Also hatte er sich mit großer Mühe beherrscht und geschwiegen.

Anthony war unter allen männlichen Woodvilles Edwards bevorzugter Umgang. Er war zehn Jahre älter als der König und teilte Edwards Begeisterung für Kampfspiele. Jetzt sah er Warwick finster an, gerade so, als wollte er ihm drohen oder als sei Warwick bereits sein Feind.

»Euer Hoheit, wenn Ihr Sir Anthony gestatten würdet, wieder zu seinen Geschäften zurückzukehren, würde ich gern einen oder zwei Schuss mit Euch probieren. Es gibt allerdings auch einige Fragen des Kronrats zu besprechen.«

Edward kratzte sich missmutig die Wange, er hatte verstanden.

»Nun gut. Anthony, vielleicht könntest du die Pfeile aufsammeln. Die hundert Mark gewinne ich noch. Ich bin sicher, Mylord Warwick wird nicht zu viel von meiner Zeit beanspruchen.«

Warwick beugte den Kopf, bemüht, seinen Ärger zu verbergen. Er merkte, dass Anthony Woodville ihn beobachtete. Warwick wartete, bis er außer Hörweite war.

»Wie geht es meinem Bruder?«, fragte Edward, ehe er etwas sagen konnte.

»Sehr gut im Moment«, erwiderte Warwick. Etwas von der Zuneigung zu dem Jungen, die er draußen gezeigt hatte, war ihm noch anzumerken. Edward sah ihn eindringlich an.

»Gut. Axt und Schwert, und vielleicht auch der Bogen, damit seine Schultern stark werden. Er war immer zu schwach. Lasst mich wissen, wenn er Schwierigkeiten machen sollte.«

»Natürlich. Seine Lehrer sagen übrigens, er sei sehr fleißig.«

»Was ihm nichts nützen dürfte, wenn ihm im Kampf jemand den Schädel einschlagen will«, sagte Edward. »Als ich mit Euch nach Calais ging, galt ich als Schwächling. Aber drei Jahre bei der Garnison haben mich zu dem Mann gemacht, der ich heute bin – unter Eurer Aufsicht. Macht dasselbe mit ihm, wenn ich bitten darf. Er ist der Jüngste von uns und war zu lange ein Kind.«

Warwick blickte zu Anthony Woodville am anderen Ende der Galerie. Der Mann zerrte an einem Pfeil, der sich in die Holzvertäfelung gebohrt hatte. Edward sah, dass er zu ihm herüberblickte und brummte unwillig.

»Gut, also sprecht! Was habt Ihr mir zu sagen.«

»Es geht um die anstehende Heirat von John Woodwille, Edward«, sagte Warwick erleichtert. »Master John ist gerade neunzehn. Norfolks Mutter ist fast siebzig. Wenn Mowbray noch am Leben wäre, würde er vors Gericht gehen, das wisst Ihr. Euer Hoheit, ich verstehe ja, dass die Woodvilles sich Titel wünschen, aber eine Heirat bei einem solchen Altersunterschied geht zu weit.«

Edward war starr geworden, während er sprach. Warwick wusste, er war jetzt in genau der Situation, die er ein Jahr lang versucht hatte, zu vermeiden. Norfolk hatte nur knapp die Schlacht von Towton überlebt und war ein paar Monate später an einem Lungenleiden gestorben, was niemanden überraschte, der ihn dort gesehen hatte. Es war wie ein Wunder, dass er den Frühling überhaupt noch erlebt hatte.

»Mowbray war ein anständiger Mann, Euer Hoheit. Er verhielt sich loyal Euch gegenüber, als alle ihm rieten, er solle auf Lancasters Seite kämpfen. Norfolks Mutter ist eine Neville, Edward, deshalb bin ich stolz auf seine Loyalität. Doch Ihr wollt einem bartlosen Woodville erlauben, an seinem Tisch zu sitzen und die runzlige Wange seiner alten Mutter zu küssen? Ich finde, diese Familie verdient, mit etwas mehr Würde behandelt zu werden.«

»Hütet Eure Zunge«, sagte Edward leise.

Er hielt den Bogen wie einen Axtgriff, in der Mitte war das Holz fast ebenso stark. Warwick befürchtete fast, Edward wolle damit ausholen. Er hatte Edward auf dem Schlachtfeld erlebt und wusste nur zu gut, wozu er fähig war. Doch er blieb ruhig stehen und blickte ihn unverwandt an.

Warwick nahm all seinen Mut zusammen und fuhr fort. »Ich streite Eurer Gemahlin nicht das Recht ab, für ihre Brüder und Schwestern vorteilhafte Ehekandidaten zu finden, oder auch für ihre Söhne. Aber diese Heirat … das ist eine Farce. Zwischen den beiden liegt ein halbes Jahrhundert. Wenn die alte Frau stirbt, hat er den Titel. Könnt Ihr Euch ihre Verzweiflung vorstellen, wenn dieser Fremde sie seine Frau nennt und ihr alles nimmt, was ihrem Sohn gehört hatte? Der junge Woodville täte besser daran, sich den Titel zu kaufen, Edward! Aber ihn auf diese Weise zu stehlen … das ist unmoralisch.«

»Eure eigene Heirat hat Euch doch auch große Reichtümer gebracht, Richard, oder nicht?«, erwiderte Edward.

»Eine Heirat mit einer jungen Frau, die mir zwei bezaubernde Töchter geschenkt hat. Wie Ihr es auch gemacht habt, Edward. Aber diese Verbindung zwischen Norfolk und Woodville ist zu offensichtlich. Sie wird nichts als Unruhe bringen.«

In weniger als einem Jahr am Hofe hatte die Königin eine Tochter geboren, die Elizabeth von York hieß. Und fruchtbar wie eine junge Stute, war Edwards Frau bereits wieder schwanger. Warwick hatte sich einverstanden erklärt, der Pate des ersten Kindes zu sein, weil er das Angebot für ein Versöhnungsangebot hielt. Doch bei der Taufe hatte die Königin sich zu ihm herübergebeugt und leise geflüstert, sie hoffe, dem König noch ein Dutzend stramme Jungen zu gebären. Sie war von seinem Gesichtsausdruck so erheitert gewesen, dass es ihm den ganzen Tag verdorben hatte und ihn heute noch ärgerte.

Am schlimmsten für ihn war, dass die Nevilles während der Zeit seines Großvaters so ziemlich dasselbe gemacht hatten, indem sie ein Dutzend Brüder und Schwestern in den Adelsfamilien Englands untergebracht hatten. Warwick hatte gehofft, dass die geplante Heirat mit der alten Herzoginwitwe von Norfolk womöglich nur ein Gerücht sei oder ein Scherz, aber Edwards Gesichtsausdruck zeigte ihm, dass er sich ganz offensichtlich geirrt hatte. Einmal mehr wurde Warwick klar, dass der König seiner Frau völlig hörig war, sie hatte ihn blind und taub gemacht.

Edwards Miene verriet äußersten Unmut, wie immer, wenn er hinter einer Bemerkung Kritik an Elizabeth vermutete. Warwick hatte ihn seit dem Blutbad bei Towton vor fünf Jahren nicht mehr so zornig gesehen.

»Ihr habt mir Eure Bedenken geschildert, Richard«, sagte Edward. »Ihr seid mein Ratgeber, und Ihr habt Eure Pflicht getan. Ich werde darüber nachdenken, aber Ihr solltet wissen, dass ich John Woodville für einen ehrenwerten jungen Mann halte. Er trägt ein härenes Gewand unter seinem Seidenwams, wusstet Ihr das? Ich habe es gesehen, als er sich auf der Jagd am Fluss auszog, um zu baden. Seine Haut ist fast wie rohes Fleisch, aber er beklagt sich nicht. Er kann auch ausgezeichnet mit einer Hundemeute umgehen – und er ist der Bruder meiner Frau. Sie möchte, dass er aufsteigt. Und ich freue mich, wenn sie glücklich ist.«

Jetzt kam auch Anthony Woodville zurück, er hatte die letzten Pfeile mit dem Messer aus dem Holz geschnitten. Er schritt die Galerie entlang, bemüht, das Ende des Gesprächs zu hören. Warwick trat zurück und verbeugte sich schweigend, statt dem Mann diesen Gefallen zu tun. Er war sich ziemlich sicher, dass Edward am Abend Elizabeth alles wortwörtlich wiederholen würde. Er wartete, bis Edward ihn entlassen hatte, und ging, wobei er Woodvilles Augen in seinem Rücken zu spüren glaubte.

25

Dreißig Pferde mussten eins nach dem anderen aus ihren Koben in dem stinkenden Laderaum geführt werden. Es dauerte ziemlich lange, und Warwick, der im Hafen von Calais stand und wartete, runzelte ungeduldig die Stirn. Die Kais selbst waren aus behauenem Stein und Eisenblöcken gebaut, aber die Gehwege waren aus Holzplanken und führten bis zu den Lagerhäusern und Tavernen, die wegen Platzmangel dicht aneinandergedrängt am Ufer standen. Warwick hatte viele gute, aber auch einige weniger gute Erinnerungen an diese Hafenfestung. Einst war es die Pforte zur englischen Normandie gewesen, ein Ort, wo man jede nur erdenkliche Handelsware kaufen und verkaufen konnte, von Lavendel, Rubinen und Wolle bis hin zu Affen und Elfenbein. Durch die Schwäche König Henrys war dies jetzt alles verloren.

Der Hafen war noch genauso laut wie früher, und er stank auch noch genauso. Ein Dutzend Schiffe schaukelten vor Anker draußen am Eingang des geschützten Hafens und warteten darauf, dass das Boot des Hafenmeisters endlich herübergerudert wurde. In der Zwischenzeit brüllten sich die Kapitäne Beleidigungen zu. Ohne Genehmigung durfte kein Schiff in Calais einlaufen, wo die Kanonen auf das Meer gerichtet waren und nur darauf warteten, alles kurz und klein zu schießen. Möwen kreischten in der Luft und stießen herab, um sich um Fischabfälle zu streiten.

An den langen Kais waren die Mannschaften von acht Handelsschiffen damit beschäftigt, ihre Ballen und Fässer so schnell wie möglich aus den Ladeluken zu befördern, um die englischen Zollbeamten zu übertölpeln, die tapfer versuchten, das Stückgut mitzuzählen und die Übersicht über die zu zahlenden Steuern und eine verwirrende Anzahl von Zollstempeln zu behalten, die teils echt, teils gefälscht waren. Und überall schaukelten Fischerboote, auf denen die französischen Bootsführer besonders prächtige Exemplare aus ihrem Fang hochhielten. Warwick war das Leben und der Lärm hier sehr vertraut, aber im Vergleich zu früher hatte alles jetzt einen nervösen und hektischen Charakter angenommen. In seinen jungen Jahren, als alle Küstengebiete und zwei Drittel von Frankreich unter englischer Herrschaft in Blüte standen, war Calais lediglich einer von dreißig weiteren Häfen gewesen. Und heute … Traurig schüttelte Warwick den Kopf.

Calais brachte der Krone immer noch mehrere Tausend Pfund im Jahr an Zöllen und Handelsgewinnen – obwohl, genau genommen, nicht ein Yard Tuch, nicht ein Eisennagel und nicht ein Dorsch, der hier umgeschlagen wurde, legal gehandelt wurde, weil die beiden Länder nie offiziell Frieden miteinander geschlossen hatten. Doch den Menschen auf beiden Seiten war es gerade aufgrund dieser unklaren Verhältnisse gut gegangen, denn man benutzte Calais als Einfuhrhafen für ganz Frankreich und Burgund, selbst bis hinunter nach Sizilien und Afrika, und die Schmiergelder flossen reichlich.

Warwick beobachtete, wie eine Kiste mit Orangen aufgemacht wurde, ein leuchtender Farbtupfer auf dem grauen hölzernen Laufsteg. Der englische Händler steckte seinen kräftigen Daumen tief in eine der Früchte hinein, dann leckte er den Saft ab und nickte. Obst im Winter, aus Ländern weit im Süden, wo auch jetzt noch Zitronen und Orangen reiften. Zucker aus Zypern oder der Levante, sogar Rüstungen aus Italien, wo Schmiedemeister ein Vermögen für ihre Arbeit verlangen konnten. Warwick besaß selbst eine solche Rüstung, nach Maß gearbeitet, sodass sie perfekt saß, und sie hatte ihm schon mehr als einmal das Leben gerettet.

Warwick stieß einen Pfiff aus, und der Händler blickte auf, doch sein Misstrauen verschwand, als er das Zeichen des Earls auf dem Wappenrock sah. Warwick wartete, und der Diener des Mannes kam mit drei großen Orangen angerannt, wofür Warwick ihm einen Silberpenny zuwarf. Calais war noch immer eine Stadt, in der man reich werden konnte, wenn man nur geschickt genug war.

Die letzten Pferde waren ausgeladen und gesattelt, und bald stand die Gruppe in prächtigen Rüstungen und auf stolzen Rössern bereit, um das Hafengebiet zu verlassen. Warwick winkte den anderen, er wandte sein Pferd vom Wasser weg und ritt die Hauptstraße entlang zur Mauer, die die gesamte Stadt umschloss. Sie überragte alles, was darin lebte, eine ständige Erinnerung daran, dass dieser Hafen sich in einem feindlichen Land befand. König Edward bezahlte Hunderte von Leuten, um die Stadtmauer instand zu halten, und viele von ihnen hatten Frau und Kinder, die England noch nie gesehen hatten. Calais war eine eigene kleine Welt, mit Gassen und Geschäften und Schmieden und Dieben und Huren – Letztere meist Frauen, deren Männer hier im Land gestorben waren, im Kampf oder auf See.

Warwick ritt bis zum inneren Tor und präsentierte dem Hauptmann dort seine Papiere mit dem Siegel König Edwards.

Die dreißig Männer hinter ihm redeten nicht viel, sie ahnten, dass die Stimmung ihres Earls nicht die beste war. Nur George, der Duke von Clarence, ließ sich von der gespannten Atmosphäre nicht anstecken, sondern blickte sich neugierig und mit großen Augen um. Für den jungen Mann waren die Docks mit ihren exotischen Gewürzen und Düften ein Fest für die Sinne. Als das Tor geöffnet wurde, warf Warwick ihm eine Orange zu, die er grinsend auffing. Er hielt sie an die Nase und atmete ihren Duft ein.

Calais war der Zugang für die Engländer zum Kontinent. Aber es war ein ungünstiger Landeplatz, wenn man, wie Warwick, nach Paris wollte. Dafür wäre es besser gewesen, ein Schiff nach Honfleur zu nehmen, auch wenn der Hafen dort nicht mehr in englischer Hand war.

Warwicks Pferd verfiel in einen leichten Galopp, und er ließ es gewähren, nachdem es so lange mit Scheuklappen in der stinkenden Ladeluke hatte stehen müssen. Pferde litten auf See oft große Qualen, weil ihnen übel wurde wie Menschen auch, aber sie konnten sich nicht übergeben und so erleichtern. Das Rennen tat ihnen gut, und die Straße wurde beim Anblick der herandonnernden Reiter schnell geräumt.

Clarence hatte ihn eingeholt und stieß einen Freudenschrei aus, als er neben ihm erschien. Warwick beugte sich über den Hals seines Pferdes nach vorn und, mitgerissen von der waghalsigen Geschwindigkeit, trieb auch er sein Pferd jetzt zu einem gestreckten Galopp an. Ein Sturz hätte für beide den Tod bedeuten können, aber die Luft war herrlich frisch, und über dem Grün am Straßenrand lag bereits ein Hauch von Frühling.

Warwick spürte, wie sich seine Lebensgeister wieder regten. Auch er war viel zu lange eingesperrt gewesen und hatte zwei, nein, fast drei Jahre lang mit ansehen müssen, wie in England und Wales die Woodvilles in alle nur erdenklichen Positionen gehoben worden waren, wenn sie nur ein gutes Einkommen versprachen. Es war eine Wohltat, dies alles hinter sich zu lassen.

Er erinnerte sich noch daran, wie man als englischer Lord damals zu Schiff nach Honfleur zu reisen pflegte und von dort aus den Fluss hinauf nach Rouen. Dort nahm man ein kleineres Schiff, mit dem man auf der Seine bis nach Paris gelangte. Doch mit ihren prächtigen Schlachtrössern konnten sie nicht auf kleine Flussschiffe umsteigen. Also blieb ihnen gar keine andere Wahl, als zu reiten. Er hörte, wie Clarence lachte, als sie auf der gut ausgebauten Straße dahinpreschten.

Warwick blickte sich nach dem jungen Mann um. In mancher Hinsicht ähnelte Clarence seinem älteren Bruder. Er war nicht so groß, aber ebenso draufgängerisch. Als jemand, der Edward hatte heranwachsen sehen, war Warwick einem weiteren Sohn Yorks gegenüber zunächst misstrauisch gewesen und hatte ihn nur widerstrebend bei sich aufgenommen. Er hatte gedacht, Edwards Bruder würde wahrscheinlich alles, was er hörte und sah, sofort dem König und der Königin zutragen. Solange der junge Richard in Middleham war, wurde Warwick nie ganz das Gefühl los, dass die Augen des Königspaares auf ihm ruhten. Doch George von Clarence hatte ein offenes Gesicht, und war ehrlich und aufrichtig gegenüber jedermann. Es gab ihm einen etwas wehmütigem Stich, als Warwick feststellte, dass er eigentlich *alle* Söhne Yorks gern hatte. Die Plantagenets und die Nevilles hätten ein mächtiges Bündnis bilden können, wäre da nicht Elizabeth gewesen …

Sie kamen gut voran. Die Landstraße war – wie in England auch – eine breite und solide Römerstraße, die sich quer durch das Gebiet zog, das einst Caesars Gallien war. Sie war voll von Händlern und Bauern, die jedoch mit ihren Wagen und Karren schnell auswichen, als sie Warwicks Ritter erblickten. Sie ritten die ganze Nacht durch. Zweimal waren sie von französischen Hauptleuten angehalten worden, die sie aber sofort weiterreiten ließen, sobald Warwick ihnen seine Papiere präsentierte, die von König Louis' Haushofmeister in Paris gegengezeichnet waren. Die Soldaten reagierten sogar außerordentlich höflich und hilfsbereit und nannten ihnen eine gute Herberge auf dem Weg nach Paris. Warwick und seine Männer fanden auch so immer vor Sonnenuntergang Tavernen, und wenn sie sich unter das Dachgebälk quetschen oder im Stall bei den Pferden übernachten mussten, war das nicht weiter schlimm.

Am vierten Abend hatten Warwick und Clarence sich in der Wirtsstube an den Tisch gesetzt und Brot, Oliven und eine Flasche Wein bestellt, der so stark war, dass er ihnen sofort in den Kopf stieg. Die Wirtsleute schienen hocherfreut, dass sie englische Lords als Gäste hatten, trotzdem schickte Warwick einen seiner Männer in die Küche, um die Zubereitung der Speisen zu überwachen. Er tat es unter dem Vorwand, dass er bestimmte Zutaten nicht vertrüge und eine Magenverstimmung vermeiden wolle, aber in Wirklichkeit war der Mann ein gelernter Koch, der immer auf der Suche nach neuen Gerichten war. Er ließ sich jedes Gewürz genau beschreiben und bestand darauf, alles zu kosten. Als sie später nach England zurückkehrten, konnte er ein halbes Dutzend neuer französischer Gerichte kochen.

Sie saßen am Feuer, das im Kamin brannte, und genossen diesen stillen Abend. Der erste Gang war beendet, und sie wischten sich die Finger in ihren Tellertüchern ab. Jetzt erhob Warwick seinen Becher und wünschte dem jungen Mann gutes Gelingen für alles, was er vorhaben mochte. Mit Überraschung hatte er festgestellt, dass Clarence ein guter Gesellschafter war. Er war nicht so schwatzhaft, wie es junge Männer oft waren, sondern konnte bei aller Geselligkeit auch schweigen. Warwicks Trinkspruch verlangte nach einer Entgegnung, und Clarence, das Gesicht bereits vom Wein gerötet, ließ sich nicht lange bitten.

»Und auf Euch, den treuen Freund meines Bruders. Und auf meinen Bruder, den König von England!«, sagte er.

Er lallte bereits etwas beim Sprechen. Warwick lachte leise, er leerte seinen Becher und füllte ihn wieder, ehe die Magd auch nur einen Schritt tun konnte. Sie blieb errötend und mit zusammengelegten Händen im Hintergrund stehen, sie wusste nichts über den Appetit oder die Manieren der Engländer. Vom ersten Gang – zwei kleinen Hähnchen auf Fenchel und Champignons – war innerhalb weniger Minuten außer den Knochen nichts mehr übrig gewesen, wobei die beiden Männer ihre Unterhaltung kaum einmal unterbrochen hatten.

»Edward hat natürlich Glück mit seiner Frau«, sagte George plötzlich. Er starrte ins Feuer und merkte nicht, wie Warwicks Gesichtsausdruck sich veränderte. »Zwei Töchter hat sie ihm schon geboren, und sie ist zum dritten Mal schwanger. Also bete ich, dass es ein Sohn und Thronerbe wird.« Er nahm einen beherzten Schluck vom Wein, bevor er fortfuhr. »Nun, wie auch, ich … also, ich bin …«

Warwick sah ihn eindringlich an, und der junge Mann warf ihm einen unsicheren Blick zu. Sein Gesicht war röter denn je, und ganz offensichtlich nicht nur vom Wein. »Ich … äh … ich habe darum gebeten, Euch nach Paris begleiten zu dürfen … nun, weil ich die Stadt noch nicht kenne, und ich dachte, es wäre bestimmt eine interessante Reise, mit vielen neuen Eindrücken, und vielleicht könnte ich ein paar Bücher finden …«

Warwick sah ihn verwundert an. In diesem Moment kam die Magd mit dem nächsten Gang.

»Ah, unser Braten kommt! Lass mich für dich aufschneiden. Und trink etwas, George. Vielleicht kannst du mir dann endlich sagen, was dir auf der Seele liegt.«

Warwick machte sich daran, die Schweinskeule zu zerlegen, die jetzt auf dem Tisch stand, und legte Stücke davon auf die Holzteller, die vor ihnen standen. Mit seinem eigenen Messer schnitt und spießte er beim Reden die Bissen auf, dann füllte er nochmals beide Becher.

George, der Duke von Clarence, kaute stumm vor sich hin. Für einen Moment war er ganz mit dem köstlichsten Stück kross gebratener Schwarte beschäftigt, das er je gegessen hatte. Genießerisch schloss er die Augen. Dann schluckte er hinunter, nahm einen Schluck Wein und holte tief Luft

»Sir, Mylord, ich wollte fragen … also … ich möchte um die Hand Eurer Tochter Isabel anhalten.«

Endlich war es heraus. Der junge Mann sank auf seinem Stuhl zusammen und lächelte verlegen, während Warwick ihn sprachlos anstarrte. Seine Gedanken rasten.

»Hast du dein Begehr meiner Tochter gegenüber schon geäußert?«, fragte er.

Stotternd kam Georges Antwort.

»Aber nein, Sir! Begehren darf ich sie doch erst, wenn wir vermählt sind, Mylord, Sir!«

»Jetzt hol erst einmal tief Luft«, sagte Warwick. »So, und jetzt noch mal. Ich meinte dein Begehr, um ihre Hand anzuhalten, mehr nicht.«

»Ich habe mit ihr gesprochen, Mylord, dreimal. Zweimal in London und einmal auf Eurem Landgut in Middleham, letzten Sommer.«

»Ja, ich erinnere mich«, sagte Warwick, und vor ihm stieg undeutlich das Bild seiner damals sechzehnjährigen Tochter auf, wie sie sich mit einem schwitzenden Jüngling unterhielt. Er fragte sich, ob der Duke von Clarence sich für seine Tochter interessierte, weil sie hübsch war, oder wegen des Besitzes, den sie einmal erben würde. Warwick hatte keine Söhne, und wer Isabel heiratete, würde einst der reichste Mann in England sein, weil er die Besitztümer von Warwick und Salisbury erben würde.

Warwick runzelte die Stirn, er sah diesen achtzehnjährigen Duke, der sein Schwiegersohn werden wollte, jetzt mit ganz anderen Augen. Es war eine Sache, in George den Bruder des Königs zu sehen, und etwas ganz anderes, ihn sich als Vater der eigenen Enkeln vorzustellen. Warwick bemerkte die große Nervosität, aber auch seinen Mut, mit dem der junge Mann seinem Blick standhielt, weil er wusste, dass er kritisch begutachtet wurde.

»Ich weiß, Ihr werdet über mein Angebot nachdenken wollen, Sir. Ich werde es nicht wieder erwähnen, jetzt, wo Ihr davon wisst. Nur noch eines, Mylord. Ich liebe Isabel, bei meiner Ehre. Sie ist ein herrliches Mädchen. Wenn ich sie lächeln sehe, möchte ich vor Glück gleichzeitig lachen und weinen …«

Warwick hob die Hand.

»Lass mich die Sache erst einmal verdauen, zusammen mit diesem köstlichen Mahl.« Als er sah, wie der junge Mann blass wurde, schlug er ihm versöhnlich auf die Schulter. »Ohnehin sollten wir jetzt schlafen gehen, wir müssen morgen zeitig aufstehen. Vor uns liegt noch ein langer Tag auf der Straße – und übermorgen Paris …«

»Werde ich bis dahin Eure Antwort haben, Mylord?«, fragte George mit hoffnungsvollem Blick.

»Das wirst du«, erwiderte Warwick. Wenn ehrlich wahr, sprach nichts gegen die Verbindung, im Gegenteil. Auch seine Frau hatte immer davon geträumt, dass ihre Tochter einmal einen Duke heiraten würde. Außerdem war es nicht ohne Reiz, dass diese Heirat Elizabeth Woodville zur Weißglut treiben würde.

Der Gedanke ließ ihn innehalten, als er vom Tisch aufstand.

»Du weißt doch, selbst wenn ich willens wäre, deinen Antrag anzunehmen, müsste der König noch seine Einwilligung geben, wie es bei allen Eheschließungen zwischen Adelsfamilien üblich ist.«

»Ein Glück, dass der König mein Bruder ist«, sagte George fröhlich. »Er würde alles für mich tun.«

Die Begeisterung des jungen Mannes war ansteckend, und Warwick musste ebenfalls lächeln.

Charing Cross war eine Straßenkreuzung zwischen den Parlamentsgebäuden und der Londoner Stadtmauer, die sich weiter unten am Fluss entlangzog. Ihren Namen hatte sie erhalten aufgrund des großen Gedenkkreuzes, das der erste Edward nach dem Tod seiner Frau hier an der Flussbiegung hatte aufstellen lassen. Obwohl das schon hundertachtzig Jahre her war, stand das Denkmal immer noch da, als Erinnerung an den Verlust und die Trauer eines Königs.

Edward neigte den Kopf und legte die Hand auf den polierten Marmor. Er sah die glatte Stelle, wo schon Tausende von Menschen ihn berührt hatten, weil es Glück bringen sollte, und er murmelte ein Gebet für die längst verstorbene Königin. Vielleicht hatte es ja mehr Gewicht, wenn es von jemandem kam, der ebenso hünenhaft war wie der alte »Langbein« und von ihm abstammte.

Jenseits der Kreuzung erstreckte sich die breite Straße westlich nach Chelsea, wo sich ein großes Wirtshaus mit Stallungen befand, wo Reisende baden und essen konnten, ehe sie sich auf den Weg ins Unbekannte machten. Der Fluss war in der Nähe, und Edward nahm seinen bitteren grünen Geruch wahr. Er verzog die Miene. Er musste seine Abneigung gegen den zähen Schlamm, gegen die Feuchtigkeit und die Trostlosigkeit überwinden – ebenso wie gegen die Aufgabe, die vor ihm lag.

Es musste sein. Elizabeth hatte ihm die Augen geöffnet für den Einfluss, den die Familie Neville auf den englischen Königshof ausübte. Es war doch erstaunlich, wie viele gut bezahlte Posten von einfachen Männern und Frauen bekleidet wurden, nur weil ihre Eltern oder Großeltern zufällig Nevilles waren. Elizabeth bezeichnete es als »eine Fäulnis«, die den Hof befallen habe.

Edward lachte plötzlich, sodass seine Begleiter auf ihren geduldigen Pferden aufblickten. Seine Frau war ein wahres Wunder, und er konnte sich mehr als glücklich schätzen, dass er sie hatte – weil sie ihn anbetete und in allem, was er tat, unterstützte. Sie lachten viel zusammen, und wenn seine Lords der Ansicht waren, dass sie ihn mit ihren Künsten im Bett umgarnt und bezirzt hatte. Nun, das konnte er nicht ganz abstreiten. Doch er war davon überzeugt, dass Elizabeth alles tun würde, um ihn zu schützen – es gab niemanden auf der Welt, dem seine Interessen mehr am Herzen lagen. Das hatte sie selbst ihm tausend Mal versichert. Niemand sonst verdiente so sehr sein Vertrauen wie Elizabeth, denn alle anderen Menschen hatten ihre eigenen Motive und Interessen. Elizabeth aber war allein ihrem König ergeben, ihrem Mann und ihrem Geliebten, es ging ihr nur um ihn und seine Kinder.

Edward blickte auf die offene Tür des Wirtshauses von Charing Cross, das an einer günstigen Stelle der Straße nach Westen lag und bekannt für sein gutes Essen war. Man hatte den Wirt informiert, dass der König kommen würde. Jetzt stand er da, verbeugte sich zum wiederholten Mal und wagte nicht, sich vom Fleck zu rühren.

Edward richtete sich auf und nahm die Zügel seines Pferdes. Seine Gedanken waren immer noch bei seiner Frau. Natürlich hatte sie recht. Wenn ein Gärtner eine Schlingpflanze entdeckte, die alle Beete und jeden Busch und Strauch erstickte, würde er das auch nicht dulden. Er würde sie an der Wurzel herausreißen und ins Feuer werfen.

Die vielen Nevilles in allen großen Ämtern des Landes bedeuteten, dass Edward nur mit ihrer Unterstützung regieren konnte. Lang und breit hatte er mit Elizabeth darüber gesprochen und schließlich eingesehen, dass die Schlingpflanze das ganze Land überzog, von der Südküste bis zur schottischen Grenze.

Der arme König Henry hatte es natürlich nicht bemerkt, und auch Edward war sich nicht bewusst gewesen, wie weit er von Männern wie Warwick und Earl Sir John Neville von Northumberland beeinflusst wurde, von Fauconberg, dem Earl von Kent, vom Duke von Norfolk mit seiner Mutter, die eine Neville war, und von George Neville, dem Erzbischof von York. König Edward biss die Zähne zusammen, als er nach oben zu den Fenstern des Wirtshauses blickte. Elizabeth hatte ihm klargemacht, was all das für ihn bedeutete: Würde er, Edward, nur so lange an der Macht bleiben, wie er die Interessen der Nevilles nicht durchkreuzte? Ein erschreckender Gedanke.

Doch er war gewillt, etwas gegen den Einfluss der Nevilles zu unternehmen. Er würde sie nicht mit Stumpf und Stiel ausrotten, wie Elizabeth das gern gesehen hätte, aber er würde dieses gefährliche Gewächs gründlich beschneiden, bis es kein Unheil mehr anrichten konnte.

Erzbischof George Neville trat aus der Tür des Wirtshauses, angelockt von der Nachricht, dass der König persönlich draußen stehe. Er trug einen eleganten Mantel und darunter kostbare Gewänder, aber als er sah, dass der König tatsächlich draußen stand, zögerte er nicht, er ging auf Edward zu und ließ sich aufs Knie nieder. Die Ritter, die den König begleiteten, hatten etwas Wölfisches im Blick, und mehr als einer griff nach dem Schwert, als der Erzbischof näher trat. George Neville beugte den Kopf, bis Edward ihn auf sein Zeichen hin aufstehen hieß.

»So viele Männer und Rösser«, sagte der Erzbischof mit leiser Verwunderung. Aber er erwartete keine Erklärung. »Ich bin Euer Diener, Hoheit. Was kann ich für Euch tun?«

George Neville war einen Kopf kleiner als der König, außerdem ein Mann der Kirche, aber trotzdem waren seine Schultern so breit wie die der Ritter, die Edward begleiteten. Er stand aufrecht da, ohne jedes Zeichen von Schuldgefühlen oder Furcht.

»Ich bin gekommen, um das Großsiegel zu holen, Hochwürden«, sagte Edward. »Ihr könnt es Robert Kirkham aushändigen, dem königlichen Archivar«, fuhr er fort und wies auf einen seiner Begleiter. »Er wird es von nun an verwahren.«

George Neville wurde blass. Entsetzt riss er die Augen auf.

»Bedeutet das, dass ich als Euer Kanzler entlassen bin, Euer Hoheit? Habe ich Euch beleidigt? Habe ich meine Pflichten vernachlässigt?«

Er merkte, dass Edward sich unwohl fühlte, auf seinem Gesicht und Hals erschienen rote Flecken.

»Das habt Ihr nicht, Hochwürden. Ich habe lediglich beschlossen, das Siegel anderswo verwahren zu lassen.«

»Aber wer wird dann Richter und Gerichte für die Fälle beauftragen, die man bereits vor mich gebracht hat? Was soll ich den Angeklagten sagen, wen sie aufsuchen sollen, Euer Hoheit? Ich … ich verstehe nicht.« George Neville blickte in die Runde der Ritter, die ihn jetzt drohend anstarrten. »*Bewaffnet?* Haben Euer Hoheit wirklich gedacht, ich würde Widerstand leisten? Ich habe Euch bei Eurer Krönung den Treueeid geleistet!«

Edward errötete noch stärker. Er hatte mit Wut und Ausflüchten gerechnet, aber nicht mit diesen aufrichtigen Treuebekundungen. Er biss die Zähne zusammen und antwortete nicht.

George Neville starrte den König an. Dann ließ er die Schultern hängen. Er seufzte resigniert, dann wandte er sich zum Wirtshaus um, wo vor der Tür sein Diener auf seine Befehle wartete.

»Marren!«, rief er. »Bring mir das Siegel des Königs. Du findest es in der Ledertasche mit dem goldenen Wappen ... Nein, bring die ganze Tasche, es soll ja mitgenommen werden.«

Sein Diener eilte ins Innere des Wirtshauses und polterte die Treppe hinauf. Draußen auf der Straße hatte George Neville sich wieder gefasst. Der König stand noch immer mürrisch schweigend da und wartete. Eine Menschenmenge hatte sich gebildet und beobachtete das Schauspiel, Männer, Frauen und Kinder. Es wurde aufgeregt geplaudert und mit den Fingern gezeigt ...

»Ich streite Euch nicht das Recht ab, zum Kanzler zu ernennen, wen immer Ihr wollt«, sagte der Erzbischof schließlich mit ruhiger Stimme. »Aber ich vermute, dass man Euch falsch informiert hat.« Er machte eine Handbewegung zu den Rittern hin, die ihm drohend gegenüberstanden. »Ich bin ein Mann Gottes und ein loyaler Untertan. Bis jetzt war ich auch Kanzler von England. Loyal bleibe ich – und ein Mann Gottes ebenfalls. Daran ändert sich nichts.«

Edward neigte den Kopf, er hatte verstanden, doch er antwortete nicht. In diesem Moment kam der Diener des Erzbischofs angelaufen, über der Schulter eine Tasche mit einem breiten Riemen. Edward übergab sie dem Archivar, dem die ganze Angelegenheit offensichtlich unangenehm war, sodass er nichts weiter tun konnte, als zustimmend zu brummen, während er den Inhalt prüfte.

Mit schnellen Bewegungen saßen der König und seine Begleiter auf. Die Schaulustigen wichen zur Seite, als sie sahen, dass Edward aufbrechen wollte. Der Erzbischof stand da und starrte hinter ihnen her, als sie ihre Pferde umwandten und mit dem Großsiegel zurück nach London galoppierten.

26

Das Louvre-Schloss war ein beeindruckender Bau – dreimal so groß wie der Tower in London. Doch als Paris von den Engländern besetzt war, hatte es die meiste Zeit leer gestanden, nur ein Teil der Stallungen war benutzt worden, außerdem hatte der Statthalter des Königs dort seine Wohnung.

Doch diese Zeiten waren vorbei, dachte Warwick bedauernd – und bestimmt würde er es nicht mehr erleben, dass sie nochmals wiederkamen. Es hatte ihm fast das Herz gebrochen, als er durch Landschaften ritt, die wie Kent, Sussex oder Cornwall aussahen. Die Normandie und die Picardie waren dem Süden Englands so ähnlich, dass es nicht überraschend war, dass die englischen Könige sich dort heimisch gefühlt hatten.

Warwick sah sein Spiegelbild im Fenster des Vorzimmers, in dem er und der Duke von Clarence nicht zum ersten Mal seit ihrer Ankunft in Paris warteten. Er war froh, dass der junge Mann bei ihm war. Als ihre Ankunft in der französischen Hauptstadt offiziell bekannt geworden war, hatten König Louis und seine Hofbeamten keine Kosten und Mühen gescheut, um den Abgesandten König Edwards zu schmeicheln. Die Anwesenheit seines Bruders war mit großer Genugtuung aufgenommen worden, sozusagen als Beweis für die erneute Absicht Englands, Frieden und legale Handelsbeziehungen zu etablieren. Es war natürlich auch von Vorteil, dass der junge Duke ausgezeichnet Französisch sprach, obwohl Warwick ihm geraten hatte, sich vorläufig darauf zu beschränken, die große Pracht des Schlosses zu loben.

Offenbar war König Louis ein Frühaufsteher. Um zu ihm vorgelassen zu werden, mussten Warwick und der Duke von Clarence lange vor Tagesanbruch aufstehen und durch die nebligen Straßen von Paris reiten, während die Stadt langsam zum Leben erwachte. Er hatte sich angewöhnt, bei einem Bäcker in der Nähe seiner Unterkunft einen Halt einzulegen, um dann beim Weiterreiten genüsslich einen noch warmen Brotlaib zu verzehren. Die meisten seiner Ritter waren in ihren Herbergen über die ganze Stadt verteilt, sodass er und der junge George jeden Morgen nur von zwei Veteranen und zwei Dienern begleitet wurden.

Im Vorzimmer angekommen, hieß es, sich in Geduld üben. Erst musste der König frühstücken, dann wurde er gebadet und parfümiert, bis er schließlich mit frisch geöltem Haar und in sauber gebürsteter Samtkleidung erschien. Warwick fühlte sich geschmeichelt von der Aufmerksamkeit, die der König ihm schenkte. Er begrüßte ihn jeden Morgen wie einen alten Freund.

In diesem Moment wurden die Türen am Ende des Saales mit lautem Krachen aufgestoßen, das Zeichen für alle Wachen und Diener, strammzustehen. Der Herold fing an, sämtliche Titel und Ehrenbezeichnungen des Königs zu verkünden, worauf Warwick und Clarence aufs Knie niedergingen. In ihrer eleganten Kleidung boten sie ein Bild formvollendeter englischer Höflichkeit.

Der König schritt langsam die Reihen der Herolde ab, die Schleppe seiner roten Robe wurde von einer Schar kleiner Jungen getragen, alle identisch in Blau und Weiß gekleidet. Ihnen folgten mehrere Schreiber, die jedes Wort, das der König äußerte, aufschrieben. Eifrig kratzten ihre Federn über das Papier, dabei benutzten sie eine Kurzschrift, die nur sie beherrschten, um mit seinen Worten Schritt halten zu können. Keine leichte Arbeit – Warwick hatte zwei Tage zuvor miterlebt, wie einer von ihnen ohnmächtig geworden war. König Louis redete gern, und es war kein leeres Geschwätz. Warwick kam es vor, als bediente er sich der Worte wie ein Fischer seiner Köder, stets darauf lauernd, ob etwas anbiss.

»Erhebt Euch, meine edlen englischen Lords!«, rief jetzt Louis im Vorbeigehen. »Ich hoffe, Ihr habt gut zu Morgen gegessen?«

Er erwartete keine Antwort, und Warwick und Clarence nickten nur und verbeugten sich, als der König an ihnen vorbeirauschte. Sie sahen zu, wie der gesamte Hof sich um seinen Mittelpunkt versammelte. Aus allen Seitentüren kamen die Höflinge, während Louis am Kopfende seines schwarzen Marmortisches Platz nahm. Dieser Tisch musste eine besondere Bedeutung haben. Er hatte beobachtet, dass selten jemand daran vorbeiging, ohne den Stein zu berühren. Vermutlich sollte es Glück bringen.

Es wurden Früchte gebracht, außerdem weitere Stühle. Acht oder neun Unbekannte erschienen und flüsterten dem König etwas ins Ohr. Vielleicht war es lediglich eine Art Pantomime, um Eindruck auf die Gäste zu machen, doch Warwick hatte trotzdem den Eindruck, dass es wichtige Dinge waren, die dort besprochen wurden. Man überbrachte dem König Informationen, und er gab hinter vorgehaltener Hand seine Antworten.

Auf diese Weise vergingen mitunter Stunden. Warwick betrachtete das Ganze als kurioses Schauspiel, und deswegen wurde ihm die Zeit nicht lang.

»Gentlemen! Bitte tretet näher«, ließ der französische König sich schließlich vernehmen. »Hierher, kommt, kommt. Oh, ich bin untröstlich, dass ich Euch so lange habe warten lassen. Jetzt warten wir nur noch auf meinen Berater, Kanzler Lalonde.« Der König warf dem alten Mann einen Blick zu, der keine Einwände zuließ. Der Kanzler, auf seinen Stock gestützt, nickte missmutig. »Ihr müsst wissen, Gentlemen, ich stehe jeden Morgen in dem Wissen auf, dass Lalonde eines Tages nicht mehr da sein und auf der Anwesenheitsliste fehlen wird. Darüber bin ich schon jetzt betrübt, wenn Ihr versteht, und ich stelle mir vor, wie untröstlich ich sein werde, so, als könne ich den Schmerz dadurch lindern, dass ich ihn vorwegnehme.«

»Ich bin sicher, Ihr werdet trotzdem um ihn trauern, Euer Majestät«, sagte Warwick. »Ich habe die Erfahrung gemacht, dass die Zeit zwar den Schmerz lindert, aber dennoch eine Wunde zurücklässt.«

König Louis ließ den Blick lange auf Warwick und Clarence ruhen und schwieg ungewöhnlich lange. Dann hob er einen Finger und nickte bedächtig den Kopf.

»Ach ja, Euer Vater. Earl Salisbury. Und dann natürlich der große Mann und Freund unseres Hauses, der Duke von York. Ihr seid durch Verlust und Schmerz *gehärtet*. Ist das der richtige englische Ausdruck? Stärker geworden, wie Metall in der Esse. Als mein Vater diese Welt verließ, herrschte zwischen uns kein … Frieden, wenn Ihr versteht. Er sah in mir eine Gefahr – eine bedauerliche Fehleinschätzung meines Charakters, die seiner so gar nicht würdig war.

Er dachte, ich vergeude meine Talente. Trotzdem fehlt er mir.«

Zur Bestürzung aller Umstehenden brach der König plötzlich in Tränen aus und schluchzte kläglich, worauf sofort Diener mit Wasser, seidenen Tüchern und Wein herbeieilten. Im nächsten Moment war seine Trauer vorüber, und er blickte so kühl und scharf um sich wie eh und je.

Als Antwort konnte Warwick nur den Kopf neigen, wieder hatte er das merkwürdige Gefühl, dass er von einem Menschen beobachtet wurde, der ihn ansah wie mit Augen aus undurchsichtigem Glas und dessen Schwall von Gedanken und Worten nichts weiter war als ein Ablenkungsmanöver, hinter dem sich der wahre König verbarg.

»Ich hielt Euch, Mylord Warwick, vom ersten Moment an für einen verständigen Mann. Für einen Mann – verzeiht, wenn es wie Schmeichelei klingt –, der es wert ist, dass ich ihm meine Zeit widme, und der mein Vertrauen erwidern würde. Ihr kamt zu mir ohne List und ohne Hintergedanken, um mich auf Eure ehrliche englische Art über Euren Wunsch nach Frieden und Handelsbeziehungen zu unterrichten. Dafür danke ich Euch.« Er neigte kurz huldreich den Kopf, bevor er fortfuhr. »Mein Vater hat alle Engländer verabscheut, was Ihr sicher verstehen werdet, weil seine Straßen damals von englischen Bauerntrampeln bevölkert waren, die sich benahmen, als gehöre die Stadt und der Louvre ihnen.«

Warwick lächelte nur und wartete, gespannt auf das, was kommen würde.

»Ich stehe jetzt vor der Aufgabe, Milord Warwick, dass ich über Euren Charakter entscheiden muss, eine Entscheidung, die schmerzlich für mich ist. Ehe Ihr mich heute verlasst, muss ich versuchen herauszufinden, ob Ihr tatsächlich nur ein ahnungsloses Werkzeug seid, oder ob Ihr in die Strategien und Machenschaften des englischen Hofes eingeweiht seid und sie wissentlich unterstützt!«

Zu Warwicks Verblüffung sprang der König auf und deutete mit dem Finger auf ihn, wobei sein Gesicht vor Zorn dunkelrot anlief. Der Mann in edlem Samt, der Mann der philosophischen Betrachtungen, hatte sich von einem Moment auf den nächsten in ein wütendes, spuckendes Ungeheuer verwandelt.

Warwick sah den König von Frankreich ratlos an. Für einen Moment wandelte ihn das Bedürfnis an, laut loszulachen. Diese aufgeblasene königliche Empörung hatte etwas unwiderstehlich Komisches. Doch die wilde Unbekümmertheit, die ihn am Ende wohl noch an den Galgen gebracht hätte, ebbte ebenso schnell wieder ab, wie sie gekommen war. Jetzt erst wurde ihm der Ernst der Lage bewusst.

»Euer Majestät, ich verstehe nicht ...«

»So – ihr versteht nicht? Ihr wisst, dass das eigentlich nicht zu Eurem Ruf passt, Richard Neville – ein Mann, der höchstpersönlich einen König in den Tower gebracht hat. Denkt Euer neuer König Edward vielleicht, er könne mich einschüchtern? Soll ich mich durch Euch bedroht fühlen?«

Warwick schluckte trocken.

»Das ist nicht seine Absicht, das schwöre ich, bei meiner Ehre. Wenn Ihr König Edward persönlich kennen würdet, Euer Majestät, dann würdet Ihr wissen, dass er kein Mensch ist, der solche Spiele treibt und dem nichts daran liegt, Ränke zu schmieden. Bei meinem Namen und meiner Ehre ...«

König Louis hob seine weiße, manikürte Hand.

»Ich habe Euch goldene und silberne Becher geschickt, Milord. Ich habe alle Händler in Paris angewiesen, Euch keine Rechnungen auszustellen, nicht eine einzige! Ich habe angeordnet, dass selbst die Huren Euren Männern zu Diensten sein sollen, ohne jede Bezahlung. Ich habe jeden Eurer Männer von den besten Färbern, Webern und Schneidern Frankreichs neu einkleiden lassen. Warum auch nicht, Milord? Eure Männer werden, wenn sie nach Hause kommen, besser gekleidet sein, als sie es in England waren. Und damit wird die Kunst meiner Schneidermeister bei den englischen Familien bekannt werden, die es sich leisten können, bei ihnen zu bestellen. Ihr versteht? Der Handel verbindet uns, nicht der Krieg. Die Engländer schreien nach besserem Wein, als ihn Eure miserablen Weinberge hergeben, nach besserem Käse, besserem Tuch. Aber es muss doch auch bei Euch irgendetwas geben, das *wir* haben wollen?«

»Bogenschützen?«, erwiderte George, der Duke von Clarence.

Ob er damit den Redeschwall des Königs unterbrechen wollte, der sich über Warwick ergoss, oder ob er den König provozieren wollte – Warwick wusste es nicht. Er warf ihm rasch einen eindringlichen Blick zu, damit er nicht weitersprach. Dann wandte er sich wieder Louis zu.

»Euer Majestät, ich verstehe den Grund Eures Zornes nicht«, fuhr Warwick fort. »Ich vermute, es handelt sich um einen Irrtum. Vielleicht ist es eine Botschaft, die missverstanden wurde, oder ein Feind, der Gerüchte verbreitet …«

König Louis kniff skeptisch die Augen zusammen. Er sah ihn an und seufzte.

»Ich glaube wirklich, man hat es Euch nicht gesagt, Richard. *Deshalb* bin ich zornig. Zornig auf Eure Feinde … Was werdet Ihr jetzt machen? Jetzt, wo Euer König Euch zum zweiten Mal zum Narren gehalten hat? Erst lässt er Euch wegen der Heirat mit einer französischen Prinzessin verhandeln – und lässt Euch mir nichts, dir nichts ins Leere laufen und erklärt, dass er bereits verheiratet ist. Und jetzt, Milord, schickt er Euch wieder zu mir, um ein Abkommen zu schließen, das … nun ja, was soll ich sagen … denn während Ihr in Frankreich seid, schließt er selbst ein Abkommen mit dem Herzog von Burgund, und es betrifft nicht nur Handelsbeziehungen, sondern geht weit darüber hinaus, Milord. *Weit darüber hinaus!* Man hat mich informiert, dass er mit dem ehrenwerten Philippe, Herzog von Burgund, ein Bündnis geschlossen hat. Ein Bündnis zur gegenseitigen Verteidigung gegen Frankreich! Welch ein Verrat! Und doch … und doch fürchte ich für Euch, Milord. Von Eurem König derart hintergangen zu werden! Schändlich! Bedeutet das jetzt einen neuen Krieg für uns, was meint Ihr? Sollte das König Edwards Absicht sein?«

Warwick hatte reglos zugehört. Er nahm Clarence an seiner Seite kaum wahr, der mit offenem Mund dastand und immer bleicher wurde. Er hatte keinen Grund zur Annahme, dass der König von Frankreich nicht die Wahrheit sagte. Für eine Lüge wäre es zu weit hergeholt, zu unwahrscheinlich. Seine Miene verriet, dass er von der Richtigkeit seiner Worte überzeugt war.

»Aha. Man hat Euch also benutzt«, fuhr Louis fast traurig fort. »Ich dachte es mir … trotz Eures Rufs. Euer König Edward riskiert einiges damit, dass er mich ein zweites Mal hintergeht. Für Euch ist es vielleicht nicht ganz so schlimm.«

»Mein Bruder … wird seine Gründe haben …«, fing Clarence an.

Warwick fuhr herum, er funkelte ihn wütend an, und der junge Mann schluckte den Rest des Satzes hinunter.

»Milord Clarence«, sagte Louis mitleidig. »Natürlich hatte Euer Bruder einen Grund, wie alle Menschen, wenn sie etwas tun. Dem Herzog von Burgund dürfte bekannt sein, dass Ihr in Paris seid und mit mir verhandelt. Ich habe keine Zweifel, dass dem Herzog sogar dieses Gespräch von Spionen hinterbracht werden wird, genau wie gestern und vorgestern. Überall in Paris gibt es Tauben, sie fliegen überall in Frankreich umher. Euer Bruder wird ausgezeichnete Bedingungen für den Handel und die Verteidigung seines Landes ausgehandelt haben, da bin ich sicher. Tatsache ist, dass in den letzten Jahren das Verhältnis zwischen mir und Burgund nicht gerade friedlich war. Vielleicht habe ich ihn damit England in die Arme getrieben, ich weiß es nicht. Eurem König Edward stehen jetzt Handelswege auf dem gesamten Kontinent offen – und im Gegenzug dafür hat er sich Frankreich zum Feind gemacht, und vielleicht Warwick und Clarence ebenfalls. Wer weiß. Könige sind wie Kinder, sie greifen nach allen Dingen und können nie genug bekommen. So ist es immer.«

Der König blickte Warwick an, dessen Gesicht seinen völligen Zusammenbruch widerspiegelte. Seine Züge wirkten schlaff, seine Augen schienen nach innen gerichtet, er war tief in Gedanken. Louis nickte, sein Verdacht hatte sich bestätigt. Warwick hatte nichts gewusst.

»Ihr könnt Eure Geschenke behalten, Milords. Sind wir nicht nach wie vor Freunde? Ich bin untröstlich. Mir tut es leid um Euch und um das Vertrauen, das zwischen uns zu entstehen schien. Ich sah eine herrliche Zukunft auf uns zukommen, aber jetzt sehe ich nur eine Wildnis. Sehr bedauerlich.«

Warwick merkte, dass der König sie entlassen wollte, aber noch immer war er wie erstarrt. Er atmete langsam aus, die Lippen geschlossen. Schließlich schaffte er es, sich zu verbeugen. Er wollte sich abwenden, als König Louis noch einmal den Finger hob.

»Ich dachte … nun, Mylords, ich hatte eigentlich vorgehabt, diesem prächtigen jungen Mann hier ein Geschenk zu machen, eine Rüstung, angefertigt vom besten Waffenschmied in Paris. Maître Auguste hat seine besten Muster mitgebracht. Er wollte nur noch Eure Größe wissen, und dann … Nein, es wäre wohl reine Verschwendung. Aber vielleicht kann ich sie euch immer noch schicken lassen, als Zeichen meines Respekts und meiner Freundschaft.«

Clarences düsteres Gesicht hellte sich schlagartig auf. Er blickte Warwick an, wie um zu fragen, ob er das Geschenk annehmen dürfe.

»Ich … ich würde mich sehr darüber freuen. Erst gestern habe ich ihm eine Rüstung beschrieben, die ich auf Eurem Übungsplatz gesehen habe. Ich war furchtbar neidisch … Ich danke Euer Majestät. Ich bin entzückt!«

Louis strahlte über die ungetrübte Freude des jungen Mannes.

»Dann geht jetzt, ehe ich mich anders entscheide und an die Kosten denke. Geht mit meinem Diener hier, er wird Euch zu Maître Auguste bringen. Ihr werdet nicht enttäuscht sein.«

Clarence wandte sich fragend an Warwick, der wortlos nickte und unwillkürlich lächeln musste. Die Begeisterung des jungen Mannes war ansteckend und das Geschenk wahrhaft königlich.

Nachdem sich die Tür hinter dem Duke von Clarence geschlossen hatte, nahm Louis wieder auf seinem Stuhl mit der hohen Lehne Platz. Warwick zog eine Braue hoch und sah ihn an, der König lachte leise.

»Richtig, Milord, ich hielt es für angebracht, den jungen Mann eine Weile abzulenken. Oh, keine Angst, er wird seine Rüstung bekommen, und Maître Auguste ist ein Genie. Doch jetzt geht es nicht darum, wie schäbig Euch Euer König behandelt hat. Es gibt da noch etwas anderes …«

Warwick runzelte die Stirn, und König Louis winkte Kanzler Lalonde, der auf dieses Zeichen eine der Türen auf der anderen Seite des Saales öffnete. Warwick fragte sich, welche Überraschung der König noch für ihn bereithielt. Neben dem Wohlwollen des Königs hatte er auch seinen Zorn und seine messerscharfe Intelligenz erlebt. Er musste auf alles gefasst sein …

Als er jetzt sah, wer durch die Tür trat, zuckte Warwick unwillkürlich zusammen – Derry Brewer. Warwicks Hand fuhr an die Hüfte, wo normalerweise sein Schwert hing. Die Klinge war ihm natürlich beim Eintreten abgenommen worden, wie es die Etikette an einem fremden Hof verlangte. Er ballte die Hand zur Faust und dachte an den schmalen Dolch, den er unter seinem Rockbund hatte. Den konnte er in Windeseile ziehen, falls es nötig werden sollte. Doch dann sah er, dass Brewer humpelte. Er ging an einem Stock, schwer wie eine Keule, er zog ein Bein nach, und jetzt erkannte Warwick auch, dass ihm ein Auge fehlte. Er versuchte sich sein Unbehagen nicht anmerken zu lassen, als Brewer über den blank polierten Boden wankte und an seine Seite trat. Der Meisterspion trug einen braunen Ledermantel über dem Wams und der milchweißen Hose – alles aus guter, dicker Wolle, die seine Glieder warm halten würde.

Unwillkürlich streckte Warwick sich, auf keinen Fall wollte er ängstlich oder eingeschüchtert wirken. Der Mann war sein Feind, und Warwick spürte den Blick des Königs, der ihn von der Seite ansah und das Treffen mit unverhohlener Faszination beobachtete.

»Guten Morgen, Mylord Warwick«, sagte Derry, »Ihr werdet verzeihen, wenn ich mich nicht verbeuge. Ich habe ein schlimmes Bein. Es ist zwar schon ein paar Jahre her, aber die Narben schmerzen noch immer.«

»Was wollt Ihr, Brewer? Was um alles in der Welt *macht* Ihr hier?«

»König Louis ist sehr freundlich gewesen, Richard. Ich bat ihn darum, als Erster zu Euch kommen zu dürfen, damit Ihr Euren kleinen Dolch nicht bemüht, der dort unter Eurem Rock steckt, wenn meine Herrin Euch gegenübertritt …«

Warwick wankte. Er schnappte nach Luft.

»Königin Margaret?«, rief er lauter als beabsichtigt. Er hatte den Titel aus alter Gewohnheit benutzt, aber Derry lächelte zufrieden.

»Ich denke, Ihr werdet Euch doch beherrschen können, Richard, nicht wahr? Sie will sich ja nur nach ihrem Mann erkundigen. Ist das zu viel verlangt? Man sagt, Ihr hättet Henry in seine Zelle gebracht und ihn dort besucht. Werdet Ihr einer Ehefrau gestatten, dass sie sich nach ihrem Gatten erkundigt, Mylord?«

Warwick wusste, was Derry damit sagen wollte. Margaret war für den Tod seines Vaters verantwortlich gewesen. Sie hatte zugesehen, wie York und Salisbury enthauptet wurden, und hatte ihre Köpfe auf der Stadtmauer zur Schau stellen lassen. Wenn er sich bereit erklärte, mit ihr zu sprechen, dann würde er in Augen blicken, die den Kopf seines Vaters am Boden rollen sahen. Es war ein unmögliches Ansinnen.

»Es wäre mir eine Ehre, Milord Warwick«, sagte König Louis in diesem Moment. »Margaret ist meine Cousine, und … nun ja, wo Ihr gerade hier in Paris seid … Sie steht natürlich unter meinem Schutz. Es wäre kleinlich gewesen, ihr diesen Wunsch nicht zu gewähren, findet Ihr nicht?«

Warwick überlegte. Er war gerade über eine weitere Demütigung durch König Edward aufgeklärt worden – und sollte nur wenige Augenblicke später mit dessen Feindin zusammentreffen. Er fragte sich, wie viele Stunden der Planung nötig gewesen waren, um diesen Moment herbeizuführen. Er sah Derry Brewer an – und zuckte die Schultern.

»Also denn. Ihr könnt meinen Dolch haben, wenn es Euch beruhigt. Eine Frau hat von mir nichts zu befürchten.«

»Ich danke Euch, Mylord Warwick«, erwiderte Derry und schenkte ihm ein breites Lächeln, sodass man sah, dass auch die Hälfte seiner Zähne fehlte.

Jetzt trat Margaret in den Saal. In einem dunkelblauen Gewand, dessen Schleppe hinter ihr über den Boden schleifte, rauschte sie in den Saal. Sie war keineswegs die gebrochene Frau, die Warwick erwartet hatte. Aufrecht und mit klarem Blick stand sie vor ihm. Eine noch größere Überraschung war der junge Mann neben ihr, dunkelhaarig, mit schmalen Hüften und breiten Schultern. Edward von Westminster hob grüßend den Kopf, und Warwick überlegte, dass ihr Sohn jetzt vierzehn oder fünfzehn Jahre alt sein musste. Der Junge war bereits größer als seine Mutter und sah nach einem guten Schwertkämpfer aus.

»Ich danke Euch, dass Ihr mich anhören wollt, Richard«, sagte Margaret.

»Ein Gebot der Höflichkeit meinem Gastgeber gegenüber«, erwiderte Warwick. Unwillkürlich machte er eine leichte Verbeugung, worüber Margaret lächeln musste.

»Ich bedaure den Verlust Eures Vaters, Richard. York und sein Freund waren meine Gegner, aber ich war nie ein Gegner Eures Hauses.«

»Wie könnt Ihr so etwas sagen, Mylady? Ihr wisst, dass das nicht wahr ist.«

Zu seiner Überraschung zuckte Margaret zurück, als habe er sie geschlagen.

»Wir haben einst gegen einen gemeinsamen Feind gekämpft, Richard, gegen Jack Cade und seine Rebellen. Wisst Ihr nicht mehr? Wir haben unterschiedlichen Parteien gedient, verfeindeten Parteien, ganz recht. Aber deswegen müssen wir nicht Feinde sein …«

»Ah, Messieurs, Dames«, rief König Louis jetzt aus und erhob sich. »Mein Haushofmeister, der dort hinten wie ein kleines Kind um Aufmerksamkeit bettelt, hat ein leichtes Mittagsmahl vorbereitet.« Der König ging an ihnen vorbei durch den Saal. »Nur Mut, vielleicht ist sogar etwas dabei, das englischen Gaumen zusagt! Mir nach!«

»Wo wäre ich ohne dich?«, murmelte Edward, der sein Gesicht zwischen den Brüsten seiner Frau vergraben hatte. »Ohne diese hier!«

Sein heißer Atem kitzelte sie, und sie kreischte kurz auf und schob ihn von ihrem gerundeten Bauch.

»Ohne mich wärst du bereits seit einer Stunde angezogen«, erwiderte sie. Sie drehte sich im Bett um und schnappte erschrocken nach Luft, als sie ihren Mastiff erblickte, der geduldig dasaß. Der riesige schwarz-weiß gefleckte Hund war so groß, dass er seinen Kopf mühelos auf ihr Bett legen und sie anstarren konnte.

»Wie lange bist du schon hier, Bedey? Jetzt aber raus mit dir!«

Sie wandte sich ihrem Mann zu, der auf der Bettkante saß, und legte ihm von hinten die Arme um die Schultern.

»Ohne mich hättest du nicht gesehen, welche Macht diese Nevilles über dich haben. Ich sah es vom ersten Moment an, mit einem ungetrübten Blick. Es gibt sie in jedem Haus, in jeder adligen Familie.«

»Und jetzt gibt es überall Woodvilles«, neckte Edward sie.

Sie blies die Backen auf und ließ die Luft mit einem ordinären Geräusch entweichen, was ihn zum Lachen brachte.

»Wir haben die Schlingpflanze nur ordentlich gestutzt, ehe sie dich ersticken konnte, mehr nicht! Und überhaupt ist es nicht dasselbe. Meine Angehörigen sind bodenständige Menschen vom Lande, keine hinterhältigen Beutelschneider und Ränkeschmiede!«

Elizabeth strich mit den Händen über seine breiten Schultern und staunte über die Kraft, die die lebenslange Übung mit Schwert und Axt ihnen verliehen hatte. Jede seiner Bewegungen ließ die Muskeln spielen, bis er ihre Hand abschüttelte und nach seinem Hemd griff.

»Ich bin mir nicht sicher wegen John Neville, Elizabeth. Er hat mir nichts getan, und es erscheint mir nicht recht, ihm das wegzunehmen, was ihm das Wichtigste auf der Welt ist.«

Elizabeth setzte sich auf und zog die Knie ans Kinn.

»Du stellst doch lediglich das Gleichgewicht wieder her – wie wir es besprochen haben. Die Nevilles sind immer noch zu stark, sodass die Maßnahmen der Regierung ihnen nach wie vor mehr nützen als dir oder England! Ich hatte dich nicht gebeten, einen Woodville zum Kanzler zu machen, ich wollte nur, dass du dem Erzbischof diesen wichtigen Posten wegnimmst, wegen seiner Loyalität gegenüber Rom … und seiner Familie.«

»Er hat sich nicht zur Wehr gesetzt, wie du es vermutet hattest«, murmelte Edward. »Er war zahm wie ein Lamm.«

»Weil du einen bewaffneten Trupp bei dir hattest. Was blieb ihm auch übrig, Edward, als dir das Siegel auszuhändigen? Nein, es ist gut so, wie es ist. Deine Söhne und Töchter werden die nächsten dreißig Jahre lang keinen Krieg führen müssen, und deine Enkel womöglich auch nicht. Wir werden wieder einen Zustand herstellen, bei dem keine Familie stärker ist als eine andere – ausgenommen natürlich deine Familie!«

»Die Familie Percy hat König Henry unterstützt. Wenn ich ihren Erben aus dem Tower holen würde und ihm Northumberland gäbe, würde ich mir John Neville völlig unnötig zum Feind machen.«

»Den ›König des Nordens‹? So nennen sie ihn doch. Von Northumberland aus beherrscht dieser Neville den gesamten Norden, zusammen mit seinem Bruder, dem Erzbischof von York – von der schottischen Grenze bis zum Trent. Siehst du das nicht? Du regierst nur die Hälfte des Landes, Edward! Die Percys und die Nevilles haben sich eine Generation lang bekämpft. Es heißt sogar, dieser ganze Krieg ginge nur auf diese uralte Fehde zurück. Und du hast Northumberland einem Neville gegeben. Du hast ein zu großes Herz, mein Herz. Du bist großzügig und vertrauensselig – mehr als ein Mensch es sein sollte, und viel mehr, als ein König es sein sollte. Northumberland ist ein zu großer Preis.«

»Ich könnte vielleicht einen Marquess aus ihm machen«, sagte Edward nachdenklich. »Das könnte eine kleine Entschädigung für den Verlust von Northumberland sein.«

»England kann keine zwei Könige haben«, sagte Elizabeth. »Gerade du solltest das im tiefsten Innern wissen. Ich fürchte für die Zukunft, wenn du einem Neville erlaubst, im Norden Englands Wurzeln zu schlagen.«

Edward machte eine wegwerfende Handbewegung.

»Genug, genug. Ich werde darüber nachdenken, damit du Ruhe gibst. Es ist nur … die Nevilles haben mir treu gedient.«

»Sie haben ihren eigenen Interessen treu gedient«, murmelte Elizabeth. Ihre Schwangerschaft hatte sie schwerfällig gemacht, und sie rollte stöhnend auf die Seite. »Uff! Du wirst dich heute Abend mit einer Magd begnügen müssen, mein Herz. Dieses Kind wird mir langsam zu unbequem.«

Edward nickte. Er hatte das Kinn auf die Hand gestützt und war tief in Gedanken versunken.

27

»Was soll ich denn deiner Meinung nach tun, Bruder?«, fragte Warwick. »Soll ich von König Edward verlangen, dass er den Woodvilles das Heiraten verbietet? Dass er uns unsere verlorenen Titel wiedergibt? Genauso gut könnte ich verlangen, seine Frau in die Verbannung zu schicken!«

Der Sommer war in den Herbst übergegangen, und Warwicks Rückkehr aus Frankreich lag zwei Monate zurück. Von den Fenstern von Schloss Middleham aus beobachteten er und John, wie die goldenen Weizenfelder gemäht wurden. Schwade um Schwade fielen die Halme, und Hunderte von Männern und Frauen waren damit beschäftigt, sie zu Garben zu binden. Alle Dorfbewohner kamen zusammen, um die Ernte einzubringen und dann zu feiern, mit Brot und Wein, Musik und Freudenfeuern und so manchem gestohlenen Kuss auf dem Stoppelfeld.

Aus John Neville war wieder Lord Montagu geworden. Man hatte ihn zu einem Marquess ernannt, was im Rang zwischen einem Earl und einem Duke stand, aber dennoch ein schwacher Trost war. Warwick konnte die Wut seines Bruders gut verstehen.

Northumberland wurde jetzt wieder von einem Percy regiert, wie es viele Generationen lang gewesen war. Es war ein etwas groteskes Ritual gewesen, Henry Percy in den Tower zu bringen, nur um ihn dann »freilassen« zu können, aber König Edward war froh, dass der junge Mann bei guter Gesundheit war, was nach mehreren Jahren in der Zelle sicher nicht der Fall gewesen wäre. Warwick wusste, dass Henry Percy ihm gegenüber wahre Loyalität empfand. Sie waren fast wie Vater und Sohn auseinandergegangen.

In Middleham war es sehr viel ruhiger geworden, seit nur noch der junge Bruder des Königs als sein Schutzbefohlener dort war. Sein verkrümmter Rücken bereitete Richard von Gloucester immer noch Schmerzen, aber er hatte sich unermüdlich im Kampf geübt und war muskulös geworden, sodass eine neue Rüstung für ihn angefertigt werden musste. Immerhin musste sich Warwick jetzt nicht mehr mit ihm auf dem Übungsplatz messen. Er war schwerfällig geworden und konnte mit Richard längst nicht mehr mithalten.

John Neville, Marquess von Montagu, hatte auf die Fragen seines Bruders nicht geantwortet, stattdessen hatte er sich mit einem Hühnerschenkel beschäftigt und sich den Weinbecher neu füllen lassen. Er spürte Warwicks Blick auf sich ruhen und winkte ärgerlich ab. John Neville hatte persönlich im Namen König Edwards ein Dutzend Männer hingerichtet. Seine Loyalität war bedingungslos und absolut. Und was war der Dank dafür? Er durfte darüber gar nicht nachdenken … Sein Bruder Richard hingegen schien bereit zu sein, jede Demütigung hinzunehmen, statt das zu tun, von dem alle wussten, dass es irgendwann getan werden *musste*.

Edward und seine Frau würden nicht eher ruhen, bis alle Nevilles draußen bei den Schweinen und Gänsen wohnten, davon war John überzeugt. Er kochte vor Zorn, auch über die ungerechte Behandlung seiner Brüder. Warwick war nach Frankreich geschickt worden, nur um dort gedemütigt zu werden. Und George hatte er in Begleitung von bewaffneten Soldaten das Großsiegel abgenommen. Das war mehr als eine Demütigung, das war ein regelrechter Feldzug gegen das Haus Neville. Und der Kopf dahinter war Elizabeth Woodville, das stand fest. Es war schon merkwürdig, dass es in Warwicks Leben gleich zwei Frauen gab, die bereit waren, bis ans Ende der Welt zu gehen, um seiner Familie den größtmöglichen Schaden zuzufügen. Wenn ihre Interessen mit den seinen übereingestimmt hätten, dann könnte jetzt ebenso gut ein Neville auf dem englischen Thron sitzen.

George Neville trat ein. Er kam allein. Er ging auf seine Brüder zu und drückte ihnen die Hand.

»Onkel Fauconberg ist da«, sagte er. »Soll ich ihn hereinbringen?«

»Er hatte sich gar nicht angekündigt«, sagte Warwick mit gerunzelter Stirn. Er sah seine Brüder nacheinander an. »Ist etwas geschehen?«

»Es war Mutters Idee«, erwiderte George. »Sie fand, dass es angebracht wäre, wenn sich alle verbliebenen Nevilles einmal versammeln würden. Sechs Vettern warten darauf, dass du sie einlädst, Richard. Erbärmlich wenig, aber zusammen haben sie noch immer einen beträchtlichen Landbesitz. Wir *sind* weniger geworden. Wir sind wie die Fetzen, die von einem guten Banner übrig geblieben sind. Aber du bist nach wie vor das Oberhaupt der Familie.«

»Mutter will, dass wir besprechen, wie es jetzt weitergehen soll«, fügte John Neville hinzu, »vielleicht ehe König Edward einen Thronerben zeugt. Drei Töchter bisher, aber diese fruchtbare kleine Stute hat vorher schon Söhne geboren, da wird bestimmt noch was kommen. Vielleicht schickt sie dann alle männlichen Nevilles in die Verbannung, was glaubt ihr? Und dagegen sollen wir nichts unternehmen?«

Er brauchte nicht zu erklären, wen er damit meinte.

»Du sprichst von *Hochverrat*, und an diesem Gespräch werde ich mich nicht beteiligen!«, fuhr Warwick seinen Bruder wütend an. »Ich werde meine Vettern und Onkel Fauconberg gern empfangen, aber nicht um Pläne zu schmieden oder irgendetwas zu unternehmen, was König Edward Grund geben könnte, unsere Loyalität infrage zu stellen. Mein Gott, der *Bruder* des Königs lebt unter diesem Dach!«

»Wenn du befürchtest, dass er dich hört, sei unbesorgt, Richard«, unterbrach ihn John Neville. »Er ist schon seit Stunden weg. Wir haben ihn auf den Markt geschickt, um Branntwein zu kaufen. Wenn er für den König spionieren wollte, hätte er vor heute Abend oder morgen keine Gelegenheit dazu. Und überhaupt, er ist kein Junge mehr. Warum schickst du ihn nicht endlich nach Hause, zu seiner Mutter. Du hast mehr als deine Schuldigkeit an ihm getan.« Als Warwick nicht antwortete, fuhr John kopfschüttelnd fort. »Ich verstehe nicht, warum du ausgerechnet jetzt einen Rückzieher machst, nach allem, was wir erlitten haben.«

»Er wartet wegen der Bittschrift«, sagte George Neville.

»Ach, natürlich«, sagte John Neville säuerlich. »Ich vergaß. Unser Bruder hofft immer noch, dass seine Tochter einen Plantagenet heiraten darf. Ich sage dir, das wird sie niemals gestatten, die alte Schlange, und König Edward hat ja bewiesen, dass ihr Wort mehr Gewicht hat als das des gesamten Kronrats. Der Mann ist in ihrem Bett zu einem Schwächling geworden, wenn ihr meine Meinung wissen wollt.«

Warwick nickte ernst mit dem Kopf. »Ihr habt recht, ich hoffe in der Tat, dass meine Tochter George heiraten wird«, erwiderte Warwick. »Isabel ist sehr glücklich über den Antrag. Er ist nur ein Jahr älter als sie, und die beiden … sie passen gut zusammen. Und sie wäre eine Duchess, und Clarence würde später ihren Besitz erben.«

»Wie lange ist es jetzt her, seit du den König gefragt hast?«, fragte John leise.

Warwick machte eine wegwerfende Handbewegung.

»Ein paar Monate – was tut das? Eine solche Verbindung zweier Häuser ist keine Sache, die man von heute auf morgen entscheidet. Daran ist nichts Ungewöhnliches.«

John blickte seinen älteren Bruder an. Entweder war Warwick blind, oder er wollte es nicht sehen. Er schüttelte resigniert den Kopf.

»Du bist das Familienoberhaupt, Richard. Du kannst warten bis zum Winter, oder sogar bis zum nächsten Frühjahr, wenn du es für richtig hältst. Aber es wird sich nichts ändern, solange Elizabeth Woodville dem König die Hand führt. Sie hat deinen Besitz längst für ihre Söhne vorgemerkt.«

Edward sah zu, wie seine kleine Tochter von Elizabeth gestillt wurde. Das Feuer in ihrem Schlafgemach in Westminster knackte laut. Man hatte das Holz so hoch aufgeschichtet, dass es fast schon *zu* warm war in dem kleinen Raum. Bede, der Mastiff, lag ausgestreckt vor dem Kamin, so dicht, dass Edward ihn mit dem Fuß zurückschob, damit der alte Hund sich das Fell nicht versengte. Außer dem Prasseln der Flammen und einem gelegentlichen leisen Schmatzen des Kindes war kein Laut zu hören, selbst die Leibdiener waren entlassen.

Elizabeth sah den Blick ihres Mannes und lächelte ihn an, er sah zufrieden aus.

»Damit hatte ich nicht gerechnet, als ich dich zum ersten Mal sah«, sagte er, »als du mit Blättern und Schmutz bedeckt die Böschung herabgeklettert kamst, um deinen Hund vor den Wölfen zu retten.«

»Ich bin hinunter*gefallen*! Obwohl ich mich erinnere, dass da ein großer Tölpel von einem Mann war, der mich leider nicht auffing!«

Er lächelte sie an. Diese Worte waren im Laufe der Jahre zu einem festen Ritual zwischen ihnen geworden, das sie beide genossen. Ihm gefiel die Nähe, die zwischen ihnen entstand, wenn sie gemeinsame Erinnerungen wiederaufleben ließen.

»Weißt du, ich kenne zu viele Männer, die sich den Respekt ihrer Frauen erst verschaffen müssen.«

»Das ist eigentlich nicht verwunderlich, mein Gemahl, wo doch Eva ihrem Mann als Gefährtin und Helferin an die Seite gegeben wurde. Das ist die natürliche Ordnung der Welt, genau wie die Schafe dem Widder folgen.«

»Ja, aber …« Edward gestikulierte mit den Händen, während er nach den richtigen Worten suchte. »Männer wollen geachtet werden, Elizabeth. Sogar die schwachen, die Feiglinge, die Duckmäuser und die Dummköpfe. Diejenigen, die von ihren Frauen beschimpft und angeschrien werden, sind bedauernswerte Geschöpfe. Sie sind ja nicht einmal Herren in ihrem eigenen Haus.«

»Manche Frauen haben einfach keine Ahnung, wie sie ihren Mann behandeln müssen«, sagte Elizabeth mit einer Spur Selbstgefälligkeit. »Und mit ihrer Nörgelei machen sie alles nur noch schlimmer. Sie schaden sich am Ende selbst.«

»Aber das gilt nicht für dich«, lachte Edward. »Du behandelst mich, als sei ich das achte Weltwunder. Ich möchte aber auch, dass ich das verdiene, verstehst du? Ich möchte als Herr in meinem Hause geachtet werden, aber nur, weil ich es, verdammt noch mal, auch *bin*. Nicht, weil ein Gesetz Gottes oder der Menschen mich dazu gemacht haben, sondern weil ich zum Führen geboren bin.«

»Geboren, um mein König zu sein«, sagte Elizabeth mit sanfter Stimme. Sie hob den Kopf, damit er sie küssen konnte, und er durchmaß den Raum mit drei Schritten und drückte seine Lippen auf ihren Mund. Das kleine Mädchen fing an zu greinen, weil ihm seine Nahrungsquelle entzogen war.

»Ich möchte dieses Kind Cecily nennen, deiner Mutter zu Ehren«, sagte Elizabeth, und sein Gesicht hellte sich vor Freude auf. »Wenn sie am Leben bleibt, wirst du einmal stolz auf sie sein.«

»Meine Mutter wird sich freuen, aber ich muss gestehen, dass ich mich über einen Sohn noch mehr gefreut hätte.«

»Du brauchst auch Töchter, die dich anhimmeln, wenn du alt bist. Und die du verheiraten kannst, damit dein Königreich mächtig wird und du Verbündete bekommst.«

»Ja doch, gewiss. Es ist nur … Mit einem Sohn ist es was anderes. Ich könnte ihm zeigen, wie man mit dem Falken Tauben und Kaninchen jagt, wie man mit nichts weiter als einer Meute Hunde und einem Messer ein Wildschwein erlegt und wie man stark genug wird, um in der Rüstung zu kämpfen.« Er zuckte die Schultern. »Ich … ich war ja *selbst* ein Junge. Und ich denke gern an diese Jahre zurück. Ich würde ihn einem Ritter als Knappen geben, vielleicht einem deiner Brüder, damit er lernt, wie viel Arbeit dazu gehört, im königlichen Dienst zu stehen.«

»Das würde mir auch gefallen«, sagte sie. »Und du wärst deinem Sohn ein guter Lehrer, Edward. Das nächste Mal, ich verspreche es. Ich hoffe nur, deine Ausbildung wird ihnen von Nutzen sein, wenn deine Erben sich gegen die Söhne deines Bruders durchsetzen müssen.«

Edward trat einen Schritt zurück und zog scharf die Luft ein.

»Schon wieder dieses Thema? Ich habe es nicht überstürzt, das sagte ich bereits. Ich habe monatelang geduldig darüber nachgedacht, und ich kann immer noch nicht sehen, warum es ein Fehler sein sollte, wenn Warwicks Besitz an meine Familie fällt!«

»Edward, es ist wichtig. Wenn du George erlaubst, diese Isabel Neville zu heiraten, dann erbt er *Hunderte* von Schlössern und Landsitzen, nicht nur ein paar Dutzend. Schlösser, Dörfer, ganze Städte. Warwick und Salisbury sind jetzt vereint. Dieses Erbe ist der größte zusammenhängende Besitz in England.«

»Von dem ich möchte, dass mein Bruder ihn bekommt! Er und Isabel passen gut zusammen. Sie lieben sich sogar, wie er sagt. Wer bin ich, dass ich meinem Bruder seine Liebe verbiete, wenn es ihm gleichzeitig noch halb England als Mitgift einbringt?«

Elizabeths Blick verdüsterte sich. Es fiel ihr schwer, ihren Unmut zu mäßigen. Sie knöpfte ihr Kleid zu und rief nach einer Dienerin, der sie das schreiende Kind übergab. Eine Amme sollte in der Küche mit dem Stillen fortfahren.

Als sie wieder allein waren, beugte Elizabeth sich auf ihrem Stuhl vor, die Hände auf dem Schoß gefaltet.

»Du weißt, mein Gemahl, dass ich dich anbete, und du bist der Herr in diesem Haus, oder wo immer wir auch weilen mögen. Wenn du sagst, es sei dein endgültig letztes Wort, dann werde ich es so hinnehmen. Aber bedenke eins – deine Abstammung ist, genau genommen, nicht die königliche.« Sie hob die Hand, als Edward sie unterbrechen wollte. »Bitte. Dein Urgroßvater war Edmund von York, der *vierte* Sohn eines Königs. Er hatte keinerlei Anspruch auf die Krone, die du jetzt trägst. Aber er war reich. Er hat sich gut verheiraten können, und sein Sohn sowie auch sein Enkel waren klug und einflussreich. Sie gründeten große Besitztümer und kamen durch Heirat und Belohnungen zu Titeln, bis dein Vater mächtig genug war, nach dem Thron zu greifen.«

»Ich verstehe«, sagte Edward. Doch Elizabeth ließ sich nicht unterbrechen.

»Dein Bruder George von Clarence ist auch ein Sohn deines Vaters, Edward. Er ist talentiert, kräftig, ein kluger Kopf. Wenn du ihm erlaubst, in den Besitz der Warwicks einzuheiraten, dann wird er dich früher oder später herausfordern – oder seine Söhne oder die Enkel werden es. Ein Konflikt wird unausweichlich, vielleicht sogar ein neuer Krieg zwischen Brüdern und Vettern. Bitte! So sehr es George auch schmerzen wird, du darfst ihm diese Heirat nicht gestatten, um deiner eigenen Kinder willen.«

»Aber mit welcher Begründung sollte ich das tun?«, sagte Edward. »Ich kann kaum zu ihm sagen: ›George, ich möchte nicht, dass du und deine Nachkommen blühen und gedeihen, weil deine Söhne dann vielleicht eine Bedrohung für meine sein könnten.‹ Wie stünde ich da, Elizabeth? Wie ein Feigling. Ich sollte mir wegen meiner eigenen Brüder Sorgen machen? Wegen George und Richard? Meine Mutter Cecily hat keine Feiglinge großgezogen, aber genauso wenig hat sie Verräter großgezogen. Ich habe keine Angst vor ihnen, und vor ihren Söhnen auch nicht.«

»Nein, doch du stammst aus einer Seitenlinie. Jetzt bist du der König, Edward. Aber du solltest an die Zukunft denken, tausend Jahre weiter, angefangen bei den kleinen Mädchen, die ich hier gestillt habe. George von Clarence ist durch deine

Hand ein Duke geworden. Damit sollte er sich zufrieden geben. Ich werde ihm eine andere Frau suchen, und wenn er Isabel Neville später zu seiner Mätresse machen will, dann steht ihm das natürlich frei. Aber dies sind Entscheidungen, die ein König treffen muss, Edward. Das wird dein Bruder auch verstehen.«

»Und wenn er mich nach dem Grund fragt?«, sagte Edward.

Elizabeth lächelte.

»Dann sag ihm von mir aus, dass du dem Mann nicht traust, der sein Schwiegervater wäre. Oder dass die kleine Neville unfruchtbar ist, oder dass dir ein Traumgesicht befohlen hat, es zu tun. *Ganz gleich.* Er hat bei seiner unsterblichen Seele geschworen, dir in allem gehorsam zu sein. Erinnere ihn *daran*, wenn er fragt.«

Warwick stellte fest, dass er etwas außer Atem war, obwohl sie in der Kälte nur fünf oder sechs Meilen gegangen waren. Die Hälfte der Räumlichkeiten von Schloss Middleham war für den Winter verschlossen worden und die Fenster gegen Fledermäuse und Vögel mit Läden versehen. Trotzdem würde gewiss die eine oder andere Eule oder ein Spatz den Weg hinein finden. So war es immer, in jedem Frühjahr war es die erste Arbeit, die kleinen Leichname wegzuräumen.

»Wir könnten uns einen Moment hier ausruhen«, sagte er. »Ich denke natürlich nur an dich, Isabel. Ich könnte den ganzen Tag laufen.«

»Das will ich hoffen, Vater«, erwiderte seine Tochter, die nicht ahnte, dass ihr Vater Seitenstechen hatte und müde Beine hatte. Er lehnte an einem hölzernen Zaunübertritt und blickte über den dunklen Hügel, der sich weit dahinzog und auf dem sich der erste Frost bemerkbar gemacht hatte.

In dieser Kälte waren die meisten Vögel schon fort. Eine Zeit lang schien sein Atem, der ihm überraschend laut vorkam, das einzige Geräusch auf der Welt zu sein.

Seine Tochter war schön, daran gab es keinen Zweifel. Mit ihrem schlanken Hals und den rosigen Wangen, mit den weißen, ebenmäßigen Zähnen, gepflegt durch die vielen Äpfel, die sie so gern aß. Sie war in Middleham aufgewachsen, genau wie er auch, doch die meiste Zeit hatte sie in der Gesellschaft ihrer Mutter und Großmutter verbracht. Zu dritt kümmerten sie sich um den Haushalt in einer Eintracht, als seien sie Schwestern oder Freundinnen.

Jeden Morgen wenn Isabel erwachte, hielt sie Ausschau nach einem Brief, der vielleicht während der Nacht angekommen war. Und jedes Mal brach es Warwick aufs Neue das Herz, wenn er ihre Enttäuschung sah. Es war schwer genug gewesen, als er in London beim König gewesen war. Doch damals hatten seine Berichte wenigstens andere Neuigkeiten enthalten, oder manchmal Süßigkeiten oder kleine Geschenke aus der Stadt.

Er war seit drei Monaten nicht aus Middleham herausgekommen, seit dem letzten Herbst. Die späte Herbstsonne hatte ihnen so viel Obst beschert, dass das Haus unter betrunkenen Wespen gelitten hatte, die wochenlang an den Innenseiten der Fenster entlanggekrochen waren. Während dieser Zeit war Warwick auf seinem Anwesen umhergewandert, hatte sich auf langen Spaziergängen verirrt und war jedes Mal mit einem noch finstereren Gesicht heimgekehrt. Aus London kamen Briefe für ihn, darunter auch solche mit König Edwards Privatsiegel. Doch keiner davon enthielt die Genehmigung für Isabels Heirat mit Clarence oder erwähnte auch nur das Thema.

Warwick merkte nicht, dass Isabel ihn beobachtete. Seine gedrückte Stimmung entging ihr nicht. Sie hatte gehört, wie er getobt hatte, als seinem Bruder George das Großsiegel abgenommen worden war, und, was noch schlimmer war, als ihr Onkel John seinen Titel verloren hatte …

Der Himmel war klar und blau, ohne jedes Anzeichen von Regen. Es hatte den ersten Frost gegeben und Vater und Tochter konnten ihren Atem als weiße Wölkchen vor dem Gesicht sehen. Sie spürten, dass es Winter wurde. Isabel nutzte diesen Moment der Stille.

»Glaubst du, dass der König seinem Bruder antworten wird?«, fragte sie. »George hat mich seit der Ernte nicht mehr besucht, und in seinen Briefen erwähnt er auch nichts von dem Antrag, so als gäbe es gar keine Chance mehr. Es dauert jetzt schon so lange, und ich muss gestehen, dass ich bald keine Hoffnung mehr habe.«

Warwick blickte sie an und sah, wie ihre Lippen zitterten, doch sie rang tapfer um Fassung. Er umklammerte den eisigen Holzpfahl und schüttelte den Kopf.

»Nein, Isabel, es tut mir leid. Ich warte nun schon sechs Monate, nein, länger. Keiner meiner Briefe ist beantwortet worden. Ich glaube nicht mehr, dass König Edward seine Einwilligung geben wird.«

»Aber er hat dich doch gerufen, nicht wahr? Der Bote, der gekommen ist? Vielleicht stimmt der König ja zu, vielleicht brauchst du dazu nur nach London zu gehen.«

»Isabel, jedes Mal, wenn ich ihn sehe, fällt ihm etwas Neues ein, das er mir wegnehmen kann. Fast ist es, als suchte er mir gegenüber nach immer neuen Boshaftigkeiten. Die ich nicht verdiene, das schwöre ich dir. Ich weiß nicht, ob dieser große Kindskopf neidisch auf mich ist oder ob er Angst vor mir hat.

Oder ob es lediglich die Machenschaften seiner Frau sind. Auf jeden Fall waren die letzten Jahre nicht einfach. Es ist … besser für mich, wenn ich zu Hause bleibe und mich um meinen Besitz und die Menschen kümmere, die für mich arbeiten, weit weg von den Intrigen des Königshofes.«

Er atmete tief ein. Die eiskalte Luft schmerzte im Hals. »Ja! Genau das brauche ich jetzt, kein verlogenes Geflüster.«

Sein Gesicht wurde traurig, als er ihren Schmerz sah. Er trat näher zu ihr und nahm sie in die Arme.

»Es tut mit leid. Ich weiß, für dich ist es noch viel schlimmer als für mich. Ich habe das Vertrauen des Königs verloren, aber du deinen ersten Verehrer.«

»Meine erste Liebe«, sagte sie kaum hörbar. »Eine andere wird es nicht geben.«

»Oh, Isabel«, sagte er leise, das Gesicht in ihr Haar gedrückt.

»Fragst du ihn noch *einmal*?«, sagte Isabel. »Ich weiß ja, dass George eigentlich derjenige ist, der mit dem König sprechen muss, aber ich bin nicht sicher, ob er es getan hat. Wenn du fragst, habe ich wenigstens eine Antwort. Aber wenn er Nein sagt, dann weiß ich nicht … dann kann ich nicht …« Schluchzend verbarg sie ihr Gesicht im Mantel ihres Vaters.

Warwick fasste einen Entschluss. Er konnte ihrem Flehen einfach nicht mehr widerstehen.

»Ja, einverstanden, ich werde ihn fragen. Wenn ich morgen abreise, kann ich in einer Woche wieder zurück sein. Wie du sagst, es ist besser, wenn wir endlich Klarheit haben.«

Sie lehnte sich an ihn, und er strich ihr übers Haar. Es war nicht mehr lange bis Weihnachten, und eine Reise nach London würde das Fest auch in Middleham schöner machen, man könnte Schinken kaufen, mit Nelken gespickt. Und es gäbe Gänsebraten und gewürzten heißen Rotwein.

Warwick ritt nach London, zusammen mit Richard von Gloucester, und Isabels Hoffnungen und Ängste waren ihr unsichtbares Reisegepäck. Der junge Duke begleitete ihn oft in die Hauptstadt, jetzt vielleicht noch öfter, weil beide ahnten, dass seine Zeit in Middleham ihrem Ende zuging. Sie trugen Ledermäntel über Kettenhemden und dick gefütterten Hosen, ihre Schwerter hingen an der Seite, und auf der Straße wirbelte so viel Staub auf, dass sie bald aussahen, als trügen sie graue Masken.

Den ersten Tag Richtung Süden verbrachten sie fast schweigend. Warwick musste immer daran denken, was ihn in London wohl erwarten mochte. Er aß einen faden Eintopf in einem Wirtshaus und wünschte seinem Schützling eine gute Nacht, als sie ihre Zimmer aufsuchten. Beide vermissten das unbekümmerte Geplauder mit Henry Percy. Jede Unterhaltung mit ihm war leicht und herzerwärmend gewesen. Ohne Henry herrschte oft Stille, die sowohl Warwick als auch Richard als bedrückend empfanden.

Am nächsten Morgen wachte Warwick mit Kopfschmerzen auf, obwohl er nur einen Becher Wein getrunken hatte. Er arbeitete sich knurrend durch eine Schale Haferbrei mit Honig, fuhr die Dienstboten des Wirtshauses an und ärgerte sich schließlich über seine Launenhaftigkeit. Er stellte fest, dass Richard bereits sein Pferd gebürstet und gesattelt hatte. Warwick trat auf den Aufsitzblock und schwang sich in den Sattel.

»Ich danke dir, Junge«, sagte er. »Ich habe heute schrecklich viel im Kopf. Ich fürchte, ich bin kein guter Gesellschafter.«

»Ich verstehe, Sir. Ihr fürchtet, mein Bruder wird Euch die Genehmigung verweigern.«

Warwick blickte überrascht auf.

»Was weißt du davon?«

Richard lächelte schüchtern, er fürchtete den Ärger des Mannes, dem er eigentlich hatte imponieren wollen.

»Isabel hat in den letzten Monaten kaum von etwas anderem gesprochen. Und George ist mein Bruder, Sir. Er schreibt mir.«

Warwick riss die Augen auf. Er war drauf und dran, den jungen Mann nach seiner Meinung zu fragen, aber das ginge nicht. Stattdessen griff er den Zügel fester und lenkte sein Pferd zum Hoftor.

»Ich hoffe, der König gibt seine Erlaubnis, Sir. Ich möchte, dass Isabel glücklich wird.«

»Ich auch«, murmelte Warwick.

Er drehte den Kopf hin und her, dass es knackte, und trabte hinaus auf die Straße nach London. Richard folgte ihm. Er wünschte sich, er könnte diesem Mann, der so gütig zu ihm gewesen war, etwas zurückgeben.

Warwick wurde sofort eine Audienz beim König gewährt. Von der bescheidenen Herberge, in die er sich einquartiert hatte, ritt er an der Themse entlang zum Palast von Westminster. Richard von Gloucester begleitete ihn bis vor die Tür der königlichen Gemächer. Dort standen sie Seite an Seite und warteten darauf, eingelassen zu werden. Warwick warf einen prüfenden Blick auf den jungen Mann und wischte ihm etwas Staub vom Mantel, eine Geste, über die der Bruder des Königs lächelte. In diesem Moment flogen die Türen auf, und sie traten ein.

Warwicks Miene verdunkelte sich, als er Edward und Elizabeth dort sitzen sah, um sich die Kinderschar. Er spürte, wie Ärger in ihm aufstieg. Dies war eine Audienz. Warwick wollte, dass Edward seine Bitte als König behandelte, nicht als Ehemann und Familienvater.

Warwick und Gloucester gingen vor der königlichen Familie aufs Knie und standen auf, als Edward näher trat, um sie zu begrüßen. Er umarmte seinen Bruder so fest, dass diesem die Luft wegblieb.

»Wie kräftig du aussiehst!«, sagte Edward und ergriff den Arm seines Bruders, um ihn zu drücken wie ein Fleischbeschauer. »Dafür bin ich Euch zu Dank verpflichtet«, fuhr er fort und nickte Warwick zu.

Warwick zuckte die Schultern.

»Er hat schwer dafür gearbeitet, Euer Hoheit. Schwert, Lanze und Axt, Reiten, Latein, Französisch …« Er verstummte, und Edwards Bruder fuhr fort.

»Gesetz und Kriegstaktik auch, Edward. Ich möchte dir von Nutzen sein«, warf Richard ein.

»Das wirst du, ohne Zweifel«, erwiderte Edward. »Meine Mutter fragt nach meinem Bruder, Warwick. Gebt Ihr ihn jetzt an mich zurück?«

Warwick räusperte sich, er wollte Zeit gewinnen.

»Euer Hoheit, ich hatte nicht damit gerechnet … ich hatte eigentlich nicht vor, ihn schon heute … Aber wenn Ihr es wünscht …«

Der König lächelte zufrieden. »Wieso nicht heute? Wenn Ihr schon einmal hier seid. Nicht wahr, Richard? Verabschiede dich von Deinem Mentor …«

Verlegen, weil sie vom König und der Königin angestarrt wurden, schüttelten Warwick und Gloucester sich die Hand und umarmten sich ungeschickt. Warwick machte den Mund auf, um noch etwas zu sagen, aber Gloucester machte vor seinem Bruder eine steife Verbeugung, drehte sich auf dem Absatz um und verließ den Raum.

Warwick wandte sich um und merkte, dass ihre Blicke noch immer auf ihm ruhten. Nur die kleinen Kinder spielten ahnungslos weiter und wurden von einer Kinderfrau eingefangen, wenn sie sich zu weit entfernten. Warwick holte tief Luft und merkte, wie seine Brust bebte. Der Augenblick war gekommen, er musste endlich Klarheit haben.

»Euer Hoheit, es sind schon viele Monate vergangen, seit ich um Eure Genehmigung ersucht habe, die Vermählung meiner Tochter mit Eurem Bruder, George von Clarence, betreffend. Als Euer Freund frage ich Euch hier und jetzt – wie habt Ihr entschieden?«

»Ich habe lange darüber nachgedacht, Richard«, sagte Edward. »George ist erst neunzehn. Zweifellos glaubt er, verliebt zu sein, aber wenn die Zeit gekommen ist, werde ich schon eine Frau für ihn auswählen. Meine Antwort auf Eure Petition ist daher Nein.«

Warwick stand wie versteinert da. Elizabeth war neugierig hinter Edward vorgetreten. Ein schadenfrohes Lächeln umspielte ihre Lippen.

»Danke, Edward, Euer Hoheit«, sagte Warwick mit vollendeter Höflichkeit. »Ich bedaure Eure Entscheidung sehr, doch immerhin weiß ich nun, woran ich bin. Wenn Ihr mich jetzt bitte entlassen wollt, ich möchte gern die Londoner Märkte besuchen und Gänse für das Weihnachtsfest in Middleham einkaufen.«

»Selbstverständlich. Es tut mir leid, Richard …«, sagte Edward.

Als Antwort senkte Warwick nur den Kopf. Er brachte kein weiteres Wort hervor.

Isabel stand auf der Straße und wartete auf ihren Vater. Seit Tagen harrte sie jeden Morgen und jeden Abend stundenlang draußen aus und wartete. Als sie ihn endlich sah, konnte sie die Antwort bereits in seinem Gesicht ablesen, noch ehe er anhob zu sprechen. Isabel blieb drei Tage lang in ihrem Zimmer und weinte um den jungen Mann, den sie liebte und dem sie für immer würde entsagen müssen.

Warwick verbrachte diese Zeit in privaten Gesprächen mit zahllosen Besuchern, die nach Middleham kamen, um dem Oberhaupt der Familie Neville ihre Aufwartung zu machen. Seit Jahren jetzt hatten die Nevilles immer neue Rückschläge erlitten. Sie hatten Ländereien, Güter und Titel verloren. Und während all dieser Jahre hatte Warwick sein Schicksal still ertragen, ohne Murren, ohne ein Wort des Protestes. Doch jetzt hatte er seine Meinung geändert. Als ein besonders frostiger Januar anbrach, entschied Warwick, dass es Zeit war, sich zu erheben.

28

Der Winter war die Zeit der Dunkelheit und des Todes. Menschen erfroren oder wurden vom Fieber dahingerafft, und wen nicht Krankheit oder Tod ereilte, der hungerte, weil die Vorräte aufgebraucht oder von der langen Lagerung verdorben waren. Der Frühling mit seinem zarten Grün an Hecken und Sträuchern, dem Keimen und Sprießen von Schneeglöckchen und Krokussen, wurde daher stets als Heilsbringer willkommen geheißen. Das Wiedererwachen der Natur gab den Menschen neuen Mut. Sie spürten, wie neues Leben durch ihre Adern strömte. Man hörte sie lachen, und jetzt, nachdem man einen weiteren Winter überstanden hatte, konnten auch die letzten Reste der sorgfältig gehüteten Vorräte aufgegessen werden. Auf den Märkten fanden sich wieder frisches Fleisch und Gemüse. Der Boden taute auf, und endlich konnte man auch Gräber ausheben, kleine und große, um die Toten zu begraben, die seit Wochen in kalten Scheunen oder Kellern gelegen hatten. Wer eine Braut oder einen Bräutigam zu finden hoffte, feierte den Frühling mit einem Bad und sauberen Kleidern. Endlich konnten sie wieder arbeiten und dabei richtig ins Schwitzen geraten, wenn sie den Boden für die erste Aussaat vorbereiteten.

Auch Edward Plantagenet fühlte sich wie verwandelt. Der Frühling bedeutete die erste Jagd des Jahres. Edward betrat die königlichen Stallungen von Windsor und lächelte zufrieden, als er sah, wie sein Jagdpferd gesattelt wurde. Die Stallburschen hatten es sorgfältig gebürstet, aber ganz war das zottelige Winterfell noch nicht verschwunden. Er klopfte dem Tier die Flanke und grinste, als eine Wolke aus Haaren und Staub aufstieg.

In den Stallungen herrschte ein lautes, geschäftiges Treiben, überall eilten Knappen umher, um ihre Herren für die königliche Jagd vorzubereiten. Dreißig Ritter und ebenso viele Diener würden ausreiten, um für die Hunde und Falken das Wild aus dem Dickicht zu treiben. Edward streichelte seinem Pferd den Hals, und der große Hengst schnaubte und verscheuchte mit dem Schwanz ein paar Fliegen.

Seit er auf dem Thron war, hatte sich eine Gruppe Getreuer gebildet, die ihn an Tagen wie diesem begleiteten, wenn der Himmel blau war und die Sonne wieder ein wenig Wärme spendete. Männer wie Anthony und John Woodville, die es mit ihm an Draufgängertum aufnehmen konnten, im Geschick bei der Falkenjagd allerdings nicht.

Edwards herrlicher Vogel saß auf seiner verzierten Sitzstange und drehte den Kopf nach jedem Geräusch um. Jetzt ließ er ein leises Fiepen hören, als Edward ihm über die dunklen Schwingen strich. Es machte ihm Freude, den Vogel zu berühren, der das selbst wahrscheinlich weniger schätzte. Jagdfalken waren schonungslose Mörder, schien es fast. Sie schienen es zu genießen, Enten, Moorhühner oder Hasen in Angst und Schrecken zu versetzen, wenn sie mit unglaublicher Geschwindigkeit aus tausend Fuß Höhe herabschossen, ihr Opfer packten und es mit ihrem rasiermesserscharfen Schnabel zerrissen. Leise murmelnd begrüßte Edward den Vogel. Der Falke jagte schon sechs Jahre lang für ihn. Jetzt erkannte er den Klang seiner Stimme und drehte den Kopf.

Der Falke klapperte mit dem Schnabel und gab ein fragendes Fiepen von sich. Er hatte Hunger, und Edwards Herz schlug höher bei dem Gedanken, dass er ihn in Kürze würde aufsteigen lassen.

Er blickte auf, als er den Hufschlag eines Pferdes hörte, das den Gang im Stall entlanggetrabt kam, der Reiter hatte die Zügel fest angezogen, aber dennoch tänzelte das Pferd nervös und rollte mit den Augen. Etwas hatte das Tier erschreckt, und jetzt fingen auch die anderen Pferde an, aufgeregt zu wiehern und zu stampfen, die angeborene Reaktion einer Herde, wenn sie von Raubtieren bedroht wurde.

Ärgerlich starrte Edward auf den Mann, dessen Wallach seine Pferde unruhig gemacht hatte. Er kannte ihn nicht, allerdings war es für einen Fremden nicht möglich, ohne Genehmigung der Wachen in die Ställe und gar bis vor den König zu kommen. Edward gab sich gern den Anschein, als interessierten ihn die Vorsichtsmaßnahmen seiner Wachen nicht, aber als er den Mann genauer musterte, stellte er doch mit Befriedigung fest, dass man ihn auf Waffen durchsucht hatte. Edward runzelte die Stirn, als der Mann absaß und aufs Knie fiel. Er trug eine Rüstung und über den Kleidern aus Leder und Wollstoff einen Wappenrock. Der Stoff sah abgetragen aus und war genauso staubig wie sein Pferd. Edward vermutete, dass er von weither gekommen war, und tatsächlich sprach der Mann mit nordenglischem Akzent.

»Eure königliche Hoheit, mein Herr, James Strangeways, Sheriff von York, schickt mich. Ich soll Euch melden, dass es einen Aufstand der Weber in den Dörfern rings um die Stadt gegeben hat, mit Unruhen und Tumult, Mylord, und es sind zu viele für die Männer des Sheriffs, um mit ihnen fertigzuwerden. Sir James bittet darum, dass Ihr möglichst viele

Männer, möglichst siebzig oder achtzig, nach Norden schickt. Er möchte diesen Webern im Namen des Königs klarmachen, welchen Gesetzen sie zu gehorchen haben und dass es ihnen nicht zusteht, die Steuern festzulegen.«

Edward zog die Brauen hoch und rieb sich das Kinn, das jetzt, im Frühling, wieder bartlos war. Kälte und Dunkelheit hatten ihn monatelang in Windsor und Westminster eingesperrt, er hatte zu viel gegessen und getrunken und war fett geworden wie ein Siebenschläfer. Nachdenklich strich er sich den Bauch, während der Bote wartend vor ihm stand.

»Geht in die Küche, und lasst Euch etwas zu essen geben«, sagte Edward schließlich zu dem Mann.

Während dieser sich verbeugte und davoneilte, starrte Edward hinaus. Die Sonne schien auf Pferde und Menschen, und alles war erfüllt von Leben und Geräuschen. Edward kam ein Gedanke.

»Ich glaube, ich werde nach York reiten«, murmelte er und konnte sich ein Grinsen nicht verkneifen. Er stellte sich die Gesichter der rebellischen Weber vor, wenn sie erleben würden, dass kein Geringerer als der König selbst mit seinem Gefolge angeritten kam. Vielleicht müsste er die Anführer aufhängen oder ein paar von ihnen auspeitschen lassen. Er würde seinen Falken gegen den neuen Habicht antreten lassen, den die Brüder Woodville aus einem Nestling großgezogen hatten. Und wenn die Weber reumütig in ihre Hütten zurückgekehrt waren, dann würde Edward den Brüdern seiner Frau zeigen, wie schnell ein Falke fliegen konnte.

»Anthony!«, rief er.

Der Ritter, der in der Nähe stand, blickte auf. Er hatte den Boten kommen und wieder gehen sehen. Die Männer der Woodvilles reagierten stets prompt, wenn Edward rief.

»Ja, Euer Hoheit«, erwiderte Anthony Woodville und verbeugte sich. Sein rechtes Handgelenk war geschient und so fest verbunden, dass seine Finger rot und angeschwollen waren.

»Was macht Eure Hand?«, fragte Edward.

»Immer noch gebrochen, Euer Hoheit. Aber sie wird schon heilen. Vielleicht gebt Ihr mir dann Gelegenheit, meine Ehre wiederherzustellen.«

»Wenn Ihr es wünscht«, sagte Edward lächelnd. Da er es gewesen war, der dem Mann bei einem Übungsturnier das Handgelenk gebrochen hatte, konnte er ihm diesen Wunsch kaum verweigern. »Es tut mir leid, dass Ihr mich heute nicht begleiten könnt. Aber Euer Bruder kann den Habicht ruhig fliegen lassen, es ist einerlei.« Er grinste, als der andere in gespielter Verzweiflung die Augen verdrehte. »Ich denke aber, dass ich die Jagd ein bisschen weiter ausdehnen werde, als ich es ursprünglich geplant hatte.« Edward blickte um sich und zählte leise. »Nun ja, diese braven Kerle hier werde ich bestimmt brauchen, aber dazu noch weitere vierzig Ritter zu Pferde … und etwa hundert meiner besten Bogenschützen.«

»Im Quartier hier sind im Moment nur wenige Meisterschützen, Mylord«, erwiderte Sir Anthony. »Ich könnte einige aus Schloss Baynard kommen lassen, dann noch ein paar aus dem Ausbildungslager …« Er verstummte, weil Edward eine ungeduldige Geste machte. »Zu Befehl, Euer Hoheit, ich werde dafür sorgen, dass sie bereitstehen.«

Er eilte davon, und Edward wandte sich seinem Jagdfalken zu, um ihn auf seinen Unterarm zu locken. Er spürte sogar durch die Lederschichten hindurch, wie die Krallen des Vogels zupackten.

Es war eine Freude, das frische Grün um sich zu sehen. Edward würde Windsor mit seiner Kälte und Nässe hinter sich lassen. Jetzt würde er jagen, aufspüren und bestrafen, je nachdem, was gerade notwendig war. Es war ein berauschendes Gefühl, und auch der Falke spürte es, er schlug mit den Flügeln und stieß einen kreischenden Jagdruf aus.

Bis Mittag wusste die gesamte Stadt Windsor, dass der König ausreiten wollte. Anthony Woodville hatte die Verwalter des Königs durch sämtliche Dörfer zwischen Windsor und London gehetzt. Sie waren so weit geritten, wie sie es gewagt hatten, und das Ergebnis waren Bogenschützen, die zu dritt oder zu viert ankamen, um die Zahl der Männer zu verstärken, bis etwa zweihundert Mann mit Bögen und Köchern bereitstanden, alle strahlend vor Freude über das kommende Abenteuer. Es war eine Ehre, den König zu begleiten, und alle konnten sehen, wie Edward auf dem Hof bei den Stallungen stand und mit seinen Rittern und Knappen scherzte. Er würde als König von England auf die Jagd gehen, seinen Falken auf dem Arm. In letzter Minute hatte er beschlossen, eine schwerere Rüstung anzulegen und das Jagdpferd gegen sein großes Schlachtross einzutauschen.

Und nicht nur die Anzahl seiner Bogenschützen hatte sich verdoppelt, auch seine Jagdgesellschaft hatte viele Männer angezogen, die sich einen Vorteil davon versprachen, wenn sie den König begleiteten. Inzwischen waren es mindestens hundert Mann, die versuchten, ihre nervös tänzelnden Pferde ruhig zu halten, und genauso viele Hunde rannten bellend umher. Es war ein schrecklicher Lärm. Es wurde geschrien und gelacht, und Edward war im Mittelpunkt des Geschehens und genoss es, dass die winterlichen Spinnweben endlich hinweggefegt wurden.

»Wartet!«, hörte Edward jemanden rufen. Er wandte sein Pferd um und sah seinen alten Schwiegervater, der auf einer schönen Stute angetrabt kam, in Umhänge und Schals gehüllt, einen Jagdspeer in der hoch erhobenen Hand. Edward lachte insgeheim über Earl Rivers. Er hatte den alten Mann ganz gern, aber jetzt schüttelte er zweifelnd den Kopf, als er ihn begrüßte.

»Diese Burschen hier werden auf Euer Alter keine Rücksicht nehmen, Mylord Rivers. Sobald die Hörner erschallen, wird die Jugend das Tempo bestimmen.«

»Euer Hoheit, ich bin schon ganz zufrieden, wenn ich nur mitreiten kann. Nach einem solchen Winter tut es gut, wieder mal die Sonne im Gesicht zu spüren. Wenn ich mit der Hauptgruppe nicht mithalten kann, bleibe ich zurück, meine Diener werden sich schon um mich kümmern. Macht Euch keine Sorgen, mein Junge.«

Edward lachte darüber, dass sein Schwiegervater ihn »mein Junge« nannte. Der Mann war zwar bereits über sechzig Jahre alt, und der reichliche Genuss von Wein und Bier hatte seinen Tribut gefordert – der Earl war mit einer furchtbaren Säufernase gesegnet –, aber er war ein unterhaltsamer Gesellschafter, wenn man am Abend bei vollen Bechern zusammensaß und sich wilde Geschichten erzählte.

Bei der Erwähnung seiner Diener runzelte Edward die Stirn und musterte die Männer, die sich um ihn versammelt hatten. Sein ursprünglicher Plan, die Jagdgesellschaft etwas zu vergrößern, war etwas aus dem Ruder gelaufen. Mit Dienern und Rittern und Bogenschützen zählten sie jetzt um die vierhundert Mann. Anthony Woodville schien untröstlich darüber, dass er dieses Ereignis verpassen würde. Es war ein lautes, fröhliches Durcheinander, und Edward wusste, wenn er noch länger hier stand, würde die Zahl der Teilnehmer weiter anwachsen.

Edward hob das Jagdhorn, das er an einer Schnur um den Hals trug, und blies einen langen Ton. Als er es absetzte, waren die Männer verstummt, nur die Hunde kläfften und winselten vor Ungeduld.

»Man hat mir mitgeteilt, dass es bei York Unruhen gegeben hat«, rief er. »Die Weber, Gentlemen! Sie haben offenbar vergessen, dass sie ihren Broterwerb mir zu verdanken haben. Wir werden sie an ihre Pflicht erinnern. Los jetzt! Nach Norden und auf die Jagd!«

Das Heulen der Hunde wurde noch lauter und hörte nicht mehr auf. Hörner erschallten. Die Männer brachen auf und winkten ihren Lieben zu, die zurückblieben. Der Frühling war da.

Warwick schritt durch den großen Saal von Schloss Baynard am Ufer der Themse. Das letzte Mal, als er an diesem Kamin vorbeigekommen war, war in der Nacht gewesen, als Edward sich in der Halle von Westminster zum König erklärt hatte. Warwick schüttelte den Kopf, als er sich daran erinnerte, doch er bedauerte nichts. Damals war es zweifellos die richtige Entscheidung gewesen. Nur in der Rolle des Königs hatte Edward in Towton siegen können. Trotz aller Talente, die er zweifelsohne besaß, hätte er ohne die Krone niemals genügend Leute mobilisieren können, schon gar nicht in dieser kurzen Zeit. Das war Warwicks großer Beitrag gewesen.

Die Belohnung war eine Reihe von Angriffen gegen seinen Familienbesitz – und gegen seine Ehre. Wie es schien, zögerte Edward nicht, seine Macht zu missbrauchen und sich über das Gesetz hinwegzusetzen, ohne an die Konsequenzen zu denken. Warwick biss die Zähne zusammen. So sei es denn. Er hätte all diese Enttäuschungen hingenommen, wenn Edward selbst ihr Urheber gewesen wäre, doch ihm war nur allzu klar, dass es zum zweiten Mal in seinem Leben die Bosheit einer Königin war, die für sein Unglück verantwortlich war. Margaret von Anjou war schlimm genug gewesen. Es war einfach zu viel verlangt, dasselbe noch einmal durchmachen zu müssen!

George, Duke von Clarence, betrat den Saal. Er wischte sich das Gesicht mit einem heißen Tuch ab, weil er gerade barbiert werden sollte, als man ihn rief. Er war überrascht, Richard Neville vor sich zu sehen.

»Mylord Warwick? Was gibt es, dass Ihr mich hier aufsucht?« Der junge Mann wurde blass. »Ist etwas mit Isabel? Mylord, sie ist doch nicht krank?«

Warwick blieb stehen und verbeugte sich vor dem Mann, der jetzt im Rang über ihm stand.

»Isabel ist wohlauf, keine Sorge, George. Sie ist bei mir. Dort draußen.«

»Ich verstehe nicht«, sagte Clarence. Er trocknete sich den Hals ab und warf das Tuch einem Diener zu. »Soll ich mitkommen, will sie mich sprechen? Sir, so sprecht doch.«

Warwick blickte kurz zu dem Diener hin, der ihn daran erinnerte, dass sie nicht allein waren. Er deutete auf eine Tür, von der er wusste, dass die Treppe dahinter auf das eiserne Dach des Schlosses führte, wo sich ein Observatorium befand. Dort war es ruhig und man war vor den Ohren Neugieriger sicher, die jedes seiner Worte dem König zutragen konnten.

»Was ich sagen will, ist für Euch allein bestimmt, Mylord Clarence. Bitte, kommt mit mir, und ich werde alles erklären.«

Der junge Duke folgte sofort, sein Gesicht verriet nicht den geringsten Verdacht, als sie die eiserne Treppe hinaufstiegen und die Tür ins Freie öffneten. Sollte jemand hinter ihnen herkommen, um zu lauschen, so würde man ihn hören. Warwick atmete hier oben so frei wie seit Tagen nicht mehr, er roch den Fluss und die Stadt, über ihnen kreisten laut schreiend die Möwen.

»Vertraust du mir, George?«, fragte Warwick, als der junge Mann neben ihm stand.

»Natürlich, Sir. Ich weiß, dass Ihr Euch für meinen Antrag beim König stark gemacht habt, und dafür bin ich Euch unendlich dankbar. Mir tut es nur leid, dass alles umsonst war. Geht es Isabel gut, Sir? Ich habe nicht gewagt, ihr in den letzten Monaten zu schreiben. Darf ich sie sehen, bevor Ihr abfahrt?«

»Nur zu gern, George«, sagte Warwick mit einem schwer zu deutenden Lächeln. »Ich bin gekommen, um euch an die Küste zu bringen, falls du denn mitkommen willst. Dort wartet ein Schiff auf euch, eine schöne kleine Kogge, die uns zur Festung von Calais bringen wird. Für dort habe ich Papiere, mit denen kommen wir zu den Stadttoren hinaus und nach Frankreich.«

Clarence schüttelte den Kopf. »Mit Isabel, Sir? Ich verstehe nicht, was Ihr meint.«

Warwick holte tief Luft. Jetzt kam das Wichtigste, das, was er während der Wintermonate so sorgfältig geplant hatte.

»Dein Bruder kann eure Heirat nicht ungeschehen machen, wenn sie erst vollzogen ist, George. Wenn du meine Tochter geheiratet hast, kann Edward nichts mehr dagegen tun. Du bist sein Bruder, und ich glaube, er wird am Ende sogar einsehen, dass es das Beste für dich ist.«

George von Clarence starrte ihn an, der Wind hier auf dem Dach wehte ihm das Haar in die Stirn.

»Ihr würdet mir erlauben, Isabel zu heiraten? In Frankreich?«

»Mylord Clarence, es kann noch heute vor Sonnenuntergang geschehen, wenn Ihr Euch rechtzeitig entscheidet! Ich habe alles vorbereitet. Die Frage ist nur, ob Ihr diese Heirat wirklich wollt und bereit seid, den Zorn Eures Bruders zu riskieren.«

»Um Isabel zu heiraten? Tausendmal ja!«, erwiderte der junge Mann und packte seinen Schwiegervater in spe so fest am Arm, dass der zusammenzuckte. »Ja, Mylord. Ich danke Euch. Ich *danke* Euch! Ja, ich werde nach Frankreich mitkommen, und ja, ich werde Eure Tochter heiraten und sie beschützen, bei meiner Ehre.«

Clarence sah hin zu den Schiffen auf der Themse, es schien alles wie ein wunderbarer Traum. Plötzlich verdunkelte sich seine Miene, und er wandte sich um.

»Und was ist mit Euch, Sir? Sicher, mein Bruder wird mir verzeihen. Und natürlich wird er auch meiner Frau verzeihen. Hat er selbst nicht auch aus Liebe geheiratet? O ja, Edward wird toben und Geschirr zerschlagen, aber er wird sich wieder beruhigen. Das heißt, wohl nicht sein Zorn gegen Euch …« Er sprach nicht weiter, denn er wollte nicht, dass Warwick von seinem Vorhaben abrückte.

»Ich bin sein wichtigster Earl und Mitglied seines Rats«, sagte Warwick leise. »Er ernannte mich nach der Schlacht von Towton zum Gefährten des Königs, und meine Familie hat von Anfang an Edward und Eurem Vater gedient. Er wird toben, George, ja, gewiss – aber wir sind Freunde, er und ich, und auch dieser Sturm wird vorübergehen.«

Warwick spürte, wie hohl seine Worte klangen. Warwick sah den Bruch voraus, der unweigerlich erfolgen musste. Und er hatte viele dunkle Nächte damit verbracht, für diesen Fall Pläne zu machen.

George von Clarence hingegen hörte lediglich, was er hören wollte – dass die Hochzeit stattfinden sollte. Alles Weitere würde sich finden. Er überraschte Warwick, indem er ihn umarmte, ehe er sich brüsk abwendete und die Treppe hinunterstürmte.

Als Warwick, der ihm bedächtig folgte, beim Tor angekommen war, saß George bereits bei seiner Angebeteten im offenen Wagen. Der Duke hatte die weinende Isabel Neville in die Arme genommen, was von den Kutschern, zwei Leibwächtern und einer Handvoll Passanten mit kaum verhohlenem Entsetzen zur Kenntnis genommen wurde. Warwick wurde rot vor Verlegenheit und räusperte sich laut, als er näher trat, worauf das Paar mit schuldbewussten Gesichtern auseinanderfuhr.

Richard, Earl Warwick, stieg ein und setzte sich zwischen die beiden, wo er mit strengem Gesicht vor sich hin starrte, während der Duke und seine Tochter versuchten, sich hinter seinem Rücken Blicke zuzuwerfen.

»Vorwärts, Kutscher!«, rief Warwick und zog die Pelzdecken über ihre Knie.

Der Mann ließ die Peitsche über den beiden Rappen knallen, die sich auf der schlammigen Straße in Trab setzten. Warwick sah, wie die Leute bei dem Anblick stehen blieben, aber sie reisten schneller, als die Neuigkeit sich verbreiten konnte.

Bis man erraten hatte, was sie planten, würde die Hochzeit bereits stattgefunden haben, und der Bruder des Königs wäre sein Schwiegersohn.

Sie fuhren zügig über die Brücke von London, von der der Kopf Jack Cades schon vor Jahren verschwunden war. Warwick erschauerte, als er die eisernen Pfähle sah. Sie erinnerten ihn an düstere Zeiten und das Schicksal seines eigenen Vaters. Man sollte, weiß Gott, nie zu viel von einem Menschen verlangen, und Warwick war der Erste, der dies zugeben würde. Er ballte die Fäuste. Er hatte genug gelitten, ohne sich zu beklagen. Selbst ein Heiliger hätte nicht so viel Geduld aufgebracht. Aber damit war jetzt Schluss. Die Würfel waren gefallen, der Plan stand fest. Weder König Edward noch Elizabeth Woodville würden ihn aufhalten. Er berührte die hölzerne Außenwand des Wagens, was Glück bringen sollte, als sie auf die alte Straße nach Süden, zur Küste, einbogen, zu der es etwa sechzig Meilen waren. Die Sonne über der Stadt hatte ihren Höchststand noch nicht erreicht.

29

Das Wetter hatte gehalten, kein Regen und eine milde Sonne – ideale Bedingungen für eine königliche Jagdgesellschaft. Und das Beste war, dass König Edwards Falke den Habicht der Woodvilles völlig in den Schatten gestellt hatte. Sir John Woodville arbeitete mit dem Vogel seines Bruders sehr geschickt, es lag also nicht am Können, sondern an der Natur des Vogels. Der Habicht krächzte wütend, weil er nicht mithalten konnte. Der Vogel des Königs hingegen schien sich seiner Überlegenheit sehr bewusst, er flog enge Kurven und stürzte sich so dicht vor Woodville auf seine Beute, dass der Habicht in dem aufgewirbelten Luftstrom immer wieder nur hilflos taumeln konnte.

Es gab genug Beute für beide, die von den Hunden aus dem Unterholz gescheucht wurde. Hasen schossen übers Feld, und Moorhühner flatterten hektisch auf, von schreienden, wild gestikulierenden Knappen verfolgt. Die Bogenschützen wetteiferten miteinander, Vögel im Flug zu erlegen, oder wetteten darum, Forellen im Bach zu treffen. Diejenigen, die das nicht für möglich hielten, setzten ihre Silbermünzen dagegen. Zusammen erlegte die Gruppe genügend Wild, sodass die Diener, die jeden Abend offene Feuerstellen bauten, auch etwas auf die Spieße zu stecken hatten und alle satt wurden. Diejenigen, die nichts geschossen hatten, mussten den ganzen Tag über hungern, bis sich jemand ihrer erbarmte. Es erwies sich auch durchaus nicht als Fehler, dass man einige der Pferde nur mit Flaschen und Amphoren voll Wein beladen hatte. Abends saß man dann zum gemeinsamen Trinkgelage beisammen, und die Männer stritten um die besten Plätze, damit sie den jungen König unterhalten konnten.

Edward war zufrieden. Zwar hätte er sich für die Jagd eine etwas größere Herausforderung gewünscht, aber so nahe der Landstraße gab es weder Wölfe noch Rehe. Die Tiere spürten, wenn Menschen in der Nähe waren und es besser war, die Flucht zu ergreifen. Sehnsüchtig dachte er an die tiefen Wälder von Wales, wo die Tiere den Geruch der Menschen noch nicht kannten.

Sie hatten sich mit ihrem Ritt nach Norden, um den aufmüpfigen Webern die königliche Gerechtigkeit widerfahren zu lassen, nicht sonderlich beeilt. In vielen Herrenhäusern und Marktstädten hatte man für Edward und seine Ritter Festgelage veranstaltet, ein Akt der Gastfreundschaft, den sie sehr zu schätzen wussten. Folglich hatten sie an manchen Tagen so schwere Schädel, dass sie kaum in der Lage waren, mehr als fünf Meilen zurückzulegen. Earl Rivers hatte zwei Tage lang unter schwerem Durchfall gelitten, und Edward hatte schon überlegt, ob man ihn zurücklassen oder ihm gar ein neues Pferd besorgen müsse.

Der junge König lachte, wenn er an den peinlich berührten Gesichtsausdruck des Alten dachte. Sein Schwiegervater ritt in einiger Entfernung neben ihm und blickte misstrauisch zu ihm hinüber. Er verstand nicht, was sie so lustig fanden, dass einigen seiner Ritter die Tränen über das Gesicht liefen.

Schließlich tauchte York vor ihnen auf, und beim Anblick der Stadtmauer und der ruhig dahinfließenden Ouse war

Edward nicht mehr nach Lachen zumute. Mit den Mauern dieser Stadt waren für ihn zu viele bittere Erinnerungen verbunden. Am schlimmsten war dieses verdammte Tor von Micklegate im Süden der Stadt. Er überlegte, ob er diese Türme und Mauern nicht abreißen und neu errichten lassen sollte.

Edward starrte in die Ferne, als er eine dunkle Linie am Horizont entdeckte. Er beugte sich vor, kniff die Augen zusammen. Schließlich wandte er sich um.

»Sir John!«, rief er seinem Schwager zu. »Reitet hin, und seht nach, wer diese Leute dort sind.«

Der jüngere Bruder seiner Frau gab seinem Pferd die Sporen, das auch sofort losgaloppierte, die blitzschnelle Reaktion eines Mannes, dessen Habicht leider zu langsam war. Edward blickte hinter ihm her, und zum ersten Mal dachte er daran, dass diese große Jagdgesellschaft eigentlich ein Trupp Soldaten sein müsste. Aber die Ritter und sonstigen Bewaffneten, die mit ihrem König nach Norden gezogen waren, wirkten nach den Gelagen der letzten Tage wenig kampffreudig. Immerhin hatte er seine Bogenschützen, auf die immer Verlass war.

Mit einem Pfiff rief er einen seiner Hauptleute an seine Seite und gab ihm Befehl, endlich Ordnung in diesen losen Haufen von Reitern zu bringen.

Einige Zeit später kehrte Sir John Woodville zurück. Mit Interesse betrachtete er die geraden Reihen der Ritter und die Flügel aus Bogenschützen, die sich um den König in ihrer Mitte formiert hatten. Edward Plantagenet gab einen guten Hauptmann ab, daran bestand kein Zweifel.

Sir John schickte sich an, abzusitzen, aber Edward hob ungeduldig die Hand.

»Bleib sitzen, Junge. Was hast du gesehen?«

Jetzt konnte man deutlich erkennen, dass es sich bei der dunklen Linie rund um die Stadt um Menschen handelte. Sie sahen nicht wie Aufständische aus, es waren aber auch keine Handwerker, weder Weber noch sonst welche.

»Zwei- bis dreitausend Mann, Euer Hoheit. Vielleicht hundert zu Pferde, dazu etwa achthundert Bogenschützen. Die anderen marschieren. Sie kommen hierher, jetzt, nachdem sie uns gesehen haben.«

»Und Banner? Wer befehligt sie?«

»Ich habe keine gesehen, aber sie sind formiert wie Soldaten. Vielleicht sind es Rebellen Lancasters.«

»Was für Rebellen? Gibt es doch nicht mehr.« Plötzlich kam Edward der furchtbare Gedanke, dass Earl Percy, den er wieder eingesetzt hatte, sich gegen ihn wenden könnte. Bei dem Gedanken wurde ihm fast übel, nicht zuletzt, weil er daran dachte, wie Warwick reagieren würde, wenn er davon erführe.

»Wer immer sie anführt, wir sind ihnen zahlenmäßig nicht gewachsen, Mylord«, sagte Earl Rivers, der an Edwards Seite erschien.

Der alte Woodville wechselte einen besorgten Blick mit seinem jüngsten Sohn. Er merkte, wie angespannt er war. Auch der König trommelte mit den Fingern gegen seinen Schwertgriff, während er in die Ferne starrte.

»Ich glaube, Euer Vater ist schon gegen Lancaster-Truppen ins Feld gezogen, Euer Hoheit«, murmelte Earl Rivers. »Ihr habt Armeen, die für Euch kämpfen.«

»Ich habe hier zweihundert Bogenschützen«, erwiderte Edward. »Und ich habe gesehen, was sie können. Wer weiß, vielleicht sind die dort nur als Bogenschützen getarnt, um uns in die Flucht zu schlagen. Männer mit Stöcken und Bindfäden, Mylord. In so einem Fall könnten meine zweihundert sie wahrscheinlich in der Luft zerreißen.«

»Sehr richtig, Euer Hoheit. Aber vielleicht ist es auch eine Verschwörung, um Euch zu töten und Lancaster wieder auf den Thron zu setzen. Ihr habt bei Towton gewonnen, Mylord, aber damals hattet Ihr Eure Armee hinter Euch. Bedenkt das wohl.«

Edward blickte seinen Schwiegervater von der Seite an, dann ging sein Blick wieder zurück zu denen, die mit ihm nach Norden geritten waren. Eine vortreffliche Jagdgesellschaft, gewiss, aber weiß Gott keine Armee. Die Männer sahen verunsichert aus, als die Reihen, die da auf sie zukamen, immer länger wurden.

»Nun gut, Rivers. Es bricht mir das Herz, aber ich muss Vernunft und Vorsicht über schnelles Handeln stellen. Also denn – Richtung Süden, Gentlemen! Mir nach, so schnell ihr könnt.«

Missmutig wandte Edward sein Pferd um und ritt voran. Sie, die Jäger, waren zu Gejagten geworden. Edward hörte Hornsignale hinter sich, und es lief ihm eiskalt über den Rücken.

In Frankreich war der Frühling angebrochen. Die Felder standen in sattem Grün, so weit das Auge reichte. Warwicks Papiere waren alte Anlandegenehmigungen, auf denen er mit Sand die Daten abgerieben und mit Feder und Tinte neue eingesetzt hatte. Sowohl der Hafenmeister, der zu ihnen herausgerudert kam, als auch der Kommandant der Festung hatten kaum einen Blick auf das gesiegelte Pergament geworfen. Beide Männer erinnerten sich noch von seinem letzten Besuch an Warwick und Clarence und gerieten etwas in Verlegenheit beim Anblick der schönen jungen Frau, die vor Glück strahlte.

Warwick hatte nur seinen Kutscher und zwei Leibgardisten mitgebracht, ihm ging es darum, rasch zu handeln, weniger darum, seine Macht zu demonstrieren. Die kleine Gruppe hatte sich von dem verblüfften Kommandanten Pferde geliehen und versprochen, sie am nächsten Morgen zurückzubringen. Die englischen Offiziere vermuteten, dass sie Zeuge eines romantischen Liebesabenteuers seien, daher stellten sie keine Fragen.

Die kleine Gruppe hielt nur wenige Meilen von Calais entfernt in einem kleinen Dorf namens Ardres. Hier begrüßte Warwick den weißhaarigen Priester, dem er in fließendem Französisch sein Anliegen erklärte. Der Priester strahlte übers ganze Gesicht, offenbar entzückt darüber, solche Gäste in seiner bescheidenen Kirche zu haben, doch vorsichtshalber hatte Warwick ihm auch einen Beutel mit Silbermünzen zugesteckt.

George von Clarence stand nur da, stumm, mit großen Augen, und hielt selig Isabels Hand. Er konnte sein Glück offensichtlich immer noch nicht fassen. Warwicks Männer hatten sich die Haare geglättet und ihre Jacken mit Wasser aus dem Brunnen abgebürstet. Sie sollten Trauzeugen sein und platzten fast vor Stolz.

Warwick hob die Hand, als er draußen Pferdegetrappel hörte. Alarmiert blickte seine Tochter ihn an, aber er zwinkerte ihr nur zu. Niemand war ihnen von der Küste her gefolgt, da war er sich sicher. Es gab nur einen Gast, der vielleicht auf seine persönliche Bitte hin gekommen war.

»Wenn ihr nur noch einen kleinen Augenblick warten würdet …«, sagte er und ging zurück zum Kirchenportal.

Die Tür öffnete sich, ehe er sie erreicht hatte, und zwei Leibgardisten in voller Rüstung, das Schwert in der Hand, traten ein. Hinter ihnen erschien König Louis von Frankreich, barhäuptig und schlicht gekleidet wie ein gewöhnlicher Höfling.

»Majestät, Ihr gewährt mir eine große Ehre«, sagte Warwick.

Louis lächelte und blickte auf den sprachlosen Priester und das junge Brautpaar.

»Ah, ich komme also nicht zu spät. Es war nicht ganz einfach, dieses kleine Ardres zu finden. Fahrt fort, fahrt fort! Ich hatte Milord Warwick gesagt, dass ich kommen würde, wenn ich kann. Und warum nicht? Eine französische Hochzeit ist vielleicht die schönste von allen, nicht wahr?«

Warwicks Männer verbeugten sich vor dem König und der Priester ebenfalls, der sich die Stirn abwischte.

Während draußen die Sonne unterging, sprach der Priester die lateinischen Ehegelübde, die Warwick auf Englisch und Französisch wiederholte, sodass Isabel und George von Clarence sie voreinander ablegen konnten. Die kleine Kirche war still und staubig, aber es war ein warmer Tag gewesen, und es war Frühling, die Zeit der Liebe und des neu erwachenden Lebens. Es war ein so glückseliger Moment, dass sogar König Louis und seine Leibgardisten es spürten und Braut und Bräutigam anstrahlten und ihnen fröhlich zuzwinkerten, als die beiden, sich fest an den Händen haltend, den Altarraum verließen. Warwick ließ sie hochleben, dass es durch die leere Kirche hallte, als die kleine

Gruppe sie jetzt umringte, um ihnen zu gratulieren und sie zu küssen.

»Milord Clarence, ich habe ein Hochzeitsgeschenk für Euch«, verkündete König Louis stolz. »Die Rüstung, die ich Euch versprochen habe, von Maître Auguste in Paris. Er sagte, er habe noch nie eine schönere gemacht, und sie ist gut bemessen, damit Ihr an der Schulter und über der Brust noch Platz habt. Ihr werdet nie eine andere brauchen.«

George von Clarence war überwältigt – von Isabel, von der Trauung, von der Gegenwart des französischen Königs in dieser unerwarteten Umgebung ... Er lachte, als der Priester ihm ein grobes Tuch reichte, um seinen Schweiß abzuwischen, dann trat er zu den anderen, die im Begriff waren, die Kirche zu verlassen.

Warwick ging neben dem König ein paar Schritte hinter den frisch Vermählten, beide Männer lächelten zufrieden.

»Eure Tochter ist eine große Schönheit«, sagte König Louis. »Ihre Mutter muss eine außergewöhnliche Frau sein.«

Warwick lächelte.

»Eine andere Erklärung gibt es wohl nicht, Majestät. Ich danke Euch, dass Ihr gekommen seid. Für Euch war es nur ein kleiner Ausflug, aber diese beiden werden sich bis ans Ende ihres Lebens daran erinnern.«

»Wir sind schließlich Freunde, nicht wahr?«, sagte König Louis. »Wir beide verstehen uns. Was bedeutet schon Frieden? Die Menschen werden immer kämpfen und Blut vergießen. Meine Edlen rebellieren und ärgern sich über meine Gesetze. Selbst mit der Ehre ist es irgendwann vorbei. Aber die Liebe? Ach, Richard. Was wäre alles ohne die Liebe?«

»Wahre Worte, Majestät«, erwiderte Warwick mit einer Verbeugung. »Ihr habt mir heute eine große Ehre zuteil werden lassen. Das werde ich Euch nicht vergessen.«

»Das will ich hoffen Milord!«, sagte Louis lächelnd. Er trat durch das niedrige Portal ins Freie.

Draußen stand Isabel, mit geröteten Wangen, gleichzeitig strahlend vor Glück. George von Clarence hatte das neue Schwert aus der Scheide gezogen und bestaunte die wunderschön ziselierte Klinge. Der Rest von König Louis' Geschenk ruhte in mehreren Satteltaschen auf zwei Maultieren.

»Es ist fast dunkel. Wollt Ihr noch heute zur Festung von Calais zurückreiten, Milord?«, fragte König Louis. »Husch-husch, wie die Mäuschen?«

Noch einmal warf der französische König einen bewundernden Blick auf Isabel, deren langes, dunkles Haar, das mit einer silbernen Spange zusammengehalten war, bis zur Hüfte fiel.

Warwick fragte sich, nicht zum ersten Mal, ob der König eigentlich ahnte, was hier vor sich ging. Er konnte es nicht laut sagen, aber es war wichtig, dass das junge Paar die Ehe so schnell wie möglich vollzog. Sie würden die Nacht in einem Wirtshaus in der Nähe von Calais verbringen, wo die jungen Eheleute ihr eigenes Zimmer hätten. Danach konnte niemand, nicht einmal ein König, die Heirat für ungültig erklären.

»Es sind zwar nur ein paar Meilen, Majestät, aber es war ein schrecklich langer Tag. Vielleicht werden wir diese Nacht etwas komfortabler verbringen. Kaum zu glauben, dass ich heute Morgen noch in London war! Die Geschwindigkeit, mit der man heutzutage reist, ist kaum zu fassen.«

»Dann werde ich hier Adieu sagen, Milord. Und viel Glück. Wir werden uns als Freunde wiedersehen, daran zweifle ich nicht.«

König Louis wartete höflich, bis die kleine Gruppe die Kutsche bestiegen hatte und sich in Bewegung setzte. Er blieb auf dem Kirchhof stehen und sah ihnen nach. Er wusste nicht, ob es ihnen Glück bringen würde, aber auf jeden Fall hatte die Verbindung seinen Segen. Der König seufzte leise. Die junge Neville war sehr schön – und so verliebt, dass sie nichts sah als den jungen Duke an ihrer Seite.

»Oh, wenn man noch einmal jung wäre!«, sagte er leise zu sich selbst. »Wie war das Leben einfach damals.«

»Euer Majestät?«, fragte einer seiner Männer, der das Gemurmel des Königs bemerkt hatte.

»Es ist nichts, Alain. Bringt mich in meine Unterkunft. Ich sehne mich nach einem warmen Gemach und einem guten Rotwein.«

Edward war ohne Pause geritten, obwohl die schmale Mondsichel nur wenig Licht spendete und die Steine der Straße schwer zu erkennen waren. Er hörte die Armee hinter sich, die mit jeder Meile näher kam. Noch immer waren keine Banner zu sehen, und selbst wenn, wären sie jetzt nicht mehr zu erkennen gewesen. Edward verzog ärgerlich das Gesicht. Es tat nichts zur Sache, wer sie waren, entscheidend war nur, dass sie es gewagt hatten, seine königliche Jagdgesellschaft anzugreifen und dass es so viele waren, dass sie tatsächlich eine Gefahr für ihn darstellten. Aber seine Ritter konnten keine hundert Meilen reiten, ohne auszuruhen, das war für Menschen und Pferde unmöglich. Sie waren ja bereits einen ganzen Tag geritten, ehe sie in York angekommen waren.

Sie waren etwa eine Stunde geritten, als Edwards Hauptleute darauf drängten, er solle allein weiterreiten. Mit einem ausgeruhten Pferd hätte er das vielleicht auch getan, aber sein Tier ließ müde den Kopf hängen. Seine Hoffnung schwand. Die Armee hinter ihm gab sich offenbar nicht damit zufrieden, sie nach Süden abzudrängen. Sie gaben die Verfolgung nicht auf und holten immer mehr auf.

Die Straße nach London verlief hier ein Stück nach Südwesten, und sie kamen an der hügeligen Landschaft vorbei, wo die Schlacht von Towton stattgefunden hatte. Diejenigen, die sich daran erinnerten, schlugen das Kreuzzeichen und murmelten ein Gebet für die Gefallenen. Niemand würde die Nacht hier verbringen, wo die Geister der Toten umherirrten und der Boden von Blut getränkt war.

Die Vorstellung, an diesem Ort eingeholt zu werden, trieb Edward weiter. Er rief seinen Leuten zu, den Mut nicht zu verlieren und bis zum Morgengrauen durchzuhalten, während er fieberhaft überlegte, welchen Weg sie einschlagen könnten und wen sie um Hilfe bitten könnten.

Als die ersten Sonnenstrahlen über dem Horizont erschienen, waren Edward und seine Männer zu Tode erschöpft und die Tiere nicht weniger. Die Bogenschützen wirkten in der Morgendämmerung bleich. Sie konnten sich kaum noch auf den Beinen halten, und als Edward die Zügel anzog, blieben sie sofort stehen.

Edward fasste einen Entschluss. Ohne ein Wort wendete er sein Pferd um und stellte sich denen, die dort auf der Straße ankamen. Seine Hauptleute verstanden sofort und gaben den Bogenschützen den Befehl, sich in breiter Front aufzustellen, falls es zu einem Kampf kommen sollte. Zweihundert Mann konnten schon einen beachtlichen Schaden anrichten. Sollte es allerdings zu einem Gegenangriff mit Pfeilen kommen, würden die Männer zu Pferde ihn nicht überleben.

Es war noch nicht hell genug, um mehr als die Reihen der Bogenschützen zu sehen, die sich auf der anderen Seite ebenfalls breit aufstellten. Edward schüttelte missmutig den Kopf. Er war der König von England, wer, bei allen Heiligen, wagte es, sich ihm in den Weg zu stellen? Es gab nicht viele Feinde, die den Mut hatten, ihn auf derartige Art und Weise in die Falle zu locken. Ein Anflug von Angst beschlich ihn, weil er an das Schicksal seines Vaters denken musste. Doch er verscheuchte den Gedanken. Er war wild entschlossen, seinem Widersacher die Stirn zu bieten.

Jetzt sah man eine kleine Gruppe Bewaffneter, die näher kam. Ihnen voran ritt ein Herold, der, als er in Hörweite war, um Frieden bat.

Edward wandte sich zu seinen Männern um und ließ die gepanzerte Hand mehrmals niedersinken.

»Die Schwerter runter«, rief er.

Die Männer gehorchten, und ihre Erleichterung war deutlich zu spüren. In diesem Moment hörte man eine Stimme.

»Gebt Euch in meine Gefangenschaft, Edward. Bei meiner Ehre, Ihr werdet gerecht behandelt werden.«

Die Stimme kam aus der Mitte der Bewaffneten, und Edward bemühte sich, den Sprecher zu entdecken. Seine Verblüffung hätte größer nicht sein können, als er in dem schwachen Licht das Gesicht von George, dem Erzbischof von York, erkannte. In der Rüstung war der Mann kaum wiederzuerkennen.

»Das ist Hochverrat«, rief Edward, der noch immer nicht begriff, was hier gespielt wurde. Neben dem Erzbischof sah er jetzt John Neville, den er zum Marquess Montagu gemacht hatte. Langsam dämmerte Edward die Wahrheit, und er nickte bedächtig.

Da der König offenbar sein Schicksal akzeptiert hatte, lachte der Erzbischof leise und kam auf seinem Pferd näher heran. Zu Edwards Überraschung zog er sein Schwert, die Spitze reglos auf Edward gerichtet.

»Ergebt Euch. Sprecht es aus, oder ich liefere Euch meinem Bruder aus, der Euch unverzüglich den Kopf abschlagen wird.«

Edward starrte ihn an.

»Also haben sich die Nevilles gegen mich verschworen«, murmelte er.

Trotz seiner breiten Schultern war der Erzbischof kein Krieger. Zu gern hätte Edward das Schwert zur Seite gefegt und sich in seiner Wut auf ihn gestürzt. Doch er wusste, wenn er das tat, würden sie ihn umbringen. Er ballte die Faust, dann löste er sein Schwert und händigte es aus, worauf es sofort von einem der Soldaten fortgebracht wurde. Ohne seine Waffe fühlte er sich nackt und schwach.

»Warwick auch?«, fragte Edward plötzlich. »Aha. Hat es mit der Heirat seiner Tochter zu tun?«

»Ihr habt uns Gründe genug geliefert, Euer Hoheit«, erwiderte der Erzbischof. »Ich fordere Euch zum letzten Mal auf.«

»Ja, also gut … *Ich ergebe mich*«, fauchte Edward ihn an. Er sah, wie die Spannung aus den Gesichtern der Männer vor ihm wich, und er blickte sie höhnisch an.

»Und wie mutig von euch, eure Banner nicht zu zeigen! Oder habt ihr es getan, weil ihr ganz genau wisst, dass ich meinen Feinden nicht vergebe? Ja, ich verstehe eure Angst, Jungs. An eurer Stelle hätte ich auch Angst, und wie!«

Verächtlich sah er, wie sich rund um ihn Bogenschützen verteilten, immer einen Pfeil auf der Sehne und bereit, bei der geringsten Veranlassung zu schießen.

»Euer Hoheit«, sagte der Erzbischof, »ich muss Euch fesseln, damit Ihr nicht auf dumme Gedanken kommt. Denn ich möchte nicht, dass Ihr verletzt werdet.«

Edward atmete schwer, als ein Soldat erschien und ihm mit einer derben Schnur die Handgelenke fest zusammenband. Es war ihm eine gewisse Befriedigung, dass der Mann zusammenzuckte, als sich ihre Augen trafen.

»So, Euer Hoheit. Vor Euch liegt ein langer Ritt. Wir bringen Euch an einen geheimen Ort. Um Eure Leute braucht Ihr Euch keine Sorgen zu machen. Mein Bruder John wird sich um sie kümmern.«

Edward fing den Blick seines Schwiegervaters auf. Der alte Mann zuckte die Schultern, das Eingeständnis, dass man nichts tun konnte. Edward biss die Zähne zusammen und musste zulassen, dass jemand die Zügel seines Pferdes ergriff. Die Straße führte nach Süden, und er wurde von etwa sechzig Reitern begleitet. Er sah, wie seine Leute von den anderen eingeschlossen wurden. Er wandte sich ab und zwang sich, jetzt an sein eigenes Schicksal zu denken.

»Weiß Euer Bruder Warwick davon? Gehört er auch zu den Verschwörern?«, frage Edward wieder.

»Er ist das Oberhaupt der Familie, Euer Hoheit. Wenn Ihr einen von uns beleidigt, beleidigt ihr alle. Vielleicht wird er Euch auf Schloss Warwick besuchen. Ist es nicht merkwürdig, dass mein Bruder jetzt *zwei* Könige von England als Gefangene hat: Henry im Tower, und jetzt auch Euch?« Der Erzbischof schnalzte vergnügt mit der Zunge.

Edward funkelte ihn wütend an.

»Ihr seid ein Narr. Ich werde Eure Worte im Herzen bewahren. Aber ihr werdet es schon noch lernen, dass es nur *einen* König gibt.«

Warwick atmete die frische Morgenluft ein. An den Kais von Dover wurden schon die ersten Fänge ausgestellt, wo sie von Händlern aufgekauft wurden, um sie im Landesinnern zu einem vielfachen Preis weiterzuverkaufen. Der Earl hatte schon immer eine Leidenschaft für Schiffe und das Meer gehabt, er betrachtete die Wellen mit ihren Schaumkronen und die sprühende Gischt. Doch sein Wagen mit dem Kutscher kam bereits auf dem hölzernen Kai auf ihn zu. In der Ferne gingen seine Tochter und ihr Mann Arm in Arm und flüsterten zärtlich miteinander. Warwick musste erst pfeifen, damit sie ihn bemerkten und zum Wagen kamen. Er überlegte einen Moment, dann setzte er sich nach hinten, damit die frisch Vermählten zusammensitzen konnten.

Seine Tochter Isabel errötete, aber irgendwie schaffte sie es immer, George von Clarence mit der Hand oder dem Knie zu berühren. Warwick schloss daraus, dass die vergangene Nacht zur Zufriedenheit beider verlaufen war.

Als der offene Wagen mit Peitschenknallen davonrollte, bemerkte Warwick, dass sein Schwiegersohn ein nachdenkliches Gesicht machte.

»Geht's dir gut, George?«, fragte er.

»Es ging mir nie besser, Sir, aber ich muss gestehen, ich denke daran, wie mein Bruder auf die Nachricht reagieren wird. Ich möchte nur, dass es nicht zum Zerwürfnis kommt. Es ist, wie Ihr sagtet, Sir. Isabel und ich sind jetzt verheiratet. Daran kann niemand etwas ändern. Glaubt Ihr, dass Edward das einsehen wird?«

Warwick wandte sich um und blickte auf die staubige Straße, die sich hinter ihnen dahinzog.

»Ich bin sicher, das wird er«, erwiderte er. »Wir müssen doch alle hinnehmen, was wir nicht ändern können. Ich mache mir da keine Sorgen. Nein, nicht die geringsten.«

30

»Reitet jetzt heim«, sagte John Neville. »Meine Leute werden hier für Gerechtigkeit sorgen.« Er funkelte die reichlich abgekämpfte königliche Jagdgesellschaft an, als wollte er ihnen geraten haben, nicht zu widersprechen. Nachdem ein kleiner Trupp mit König Edward davongeritten war, hatte man die Männer entwaffnet und von ihren Wertsachen befreit. Dort, wo sich auch nur zaghafter Widerstand regte, half man mit Axtstielen nach. Dann wurden die Woodvilles herausgegriffen. Earl Rivers und sein Sohn mussten vom Pferd steigen. Sie wurden gefesselt und von Edwards Rittern und Gefährten getrennt. Als die übrigen Männer protestieren wollten, gab John Neville seinen Männern mit einer knappen Bewegung das Zeichen, mit Streitkolben dazwischenzugehen, um sie zum Schweigen zu bringen. Es kam zu einem kurzen Kampf.

Danach waren zwei Männer tot und vier weitere lagen blutüberströmt und bewusstlos am Boden.

Die restlichen Jagdteilnehmer wurden mit Stößen und Fußtritten auf die Straße zurückgetrieben, ihre Toten und Verletzten zerrten sie mit. Ungerührt blickte John Neville hinter ihnen her, und kaum einer wagte es, sich noch einmal umzudrehen.

Als die letzten Mitglieder der Jagdgesellschaft zwischen den Bäumen verschwunden waren, befahl John Neville, nicht weit von der Straße ein Lager aufzuschlagen. Er schickte einige seiner Reiter in die Stadt. Sie sollten dem Richter und dem Scharfrichter ihr Kommen ankündigen.

»Dazu seid Ihr nicht befugt«, rief Earl Rivers. Der weißhaarige alte Mann hatte den Ernst der Situation erkannt. Schlagartig war ihm klar, dass er es mit Todfeinden zu tun hatte. »Wir haben uns ergeben, Sir, und erwarten gute Behandlung. Ich habt Euch verpflichtet, unser Leben zu schonen. Verlangt das Lösegeld, das Ihr wollt, aber redet nicht vom Henker, um mich einzuschüchtern. Ihr seid doch ein Ehrenmann, oder nicht?«

»Ich bin vieles, Mylord«, erwiderte John Neville mit einem spöttischen Lächeln. »Und ich war sogar noch viel mehr, als ich heute bin. Zum Beispiel nannte man mich Edwards Jagdhund, als ich in seinem Auftrag Lords umbrachte. Einer davon war Somerset, ein Duke, dem ich auf einem Baumstumpf den Kopf abschlug.« Er nickte zufrieden und saugte an einem abgebrochenen Zahn, während Earl Rivers blass wurde. »Und Earl von Northumberland war ich auch eine Zeit lang. Aber das hat Eurer Tochter wohl nicht gefallen, was? Sie hat ihren Mann beschwatzt, mir mein Land und mein Haus wieder abzunehmen.«

»Und im Gegenzug habt Ihr Euren Treueeid gebrochen. Das ist Hochverrat, für den Ihr ewig im Höllenfeuer büßen werdet.«

Bei dieser Drohung lachte John Neville laut auf, doch es klang wie ein trauriger Seufzer.

»Das hättet Ihr meinem Bruder sagen sollen, Mylord. Ihn belastet die Sache sehr. Aber ich? Ich werde beichten und dann reingewaschen sein wie ein unschuldiges Kindlein. Aber zuvor werde ich Euch Gerechtigkeit widerfahren lassen. Meine Männer sollen es bezeugen.«

Woodvilles Sohn trat näher, die Hände auf dem Rücken gebunden.

»Für Euch gibt es keinen Weg zurück, Sir, wenn Ihr die Familie der Königin tötet. Begreift Ihr nicht? Keine Erlösung, keinen Frieden, nie wieder. Wenn Ihr uns jetzt freilasst, können wir Eure Forderungen meiner Schwester überbringen. Ihr wollt Northumberland zurückhaben? Das kann Euch wieder gehören, mit sämtlichen Papieren, und so gesiegelt, dass es Euch *nie* wieder genommen werden kann.«

»Bei Gott, Ihr seid ja ein wahrer Rechtsgelehrter!«, erwiderte John Neville mit blitzenden Augen. »Ich hatte keine Ahnung, dass man mir ein so großartiges Angebot machen würde! Und natürlich kann ich auf Euer Wort vertrauen. Wie beim letzten Mal!«

Mit wütendem Knurren versetzte er dem jungen Mann einen Tritt, sodass er zu Boden stürzte. Er blickte in die erschrockenen Gesichter ringsum. Dann rief er: »Man bringe mir eine Axt.« Vater und Sohn blickten ihn in Todesangst an, als John Neville mit erhobener Stimme fortfuhr. »Welcher Gerichtsplatz könnte besser sein als Gottes grüne Wiese? Auf englischem Boden? Gibt es unter einer Eiche mehr Gerechtigkeit? Oder hinter eisernen Gitterstäben? Nein, meinen Freunde. Wir sind ehrliche Männer. Ich brauche keinen anderen Richter als Gott und mein eigenes Gewissen. Ich erkläre diese Gerichtsverhandlung für eröffnet.«

Seine Männer bildeten einen Kreis, und John Neville zwang Earl Rivers, sich neben seinen Sohn hinzuknien.

»Ihr zwei Woodvilles, von keiner besonderen Abstammung, seid angeklagt, schlechte Ratgeber des Königs von England zu sein. Ihr habt Euch warme Nester aus Samt und Seide gebaut und gleichzeitig eine Familie aus edlerem Geblüt erniedrigt.«

Die Umstehenden traten näher, gebannt hörten sie zu.

John Neville beugte sich zu Earl Rivers hinunter. »Ihr seid ein Komplize gewesen, als man einem guten Mann seine Titel gestohlen hat, auf dessen Platz Ihr Euch gedrängt habt. *Schatzmeister, Earl.*«

Er hatte beide Titel verächtlich ausgespuckt. John Neville warf den alten Mann auf den Rücken. Der Sohn schrie auf, als der Peiniger jetzt vor ihn trat. Der junge Mann blickte in die unbewegten Gesichter ringsum, offenbar hoffte er immer noch, dies alles sei nur ein grausamer Scherz.

»Und nun zu dir. Du hast eine Greisin geheiratet, nur um dir ihre Titel anzueignen. Früher war ein Ritter ein Ehrenmann. Schande über dich, Junge.«

Auch er wurde auf den Rücken geworfen.

John Neville machte eine Handbewegung, und sofort trat einer seiner Leute vor, eine Stielhippe über der Schulter. Die Woodvilles erhoben sich mühsam wieder auf die Knie, sie wagten nicht, aufzustehen. Vater und Sohn blickten auf die schwere Klinge, und auf ihren Gesichtern lag gleichzeitig Furcht und Verachtung.

»Ich befinde Euch beide für schuldig. Ihr habt Eure Titel missbraucht und unredliche Geschäfte betrieben«, sagte John Neville. »Ich verurteile Euch zum Tode. Vermutlich ist es nicht üblich, dass der Richter auch das Urteil vollstreckt, also werde ich nur Zeuge sein. Keine Angst, ich werde dafür sorgen, dass Eure Familien es erfahren. Ich bin ein guter Briefeschreiber.«

John Neville nickte seinen Männern zu.

»Einer von euch soll in die Stadt laufen und dem anderen Bescheid sagen, dass wir den Gerichtssaal nicht mehr brauchen. Und bring frisches Brot und einen Schinken mit. Ich merke, dass ich Hunger habe.«

Er gab dem vierschrötigen Mann mit der Hippe ein Zeichen. »Tu deine Arbeit, Junge, wir müssen Gerechtigkeit walten lassen. Und was Euch beide anbetrifft, möge Gott Euren schwarzen Woodville-Seelen gnädig sein.«

Obwohl Richard Neville für gewöhnlich den Namen Warwick trug, war Schloss Warwick nicht sein liebster Aufenthaltsort. Es lag hoch über dem Ufer des Avon. Die meiste Zeit war es hier feucht und kalt. Die große Anlage war verwinkelt und weitläufig, und sie zu bewirtschaften kostete Unsummen. Wie so viele Schlösser dieser Art, war es einst als Festung errichtet worden, zur Verteidigung und nicht um sich darin heimisch zu fühlen.

König Edward war ein Raum hoch oben im Westturm zugewiesen worden, bewacht von zwei Männern vor der Tür und zwei weiteren am Fuße der Treppe. Fliehen konnte er nicht, obwohl er allein durch seine Körpergröße und Kraft eine Bedrohung für jeden wurde, der ihm zu nahe kam. Der König hatte gelobt, nicht zu fliehen, woran er sich jedoch nicht halten würde, wenn niemand versuchte, mit ihm zu verhandeln oder Lösegeld zu fordern.

Zwei Wachen standen dicht hinter Edward, falls es ihm einfallen sollte, Warwick anzugreifen. Der König lehnte sich in einem Stuhl mit hoher Lehne zurück und kreuzte die Füße. Warwick betrachtet ihn aufmerksam.

»Ihr habt also keine Klagen?«, fragte er. »Behandeln euch meine Leute respektvoll?«

»Abgesehen davon, dass sie mich gefangen halten, ja«, sagte Edward schulterzuckend. »Euer fetter Bruder, der Erzbischof, posaunt herum, dass Ihr jetzt zwei Könige als Gefangene habt. Ich habe ihm gesagt, dass es nur einen König gibt. Immerhin solltet auch Ihr bemerkt haben, dass es etwas anderes ist, einen Henry von Lancaster gefangen zu halten oder einen Edward von York.«

Der König sah ihn herausfordernd an, aber Warwick verzog keine Miene, auch wenn die Gelassenheit, die der König an den Tag legte, ihn ärgerte.

»Die Zeit vergeht langsam in der Gefangenschaft, mit nichts weiter als einer Bibel zum Lesen. Wie lange bin ich jetzt hier? Zwei Monate? Ich habe in diesem Turm einen herrlichen Frühling verpasst. Es ist schwer, einem Menschen das zu verzeihen, Warwick, dass mir ein Frühling wie dieser entgeht. Wann wollt Ihr mich endlich freilassen, heraus mit der Sprache?«

»Wieso seid Ihr so sicher, dass ich das vorhabe?«, sagte Warwick. »Euer Bruder George ist mein Schwiegersohn. Wenn ich wollte, könnte ich ihn auf den Thron setzen – und danach weitermachen.«

Edward lachte nur leise und schüttelte den Kopf.

»Glaubt Ihr, er würde Euch vertrauen, wenn Ihr das tätet? Ich kenne ihn besser als Ihr, Richard. Richtig, er ist ein Narr, und außerdem leicht zu beeinflussen. Aber solange ich lebe, wird er nicht König sein. Ich glaube, das wisst Ihr auch, und seit Wochen überlegt Ihr fieberhaft, wie Ihr den schweren Fehler, den Ihr begangen habt, wiedergutmachen könnt.«

»Ich habe keinen Fehler begangen«, erwiderte Warwick mürrisch.

»Nein? Wenn Ihr mich umbringt, werdet Ihr keine Nacht mehr ruhig schlafen, aus Angst vor meinen Brüdern. Euer Leben wird keinen Pfifferling mehr wert sein. Inzwischen ist doch überall bekannt, dass Ihr den König von England gefangen haltet. Dachtet Ihr denn, es würde sein wie bei Henry? Wahrscheinlich dachtet Ihr das tatsächlich. Pah! Den Lords und den Bürgern war es doch gleich, als Henry gefangen genommen wurde.«

Edwards Blick wurde grimmiger, und Warwick ahnte, welche Wut in seinem Innern schwelte. Das Haar des Königs war lange nicht geschnitten worden. Es war lang und verfilzt. Er hatte etwas Löwenhaftes, so wie er dort lauernd und kraftvoll im Stuhl saß.

»Ich bin der König«, sagte Edward jetzt. »Mich versteckt man nicht so einfach wie den Schwächling Henry. Sagt mir – in wie vielen Grafschaften ist es schon zu Unruhen gekommen, bei denen man Euren Kopf verlangt? Wie viele Sheriffs sind bereits ermordet morden, wie viele Vögte und Richter? Wie viele Abgeordnete des Parlaments sind schon vom Pöbel durch die Straßen gejagt worden? Ich bin der König von England, Richard! Ich habe Blutsverwandte in fast allen Häusern des Landes. Und ich rieche Rauch.«

Demonstrativ schnupperte er in der Luft.

»Ja, so sieht's aus, Richard. England steht in Flammen. Also, heraus mit der Sprache – wann wollt Ihr mich freilassen?«

Warwick ärgerte sich, weil Edwards Worte ins Schwarze trafen – und es war noch viel schlimmer, als der junge König ahnte. Die Folge von Edwards Gefangennahme waren Unruhen im ganzen Land. Sein Bruder, der Erzbischof, war vom Pöbel durch die Straßen gejagt worden und musste sich in der Abtei Zuflucht suchen, um sein Leben zu retten. Ein Dutzend Herrenhäuser der Nevilles waren bereits in Flammen aufgegangen, und ganze Städte hatten sich erhoben, Vögte und Sheriffs aufgehängt und geplündert und gebrandschatzt. Es war klar, dass Elizabeth die treibende Kraft hinter diesen Aufständen war. Überall ließ sie verkündigen, dass die Nevilles Verräter seien, so wie sie, Elizabeth Woodville, es schon immer gesagt habe. Jetzt könne es niemand mehr leugnen, nachdem man Edward von der Straße weg gefangen genommen hatte.

Margaret von Anjou hatte niemals auch nur ein Zehntel der Unterstützung, die Elizabeth in nur wenigen Monaten erfahren hatte, dachte Warwick. Allerdings hatte sie auch niemals einen solchen Mann wie Edward.

Ja, was der König gesagt hatte, stimmte – doch das war nicht alles. Henry hatte nie eine Schlacht gewonnen, während die Hälfte der englischen Soldaten gesehen hatte, wie Edward bei Towton ganz vorn gestanden hatte. Viele der Männer, die an diesem Tag für York gekämpft hatten, lebten noch. Sie erinnerten sich an Edwards wilden Ritt, um den Angriff an der Flanke niederzuschlagen. Ihr König hatte für sie gekämpft, jetzt erhoben sie sich für ihn, um die Nevilles zu vertreiben und ihre Besitztümer niederzubrennen.

Henry von Lancaster hatte sich vor der Welt zurückgezogen, um wie ein Einsiedler zu leben, während Edward auf die Jagd ging und durch Städte und Dörfer reiste und das Leben genoss, wie man es von einem jungen Mann erwartete, und der auch seine Familie reich beschenkte. Der arme Henry hatte niemals jemanden bezaubert, sodass er ihm willig gefolgt wäre.

Warwick blickte in das selbstgefällige Gesicht des Mannes. Er hatte nicht vor, ihm den Gefallen zu tun, klein beizugeben. Lächelnd, als ermahnte er ein Kind, schüttelte er den Kopf. Er wusste, das würde Edward rasend machen.

»Ich könnte ja auch Henry aus dem Tower holen lassen. Seiner Frau und seinem Sohn geht es in Frankreich gut. Eine ungebrochene Linie. Nein, noch besser, die einzig wahre Linie. Der rechtmäßige König wäre wieder eingesetzt. Und wie ich höre, ist Edward von Westminster inzwischen zu einem stattlichen jungen Mann herangewachsen.«

Edward von York beugte sich vor. Das spöttische Lächeln war verschwunden.

»Ihr … nein, das würdet Ihr niemals tun.« Warwick wollte etwas sagen, aber Edward ließ sich nicht unterbrechen. »O ja, ich bin sicher, Ihr würdet Henry auf meinen Thron setzen, wenn es möglich wäre. Aber es ist nicht möglich. Ihr hattet die Möglichkeit, diesen Schwachkopf von Henry umzubringen. Aber Ihr habt es nicht getan. Ich beklage mich nicht, Richard. Denn auch ich bin noch am Leben, ich habe also allen Grund, dankbar zu sein! Aber die Wahrheit ist – Ihr seid kein kaltblütiger Mörder. Aber Henry die Krone wieder aufzusetzen, das schafft Ihr auch nicht. Ihr müsstet durch viel Blut waten, um es zu tun. Ihr müsstet alle Woodvilles ausrotten, einschließlich meiner Töchter. Und das würdet Ihr nicht tun. Nein, nicht Ihr, der Mann, den ich seit meiner Kindheit kenne und respektiere. Dazu seid Ihr nicht fähig.«

Warwick blickte ihn lange an, er ahnte die Furcht, die hinter den Worten steckte. Er verstand sie, denn er musste an seine beiden eigenen Mädchen denken. Kinder waren der wunde Punkt, sie waren den Umständen hilflos ausgeliefert. Allein durch ihre Existenz konnten sie einen starken Mann, der über seinen drohenden Tod verächtlich gelacht hätte, schwach werden lassen.

»Ja, Ihr habt recht«, sagte er. Edward brummte in schlecht verhohlener Erleichterung auf und lehnte sich wieder zurück, als Warwick fortfuhr. »Ich werde alles unternehmen, um nicht unnötig Blut zu vergießen. Aber denkt an meinen Bruder – John Neville. Wie viele Menschen hat John auf Euer Geheiß umgebracht, in den Jahren nach der Schlacht von Towton?«

Edwards Kopf sank herab, er rieb die Bartstoppeln um seinen Mund. Er wusste, wie wahr diese Worte waren, und versuchte, seine Angst nicht zu zeigen. Warwick nickte ihm zu, fast traurig.

»Earl Rivers ist bereits unter der Erde. Sein Sohn John ist auch tot. Das ist der Zorn meines Bruders, Edward. Dachtet Ihr wirklich, Ihr könntet ihm seinen Titel nehmen, ohne dass er auf Vergeltung sinnen würde? Selbst ein treuer Hund beißt irgendwann, wenn man ihn zu sehr peinigt.« Traurig schüttelte Warwick den Kopf. »Dachtet Ihr, ich würde das Messer selbst in die Hand nehmen? Nein, Edward, Ihr solltet lieber beten, dass ich diese verdammten Aufstände unter Kontrolle bekomme, ehe ich über Euer Schicksal entscheide!«

»Lasst mich *frei*, Richard!«, rief Edward und schlug mit der Faust auf die Armlehne seines Stuhls.

»Das kann ich nicht!«, fuhr Warwick ihn an. Damit wandte er sich um und verließ den Raum.

Edward sprang auf, aber die beiden Wachen waren sofort bei ihm und verstellten ihm den Weg.

»Ich bin der König!«, brüllte Edward hinter Warwick her, so laut, dass die Wachen zusammenfuhren. »Und ich verlange, dass man mich umgehend freilässt!«

Warwick ließ ihn brüllen. Er trat hinaus in den Sonnenschein und stieg auf sein Pferd, um nach London zurückzureiten. Sein Miene war sorgenvoll.

Der Weiße Turm des Tower war der älteste Teil der Festungsanlage, älter als die äußeren Mauern. Von ihm aus hatte man einen Blick auf die ganze Stadt und die Themse. Bei Nacht war Elizabeth durch eine kleine Luke hier heraufgestiegen, auf das Dach aus alten Dachziegeln, voller Flechten und Vogelnester. Der Wind zerrte an ihrem Haar und ihren Kleidern, während sie über die dunkle Stadt hinwegblickte. Der Mond warf ein schwaches Licht auf die Dächer der Häuser und das Wasser. Das einzige Licht, das darüber hinaus zu sehen war, stammte von den Fackeln der Aufständischen, die auch jetzt noch durch die Stadt marschierten und deren widerhallende Tritte sie nicht schlafen ließen. Sie schrien nach dem Blut der Nevilles – was einerseits erfreulich, andererseits aber auch beängstigend war.

Natürlich hatte sie gewusst, dass ihr Mann geliebt und verehrt wurde. Elizabeth hatte gemerkt, dass die Kaufleute, die Ritter und die Lords es sehr begrüßt hatten, dass Edward sich gegen den schwachen Henry durchgesetzt hatte. Er hatte ihn in eine Zelle verbannt und seiner französischen Frau erlaubt, wieder nach Hause zu ihrem Vater zu gehen. Dass die Menschen sich aber für ihren neuen König erheben würden, damit hatte sie nicht gerechnet.

Die Nachricht von seiner Gefangennahme hatte sich in Windeseile herumgesprochen. Die Leute hatten unter Protestgeschrei die Amtsgebäude gestürmt. Sie hatten geplündert und Feuer gelegt. Boten ritten durchs Land und verbreiteten die Kunde, und irgendwann fanden sich die Menschen zu großen Märschen zusammen, Zehntausende, mit Fackeln und Hippen. Bauern und Soldaten, die bei Towton gekämpft hatten, riefen jetzt zur Jagd auf die verräterischen Nevilles.

Es wehte ein eisiger Wind, und Elizabeth fröstelte. Die einzige Brücke über die Themse war nicht weit vom Tower entfernt. Von ihrem Platz aus sah sie jetzt eine lange Reihe von Fackeln, die von Southwark her über die Brücke kamen, laut jubelnde, grobschlächtige Männer, die nach Hause zurückkehrten, und in der Ferne, auf der anderen Seite des Flusses, verriet ein schwaches Glühen in der Dunkelheit, dass wieder ein Herrenhaus in Schutt und Asche gelegt worden war.

Natürlich hatte Elizabeth loyale Lords zusammengerufen und Vergeltung gefordert, mit brennenden Augen, die keine Tränen mehr hatten. Die Nevilles waren es, die zu zündeln begonnen hatten, jetzt würde daraus ein alles verzehrender Flächenbrand werden. Sie atmete mühsam in dem stürmischen Wind, der sich anfühlte, als drückten kalte Hände gegen ihren Körper.

Sie hatte von Anfang an gewusst, wie weit die Nevilles sich ins Land hineingefressen hatten. Wie Maden in einen Apfel. Und ihr geliebter, vertrauensseliger Mann war gegenüber all dem blind gewesen.

»Ich habe recht gehabt«, flüsterte sie, und der Wind trug ihre Worte davon. »Ich habe es kommen sehen, aber sie waren stärker, als ich dachte, und grausamer.«

Der Wind zerzauste ihr die Haare, er heulte, als verspüre er denselben Schmerz wie sie. Ihr Vater und ihr Bruder waren von den Nevilles ermordet worden. Jetzt gab es kein Erbarmen mehr. Sie hatten das Blut ihrer Familie vergossen, und Elizabeth würde nicht eher ruhen, bis das Geschlecht der Nevilles ausgelöscht wäre.

Es gab Menschen, die hatten sie in den ersten Jahren ihrer Ehe eine Hexe genannt. Es war nichts weiter als Missgunst gewesen. Doch jetzt, hier auf dem Dach des Weißen Turms, wünschte sie sich, sie wäre eine. Sie hätte ihre unsterbliche Seele dafür gegeben, wenn sie die Macht besessen hätte, ihre Feinde zu verhexen und ihnen Flüche an den Hals zu schicken. Und sei es nur, um ihren Vater zu rächen. Sie hatte ihn an den Hof gebracht und er hatte mit dem Leben dafür bezahlt. Das hatte er nicht verdient.

Elizabeth ballte die Fäuste, dass sich ihre Fingernägel in das Fleisch gruben.

»Sollen sie alle verrecken«, flüsterte sie. »Sollen sie leiden, wie ich gelitten habe. Und wenn Gott und seine Heiligen mir nicht antworten, o ihr Mächte der Finsternis, dann rufe ich euch an. Stürzt sie! Bringt mir meinen Mann zurück, und lasst sie alle im Feuer *brennen*.«

31

Sie kamen nach Sonnenuntergang, im Gänsemarsch, auf schmalen Feldwegen. Sie erschienen in Wirtshäusern, um den Staub der vielen Meilen hinunterzuspülen und sich denen zu erkennen zu geben, denen sie vertrauten. Wenn es Nacht wurde, banden sie sich Tücher vors Gesicht. Sie brachten Ölkannen und abgedunkelte, windgeschützte Laternen mit.

Manchmal ergriff die Dienerschaft die Flucht, und man ließ sie laufen. Andere, die jahrelang loyal gedient hatten, blieben, um ihre Herren zu warnen. Dann wurde niemand verschont, weder die Familien noch die Diener, sie alle starben im Feuer.

Sie nannten sich »die Feuerteufel«, und man sah ihnen an, welch finsterem Geschäft sie nachgingen. Ihre Gesichter waren rot, mit Ruß verschmiert, und ihre entzündeten Augen ließen sie furchterregend aussehen. Sie zündeten ihre Fackeln an und ließen die Pferde frei, dann brannten sie die Ställe nieder. Wenn die Bewohner nach draußen gerannt kamen, liefen sie einer Horde Vermummter mit Streitkolben und Stielhippen in die Arme. Sie schlugen auf jeden ein, der aus dem Haus kam, und manch einer blieb mit gebrochener Schädeldecke zurück, die nicht mehr heilen würde. Gebäude für Gebäude wurde in Brand gesteckt, Scheune um Scheune, bis der Feuerschein die ganze Gegend erleuchtete und die kalte Nachtluft zu einer warmen

Brise wurde, die den Brandgeruch weit mit sich forttrug. Wenn die Bauern und Vögte den Ort endlich erreichten, war das Feuer meist schon außer Kontrolle. Von den ehrwürdigen, alten Gutshäusern blieb nichts weiter übrig als schwelende schwarze Balken, die noch tagelang rauchten. Meist tauchten die Feuerteufel dann erst wieder vierzig oder achtzig Meilen entfernt auf, um dort ihr furchtbares Werk fortzusetzen.

Es hatte schon früher Aufstände gegeben, größere und kleinere, gegen ungerechte Behandlung, Teuerung oder wegen hundert anderer Gründe. Die Engländer waren nur schwer aufzurütteln, was daran liegen mochte, dass sie ihren eigenen Gefühlen nicht trauten. Doch hier ging es um etwas anderes. Die Feuerteufel fielen über Orte her, die sie bisher nicht einmal wahrgenommen hatten. Sie wurden auch immer grausamer im Laufe der Monate, die König Edward als Gefangener dieser Verräter festsaß. Jetzt wurden die Herrenhäuser, ehe man sie in Brand setzte, an den Türen mit großen eisernen Dornen zugenagelt. Die Schreie von innen verhallten und erstarben im Tosen der Flammen. In letzter Zeit wurden auch viele Adlige auf den Schlössern von der Dienerschaft ermordet, ehe sie das Haus niederbrannte, Leuten, die diesen Familien jahrelang treu gedient hatten. Auf jeder Straße, auf jedem Dorfplatz sah man frische Leichen, und viele davon waren lediglich aus Missgunst oder im Suff umgebracht worden. Die Vögte und Gerichtsbüttel saßen derweil vor Angst schlotternd in ihren Häusern und warteten darauf, dass es auch bei ihnen klopfte.

Doch der größte Teil der Zerstörung richtete sich lediglich gegen eine Familie – und hier ganz besonders gegen einen Mann. Viehherden wurden getötet, die den Nevilles gehörten. In ihren Kohlebergwerken von Warwickshire wurde Feuer gelegt. Schiffe im Hafen, die den Nevilles gehörten, wurden in Brand gesteckt, und selbst der große Landsitz von Richard Neville wurde ein Raub der Flammen.

In Warwickshire wurden die Türen der Wirtshäuser eingetreten. Dann erschienen Männer und stellten Fragen. Wenn sie mit den Antworten nicht zufrieden waren, schleuderten sie Töpfe mit Öl und warfen Fackeln, dann standen sie mit Mistgabeln draußen und ließen keinen entkommen. Die Anführer der Feuerteufel waren drei Männer – doch sie führten ein und denselben Namen: Sie nannten sich »Robin von Redesdale«. Sie waren die gemeinsame Stimme der Kämpfer von Towton. Und sie gaben dem gefangenen König eine Stimme, die in seinem Namen aufschrie.

Der Sommer ging vorüber, aber die Ernte kam nicht recht voran. Man fürchtete, dass volle Scheunen die Feuerteufel anziehen würden, außerdem mieden die Arbeiter den Besitz der Nevilles, aus Angst, auf dem Heimweg überfallen zu werden. Die Feldfrüchte verfaulten auf dem Acker, und ganze Herden von Tieren verschwanden spurlos, oder, was noch schlimmer war, man fand sie mit durchschnittenen Kehlen. Die brennenden Kohlebergwerke, in denen das Feuer sich immer tiefer ins Innere der Erde fraß, konnten nicht gelöscht werden. Ihre Rauchwolken waren im ganzen Land zu sehen, und es schien, als würden sie dort, im Verborgenen, bis ans Ende der Zeit weiterbrennen.

Fauconberg hielt sich den Bauch und stöhnte vor Schmerz auf. Er saß in der Küche von Schloss Middleham, aus der man alle Bediensteten weggeschickt hatte. Niemand sollte ihn in diesem Zustand sehen. Der Stuhl, den Warwick für ihn hatte herunterbringen lassen, war zwar weich gepolstert, aber der alte Earl fand dennoch keine bequeme Haltung.

»Es wird immer schlimmer, Richard«, sagte er und stellte die Schüssel mit milchig-weißer Flüssigkeit ab, die er erbrochen hatte. »Ich kann kaum noch etwas bei mir behalten. Ich glaube, ich mache es nicht mehr lange.«

Warwick stand gegen den großen Holztisch gelehnt, dessen Beine dicker als seine eigenen waren. Er versuchte, sich nicht anmerken zu lassen, wie sehr ihn der Anblick seines Onkels erschreckte. Fauconberg war nie ein besonders kräftiger Mann gewesen, aber jetzt war er nur noch Haut und Knochen. Selbst sein Haar war schütter geworden und hing ihm in dünnen Strähnen bis auf die Schulter. Irgendetwas fraß ihn von innen her auf, und Warwick musste ihm insgeheim zustimmen …

»Und wer soll mich beraten, wenn du nicht mehr bist, Onkel? Ich brauche dich noch! Schließlich habe ich in letzter Zeit mit meinen Entscheidungen nicht gerade viel Klugheit bewiesen.«

Fauconberg versuchte zu lachen, aber die Anstrengung tat ihm weh, und er atmete scharf ein. Er drückte mit der Hand gegen seine Seite, was den Schmerz etwas linderte.

»Du wirst eine Lösung finden, Richard, schon der Familie wegen. Wir haben uns doch, weiß Gott, schon durch so manche Dornenhecke gekämpft.« Fauconberg blickte seinen Neffen prüfend an. »Ich glaube, du weißt bereits, was die beste Lösung wäre, wenn nur dein Stolz es dir erlaubte, sie auszusprechen.«

»Du würdest mir also raten, Edward freizulassen?«, fragte Warwick düster. »Wenn ich die Zeit noch einmal zurückdrehen und anders entscheiden könnte, glaub mir, ich täte es. Ich habe damals nicht geahnt, was passieren würde, wenn ich den König gefangen nehme.« Warwick verzog das Gesicht und schüttelte den Kopf. »Weißt du, Onkel, das hat Edward mir sogar selbst gesagt, als ich ihn besuchte. Er sagte, als ich Henry gefangen nahm, hätte ich nicht daran gedacht, dass er vom Volk ohnehin nicht geliebt wurde. Und er hatte recht, auch wenn es mir schwerfällt, das zuzugeben. Ich hatte gedacht, ich könne beide wie Schachfiguren hin und her schieben. Aber ich hatte nie damit gerechnet, dass man auch das ganze Brett umwerfen kann.«

Fauconberg antwortete nicht. Sein eigener Besitz lag noch ein gutes Stück weiter nördlich von York, und selbst dort hatte man ihm Scheunen angezündet und einen Richter ermordet. Mit jedem Monat wurden es schlimmer. Er war überzeugt, dass seinem Neffen nur eine Wahl blieb. Was dabei herauskam – nun, das war ungewiss, und er würde es ohnehin nicht mehr erfahren. In seinem Magen befand sich ein schmerzender Klumpen, irgendetwas, das wuchs, fast wie ein Geschöpf, das sich von ihm ernährte. Er hatte etwas Ähnliches schon bei geschlachteten Tieren gesehen. Doch was immer es war, es ließ ihm das Blut gerinnen. Seine größten Adern waren von dem Gift schon ganz dunkel. Er konnte nur hoffen, dass Warwick für die Sicherheit der Familie sorgte.

»Was hattest du dir denn davon versprochen, Richard? Ursprünglich ging es doch nur darum, Edward möglichst allein in den Norden zu locken, und darum, wie du mit seinem Bruder und deiner Tochter nach Frankreich kommst …«

Warwick senkte den Blick und nickte. »Du hast recht, wir hätten weiter planen sollen«, gab er zu. »Aber ich war so wütend, ich konnte nur daran denken, dass ich Edward vor Augen führen wollte, wie schändlich er mit seinen loyalsten

Anhängern umgegangen war. Ich sah in ihm immer noch den Jungen, den ich in Calais ausgebildet hatte. Nicht den König. Wie mir scheint, war ich der einzige Mensch im Land, der nicht gemerkt hatte, was aus ihm geworden war. Ich war der Einzige, der es nicht begriff.«

Fauconberg zuckte die Schultern. »Du warst nicht der Einzige. Deine Brüder dachten ja genauso, soweit ich mich erinnere.«

»Wir alle sahen nur den eigensinnigen Jungen, obwohl ich in Towton an seiner Seite gekämpft habe. Wir sahen den *Mann*, nicht den König. Jedenfalls war es *meine* Entscheidung. Ich hätte John und George auch sagen können, sie sollten weiterhin alles still ertragen.«

»John? Nein, ich denke, auf Dauer hättest du ihn nicht bändigen können. Wahrscheinlich hätte man ihn längst aufgehängt, oder er hätte etwas Unüberlegtes getan, was ihn den Kopf gekostet hätte.«

Warwick seufzte. Er griff nach einem Krug Wein und füllte zwei Becher.

»Verträgst du Wein?«, fragte er.

»Ich werde es versuchen, aber gebt mir zur Sicherheit auch die Schüssel«, erwiderte Fauconberg.

Warwick hielt die Luft an, als er die Schüssel leerte und mit einem sauberen Tuch auswischte, ehe er sie seinem Onkel brachte, zusammen mit einem Becher Rotwein. Mit einem schiefen Lächeln trank Fauconberg ihm zu.

»Möge er nicht mehr zum Vorschein kommen«, sagte er und nahm genießerisch schmatzend einen Schluck. Er wartete eine Weile, dann nickte er und stellte den Becher ab.

Warwick hatte ebenfalls getrunken. Jetzt sah er seinen Onkel ernst an.

»Im Grund hatte ich gehofft, ich könnte Clarence auf den Thron bringen. Ich sage dir das, weil ich weiß, du wirst es mit ins Grab nehmen, Onkel. Aber um das zu tun, müsste ich Edward töten lassen. Einsperren ist nicht genug. Ich bin mir nicht einmal sicher, ob ich ihn noch viel länger gefangen halten kann. Nicht auszudenken, wenn er mir entkäme …« Er sprach nicht weiter. Er fröstelte bei dem Gedanken an Edward, diesen großen Wolf, der sich nicht bändigen ließ. »Er *ist* der König, Onkel. Das ist das Merkwürdige daran. Das ist mir jetzt klar, und ich fürchte mich vor dem Fehler, den ich begangen habe, als ich ihn festnehmen ließ. Jetzt will ich nichts weiter, als einen Weg finden, ihn wieder auf den Thron zu bringen, ohne dass dies das Ende des Hauses Neville bedeuten muss.«

»Darüber nachzudenken hätte sich gelohnt, bevor John den Vater und den Bruder der Königin hinrichtete«, sagte Fauconberg mit heiserer Stimme.

Ein Würgen ergriff ihn, und er hielt die Schüssel vor sein Gesicht, in die erneut blassrote Flüssigkeit tropfte. Warwick wandte den Blick ab und wartete, bis der Anfall vorüber war. Dann blickte er Fauconberg an, der bleich dasaß und sich den Schweiß abwischte.

»Nicht sehr angenehm«, flüsterte Fauconberg. »Vielleicht sollte *ich* zum König gehen, mit einer Axt – als meine letzte Tat. Ich sterbe ohnehin. Du könntest mich für alles verantwortlich machen und mit Clarence deine Ehre wieder zurückgewinnen.«

»Und mit ansehen, wie dein Name in den Dreck gezerrt wird?«, sagte Warwick. »Nein, Onkel. Er hat zu mir gesagt, ich könne niemanden ermorden, und damit hat er recht. Sein Tod würde einen weiteren Mord nach sich ziehen und dieser den nächsten ... Das Brennen und Morden muss ein Ende haben.«

»Du hast recht«, erwiderte Fauconberg, dessen Stimme wieder kräftiger klang. »Keiner von Edwards Brüdern würde einem Mann vertrauen, der Edward umgebracht hat! Wenn du Clarence oder Gloucester auf den Thron bringst, kannst du gleich deinen Kopf auf den Richtblock legen. Nein, du musst ihn freilassen. Das ist das Einzige, was dir übrig bleibt.«

»Einfach so? Nachdem er drei Monate Zeit hatte, auf Rache zu sinnen? Ach Onkel, ich wünschte, es wäre so einfach.«

»Wenn es nicht um die toten Woodvilles ginge, würde ich sagen, ja, du kannst ihn einfach freilassen. Ich habe nie erlebt, dass Edward einen Schwur gebrochen hat, nicht ein einziges Mal. Er ist in dieser Hinsicht ein wahrer Ehrenmann. Du sagst, er sei nicht mehr der Junge von einst, er sei jetzt der König. Also gut, dann vertraue darauf! Lass Edward für alle deine Vergehen eine Amnestie unterschreiben, dass er dir gesetzlichen Schutz garantiert und auf jegliche Vergeltung verzichtet. Er soll es dir schwören, bei seiner unsterblichen Seele, beim Leben seiner Kinder ... was auch immer.«

»Und du glaubst wirklich, ich kann mich auf sein Wort verlassen?«, fragte Warwick, dem Ratlosigkeit und Verzweiflung ins Gesicht geschrieben standen.

»Ja. Ich glaube, selbst wenn die ganze Welt in Flammen aufginge, er würde zu seinem Wort stehen.«

»Die Welt *geht* ja bereits in Flammen auf! Und was ist mit Johns Titel?«, fragte Warwick.

Fauconberg schüttelte den Kopf. »Ich würde es nicht übertreiben, Richard. Es war ein Geschenk von Edward, und er hatte das Recht, es rückgängig zu machen. Wenn du eine andere Möglichkeit siehst, würde ich sie gern hören, möglichst, ehe meine Schmerzen noch schlimmer werden.«

»Also gut«, sagte Warwick, der sich geschlagen geben musste. »Edward *ist* der König. Ich werde ihn eine Amnestie und eine Begnadigung unterschreiben lassen. Ich *muss* mich auf seinen Schwur verlassen. Ich habe keine andere Wahl.«

32

Richard Neville zügelte sein Pferd, als er vor dem wuchtigen Torhaus der Burg Warwick ankam. Er hob eine Lanze hoch über den Kopf, an der sein Banner mit dem aufgestickten Bären und dem Stab befestigt war. Ihm war kalt, und er war müde – es waren drei Tagesritte von London bis hierher gewesen –, außerdem nieselte es schon den ganzen Tag, was seine Laune nicht gerade verbesserte.

Wenigstens waren die Feuerteufel nicht bis hierher gekommen. Als die Unruhen im Land immer mehr zunahmen, hatte Warwick angeordnet, dass seine wichtigste Burg die Tore schloss und niemanden ein noch aus ließ. Die Wachen wurden verstärkt, und sobald sich jemand der Burg näherte, wurde mit der Armbrust gedroht und notfalls auch geschossen.

Das alles bedeutete natürlich, dass die Wilderer sich in seinen Wäldern mit Moorhühnern, Fasanen und Wild bedienten, aber das war leider nicht zu ändern. Das Wichtigste war, dass nicht bekannt wurde, dass König Edward hier gefangen gehalten wurde.

Die Wachen auf den Wehrgängen starrten mit unbeweglichen Gesichtern hinunter, als er ihnen sein Wappen zeigte. Eine Lanze, an der ein Wappenrock hing, war ein klares Zeichen. Er hielt sie hoch, bis seine Arme schmerzten, und wartete darauf, dass die Armbrustschützen einen Sergeant riefen.

Es war keine leichte Sache, das Haupttor zu öffnen, wenn man sich im Belagerungszustand befand. Warwick wartete im stärker werdenden Regen. Sein Pferd fröstelte in der Kälte, Hals und Flanken zuckten. Als sich endlich innen der erste Lichtstrahl zeigte, waren seine Lippen blau, und als die Wachen ihn erkannten und zurücktraten, konnte er ihnen nur steif zunicken. Das Tor wurde hinter ihm wieder geschlossen, und die Eisenstangen vorgelegt, dann rasselte laut das Fallgitter herunter. Warwick schüttelte die Nässe vom Gesicht, als er sein Pferd am losen Zügel den »Weg des Todes« entlangführte. Dieser war ein etwa vierzig Fuß langer Korridor, gesäumt von Mauervorsprüngen und Wehrgängen, auf denen man, wenn nötig, Armbrustschützen postieren konnte. Als er das Ende erreicht hatte, schloss er kurz die Augen und holte tief Luft. Es roch nach Kälte und nassem Stein. Die Burg war wieder von der Außenwelt abgeschnitten. Durch den Fluss, der hier vorbeifloss, gab es keinen Mangel an sauberem Wasser, außerdem war reichlich Pökelfleisch eingelagert und Getreide, mit dem man jahrelang hätte Brot backen können. Die Welt mit ihren Sorgen und Nöten befand sich außerhalb dieser Mauern.

Warwick merkte, wie die Anspannung von ihm abfiel. Er übergab sein Pferd einem Stallburschen und ging durch das innere Tor in den Burghof. Unwillkürlich ging sein Blick hinauf zum Turm, in dem Edwards Zelle lag. Der Burgvogt erzählte ihm irgendetwas über Ländereien und Pachtgelder, aber er verstummte bald damit, als er merkte, dass Warwick in Gedanken offensichtlich mit anderen Dingen beschäftigt war. Der Mann blieb zurück, und Warwick ging über den Innenhof, in dem es jetzt heller wurde, weil in den Räumen des großen Wohnhauses zum Empfang des Herrn die

Lampen angezündet wurden. Unwillkürlich griff er nach der Tasche, die er über der Schulter trug. Sie enthielt wichtige Papiere.

Edward hatte sich im Sommer während seiner Gefangenschaft nicht verändert. Man hatte Warwick berichtet, er verbringe täglich mehrere Stunden damit, in seinem Zimmer Stühle und sogar sein Bett zu stemmen, und dass er sich in allerlei merkwürdigen Stellungen vom Boden abstütze. Ein Schwert hatte man ihm nicht bewilligt, nicht einmal eine stumpfe Übungswaffe, aus Angst davor, was er damit anrichten könnte. Auch ein Rasiermesser hatte man ihm verweigert, deshalb hatte er jetzt einen dichten schwarzen Bart, mit dem er aussah wie ein wilder Mann aus den Wäldern.

Da er immer noch in den Zwanzigern war, würde die körperliche Kondition des Königs nicht ernsthaft gelitten haben, dachte Warwick mit einem Anflug von Neid.

Edward trug dasselbe Hemd wie bei seiner Gefangennahme, aber Warwick sah, dass man es gewaschen und sogar an einer Stelle geflickt hatte. Der Burgvogt und die anderen Bediensteten hatten keinen Grund, Edward schlecht zu behandeln, was überdies auch nicht klug gewesen wäre.

Ohne ein Wort deutete Warwick auf einen großen gepolsterten Stuhl, vielleicht würde dieses schwierige Gespräch besser verlaufen, wenn Edward nicht auf ihn herabblickte. Edward hatte schon immer gern ausgenutzt, dass er einen Kopf größer als die meisten Männer war.

Mit spöttischer Miene ließ Edward sich auf den Stuhl fallen. Er wirkte alles andere als entspannt, im Gegenteil, jeder Muskel seines Körpers schien unter Spannung, als sei er bereit, bei der geringsten Provokation aufzuspringen.

»Nun, was verschafft mir die Ehre?«, fragte Edward. Warwick wollte etwas sagen, aber Edward ließ ihn nicht zu Wort kommen. »Wenn Ihr Euch nur nach meinem Befinden erkundigen wollte – das hätte man Euch auch per Brieftaube mitteilen können. Nun, ich nehme an, es geht um etwas anderes, habe ich recht?«

Edward hatte sich vorgebeugt, während er sprach, seine Hände umklammerten die Armlehnen. Warwick fühlte sich bedroht durch den jungen Mann. Er stand auf und stellte sich so hin, dass sein Stuhl zwischen ihnen stand. Er warf einen Blick auf die beiden Wachen, die im Hintergrund standen und nur darauf warteten, dass der Gefangene eine falsche Bewegung machte. Sie hatten gute, solide Streitkolben aus Eisen, die im Ernstfall auf Edwards Schädel niedergehen würden. Warwick holte tief Luft, dann nahm er wieder auf seinem Stuhl Platz.

»Mich umbringen wollt Ihr offensichtlich auch nicht, sonst hättet Ihr den Wachen schon den Befehl dazu gegeben.«

Sein Blick fiel auf die Tasche, die Warwick trug und deren braunes Leder vom langen Gebrauch abgestoßen und blankgewetzt war. Er zog die Brauen in die Höhe.

»Solltet Ihr mir etwas mitgebracht haben, Richard?«

»Edward, ich weiß, Ihr seid ein Ehrenmann … Erinnert Ihr Euch, worüber wir sprachen, damals vor der Westminster-Abtei … als Ihr mich fragtet, was das Volk von einem König erwartet? Ich sagte, es erwarte einen Mann, der sein Wort hält.«

»Dann wärt ihr ein schlechter König«, murmelte Edward. »Ihr habt Euren Schwur mir gegenüber gebrochen. Ihr habt Euer Seelenheil aufs Spiel gesetzt, Richard, und wofür?«

»Wenn ich das, was ich getan habe, ungeschehen machen könnte, dann würde ich es tun. Darauf habt Ihr mein Wort, falls es Euch noch etwas wert ist.«

Edward war überrascht über die Heftigkeit, mit der Warwick gesprochen hatte. Er starrte ihn an, dann nickte er.

»Ich glaube, Ihr meint es ehrlich. Bittet mich also um Vergebung, Earl Warwick. Wer weiß, vielleicht vergebe ich Euch ja.«

»Darum möchte ich in der Tat bitten«, sagte Warwick.

Er fühlte sich wie ein Bittsteller und nicht wie jemand, der hier war, um Bedingungen auszuhandeln. Die bloße Präsenz des Königs hatte etwas Einschüchterndes. Er schien wahrlich dazu geboren, die Krone zu tragen. Diese Erkenntnis brach über Warwick herein wie eine Flutwelle, und er war versucht, niederzuknien. Aber dann erinnerte er sich an das Schicksal seiner Brüder, und das hielt ihn zurück.

»Ich möchte Euch um eine Amnestie und um Begnadigung bitten, für alle Verbrechen, alle Sünden, alle gebrochenen Schwüre. Für mich und meine Familie. Ich vertraue auf Euer Wort, Edward. Ich kenne Euch, seit Ihr dreizehn Jahre alt wart und mit unseren Soldaten in Calais gelernt habt, wie man kämpft. Ich habe nie erlebt, dass Ihr einen Schwur gebrochen habt, und ich werde mich auf Euer Siegel verlassen, auf diesen Papieren, die meine Schreiber vorbereitet haben.«

Ohne Edward aus den Augen zu lassen, griff Warwick in die Tasche und nahm die beiden silbernen Hälften des königlichen Großsiegels heraus. Edward senkte den Blick, als er das leise Klirren hörte.

»Eine Begnadigung dafür, dass Ihr mich gefangen gehalten habt«, sagte Edward. »Dafür, dass Ihr Euren Schwur gebrochen habt. Und für Eure Brüder George und John Neville, die ebenfalls ihre Schwüre gebrochen haben.«

Warwick wurde rot. Doch eine Wunde konnte nur heilen, wenn man eine heiße Klinge tief genug hineinbohrte und alles Gift herausließ.

»Für alles, Majestät. Für alle Fehler, alle Sünden und alle Irrtümer der Vergangenheit.« Warwick holte tief Luft. »Für alle loyalen Männer, die umgekommen sind. Für die Hinrichtung von Earl Rivers und Sir John Woodville. Für die Heirat Eures Bruders George mit meiner Tochter Isabel. Eine Amnestie für alles, Mylord. Ich würde all das ungeschehen machen, wenn ich könnte, aber ich kann es nicht. Mir bleibt keine andere Wahl.«

Edwards Augen hatten sich zu Schlitzen verengt. Er wirkte gefährlicher denn je.

»Ich soll die Männer begnadigen, die den Vater meiner Frau umgebracht haben?«

»Ihr seid der König, Edward. Ich habe gesagt, was nötig ist. Ich bitte Euch um Vergebung, für mich und für meine Familie.«

»Und wenn ich mich weigere, dann bleibe ich hier«, sagte Edward.

Warwick senkte den Blick.

»Ich muss Euer Siegel und Euren Namen auf den Dokumenten haben, Euer Hoheit. Eure Frau wird toben, wenn sie hört, dass Ihr Leute begnadigt habt, die sie aus tiefstem Herzen hasst. Aber mit Eurer schriftlichen Versicherung …«

»Lasst meine Frau aus dem Spiel«, unterbrach Edward ihn.

Warwick nickte. Dann nahm er sich erneut die Tasche vor.

»Also, ich habe Tinte und Wachs dabei, außerdem eine Feder und Euer Siegel …«

Warwick reichte ihm die Tasche samt Inhalt. Er sah, wie Edward die Pergamente entrollte und in der Tasche nach Feder und Tintenflasche suchte. Die unverhoffte Aussicht, das Zimmer verlassen zu können, endlich, nach so vielen Wochen, hatte alle Bedenken bei dem jungen König ausgeräumt. Ohne die Dokumente zu lesen, fast eifrig, kritzelte er »Edward Plantagenet Rex« unter jede Seite, dann warf er die Feder vor sich auf den Tisch.

»Mein Siegel habt Ihr, den Rest könnt Ihr allein erledigen.« Zusammen mit Warwick stand er auf und reichte ihm die Pergamentrollen.

»Hier. Jetzt habt Ihr, was Ihr wollt. Jetzt haltet Euch gefälligst auch an Euer Wort. Kann ich diese Burg also verlassen?«

Warwick schluckte. Er befürchtete, dass er jetzt womöglich sein eigenes Verderben heraufbeschworen hatte. Es beunruhigte ihn, dass Edward den Text zwar unterschrieben, aber nicht gelesen hatte. Und er hatte stundenlang an den Formulierungen gefeilt …

Warwick sah zu den Wachen und bedeutete ihnen mit einem Nicken, die Tür zu öffnen. Zum ersten Mal seit sieben Monaten stand sie weit offen.

Mit drei raschen Schritten hatte Edward das Zimmer durchquert, sein Ungestüm verunsicherte die Wachen, und sie tauschten ratlose Blicke aus. An der Tür zögerte der König, er blickte hinunter auf die dunkle Treppe.

»Ich glaube, Ihr solltet mit mir hinuntergehen, Richard. Ich möchte nicht, dass Eure Wachen mir aus Versehen einen Bolzen in den Rücken jagen. Ich hätte sehr gern ein Pferd, aber wenn es sein muss, gehe ich auch zu Fuß.«

»Natürlich«, sagte Warwick, den plötzlich eine solche Müdigkeit überkam, dass er kaum noch klar denken konnte. Er hatte weiß Gott schon viele Fehler begangen in seinem Leben. Edward hatte ihn zu der Erkenntnis gezwungen, dass schließlich alles eine Frage des gegenseitigen Vertrauens war. Er ging zur Treppe, und Edward wandte sich zu ihm um.

»Ich denke, nach allem, was vorgefallen ist, werde ich Euch nicht mehr am Hof haben wollen, Richard. Auch wenn ich an die Amnestie und die Begnadigung gebunden bin, so kann ich doch nicht so tun, als wären wir weiterhin Freunde. Ich glaube auch, es wäre besser, wenn Ihr eine Zeit lang meiner Frau nicht unter die Augen tretet. Wo ist sie jetzt überhaupt? Ich möchte sofort zu ihr, und zu meinen Kindern.«

Warwick senkte den Blick, er verspürte Scham und eine große Trauer.

»Im Weißen Turm des Tower. Aber ich schwöre, dass es auf ihren eigenen Wunsch geschah. Sie ist gut behandelt worden. Ich habe monatelang nichts von ihr gesehen oder gehört.«

Edward nickte, sein Gesicht wirkte finster.

Warwick begleitete den König zu den Ställen, wo der Stallmeister einen schönen, kräftigen Wallach mit breiter Brust auswählte, um den König nach Hause zu bringen. Warwick bot Edward einen Mantel an, aber in seiner Ungeduld, den Ort seiner Gefangenschaft endlich zu verlassen, lehnte er ab.

In der Dunkelheit wurde das große Tor nochmals geöffnet, und König Edward galoppierte hinaus in die Nacht.

Der Reiter war verdreckt vom Staub der Straße, der auch in seinem dichten Bart hing. Der Schmutz saß in jeder Falte seines Gesichts und seiner Kleider, allerdings trug er keinen Mantel, und seine Arme waren bis zum Ellbogen schwarz wie bei einem Schmied. Allein seine Körpergröße ließ die Leute erstaunt aufblicken und ihn anstarren, als er vorbeiritt. Unter tausend gab es nicht einen, der den König persönlich gesehen hatte, wie er auf den Stufen der Halle von Westminster gestanden und die Männer aufgerufen hatte, nach Norden zu marschieren. Damals hatte er prächtig ausgesehen in seinem Mantel aus golddurchwirktem Stoff. Er war glatt rasiert gewesen, und sein Haar war kürzer, nicht dieses schmutzige, verfilzte Gewirr, das der Reiter mit einem vom Wams abgerissenen Stoffstreifen zusammengebunden hatte.

Edward ließ den Wallach im Schritt gehen. Das Tier ließ müde den Kopf hängen, genau wie sein Herr. Die Abende waren lang und das Licht noch gut, als die Leute langsam aus den Häusern traten und ihn anstarrten, erst flüsternd, dann lauter fragend, und es langsam zu glauben wagten.

Ein junger Mönch rannte neben dem müden Reiter her und legte die Hand auf den schlammverkrusteten Steigbügel. Er sah hoch, rannte keuchend mit und strengte sich an, das Gesicht hinter dem Bart und dem Dreck zu erkennen.

»Seid Ihr der König?«, fragte er

Edward öffnete ein Auge und sah zu ihm herab.

»Das bin ich«, sagte er. »Ich bin heimgekommen.«

Der Mönch blieb mit offenem Mund stehen. Um ihn bildete sich eine Menschenmenge.

»Was hat er gesagt? Ist es König Edward?«

»Wer sollte es denn sonst sein? Bei dieser Größe!«

Der Mönch nickte, auf seinem Gesicht erschien ein ungläubiges Lächeln.

»Er *ist* es. König Edward. Er sagt, er sei heimgekommen.«

Ein Freudengebrüll erhob sich, die Menschen rissen die Hände hoch. Die Londoner rannten hinter dem einsamen Reiter her, der zum Tower unterwegs war, und mehr und immer mehr Menschen schlossen sich an, aus jeder Straße, jedem Geschäft, jedem Haus kamen sie. Als Edward das Torhaus des Tower erreicht hatte, standen tausend Londoner hinter ihm, und immer noch strömten mehr herbei. Einige hatten sogar Waffen mitgebracht, zu allem bereit.

Edward wusste, er war schneller geritten als jeder Bote, den man ausgesandt haben mochte. Er hatte das Letzte aus seinem völlig erschöpften Pferd herausgeholt. Folglich wusste er jetzt nicht, ob die Wachen am Tor schon von seiner Befreiung wussten. Er hob entschlossen den Kopf. Er war der König, und seine Untertanen standen hinter ihm. Es tat nichts zur Sache, was man den Wachen gesagt oder nicht gesagt hatte. Er stieg vom Pferd, trat ans Tor und hämmerte mit der Faust an das Holz. Dann wartete er, unter den Blicken der Menschenmenge.

»Wer da?«, rief eine Stimme.

»König Edward von England, Wales und Frankreich, Lord von Irland, Earl von March, Duke von York. Öffnet das Tor.«

Oben entstand Bewegung, als Männer sich über die Mauer beugten. Er blickte nicht nach oben, sondern wartete einfach. Man hörte, wie auf der Innenseite Ketten klirrten, Zahnräder ratterten, dann wurde ein eisernes Fallgitter geöffnet. Edward blickte zurück auf das Meer von Gesichtern hinter ihm.

»Ich war gefangen, aber jetzt bin ich frei. Es war Eure Loyalität, die mich befreit hat. Darauf könnt ihr stolz sein.«

Sobald die Eisenspitzen des Falltors genügend weit hochgezogen waren, duckte Edward sich darunter, um der Menge hinter sich zu entkommen. Er schritt über das Steinpflaster des Hofes zum Weißen Turm – zu Elizabeth, seiner Frau.

33

Edward beobachtete seine Kinder beim Spielen. Seine älteste Tochter neckte ihre Schwester mit einem Stück Apfel, das sie ihr so hinhielt, dass sie es nicht erreichen konnte, und Elizabeths zwei Söhne aus ihrer ersten Ehe nahmen die Mädchen Huckepack und galoppierten mit ihnen durch die Räume von Schloss Windsor, wobei sie den Klang von Jagdhörnern imitierten. Edward empfand keine besondere Zuneigung zu den Jungen. Natürlich hatte er Waffenmeister und Lehrer für sie eingestellt, sie sollten ihm schließlich keine Schande machten, aber darüber hinaus interessierten sie ihn nicht mehr als anderer Leute Jungen.

Was seine drei Mädchen anbetraf, so vergötterte er sie, wenngleich er ihre Gegenwart auch nie lange ertrug. Der ewige Lärm, ihre dauernden Wünsche ... Aber wenn sie schliefen, waren sie Engel.

Elizabeth betrachtete ihren Mann von der Seite und lächelte, sie erriet seine Gedanken, die sie so gut kannte wie ihre eigenen. Jetzt genügte es, dass Edward die Stirn runzelte, und schon scheuchte sie die tobenden Kinder hinaus und machte die Tür zu.

Als es ruhig geworden war, blickte Edward erleichtert auf und verstand, warum sie lächelte. Elizabeth war einfach immer um sein Wohlergehen bemüht, aber nicht auf eine Art, die ihn hätte schwach erscheinen lassen, zumindest hoffte er das.

Edward lächelte bei diesem Gedanken, aber das Gesicht seiner Frau war ernst geworden. Er blickte sie an, und sie biss sich auf die Unterlippe.

»Ich habe mich bisher zurückgehalten, weil du nichts davon hören wolltest«, sagte sie. »Einen ganzen Monat lang.«

Er stöhnte, denn er verstand sofort, worauf sie hinauswollte. Denn obwohl seine Frau das Thema in der Tat nicht erwähnt hatte, so hatte er es doch jeden Tag als stillen Vorwurf in ihren Augen gelesen.

»Elizabeth!«, sagte er jetzt mit Tadel in der Stimme. »Ich weiß, was du sagen willst, und ich bitte dich – sag nichts! Ich habe sie begnadigt, für alle Vergehen. Eine Amnestie für Hochverrat. Es wird keine Verunehrung geben, auch keine Hinrichtung, keine Strafe oder sonstige Vergeltungsmaßnahmen.«

Elizabeth, deren Mund zu einer schmalen, blassen Linie geworden war, schüttelte verächtlich den Kopf. »Du willst also das Unkraut wieder wuchern lassen. Du willst nichts unternehmen, auch wenn die Schlingpflanze sich wieder ausbreitet und am Ende deine eigenen Kinder erwürgt!«

Sie hatte, während sie sprach, ihre Hände schützend auf ihren Bauch gelegt. Es war noch nicht viel zu sehen, aber sie kannte die Anzeichen. Das Erbrechen am Morgen war diesmal so schlimm, dass in ihrem Gesicht kleine geplatzte Äderchen zurückblieben. Das machte ihr Hoffnung auf einen Sohn.

Edward schüttelte den Kopf, er ahnte nichts von ihren Gedanken und reagierte dickköpfig und verärgert auf ihr Drängen.

»Ich kann nicht ändern, was geschehen ist. Mein Bruder ist mit Isabel Neville verheiratet, und die beiden erwarten ihr erstes Kind. Soll ich etwa diesen Keim ersticken? Dein Vater und dein Bruder John sind tot.« Er hob abwehrend die

Hände. »Ich kann sie nicht wieder lebendig machen, Elizabeth! Dein Bruder Anthony ist jetzt Earl Rivers. Soll ich ihm seinen Titel wieder wegnehmen? Was für ein Irrsinn! Gib dich damit zufrieden, dass ich die Nevilles vom Hofe verbannt habe. Du brauchst ihnen in deiner Trauer nicht zu begegnen. Alles andere … alles andere ist Vergangenheit, und ich weigere mich, in dieser Wunde herumzustochern, bis schließlich doch wieder Blut fließt!«

Er merkte, wie laut er in seinem Ärger geworden war, jetzt wandte er beschämt und mit gerötetem Gesicht den Blick ab.

»Ich glaube, du hast in den vergangenen Monaten zu viel gegrübelt, Edward«, sagte seine Frau sanft und legte ihm liebevoll die Hand auf den Arm. »Du solltest ausreiten und Gericht halten, dort, wo es immer noch keine neuen Sheriffs und Vögte gibt. Die fehlen noch in vielen Dörfern. Mein Bruder Anthony erzählte mir von einem Dorf, keine zwanzig Meilen nördlich von hier. Dort sind drei Männer des Mordes angeklagt. Man hat sie mit blutigen Messern erwischt – samt dem Schmuck, den sie in dem Herrenhaus gestohlen hatten. Ein Vater und seine Tochter sind tot zurückgeblieben. Aber diese Männer schlafen ruhig in ihren Zellen und lachen über die unfähige Bauernmiliz. Im Moment gibt es keine königlichen Beamten dort. Vor einigen Monaten gab es blutige Krawalle, deshalb haben sie jetzt Angst. Ohne Richter wagen sie nicht, den Dieben den Prozess zu machen.«

»Und was soll ich tun?«, erwiderte Edward. »Soll ich etwa über jeden Dieb und jeden Gauner im Land persönlich zu Gericht sitzen? Wozu habe ich Richter und Sheriffs und Vögte? Oder soll das eine Anspielung auf die Nevilles sein? Ich verstehe nicht, worauf du hinauswillst.«

Seine Frau blickte zu ihm auf, sie legte beide Hände auf seine Brust. Sie sprach langsam und mit einer Eindringlichkeit, dass es ihn kalt überlief.

»Vielleicht solltest du wirklich wieder einmal richtig ausreiten, damit du einen klaren Kopf bekommst. Du wirst wieder klar sehen, Edward, wenn du erst mit den Leuten gesprochen hast und als ihr Lehnsherr das Urteil fällst. Du wirst es erleben, an der Art und Weise, wie diese Dorfbewohner dich betrachten, nämlich als ihren König. Anthony weiß, wo das Dorf liegt. Er wird es dir zeigen.«

»Nein«, sagte Edward. »Ich verstehe das alles nicht. Und ich werde nicht losstürzen, nur weil du zusammen mit deinem Bruder etwas geplant hast. Ich habe genug von Geflüster und Verschwörungen, Elizabeth. Entweder, du sagst mir klipp und klar, worum es geht, oder ich werde mich nicht von hier fortrühren, und diese Männer dort können meinetwegen in ihrer Zelle verschimmeln.«

Elizabeth riss die Augen auf. Er merkte, wie ihre Hände zitterten.

»Die Morde geschahen erst vor zwei Wochen«, sagte sie schließlich mit leiser Stimme. »Und diese Männer behaupten, Richard Neville sei ihr Herr, derselbe Earl Warwick, der des Hochverrats gegen dich schuldig ist.«

»Bei Gott, Beth! Hast du mir denn nicht zugehört? Ich habe ihn *begnadigt*!«

»Sie beschuldigen Warwick – und Clarence ebenfalls, Edward! Mein Bruder Anthony hat sie befragen lassen, mit Feuer und Eisen. Es gibt keinen Zweifel. Sie sagen aus, Warwick sei ihr Mitverschwörer, um dich zu ermorden und Clarence auf den Thron zu bringen! Dies sind neue Verbrechen, Edward, die nicht unter die Amnestie fallen, und auch nicht unter die Begnadigung. Verstehst du nicht? Mein Vater kann keine Ruhe finden, er ist noch nicht gerächt. Begreifst du, Edward?«

Der König blickte seine Frau an, er sah, dass ihr Gesicht von Trauer und Hass gezeichnet war, was ihr den letzten Hauch jugendlicher Frische genommen hatte. Er hatte sie nie als alt empfunden, aber jetzt war sie es.

»O Elizabeth, was hast du angerichtet?«, fragte er leise.

»Überhaupt nichts. Diese Männer haben zwei deiner wichtigsten Lords als Verräter genannt, die sich gegen dich verschworen haben. Anthony hat sie befragen lassen, und unter Feuer und Eisen ist die Wahrheit ans Licht gekommen. Sie lügen doch nicht.«

»Du willst mir auch jetzt nicht die Wahrheit sagen?«

Elizabeth biss die Zähne zusammen, ihr Gesichtsausdruck war wild entschlossen.

»Dies sind neue Verbrechen, Edward«, sagte sie. »Du brichst deinen Schwur dadurch nicht. Deine großzügige Amnestie gilt für alles, was *vorher* passiert ist. Dafür gilt sie immer noch.«

Edward wandte traurig den Blick ab.

»Na gut. Ich werde hinreiten, Elizabeth. Ich werde mir ihre Beschuldigungen anhören, gegen Warwick und meinen eigenen Bruder.« Er holte tief Luft, und sie wich vor seinem Zorn zurück. »Aber weiter verspreche ich nichts.«

»Das genügt«, sagte sie, bemüht, das Zerwürfnis zwischen ihnen aus der Welt zu schaffen. Unter Tränen küsste sie ihn. »Wenn du gehört hast, was sie zu sagen haben, kannst du die Verräter festnehmen lassen. Vielleicht findet die Sache dann ein Ende, wie sie es verdienen.«

Edward ließ sich von ihr küssen, doch zwischen ihnen war plötzlich eine Kälte spürbar. Der Tod ihres Vaters hatte Elizabeth hart gemacht. Aber was noch schlimmer war, Edward hatte das Gefühl, er konnte ihr nicht mehr restlos vertrauen, wie er es vorher ganz selbstverständlich getan hatte. Sie hatte Tränen in den Augen, als er sie zurückließ.

Edward ging nach unten zu den Stallungen und runzelte die Stirn, als Elizabeth' Bruder Anthony mit seinem Streitross dastand, das bereits fertig gesattelt war. Anthonys gebrochenes Handgelenk war schon seit Monaten wieder geheilt. Es ging mit Anthony wie mit Elizabeth – das alte, lockere Vertrauensverhältnis war gestört. Er selbst hatte ja auch eine Zeit lang fast den Verstand verloren, nachdem man seinen Vater getötet hatte. Vielleicht war es nicht weiter verwunderlich, dass auch die Woodvilles durch den Verlust ihres Vaters verbittert waren.

Als Edward auf den Aufsitzblock trat und sich in den Sattel schwang, merkte er, wie seine alte Kraft ihn wieder durchströmte. Er streckte die Hand nach seinem Schwert aus und schnallte es sich über dem Wappenrock um. Das letzte Mal, als er von hier losgeritten war, hatte es mit seiner eigenen Festnahme geendet. Bei diesem Gedanken schüttelte er den Kopf, als hätte ihn eine Wespe gestreift. Er fürchtete sich nicht. Er würde keine Angst zeigen.

»Bring mich zu diesem Dorf«, rief er Anthony Woodville zu, als der Mann über den Hof ging und ebenfalls aufsaß.

Elizabeths Bruder nickte, dann galoppierten sie hinaus auf den Hof, wo man ihnen das Tor öffnete.

Im Schlosshof von Middleham war Warwick bei den Schwertübungen ins Schwitzen gekommen, jetzt genoss er die Herbstsonne und dachte an die Obsttorten und die Marmelade, die sie den ganzen Herbst über haben würden, dazu die vielen Köstlichkeiten aus Äpfeln, Pflaumen, Mirabellen, Erdbeeren und all den anderen Früchten. Es war nie möglich, alles süß einzukochen oder sauer einzulegen, deshalb aßen die Dorfbewohner so viel Obst, bis sie es nicht mehr sehen konnten. Den Rest lagerten sie in kühlen Kellern ein oder schickten es auf den Markt, wo es gute Preise erzielte. Der Herbst war Warwicks liebste Jahreszeit. An den Königshof in London, den er ein für alle Mal hinter sich gelassen hatte, dachte er wie an einen bösen Traum. Warwick war jetzt in den Vierzigern und ging davon aus, dass die Jahre der Kämpfe und der Zwistigkeiten endgültig vorbei waren. Er hoffte es zumindest. Solange er lebte, würde es kein zweites Towton geben, doch vorsichtshalber klopfte er bei diesem Gedanken an einen hölzernen Fensterrahmen und bekreuzigte sich. Es gab ältere Männer als er, die in vielen Schlachten gekämpft hatten. Er dachte an den ersten Earl Percy, der in den Sechzigern war, als er bei St. Albans fiel.

Warwick fröstelte, als hätte sich eine Wolke vor die Sonne geschoben. Sein Onkel Fauconberg lebte nicht mehr, sie hatten ihn eines Morgens tot im Bett gefunden, nur wenige Tage nachdem Warwick noch mit ihm gesprochen hatte. Er war selbst überrascht, wie schmerzlich ihn der Verlust traf. Der Bruder seines Vaters war ihm so lange auf die Nerven gegangen, dass ihm gar nicht bewusst war, wie nahe sie sich eigentlich gestanden hatten. Oder vielleicht hatte der Verlust seines Vaters ihn auch einfach sentimentaler gemacht.

Er sah zwei Reiter, die in einer gewaltigen Staubwolke auf das Schloss zukamen. Er beobachtete mit wachsender Anspannung, wie die dunklen Gestalten immer näher kamen. Eine solche Eile bedeutete nie etwas Gutes. Am liebsten wäre er ins Haus gegangen und hätte alle Türen fest verriegelt. Vielleicht würde die Axt doch endlich fallen, der Hieb, den er gefürchtet und erwartet hatte, seit Edward nach London zurückgekehrt war.

Ein ganzer Monat war vergangen, ohne eine einzige Nachricht über weitere Unruhen, obwohl Warwick überall in der Hauptstadt Spione hatte, die ihn warnen würden, falls der König mit einer Streitmacht losreiten sollte.

Er schluckte trocken. Er hörte die beunruhigten Rufe der Leute hinter sich, als sie die Reiter entdeckten. Seine Wachen würden schon jetzt Waffen und Pferde bereit machen, für den Fall dass sie ihn schützen oder mit ihm hinausreiten müssten. Warwick trat vors Tor und beschirmte die Augen mit der Hand. Seine Besorgnis wuchs, als er sah, dass einer der Reiter sein Bruder George war, der andere war Richard von Gloucester. Warwicks Bruder wurde hin und her geschüttelt und klammerte sich krampfhaft an sein Pferd, er war noch nie ein guter Reiter gewesen.

Schließlich kamen George Neville und der Bruder des Königs in einer großen gelben Staubwolke zum Stehen und saßen ab. Warwick hustete und wedelte mit der Hand. Er sah seinen Bruder an.

»Der König?«, fragte er.

Bischof George Neville nickte.

»Oder vielmehr seine Frau. Egal, jedenfalls haben sie Leute gefunden, die bereit sind, dich des Hochverrats zu bezichtigen. Es kann nur ein paar Stunden dauern, bis sie hier sind.«

»George von Clarence ist auch angeklagt«, brach es aus Gloucester heraus. »Mein Bruder. Werdet Ihr ihn warnen?«

Warwick blickte den jungen Mann an, der sein Mündel gewesen war. Richard von Gloucester war kein Junge mehr, wie er dort stand, mit blassem, grimmigem Gesicht, von Staub bedeckt.

»Wie kann ich dir vertrauen, Richard«, sagte Warwick leise, »wenn es gleichzeitig dein Bruder ist, der mich angreift?«

»Er brachte mir die Nachricht«, sagte der Bischof. »Wenn er es nicht getan hätte, hätten wir dich nicht warnen können.«

Warwick wischte sich den Schweiß vom Gesicht, dann fasste er einen Entschluss. Er hatte für einen derartigen Notfall vorgesorgt, schon ehe er König Edward freigelassen hatte. Er hatte Truhen voll Geld mit Schiffen nach Frankreich bringen lassen, wo er Besitztümer hatte. Kein Mensch auf dieser Seite des Kanals ahnte etwas davon, aber er konnte verschwinden, sobald er in Gefahr war. Allerdings hatte er nicht damit gerechnet, dass sein Schwiegersohn zusammen mit ihm beschuldigt würde.

Während sein Bruder und Richard von Gloucester wartend dastanden, zwang Warwick sich, ruhig zu atmen. Er musste klar denken. Bis zur Küste ritt man zwei Tage, dort wartete ein solides, sechzig Fuß langes Schiff auf ihn, mit einer Besatzung von vier Mann, jederzeit bereit, auszulaufen. Seine Tochter und ihr Mann hielten sich auf ihrem Landsitz dreißig Meilen südlich von hier auf, wo sie Isabels Niederkunft mit ihrem ersten Kind abwarten wollten.

»Clarence weiß es noch nicht?«, fragte er. Sein Bruder schüttelte den Kopf. »Gut. Wir lassen ihn hierherkommen, mit Isabel. Sie wird ihre Mutter in der Nähe haben wollen, jetzt, so kurz vor der Geburt des Kindes. Es ist nicht zu weit entfernt, und es gibt mehr als eine Straße. Wenn der König eine Armee schickt, wird das seine Zeit dauern. Und wenn er nur ein paar Leute schickt, werden wir uns den Weg freikämpfen.« Er hob die Hand, als der Bischof etwas erwidern wollte. »Nein, ich werde meine Frau und meine Tochter nicht Elizabeth Woodville überlassen. Habt Ihr John schon eine Nachricht geschickt?«

»Das habe ich«, sagte sein Bruder. »Nimm jetzt ein frisches Pferd, und schick einen Reiter zu Clarence. Mir tun alle Knochen weh von diesem Sattel, ich könnte keine Meile mehr reiten … Himmel, ein Tag auf der Straße und noch einer für den Rückweg? Richard, bis dahin sind Edwards Leute hier …«

Warwick stieß einen Fluch aus, er versuchte nachzudenken.

»Am schnellsten wäre es, an der Küste entlang zu reiten und sie dann abzuholen. Trotzdem schicke ich einen Boten mit einem schnellen Pferd hin, was ihnen hoffentlich ein paar Stunden Zeit gibt, ehe ich dort bin, um sie mitzunehmen. Was ist mit dir, George? Kommst du auch mit?«

Sein Bruder blickte den jungen Duke von Gloucester an und zuckte die Schultern.

»Weder ich noch Richard sind angeklagt. Meine Amnestie gilt noch. Ich glaube, Edward hat nichts gegen mich. Aber seine Frau dürfte mich wohl immer noch im Visier haben. Sie ist die Eva in diesem englischen Paradiesgarten, Richard. Du solltest dich vor ihr hüten.«

»Nach meiner Kehle schnappen schon Wölfinnen, solange ich lebe«, sagte Warwick. »Dann viel Glück, George. Ich wäre dir dankbar, wenn du Mutter in deine Obhut nehmen würdest. Sie ist inzwischen halb blind. Sie würde es bestimmt schätzen, wenn du dich um sie kümmerst«.

Die beiden Brüder sahen sich an, beiden war bewusst, dass sie sich, wenn sie jetzt auseinandergingen, vielleicht nie wiedersehen würden. George breitete die Arme aus, und sie hielten sich einen Moment fest umschlungen.

Dann wandte Warwick sich Richard, Duke von Gloucester, zu, der verlegen dastand. Er ergriff seinen Arm.

»Ich danke dir, dass du mich gewarnt hast. Das werde ich dir nie vergessen.«

Gloucester schlug die Augen nieder. »Ihr seid ein guter Mensch, Lord Warwick«, erwiderte er.

Warwick tat einen tiefen Seufzer.

»Nicht gut genug, wie es scheint.« Ein letztes Mal lächelte er den Bischof an. »Bete für uns, Bruder.«

Obwohl alles sorgfältig und von langer Hand geplant war, lief es jetzt doch nicht so reibungslos, wie Warwick es sich vorgestellt hatte. Als er im Hafen ankam, war die vierköpfige Mannschaft verschwunden. Das wochenlange Warten hatte sie zermürbt. Warwick musste erst neue Männer in den umliegenden Wirtshäusern zusammentrommeln.

Als sie schließlich auf See waren, beruhigten sich Warwicks Nerven etwas. Niemand ahnte, wo er war. Er brauchte nur sein großes Schiff, die *Trinity*, im Hafen von Southampton zu erreichen, und er hätte Soldaten, Vorräte und Geld. Es war kein Problem, seine Tochter und ihren Mann abzuholen und dann bei ruhigem Wetter zwei Tage auf See zu verbringen.

Isabel und Clarence warteten schon am Kai, als der Einmaster vor Anker ging. Warwick konnte über Isabels Umfang nur staunen, als man ihr half, aus dem kleinen Ruderboot an Bord zu kommen. Seine Frau hatte auf einer offenen Bank einen Platz für sie eingerichtet, allerdings gab es dort keinen Schatten und auch keinen Schutz vor der Gischt. Isabel umklammerte die Hände ihrer Mutter und blickte mit ihren dunklen, geröteten Augen um sich. Es war offensichtlich, dass sie Angst hatte auf diesem kleinen Schiff. Ihr Mann hatte in kopfloser Hast nur zwei große Taschen gepackt, aber nicht einen einzigen Diener mitgenommen. Jetzt brachte der junge Duke von Clarence Decken für seine Frau und die Schwiegermutter und sorgte dafür, dass Isabel es so bequem wie möglich hatte.

Die Mannschaft hatte unterdessen alle Segel gesetzt, die jetzt vom Wind prall gefüllt waren. Das kleine Schiff nahm Fahrt auf und kreuzte an der Küste entlang. Sie waren draußen auf See, das war die Hauptsache. Sie waren in Sicherheit, und über ihnen kreischten die Möwen. Isabel, die blass aussah, duckte sich, um sich vor Wind und Gischt zu schützen. Warwick versuchte zur Ruhe zu kommen nach den vergangenen Stunden der Aufregung, aber Schlaf konnte er nicht finden. Er starrt voraus in die Ferne, während die Mannschaft sich abwechselnd zum Schlafen niederlegte. Zu seiner Rechten ging die Sonne unter, und dann ging ein fast voller Mond auf, der die Sterne verblassen ließ. Warwick hatte Pläne gemacht und Vorkehrungen getroffen, doch jetzt, da der Ernstfall eingetreten war, fühlte sich alles ganz unwirklich an. Nur langsam kam ihm die ganze Tragweite zu Bewusstsein. Was immer noch geschehen mochte, er hatte mehr verloren, als er sich im Moment einzugestehen wagte.

So saß er da. In der Dunkelheit, wo niemand ihn sehen konnte, schloss Warwick die Augen. Als ihm Tränen über die Wangen liefen, wischte er sie nicht fort.

34

Am Morgen umrundete das kleine Schiff die südöstliche Spitze von England und kreuzte gegen den Westwind die Küste entlang nach Southampton, dieser wichtigen Hafenstadt. Als es hell wurde, belebte sich der Kanal mit Handelskoggen, die vom Kontinent herüberkamen, aber auch von den fernen Küsten Afrikas. Um das Hafenbecken zu erreichen, mussten sie gefährliche Untiefen passieren, wozu ein erfahrener Lotse nötig war. Kleine Segelboote fuhren zu den Handelsschiffen hinaus und lotsten sie sicher in den Hafen, wo sie ihre Waren für den englischen Markt löschten.

Warwicks Stimmung hellte sich auf beim Anblick der zahllosen weißen Segel – es mussten Hunderte sein. Seine eigene kleine Jolle würde da sicher unbemerkt bleiben. Jetzt mussten sie nur noch den Solent, die Meerenge zwischen der Insel Wight und dem Festland, passieren …

In diesem Moment kam der Schiffsführer zu ihm. Mühelos bewegte er sich auf dem schlingernden Schiff, trotz des auffrischenden Windes. Er deutete auf den Solent.

»Diese Schiffe, die dort vor Anker liegen, Sir, die kenne ich. Das schwarze ist die *Vanguard*, das andere ist die *Norfolk*.«

Warwick sank der Mut. Diese Namen hatte er schon gehört.

»Seid Ihr sicher?«, fragte er.

Der Mann nickte. »Das bin ich, Sir. Ich kenne jedes Schiff an dieser Küste, und diese beiden stehen unter dem Kommando von Anthony Woodville, dem königlichen Admiral.«

»Können wir uns irgendwie an ihnen vorbeischmuggeln? Unsere Jolle ist doch viel schneller als die beiden.«

»Seht Ihr die Schiffe dort, Mylord? An dieser Stelle ist der Solent blockiert. Ich glaube, sie haben geahnt, dass wir kommen. Bis jetzt haben sie uns von den anderen Schiffen aus noch nicht entdeckt, aber ich fürchte, sie haben überall Männer in der Takelage, um nach uns Ausschau zu halten, Mylord.«

Warwick schluckte. Man brauchte nicht viel Fantasie, um sich vorzustellen, dass Anthony Woodville Himmel und Hölle in Bewegung setzen würde, um sie festzunehmen. Jetzt sah er auch, dass die kleineren Schiffe in gleichmäßigen Abständen quer über die Einfahrt zum Solent verteilt waren. Kein Schiff würde unbemerkt nach Southampton kommen.

Während er noch dastand, die Hand am Mast, hörte Warwick, wie Isabel aufschrie. Er fuhr herum, aber seine Frau war schon da. Sie hielt Isabel einen Becher Wasser an die Lippen und legte ihr unter der Decke die Hand auf den Bauch. Warwick starrte sie verstört an, als seine Frau ihre Hand zurückzog, als sei sie gebissen worden.

»Was ist? Kommt das Kind?«, fragte er.

Seine Frau Anne war bleich geworden, sie zuckte die Schultern.

»Sie hat auf jeden Fall Wehen«, sagte sie.

Isabel stöhnte und öffnete die Augen.

»Ist es das Kind? Ist es so weit?«, fragte sie leise.

Warwick zwang sich zu einem Lachen.

»Ach was! Es sind bestimmt nur falsche Wehen. Bei deiner Mutter war es genauso. Nicht wahr, Anne? Das ging wochenlang so.«

»Ja, ja natürlich«, sagte Isabels Mutter. Sie legte ihrer Tochter die Hand auf die Stirn und drehte sich mit ängstlich aufgerissenen Augen zu Warwick um.

Warwick wandte sich an seinen Schiffsführer.

»Wir müssen einen sicheren Hafen erreichen«, murmelte er mit zusammengebissenen Zähnen.

»Aber hier nicht, Sir. Sobald die Leute des Admirals uns entdecken, werden sie uns verfolgen.«

Warwick wandte sich um und blickte nach hinten. Es war ein klarer Tag, trotzdem war die Küste von Frankreich zu weit entfernt, als dass man sie hätte sehen können.

»Der Wind hat aufgefrischt. Können wir Calais erreichen?«

Wie um sie anzufeuern, gab Isabel wieder einen Schrei von sich, der sich mit dem Kreischen der Möwen über ihnen vermischte. Der Seemann seufzte.

»Wenn der Westwind anhält, bringe ich Euch hin, Mylord. Es dauert zwölf Stunden, mehr nicht.«

»Zwölf Stunden!«, sagte Warwick so laut, dass seine Frau und Clarence ihn fragend anblickten.

Der Seemann zuckte bedauernd die Schultern.

»Zwölf Stunden ist eine gute Zeit, Mylord, und das bei gutem Wind.«

»Gehen wir bald an Land, Richard?«, rief jetzt Warwicks Frau. »Isabel braucht jetzt einen sicheren, warmen Ort.«

»Den gibt es in England nicht mehr, jetzt, wo der König sich gegen uns gewandt hat!«, sagte Warwick barsch. »Wir fahren nach Calais.«

Mit großer Kraft wurde das Ruder herumgeschwenkt, und die Segel flatterten, als der Bug sich drehte und sie schließlich Kurs auf Calais nehmen konnten.

Warwick stand am Steuerruder, während das Schiff westwärts strebte. Isabels Schreie waren mit jeder Stunde lauter geworden, die Wehen hatten sie völlig erschöpft. Es bestand kein Zweifel mehr, dass sie die Geburt ankündigten. Das Kind würde hier geboren werden, während man in der Ferne die grüne Küste Frankreichs sehen konnte. Die Mannschaft war den ganzen Tag über damit beschäftigt gewesen, Rigg und Segel zu justieren und die Windströmung zu beobachten, um das Schiff mit Höchstgeschwindigkeit voranzutreiben. Jetzt warfen sie nervöse Blicke auf die junge Frau mit dem vor Anstrengung geröteten Gesicht. So etwas hatten sie noch nicht erlebt.

Vor sich sah Warwick die dunklen, so vertrauten Umrisse – Calais. Die Stadt war so viele Jahre lang sein Zuhause gewesen, damals, als König Edward noch ein Knabe war …

Er schreckte aus seinen Gedanken auf, als seine Tochter erneut einen Schrei ausstieß, lauter und länger als zuvor. Die Seeleute bemühten sich, nicht hinzusehen, aber aus den Augenwinkeln verfolgten sie das Geschehen doch. Isabel saß mit gespreizten Beinen auf dem Deck, sie atmete flach und hielt auf einer Seite die Hand ihrer Mutter, auf der anderen die ihres Mannes. Sie hatte Todesangst.

»Jetzt dauert es nicht mehr lange«, sagte Warwick, an die Seemänner gewandt. »Fahrt so nahe heran, wie ihr könnt, und geht vor Anker. Dann zieht mein Banner am Mast hoch, damit wir keine Zeit verlieren.«

»Dieses Schiff hat keinen tiefen Kiel, Mylord«, sagte der Schiffsführer. »Ich könnte Euch direkt bis zum Kai bringen.«

Verzweifelt blickte Warwick über das Wasser. Vor ihnen erhoben sich die Mauern der Festung. Er war bestens vertraut mit der Anzahl und dem Gewicht der Kanonenkugeln, die man von dort abfeuern konnte. Calais war der am besten befestigte Besitz Englands, und jedes Schiff, das seine Souveränität nicht respektierte, würde umstandslos versenkt werden. Trotzdem überlegte er, ob sie sich nicht im Schatten eines größeren Schiffs hineinschleichen könnten.

»Seht Ihr diese dünnen Rauchfahnen?«, fragte er, und seine Stimme klang bitter. »Sie haben dort oben Eisenkugeln, die sie in Kohlebecken zum Glühen bringen, ehe sie im Kanonenrohr auf einen Pfropfen aus nassen Lumpen kommen. Sie fliegen eine Meile weit und setzen alles in Brand, was sie treffen. Wir müssen auf den Hafenmeister warten.«

Während er sprach, hisste einer der Seeleute sein Banner. Es entrollte sich knatternd, denn der Wind hatte zugenommen, und die Wellen zeigten jetzt weiße Schaumkronen. Die Jolle schlingerte und schaukelte, sie riss heftig an dem kleinen Anker und ließ sie alle schwanken. Warwick hielt sich an einem Tau fest, mit dem anderen Arm winkte er zum Ufer hin, um ihre Notlage zu signalisieren. Hinter ihm schrie und stöhnte Isabel, sie biss sich die Lippen blutig, und ihre Wangen waren voller geplatzter Äderchen.

»Das Kind kommt, Richard!«, rief seine Frau. »Können wir denn nicht landen? Heilige Maria, Muttergottes, hilf uns. Können wir nicht endlich einfahren?«

»Sie kommen! Halt aus, Isabel. Der Hafenmeister wird den Kanonieren gleich ein Signal schicken. Und der Wind ist immer noch günstig … Ich werde einen Arzt rufen lassen, der dir hilft …«

Er wandte sich um und wollte der Mannschaft neue Anweisungen geben, aber die stand schon bereit, das Ankertau zu kappen und die Segel einzuholen. Sie warteten nur auf seinen Befehl.

Die Jolle machte einen großen Satz, als eine heftige Bö in die Segel fuhr, und sie wurden alle von Gischt überspült. Über ihnen jagten jetzt dunkle Wolken dahin, und Isabel schrie. Warwick blickte hinunter und sah die weit gespreizten Beine seiner Tochter. Der Kopf des Kindes war bereits sichtbar. Seine Frau kniete auf den Brettern, fest entschlossen, die winzige Handvoll Leben aufzufangen.

Warwick sah, wie das Boot des Hafenmeisters sich langsam in ihre Richtung bewegte. Er bildete sich ein, dass sie Isabels Schreie hören müssten, aber sie schienen keineswegs in Eile zu sein.

Warwick rief zu ihnen hinüber, so laut er konnte. Er deutete auf den Bären mit dem Stab am Mast, dann rief er erneut, er bat um einen Arzt, um der Gebärenden beizustehen … Er holte tief Luft, die Anstrengung ließ weiße Sterne vor seinen Augen tanzen. Der Wind kam in immer stärkeren Böen, sodass die Taue vibrierten und die Jolle stampfte wie ein wildes Tier, das sich jeden Moment losreißen könnte. Der Horizont hob und senkte sich, und Warwick spürte, wie Übelkeit in ihm aufstieg.

Das Boot des Hafenmeisters war jetzt fast bei ihnen, aber noch immer machte es keine Anstalten, die Signalflaggen für die Wachen auf den Festungsmauern zu setzen. Wieder rief Warwick sie an, er deutete und gestikulierte, während das kleine Boot mit seinem winzigen Segel näher kam und große Wellen von Salzwasser über seinen Bug schwappten. Warwick sah einen Mann, der genau wie er mit einer Hand am Tau dastand und mit der anderen gestikulierte. Der Wind war so laut, dass er nicht verstehen konnte, was der Mann rief. Er konnte nicht länger warten und rief wieder nach einem Arzt, er erklärte, dass er Warwick sei und dass hier auf dem Schiff ein Kind zur Welt käme. Plötzlich hörte er in all dem Toben einen hohen Klageton, schrill und durchdringend. Der Wind ließ einen Moment nach, und als Warwick sich umwandte, sah er, wie einer der Seeleute Isabels Mutter mit verlegener Miene ein Messer mit Horngriff reichte, mit dem sie die Nabelschnur durchschnitt.

Warwick taumelte leicht, sein Mund stand offen, und seine Gedanken kreisten. Er sah das Blut, das sich auf dem Deck mit Seewasser vermischte, die Ritzen des alten Holzes entanglief und versickerte. Isabel war wieder zugedeckt, und er sah, wie Anne ihr das winzige Wesen unter das Hemd schob, damit es warm blieb und vor dem Wind und der Feuchtigkeit geschützt war.

»Es ist ein Mädchen, Richard!«, rief seine Frau nach hinten. »Eine Tochter!«

Er war sprachlos, doch als er sich wieder dem Hafen zuwandte, sah er, dass das Boot des Hafenmeisters gefährlich nahe herangekommen war. Es waren nur vier Mann an Bord, und er erkannte den Mann wieder, der Clarence und Isabel in Empfang genommen hatte, als sie nach Frankreich gekommen waren, um zu heiraten. Damals war alles voller Freundlichkeit und Lachen gewesen.

Warwick trat an die Reling. »Hier ist gerade ein Kind geboren worden, Sir«, rief er dem Franzosen zu. »Meine Tochter braucht einen Arzt. Und ein Wirtshaus mit einem warmen Feuer.«

»Es tut mir leid, Mylord. Ich habe Befehl von dem neuen Captain der Festung, Sir Anthony Woodville. Ihr dürft nicht landen, Mylord. Ich wünschte, es wäre anders, aber die Befehle tragen das Siegel von König Edward.«

»Aber wo soll ich denn landen?«, fragte Warwick. Verzweiflung erfasste ihn. Wo er auch hinkam, der Bruder der Königin war bereits da. Er holte tief Luft und schrie gegen Wellen und Gischt an. »Hört mir zu! Wir haben hier ein Kind, das vor wenigen Minuten geboren worden ist, meine Enkelin! Nein, König Edwards Nichte! Auf See geboren! Zum Teufel mit Euren Befehlen, Sir! Wir gehen an Land. Kappt den verdammten Anker!«

Seine Männer hieben das Tau durch. Sofort drehte sich die Jolle, und aus dem gefesselten Stück Treibgut wurde wieder ein lebendes Wesen. Warwick sah, wie der Hafenmeister gestikulierte, er solle umkehren, aber er nickte seinen Männern zu, und sie setzten genügend Segel, um das Schiff steuern zu können. Die Bewegungen der Jolle wurden ruhiger, als sie Fahrt aufnahm.

Von den Mauern der Festung ertönte eine doppelte Explosion. Dort oben kauerte eine dunkle Gestalt, wie eine Krähe, die auf einer Leiche hockte. Warwick konnte die Bahn der glühenden Geschosse nicht verfolgen, aber er sah, wo sie auftrafen. Beide fielen in seiner Nähe ins Wasser, zweifellos hatte man auf sie gezielt, als sie noch vor Anker lagen. Er wusste, dass die Kanoniere an ausgemusterten Schiffen übten, die sie für diesen Zweck kauften. Solche Übungen hatte er selbst geleitet.

Die zweite Kanonenkugel kam ihnen so nahe, dass Anne aufschrie und Clarence seine blasse Frau ängstlich an sich drückte. Die Kugel verfehlte die Jolle, aber sie hörten es zischen, als sie ins Wasser stürzte und sich ein metallischer Geruch verbreitete.

»*Richard!*«, rief seine Frau. »Bring uns fort von hier, bitte! Sie lassen uns doch nicht landen. Wir können uns den Weg an Land nicht erzwingen. *Bitte!*«

Warwick sah zur Festung empor. Er konnte noch immer nicht glauben, dass man auf sie schoss, obwohl sein Banner am Mast wehte. Seine Männer warteten mit grimmigen Gesichtern auf seinen Befehl. Er hob die Hand, sie drehten abermals das Ruder, und die Jolle macht eine Kehre. Wahrscheinlich war es ihre Rettung, denn wieder hallte Kanonendonner über das Wasser, aber die roten Kugeln erreichten sie nicht mehr, sie sahen lediglich den Dampf aufsteigen, als Warwicks Mannschaft beidrehte und die Jolle sich wieder beruhigte.

»Welchen Kurs, Mylord?«, fragte der Schiffsführer.

Warwick schritt die Länge des Schiffes ab und blickte zurück, während Calais in der Ferne verschwand.

»Offenbar kennt man in England keine Loyalität mehr«, sagte er bitter. »Folgt der Küste bis nach Honfleur, dann auf dem Fluss weiter, nach Paris. Dort wenigstens haben wir Freunde, die uns in unserer Not helfen werden.«

Er erschrak, als Isabel einen Klagelaut ausstieß, einen so schmerzhaften Schrei, dass es klang wie von einem verwundeten Tier. Warwick trat zu ihr und sah, dass sie ihr Hemd geöffnet hatte, um nach dem winzigen Kindlein darin zu sehen. Es bewegte sich nicht, die faltige Haut sah bläulich aus. Isabel hatte gemerkt, wie es an ihrer Brust immer kälter geworden war, in ihrer Verzweiflung versuchte sie jetzt, das Kind zu stillen, das nicht mehr lebte. Sie warf den Kopf zurück und schrie ihre Trauer hinaus, bis George von Clarence sie beide in die Arme nahm und an sich drückte, die Mutter und seine tote Tochter, während er selbst vom Schluchzen geschüttelt wurde.

EPILOG

Warwick nahm die Gerüche von Paris wahr, während er im Korridor wartete. Anders als der Palast von Westminster, der am Flussufer errichtet worden war und wo immer eine frische Brise wehte, lag der Louvre direkt im Herzen der französischen Hauptstadt. Folglich war er in den Sommermonaten kaum zu bewohnen, denn aus den überfüllten Straßen stiegen giftige Dämpfe auf, und der gesamte französische Hof zog mit Sack und Pack gen Süden an die Loire. In den Hunderten von Räumen, an denen er vorbeigekommen war, herrschte geschäftiges Treiben. Es wurde gefegt und geputzt, und die Fenster standen weit offen, damit in die lange verschlossenen Räume endlich wieder Licht und Luft kam.

Er saß auf der Bank in einer kleinen Nische und lehnte den Kopf an eine Statue, die eine Gestalt aus grauer Vorzeit zeigte, irgendein alter Grieche mit einem dicht gekräuselten Bart. Seine Tochter war nach der Todgeburt ihres Kindes in Schwermut verfallen und sprach kaum mehr, selbst mit ihrem Mann nicht. Die beiden waren untröstlich gewesen, als sie das Neugeborene in Frankreich auf einem Feld begraben hatten, die Nichte eines englischen Königs. Sie hatten das Grab markiert, und Warwick hatte sich geschworen, den kleinen Sarg nach England zu bringen, sobald es wieder möglich sein würde, und für einen Trauergottesdienst und ein richtiges Grab zu sorgen. Das war alles, was er im Moment tun konnte.

Seine Gedanken wurden unterbrochen, als die Tür sich öffnete, er setzte sich aufrecht hin, dann erhob er sich, als König Louis heraustrat und nach ihm Ausschau hielt. Warwick kniete nieder, während der französische König sich die Hände an einem Tuch abwischte. Seine Finger waren schwarz von Tinte, und er sah sie verwundert an, dann ergriff er Warwicks Arm.

»Richard, ich habe von Eurer Tragödie gehört. Ich komme gerade aus der Werkstatt, von einer dieser neuen Druckpressen, mit denen man ein Dutzend Schreiber durch drei Mann und eine Maschine ersetzen kann! Es tut mir leid, für Euch und Euren Schwiegersohn, und natürlich für Eure Tochter. Hatte sie dem Kind einen Namen gegeben?«

»Anne«, sagte Warwick fast flüsternd.

»Es ist furchtbar. Ich habe es schon so oft erlebt, zu oft. Besonders wenn ihnen das Himmelreich verwehrt ist, weil sie nicht getauft sind. Grausam. Und Euer König Edward! Diesen Beschuldigungen Glauben zu schenken, gegen seinen Earl und seinen eigenen Bruder! Einfach unglaublich. Seid meines aufrichtigen Mitgefühls versichert, und natürlich meiner Gastfreundschaft.«

»Danke, Euer Majestät. Das bedeutet mir sehr viel. Ich habe Geld und einigen Besitz …«

»*Pfui!* Ich werde Euch tausend Livre anweisen, für Eure Ausgabe. Ihr und Eure Begleiter seid meine Gäste, Freunde meines Hauses. In diesem Haus gibt es ganze Stockwerke, die nicht benutzt werden, Milord. Ich denke, es gibt unangenehmere Orte, um zu trauern, als Paris. Natürlich ist es Eure Entscheidung. Ich kann es Euch nur anbieten.«

Warwick war gerührt und verbeugte sich nochmals, um zu zeigen, wie dankbar er war. Der König verbeugte sich ebenfalls.

»Ich hoffe, Ihr werdet hier im Schloss wohnen, Richard. Ihr wäret nicht allein.« Der König schwieg einen Moment und führte seinen Finger an die Lippen. »Ich muss Euch ein Geständnis machen. Ihr habt Euch schon einmal als wahrer Ehrenmann erwiesen, damals, als ich so unverschämt war, Euch die Anwesenheit einer Person zuzumuten, in deren Gegenwart Ihr Euch höchst unwohl fühlen musstet …«

»Ihr meint Königin Margaret, Euer Majestät?«, fragte Warwick, der dem Wortschwall des Königs nur mit Mühe folgen konnte.

»Natürlich, Margaret, mit diesem Briganten, den sie Derry Brewer nennt und der vorgibt, kein Französisch zu können, aber stets die Ohren spitzt, wenn in seiner Gegenwart gesprochen wird.«

»Ich verstehe nicht, Euer Majestät«, sagte Warwick.

König Louis blickte ihm ins Gesicht.

»Milady Margaret von Anjou ist wieder mein Gast, Richard. Ich möchte Euch nicht erneut in Verlegenheit bringen, aber sie sprach gut von Euch, nachdem sie Euch das letzte Mal begegnet war. Ihr Sohn ist auch hier. Vielleicht könnt Ihr Euch überwinden und dem Jungen etwas von seinem Vater erzählen.« Der König blickte in Warwicks Augen, und der Blick war forschend und fordernd zugleich. »Wenn Ihr es nicht wünscht, hätte ich dafür volles Verständnis. Ihr habt mehr erlitten als die meisten. Euer König hat Euch fallen lassen, Eure Enkelin ist vor Euren Augen auf See gestorben … Ob das Kind überlebt hätte, wenn Ihr nicht zur Flucht gezwungen gewesen wärt? Natürlich, natürlich! Oh, es ist zu grausam.«

König Louis wischte sich mit großer Geste eine imaginäre Träne aus dem Auge. Warwick sah den König nur sprachlos an.

»Wisst Ihr, Richard, es gibt Leute, die Edward von York im Grunde nie als König akzeptiert haben. Natürlich muss ein König führen, aber nicht nur auf dem Schlachtfeld! Seine Rolle ist es, die Künste und die Wissenschaften zu befördern, denn nur sie bringen das Staatswesen voran. Nun, vielleicht sollte ich ein kleines Festmahl veranstalten, bei dem Ihr Margaret und ihrem Sohn erzählen könnt, was sich zugetragen hat. Wäre Euch das recht, Milord? Es würde mich freuen. König Henry ist noch im Tower? Er lebt, und es geht ihm gut?«

»Unverändert«, erwiderte Warwick. In ihm stieg Ärger auf, weil der König so einfach über ihn bestimmte, aber dann zuckte er die Schultern. Schließlich war er aus England vertrieben worden und war auf fremde Hilfe angewiesen – wie Margaret von Anjou vor ihm auch … Und wenn es doch noch einen Weg zurück gäbe?

»Ach, das freut mich«, sagte König Louis. »Seine Frau sagt, er sei völlig willenlos, der arme Mann. Was für eine Tragödie. Doch Ihr habt seinen Sohn kennengelernt. Ein ziemlicher Draufgänger! Wenn Ihr bereit wärt, Euch mit dem Jungen zu treffen, dann würdet Ihr staunen, wie er in den letzten Jahren gewachsen ist. Eine wahrhaft majestätische Erscheinung, wenn ich so sagen darf. Nun, wie lautet Eure Entscheidung, Richard?«

Warwick verbeugte sich zum dritten Mal. Margaret war verantwortlich für die Hinrichtung seines Vaters. Tausend Mal hatte er ihren Tod gewünscht. Aber all das war lange her. Er merkte, dass die Glut abgekühlt war und er seinen alten Zorn endlich begraben konnte. Jetzt hatte er einen neuen.

Er war verzweifelt gewesen, als er seine Enkelin begraben hatte, aber die Worte des Königs hatten etwas in ihm entzündet, einen Funken, der Licht in die Dunkelheit brachte und ihm Hoffnung gab. Er nickte.

»Sehr gern werde ich Königin Margaret und ihren Sohn begrüßen«, sagte Warwick. »Es ist mir eine große Ehre.«

Louis lächelte erfreut.

»Was wäre ein Leben ohne Herausforderung, Richard? Ein Leben ohne Gefahren? Ich für mein Teil kann mir ein solches Leben jedenfalls nicht vorstellen. Und ich denke, Euch geht es nicht anders. Warum sollen wir das Leben nicht genießen, solange wir können? Wie Raubvögel, ohne Bedauern, ohne Furcht vor dem, was vor uns liegt. Lieber kämpfen und unterliegen, als dasitzen und träumen. Geht es Euch nicht ebenso?«

Warwick lächelte. Er merkte, wie die Lebensfreude, die dieser Mann ausstrahlte, allmählich auch seine Schwermut vertrieb.

»Ihr habt recht, Euer Majestät, mir geht es genauso«, sagte er.

DIE PERSONEN

Königin Margaret/Margaret von **Anjou**: Frau von Henry VI., Tochter von René von Anjou

Derry **Brewer**: Meisterspion von Henry VI. und Königin Margaret

George, Duke von **Clarence**: Bruder von Edward IV. und Richard, Duke von Gloucester

John Cliffort/Baron **Clifford**: Anhänger von Henry VI., tötet Edmund, Sohn von Richard von York

Andrew **Douglas**: Schottischer Laird, Verbündeter von Henry VI.

Edward IV.: König von England, Sohn von Richard Plantagenet, Duke von York

William Neville, Lord **Fauconberg**: Onkel des Earl von Warwick

Mary von **Geldern**: Königinwitwe von Schottland, Frau des verstorbenen James II.

Richard von **Gloucester**: Sohn von Richard von York, Bruder von Edward IV. und George, Duke von Clarence

Sir John **Grey**: Anhänger von Henry VI., erster Ehemann von Elizabeth Woodville

Henry VI.: König von England, Sohn von Henry V.

Sir Thomas **Kyriell**: Leibgardist des gefangenen Henry VI.

Albert **Lalonde**: Kanzler von König Louis von Frankreich

König **Louis XI.**: König von Frankreich, Vetter von Königin Margaret

Anne **Neville**: Tochter des Earl von Warwick

Cecily **Neville**, Duchess von York: Frau von Richard, Duke von York, Enkelin von John von Gaunt, Mutter von Edward IV.

George **Neville**: Erzbischof von York, Bruder des Earl von Warwick

Isabel **Neville**: Tochter des Earl von Warwick

John **Neville**, Baron Montagu: Bruder des Earl von Warwick

John de **Mowbray**, Duke von Norfolk: Anhänger von Edward IV.

Henry Percy, Earl von **Northumberland**: Oberhaupt der Familie Percy, Anhänger von Henry VI.

Henry **Percy**: Enterbter Erbe des Earl von Northumberland

Hugh **Poucher**: Truchsess von Richard von York, Verwalter von Edward IV.

Richard Woodville, Baron **Rivers**: Vater von Elizabeth Woodville

Edmund, Earl von **Rutland**: Sohn von Richard, Duke von York, getötet in der Schlacht bei Burg Sandal

Alice Montacute, Gräfin von **Salisbury**: Frau des Earl von Salisbury, Mutter des Earl von Warwick

Richard Neville, Earl von **Salisbury**: Enkel von John von Gaunt, Vater des Earl von Warwick, getötet in der Schlacht bei Burg Sandal

Henry Beaufort, Duke von **Somerset**: Anhänger von Königin Margaret, erbte den Titel nach dem Tod seines Vaters in der ersten Schlacht bei St. Albans

Owen **Tudor**: Zweiter Ehemann von Catherine de Valois (Witwe des verstorbenen Henry V.), getötet nach der Schlacht bei Mortimer's Cross

Anne Beauchamp, Gräfin von **Warwick**: Frau des Earl von Warwick

Richard Neville, Earl von **Warwick**: wird nach dem Tod des Earl von Salisbury Oberhaupt der Familie Neville, später bekannt als der Königsmacher

Edward von **Westminster**: Prinz von Wales, Sohn von Henry VI. und Königin Margaret

Abt **Whethamstede**: Abt von St. Albans

Anthony **Woodville**: Bruder von Elizabeth Woodville

Elizabeth **Woodville**/Grey: Frau von Edward IV.
John **Woodville**: Bruder von Elizabeth Woodville

Cecily von **York**: Tochter von Edward IV. und Elizabeth Woodville
Elizabeth von **York**: Tochter von Edward IV. und Elizabeth Woodville
Richard Plantagenet, Duke von **York**: Urgroßenkel von Edward III., getötet in der Schlacht bei Burg Sandal

HISTORISCHE ANMERKUNGEN

Gens Boreæ, gens perfidiæ, gens prompta rapinæ – »Menschen des Nordens, Menschen voll Falschheit, Menschen, stets bereit, zu stehlen.«

Abt Whethamstede über die Armee
von Königin Margaret

Nach der Schlacht bei Burg Sandal im Dezember 1460 (heute bekannt als die Schlacht von Wakefield) wurden vier Köpfe auf der Stadtmauer von York aufgespießt. Einer von ihnen war der des Duke von York, der zum Spott für seinen falschen Ehrgeiz eine Papierkrone trug. Der zweite war der des Earl Salisbury, des Vaters von Warwick. Der dritte Kopf gehörte Yorks Sohn, dem siebzehnjährigen Edmund, Earl von Rutland. Tatsächlich gab es noch einen vierten Kopf, nämlich den von Salisburys Sohn, Sir Thomas Neville. Sir Thomas war ebenfalls siebzehn, aber um Verwirrung zu vermeiden, wollte ich nicht noch einen jungen Neville an der Schlacht teilnehmen lassen. Das Problem in dieser geschichtlichen Periode ist immer, dass zu viele Vettern, Töchter, Söhne und Onkels beteiligt sind, was die Handlung schnell unübersichtlich macht. Deshalb müssen einige historische Gestalten, die keine so wichtige Rolle gespielt haben, unerwähnt bleiben.

Interessant ist allerdings, wie viele Lords bei Towton einen *sehr* persönlichen Grund hatten, Rache zu üben.

Die zwei wichtigsten Titel des alten Salisbury gingen auf seine Söhne über: Salisbury an Warwick und Montagu an John Neville. John Neville trug eine Zeit lang den Titel Earl von Northumberland, wurde aber später von Edward IV. gezwungen, diesen wieder an den Percy-Erben zurückzugeben. Um John Neville zu entschädigen, wurde der Montagu-Titel zu einem Marquess aufgewertet, aber ein vollwertiger Ersatz war es nicht. Der Rang eines Marquess, der zwischen dem eines Earl und eines Duke lag, ist eine Seltenheit in England – mit einigen bekannten Ausnahmen. Ich denke an den Marquess von Queensberry, dem wir die Regeln für den Boxsport verdanken, und heutzutage gibt es den Marquess von Bath, dem der Herrensitz Longleat, die Höhlen von Cheddar und etwa zehntausend Morgen Land gehören.

John Neville wurde tatsächlich eine Zeit lang von Königin Margarets Leuten in York gefangen gehalten, wo er auch blieb, bis Edward nach der Schlacht von Towton in die Stadt kam. Also hat er in der Schlacht nicht mitgekämpft.

Was den höchst außergewöhnlichen Vorfall im Jahre 1461 anbelangt, als die Londoner der Königin, dem König und dem Prinzen von Wales den Zutritt zur Stadt verweigerten, so scheint der Grund hierfür tatsächlich die Angst vor den Leuten aus dem Norden gewesen zu sein. Zwar stimmt es, dass Margaret ihren Soldaten erlaubt hatte, auf ihrem Weg in den Süden zu plündern und zu brandschatzen – da sie die Männer nicht bezahlen konnte, blieb ihr nichts anderes übrig. Damals sprachen die Engländer aus dem Norden des Landes einen sehr ausgeprägten Dialekt, der für Londoner Ohren fast unverständlich war. (In Abt Whethamstedes Ohren klang er wie Hundegebell.) Und die Schotten in Margarets Armee flößten den Londonern noch mehr Angst ein. Diese Schotten waren »Wilde« aus einem unvorstellbar fernen, unbekannten Land. Es ist heutzutage schwer, sich dies vorzustellen, aber mit den Schotten in ihrer Armee hatte Margaret sich in der öffentlichen Wahrnehmung keinen Gefallen getan.

Sir Henry Lovelace spielte tatsächlich eine Rolle bei den Vorbereitungen zur zweiten Schlacht von St. Albans. Warwick baute die aufwendigsten Barrikaden zur Verteidigung, alle nach Norden ausgerichtet, worauf die Truppen der Königin nach Dunstable im Westen auswichen, um Warwicks Armee dann im hinteren linken Karree anzugreifen und sich zur Mitte durchzukämpfen. Obwohl Derry Brewer eine erdachte Person ist, bleibe ich dabei, dass es jemanden wie ihn gegeben haben muss, der an diese nützliche Information kam. Vielleicht hatte man Lovelace den Titel eines Earls dafür versprochen, dass er die Einzelheiten preisgab. Es ist richtig, dass er zu Warwicks engstem Gefolge gehörte. Ich habe seinen Namen verändert und ihn Sir Arthur Lovelace genannt, weil ich mit Earl Percy schon einen Henry hatte, dann einen weiteren mit Henry Beaufort, den Duke von Somerset – und natürlich König Henry selbst. Mit all diesen Richards und nicht wenigen Edwards bekommt man oft den Eindruck, dass die Adligen im England des Mittelalters ihre Vornamen aus einem Hut mit nicht mehr als einem halben Dutzend verschiedener Möglichkeiten zogen.

Nach der zweiten Schlacht von St. Albans im Jahre 1461, dieser katastrophalen Niederlage, hatte die Seite Yorks ihre Kontrolle über König Henry verloren – und damit einen großen Teil ihrer Macht und ihres Ansehens. Sie brauchten einen neuen König, und Edward Plantagenet war in einer günstigen seelischen Verfassung, um nach der Krone zu greifen. Es war eine gewagte historische Entscheidung, die den Wendepunkt für das Haus York darstellte. Das Ganze musste sorgfältig geplant werden und dauerte etwas länger, als ich es beschrieben habe. Es geschah unter der Leitung von Bischof George Neville, der mithilfe einer offen zur Schau gestellten Unterstützung durch die Kirche zu einer Hauptfigur in diesem Drama wurde. Er war es auch, der Edward am 1. März in London feierlich zum neuen Herrscher ausrief. Aufgeregte Offiziere liefen eilig durch die Stadt und verbreiteten die Nachricht, dass Edward von York König werden sollte. Am 3. März wurde dann in Schloss Baynard eine etwas formellere »Große Ratsversammlung« abgehalten. Der gesamte Prozess fand innerhalb einer unglaublich kurzen Zeit statt und verdankte seinen Erfolg einer unerhörten Kühnheit – und der Ablehnung des Hauses Lancaster durch die Londoner Bevölkerung. Die Stadt hatte klargemacht, auf wessen Seite sie stand, als sie König Henry den Zutritt verweigerte. Jetzt hatten die Londoner keine andere Wahl, als York zu unterstützen.

Am 4. März 1461 legte Edward den Krönungseid in der Halle von Westminster ab, und sofort fanden sich Anhänger. Auch das nötige Geld sprudelte. Londoner Banken, bei denen er früher bereits eine Summe von £4666 13s 4d geliehen hatte, gewährten ihm jetzt einen zusätzlichen Kredit von £4048. Doch auch aus anderen Quellen erhielt er Geld, von Privatleuten und aus kirchlichen Organisationen der Stadt. Soldaten mussten schließlich bezahlt, verpflegt und ausgestattet werden.

Am 6. März schickte Edward Aufrufe an die Sheriffs von dreiunddreißig englischen Grafschaften sowie an alle größeren Städte wie Bristol und Coventry. Adel und Bürgerliche folgten dem Aufruf, um an der Seite Edward Plantagenets zu kämpfen, doch gleichzeitig fand sich im Norden Englands eine noch größere Anzahl ein, darunter achtundzwanzig Lords, um für König Henry und das Haus Lancaster zu kämpfen. Diese Tatsache macht verständlich, warum Edward sich zum König erklärt hatte. Von diesem Tag an übernahm er die Führung und die königliche Autorität über alle Lehnsherren und ihre Anhänger.

Die Geschwindigkeit, mit der sich derartig große Armeen zusammenfanden, ist auch aus heutiger Sicht bemerkenswert. Angesichts der Bedingungen im Mittelalter muss man sie geradezu sensationell nennen. Edwards Armee brauchte vielleicht acht oder neun Tage, um die einhundertachtzig Meilen nach Towton zu marschieren. Das erste Scharmützel fand am 27./28. März bei Ferrybridge statt, wo Edward, Fauconberg und Warwick aufeinandertrafen – und bei dem Clifford getötet wurde, als er versuchte, sich im Zentrum der Truppe in Sicherheit zu bringen, jedoch durch einen Pfeil in den Hals getötet wurde.

Am 29. März 1461, Palmsonntag, trafen die Fronten in einem heftigen Schneesturm aufeinander. Es folgte die blutigste Schlacht, die jemals auf englischem Boden geschlagen wurde. Zeitgenössische Schätzungen nennen bis zu achtundzwanzigtausend Tote, wie George Neville, Bischof und Kanzler, in einem Brief berichtet, den er neun Tage nach der

Schlacht schrieb. Das sind etwa achttausend mehr, als 1916 am ersten Tag an der Somme fielen. Und dabei muss man bedenken, dass es im Ersten Weltkrieg modernste Waffen wie festmontierte Maschinengewehre gab. In Towton starb jeder Gefallene durch einen Pfeil, ein Schwert, einen Streitkolben, eine Stielhippe oder eine Streitaxt. Der Fluss war noch tagelang rot vom Blut.

Die Berichte über die Anzahl der Kämpfer schwanken stark, von sechzigtausend, was am wahrscheinlichsten ist, bis zu Hunderttausenden. Die Anzahl der Toten betrug etwa ein Prozent der Gesamtbevölkerung von cirka drei Millionen. Für die Gesellschaft hatte das die gleiche Auswirkung, wie es eine Schlacht mit sechs- bis siebenhundert*tausend* Toten heutzutage für uns hätte. In der gesamten englischen – und später britischen – Geschichte ist Towton ein wirklich einmaliges Ereignis.

Der Name der Schlacht geht auf das Dorf Towton in der Nähe des Schlachtfeldes zurück. Die alte Landstraße nach London führte dort hindurch, folglich war das Dorf bekannter als Saxton, obwohl die Schlacht etwa auf halbem Wege zwischen diesen beiden Dörfern stattfand, auf einem Feld, das heute »Bloody Meadow« (Blutwiese) heißt. Ich empfehle einen Besuch dort. Es ist ein düsterer, unwirtlicher Ort. Allein schon die steilen Ufer des Cock Beck sind beängstigend. Im Schneegestöber und für Männer in schwerer Rüstung müssen sie für die Truppen Lancasters ein unüberwindliches Hindernis gewesen sein, als sie versuchten, sich zurückzuziehen. Towton ist zum Namen für dieses furchtbare Blutbad geworden, doch früher nannte man es auch York Field, Sherburn-in-Elmet (eine Stadt etwas weiter südlich), Cockbridge oder Palm Sunday Field (Palmsonntagsfeld).

Ein paar Worte zu den Waffen – Stielhippen, Streitäxte, Schwerter: Den Begriff des »Breitschwerts« gab es im fünfzehnten Jahrhundert noch nicht. Er entstand erst wesentlich später, um die Schwerter des Mittelalters von den Schwertern des achtzehnten und neunzehnten Jahrhunderts zu unterscheiden, mit denen man sich Zweikämpfe lieferte. Weil für jeden Ritter die individuell hergestellte Waffe eine Schlüsselrolle spielte, gab es fast genauso viele verschiedene Bezeichnungen, wie es Klingen gab.

Eine viel benutzte mittelalterliche Waffe war das Fauchon (*falchion*), ein einschneidiges Schwert, ähnlich der modernen Machete, kopflastig und mit breiter Klinge. Ungeschulte Kämpfer, die durch Einberufungsbefehl eingezogen wurden, kamen mit einer gut gearbeiteten Waffe dieser Art besser zurecht.

Die Stielhippe und die Streitaxt sind sich in vieler Hinsicht ähnlich, wobei die Klinge einer Hippe meist oben eine Spitze hatte, um Rüstungen zu durchbohren, die Streitaxt hingegen hatte eine halbrunde Klinge und auf der Gegenseite oft noch einen Hammer. Beide Waffen hatten oft auch noch bajonettähnliche Spitzen und waren sich auch insofern ähnlich, als beide eine zwischen drei und fünf Pfund schwere, äußerst scharfe Stahlklinge hatten, die entweder an einem Axtstiel oder an einer langen Stange befestigt war. Mit einem Gewicht, das gut in der Hand lag, müssen sie in den Händen von unausgebildeten Bauern oder Handwerkern – alles Männer, die den Umgang mit Messern und Äxten gewohnt waren – grausam effektiv gewesen sein. Die Hippe wurde in England häufiger verwendet als die Streitaxt, doch in der Schlacht von Towton kamen beide zum Einsatz. Einige der zertrümmerten Schädel, die in den Massengräbern dieser Gegend gefunden wurden, lassen auf mehrfaches wütendes Zuschlagen schließen – sechs bis zehn Hiebe auf einen Feind, der längst tot war. Die Kämpfer müssen in einen wahren Blutrausch geraten sein.

Ich hoffe, ich habe die wichtigsten Ereignisse von Towton historisch genau beschrieben. Lord Fauconbergs Zusammentreffen mit den Truppen Lancasters ist ein Beispiel dafür, wie ein guter Feldherr die wechselnde Wetter- oder Geländebedingungen für seine Zwecke nutzt. Unter Fauconbergs Befehl schossen seine Bogenschützen Tausende von Pfeilen ab und zogen sich dann sofort außer Reichweite zurück. In dem dichten Schneefall, bei dem die Sicht praktisch gleich null war, erwiderten die Soldaten Lancasters den Angriff so gut wie blind und verloren ihre kostbaren Pfeile, die Fauconbergs Männer dann dankbar aufsammelten und prompt zurückschickten. Die Seite der Lancasters erlitt bei diesem Angriff schwere Verluste, bestimmt mehrere Tausend. Sie wurden zum Angriff herausgefordert, und die beiden Armeen stießen aufeinander.

Fauconberg machte sich den Wind und die schlechte Sicht zunutze, um die feindlichen Stellungen auszulöschen, noch ehe der Hauptteil des Heeres überhaupt eingetroffen war. Verglichen mit seinem Neffen Warwick ist Fauconbergs Name fast unbekannt, aber es ist sicher nicht übertrieben zu behaupten, dass Fauconberg der größere Stratege war. Er lebte noch einige Jahre nach Towton, aber ich habe ihn länger am Leben gelassen, damit Warwick ihn im zweiten Teil um Rat fragen kann, und auch weil er mir sympathisch war.

Wie so oft in der Geschichte, spielten das Wetter und das Glück eine wichtige Rolle, um die Wende herbeizuführen. Im Falle Towton war das Glück eindeutig auf Seiten von Edward von York. Die Tatsache, dass Norfolks rechter Flügel sich verirrte und zurückblieb, wurde zu einem Schlüsselfaktor, um den Kampfgeist der Lancasters zu brechen. Norfolk hat nie behauptet, dass er es so geplant hatte, also müssen wir annehmen, dass es tatsächlich so passierte. Eine völlige Katastrophe, die dazu führte, dass er erst viel später ankam, was für den Ausgang der Schlacht genauso entscheidend war wie Blüchers Ankunft bei Waterloo. Acht- oder neuntausend ausgeruhte Soldaten, die plötzlich an der Flanke auftauchten, mussten die erschöpften Gegner einfach demoralisieren, die sich bisher tapfer gehalten hatten. Im Schnee und in der Dunkelheit zerbrach Lancasters Armee – und die unterlegenen Männer ertranken oder wurden niedergemetzelt, als sie zu fliehen versuchten.

Bei historischen Romanen ist man oft hin- und hergerissen zwischen dem Wunsch, die eigentliche Geschichte zu erzählen und dem anderen Interesse, auch andere ungewöhnliche Ereignisse zu erwähnen – zumindest geht es mir so. Ich stoße oft auf Szenen, die ich beim besten Willen nicht in den erforderlichen Handlungsbogen unterbringen kann. Ein Roman darf sich nicht verzetteln. Bei mir fängt der zweite Teil 1464 an, und damit bleibt Margarets Versuch, 1462 den Thron zurückzuerobern, auf der Strecke. Das allein wäre Stoff für einen weiteren Roman. Sie verpfändete Calais an den französischen König und erhielt im Gegenzug dreiundvierzig Schiffe und achthundert Soldaten zur Unterstützung ihrer Truppen in England, deren Loyalität sie noch besaß. Sie holte König Henry in Schottland ab, landete mit ihren Truppen in Nordengland und eroberte Burgen wie zum Beispiel Alnwick in Northumberland. Dann zog sie sich mit ihrer Flotte schnell wieder aufs Meer zurück, wo sie in einem plötzlich aufkommenden Sturm Schiffbruch erlitten. Margarets Schiff erreichte mit Mühe Berwick, dann floh sie wieder nach Frankreich. Ihr Vater, René von Anjou, gewährte ihr Zuflucht auf einem kleinen Landsitz im Herzogtum Bar, wo sie mit zweihundert Anhängern in ziemlicher Armut lebte – der klägliche Überrest des Hofes von Lancaster. Margaret verlor nie die Hoffnung, auch wenn sie Rückschläge erlitt, an denen viele andere zerbrochen wären.

Henry wurde 1465 durch Verrat aufgespürt, wieder festgenommen und von Warwick in den Tower von London gebracht. Es gibt keine Belege dafür, dass er dort dichtete oder sonst etwas schrieb. Ich vermute, dass Henry inzwischen geistig völlig umnachtet war. Fünf Mitglieder aus dem Haushalt Edwards IV. wurden gut dafür bezahlt, sich um König Henry zu kümmern, weitere Diener wurden hinzugezogen, wenn dies nötig war. Der Priester William Kymberley las jeden Tag die Messe für ihn. Wie immer fand Henry Trost in seinem Glauben und im Gebet.

Es gibt ebenfalls keine Belege dafür, dass er schlecht behandelt wurde. Ein späterer Bericht, der behauptet, er sei gefoltert worden, war vermutlich nur ein Versuch, seine Heiligsprechung zu erwirken. Es gibt weder Beweise dafür noch dagegen, aber es gibt Belege dafür, dass man ihm neue Kleider angepasst hat, ferner, dass man ihm Wein aus den königlichen Kellern geschickt hat. Später machte Henry, wie es scheint, einen vernachlässigten und heruntergekommenen Eindruck, aber der Grund dafür ist wahrscheinlich, dass sein geistiger Zustand sich zu diesem Zeitpunkt zu sehr verschlechtert hatte, dass er unfähig oder nicht gewillt war, sich um sein

Äußeres zu kümmern. Man kann darüber streiten, welches Licht das auf Margaret wirft, die ihn ja zurückgelassen hatte. Aus diesem Grund haben sich im Laufe der Jahrhunderte immer wieder Leute von ihr distanziert. Meine persönliche Meinung ist, dass man sie nicht zu hart dafür beurteilen sollte, dass sie den Mann nicht mehr lieben konnte, der ihr so viel Schmerz bereitet hatte und ihr auch niemals wirklich ein Ehemann war.

Elizabeth Woodville kam 1465 an den Hof und brachte fünf Brüder, zwei Söhne und sieben unverheiratete Schwestern mit. Sie war älter als Edward und aus eher einfachen Verhältnissen, eine Witwe mit zwei Söhnen, daher ist es nicht verwunderlich, dass Edward sie heimlich geheiratet hat und dies Warwick gegenüber erst zugab, als dieser sich für ihn um eine französische Braut bemühte.

Wie die Nevilles vor ihr, machte Elizabeth Woodville sich daran, ihre Familie in sämtlichen Adelsfamilien Englands unterzubringen, womit sie sich der Unterstützung der mächtigsten Familien des Reiches versicherte. Die Heirat von John Woodville (19) mit der Herzoginwitwe von Norfolk (65) war der überdeutliche Versuch, sich diesen Titel zu sichern. Es war nur eine der sieben bedeutenden Heiraten, für die Elizabeth Woodville in den zwei Jahren nach ihrer Krönung sorgte. Der Duke von Norfolk, der bei Towton gekämpft hatte, war 1461 gestorben. Er hatte einen Sohn, der zur Zeit der »teuflischen Hochzeit« auch lebte. Dieser Duke starb jedoch plötzlich und hinterließ nur eine Tochter, sodass es keinen Anwärter für den Titel mehr gab. Wenn John Woodville den Rosenkrieg überlebt hätte, wäre er der neue Duke geworden und hätte irgendwann wieder heiraten können.

Neben den sieben bedeutenden Heiraten verlieh König Edward der Familie seiner Frau großzügig verschiedene Titel. Ihr Bruder Anthony Woodville heiratete die Tochter von Baron Scales, dem Mann, der die Menschenmengen vor dem Tower in London mit griechischem Feuer beschossen hatte. Dadurch erbte Anthony Woodville dessen Titel. Unter Edward wurde er auch Ritter des Hosenbandordens, Lord der Insel Wight, Leutnant von Calais und Admiral der königlichen Kriegsflotte, um nur einige zu nennen. Elizabeth Woodvilles Vater wurde königlicher Schatzmeister und zum Earl Rivers ernannt.

König Edward war ein Mann der großen Gesten und von außergewöhnlicher Großzügigkeit. Er hatte John Neville zum Earl von Northumberland ernannt, aber als er es für notwendig hielt, die »Neville-Schlingpflanze« zu beschneiden, verzieh er dem Erben Percys, holte ihn aus dem Tower und gab ihm den Familienbesitz zurück. Dass Henry Percy die Zwischenzeit bei Warwick verbrachte, ist meiner eigenen Fantasie entsprungen. Doch Richard von Gloucester, der spätere König Richard III., wuchs einige Jahre in Middleham auf, wo es ihm offenbar gut gefiel.

Es ist interessant, dass die Rückforderung des Großsiegels von Erzbischof George Neville genauso vonstattenging, wie ich es beschrieben habe. Der König ritt mit einem Trupp Bewaffneter zu einem Wirtshaus bei Charing Cross und verlangte es sozusagen auf offener Straße zurück. Es ist unwahrscheinlich, dass der König gewaltsamen Widerstand erwartete, aber daran sieht man, wie weit seine Frau ihn gegen die Familie Neville beeinflusst hatte. Der Name Charing Cross könnte eine Verballhornung von *»chère reine«* (geliebte Königin) sein, und mit dem Cross waren die Steinmonumente gemeint, die Edward I. nach dem Tod seiner geliebten Frau Eleanor überall im Land errichten ließ. Vielleicht ist aber auch das Wort *»cearring«* in den Namen mit eingeflossen, der altenglische Begriff für eine Biegung in einer Straße oder einem Fluss. Die Menschheitsgeschichte ist tatsächlich immer eine Ansammlung von Geschichten, und oft eine Vermischung von Tatsachen und Fiktion.

Es entspricht ebenfalls den geschichtlichen Tatsachen, dass Warwick von Edward nach Frankreich geschickt wurde und dass während seiner Abwesenheit ein Abkommen über Handelsbeziehungen und militärische Unterstützung mit Burgund abgeschlossen wurde, was damals ein unabhängiges Herzogtum war. Man wird wohl nie erfahren, ob Edward den französischen König Louis XI. als Verbündeten akzeptiert hätte. Der englische König schien von Anfang an die Herzöge von Burgund und der Bretagne vorzuziehen – kurz, jeden, der bereit war, dem französischen König eins auszuwischen. Zwar ist es nur Spekulation, aber Edward war auf den Schlachtfeldern von Wales und Towton als Sieger hervorgegangen, deshalb ist es nicht ausgeschlossen, dass der englische Kriegerkönig vielleicht von einem neuen Azincourt träumte, um die kurz vorher verlorenen Gebiete in Frankreich zurückzugewinnen.

Aus Burgund kam eine Delegation nach England, wo sie gefeiert und umworben wurde. Anthony Woodville lieferte sich ein denkwürdiges zweitägiges Kampfturnier mit dem Champion der Besucher, der sich des grandiosen Spitznamens »Bastard von Burgund« erfreute. Warwick, noch in Paris, war wieder einmal gedemütigt – und, noch wichtiger, König Louis war öffentlich verächtlich gemacht worden. Der französische

König, dem man den Spitznamen »die Spinne« gegeben hatte, fing an, sich Gedanken zu machen, wie man das Problem Edward lösen könnte.

Es entspricht den Tatsachen, dass Margaret von Anjou um diese Zeit in Paris war, aber es ist nichts darüber bekannt, ob sie Kontakt zu Warwick hatte.

In der Zeit nach Edwards Hochzeit mit Elizabeth Woodville erlebte Warwick eine Reihe privater und öffentlicher Demütigungen. Als König Edward seinem Bruder George, Duke von Clarence, die Heirat mit Isabel Neville verbot, muss für Warwick schließlich das Maß voll gewesen sein. Die Verbindung der beiden junge Leute wäre für ihn ein Segen gewesen, eine Standeserhöhung, die zu Isabels immens reichem Erbe gepasst hätte. Für König Edward aber war es eine Verbindung, aus der Söhne hervorgehen konnten, die seine Thronerben bedroht hätten. Das Haus York hatte sich über eine ältere Linie erhoben, deshalb konnte er es George, dem Duke von Clarence, unmöglich erlauben, eine weitere königliche Linie zu begründen, noch dazu eine, die wohlhabender war als seine eigene.

Hinzu kommt, dass Elizabeth Woodville für Isabel viel lieber einen Heiratskandidaten aus dem Clan der Woodvilles gesehen hätte, möglicherweise sogar einen ihrer Söhne. Altersunterschiede spielten bei ihr offensichtlich keine Rolle, und es war klar, dass sie niemandem diese reiche Partie gegönnt hätte, solange sie ein Wort dabei mitzureden hatte. Der einzige Ausweg, der Warwick, Clarence und Isabel blieb, war, sich über König Edward hinwegzusetzen. Sie reisten nach Calais, und 1469 heiratete George von Clarence ohne Edwards Segen Warwicks Tochter.

In den beiden ersten Bänden habe ich versucht, die Ehrfurcht deutlich zu machen, die viele Menschen vor dem König von England empfanden. Es ist die einzige Erklärung dafür, dass Henry am Leben blieb, obwohl York ihn festnahm und monatelang gefangen hielt. Doch Tatsache ist auch, dass ein Mensch diese »Ehrfurcht« weniger empfindet, wenn man den, der da König geworden ist, schon als Jungen gekannt hat und ihn hat aufwachsen sehen. Niemand gilt als Prophet im eigenen Land – und Warwick war von Edward und seiner Frau lange genug gedemütigt worden, sodass er schließlich das Unvorstellbare wagte. Er setzte alles auf eine Karte und ließ Edward festnehmen und einsperren. Die geschichtlichen Ereignisse waren etwas komplizierter, doch kurz gesagt sorgte Warwick bei den Bewohnern im Norden Englands für Unruhen, und es kam zu Aufständen, durch die Edward in den Norden gelockt wurde, wo man ihm auflauerte. George Neville, Erzbischof von York, war tatsächlich bei der Gefangennahme dabei, genau wie John Neville, der Marquess von Montagu. Tatsache ist auch, dass Elizabeth Woodvilles Vater, Earl Rivers, und ihr Bruder, Sir John Woodville, nach einer »Gerichtsverhandlung«, die nicht mehr als eine Farce war, hingerichtet wurden. Die Familie Neville war beraubt und gedemütigt worden, und ihre Rache war grausam und spektakulär.

Es ist nicht genau bekannt, wie lange Edward IV. gefangen gehalten wurde, aber im Sommer 1469 hatte Richard Neville, Earl von Warwick, tatsächlich zwei Könige in seiner Gewalt. Henry von Lancaster saß im Tower von London, und Edward von York war in Schloss Warwick sowie in Middleham. Diese unglaubliche Tatsache hat Warwick den Beinamen »Königsmacher« eingebracht. Er muss geglaubt haben, von der Gefangenschaft Edwards profitieren zu können, obwohl man seine wahren Beweggründe nie kennen wird. Wollte er wirklich George von Clarence auf den Thron bringen? Oder König Henry wieder einsetzen? Er hatte eine Reihe von Möglichkeiten, doch er wählte keine davon, weil das Land in Flammen stand. Nach den vielen Jahren, in denen man König Henry nur als ungeliebte, willenlose Marionette erlebt hatte, war das nicht weiter verwunderlich, allerdings hatte Warwick sich, was die Reaktion des Volkes anbelangte, *gründlich* verkalkuliert.

Das Land reagierte schnell, überall kam es zu Aufständen, Morden, Brandstiftung, Ausschreitungen aller Art. Zweifellos hatte Elizabeth Woodville auch ihre Finger im Spiel, aber es gab auch die Zehntausende von Soldaten, die in Towton an Edwards Seite gekämpft hatten. Seitdem waren erst neun Jahre vergangen, und viele von ihnen lebten noch und waren empört über Edwards Gefangennahme.

Warwick hatte sich völlig übernommen. Im September 1469 bot er Edward die Freiheit an, im Gegenzug verlangte er eine umfassende Begnadigung und Amnestie. Edward war immer ein Mann gewesen, der zu seinem Wort stand, und Warwick vertraute darauf, dass dieses Übereinkommen von Dauer sein würde. Uns Heutige mag es überraschen, dass er das wirklich für möglich hielt, aber vielleicht hatte er einfach keine andere Wahl.

Ich vermute, das ganze Ausmaß der gegen die Nevilles gerichteten Unruhen war von niemandem so erwartet worden. Vielleicht war er wirklich am Ende seiner Weisheit und fürchtete um sein Leben. Zum ersten Mal wurde ihm sein riesiger

Besitz zur Last, weil er unmöglich alles vor organisierten Attacken und Brandstiftung schützen konnte. Ich glaube, Warwick hatte keine Wahl, als er sich entschloss, Edwards Wort zu vertrauen und ihn freizulassen.

Es gereicht Edward zur Ehre, dass er die Begnadigung und die Amnestie nicht rückgängig machte. Fünf Jahrhunderte später lässt es sich nicht mehr beurteilen, ob das, was danach passierte, der Versuch war, ein Schlupfloch in der Begnadigung zu finden, oder ob es wirklich ein neues Vergehen war. Nach einigen Monaten des Friedens wurden Warwick und Clarence jedenfalls von Rebellen aus Lancaster des Verrats beschuldigt, aber wir werden nie erfahren, ob diese Anschuldigung berechtigt war. Im Land schwelten immer noch Unruhen, und es kam zu Dutzenden kleinerer Aufstände. Dies war eine neue Entwicklung – und potenziell ein Verbrechen, das nicht unter die Amnestie fiel, die Warwick mit Edward vereinbart hatte. Also befahl er, beide Männer gefangen zu nehmen, worauf diese an die Küste flohen und Isabel mitnahmen, die im letzten Stadium ihrer Schwangerschaft war. Warwicks erster Plan war, sein großes Schiff, die *Trinity*, im Hafen von Southampton zu erreichen. Der Weg wurde ihm aber von Anthony Woodville blockiert, der von Edward von York zum Admiral ernannt worden war. Warwick, seine Frau Anne, George, Duke von Clarence, und dessen Frau Isabel nahmen mit einem kleineren Schiff Kurs auf Frankreich. Edward hatte jedoch bereits allen Befehlshabern Anweisung geschickt, Clarence keinerlei Hilfe zu gewähren. Diese Briefe gingen sowohl nach Irland als auch an die Festung von Calais.

In Calais wurde ihnen von der Garnison die Einfahrt verboten. Die vier waren hilflos auf See gefangen, sie konnten weder nach England zurück, noch durften sie in Calais landen. Isabel gebar ihr Kind an Bord, und entweder wurde das kleine Mädchen, Warwicks erste Enkelin, bereits tot geboren, oder es starb in der rauen Witterung auf See. Warwicks Reaktion und seine Wut über diese Vorfälle trieben ihn in die Arme von Margaret von Anjou – was England bis in die Grundfesten erschüttern sollte.

Conn Iggulden
London 2015

DANKSAGUNG

Der Tod meines Vaters im September 2014 war ein schwerer Verlust für mich. Da er einundneunzig Jahre alt war, hätte es mich eigentlich nicht so unerwartet treffen dürfen, wie es dann aber doch war. Die Bäume der Kindheit fallen nicht um – bis sie es tun und die Welt ohne sie auskommen muss.

Ohne die Unterstützung einiger wichtiger Menschen wäre dieses Buch mit Sicherheit niemals fertig geworden, jedoch durch ihre Hilfe ist es vielleicht das beste geworden, das ich bisher geschrieben habe. Es hat mir geholfen, dass ich über Edward von York und Richard, Earl von Warwick, geschrieben habe, die auch beide vor fünfhundert Jahren ihre Väter verloren hatten.

Damit danke ich meiner Agentin, Victoria Hobbs, meinem Bruder David Iggulden, meinem Freund Clive Room und, vor allem, meiner Frau Ella.